HEYNE <

D1934553

Das Buch

Vor zwei Generationen hat der Fluch des sterbenden Aboriginekriegers die Familien Duffy und Macintosh auf tragische Weise miteinander verbunden. Nun ist Patrick Duffy, der einer heimlichen Liebe zwischen Fiona Machintosh und Michael Duffy entstammt, als Nachfolger im Firmenimperium der Machintoshs vorgesehen. Fionas jetziger Ehemann, der skrupellose Granville White, will sich mit seiner Entmachtung nicht abfinden und spinnt Intrigen gegen seinen Stiefsohn. Als Patrick auf einer militärischen Mission verschwindet, macht sich sein Vater Michael, den er nicht kennt, auf die Suche nach ihm. Doch das Schicksal aller wird sich in den kargen Hügeln des geraubten Landes entscheiden, durch die noch immer Wallarie zieht, der letzte Überlebende eines uralten Volkes.

Nach *Weit wie der Horizont* und *Wer dem Wind folgt* vollendet Peter Watt mit diesem Band sein packendes historisches Australien-Epos.

Der Autor

Ehe Peter Watt ein erfolgreicher Schriftsteller wurde, hat er zahlreiche Berufe ausgeübt – unter anderem war er Fischer, Bauarbeiter, Soldat, Privatdetektiv, Polizeibeamter und Lehrer – und hat in vielen Ländern gelebt, darunter Vietnam, Island, Tasmanien und Papua-Neuguinea. Inzwischen wohnt und arbeitet er im australischen New South Wales. Bei Heyne erschienen seine Romane *Weit wie der Horizont* und *Wer dem Wind folgt*.

Peter Watt

Auf den Flügeln des Adlers

Roman

Aus dem Englischen
von Imke Walsh-Araya

WILHELM HEYNE VERLAG
MÜNCHEN

Die Originalausgabe
FLIGHT OF THE EAGLE
erschien bei Pan Macmillan Australia, Sydney

Besuchen Sie die Web-Site von Peter Watt:
www.peterwatt.com

Umwelthinweis:
Dieses Buch wurde auf
chlor- und säurefreiem Papier gedruckt.

Taschenbucherstausgabe 10/2004
Copyright © 2001 by Peter Watt
Copyright © der deutschsprachigen Ausgabe 2003 by
Wilhelm Heyne Verlag, München,
in der Verlagsgruppe Random House GmbH
Printed in Germany 2004
Umschlagillustration: Look/Hauke Dressler
Umschlaggestaltung: Eisele Grafik Design, München
Satz: Franzis print & media, München
Druck und Bindung: GGP Media GmbH, Pößneck
http://www.heyne.de

ISBN: 3-453-87801-9

Die Handlung dieses Buches und die darin auftretenden Personen sind frei erfunden. Abgesehen von der gelegentlichen Nennung historischer Gestalten enthält es keinerlei Hinweise auf lebende oder tote Personen. Es ist denkbar, dass manche Leser an bestimmten Schilderungen Anstoß nehmen und ihnen Ausdrucksweise und Einstellung mancher Figuren rassistisch vorkommen. All das muss im historischen Kontext des Romans gesehen werden und spiegelt in keiner Weise persönliche Ansichten des Verfassers wider.

Für meine Mutter, Elinor Therese, mit all meiner Liebe

Ulula, sieh ihn dir an! Der Donner,
Der sich mit dem Regen an den Felsen bricht,
Und der Wind, der das Salz der Seen in die Höhe peitscht,
Sie haben ihn erneut zum Jäger gemacht:
In einen Jäger und Fischer zurückverwandelt.

»Der Letzte seines Stammes«, HENRY KENDALL

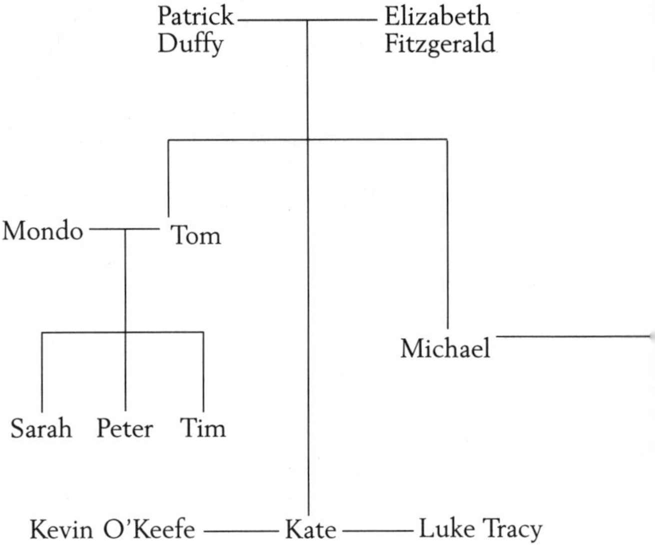

Patrick Duffy
Elizabeth Fitzgerald
Mondo
Tom
Michael
Sarah
Peter
Tim
Kevin O'Keefe
Kate
Luke Tracy

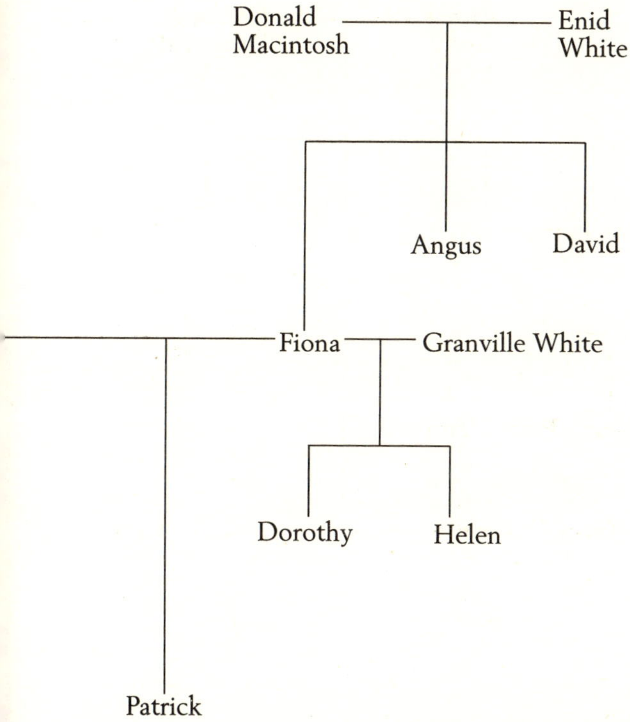
Donald Macintosh
Enid White
Angus
David
Fiona
Granville White
Dorothy
Helen
Patrick

PROLOG

In der Kolonie Queensland

Der Landstrich gehörte zu den lebensfeindlichsten, die das Auge eines Weißen je erblickt hatte.

Endlose Weite und Sand, der nur von vereinzelten Sträuchern unterbrochen wurde. Die tödlichsten Giftschlangen der Welt verbargen sich während der glühenden Hitze des Tages in den Rissen der ausgedörrten Lehmpfannen, um während der Nacht Beuteltiere zu jagen. Durch dieses Land streifte der einsame Aborigine-Jäger, der in der unbarmherzigen Natur seinen bescheidenen Lebensraum gefunden hatte.

Doch Wallarie fühlte sich nicht allein in diesem Landstrich, denn die Geister seines Volkes zogen mit ihm. Schon die Tatsache, dass er noch lebte, war Beweis genug für ihre Existenz. Sein Leben war unauslöschlich geprägt von dem Warten auf den Sturm, der die Welt der Menschen erschüttern und auf Jahre hinaus verändern würde.

Der Krieger stand in den mittleren Jahren, und sein langer Bart war von grauen Strähnen durchzogen. Narben zeichneten seinen Körper, und seine Augen besaßen nicht mehr die Schärfe der Jugend. Doch trotz seines Alters war er immer noch ein Kämpfer, und die Eingeborenen, denen er auf seinen langen Wanderungen kreuz und quer durch die Kolonie Queensland begegnete, hatten ihn fürchten gelernt. Auch bei den europäischen Siedlern im Grenzgebiet blieb sein Ruf als Weißenmörder unvergessen.

Wallarie war in die Mythologie des Grenzlandes eingegangen. Man sprach von ihm wie von einem Geist, und geplagte Kindermädchen drohten ihren Schützlingen mit dem Schwarzen, der unartige kleine Kinder hole.

In jener Nacht saß er im Schneidersitz vor einem Lagerfeuer und stimmte die Gesänge seines Volkes an. Die Geister des Landes lauschten, während das Feuer sanft in der Dunkelheit knisterte, und der alternde Krieger fiel in einen tiefen Schlummer. Während er am Feuer schlief, kamen die Geister auf den Schwingen des Nachtwindes zu ihm und sprachen von den Dingen der Zukunft. Sie kündigten merkwürdige Ereignisse an: Der lange Schlaf der Geister seiner Ahnen sei gestört worden, und ein Sturm der Rache erhebe sich aus der Erde, um die Welt des weißen Mannes zu vernichten. Nach Norden solle er reisen, ins Land der grausamen Krieger der Kalkadoon, wo er dem Blut seiner Vergangenheit begegnen werde. Der Sinn dieser Worte lag für ihn im Dunkeln, aber er wusste, dass er den Stimmen folgen musste.

So träumte Wallarie, der Letzte seines Stammes, während das klagende Heulen der Dingos die Wüstennacht erfüllte und die tödlichen Taipan-Schlangen aus den Spalten der Lehmpfannen krochen, um nach Beute zu suchen.

Als die Sonne über den mit Brigalow-Akazien bestandenen Ebenen von Zentral-Queensland aufging, verließ Wallarie die kühle Geborgenheit der uralten Höhle, um nach Norden zu ziehen, ins Land der Kalkadoon.

DER STURM KÜNDIGT SICH AN

1884

1

Ein junger Beamter der berittenen Eingeborenenpolizei von Queensland hockte im roten Staub der Ebene und untersuchte die schwachen Umrisse von Fußspuren, während seine Kameraden unbehaglich auf ihren mächtigen Pferden saßen. Seine Einschätzung konnte über das Leben der acht Polizisten entscheiden, die sich auf ihrer Patrouille tief in das Gebiet der gefürchteten Kalkadoon gewagt hatten.

Die Polizeistreife hatte einen weiten Weg zurückgelegt, seit sie die Kasernen nahe der Grenzstadt Cloncurry verlassen hatte. Vor den Männern erhoben sich die zerklüfteten, wüstenhaften Godkin-Berge, während hinter ihnen eine rote Ebene lag, die nur von spärlichem Buschwerk und stachligen Bäumen, in denen Termiten nisteten, aufgelockert wurde. Bis auf das Summen der unerträglichen Fliegen und das Klatschen der Pferdeschweife herrschte in der allgegenwärtigen trockenen Hitze der semiariden Steppe Nordaustraliens vollkommene Stille.

Peter Duffy, der Polizist, stand zwischen zwei Welten. Als Sohn von Tom Duffy, einem Buschläufer, und Mondo, einer Frau aus dem Nerambura-Clan, war er halb Ire und halb Aborigine. Von seinem Vater hatte er den kräftigen Körper geerbt, von seiner Mutter die Hautfarbe. Er war Anfang zwanzig, und seine exotische Attraktivität trug ihm in den Grenzstädten kokette Blicke der Europäerinnen ein. Die Männer dagegen starrten ihn nur grimmig an. Trotz seiner hervorragenden Schulnoten und seiner europäischen Erziehung ließen ihn die Weißen nie vergessen, dass er ein halbblütiger Nigger war.

Nachdem er gemeinsam mit seinem besten Freund, Gordon

James, zur berittenen Eingeborenenpolizei gegangen war, hatte man ihn automatisch als Fährtenleser der Patrouille zugewiesen, während Gordon Offizier wurde. Schließlich war Gordon der Sohn des berühmten Sergeant Henry James, der vor vielen Jahren maßgeblich an der Vertreibung der Eingeborenen aus dem Fitzroy-Gebiet beteiligt gewesen war.

Zunächst hatte es Peter zu schaffen gemacht, dass ein Trupp der berittenen Eingeborenenpolizei sechzehn Jahre zuvor in Burkesland seine Eltern getötet hatte. Doch die Loyalität zu seinem besten Freund war stärker gewesen als die ferne, verschwommene Erinnerung. Er war jung, für ihn zählte die Gegenwart, und er sehnte sich nach Abenteuern.

Als er jetzt zu den fernen Bergen hinüberblickte, war er überzeugt davon, dass die Spuren zum Heiligtum in den Hügeln führten. Das gefiel ihm gar nicht. Sein Instinkt sagte ihm, dass sich in dem in der Hitze flimmernden Dunst über den zerklüfteten Felsen der uralten Berge eine tödliche Bedrohung verbarg, sie schien geradezu in der Luft zu liegen. Die Stille wirkte Unheil verkündend, als wären die Felsengeister verstummt, um auf das Schnauben der Pferde und das Klirren der metallenen Sattelbeschläge zu lauschen. In den Ohren des jungen Polizisten lag ein Dröhnen, das den Tod prophezeite.

»Und, Trooper Duffy, was sehen Sie?«, erkundigte sich Unterinspektor Potter gereizt von seinem Pferd herab. Der lange Ritt war fatal für seine Hämorrhoiden gewesen, und die ergebnislose Jagd nach den flüchtigen Kriegern hatte auf seine Stimmung geschlagen. Das ließ er nun an seinen Männern aus.

»Nichts Gutes, Mahmy«, gab Peter nachdenklich zurück. »Ich glaube, die Kalkadoon wollen, dass wir ihnen folgen.«

»Blödsinn!«, schnaubte der Unterinspektor. »Schwarze sind nicht in der Lage, wie Weiße eine militärische Strategie zu planen. Sie sind übervorsichtig, Trooper!«

Peter wandte das Gesicht ab, damit der Polizeioffizier die Verachtung in seiner Miene nicht sah. Hätte doch nur Gordon James, mit dem er seit ihrer Kindheit befreundet war, die Patrouille befehligt und nicht dieser aufgeblasene Idiot. »Wir sollten uns da nicht hineinwagen, Mahmy«, sagte er ruhig. »Ich glaube, sie warten auf uns.«

Ihm war klar, dass der Offizier ihn nicht ausstehen konnte, weil er ein Halbblut war, das Produkt einer abscheulichen Sünde in den Augen des Herrn.

Der Inspektor hatte heftig dagegen protestiert, dass Peter seiner Einheit zugewiesen wurde. *Nein, er wolle ein Vollblut als Fährtenleser, nicht irgendeinen braunen Mischling!* Aber der Mischling hatte Freunde bei der berittenen Polizei, die darauf bestanden, dass er den Posten erhielt. Jetzt mussten sie miteinander auskommen.

Die europäischen Polizisten blickten sich unruhig um. Sie respektierten den jungen Fährtenleser, der »fast ein Weißer« war, wie sie scherzhaft sagten. Wenn Peter meinte, sie sollten sich nicht in die engen, mit Buschwerk bedeckten Schluchten des Massivs wagen, dann glaubten sie ihm. Wie Peter Duffy hielten auch sie wenig von ihrem arroganten Kommandeur, der bis vor kurzem noch bei der britischen Armee in Indien gedient hatte.

Die Aborigines unter den Polizisten wussten, dass Peter Recht hatte. Nervös an ihren Snider-Karabinern herumfingernd, suchten sie mit den Blicken Hänge und Bergkuppen nach den gefürchteten Kalkadoon-Kriegern ab. *Diese Vertreibungsaktion würde sich als Fehlschlag erweisen.*

Inspektor Potter schlug nach den Fliegen, die in dichten Schwärmen um sein Gesicht schwebten und es auf seinen Schweiß abgesehen hatten. Er hatte bereits beschlossen, seinen Fährtenleser zu ignorieren. Den verteufelten Kalkadoon würde er es schon zeigen! Noch ein Weißer sollte ihren Speeren nicht zum Opfer fallen. Seine Männer würden in die Berge gehen.

Falls die Kalkadoon wirklich auf sie warteten, würden die Wilden eine unangenehme Überraschung erleben. Auch ihre massiven Holzschilde konnten die Kugeln aus den Karabinern der Beamten, die im Namen von Königin Viktoria in Queensland für Gerechtigkeit sorgten, nicht aufhalten.

»Vorwärts!«

In Inspektor Potters Stimme lag Verachtung für alles, das nach gesundem Menschenverstand roch.

Peter schwang sich in den Sattel und zog den Karabiner aus der Halterung. Er legte den Kolben auf seinen Oberschenkel. Das tödliche Schweigen der Berge gellte ihm in den Ohren wie ein Todesschrei.

Schweigend ritten sie dahin.

Es gab kein nervöses Wortgeplänkel, während sie den Spuren folgten, die Peters scharfe Augen auf dem trockenen Boden fanden. Zahlreiche Fußabdrücke führten sie in eine enge Schlucht, deren Hänge mit Felsen übersät waren.

Felsen, die groß genug waren, dass sich ein Mann dahinter verbergen konnte, dachte Peter. Sein Unbehagen wuchs, denn er konnte sich vorstellen, was geschehen würde. Felsen und Buschwerk, hinter denen Männer kauerten, die von Geburt an als Krieger ausgebildet worden waren. Die Patrouille folgte ihm nur widerwillig, sah man von Unterinspektor Potter in seiner selbstzufriedenen Unwissenheit ab.

Der von der Sonne verbrannte, schwitzende Offizier schüttelte den Kopf. Dieser verdammte Halbnigger war so feige, wie er vermutet hatte. Kein Rückgrat, wenn es darum ging, mit primitiven Schwarzen fertig zu werden, die mit wenig mehr als Stöcken und Steinen bewaffnet waren. Sein Zaudern war jedoch bemerkt worden und würde bei der Rückkehr in die Kasernen von Cloncurry gemeldet werden. In der Zwischen…

Sein Monolog des Tadels wurde jäh unterbrochen, als er flüchtig ein seltsames Zischen wahrnahm, das die heiße, bewegungslose Luft in der engen Schlucht erfüllte. Ein brennender Schmerz schnitt durch seine Lenden. Sein Pferd bäumte sich, von Pein und Entsetzen gepackt, auf, als sich ein mit Stacheln bewehrter Speer in seine Flanke bohrte. Gleichzeitig ertönte an den scheinbar verlassenen Hängen aus hunderten Kehlen der blutrünstige Kriegsschrei der Kalkadoon.

Verzweifelt an den Zügeln reißend, versuchte Potter vergeblich, sein Pferd auf den Beinen zu halten, doch das tödlich getroffene Tier ging mit einem donnernden Krachen zu Boden und klemmte ihn dabei unter sich ein.

Die Männer, die die Polizeistreife mit Steinen und langen Hartholzspeeren bewarfen, waren weit über einen Meter achtzig groß, und die Emu- und Geierfedern ihres Kopfschmucks ließen sie noch größer und furchterregender erscheinen. Die Gesichter zierten Streifen aus weißen Federn, die sie mit ihrem eigenen Blut festgeklebt hatten; Arme und Beine waren ebenfalls mit Federn geschmückt. Für die in die Falle gegangenen Polizisten wirkten sie in dieser geisterhaften Aufmachung wie Dämonen der Hölle, die ihr Leben forderten.

Verzweifelt zerrte Potter an dem Speer in seiner Lende, doch dessen Stacheln waren so angebracht, dass sich die Waffe weder ziehen noch schieben ließ, wenn sie erst einmal fest steckte. Die Kalkadoon-Krieger, über die er sich noch vor wenigen Minuten lustig gemacht hatte, hatten ihn in die enge Schlucht gelockt, wo sie das in taktischer Hinsicht günstiger gelegene, höhere Gelände kontrollierten. Dagegen saß die Polizeistreife ohne jede Manövriermöglichkeit fest.

Ein speerschwingender Krieger ragte über Potter auf, der seinen Revolver verloren hatte. »Stirb, weißer Bastard!«, zischte der grauhaarige Kämpfer. Etwas überrascht stellte Potter fest, dass sein Mörder Englisch sprach – dann krallten sich seine Hände verzweifelt um den Speer, der sich in seine Brust gebohrt hatte. Mit verzweifelt rollenden Augen blickte er zu seinem Gegner auf. Er hatte seine Patrouille verloren, und nun ging es ihm ans Leben.

Mit einem gewaltigen Ruck riss der Krieger den Speer aus der Brust des sterbenden Inspektors, während die letzten überlebenden Polizisten verzweifelt versuchten, von ihren um sich tretenden Pferden loszukommen und zu fliehen. Doch wohin sie auch sahen, ihre Augen entdeckten nur immer neue Wellen federgeschmückter Körper, die hinter Felsen und Büschen auftauchten und die Hänge herunterstürmten.

Mit Hohnrufen stürzten sich die Kalkadoon auf die Polizisten, um sie mit ihren lanzenartigen Speeren an die rote Erde zu nageln. Vergeblich um Gnade flehend, starben die Beamten unter Nullah-Keulen und Steinäxten.

Rasiermesserscharfe Steinmesser schlitzten die Bäuche der Toten auf, sodass die Krieger ihnen die Nieren entnehmen konnten. Später würden sie deren Fetthülle als Geste der Ehrerbietung vor den Gefallenen verzehren.

Wallarie wandte sich von dem Inspektor zu seinen Füßen ab und richtete seine Aufmerksamkeit auf den letzten Polizisten, der noch aufrecht stand und sein Gewehr wie einen Schlagstock herumwirbelte. Der Mann hatte keine Chance, das war Wallarie klar, als er die Kalkadoon betrachtete, die ihn umringt hatten und mit Spottrufen verhöhnten.

Peter wusste, dass er sterben würde. Von den Männern, die sie in der Vergangenheit so erbarmungslos gejagt hatten, war keine Gnade zu erwarten. Aber er wusste auch, dass er kämpfend untergehen würde.

War nicht sein Vater vor vielen Jahren in den regennassen Hügeln von Burkesland im Kampf gefallen? Hatte nicht eine Kugel seine Mutter getötet? So war es nun sein Schicksal, zu sterben wie ein Mann. Sein Atem ging stoßweise, als er seine Lungen mit der heißen Luft füllte, um sich ein letztes Mal aufzubäumen.

Da trat ein älterer Krieger, mit einem blutbefleckten Speer bewaffnet, aus dem Kreis der spottenden Kalkadoon. Sein Körper war von zahlreichen Narben gezeichnet, und Peter wurde klar, dass er es mit einem erfahrenen Kämpfer zu tun hatte.

Obwohl er auf den Tod vorbereitet war, hoffte er, nicht leiden zu müssen. Im Stillen betete er darum, dass er tapfer sein würde, wenn der Speer seinen Körper durchbohrte. Er wollte den Kalkadoon noch im Tod zeigen, dass er sich mit jedem von ihnen messen konnte. Peter hatte gelernt, einen Speer auch im Nahkampf einzusetzen, doch die lanzenartige Waffe und die Art, wie die Kalkadoon sie verwendeten, unterschieden sich von dem, was er als Jugendlicher von seinem legendären Verwandten Wallarie gezeigt bekommen hatte. Die wilden Bergstämme warfen den Speer nicht, sondern verwendeten ihn häufiger wie eine Stichwaffe.

Wallarie wollte, dass ihm der Fährtenleser in die Augen sah, bevor er ihn aufspießte, und sein trotziger Gegner tat ihm den Gefallen.

Tom!, dachte Wallarie verwirrt. Er blickte in Tom Duffys Augen!

Er zauderte. Peter entging das unerwartete Zögern in den Bewegungen des narbenübersäten Kriegers nicht. Hatte er diesen Mann nicht schon einmal in einem Traum gesehen? Oder sogar im wirklichen Leben? Der fast vergessene Name kam wie ein Zischen von seinen Lippen.

»Wallarie!«

Beide Männer senkten die Waffen und starrten sich an, als sie einander schließlich erkannten. Ein Jahrzehnt der Weißen war vergangen, seit Wallarie den jungen Mann, der der Sohn seines weißen Bruders war, zum letzten Mal gesehen hatte. Die rätselhafte Botschaft des Traumes, der ihn in der uralten Höhle der Nerambura heimgesucht hatte, klang wie ein Echo durch den Kopf des grauhaarigen Kriegers. Er war nach Norden gekommen, um den Letzten zu finden, in dessen Adern noch das Blut seines Volkes floss.

Unter den Kalkadoon, die auf den tödlichen Stoß des fremden Darambal warteten, der aus dem Süden zu ihnen gekommen war, wurde unruhiges Gemurmel laut. *Warum hatte der Darambal seinen Speer vor dem verhassten Feind gesenkt?*

Da trat Wallarie vor, um seinen Verwandten zu begrüßen.

2

Ohne sich um den kalten, monotonen Nieselregen zu kümmern, starrte Patrick Duffy, Captain der Armee der Königin, auf das Keltenkreuz mit der Aufschrift MOLLY O'ROURKE. Das Grab war von Blumen bedeckt, die der irische Frühling hervorgebracht hatte und die im Winter zu dürrem Gestrüpp vertrocknen würden.

Hier lag also die Frau, die ihn vor zweiundzwanzig Jahren der Obhut der Familie seines Vaters im fernen Sydney übergeben hatte, dachte er düster.

Kerzengerade stand er am Fuß des Grabes und hing seinen bitteren Gedanken nach. Lady Enid Macintosh – seine Großmutter mütterlicherseits – hatte ihm die Umstände seiner Geburt geschildert: wie das alte irische Kindermädchen, das einst in ihren Diensten gestanden hatte, ihn vor seiner Mutter gerettet hatte. Diese hätte ihn sonst auf eine der berüchtigten Babyfarmen Sydneys geschickt, um ihn loszuwerden. Doch Molly hatte ihn in Sicherheit gebracht und vertrauensvoll seiner Tante Bridget und seinem Onkel Frank vom Gasthof Erin in Sydney in die Arme gelegt.

Es war eine traumatische Nacht gewesen, hatte man Patrick erzählt, denn in jener Nacht hatten die Duffys erfahren, dass sein Vater in den neuseeländischen Maorikriegen ums Leben gekommen war. Ein Leben genommen, ein anderes gegeben, lautete Onkel Francis' pragmatisch-philosophischer Kommentar.

Patrick war ein großer, breitschultriger junger Mann. Bis auf die smaragdgrünen Augen glich er seinem Vater Michael Duffy aufs Haar. Seine Augen verdankte er seiner Mutter, der schönen Fiona Macintosh.

Doch die war nun Fiona White, Gattin von Granville White, jenem Mann, der die mächtigen Finanzunternehmen der Macintoshs kontrollierte. Deren Handelsimperium reichte von riesigen Besitzungen in England und Australien bis zu Transport- und Handelsgesellschaften im Pazifikraum, in Asien und Indien. Ein Finanzkonglomerat mit Wurzeln in England, das seine Arme über den gesamten Globus bis an die fernen Grenzen des britischen Empire von Königin Viktoria ausstreckte.

Für einen Augenblick verschleierten sich die Augen des jungen Mannes, als er an Granville White dachte. Aber er wollte keine Zeit auf den Mann verschwenden, den seine Großmutter für die Ermordung seines ihm unbekannten Onkels verantwortlich machte. Heute hatte er von seinem Regiment Urlaub erhalten, um das Dorf zu besuchen, aus dem die Familie Duffy geflohen war – kaum sechs Stunden, bevor der Haftbefehl für seinen Großvater väterlicherseits erging. Zumindest hatte ihm das Tante Bridget erzählt, als er ein kleiner Junge war und im Erin lebte.

Seufzend schlug Patrick den Mantelkragen hoch, um sich gegen den bitterkalten Wind zu schützen. Auf einen Stock gestützt, beobachtete eine in ein zerlumptes Umschlagtuch gehüllte alte Frau den gut gekleideten jungen Mann, der schweigend am Fuß von Mollys Grab stand. Es kam ihr so vor, als wäre der selige Patrick Duffy selbst in sein Dorf zurückgekehrt. Mit abergläubischer Ehrfurcht betrachtete sie das Ebenbild eines Mannes aus einer anderen Zeit.

Als junges Mädchen hatte Mary Casey gemeinsam mit Molly die verhassten englischen Soldaten, die ihr Land besetzt hielten, in mehr als einen Hinterhalt gelockt. Beide hatten dem gut aussehenden, wilden Patrick Duffy nachgestellt.

Doch der junge Rebell hatte nur Augen für die protestantische Tochter eines angloirischen Großgrundbesitzers, die ihn mit in ihr Bett nahm. Um dieselbe Zeit sandte der Magistrat seine Lakaien aus, um Molly wegen aufrührerischen Verhaltens verhaften zu lassen. Als Vierzehnjährige wurde sie in die tödliche Verbannung nach Neusüdwales geschickt.

Mary Casey lebte als Haushälterin des jungen Priesters im

Pfarrhaus des Dorfes. Vater Eamon O'Brien, der Nachfolger von Vater Clancy, war erst vor kurzem ordiniert worden. Er war nicht in Irland geboren und benahm sich mit seiner englischen Erziehung verdächtig ausländisch. Er verbrachte auffallend viel Zeit an den alten Kultstätten, wo die keltischen Druiden einst ihre blutigen Rituale vollzogen hatten. Man hatte ihn sogar sagen hören, der wahre Glaube sei in Irland mit den alten Religionen verschmolzen.

Alte Religionen! Blasphemie war das! Mary schauderte. Allerdings nicht vor Kälte, sondern bei der Erinnerung daran, wie sich der junge Mann höflich als Patrick Duffy vorgestellt und nach Mollys Grab gefragt hatte. »Jesus, Maria und Josef!«, hatte sie, von abergläubischer Furcht gepackt, hervorgestoßen und sich zum Schutz gegen böse Geister bekreuzigt. Er war leibhaftig aus jenem dürren Land jenseits des Ozeans von den Toten zurückgekehrt!

Ihre Reaktion auf seine Frage hatte Patrick überrascht. Aber woher hätte er wissen sollen, wie sehr er seinem Großvater väterlicherseits glich, und dass die Furcht der alten Frau durch ihren keltischen Aberglauben ausgelöst worden war? Wortlos humpelte sie zu dem Grab und deutete mit ihrem Stock auf das Steinkreuz.

Eine Böe vom grauen Atlantik ließ den kalten Nieselregen um Patricks Beine wirbeln. Kälte war er nicht gewöhnt. Offenbar hatten die jahrelangen Nordafrika-Feldzüge in der Armee der Königin sein Blut ausgedünnt.

Das Soldatenleben schien Lady Enid Macintosh keine geeignete Beschäftigung für ihren einzigen Enkel, der sich entschlossen hatte, seine Studien in Oxford aufzugeben. Energisch hatte sie sich dagegen verwahrt, dass er als Offizier zur Armee ging, dann jedoch widerwillig nachgegeben, als er sich einem schottischen Hochlandregiment anschloss.

Das Leben eines Gelehrten interessierte Patrick nicht. Ihn trieb eine merkwürdige, unerklärliche Sehnsucht, zu reisen und an den verlassensten Orten der Erde nach sich selbst zu suchen. Zudem wollte er nur ungern nach Australien zurückkehren, wo er sich zwischen seinen beiden Familien hätte entscheiden müssen. Welche Wahl er auch träfe, er hätte eine Hälfte seiner Abstammung verleugnen müssen.

Als junger Lieutenant war er im ägyptischen Tel-el-Kibir in seine ersten Kampfhandlungen verwickelt worden. Obwohl der Feldzug zum Schutz des strategisch wichtigen Suezkanals, der von ägyptischen Rebellen eingenommen worden war, bereits drei Jahre zurücklag, suchte der Lärm der erbitterten Kämpfe Patrick immer noch in seinen Träumen heim.

Die Ägypter hatten quer zu der Route, auf der die britischen Streitkräfte unter dem Oberbefehl von General Sir Garnet Wolseley vorrückten, einen riesigen Graben ausgehoben. Siebzehn hitzeglühende Tage lang war Lieutenant Patrick Duffy mit seiner Hochlandinfanterie durch die endlose ägyptische Wüste marschiert, bis sie vor den gewaltigen Erdwällen des Feindes standen. Im Schutze der eisigen Wüstennacht führte Lieutenant Duffy seine Hochländer, die im schottischen Kilt marschierten, unter dem kristallklaren Sternenhimmel gegen den Feind. Während er neben seinen Männern herging, wanderten seine Gedanken zu dem, was vor ihm lag. Doch die Vergangenheit ließ ihn nicht los.

Im Alter von elf Jahren hatte er Sydney gemeinsam mit seiner Großmutter mütterlicherseits, der gefürchteten Lady Enid Macintosh, verlassen, um im Londoner Haus der Macintoshs zu leben. Dass sie ihn unter ihre Fittiche nahm, war nur durch einen Pakt möglich geworden, den sie Jahre vorher in Sydney mit seinem Vormund, Daniel Duffy, geschlossen hatte.

Angeblich war der junge Katholik Patrick Duffy der streng protestantischen Lady Enid Macintosh anvertraut worden, damit er in den besten Schulen Englands erzogen werden konnte. Ihr wirkliches Motiv war jedoch reiner Eigennutz: Er sollte darauf vorbereitet werden, seine Stelle als legitimes Oberhaupt des Finanzimperiums der Macintoshs einzunehmen. Da durch seine Familie mütterlicherseits Macintosh-Blut in seinen Adern floss, sollte er als Gegengewicht zu Granville White und der eigenen Mutter, Fiona White, geborene Macintosh, wirken.

Allerdings würde Lady Macintosh niemals einen Papisten an

der Spitze des stolzen protestantischen Clans dulden. Sie war davon überzeugt, dass eine englische Erziehung mit der Zeit schon dafür sorgen würde, dass er die Schlüssigkeit ihres Glaubens erkannte.

Daniel Duffy hielt den Gedanken, dass sich Patrick am Ende für ihre Religion entscheiden würde, für lächerlich. Er war katholisch getauft worden, und Katholik würde er bis zu seinem Ende bleiben.

Enid hatte nicht mit dem natürlichen Charme des Jungen und ihren bislang unterdrückten großmütterlichen Gefühlen gerechnet. Mit der Zeit hatte sie gelernt, Patrick wie eine Mutter zu lieben. Er hatte die Lücke gefüllt, die der Tod ihres geliebten Sohnes David gerissen hatte. Ihre Angst, Patrick zu verlieren und völlig zu vereinsamen, war so groß, dass sie ihn nicht zu einer Entscheidung zwischen seiner irisch-katholischen und seiner schottisch-protestantischen Seite drängte. Eines Tages würde er seine Wahl ohnehin treffen müssen, wenn er seinen angestammten Platz an der Spitze des Macintosh-Imperiums einnehmen wollte. Zumindest konnte er in der Armee der Königin seinem wilden irischen Blut in der Hitze der Schlacht freien Lauf lassen.

Während er mit seinen Männern ins Gefecht zog, wurde Patrick bewusst, dass er sich zwischen der Liebe von Lady Enid auf der einen und der seiner irischen Familie auf der anderen Seite entscheiden musste. Ihm bot sich die beneidenswerte Chance, eines der größten Vermögen des Empire zu erben – doch würde er vermutlich die Wertschätzung von Daniel und dessen Familie verlieren. Im Augenblick aber, rief er sich selbst grimmig zur Ordnung, war die Wahrscheinlichkeit größer, dass er getötet oder verstümmelt wurde. Jeder Gedanke an Vergangenheit und Zukunft wurde von seiner wachsenden Furcht verschlungen, als sich die Hochländer dem Feind näherten.

Würde er plötzlich wie ein Feigling von Panik gepackt werden und davonlaufen? Würde er vor Schreck erstarren und als Offizier versagen? Würde er …

Der Horizont färbte sich rot wie bei einer verfrühten Morgendämmerung. Die Soldaten marschierten schweigend dahin, doch im Stillen fragten sie sich, warum ihre Offiziere nicht dafür gesorgt hatten, dass sie den Feind vor Sonnenaufgang erreichten.

Auch Sir Garnet Wolseley war von der unerwartet frühen Morgendämmerung überrascht worden, doch man hatte ihm erklärt, es handle sich um ein astronomisches Phänomen: den Widerschein eines Kometenschweifs, der direkt unter dem Horizont vorüberziehe.

Direkt vor dem Morgengrauen riss sporadisches Feuer von Posten jenseits der ägyptischen Gräben Patrick aus seinen Gedanken. Dann war die Luft plötzlich vom ohrenbetäubenden Lärm der Gewehre erfüllt, die eine Feuerwand in die Dunkelheit sprühten. Wolseley schickte seine Armee gegen die ahnungslosen ägyptischen Rebellen. Überall entlang der ägyptischen Verteidigungslinie blitzte Mündungsfeuer auf, und die Hörner der Briten bliesen zum Angriff.

Später erinnerte sich Patrick an das Gefühl der Erleichterung, als sich die aufgestaute, überwältigende Angst in Gewehrsalven entlud. Nachdem er seine anfängliche Erstarrung überwunden hatte, konzentrierten sich die Gedanken des jungen Offiziers auf die vor ihm liegende Aufgabe.

Er hatte seine Männer angebrüllt, ihm zu folgen – und sie folgten ihm. Mit aufgepflanztem Bajonett und um die gebräunten Beine wirbelndem Kilt fegten Lieutenant Patrick Duffy und seine Hochländer mit wildem Kriegsgeschrei heran.

In dem erbitterten Handgemenge verlor Patrick seinen Revolver, ersetzte ihn jedoch sofort durch das Martini-Henry-Gewehr eines gefallenen Hochländers. In den nächsten fünfzig Minuten schlug er eine blutige Schneise in die Reihen der Feinde der Königin.

Angriff … Gegenangriff. Schreie und erstickte Flüche von Freund und Feind, die auf Leben und Tod miteinander rangen, Männer, die, tödlich verwundet, in vielen Sprachen nach ihrer Mutter riefen, ein schwarzes Gesicht, das in der Dunkelheit die Zähne fletschte, wilde Mordlust … Stöße mit dem langen Bajonett und qualvolles Stöhnen, wenn das Bajonett im weichen Fleisch sein Ziel fand. Der Nubier, der verzweifelt nach

Patricks Gesicht langte, die pure, ungebändigte Lust am Töten. Noch mehr Gesichter und Körper, bis seine rote Jacke steif von Blut war. Die Schlachtrufe seiner grimmigen schottischen Vorfahren brüllend, metzelte er wie im Rausch die Gegner mit dem Bajonett nieder.

Als alles vorüber war, wurden Lieutenant Duffys Führungsqualitäten und persönlicher Mut in Wolseleys Depeschen lobend erwähnt. Schließlich erhielt er als Belohnung für seine Teilnahme am Feldzug zur Rettung des Suezkanals ein Offizierspatent als Captain.

Doch die Monate des Feldzugs in der Wüste und in den Sümpfen des Nil hatten seine Gesundheit untergraben. Als er am Fuß von Molly O'Rourkes Grab stand, war er von der Malaria noch so geschwächt, dass seine militärische Haltung in sich zusammenbrach und er zu schwanken begann.

Mary Casey, die auf ihn zuhumpelte, um ihm zu helfen, entdeckte hinter den Augen, die sie durch das Fieber hindurch anlächelten, eine seltsame Macht.

Die Augen des Teufels, dachte sie. Augen, die selbst einer Nonne Herz und Jungfräulichkeit rauben konnten!

Zunächst versuchte Patrick, Mary abzuwimmeln. Schließlich ließ er sich jedoch überzeugen, dass es das Vernünftigste wäre, wenn er bei ihr im Pfarrhaus einen Teller heiße Suppe aß. Er folgte ihr zu dem kleinen, gemauerten Anbau, der sich an die Kirche lehnte. Während sie Patrick ins Haus führte, rief sie nach Vater O'Brien.

Hastig beendete der Priester, der ihre Rufe gehört hatte, die vorgeschriebenen Gebete und schloss das Messbuch. Als er in die winzige Küche eilte, sah er gerade noch, wie seine gebrechliche Haushälterin einem jungen Riesen auf den abgewetzten Holzstuhl am Tisch half.

»Vater Eamon O'Brien«, sagte der junge Priester, während er Patrick die Hand reichte. Seinem Auftreten und dem teuren Anzug nach zu urteilen, musste es sich bei dem Fremden um eine bedeutende Persönlichkeit handeln. Als Patrick sich vorstellte, erkannte der Priester sofort den Akzent der gebildeten britischen Oberschicht.

Unterdessen wärmte Mary Casey die Suppe – eine dünne Grütze aus abgestandenem Gemüse und Gerste, der ein winziges Stückchen Lammfleisch Geschmack verlieh – in einem altmodischen Kessel, den die Feuer von über einhundert Jahren schwarz gefärbt hatten.

Patrick fühlte die Wärme der Küche in seinen Körper strömen wie die frühe Morgensonne, die sich über den Wüsten des Nilgebiets erhob. Diese Wärme, aber auch die ganze Atmosphäre in der Küche des Priesters, rief flüchtige Erinnerungen an eine Gasthausküche im irischen Viertel Sydneys wach – jenen Ort, wo er mit Tante Bridget, Onkel Francis und Daniels Familie die erste Hälfte seines Lebens verbracht hatte.

»Sie sind nicht aus dem Dorf, Mister Duffy«, stellte Vater O'Brien sachlich fest. »Obwohl Sie einen hier wohlbekannten irischen Namen tragen, sprechen Sie mit englischem Akzent.«

Bei dieser Bemerkung lächelte Patrick, denn der junge Priester klang selbst keineswegs so irisch, wie er offenbar glaubte. Im Grunde sah er nicht einmal aus wie ein Priester, sondern eher wie jemand, der in den geheiligten Hallen von Oxford oder Cambridge zu Hause war.

Eamon war groß und dünn und trug eine Brille. Sein intelligentes, wissbegieriges Gesicht schien unentwegt Fragen zu stellen – selbst wenn seine Lippen schwiegen. »Nein, Vater, ich bin nicht von hier«, gab Patrick mit einem schwachen Lächeln zurück. »Und auch wenn ich mit englischem Akzent spreche, wie Sie sagen, bin ich in Wirklichkeit Australier.«

»Ein Australier! Ich wusste gar nicht, dass solch ein Wesen existiert«, meinte der Priester mit ironischem Lächeln. »Doch das dürfte erklären, warum ein Ire mit englischem Akzent spricht und sich dennoch seine Identität bewahrt hat. Immerhin stammen Sie aus einem Land, das sich gegen die Besetzung dieser heiligen Gestade ausgesprochen hat.«

»Meine Familie hat dieses Dorf in den Fünfzigerjahren verlassen. Patrick und Elizabeth Duffy waren meine Großeltern väterlicherseits«, erwiderte Patrick nicht ohne Stolz. Schließlich wusste er aus den Geschichten, die im Erin kursierten, dass sein Großvater in seinem Geburtsort eine Art Legende war.

Als Soldat der Armee Ihrer Majestät hatte er deswegen immer ein schlechtes Gewissen gehabt, denn die rebellischen Iren waren eine beständige Geißel der Streitkräfte des Empire. Ihr lächerliches Streben nach Unabhängigkeit band wertvolle militärische Ressourcen.

»Dann bist du also nicht Patrick Duffy selbst!«, stieß Mary Casey erleichtert hervor. Bis dahin hatte sie immer noch die abergläubische Furcht geplagt, sie hätte es mit einem Geist zu tun, den es an den Ort seiner Jugend zog. »Gott sei Dank!«

Diese rätselhafte Bemerkung trug ihr fragende Blicke von Priester und Soldat ein.

Vater O'Brien, dem Patricks überraschte Miene nicht entgangen war, griff ein, um ihn von seiner Verwirrung zu erlösen. Immerhin war er mit der seltsamen Art seiner Pfarrkinder vertraut. »Dann statten Sie uns wohl einen Besuch ab, Mister Duffy. Eine Pilgerfahrt, könnte man sagen.«

»Das trifft es am besten.«

»Ich habe von Ihrem Großvater gehört«, fuhr Eamon fort. »Es heißt, er habe mit Peter Lalor bei den Palisaden von Eureka gegen die britische Armee gekämpft. Die wilden Schwarzen sollen ihn in Australien getötet haben.«

Patrick fuhr sich mit der Hand über das Gesicht, um den Schweiß wegzuwischen. »Ja, das stimmt«, erwiderte er. »Er gehörte zu den aufständischen Bergleuten, die sich bei Ballarat der Revolverschützenbrigade der California Rangers angeschlossen haben.«

»Dann wird man Sie in allen Pubs hier willkommen heißen.«

»Das bezweifle ich, Vater.« Patrick schüttelte betrübt den Kopf. »Ich bin Captain der Armee der Königin.«

Der Priester starrte seinen Gast an.

Das erklärt die Sonnenbräune, dachte er – ein Feldzug in irgendeinem fernen, gottverlassenen Land. »In ausländischen Armeen zu kämpfen hat hier eine lange Tradition«, sagte er mitfühlend. »Viele junge Männer aus dem Dorf waren beim Militär, viele haben unter dem Union Jack gedient. Für einen

Iren ist es wahrscheinlich egal, für wen er kämpft, wenn es nur eine ordentliche Prügelei gibt. Aber«, setzte er warnend hinzu, »vielleicht sollten Sie nicht erwähnen, dass Sie Offizier sind. Ihr Akzent weist Sie ohnehin als Engländer aus.«

Patrick nickte. Engländer, Iren, Schotten ... in seinen Adern floss das Blut von Kelten, Angeln und Sachsen. Nicht zu vergessen den französischen Einschlag vonseiten seiner Großmutter väterlicherseits. Das war typisch für sein Land, sinnierte er. Er war als Australier geboren, und in Eton hatte er die Ehre seines Landes mehr als einmal mit den Fäusten verteidigt, obwohl er viele Jahre nicht mehr dort gewesen war. Vielleicht war es sein übermächtiges irisches Blut, das keine abwertenden Bemerkungen über seine Herkunft aus den Kolonien vertrug. Gleichzeitig aber war er unbändig stolz auf seine angloschottischen Vorfahren.

Mary servierte Patrick die dampfende Suppe in einer angeschlagenen Porzellanschüssel. Er blickte zu ihr auf und bedankte sich mit seinem besten irischen Akzent. »Du lieber Himmel, Mrs. Casey, das riecht ja wie bei meiner guten, alten Tante, Gott hab sie selig!« Dabei zwinkerte er ihr spitzbübisch grinsend zu.

Mary gluckste vor Entzücken. »Nun hör aber auf, Paddy Duffy!« Ihre Stimme klang wie die eines jungen Mädchens, als sie dem gut aussehenden Enkel des alten Patrick einen neckischen Schubs versetzte. »Du willst dich doch wohl nicht an eine ehrbare Frau wie mich heranmachen!« Der vertrauliche Ton versetzte die Alte in eine andere Zeit zurück, in der der Großvater des Jungen sie in seine Arme gerissen hatte, um ihr einen Kuss zu rauben. Alte Erinnerungen in einer neuen Zeit.

»Na, und ob ich das will, Mary Casey, aber vielleicht hat Vater O'Brien was dagegen.«

Die herausfordernde Bemerkung seiner Haushälterin und die respektlose Art, wie Patrick sie ermutigte, waren Eamon so unangenehm, dass er rot wurde und den Kopf einzog. Bevor Patrick seine Suppe kosten konnte, murmelte Eamon ein hastiges Dankgebet für die Speise. Da der junge Offizier von seiner Stellung als Priester des Dorfes keineswegs eingeschüchtert zu sein schien, vermutete er, dass Patrick kein praktizierender Katholik war.

»Wo wohnen Sie während Ihres Aufenthalts, Captain Duffy?«, erkundigte er sich.

»Ich bin im Gasthaus unten im Dorf abgestiegen. ›Bernard Riley's Pub‹ nennt es sich, glaube ich.«

»Ein entfernter Verwandter von Ihnen«, bemerkte Eamon. »Sie haben überhaupt eine Menge Verwandte im Dorf. Einige davon sind sogar Protestanten, schließlich war Ihre Großmutter Elizabeth Fitzgerald. Mit dem Bruder Ihrer lieben verstorbenen Großmutter pflege ich regen Kontakt. Wir interessieren uns beide für Archäologie, was meine irischen Landsleute nicht so recht zu schätzen wissen. Habe ich Recht, Missus Casey?«

»Es is nich richtig, dass Sie mit Hacken und Schaufeln an den alten Plätzen rumwühlen, Vater«, schimpfte Mary, während sie die Suppe in dem großen Kessel umrührte. »Die Alten soll man in Ruhe lassen.«

»Aber das ist abergläubischer Unsinn, Missus Casey«, gab Eamon zurück. »Schließlich hat Sankt Patrick die Macht der Alten gebrochen und den Glauben an den Herrn nach Irland gebracht.« Patrick entdeckte in der provokativen Erwiderung einen neckenden Unterton.

Wortlos rührte Mary Casey in der Suppe herum. Sie war eine ebenso gute Katholikin wie die anderen im Dorf, aber manche Dinge änderten sich nie. Dinge, die in den stillen grauen Nebeln hinter dem Dorf lebten. Viele gläubige Iren hatten sie gesehen und konnten ihre Existenz beschwören.

»Sie reden nicht wie die irischen Priester meiner Kindheit in Sydney, Vater.«

Eamon lächelte breit, obwohl er sich nicht sicher war, ob es sich um ein Kompliment oder einen Tadel handelte. Das hing davon ab, ob man ein treuer Anhänger des wahren Glaubens war. »Ich bin in England unter anglikanischen Katholiken aufgewachsen und viel in Europa gereist«, erwiderte er. »Doch leider hat mich meine Erziehung in der weiten Welt nicht auf das Leben als Pfarrer in einem irischen Dorf vorbereitet. Aber ich habe der Kirche Gehorsam geschworen, und deswegen bin ich hier.«

»Manche meinen, die englischen Katholiken hätten in der Kirche Roms nichts zu suchen.« Auch Patrick verstand es zu provozieren. »Sie sollen ebensolche Ketzer sein wie die Protestanten.«

Der Priester strahlte und nahm die Brille ab, um die Gläser zu polieren. »Ach, Captain Duffy, ich glaube, wir beide könnten viele philosophische Gespräche führen. Sie haben in Cambridge studiert?«

»Nein, in Oxford«, erwiderte Patrick mit affektiertem britischem Akzent. Dann wechselte er ins Lateinische. »Das könnten wir in der Tat, Vater. Tacitus, der Historiker, hat mich stets besonders interessiert.«

Der Priester hob die Augenbrauen, als er den jungen Captain so flüssig in der Sprache der Kirche sprechen hörte. »Und wie steht es mit der irischen Geschichte?«, fragte er auf Englisch zurück.

Patrick runzelte die Stirn. »Ich fürchte, darüber weiß ich nicht viel.«

»Das überrascht mich nicht«, schnaubte Eamon. »Schließlich haben Sie Ihre klassische Bildung in England erhalten. Aber ich könnte Sie bestimmt für die frühe Geschichte des Landes Ihrer Vorfahren begeistern, Captain Duffy. Wenn Sie Tacitus mögen, dann dürfte Sie auch die Geschichte der wichtigsten Rivalen Roms – der Kelten – interessieren.«

Bevor Patrick antworten konnte, löffelte Mary Casey eine weitere Kelle dampfende Suppe in seine fast leere Schale. Dann entschuldigte sie sich und schlurfte davon, um sich in dem kleinen Anbau, der als Pfarrhaus diente, um ihre anderen Pflichten zu kümmern.

Nachdem Patrick seine zweite Portion Suppe aufgegessen hatte, setzte Eamon das Gespräch fort. »Wenn Sie eine Weile bleiben, sollte ich Sie George Fitzgerald vorstellen. Er besitzt eine ausgezeichnete Sammlung von Kunstgegenständen, die unserer Meinung nach aus der Zeit der alten irischen Heldenkrieger stammen. ›Bronzezeit‹ nennen wir Amateurarchäologen jene Epoche.«

»Das wäre schön. Sie können übrigens meinen Rang weglassen. Mein Name ist Patrick.«

»Da Sie offensichtlich kein religiöser Mensch sind, Patrick, nennen Sie mich am besten Eamon«, erwiderte der Priester mit einem warmen Lächeln. »Wahrscheinlich hängt Ihr mangelnder Respekt vor Titeln mit Ihrer kolonialen Abstammung zusammen.«

Patrick lachte. »Manche Gewohnheiten wird man nie los. Ja, Sie haben wohl Recht. Australier denken grundsätzlich, sie wären so wichtig wie jeder andere, ganz gleich, welchen Beruf sie haben und was ihre gesellschaftliche Stellung ist.«

»Das ist auch dem weit gereisten Engländer Mister Trollope bei seinen Reisen in den Kolonien aufgefallen«, meinte Eamon lächelnd. »Er war ziemlich entsetzt, als ihn der Kutscher wie einen Gleichgestellten behandelte.«

Bis in den späten Nachmittag hinein führten Priester und Soldat ein angeregtes Gespräch über Politik und Geschichte. Bei aller Unterschiedlichkeit verband ihre gemeinsame Erziehung die beiden Männer, die sich von der Ungezwungenheit des jeweils anderen angezogen fühlten. Der Priester holte eine Flasche Whisky hervor, und bevor die Sonne am grauen Himmel untergegangen war, hatten die beiden sie zu drei Viertel geleert.

Mary Casey war, so schnell sie konnte, zu Riley's Pub gehumpelt, wo sie die Nachricht verbreitete, dass der Enkel des großen Patrick im Dorf eingetroffen war. Für diese Neuigkeit wurde sie mit endlos fließendem Whisky belohnt, während sie den gebannt lauschenden Stammgästen des Lokals ihre Geschichte erzählte.

Die alten Männer nickten weise und saugten bedächtig an ihren Pfeifen, als sie sich an den Patrick Duffy von damals erinnerten. Ein wahrer Riese war das. Sie waren noch jung gewesen, aber sie erinnerten sich gut an die Nacht, in der die britischen Truppen kamen, um ihn zu verhaften. Ein mitfühlender Gerichtsschreiber hatte die Familie gewarnt. Nur wenige Stunden waren sie dem Haftbefehl zuvorgekommen. Aus diesem Grund mussten sie das erste Schiff, das den Hafen verließ, nehmen – und das ging zufällig nach Australien und nicht nach Amerika, wie Patrick Duffy gehofft hatte.

Als der Enkel des großen Mannes schließlich etwas mitgenommen von seinem Trinkgelage mit Vater O'Brien im Gasthaus eintraf, starrten ihn die Gäste mit einer Mischung aus Ehrfurcht und Mitleid an. Ehrfurcht vor dem Blut, das in seinen Adern floss, und Mitleid, weil sich dieses Blut mit dem der Engländer vermischt hatte.

In der verrauchten Bar nickte Patrick höflich grüßend der Wand schweigender Gesichter zu, die ihn neugierig anstarrten. Er ging sofort auf sein Zimmer. Obwohl er Schlaf bitter nötig hatte, fand er sich in seinen wirren Träumen auf dem Schlachtfeld wieder. Sein Stöhnen und Wimmern verlor sich, während er sich schweißüberströmt von einer Seite auf die andere warf, in der irischen Nacht.

3

Einen Tagesritt östlich vom Ort des Überfalls der Kalkadoon auf die berittene Polizeipatrouille brachte Ben Rosenblum ächzend die letzten Stangen an dem Holzzaun an, den er um seine Viehkoppeln errichtet hatte.

Mit fast dreißig Jahren hatte er sich endlich seinen Traum von einer eigenen Rinderfarm erfüllt. Der Besitz war nicht besonders großartig: eine Rindenhütte mit einem einzigen Raum, ein paar Koppeln und ein Wellblechschuppen, in dem Sättel, Werkzeug und ein paar Strohballen untergebracht waren. Aber eines Tages würde er daraus ein Imperium für seine junge Familie schaffen – das wusste er mit dem Optimismus seiner jüdischen Vorfahren, die das Schicksal selten auf ihrer Seite gehabt hatten.

Früher hatte Ben für Kate O'Keefe, eine großartige Geschäftsfrau, gearbeitet und miterlebt, wie sie zu beträchtlichem Reichtum gekommen war. Als junger Fuhrmann hatte er sie auf dem gefährlichen Weg zu den Goldfeldern am Palmer begleitet. Gemeinsam waren sie mit feindlichen Ureinwohnern, Überschwemmungen, Hunger und Durst fertig geworden. Ihr unermüdlicher Siegeswille färbte auf den jungen Mann ab, der den ersten Teil seines Lebens in den berüchtigten Hafenvierteln Sydneys verbracht hatte. Von Kates leuchtendem Vorbild inspiriert, begann Ben, Geld beiseite zu legen. Das Ergebnis seiner Sparsamkeit war dieser Besitz, dem er aus sentimentalen Gründen den Namen Jerusalem gegeben hatte.

Das war eine verspätete Anerkennung seiner jüdischen Herkunft, obwohl er an sich kein praktizierender orthodoxer Jude mehr war. Auch die Speisevorschriften seiner Religion beachtete er nicht, weil sie ihm angesichts der Härten des Lebens im Grenzland unbedeutend und unpraktisch erschienen.

Seine Hochzeit mit Jennifer Harris – von einem anglikanischen Priester vollzogen – hatte ihn noch weiter von seinem Glauben entfernt. Bens Tante Judith und sein Onkel Solomon Cohen, die beide sehr konservativ waren, hatten sich geweigert, seine Frau zu akzeptieren. Nicht nur, dass Jennifer keine Jüdin war – sie hatte außerdem ein uneheliches Kind. Die schlimmsten Befürchtungen der beiden bestätigten sich, als sie sich auch noch weigerte, ihre Kinder im Sinne von Bens Religion aufzuziehen.

Ben hatte Jenny am Palmer kennen gelernt. Damals war sie ein schmutziges, unterernährtes junges Mädchen gewesen. Das schweigsame Kind, das sie im Schlepptau hatte, war das Produkt einer entsetzlichen Untat. Jenny war Bens erste und einzige Liebe.

Sie erwiderte Bens Gefühle, aber ihre Zuneigung war eher spirituell als körperlich. Doch obwohl es ihr an körperlicher Leidenschaft mangelte, wusste er, dass sie für ihn tiefe Liebe empfand, und verlor nie die Geduld. Einmal hatte Kate angedeutet, dass Jennifer als Kind in Sydney auf furchtbare Weise missbraucht worden war, aber sie selbst sprach nie darüber – und Ben fragte nicht.

Als Ben jetzt in der Ferne das Donnern von Pferdehufen hörte, ließ er den schweren Hammer sinken, mit dem er die Stangen zusammennagelte. Das konnte nur sein Adoptivsohn sein, Willie, der sich da in vollem Galopp näherte. Fluchend schwor er sich, ihm die Leviten zu lesen, weil er das Tier so hetzte.

»Ben!« Der junge Mann schien sehr aufgewühlt, was bei ihm nicht oft vorkam. Mit seinen sechzehn Jahren hatte Willie so viel Schreckliches erlebt, dass er nur selten die Fassung verlor.

Ben reckte den schmerzenden Rücken und blickte dem Jungen entgegen, der sein Tier auf der anderen Seite der Koppeln gezügelt hatte. Gewandt sprang Willie vom Pferd, um seinem hoch gewachsenen, bärtigen Adoptivvater Bericht zu erstatten. »An der Westgrenze lagert eine große Gruppe von

Schwarzen, die ziemlich kriegerisch aussehen«, berichtete er außer Atem. Es klang, als wäre er die sechs Kilometer von dem trockenen Wasserlauf, der die westliche Grenze von Bens Besitz markierte, hergerannt. »Fünfzig, vielleicht hundert«, stieß er mit einer Mischung aus Aufregung und Furcht hervor.

»Hast du Gins und Piccaninnies bei ihnen gesehen?«, fragte Ben gelassen. Die beiläufig gestellte Frage wirkte beruhigend auf den jungen Mann, der sich angesichts der Souveränität des Älteren ein wenig kindisch vorkam.

»Ja, sie haben Frauen und Kinder dabei.«

»Dann stellen sie für uns vermutlich keine unmittelbare Gefahr dar«, schloss Ben. »Aber wir gehen besser kein Risiko ein.«

Willie nickte. Er vertraute Bens Entscheidungen vollkommen, der im Lauf der Zeit für ihn fast wie ein richtiger Vater geworden war. Wer sein leiblicher Vater war, wusste er immer noch nicht. Seine Mutter weigerte sich, darüber zu sprechen, und von Ben erfuhr er auch nichts.

»Zeit für eine Tasse Tee.« Mit diesen Worten schwang sich Ben den Hammer über die Schulter und ging in Richtung der kleinen Rindenhütte, die ihr Heim war. Willie folgte ihm und band sein Pferd an dem Geländer vor der Hütte an.

Drinnen im Haus knetete Jenny Teig für einen Brotlaib. Der Schweiß lief ihr in Rinnsalen über das Gesicht, und der Knoten, zu dem sie ihr Haar aufgesteckt hatte, löste sich allmählich auf. Die Zeit und das harte Leben an der Grenze hatten ihre prächtigen goldenen Zöpfe mit grauen Strähnen durchzogen. Längst hatte sie jeden Versuch aufgegeben, das große, erdbeerförmige Muttermal auf ihrer linken Wange zu verstecken, und eigentlich hatte sie vergessen, dass es überhaupt existierte.

Ben sagte ihr immer wieder, dass sie die schönste Frau der Welt sei, obwohl ihr bewusst war, dass ihre schmale Taille an Umfang zugenommen hatte, seit sie sich vor vielen Jahren kennen gelernt hatten.

Rebecca, ihr jüngstes Kind, saß an der grob behauenen Tischplatte und knetete wie ihre Mutter einen Laib, der allerdings etwas kleiner war. Obwohl sie erst vier war, konnte sie bereits kochen. Sie sah zu den beiden Männern auf, die den Eingang verdunkelten, wandte sich dann jedoch wieder dem Brotbacken zu.

»Wo sind Saul und Jonathan?« Ben bemühte sich, so ruhig wie möglich zu klingen.

Jenny hielt in ihrer Arbeit inne und strich sich die Haarsträhnen aus dem Gesicht, wobei ein wenig Mehl an ihrer Nase hängen blieb. Die Sorge verdüsterte ihre Augen, als sie ihren Ehemann anstarrte. »Warum? Was ist passiert?«

»Nichts. Ich wollte nur wissen, wo die Jungen sind.«

»Sie sind mit den Hunden in den Busch gegangen, um nach wildem Bienenhonig zu suchen.«

»Ich hab an dem ausgetrockneten Bachbett eine Gruppe Schwarzer gesehen. Sind sie in die Richtung gegangen?«, mischte sich Willie ein.

Jenny blieb der Mund offen stehen. »Weiß ich nicht. Sie sind einfach losgezogen. Vor der Dämmerung wollten sie zurück sein, haben sie gesagt.«

»Denen passiert schon nichts.« Willie versuchte, seiner Mutter die verständliche Angst zu nehmen. »Keine Sorge.«

Auch Ben war beunruhigt, aber er vertraute auf die Cleverness seiner Söhne. Jonathan und Saul waren im Busch geboren, und obwohl sie erst neun beziehungsweise zehn Jahre alt waren, wussten sie, wie man da draußen überlebte. Auf der Farm arbeiteten sie wie Männer, und Ben respektierte sie, weil sie im Nehmen hart wie Erwachsene waren. Sie konnten mit dem Vieh umgehen und waren beide ausgezeichnete Schützen mit dem schweren Snider-Gewehr. Fast immer kamen sie mit einem Känguru zur Hütte zurück, das mit den fünf Hunden geteilt wurde.

Rebecca, die die Spannung in der kleinen Hütte spürte, verfolgte das Gespräch der Erwachsenen mit weit aufgerissenen Augen. Willie sah ihr an, wie verängstigt sie war. Er liebte das kleine Mädchen fast so sehr wie seine Mutter. Beruhigend legte er ihr die Hand auf den Kopf, um ihr über die prächtigen goldenen Locken zu streichen. In Aussehen und Art glich sie ihrer Mutter, während seine beiden Halbbrüder mehr nach ihrem Vater kamen. Mit fragendem Blick sah die Kleine zu Willie auf, der ihr mit einem zuversichtlichen Lächeln antwortete.

»Ich reite los und suche nach den Jungen«, sagte Ben, der sich keinerlei Angst anmerken ließ. »Willie, du bleibst hier und baust weiter an den Zäunen.«

Jenny nickte. Sie fühlte sich daran erinnert, wie Ben vor vielen Jahren unbewaffnet losgezogen war, um den Eurasier John Wong vor dem Hinterhalt zu warnen, den ihm die Aborigines auf dem Weg zum Palmer gelegt hatten.

»Ben?«, sagte sie leise und mit einem kaum merklichen Anflug von Furcht.

»Ich weiß«, erwiderte er traurig lächelnd. Die beiden wechselten besorgte Blicke, die jedes Wort überflüssig machten.

Ben nahm ein Gewehr aus der langen Kiste neben ihrem Bett und ließ eine Schachtel Patronen in seine Tasche gleiten. Dann schnallte er sich den schweren Colt um, den Kate ihm bei ihrem ersten Treck nach Westen geschenkt hatte. Jenny holte die Bleikugeln und das Schießpulver aus der Anrichte. Sie liebte dieses Möbelstück wegen der zarten Blumen und Blätter, die an den Kanten eingeschnitzt waren. Es war einer der wenigen Gegenstände in der Hütte, die sie in einem Geschäft gekauft hatten. Aber Ben hatte ihr versprochen, dass sie eines Tages die schönsten Möbel in der gesamten Kolonie haben würde.

Nicht dass ihr materielle Güter so wichtig gewesen wären wie ihr großer, sanfter Ehemann, dem sie über die Grenze gefolgt war. Damals war er neben den riesigen, quietschenden Wagen hergegangen, die von phlegmatischen Ochsen gezogen wurden. Im Schatten dieser Fuhrwerke hatte sie ihre Söhne zur Welt gebracht. Nur Rebecca war in ihrem jetzigen Heim geboren worden.

Nachdem Ben die Vorbereitungen für seine Suche abgeschlossen hatte, drückte er seine Tochter liebevoll an sich und strich seiner Frau sanft über die Wange. Sie presste ihr Gesicht in seine breite, von der Arbeit schwielig gewordene Hand. Beim Abschied flossen keine Tränen, weil Jenny sich und den anderen nicht eingestehen wollte, dass sie sich um Mann und Söhne sorgte, doch sie schloss kurz die Augen, um den Duft nach frisch geschlagenem Holz und Tabak einzusaugen, der sich in den Poren von Bens Haut festgesetzt hatte.

Ben schwang sich in den Sattel und trieb sein Pferd mit einem sanften Tritt an. Während er an den Koppeln vorbeiritt und auf die in der Hitze flimmernden, bewegungslosen Sträucher blickte, hatte er für einen flüchtigen Augenblick den Eindruck, der Busch würde nach der Hütte greifen.

Als er außer Sicht war, nahm Jenny Rebeccas Hand und führte sie in die Hütte. Dort durfte sie die Tochter ihre Tränen sehen lassen. Zu weinen war das Vorrecht der Frauen. Männer ertrugen ihren Schmerz still.

Das Gelächter der Frauen und Kinder verwandelte sich in Schreie des Entsetzens, als sie aus dem trockenen Bachbett in den Schutz der Büsche flüchteten.

Terituba riss einen Speer aus dem Bündel zu seinen Füßen und stellte sich dem großen, bärtigen Weißen entgegen, der sich ihnen plötzlich näherte. Wie hatte ein Weißer sie so überraschen können? Fluchend schickte er sich an, die mit Widerhaken versehene Waffe auf den Mann zu schleudern, der ihm im Bachbett furchtlos entgegenkam. Doch der Kalkadoon-Krieger zögerte. Wenn es dem weißen Teufel gelungen war, ins Lager seines Clans einzudringen, hätte er auch längst mit den schrecklichen Waffen der Weißen auf sie feuern können, die blutige Löcher in den Körpern ihrer Opfer hinterließen.

Terituba war nicht allein. Junge und alte Krieger hatten ihre Waffen zu einer Wand aus Speeren erhoben und blickten dem sich nähernden Weißen verunsichert entgegen, der in jeder Hand einen Sack hielt. An der Hüfte trug der Fremde die Feuerwaffe, die man viele Male abfeuern konnte, ohne dass man wie bei den langen Gewehren nachladen musste. Aber sie lag nicht in seiner Hand.

»Bringen wir ihn um«, rief ein junger Krieger Terituba nervös zu, »bevor er uns tötet!«

»Nein«, herrschte Terituba die Männer an. »Erst wenn ich es sage!« Widerwillig gehorchten die Krieger. Es wäre so einfach gewesen, die nach Blut dürstenden Speere auf den einsamen Fremden herabregnen zu lassen.

Jeder einzelne Nerv in Bens Körper schien zu kribbeln, als er sich auf den Einschlag des mit Widerhaken versehenen Speers vorbereitete. Er spielte nicht nur um sein eigenes Leben – es ging um seine beiden Söhne. Aus ihren Spuren hatte er ersehen, dass sie wohl über das Bachbett zurückkommen würden. Dabei mussten sie auf die schwer bewaffnete Kalkadoon-Gruppe stoßen. Also handelte er zuerst. Statt ihnen feindselig gegenüberzutreten, übermittelte er ihnen eine Geste der Freundschaft.

Er ging weiter auf den Größten unter den nackten Kriegern zu, da er zu Recht vermutete, dass dieser einen beträchtlichen Einfluss auf seine Leute ausübte, die sich entlang des ausgetrockneten Bachbetts versammelt hatten. Breite Schultern und ein massiger Brustkorb, unter deren Haut sich die Muskeln wie Schlangen bewegten, machten ihn zu einer eindrucksvollen Gestalt.

Während er näher kam, sah Ben, dass ihn der Krieger aus dunklen, unergründlichen Augen fixierte. Etwa zehn Schritte entfernt hielt er an und legte die beiden Säcke auf die Erde. Dann trat er zurück und deutete freundlich lächelnd auf Mehl und Zucker. Kalte Furcht packte ihn, und sein Magen schien sich in eine Masse sich windender Würmer zu verwandeln, während er angespannt wartete.

Die dunklen, kühlen Augen suchten ihn nach Anzeichen von Angst – oder Wahnsinn – ab. Doch Terituba entdeckte weder das eine noch das andere, und so nahm er an, dass es sich tatsächlich um eine Geste des guten Willens handelte.

»Tut dem weißen Mann nichts. Er will uns nichts Böses«, rief er seinem Stamm mit lauter Stimme zu. Ben konnte den Umschwung in der Atmosphäre, in der Sekunden zuvor noch tödliche Bedrohung gelegen hatte, deutlich fühlen.

Vorsichtig wagten sich Frauen, Kinder und Alte aus den nahen Büschen hervor, in die sie sich geflüchtet hatten. Terituba senkte den Speer und ging auf Ben zu, um die beiden Säcke zu seinen Füßen zu untersuchen. Er kannte Mehl und Zucker, weil sie diese köstlichen Nahrungsmittel erbeutet hatten, als sie vor einer Woche südlich von ihrer jetzigen Lagerstätte einen Fuhrmann in einen Hinterhalt gelockt hatten.

Terituba stieß mit der Speerspitze gegen die Säcke und grinste. Das war das Zeichen, dass alles in Ordnung war. Zuerst wagten sich die Kinder heran. Sie streckten die Hände aus, um das Wesen zu berühren, das man sie zu fürchten gelehrt hatte und das sie nun anlächelte. Schüchtern lächelten sie zurück.

Die Frauen stürzten sich auf die Säcke und rissen mit den scharfen Spitzen ihrer Grabstöcke daran. Jede wollte das Geschenk für sich. Mit seiner Nullah-Keule brachte Terituba Ordnung in das Chaos. Die Frauen kreischten protestierend, wichen aber zurück und warteten missmutig, bis er auf diejenige zeigte, die ihren Anteil zuerst erhalten sollte. Unterdessen hielten sich die Männer abseits. Mit gesenkten Speeren starrten sie misstrauisch auf den weißen Mann. Nur das Wohlwollen Teritubas hielt ihn am Leben.

»Ben«, sagte der jüdische Viehzüchter und deutete auf sich. »Ich Ben.«

»Iben«, wiederholte Terituba. Ben lächelte bei dieser Interpretation seines Namens.

»Terituba«, erwiderte der Krieger, dem klar war, dass der weiße Mann ihm sein Totem genannt hatte. »Wofür ist das?«, fragte er in seiner Sprache.

Doch keiner der beiden verstand des anderen Sprache, und ein unbehagliches Schweigen breitete sich aus.

»Ich suchen Piccaninnies meine«, sagte Ben schließlich, um das Schweigen zu brechen. Terituba verstand »Piccaninnies«. Das Wort hatte er entlang der Handelsstraßen, die die verstreut lebenden Stämme von Queensland miteinander verbanden, aufgeschnappt. Es war ein Wort des weißen Mannes, das die Ureinwohner übernommen hatten.

Ben wiederholte die Frage, wobei er mit der Hand die Augen

beschattete und suchend um sich blickte. Dann deutete er auf sich. Terituba entnahm der Geste, dass der Mann seine Kinder suchte, was automatisch sein Mitgefühl weckte.

»Ich habe deine Piccaninnies nicht gesehen«, erwiderte er in der Sprache der Kalkadoon. Obwohl Ben die Antwort nicht verstand, hörte er das Mitgefühl in der Stimme des anderen. Er nickte, als wüsste er, was der Aborigine gesagt hatte. Dann streckte er dem Kriegshäuptling der Kalkadoon seine Hand hin.

Der hatte die Geste mit neugierigen Blicken verfolgt. Nun antwortete er mit derselben Bewegung, und Ben nahm seine Hand. Er schüttelte sie zweimal, um dem hoch gewachsenen Kalkadoon zu danken. Terituba konnte nur vermuten, dass es sich um einen Gruß unter Gleichgestellten handelte. Es war ein eigenartiges Gefühl, die Hand eines weißen Mannes zu halten, der nicht gekommen war, um ihn zu töten.

Dann ließ der Weiße, dessen merkwürdiges Totem Iben war, seine Hand los und wandte sich ab. Die Krieger erhoben ihre Speere und rasselten hinter dem Rücken des sich entfernenden Mannes drohend damit. Doch Terituba befahl ihnen, den Weißen ungehindert ziehen zu lassen. Neugierig beobachtete er, wie der Fremde durch das trockene Bachbett ging, während sich die Frauen erneut um den kostbaren Vorrat von süßem Zucker und Mehl stritten.

Würden sie einander wiedersehen?, fragte sich Terituba, ohne dass es ihm besonders wichtig gewesen wäre, während Ben in der flimmernden Hitze verschwand.

Als Ben sein Pferd erreichte, das er an einen Baum gebunden hatte, begann er unter den Nachwirkungen der ausgestandenen Angst zu zittern. Er lehnte sich gegen die raue Rinde eines Yarran-Baums, von dem das Hartholz stammte, aus dem die Kalkadoon Speere und Bumerangs fertigten. Ben dagegen nutzte es für seine Zaunpfähle und als Brennholz.

Er hatte sein Leben aufs Spiel gesetzt und gewonnen, weil sich seine Annahme, dass ein Kriegervolk Mut und guten Willen respektierte, als richtig erwiesen hatte. Jetzt wusste er, dass er ohne Furcht vor einem Hinterhalt nach seinen Söhnen suchen konnte.

Kurz vor Sonnenuntergang hatte Ben die Spur der beiden wieder aufgenommen. Glücklicherweise hatten sie einen Weg eingeschlagen, der sie vom Bachbett und den dort lagernden Kalkadoon wegführte. Die Spuren führten schließlich in Richtung Hütte, sodass Ben nach Hause ritt.

Als er sich ihrem Heim näherte, ging die Sonne gerade unter. Das laute Bellen der Hunde beruhigte ihn: So ausgelassen gaben sie sich nur, wenn die Jungen zu Hause waren.

Doch seine Freude verwandelte sich in kalte Angst, als Willie auf ihn zutaumelte wie ein Scherer, der sich sinnlos betrunken hatte, um die Auszahlung seines Jahreslohns zu feiern. Tränen flossen in Strömen über das Gesicht des jungen Mannes, das von untröstlichem Kummer verzerrt war.

Mit einem scharfen Tritt spornte Ben sein Pferd an und galoppierte auf den Jungen zu. Willie schrie seinen Namen, und in seiner Stimme lag jene Verzweiflung, die nur der Tod brachte.

4

Als Patrick am nächsten Morgen erwachte, herrschte schönstes Sommerwetter.

Die Wolken am Himmel hatten sich verzogen. Während er verschlafen aus dem winzigen Fenster seines Zimmers sah, entdeckte er die wahren Farben Irlands: ein Meer von Grün, aus dem sich heideartiges Buschwerk und in ordentlichen Gruppen stehende, hohe Lärchen erhoben.

In der Ferne entdeckte er hinter einem glitzernden blauen See einen mit Bäumen bewachsenen Hügel, der sich zwischen den Feldern zu einer kleinen, aber charakteristischen Kuppel wölbte.

Ein Klopfen riss ihn aus seiner Verzückung. Bevor er antworten konnte, ging knarrend die Tür auf. Eine junge Frau mit rosigen Wangen trat ein, vorsichtig eine große Emailleschüssel mit heißem Wasser balancierend. Sie war etwa sechzehn, und das Funkeln in ihren Augen verriet ihre Belustigung, als sie den jungen, gut aussehenden Mann in langer Unterhose am Fenster stehen sah. Patricks Verlegenheit schien sie nur noch mehr zu amüsieren.

»Tut mir Leid, dass ich Sie störe, Captain Duffy«, sagte sie, obwohl sie es offensichtlich keineswegs bedauerte, den jungen Offizier in der Unterwäsche ertappt zu haben, »aber mein Vater hat gedacht, Sie wollen bestimmt heißes Wasser zum Waschen.«

Patrick wurde noch röter, als er merkte, dass das Mädchen ungeniert auf seine Lenden starrte. »Danke, Miss …«

»Miss Maureen Riley«, erwiderte sie, während sie die Schüssel auf dem Bett absetzte. »Bernard Riley ist nämlich mein Vater.«

»Dann danken Sie bitte Ihrem Vater in meinem Namen für das heiße Wasser, Miss Riley.«

»Es war mir ein *Vergnügen*, Captain Duffy, Ihnen Wasser aufs Zimmer zu bringen«, verkündete sie herausfordernd. »Und wenn es noch was gibt, was ich … was mein Vater für Sie tun kann, würden wir uns sehr freuen.«

Patrick lächelte. Das offene Wesen des jungen Mädchens war schon fast schamlos zu nennen. Sie war nicht schön, aber auf ihre mollige, gesunde Art hübsch: makellose Haut mit roten Wangen, rabenschwarzes Haar, das sie zu einem Knoten aufgesteckt hatte. Üppig, aber mit schmaler Taille über den ausladenden Hüften.

Patrick gab sich keinen Illusionen darüber hin, was sie mit »Vergnügen« meinte. Vor seinen Augen stand der offene Widerspruch zur muffigen Moral der irischen Kirche. »Vielleicht komme ich auf Ihr Angebot zurück, Miss Riley«, sagte er mit einem Zwinkern, das für die junge Gastwirtstochter als ernsthafter Flirtversuch gelten mochte. Allerdings schien sich Miss Riley ihrer eigenen Sinnlichkeit kaum bewusst. Wäre Patrick tatsächlich auf ihr Angebot eingegangen, hätte sie vermutlich gar nicht gewusst, wie sie reagieren sollte.

»Sie besuchen heute doch gemeinsam mit Vater O'Brien George Fitzgerald«, sagte Maureen. Es war eher eine Feststellung als eine Frage. Dabei sah sie sich neugierig in dem spartanisch eingerichteten, aber sauberen Raum um.

»Und um welche Uhrzeit wäre das?«, entgegnete Patrick mit mildem Sarkasmus.

»Das weiß ich nicht«, gab sie in aller Unschuld zurück. Seine leise Ironie war ihr vollkommen entgangen. »Wahrscheinlich nach dem Mittagessen, weil Vater O'Brien bis dahin beschäftigt ist.«

»Dann sollte ich wohl besser dafür sorgen, dass ich fertig bin, wenn er mich abholt.« Patrick hoffte, dass sie den Wink verstehen und ihn allein lassen würde.

Maureen war vielleicht vorlaut, aber nicht begriffsstutzig. Sie schenkte ihm zum Abschied ein Lächeln und wirbelte herum, sodass ihr Rock einladend um ihre Beine schwang. Dann verließ sie den Raum.

Während der Priester und der Soldat über die schmale Landstraße zu George Fitzgeralds Haus schlenderten, kamen Patrick Zweifel daran, ob es eine gute Idee war, den Bruder seiner Großmutter väterlicherseits zu besuchen.

Er kannte die Ereignisse der Vergangenheit und wusste, dass sie mit seinem Großvater durchgebrannt war. Damals hatten ihr Vater und ihr Bruder gedroht, den papistischen Emporkömmling zu töten, der ihnen Tochter und Schwester genommen habe. In einem von Clans geprägten Land wurde ein solcher Zorn nicht so leicht vergessen, die Drohung war daher durchaus ernst zu nehmen.

Der flotte Spaziergang im strahlenden Sonnenschein half Patrick, einen klaren Kopf zu bekommen. Die beiden Männer waren ein gegensätzliches Paar: der große, breitschultrige Patrick Duffy und der kleine Priester, der Mühe hatte, mit den langen, gemessenen Schritten des Soldaten mitzukommen.

Sie passierten die kuppelförmige, bewaldete Erhebung, die Patrick von seinem Gasthofzimmer aus gesehen hatte. »Was ist das für ein Hügel? Sieht nicht so aus, als würde er hierher gehören«, bemerkte er.

Eamon blieb stehen und starrte auf die Erhebung. In der Ferne hinter dem Hügel lag der ungewöhnlich friedliche, aber kalte Atlantik. »Ich gehe davon aus, dass er künstlich angelegt wurde. Vermutlich handelt es sich um das Grab eines großen Königs«, sagte er, während eine leichte Brise die Soutane um seine Beine flattern ließ. »Meiner Meinung nach ist er noch vor der Bronzezeit entstanden. Mister Fitzgerald und ich haben oft davon gesprochen, dort eine Forschungsgrabung vorzunehmen.«

Patrick sah die Gestalt erst, als sie sich bewegte. Er beschattete seine Augen, damit ihn die tief am Horizont stehende Sommersonne nicht blendete. Es war spät am Nachmittag, und ohne Wolkenschicht, die die Wärme des Tages zurückhielt, versprach die kommende Nacht klar und kühl zu werden. Als Soldat hatte er gelernt, Bewegungen in großer Ferne zu identifizieren, und so gelang es ihm, sich ein deutlicheres Bild von der Gestalt zu verschaffen. Es handelte sich eindeutig um eine Frau. Selbst aus dieser Entfernung konnte er die langen dunkelroten Locken erkennen, die ihr über die Schultern flossen. Zu beiden Seiten von ihr standen zwei riesige, zottelige graue Hunde.

»Sieht aus, als würde uns jemand vom Hügel aus beobachten, Eamon«, meinte Patrick beiläufig.

»Jemand mit feuerrotem Haar?«, gab der Priester zurück.

Patrick drehte sich mit fragendem Blick zu ihm. »Können Sie sie sehen?«

»Nein«, erwiderte der Priester ruhig. »Aber es muss Catherine Fitzgerald sein. Sie sucht diesen merkwürdigen Ort oft auf.«

»Ja, ihr Haar ist feuerrot«, bestätigte Patrick, während er sich erneut zu dem Mädchen jenseits des Feldes umwandte. Doch genau in diesem Moment verschwand sie mit den beiden Hunden zwischen den Bäumen. »Oh, sie ist weg«, sagte er ein wenig enttäuscht.

»Ein eigenartiges Mädchen«, meinte Eamon, während sie ihren Weg zum Haus der Fitzgeralds fortsetzten. »Ein Kind der Liebe. Das arme Mädchen ist unehelich geboren.« Etwas verlegen hielt er inne, da ihm die Gerüchte einfielen, die er nach der Morgenmesse gehört hatte. Die Ozeane, die Australien und Irland trennten, waren nicht groß genug, um den Klatsch aufzuhalten. Es hieß, Patrick selbst sei das Produkt einer außerehelichen Verbindung, zwischen einem Katholiken und einer Protestantin.

Für einen Augenblick senkte sich ein verlegenes Schweigen über die Männer. Ihnen war klar, warum ihr Gespräch ins Stocken geraten war. Patrick brach die Stille schließlich mit einer Frage: »Wer sind ihre Eltern?«

»Ihre Mutter war George Fitzgeralds Tochter Elspeth – Gott hab sie selig. Wer ihr Vater war, weiß niemand. Ihre Mutter hat nie darüber gesprochen. Sie starb unmittelbar nach Catherines Geburt. George hat die Kleine aufgezogen.«

Sollte Eamon jemals vergessen, dass er Enthaltsamkeit geschworen hatte, dann wegen einer Frau wie Catherine Fitzgerald. Obwohl sie kaum sechzehn war, ging von ihr eine Sinnlichkeit aus, wie er es noch nie erlebt hatte. »Sie ist ein rechter Wildfang«, seufzte er, »und weder praktizierende Protestantin noch Anhängerin des wahren Glaubens. Angeblich ist sie nicht einmal Christin, sondern Heidin und lebt nach der Religion des alten Irland.«

Es gab da noch etwas, das Eamon nicht ganz verstand und das ihn zutiefst beunruhigte. Etwas, das alle Grenzen seiner religiösen Gelehrsamkeit sprengte. Die Geschichten von Morrigan, der keltischen Fruchtbarkeitsgöttin, kamen ihm in den Sinn, die gleichzeitig Herrin über Krieg und Tod war. Und Patrick? War er nicht die Verkörperung des schönen irischen Helden Cuchulainn? Kopfschüttelnd verdrängte er den merkwürdigen Gedanken.

Ein Rabe stieg aus den Tannen oben auf dem Hügel auf, zwischen denen das Mädchen verschwunden war. Eamon sah, dass Patrick den Flug des Vogels mit den Augen verfolgte. Ein Schauer lief ihm über den Rücken. Hatte sich nicht Morrigan in einen Raben verwandelt und war vor Cuchulainn geflohen, als sie einander begegneten? Ein eiskalter Hauch schien sich plötzlich über die warme Nachmittagssonne zu legen.

Die beiden Männer gingen weiter, an Obstgärten mit Apfelbäumen und Himbeersträuchern vorbei, bis das eindrucksvolle Herrenhaus der Fitzgeralds vor ihnen lag. Es war ein altes Steingebäude mit zahllosen Zimmern, Buntglasfenstern und von Efeu überwucherten Mauern – das Heim einer alten irischen Adelsfamilie, die seit vielen Generationen zu den Mächtigen der Insel zählte.

»Captain Duffy, Ihre Anwesenheit hat im Dorf einige Spekulationen ausgelöst«, sagte George Fitzgerald. Eine Spur von Feindseligkeit und Misstrauen lag in seinem Blick, während er den neben Eamon stehenden Patrick beäugte. »Einige meinen sogar, Sie wollten die Fenier-Bewegung zu neuem Leben erwecken. Es heißt, Sie gäben sich nur als Offizier eines Hochlandregiments Ihrer Majestät aus.«

»Spekulationen gedeihen auf dem Nährboden der Unwissenheit, Mister Fitzgerald«, erwiderte Patrick kühl, ohne den Bruder von Elizabeth Fitzgerald, seiner Großmutter väterlicherseits, aus den Augen zu lassen. »Ich bin tatsächlich Offizier des Zweiten Hochlandregiments und sympathisiere keineswegs mit Rebellen wie den Feniern.«

Eamon O'Brien trat unruhig von einem Fuß auf den anderen. Offenkundig hatte die Zeit dem Hass nichts von seiner Schärfe genommen – der hoch gewachsene, hagere alte Mann, der sich an dem gemütlichen Feuer wärmte, das in dem riesigen, offenen Kamin brannte, hegte nach wie vor bittere Erinnerungen. War es ein Fehler gewesen, Patrick Duffy ins Haus seines entfernten Verwandten zu bringen? »Captain Duffy hat Urlaub von seinem Regiment, das möglicherweise in Kürze aufbricht, um General Gordon bei Khartum abzulösen. Außerdem hat er bei Tel-el-Kibir unter Sir Garnet Wolseley gedient«, erklärte der junge Priester, um das Eis zwischen den beiden Männern in der alten Bibliothek zu brechen. Als er vom einen zum anderen sah, wurde ihm klar, dass sie einander ebenbürtig waren: Der Gutsherr des Dorfes hielt sich ebenso stolz und kerzengerade wie der arrogante junge Australier. Doch die Erwähnung von Patricks militärischen Einsätzen hatte die Feindseligkeit des alten Mannes gemildert.

George Fitzgerald deutete auf die alten, abgenutzten Ledersessel seines Arbeitszimmers. »Mein einziger Sohn fiel als Captain in den Kaffernkriegen bei Isandhlwana, Captain Duffy«, erklärte er traurig.

Er blieb mit dem Rücken zum Feuer stehen, äußerte sich aber nicht weiter zum Tod seines Sohnes. Patrick, der Verständnis dafür hatte, dass jemand nur ungern von solchen Erinnerungen sprach, warf einen flüchtigen Blick auf den Raum.

Es war ein düsteres Zimmer, das mit in Leder gebundenen Büchern voll gestopft war. Ein einziges Lichtbündel erhellte das Halbdunkel und malte ein Quadrat auf den verblichenen

Teppich in der Mitte. Bei dieser Beleuchtung war kaum zu erkennen, wovon die Bände handelten, die die verglasten, bis unter die Decke reichenden Bücherschränke füllten. In den Nischen der Möbel standen ausgestopfte Vögel, Eulen, Fasane und ein Adler, der die Schwingen erhoben und den Schnabel aufgerissen hatte, als wollte er sich verteidigen. An der Wand hing die sepiabraune Fotografie eines gut aussehenden jungen Mannes in der Galauniform eines britischen Infanterieregiments, der mit geheimnisvollem Lächeln jeden begrüßte, der den Raum betrat. Angesichts der unübersehbaren Ähnlichkeit nahm Patrick an, dass es sich um eine Daguerreotypie des Sohnes von Fitzgerald handelte.

»Mein aufrichtiges Beileid, Mister Fitzgerald«, entgegnete Patrick mit aufrichtigem Mitgefühl. »Ich hätte Ihren Sohn gern kennen gelernt.«

George Fitzgerald nickte steif, und Eamon merkte, dass seine eisige Feindseligkeit gegenüber dem Enkel des Mannes, den er vor langer Zeit zu töten geschworen hatte, allmählich dahinschmolz. Der alte Fitzgerald sah seinen entfernten Verwandten in einem neuen Licht und betrachtete ihn geradezu mit Respekt. »Trinken Sie auch am liebsten Whisky mit Soda, Captain Duffy?«, erkundigte er sich nun, während er durch den Raum zu einem offenen Rollschreibtisch ging, der mit Stapeln loser Blätter bedeckt war. »Wie Vater O'Brien, meine ich?«

»Für mich bitte Whisky pur, Mister Fitzgerald«, gab Patrick zurück.

George Fitzgerald schob die Papiere beiseite und holte eine kaum angebrochene Flasche mit bestem irischem Whisky hervor. Dann griff er nach der Sodaflasche, die oben auf einem Regal stand. In zwei Kristallgläser goss er mit Kohlensäure versetztes Wasser, ein drittes reichte er seinem nicht ganz unerwarteten Gast. Die Neuigkeit von Patrick Duffys Ankunft hatte sich im Dorf wie ein Lauffeuer verbreitet, und George war sofort klar gewesen, dass eine Begegnung zwischen ihnen unvermeidlich war.

Welche Ironie, dass der junge Mann, der nun in seiner Bibliothek saß, denselben Namen trug wie der Mann, den er vor fast einem halben Jahrhundert zu töten geschworen hatte, weil er seine jüngere Schwester entführt hatte, die schöne, junge Tochter einer stolzen Familie, deren Herkunft auf die Anglonormannen zurückzuführen war, die im zwölften Jahrhundert unter dem englischen König Heinrich II. in Irland eingefallen waren.

Fitzgerald nahm seinen Platz vor dem Kamin wieder ein und hob sein Glas. »Auf die Königin. Möge Gott sie segnen.«

Patrick erwiderte den Toast. »Auf die Königin.«

Ihm fiel auf, dass der Priester zwar sein Glas hob, aber nichts sagte. »Eamon trinkt im Stillen auf die Vertreibung der britischen Krone aus Irland.« Um Fitzgeralds Mundwinkel spielte die Andeutung eines Lächelns. »Wir haben oft über die Möglichkeit einer irischen Republik diskutiert. In vielen Punkten sind wir uns einig.«

Die Einstellung des alten Mannes überraschte Patrick. Als hätte er seine verwirrten Gedanken gelesen, sagte Fitzgerald: »Ich bin Ire, Captain Duffy, und habe auf dieses Land ebenso viel Anspruch wie Vater O'Brien. Vielleicht mehr, denn er hat den Großteil seines Lebens in England gewohnt. Allerdings wären unsere Gespräche – Gespräche unter gebildeten, vernünftigen Männern – kaum möglich gewesen, wenn er nicht seine Zeit mit Reisen und Studien in fremden Ländern verbracht hätte.«

Patrick nickte höflich. Irgendwie hatten ihn seine frühen Jahre in einer Familie überzeugter irischer Katholiken nicht darauf vorbereitet, dass sich ein Protestant als Ire fühlte.

»Captain Duffy möchte gern mehr über die Geschichte unseres Landes erfahren, George«, erklärte Eamon fröhlich. »Wahrscheinlich, weil er hofft, so die Fitzgeralds und die Duffys besser zu verstehen.«

Patrick war aufgefallen, dass der Priester den alten Mann mit dem Vornamen ansprach. Er nahm zu Recht an, dass die beiden trotz ihrer unterschiedlichen Ansichten über Religion und die Zukunft Irlands eng befreundet waren.

»Dann ist er zur richtigen Zeit gekommen, Eamon«, erwiderte George. »Ich gebe morgen Abend ein Essen für ein paar Gäste, unter denen sich auch Professor Clark befinden wird. Ich habe mit ihm bezüglich unseres Hügels korrespondiert, und er meint, eine Grabung könnte sich durchaus lohnen.«

»Auf dem Herweg haben wir Catherine dort gesehen«, meinte Eamon beiläufig.

Für einen Augenblick glaubte Patrick, Missbilligung im Gesicht des alten Mannes zu entdecken. Doch abgesehen von einem Stirnrunzeln enthielt sich Fitzgerald jeden Kommentars.

»Catherine kennt die Geschichte dieser Gegend vermutlich so gut wie ihr Großvater und ich«, setzte Eamon hinzu, als wollte er die Anwesenheit des Mädchens auf dem merkwürdigen kuppelförmigen Hügel verteidigen. »Sie spricht fließend Gälisch und ist sozusagen eine Expertin für alte Legenden, besonders wenn es um keltische Helden und die Gebräuche der Druiden geht.«

»Für diese Sprache vernachlässigt sie ihr Französisch«, schimpfte ihr Großvater, nachdem er den letzten Rest Whisky Soda hinuntergekippt hatte. »Ich fürchte, sie hat ein wenig frommes Interesse an den Mythen und studiert die alten Texte deswegen.«

Vater Eamon O'Brien musste seinem Freund Recht geben. Das heidnische alte Irland war wild, und dunkle sexuelle Unterströmungen waren allgegenwärtig gewesen. In seiner Kriegerkultur war dem Starken alles erlaubt, und er nahm sich, wonach ihn gelüstete.

Als hätte das Gespräch über die alten Götter sie aus den Nebeln der Mythologie heraufbeschworen, spürte Patrick plötzlich die Gegenwart einer weiteren Person im Raum.

Ein Lufthauch trug den durchdringenden Geruch von Hunden und den süßen Duft zerdrückter Blüten zu ihm. Auf bloßen Füßen hatte Catherine die Bibliothek betreten, so lautlos, dass die Männer gar nicht bemerkt hatten, wie die große Eichentür hinter ihnen aufschwang.

Die beiden Rüden waren eindrucksvolle Tiere. Sie hatten eine Schulterhöhe von über siebzig Zentimetern, und das lange, drahtige Fell ließ sie noch massiger wirken. Patrick hatte von den legendären irischen Wolfshunden gehört, die schon in den Hallen der Keltenkönige gelagert hatten. Er erinnerte sich, dass sie für die Jagd auf Wölfe und Rotwild eingesetzt wurden. Die beiden Exemplare, die Catherine begleiteten, waren selbst so groß wie Rehe.

Die zwei Riesen tapsten zum Kamin und ließen sich vor dem Feuer zu George Fitzgeralds Füßen nieder. »Catherine, wir haben einen Gast, den uns Vater O'Brien aus dem Dorf mitgebracht hat«, erklärte ihr Großvater. »Captain Patrick Duffy.«

Patrick erhob sich, um Catherine zu begrüßen. Der Schock traf ihn wie eine der schweren Bleikugeln aus einem Martini-Henry-Karabiner. Vor ihm in dem alten hölzernen Türrahmen stand die schönste Frau, die er je gesehen hatte. Feuerrotes Haar, das durch keinerlei Kämme oder Bänder gehalten wurde, floss über ihre Schultern. Ihr milchweißer Teint war makellos, und ihre grünen Augen waren so klar, dass sie im Dämmerlicht der Bibliothek geradezu leuchteten. Sie trug eine bäuerliche Bluse, und ihr langer Rock schwang um ihre Knöchel, als sie durch den Raum ging. Patrick fühlte sich an eine Zigeunerin erinnert. Nur mit Mühe gelang es ihm, die Fassung zu bewahren. »Miss Fitzgerald, ich freue mich, Ihre Bekanntschaft zu machen«, stammelte er. Verärgert bemerkte er ein hochmütiges Funkeln in ihren Augen, als sie ihn belustigt ansah. Das verdammte Mädchen wusste, wie schön es war! Wie viele andere Männer hatte ihre Schönheit schon in ihren Bann gezogen?

Catherine erwiderte seinen verzückten Blick. »Ich habe Sie erwartet, Captain Duffy«, sagte sie leise und mit einem leichten Lächeln. »Vom Hügel aus habe ich Sie mit Vater O'Brien gesehen.«

»Ich habe Sie ebenfalls gesehen«, antwortete Patrick, der sich allmählich wieder fasste. »Dann waren Sie mit einem Schlag verschwunden.«

»Das ist eine Kunst, die ich besonders gut beherrsche«, meinte sie neckend. »Einfach zu verschwinden.«

Patrick wusste, dass er sich den Duft nach zerdrückten Blüten eingebildet haben musste, aber irgendwie hatte dieser Geruch Catherines Erscheinen in seinem Leben angekündigt.

Sein Leben! Was für ein Leben? Seine Stimmung verdüsterte sich, als ihm einfiel, dass er binnen achtundvierzig Stunden das Dorf verlassen und in die Kaserne seines Regiments in London zurückkehren würde. Von dort würden er und seine Kameraden zum Kampfeinsatz nach Afrika gebracht werden. Er stand vor einer Reise in die Wüsten des Sudan, um dort gegen wilde Krieger zu kämpfen. Niemand wusste in einem solchen Krieg, ob er die nächste Schlacht überleben würde. Ohne zu verstehen, warum, war Patrick sich dennoch völlig sicher, dass er der Frau gegenüberstand, die er mehr als alles andere begehrte. »Nun, ich kann nur hoffen, dass Sie morgen Abend nicht auch verschwinden, Miss Fitzgerald«, sagte er. »Ihr Großvater hat mich freundlicherweise zum Essen eingeladen.«

»Captain Duffy muss unbedingt seine Galauniform tragen«, meinte Catherine, zu ihrem Großvater gewandt. »Sonst darf er nicht mit uns essen.«

Der alte Mann lächelte über ihren gebieterischen Ton. »Kaum jemand wagt es, meiner Enkelin den Gehorsam zu verweigern, Captain Duffy.« Er lachte leise. »Wenn Sie Ihre Galauniform bei sich haben, tragen Sie sie bitte morgen zum Essen, natürlich mit allen Auszeichnungen.«

»Er hat sie dabei«, verkündete Catherine. Sie hatte Freunde im Dorf, und das neugierige Zimmermädchen im Gasthaus hatte Patricks Garderobe überprüft. »Rote Jacke und Kilt.« Fragend hob Patrick die Augenbrauen, und die junge Frau erwiderte seinen Blick mit einer selbstzufriedenen Miene, die verriet, dass sie mehr über ihn wusste, als er ahnte.

»Ich werde mein rotes Kleid tragen«, erklärte Catherine. »Das passt gut zu Captain Duffys Uniform. Ich freue mich schon darauf, Sie hier zum Essen zu sehen, Captain.«

Patrick lächelte. Offenbar hatte er Catherines Zustimmung gefunden, und sie hielt mit ihrer Meinung nicht hinter dem Berg. »Dieses Gefühl beruht auf Gegenseitigkeit, Miss Fitzgerald. Ich interessiere mich ebenso für die irische Mythologie wie für die Geschichte Irlands. Vater O'Brien hat mir erzählt, dass Sie Expertin auf diesem Gebiet sind.«

»Die Mythologie beruht oft auf historischen Ereignissen«, sagte Catherine mit einem Seitenblick auf den Priester. »Bestimmt werden auch die Heldentaten Ihres Vaters in den letzten Jahren, von denen hier im Dorf immer wieder erzählt wird, eines Tages in unsere Mythologie eingehen.«

»Ich fürchte, die Dorfleute haben eine allzu lebhafte Fantasie, Miss Fitzgerald«, antwortete Patrick mit ruhiger Stimme. »Mein Vater ist in Neuseeland im Kampf gegen die Maori gefallen. Dieses traurige Ereignis fand schon vor meiner Geburt statt.«

»Sie müssen es ja wissen«, erwiderte sie mit einem leichten Stirnrunzeln. »Natürlich schneiden die Leute in den Pubs gern auf. Das gehört in diesem Teil der Welt zur Tradition. Trotzdem beruhen viele alte Mythen auf tatsächlichen Ereignissen, Captain Duffy.«

Auch Eamon hatte die Geschichten von dem großen Iren mit den vielen Namen gehört, jenem Mann, der in Neuseeland gegen die Maoris und davor im amerikanischen Bürgerkrieg gekämpft hatte. Später hatte er sich im Westen der USA mit den Indianern herumgeschlagen, bevor er in Mexiko Söldner wurde. Angeblich hatte der Ire nur ein Auge gehabt – das andere hatte er im Krieg verloren – und war über zwei Meter groß gewesen.

Ein irischer Goldsucher, der aus der australischen Kolonie Queensland ins Dorf Duffy zurückgekehrt war, schwor auf das Grab seiner Mutter, dass er Duffy in einem Ort namens Cooktown begegnet war – allerdings habe er sich Michael O'Flynn genannt. Das war nun zehn Jahre her.

»Schade, dass sich die Dorfleute irren«, seufzte Catherine. »Der Mann aus ihren Schilderungen hätte einen Platz im Pantheon der keltischen Götter unseres Landes verdient.«

»Wenn die Gerüchte wirklich auf Tatsachen beruhen würden, hätte ich bestimmt davon gehört, Miss Fitzgerald«, meinte Patrick mit einem grimmigen Lächeln.

»Nun, Captain Duffy, ich wünschte, sie wären wahr. Ich hätte gern den Mann kennen gelernt, der Sie vielleicht eines Tages sein werden.«

Mit dieser wehmütigen Bemerkung verabschiedete sie sich von den drei Männern. Patrick fiel auf, dass sich die beiden riesigen Hunde ergeben von ihrem gemütlichen Plätzchen vor dem Kamin erhoben, um hinter ihr herzutrotten.

Viel blieb Patrick von dem folgenden Gespräch nicht im Gedächtnis. Eamon und George bestritten den Großteil der Unterhaltung. Sie sprachen von Professor Clarks bevorstehendem Besuch und der Wahrscheinlichkeit, bei einer Grabung an dem merkwürdigen Hügel etwas zu finden. Patricks Gedanken dagegen kreisten nur um das schöne Wesen, das ihm soeben begegnet war.

Wesen? War das das richtige Wort? Beschrieb man damit nicht eher eine Göttin? Dann schweiften seine Gedanken zu dem irischen Söldner, Michael O'Flynn. Seltsam, dass ihn die Leute mit seinem toten Vater in Verbindung brachten.

Schließlich versiegte das Gespräch, und Eamon besann sich widerstrebend auf die Pflichten seines Amtes. Er musste die Beichte hören, die Kranken und Alten in ihren Hütten besuchen und die Messe lesen. Patrick dankte George Fitzgerald für seine Gastlichkeit und ging mit dem Priester.

Schweigend schritten sie auf das Dorf zu. Als sie die Erhebung passierten, blickte Patrick auf, als erwartete er, Catherine dort zu sehen. Doch sie stand nicht auf dem Hügel, den die über dem kalten Atlantik untergehende Sonne in ein weiches, dunkles Licht tauchte. Die irischen Sommerabende waren lang und von Magie erfüllt, dachte Patrick. Magie lag auch in der Aura, die die schöne junge Frau umgab, der er am Nachmittag begegnet war.

Dem scharfsinnigen Eamon O'Brien war die Intensität des Wortwechsels zwischen Patrick und Catherine nicht entgangen. Besonders eine Bemerkung der jungen Frau ließ ihn nicht los, und er betete darum, dass es sich um eine zufällige Übereinstimmung handelte. Oder hatte sie genau gewusst, was sie da sagte? »Ich werde mein rotes Kleid tragen.« Hatte nicht Morrigan bei ihrer ersten Begegnung mit Cuchulainn einen purpurroten Umhang getragen?

Die Sommerabende waren die Zeit der Druiden, deren heidnische Praktiken tief in der Seele der mystisch veranlagten Iren verankert waren. Patrick Duffy war am Abend der Sommersonnwende ins Dorf gekommen.

5

Jennys Gesicht war zu einer erstaunten Maske erstarrt. Es war, als hätte der Tod sie überrascht, obwohl sie wusste, dass er eines Tages kommen würde.

In der winzigen Rindenhütte, dem Heim, auf das Jenny so stolz gewesen war, wimmerte die kleine Rebecca. Ihre Mutter war tot, aber das Kind hatte keine Ahnung, was das bedeutete.

Bens Jungen standen hinter ihrer kleinen Schwester und unterdrückten schniefend ihre Tränen. Die kalte Hand seiner Frau haltend, kniete ihr Vater neben dem schmalen Ehebett und schluchzte lautlos vor sich hin. Die schlichte Decke, unter der Jenny lag, saugte seine Tränen auf.

Von dem Augenblick an, als Willie auf ihn zutaumelte, hatte Ben gewusst, dass Jenny etwas Schreckliches zugestoßen war. Nur der Tod seiner Mutter konnte die abgrundtiefe Verzweiflung ausgelöst haben, die auf dem Gesicht des Jungen lag. Sie war auf qualvolle Weise dem tödlichen Biss einer Schlange zum Opfer gefallen.

Wäre doch nur *er* zum Holzstapel gegangen, um die Scheite für den Ofen zu holen, klagte Willie, dann wäre sie jetzt noch am Leben. Aber er hatte sich geweigert, und so war seine Mutter verärgert selbst gegangen.

Die riesige Taipan-Schlange hatte nur ihre Jungen schützen wollen, als sie mit atemberaubender Geschwindigkeit zustieß. Jenny, die nichts Böses ahnte, hatte keine Chance gehabt auszuweichen. Die nadelscharfen Zähne bohrten sich oberhalb des Ellbogens in ihren Arm und setzten das Gift frei, das sich sofort auf seine tödliche Reise durch ihren Körper begab.

Willie saß in der Hütte am Tisch und reinigte seinen Revolver, als er den erstickten Schrei seiner Mutter hörte, und er packte die Waffe instinktiv. Als er aus der Hütte stürzte, dachte er zuerst an einen Angriff der Kalkadoon. Kaum war er draußen, fiel ihm ein, dass der Revolver nicht geladen war. Er zögerte. Sollte er umkehren und Munition holen oder sich besser um seine Mutter kümmern?

Doch die Sorge um seine Mutter war stärker, und so rannte er mit der ungeladenen Waffe zum Holzstapel. Dort fand er sie. Mit aschfahlem Gesicht umklammerte sie ihren Arm und starrte ihn mit offenem Mund an. In den Tiefen des Holzstapels sah er den Schwanz der riesigen braunen Schlange verschwinden.

Wortlos ließ er den Revolver fallen, packte seine Mutter bei den Armen und führte sie in die Hütte. Rebecca blickte mit weit aufgerissenen, verwirrten Augen auf ihre Mutter, die unter Schock stand und unkontrollierbar zitterte.

Willie führte sie zum Bett und legte sie sanft hin. Dann suchte er verzweifelt nach dem schärfsten Häutemesser, das er finden konnte. Rebecca fing an zu weinen, als sie sah, dass Willie den Ärmel ihrer Mutter aufriss und an den Bissstellen einen tiefen Schnitt setzte. Jenny unterdrückte einen Schrei, als die scharfe Klinge in ihr Fleisch schnitt. Sie wollte nicht, dass ihre Tochter merkte, welche Schmerzen sie litt. Aber die tödliche Wirkung des Gifts ließ sich nicht aufhalten. Willies Bemühungen waren vergebens.

Als Jenny spürte, dass der Tod nahe war, sprach sie von vielen Dingen zu ihrem Sohn: von der Liebe, die sie für ihn und die anderen Kinder empfand, von ihrer Liebe zu Ben – und davon, wer Willies leiblicher Vater war. In Jennys Augen brannte ein wildes Feuer, während sie ihm von dem entsetzlichen Eid erzählte, den sie als Dreizehnjährige geschworen hatte, als sie versuchte, ihn in einem schmutzigen, von Ratten verseuchten Loch in Sydneys Slums großzuziehen.

Draußen vor der Hütte starrte Willie in die stille, heiße Nacht hinaus und brütete über dem, was seine Mutter ihm vor ihrem Tod erzählt hatte. Durch einen Schlangenbiss war seine Welt in Sekundenbruchteilen zerstört worden, und seine Gedanken waren noch wie betäubt von dem plötzlichen Verlust. Bitterkeit und schrecklicher Hass erfüllten ihn. Sie war aus dem Leben gerissen worden, und ihr Tod hatte eine Wunde hinterlassen, die niemals heilen würde. Aber sie hatte ihn auch einen Eid schwören lassen, bei allem, was ihm heilig war.

Der Name seines Vaters war Granville White. Eines Tages würde er ihn für die Jahre des Leidens zur Rechenschaft ziehen, die seine Mutter als Kind seinetwegen hatte durchleben müssen. Das Leid war so entsetzlich gewesen, dass sie es erst über sich brachte, davon zu sprechen, als sie schweißüberströmt und sich erbrechend im Sterben lag. Das von panischer Angst gepackte Kind hatte aus seiner Mutter zu ihm gesprochen, während sie schläfrig wurde und ihn schließlich für immer verließ. Granville White, ein feiner Herr aus Sydney …

Er spie auf den Boden, als hätte allein der Name seine Gedanken besudelt. Vage wurde er sich des Blutgeschmacks in seinem Mund bewusst. Es war das Blut seiner Mutter, auf das er geschworen hatte, seine Rechnung mit seinem Erzeuger auf die eine oder andere Art zu begleichen. Er würde Granville White, der seine Mutter rücksichtslos missbraucht und dann von sich gestoßen hatte, zur Verantwortung ziehen. Ganz allein hatte sie um ihr Überleben kämpfen müssen, in einer Welt, in der die Männer ihren Körper benutzten, um ihre Lust zu befriedigen.

O ja, er erinnerte sich an die brutalen Bisse, die ihr die wie Tiere grunzenden, betrunkenen Goldgräber zugefügt hatten. Er erinnerte sich, wie sie vor Schmerzen geschrien hatte, wenn die Männer vor Lust lachten, und an ihr verzweifeltes Weinen in Schlamm und Regen, als sie fast verhungert wären. Ohne an sich selbst zu denken, hatte sie für ihn um Reste gebettelt, so stark war ihre Mutterliebe gewesen. Nur das gütige Eingreifen von Kate O'Keefe hatte sie gerettet.

»Willie?«

Vor ihm stand der kleine Jonathan. In der Hand hielt er eine Öllampe, in deren Licht sein vom Kummer gezeichnetes, schmutziges Gesicht völlig blutleer wirkte. »Was sollen wir tun?«, fragte er, benommen von seiner Verzweiflung, ein Zehnjähriger, dem das Unvorstellbare widerfahren war.

»Frag Ben«, fauchte Willie. »Der ist schließlich dein Vater!«

»Aber deiner doch auch.« Jonathan runzelte die Stirn, ohne zu begreifen, warum Willie so wütend war. »Ich dachte bloß, du weißt vielleicht, was wir tun sollen ...«

»Und ob ich das weiß«, zischte Willie, während er seinem Halbbruder die Lampe entriss. »Keine Ahnung, was ihr tut, aber ich bringe jetzt die verfluchte Schlange um, die meine Mutter auf dem Gewissen hat.«

Noch nie hatte Jonathan Willie so wütend gesehen. Es war eine gefährliche Wut, die den heftigen Gewittern glich, welche sich an den heißen, schwülen Tagen vor Beginn der Trockenzeit über dem Land am Golf zusammenbrauten – eine drohende Stille, die sich in Blitzen entlud, denen die stärksten Bäume zum Opfer fielen. Verängstigt beobachtete er, wie Willie die Lampe auf den Holzstapel schleuderte, wo sie klirrend zerbrach.

Das trockene Holz knackte, als das brennende Öl seine flammenden Finger ausstreckte und mit blinder Gier den Holzstapel verzehrte. Immer weiter kroch der Feuerring nach außen, bis er die dünnen Stämme der schweigenden Bäume in der Umgebung erhellte, immer heller brannte das Feuer, und schließlich mischte sich der dichte Rauch mit dem süßlichen Duft des Buschs.

»Verreck, du elendes Vieh!«, heulte Willie in seinem Zorn, der tödlich war wie das Gift der gefangenen Taipan-Schlange. »In der Hölle sollst du brennen!« Doch der Fluch galt nicht nur dem Reptil, das ihm das kostbare Leben seiner Mutter geraubt hatte. Denn während die Flammen die knorrigen Holzscheite verzehrten, waren seine Gedanken bei einem Mann, den er noch nie gesehen hatte. Er wusste, dass sie sich eines Tages begegnen würden. Und wenn die Zeit gekommen war, würde der noble Mister Granville White das Schicksal des

Tieres teilen, das sich jetzt im Herzen des Feuers vor Qualen wand.

Jonathan beobachtete, wie sich der Holzstoß in einen Scheiterhaufen für die Schlange verwandelte. Dann stürzte das Inferno in sich zusammen und sandte wie bei einem Feuerwerk Kaskaden rot glühender Asche gen Himmel. Er hörte Willie obszöne Flüche in die Nacht hinausschreien und wie ein verwundetes Tier heulen.

Dann war Willie plötzlich verschwunden. Von den Tiefen des weiten Buschlands verschlungen, lief er blind vor Tränen vor sich hin und schluchzte den Schmerz in seinem Körper und seiner Seele hinaus.

Während sich die Sonne wie ein orangefarbener Ball im Osten über den verkrüppelten Bäumen des flachen Buschlands erhob, kehrte Willie zurück.

Als er über den Hof auf die Hütte zutaumelte, lief Rebecca zu ihm und umklammerte seine Beine. Er war immer ihr Lieblingsbruder gewesen, weil er sanft mit ihr umging und sie nicht hänselte wie Jonathan und Saul. Sie hielt ihn fest, wie man sich in schwerer See an ein Floss klammerte, doch sie spürte, dass ihr geliebter Willie nicht mehr der Mensch war, der er bis gestern gewesen war.

Wie ein hageres Gespenst stand Ben im Schatten des winzigen schrägen Verandadachs, das die Vorderseite der Hütte vor der Sonne schützte. Er hatte beobachtet, wie seine Tochter Willie über den staubigen Hof entgegenlief und ihn zärtlich begrüßte, hatte gesehen, wie sich der junge Mann bückte, um den gelben Lockenkopf zu streicheln, der ihm nur bis zur Taille reichte.

»Becky! Geh und setz den Kessel auf«, befahl Ben dem kleinen Mädchen. »Jonathan, Saul«, rief er dann in die Hütte hinein. »Ihr holt Feuerholz und dann helft ihr eurer Schwester.«

Eifrig gehorchten die Kinder den Befehlen ihres Vaters, denn es waren die ersten Worte, die er seit Stunden gesprochen hatte. In einer Welt, die plötzlich stillzustehen schien, waren sie für jede Weisung dankbar. Trotz seines entsetzlichen Kummers war Ben immer noch der Vater, der sie sanft, aber bestimmt lenkte.

Für Rebecca kam die Traurigkeit nicht überraschend. Sie wusste, dass Tränen zum Leben gehörten, denn nur sie hatte ihre Mutter immer wieder weinen sehen, wenn die Männer bei der Arbeit waren. Ihre Mutter hatte über ihr einsames Leben geweint, aus Gründen, die Rebecca nicht kannte, und sie auf ihrem Schoß fest gehalten, als hätte sie Angst, ein Ungeheuer könnte ihr des Nachts die einzige Tochter entreißen. Manchmal hatte sie auch Tränen des Glücks geweint, wenn Rebeccas Vater verlegen mit einem Strauß Wildblumen in der Hütte stand.

»Willie«, sagte Ben sanft, »wir beide werden einen Sarg für deine Mutter zimmern. Einen guten Sarg.«

Willie nickte. Ja, einen guten Sarg für Mutter, dachte er, in dem sie unter der trockenen roten Erde dieses öden Landes schlafen konnte. »Wir begraben sie heute Vormittag neben dem Baum, den sie letztes Jahr gepflanzt hat«, fuhr Ben fort. »Da drüben.« Er zeigte auf ein einsames Bäumchen, das darum kämpfte, sich gegen die zähen Sträucher durchzusetzen.

Es war ein Pfefferbaum. Jenny hatte die Samen geschenkt bekommen, bevor sie und Ben Townsville verließen und ihre Farm in Besitz nahmen. Liebevoll hatte sie Keimlinge gezogen, doch trotz aller Pflege hatte nur ein einziger überlebt, bis sie ihn einpflanzen konnte. Das kümmerliche Bäumchen hatte ihr am Herzen gelegen, denn eines Tages würde der ausgewachsene Baum sein Schatten spendendes Dach ausbreiten und Mensch und Tier Zuflucht vor der glühenden Sommersonne bieten. Jetzt würde Jenny dort schlafen, solange der Baum lebte.

»Ich grab das Loch, und du machst den Sarg«, befahl Ben brüsk. »Im Schuppen ist Holz, das kannst du dafür nehmen.«

Er konnte seinen Kummer kaum im Zaum halten, aber er wusste, welche Verantwortung auf ihm ruhte. Jenny hätte nicht gewollt, dass er seinen Gefühlen freien Lauf ließ und seine Familie vernachlässigte.

»Jetzt?«, fragte Willie leise. Es fiel ihm schwer, seine Mutter der Erde zu überantworten, denn dann würde er sie nie wiedersehen.

»Jetzt!«, fuhr Ben ihn an. Ihm war nicht danach, Fragen zu beantworten. Doch dann besann er sich. »Tut mir Leid, Willie.« Sanft legte er dem Jungen die Hand auf die Schulter. »Ich ...« Er brach ab. Ohne Jenny fand er keine Worte, um die Leere zwischen ihnen zu füllen. »Wir machen uns besser an die Arbeit, bevor es zu heiß wird«, schloss er mürrisch.

Noch bevor die Sonne hoch über dem niedrigen Buschwerk stand, wurde Jenny sanft in ihr Grab gebettet. Rebecca kniete nieder, um ein Sträußchen trockener Wildblumen auf den frischen Erdhügel zu legen. Dann trat sie in den Schatten ihres Vaters zurück.

Auch Jonathan und Saul standen neben ihrem Vater, während sich Willie ein wenig abseits hielt und auf die dunkelrote Erde starrte.

Kein Wort wurde am Grab gesprochen. Schweigend erinnerte sich die Familie an ihre lebendige, lachende, weinende, schimpfende, liebende Mutter und Ehefrau. Keine Tränen, nur trockene, rote Augen, die keine salzige Flüssigkeit mehr hervorbringen wollten. Keine Gefühle, nur Schock und Betäubung und untröstlicher Kummer. Kein Geräusch außer dem trägen Summen der Fliegen und dem einsamen Krächzen einer fernen Krähe.

Zum Schutz gegen Dingos wollten sie Steine auf die Erde legen, aber das war eine Arbeit für die frühen Abendstunden, wenn die Sonne nicht mehr so heiß vom Himmel brannte.

Jennifer Rosenblum, dreißig Jahre alt, Mutter von vier Kindern und zehn Jahre lang Ehefrau von Ben Rosenblum, würde für immer im Schatten des Pfefferbaums schlafen, den sie vor allen Gefahren des Lebens an der Grenze behütet und großgezogen hatte. Mit der Zeit würde der Baum wachsen und seine Wurzeln wie liebende Finger um die sterblichen Überreste der Frau legen, deren Körper ihn nun nährte.

Die ganze Nacht saß Ben am Grab seiner Frau und sprach mit ihr. Er plauderte mit ihr, als würde sie am Tisch in der Hütte Socken stopfen oder ein neues Kleid für Becky nähen, sprach von den Belanglosigkeiten, von denen die Liebe zwischen Mann und Frau lebte.

Immer wieder unterbrach er seinen Monolog, um auf ihre süße, vertraute Stimme zu lauschen, die er doch nur in seiner Einbildung hörte. Er erinnerte sich daran, wie sie sich gewünscht hatte, dass die Kinder eine Ausbildung erhielten. Besonders für Becky erhoffte sie sich etwas anderes als das einsame Leben an der Grenze.

Stunden um Stunden sprach er mit leiser Stimme, während die Tränen über seine Wangen in seinen buschigen Bart rollten, bis er schließlich in den tiefen Schlaf der Erschöpfung fiel.

6

Es war ein üppiges Mahl, das an George Fitzgeralds Tafel serviert wurde, aber Patrick hatte den Geschmack an Rehbraten verloren. Genauso wenig interessierten ihn die farbenfrohen und recht gewagten Anekdoten über die Sitten und Gebräuche des keltischen Irland, die Professor Ernest Clark zum besten gab. Nur widerwillig ließ er sich von Sir Alfred Garnett zu einer Schilderung seiner Erlebnisse in Tel-el-Kibir bewegen, und mit dem Richter James Balmer zu seiner Linken und dem Ehepaar Norris, das ihm gegenübersaß, wechselte er lediglich ein paar höfliche Worte.

Captain Patrick Duffy brütete vor sich hin, und sein selbst auferlegtes Schweigen konnte fast als mürrisch gelten. Der vom reichlich fließenden Wein angeregten Konversation entnahm er, dass Henry Norris beträchtliche Anteile an walisischen Kohleminen, englischen Eisenbahnen und Stahlwerken in Birmingham hielt. Obwohl Norris offenbar große Reichtümer besaß, fehlte seinen Manieren der Schliff der alten Familien. Seine Gestik und Sprache konnten seine Jugend in den Gassen von Newcastle nicht verleugnen.

Weiter unten am Tisch beherrschten Sir Alfred Garnett und dessen Ehefrau, Lady Jane, das Gespräch. Sir Alfred redete ununterbrochen von Fuchsjagden und Vollblutpferden. Wenn er die anderen Gäste nicht damit erfreute, hackte er auf Richter George Balmer herum, der die Geißel der Fenier noch nicht ausgerottet habe, die in der Grafschaft Leben und Besitz bedrohten. Patrick war der laute, streitsüchtige Ritter der Königin sofort unsympathisch gewesen, weil er ein Feind der katholischen Iren war, die schließlich zu seinen Vorfahren gehörten.

Am Ende des Tisches, neben Sir Alfred und dessen Frau, saßen Reverend John Basendale und seine Frau Tess. Der Reverend war Vikar der anglikanischen Kirche von Irland im Dorf und häufig bei George Fitzgerald zum Essen eingeladen. Nicht dass George ihn interessant gefunden hätte – im Vergleich zu Eamon O'Brien wirkte er kraft- und farblos –, aber zumindest konnte er das Dankgebet sprechen, wie es sich für gute Anglikaner gehörte. Der Vikar und seine Frau lächelten pflichtbewusst zu Sir Alfreds Geschichten, äußerten sich sonst jedoch kaum.

An Patricks Tischseite saß der distinguiert wirkende Amerikaner Randolph Raynor mit seiner hübschen Frau Ann. Wie die Norris' war das Ehepaar bei Sir Alfred zu Gast. Der Amerikaner hatte in seinem Heimatland in Eisenbahnen und Vieh investiert, und es war offenkundig, dass die gemeinsamen Interessen der Raynors und der Norris' über die Kontinente hinwegreichten. Randolph Raynor war ein großer, kräftiger Mann, der mit leiser Stimme sprach, aber eine Aura der Autorität verbreitete. Seine militärische Vergangenheit war unverkennbar. Das war nicht überraschend, immerhin hatte er als junger Colonel im amerikanischen Bürgerkrieg unter Lincoln in einer Milizeinheit der Nordstaaten gedient.

Neben Ann Raynor saß die Norris-Tochter Letitia. Mit achtzehn war sie zu einer sehr anziehenden jungen Dame erblüht, die für einen ihrer würdigen jungen Mann aus guter (und wohlhabender) Familie eine ausgezeichnete Partie darstellen würde. Rabenschwarzes Haar und dunkle Augen kontrastierten mit der milchweißen Haut, die sie mit einem Hauch Rouge betont hatte. Beim ersten Blick auf den großen, breitschultrigen jungen Captain in der Uniform der Hochländer war ihr klar geworden, dass alle Männer in ihrem Leben nichts bedeuteten. Ohne zu zögern, wäre sie mit dem flotten britischen Offizier durchgebrannt.

Letitia war ein prüder Snob und konnte Catherine, die ihr in ihrer Art zu frei und zu wenig damenhaft war, nicht leiden. Oder war das nur blanke Eifersucht, weil alle Männer mit unverhohlener Bewunderung das Mädchen mit dem feuerroten Haar und dem bezaubernden Lächeln anstarrten? Beleidigt schmollte Letitia vor sich hin, spielte mit ihrem Essen und fuhr eine der alten Dienerinnen an, die ihr einen Teller hingestellt hatte. Es gefiel Letitia gar nicht, dass sie so weit von dem gut aussehenden Captain Patrick Duffy entfernt saß.

Am einen Ende des schweren Eichentisches hatte George als Gastgeber Platz genommen. Am anderen Ende der Tafel, die von einer langen Reihe Kerzen in silbernen Leuchtern erhellt wurde, saß seine schöne Enkelin, die es aufs Beste verstand, eine Gesellschaft zu unterhalten. Der sanfte gelbe Kerzenschein ließ die kostbaren Juwelen an den schlanken Hälsen und zarten Ohrläppchen der Damen funkeln. Der gleiche sanfte Glanz spiegelte sich in den polierten Messingknöpfen und Abzeichen an Patricks prächtiger Uniform und in den Kristallgläsern, aus denen die Gäste ausgezeichnete französische und spanische Weine tranken.

Nun schlug George Fitzgerald mit einem Silberlöffel gegen das Glas vor sich, um das Stimmengewirr für einen Moment zum Verstummen zu bringen.

Patrick erhob sich mit den anderen Gästen, starrte aber düster auf die Tischplatte. Brett Norris war so groß wie Patrick, und seine natürliche Arroganz verriet, dass er im Reichtum aufgewachsen war. Bevor George Fitzgerald seinen Toast auf die Königin und, um seine amerikanischen Gäste zu ehren, auf den Präsidenten der Vereinigten Staaten von Amerika, Grover Cleveland, ausbrachte, beugte sich Brett zu Catherine und flüsterte ihr etwas ins Ohr. Catherine kicherte und legte ihre Hand auf das Handgelenk ihres gut aussehenden Tischnachbarn. Dabei berührten ihre Lippen fast sein Ohr. Patrick entging die Intimität dieser Geste nicht. Wie es die Höflichkeit gebot, murmelte er seine Erwiderung auf die Trinksprüche, setzte sich dann wieder und starrte düster auf den dunklen Portwein in seinem Kristallglas.

Offenbar hatte man Brett Norris, den Sohn von Henry und Susan, die Patrick gegenübersaßen, bewusst links von Catherine platziert. Patrick kochte vor Eifersucht. Er war gar nicht auf den Gedanken gekommen, dass ihm ein anderer Mann etwas von der kurzen Zeit stehlen könnte, die ihm noch mit der schönen Frau blieb, der er eben erst begegnet war.

Als das Essen zu Ende war, erhoben sich die Gäste und teilten sich in zwei Gruppen auf. Die Herren würden ihren Portwein trinken und Zigarren rauchen, während die Damen Tee, Kaffee oder Sherry zu sich nahmen. Dabei sprachen die Männer üblicherweise über Investitionen, Jagd und das Lachsfischen, die Frauen steckten die Köpfe zusammen, um die Skandale der Grafschaft, die neueste Londoner Mode und Erholungsreisen nach Südfrankreich zu erörtern.

Patrick nahm eine gute Havanna aus einer Silberschatulle und beugte sich über eine Kerze, um die Zigarre anzuzünden. Aus dem Augenwinkel konnte er sehen, dass Catherine sehr dicht neben Brett Norris stand und über etwas lachte, das dieser sagte.

Er tat so, als hätte er es nicht bemerkt, und folgte den anderen Männern in ein Vorzimmer, in dem Gemälde mit ländlichen Szenen, Porträts verstorbener Fitzgeralds und Bilder edler Vollblüter hingen. Auf einer Anrichte aus poliertem Teakholz stand ein Silbertablett mit dampfenden Tee- und Kaffeekannen. Daneben entdeckte er eine Kristallkaraffe mit gutem Portwein und Reihen kleiner Gläser.

Nachdem er sich Portwein eingeschenkt hatte, wollte er sich den anderen Männern anschließen, hörte jedoch jemand seinen Namen rufen. Als er sich umwandte, sah er Letitia Norris mit hoffnungsvollem Lächeln auf sich zustreben.

Er lächelte zurück. »Miss Norris«, begrüßte er sie mit einem höflichen Kopfnicken.

»Captain Duffy, ich fürchte, ich hatte während des Essens nicht das Vergnügen Ihrer Konversation«, sagte sie, in die smaragdgrünen Augen des Australiers blickend. Es waren schöne Augen, die Augen eines Dichters. Wie die Augen des romantischen Lord Byron, dessen tragisches Leben dem dieses Soldaten nicht unähnlich war. Ein Mann, der für die Königin in fernen Ländern kämpfte und voll unerwiderter

Sehnsucht von ihr träumen würde ... »Vielleicht können wir jetzt ein wenig plaudern?«, meinte sie mit einem koketten Seufzer. Über ihre bloßen Schultern hinweg sah Patrick, dass Lady Jane Garnett die Frauen um sich versammelt hatte. Letitias Mutter blickte höchst missbilligend drein. Soldaten waren nicht der geeignete Umgang für ihre Tochter, selbst wenn es Offiziere waren. Ihr Sold war nicht hoch genug, um ihrer Tochter den Lebensstil zu ermöglichen, den sie gewöhnt war.

Trotz der finsteren Blicke, mit denen Susan Norris ihn bedachte, beschloss Patrick, sich einen harmlosen Flirt mit dem jungen Mädchen zu erlauben. Offensichtlich war die Kleine bis über beide Ohren in ihn verliebt. Außerdem war Catherine nicht die einzige hübsche Frau im Raum.

Letitias vom Wein befeuchtete Rosenknospen-Lippen öffneten sich leicht und enthüllten ihre winzigen, vollkommen geraden Zähne, während sie hingerissen in seine Augen blickte. Aber Missus Norris war eine willensstarke Dame – sie fegte durch den Raum, um ihre Tochter zu retten. Die protestierte nur schwach, wobei sie fieberhaft überlegte, wie sie bei ihrem Nachfahren des Lord Byron bleiben konnte. Doch der Entschlossenheit ihrer Mutter war sie nicht gewachsen, und so fand sie sich alsbald im Schoße von Lady Garnetts Hofstaat wieder, wo sie den richtigen gesellschaftlichen Umgang pflegen konnte.

Patrick lächelte bedauernd. Es wäre eine gute Gelegenheit gewesen, Catherine eifersüchtig zu machen. Die hatte jedoch sehr wohl bemerkt, dass sich andere ebenfalls um den Captain bemühten. Der Gedanke, er könnte die prüde Letitia Norris auch nur im Geringsten anziehend finden, gefiel ihr ganz und gar nicht. Herausfordernd nahm sie Brett am Arm und rauschte auf Patrick zu.

Der sah die beiden sehr wohl, ihm fiel jedoch vor allem das rote Kleid auf, das sich verführerisch an Catherines Körper schmiegte und ihre schmale Taille und die üppigen Formen betonte. Das Haar hatte sie zu einer verschlungenen Krone aufgesteckt, und ein Smaragdcollier zierte ihren weißen Hals. Die Juwelen passten genau zur Farbe ihrer Augen. Patrick fühlte eine Welle des Begehrens in sich aufsteigen.

»Captain Duffy, Sie sind Mister Brett Norris noch nicht begegnet«, sagte sie mit süßlicher Stimme und einem Lächeln, das von dem herausfordernden Ausdruck in ihren Augen Lügen gestraft wurde. Kein Mann sollte glauben, er hätte sie in der Hand. »Brett, das ist ein Gast meines Großvaters, Captain Duffy.«

Das arrogante Lächeln, das auf dem Gesicht des Erben des englischen Industrieimperiums lag, sprach für sich. »Sehr erfreut, Ihre Bekanntschaft zu machen, alter Junge«, sagte Brett, ohne die Hand auszustrecken. Allerdings hielt Patrick selbst seine Zigarre in der einen und das Portweinglas in der anderen Hand. »Catherine hat mir beim Essen viel von Ihnen erzählt. Sie scheinen ja ein richtiger Held zu sein, und ein paar Orden haben Sie auch umhängen. Wofür sind die denn?«

Patrick wünschte sich, seinen Rivalen um Catherines Aufmerksamkeit in der Wüste von Tel-el-Kibir vor sich zu haben. Wenn der Mistkerl doch nur die weiße Uniform und den roten Fez eines nubischen Schützen tragen würde, dann hätte er ihn guten Gewissens mit seinem Bajonett aufspießen können! »Zum Beispiel für meinen Einsatz bei Tel-el-Kibir im Jahre achtzehnhundertzweiundachtzig«, knurrte er stattdessen. »Im Dienst des Empires, alter Junge.«

»Da war ordentlich was los, hab ich gehört«, erwiderte Norris. »Haben Sie selbst eine Menge Neger erledigt?«

Patrick fiel auf, dass der junge Mann den affektierten Akzent der adligen Gecken Londons angenommen hatte. Von der Herkunft seines Vaters verrieten seine Sprache und Manieren nicht mehr viel. Dabei war er ein echter Kleinbürger – diesen Ausdruck hatte Patrick den Schriften eines obskuren deutschen Juden mit Namen Karl Marx entnommen, die er in seinem ersten Jahr in Oxford überflogen hatte.

Wahrscheinlich würde sich bald niemand mehr an Marx erinnern, hatte er damals gedacht. In den letzten Jahren hatten sich so viele Sozialphilosophen zu Wort gemeldet. Doch die Beschreibung des Kleinbürgers passte genau auf den Mann, der an Catherines Seite vor ihm stand. »Ja, wir haben einige, nein viele von ihnen bei Tel-el-Kibir getötet«, erwiderte Patrick mit leiser Stimme, während seine Gedanken an jenen schrecklichen Sonnenaufgang voll Angst und Tod zurückkehrten.

»Bestimmt ein Kinderspiel! Die armen Teufel hatten sicher gegen britische Waffen keine Chance«, meinte Brett verächtlich.

Patrick sträubten sich die Nackenhaare wie bei einem Kampfhund. Offenbar wollte Norris ihn vor Catherine provozieren.

»Vielleicht haben wir nicht so viele arme Teufel umgebracht wie Ihr Vater mit seinen Kohlenbergwerken walisische Bergleute.«

Als halber Kelte fühlte sich Patrick mit den Walisern solidarisch. Der spöttische Ausdruck verschwand von Norris' Gesicht, als ihm klar wurde, dass er den Hochländer-Offizier zu weit getrieben hatte. Obwohl er sich viel auf die gesellschaftliche Stellung einbildete, die er dem Reichtum seines Vaters verdankte, war ihm klar, dass ihn das nicht vor einem Mann schützen würde, der Gewalttätigkeit im Krieg kennen gelernt hatte. Auch Catherine, die den Wortwechsel verfolgt hatte, sah den düsteren, drohenden Ausdruck in den grünen Augen des Australiers.

»Das war wohl überflüssig, Mann. Sie sollten sich auf der Stelle entschuldigen«, bluffte Brett Norris.

In Patricks Ohren klang es mehr wie das Blöken eines Schafs. »Bitte entschuldigen Sie mich, Miss Fitzgerald«, sagte er mit grimmigem, unterkühltem Lächeln. »Ich werde mich den Gentlemen anschließen, um in Ruhe Portwein und Zigarre zu genießen.«

Das verärgerte Stirnrunzeln, das flüchtig auf Catherines Gesicht erschien, sah er nicht mehr. Als er sich abwandte, wirbelte der Kilt um seine Beine, deren Muskeln er den Gewaltmärschen als Infanterieoffizier verdankte. So hatte

Catherine sich das nicht vorgestellt. Er spielte nicht nach ihren Regeln!

»Ein sauertöpfischer Grobian, dieser Captain Duffy«, sagte Norris so laut, dass Patrick es hören musste. »Eine Schande für die Uniform der Königin.«

Doch Patrick ignorierte die Provokation und schloss sich Professor Clark an, während Catherine Brett einen vernichtenden Blick zuwarf.

»Captain Duffys Regiment wird in Kürze nach Ägypten aufbrechen«, zischte sie. »Dort wird er wahrscheinlich erneut größten Gefahren ausgesetzt sein. Und da langweilen Sie uns mit Ihrem Geschwätz!«

Aber Brett Norris lächelte nur über Catherines Tadel. Er hatte die Fassung wiedergefunden. »Dieser Mann hat einfach keine Klasse und besitzt wahrscheinlich keinerlei privates Vermögen.«

»Sie wissen doch gar nichts über Captain Duffy«, warf sich Catherine für Patrick in die Bresche, der ihnen nun den Rücken zukehrte.

Brett war klar, wem Catherines Zuneigung gehörte. »Meine liebe junge Catherine, Damen verlieben sich vielleicht in solche Männer«, erklärte er, »aber sie besitzen genügend Sinn fürs Praktische, um jemanden wie mich zu heiraten. Jemanden, der Reichtum und Macht erben wird und ihnen die Annehmlichkeiten bieten kann, nach denen sie sich sehnen.«

Catherine spürte den sanften Hauch des Pragmatismus und schwieg. Richtig, eine Frau musste praktisch denken, wenn es um ihre Zukunft ging. Aber dies hier war die Gegenwart, und sie liebte die Romantik ebenso wie den Luxus. An ihrer Seite hatte sie einen höchst attraktiven jungen Mann, der alles für sie tun würde, und bei den Männern stand Captain Patrick Duffy, dem sie vielleicht schon bald ihren Körper schenken würde. Die Wahl lag bei ihr allein. »Vielleicht bin ich nicht die Frau, für die Sie mich halten«, gab sie leise zurück.

»Catherine, kommen Sie zu uns Damen, und überlassen Sie

den jungen Mann für einen Augenblick sich selbst.« Lady Garnetts Worte klangen eher wie ein Befehl als wie eine Bitte. »Mister Norris hat bestimmt etwas zum Gespräch der Herren beizutragen.«

Normalerweise interessierte sich Catherine nicht für das belanglose Geplauder der Damen, aber Lady Garnetts gebieterische Einladung bot ihr Gelegenheit, Brett Norris loszuwerden und ungestört ihren Gedanken nachzuhängen. »Danke, Lady Garnett, ich schließe mich Ihnen mit Vergnügen an. Vielleicht können Sie mir von Ihren Erlebnissen in Südfrankreich erzählen. Eines Tages werde ich hoffentlich auch die Riviera besuchen und die Sonne genießen.«

Verschnupft wegen Catherines subtiler Zurückweisung, schlenderte Brett Norris zu den Männern, um sich zu seinem Vater zu gesellen. Immerhin konnte er sich in der distinguierten Gesellschaft der Reichen und Mächtigen vernünftig unterhalten. Ganz im Gegensatz zu dem ungehobelten, arroganten Captain Duffy, dessen beschränkter Horizont nicht über das Soldatenleben hinausreichte!

In der kühlen Sommernacht lag ein Zauber – wenigstens kam es Patrick so vor, als er sich von seinem Gastgeber verabschiedete und in die frische Luft hinaustrat. Oder hatte er nur zu viel Portwein getrunken und fand das Land seiner irischen Vorfahren deswegen so romantisch? Obwohl er Catherine in Gesellschaft von Brett Norris zurückgelassen hatte, wollte er sich seine letzte Nacht in Irland, bevor er zu seinem Regiment zurückkehrte, nicht von bitteren Erinnerungen verderben lassen.

»Woll'n Sie mit ins Dorf fahren, Cap'n Duffy?«, fragte der Kutscher. George Fitzgerald hatte ihn engagiert, um den Reverend und dessen Frau zu chauffieren und Patrick von Bernard Rileys Gasthaus abzuholen. Besuche in der Küche der Fitzgeralds, wo er mit leckeren Resten und alkoholischen Erfrischungen versorgt worden war, und seine abgenutzte Pfeife hatten ihm die Wartezeit verkürzt.

»Nein danke, ich gehe lieber zu Fuß«, erwiderte Patrick höflich. »Das tut mir bestimmt gut.« Wenn er erst die felsigen Wüsten des Sudan mit ihren zerklüfteten Bergen erreicht hatte, würde er noch viel marschieren müssen …

»Na, dann noch 'nen schönen Abend, Cap'n Duffy!«

7

Das Zwitschern der Buschvögel und das Schnauben eines Pferdes, das im weichen Licht vor der Morgendämmerung gesattelt wurde, waren für Kate Tracy vertraute Geräusche geworden.

Kate Tracy, Michael Duffys Schwester, war einst als Kate O'Keefe bekannt gewesen. In Sydney hatte sie mit sechzehn Jahren einen gut aussehenden Taugenichts, den Sohn irischer Sträflinge, geheiratet. Sie war bis über beide Ohren in ihren Mann verliebt gewesen, der sie bald darauf jung, so gut wie mittellos und schwanger in Rockhampton zurückließ, um mit der Frau eines örtlichen Gastwirts durchzubrennen. Das war 1863 gewesen, und Kate hatte ihren Gatten, mit dem sie nur noch auf dem Papier verheiratet war, nicht wiedergesehen, bis sie zwölf Jahre später sein Grab in Cooktown besuchte. Ihre unglückliche Ehe hatte sie nach Norden, in die wilde Kolonie Queensland, geführt, wo sie sich schließlich mit einem Fuhrunternehmen, das dringend benötigte Vorräte ins Grenzland schaffte, Wohlstand erwarb.

Mit fast vierzig gehörte sie nun zu den reichsten Frauen der Kolonie. Obwohl sie in Luxus hätte leben können, wohnte sie mit ihrem Ehemann, Luke Tracy, einem Goldsucher, bescheiden in ihrem weitläufigen Haus in Townsville. Ihr Herz gehörte dem Grenzgebiet und dessen Bevölkerung, und sie spürte schon lange nicht mehr den Wunsch, nach Sydney zurückzukehren.

»Bin so gut wie fertig«, hörte sie das weiche Näseln ihres amerikanischen Ehemanns. »Bis zum Sonnenuntergang bin ich bestimmt schon in den Bergen.«

Unwillkürlich streckte Kate die Hand aus und berührte die alte Narbe in seinem Gesicht. Dort hatte ihn das Bajonett eines englischen Soldaten getroffen – eine ständige Erinnerung an den Aufstand der amerikanischen Bergleute bei den Palisaden von Eureka vor über dreißig Jahren. Mittlerweile hatte sie diesen Mann geheiratet, der sie immer geliebt hatte, auch als er einsam im Grenzland von Queensland nach Gold suchte. Der große, schweigsame Luke Tracy hatte seine Liebe zu Kate damals mitgenommen in die tropischen Regenwälder von Nord-Queensland, in die weiten, trockenen Buschsteppen des Westens und die uralten, wüstenhaften Berge Zentral-Queenslands. Mit vierundfünfzig Jahren war er ein Veteran des Aufstands bei den Palisaden, wo er mit der Brigade der California Rangers auf den Goldfeldern gegen die Rotröcke gekämpft hatte.

»Ich weiß«, erwiderte sie. Am liebsten hätte sie geweint bei dem Gedanken, dass er nach Westen ritt. Sein Ziel war eine kleine Grenzstadt, die nach dem unglückseligen Forscher und Entdecker Burke benannt war. »Hast du Ersatzmunition?«, vergewisserte sie sich.

Der hoch gewachsene Mann lächelte sie beruhigend an und strich ihr mit der schwieligen Hand über das Gesicht. »Keine Sorge wegen der Kalkadoon, ich reite weit nördlich von ihrem Gebiet.« Mit der Hand fuhr er über ihren geschwollenen Leib. »Ich mach mir viel mehr Sorgen wegen dir, Kate. Diesmal musst du auf dich aufpassen und das Geschäft Geschäft sein lassen. Dafür hast du schließlich Angestellte.«

Kate nickte, obwohl sie die Tränen nur mit Mühe zurückhalten konnte. Bestimmt lag es an der Schwangerschaft, dass sie in letzter Zeit so leicht die Fassung verlor, sagte sie sich. Das Schreckgespenst der beiden Babys, die sie verloren hatte, verfolgte sie immer noch. Das erste Kind war ein Sohn gewesen, der Stunden nach der Geburt gestorben war und in Rockhampton begraben lag. Damals war sie siebzehn gewesen. Der Vater ihres Kindes war Kevin O'Keefe, ihr nichtsnutziger erster Ehemann, der sie am Abend vor der vorzeitigen Geburt ihres Sohnes verlassen hatte.

Aber Luke war da gewesen, und an seine starke Schulter hatte sie sich in den darauf folgenden Wochen und Monaten anlehnen können. Schon damals wusste sie, dass sie ihn liebte, aber sie hatte Angst vor der Liebe zu einem Mann, der immer auf der Suche nach Gold war. Der Amerikaner schien zu denen zu gehören, deren Schicksal es war, in der Einsamkeit des gottverlassenen Grenzlandes zu sterben. Sie wollte einen Mann, mit dem sie ihr Leben teilen konnte – nicht einen, von dem sie ständig Abschied nehmen musste.

Vor zehn Jahren hatte sie sich endlich eingestanden, dass sie ihn lieber dereinst verlieren wollte, als ihn überhaupt nicht in ihrem Leben zu haben. Damals hatte sie ihm in einem Bergarbeiterzelt außerhalb des Goldgräberhafens Cooktown einen Heiratsantrag gemacht.

Acht Monate nach ihrer offiziellen Eheschließung war ein Mädchen zur Welt gekommen, das jedoch mit sechs Monaten am Fieber starb. Ihr Grab war eines von vielen in Cooktown, wo auch Kevin O'Keefe, Kates erster Ehemann, begraben lag. Sein Tod allerdings war das unvermeidliche Resultat seines verbrecherischen Lebens gewesen.

Nach dem Tod ihrer Tochter hatte sich Kate in ihrem Kummer von aller Welt zurückgezogen. Aber Luke war bei ihr gewesen, und seine stille Kraft hatte ihr über ihre Selbstvorwürfe hinweggeholfen. Was hatte sie nur getan, um den Tod ihres Babys zu verschulden?, hatte sie sich immer wieder gefragt. Hätte sie ihn irgendwie verhindern können?

Luke hatte ihr versichert, dass es für den Tod im Grenzland nicht immer eine Erklärung gab und dass Selbstvorwürfe keinen Sinn hatten. Sein Pragmatismus entstammte eigenen Erfahrungen, denn er selbst hatte vor vielen Jahren durch das Fieber Frau und Kind verloren. Damals war er in seinem Kummer allein durch die Grenzgebiete von Queensland geritten und hatte sich unter dem weiten Sternenhimmel des Südens ganz ähnliche Fragen gestellt. Da er keine Antwort fand, kam er zu dem Schluss, dass die Trauer irgendwann ein Ende haben musste. Diesen simplen Pragmatismus konnte er schließlich auch an Kate weitergeben.

Jahre später trug sie nun wieder ein Kind von ihm. Sie spürte, dass Gott diesmal gnädig sein und ihnen ein gesundes Baby schenken würde, das heranwachsen und alles erben würde, was sie sich so hart erarbeitet hatte.

»Ich weiß, dass Gott dich behüten wird, mein lieber Mann«, seufzte Kate, als sie merkte, dass sie die Tränen beim besten Willen nicht mehr zurückhalten konnte. »Ich bete, dass er dich so schnell wie möglich wieder nach Hause führt, damit du unser Kind im Arm halten kannst.«

Luke sah die Tränen und fühlte eine Welle der Liebe zu dieser schönen Frau, die ihm trotz seiner endlosen Wanderschaft ihre Zuneigung geschenkt hatte. »Ich bin kein guter Christ«, sagte er und zog sie sanft in seine Arme. »Und ich glaube, Gott nimmt uns alte Yankee-Goldsucher nicht recht ernst, wenn wir ihm mit Versprechungen kommen, weil wir in der Tinte sitzen. Er weiß, dass wir oft ein wenig in die Irre gehen. Aber ich verspreche dir, dass ich da sein werde, wenn das Baby geboren wird. Gott ist auf deiner Seite, und da wird er schon dafür sorgen, dass das klappt.«

Kate spürte, dass Luke sich ein wenig über ihren katholischen Glauben lustig machte. Ihm standen die Überzeugungen der Ureinwohner des riesigen Landes jenseits der Europäer-Städte näher. Oft fragte sie sich, ob das daran lag, dass es sein Lebensziel war, in der Erde nach dem kostbaren Gold zu graben. Vielleicht lag das Geheimnis des Lebens selbst für ihn in der Erde.

Obwohl er mehr als ein halbes Jahrhundert auf diesem Planeten hinter sich hatte, war Luke immer noch zäh und durchtrainiert. Seiner Meinung nach war diese Reise zu einem Besitz in der Nähe von Burketown notwendig, auch wenn Kate anderer Ansicht war. Luke hatte ein Gerücht gehört, dass eine neue Rinderart aus Asien eingeführt worden sei. Vielleicht war das die Antwort des tropischen Nordens auf die harten Lebensbedingungen, denen die Rinder aus dem Süden nicht gewachsen waren.

Kate hatte ihn vergeblich gebeten zu bleiben. Aber der Blick in seinen Augen verriet ihr, dass er immer noch versuchte, ihr zu beweisen, dass er sehr wohl ein Leben als solider Geschäftsmann und Teilhaber ihres Unternehmens führen konnte. Im Grunde trieb ihn seine Liebe zur ihr fort: Er zeigte ihr damit, dass nicht Gold sein Leben beherrschte, sondern der Wunsch, Kate zu unterstützen. Sie hatte nachgegeben, und so standen sie nun auf der Koppel hinter ihrem Haus, wo er die letzten Vorbereitungen für die Abreise traf.

»Jetzt muss ich aber los«, knurrte Luke barsch, während er sich widerwillig von Kate abwandte. »Die Sonne geht bald auf, und's sieht nach einem heißen Tag aus.«

Kate löste sich von ihm, und er ging zu seinem Pferd, das geduldig darauf wartete, endlich die umzäunte Koppel zu verlassen. Mit der Lässigkeit des erfahrenen Reiters schwang sich Luke in den Sattel und griff nach den Zügeln, um das Pferd zu wenden. Kate winkte, und er antwortete ihr mit einem breiten Lächeln. Dann ritt er davon und verschwand im Busch.

Für einen kurzen Augenblick blieb Kate noch auf der Koppel stehen, während die Schatten des frühen Morgens auf das trockene Gras fielen. Er würde sein Versprechen halten, sagte sie sich. Er würde bei ihr sein, wenn das Baby kam.

An jenem Tag sollte Kate noch von einem zweiten Menschen Abschied nehmen.

Der Hufschlag eines Pferdes, das Klirren von metallenem Zaumzeug und das schwere Stampfen von Stiefeln auf ihrer Veranda verrieten ihr, dass der junge Gordon James zu Besuch gekommen war. Die Geräusche waren ihr vertraut, denn Gordon war ein häufiger Gast in ihrem Haus. Allerdings kam er nicht, um Kate zu sehen, sondern Sarah.

»Guten Morgen.« Kate empfing den jungen Polizeibeamten an der Tür. Sofort fiel ihr seine grimmige Miene auf. »Ich …« Sie hatte keine Zeit, den Satz zu beendeten, da lief auch schon Sarah die Treppe hinunter und spitzte über ihre Schulter.

»Gordon!«, rief sie mit gespielter Überraschung. »Warum kommst du so früh am Morgen?«

Gordon war deutlich anzusehen, dass er sich freute, Sarah zu sehen, aber er lächelte nicht. »Ich wollte nur sagen, dass ich für eine Weile weg muss, vielleicht für Monate. Ich muss nach Cloncurry reiten. Offenbar ist Inspektor Potters Patrouille in einen Hinterhalt geraten, er und seine Männer sind ums Leben gekommen.«

Sarah und Kate erbleichten.

»War Peter bei ihm?«, flüsterte Kate. Sie war immer dagegen gewesen, dass ihr Neffe, den sie wie ihr eigenes Kind großgezogen hatte, zur berittenen Eingeborenenpolizei ging. Aber die Freundschaft zwischen Gordon und Peter war stärker gewesen als ihre Bedenken gegen die von Peter eingeschlagene Laufbahn.

»Er ist in Sicherheit«, beruhigte Gordon sie. »Er konnte sich nach Cloncurry durchschlagen und unsere Leute informieren.«

»Gott sei Dank«, hauchte Kate.

»Ich bin schon auf dem Weg dorthin und wollte mich nur verabschieden.«

Ein Blick auf ihre Nichte verriet Kate, dass diese es kaum erwarten konnte, mit Gordon allein zu sein. »Möchtest du reinkommen?«

»Nein, vielen Dank, Missus Tracy«, murmelte er. »Ich muss los. Ich soll in Cloncurry so schnell wie möglich einen Suchtrupp für die Jagd nach Inspektor Potters Mördern zusammenstellen.«

»Dann lasse ich euch allein, damit Sarah sich von dir verabschieden kann. Du weißt, dass ich dir alles Gute wünsche. Wenn du Peter siehst, richte ihm bitte aus, dass wir ihn lieben und für ihn beten.«

»Werde ich«, erwiderte Gordon und fügte hinzu: »Bevor ich aufbreche, möchte ich Sie um einen Gefallen bitten, Missus Tracy.«

»Hoffentlich nichts Unmögliches.« Kates Miene wirkte ein wenig reserviert.

»Ich hatte gehofft, dass Sie ab und zu nach meiner Mutter sehen. Ihr geht es manchmal nicht gut.«

Sofort wurden Kates Züge weich. »Das ist doch kein Gefallen. Deine Mutter ist und bleibt eine meiner besten Freundinnen, auch wenn ich ganz und gar nicht damit einverstanden war, dass du Peter überredet hast, sich eurer verdammten Polizei anzuschließen.«

Etwas schuldbewusst starrte Gordon auf einen Punkt irgendwo in der Luft hinter Kate, doch als Sarah hinter ihrer Tante hervorkam, war sein schlechtes Gewissen sofort vergessen. Kate schwieg. Es kam ihr wie gestern vor, dass Gordons Vater ihr ein pummeliges kleines Mädchen und deren Brüder Peter und Tim gebracht hatte. Jetzt stand die Kleine von damals als junge Frau neben dem Mann, für dessen häufige Besuche sie lebte. Die beiden waren ein schönes Paar, dachte Kate. Er in der schneidigen, sauber gebügelten Uniform der Eingeborenenpolizei mit den kniehohen Stiefeln und dem Revolver an der Seite, sie mit ihrer ungewöhnlichen goldenen Haut und dem schwarzen Haar, das ihr über die Schultern floss. Kate wusste, dass die exotische Schönheit ihrer Nichte einigen heiratsfähigen jungen Männern in der Stadt aufgefallen war, aber Sarah hatte nur Augen für den Sohn von Henry und Emma James. Das war schon immer so gewesen, seit sie die Unschuld ihrer Kinderjahre hinter sich gelassen und begonnen hatten, einander als Mann und Frau zu sehen. Gordon war zwanzig, Sarah ein Jahr jünger. Es war das Alter der großen Leidenschaften, in dem man sich nicht vorstellen konnte, dass Liebe womöglich nicht ein Leben lang hielt.

Kate ließ das junge Paar allein, damit sich die beiden voneinander verabschieden konnten.

Gordon nahm Sarahs Hände in seine. »Ich will nicht von dir weg«, sagte er, »aber ich muss meine Pflicht tun.«

Sarah fühlte die Wärme seiner Hände, die schwielig waren vom jahrelangen Umgang mit Pferden. »Am liebsten wäre es mir, wenn ihr beide, du und Peter, nicht bei der Eingeborenenpolizei wärt. Du weißt, was ich von denen halte.«

Gordon wandte den Blick ab. Sein Vater war dabei gewesen, als die berittene Eingeborenenpolizei Jahre zuvor Sarahs Eltern gehetzt und schließlich getötet hatte. »Das ist lange her. Die Dinge haben sich geändert.«

Darauf antwortete Sarah nicht, denn sie wusste, dass das Thema nur zu einem Streit führen würde. Stattdessen versuchte sie, Gordon, den Offizier der verhassten Polizei, von jenem Gordon, den sie leidenschaftlich liebte, zu unterscheiden. »Wenn wir jemals zusammenkommen sollen, musst du dich zwischen mir und deiner verdammten Polizei entscheiden.«

Gordon sah ihr in die Augen, in denen das Feuer der Überzeugung brannte. Er wusste, dass sie seinen Beruf aus gutem Grund hasste. »Ich liebe dich mehr als alles auf der Welt«, sagte er lahm. Dabei war ihm klar, dass er auch an seinem Beruf hing. Ihm waren Männer unterstellt, die wie er das Abenteuer liebten und nicht hinter einer Ladentheke oder einem Bankschalter versauern wollten.

»Worte kosten nichts«, fuhr Sarah auf. »Du könntest mich jederzeit haben, wenn du die berittene Polizei aufgeben würdest. Das wäre ein echter Liebesbeweis.«

»Ich bin doch extra hergekommen, um dir zu sagen, dass ich dich liebe«, hielt Gordon dagegen. »Mit deiner Forderung weist du mich nur zurück. Sarah, du verlangst viel von mir. Mein Vater war Polizist, und ich halte die Erinnerung an ihn in Ehren, indem ich seinem Beispiel folge. Sogar meine Offiziersstelle verdanke ich seinem Andenken.«

Sarah sah den Schmerz in seinen Augen und wünschte sich, alles wäre anders, vor allem, da er nun für lange Zeit wegmusste. Aber sie wusste auch, dass die Geister ihrer Eltern immer zwischen ihnen stehen würden, solange der Mann, den sie liebte, für jene Polizeiabteilung arbeitete, die die beiden getötet hatte. Sie ließ ihre Hände aus den seinen gleiten und kehrte ihm den Rücken zu. »Bitte sei vorsichtig«, flehte sie mit erstickter Stimme, während ihr die Tränen in die Augen stiegen. »Mehr kann ich dir nicht sagen.«

Aufgewühlt von diesem Abschied blickte Gordon ihr nach.

»Sarah«, rief er, doch sie antwortete nicht, sondern schloss die Tür hinter sich, um auf ihr Zimmer zu gehen. Von dort würde sie ihm nachsehen, wie er davonritt und aus ihrem Leben verschwand.

Als Kate ihre Nichte die Treppe hinauflaufen sah, erriet sie, wie der Abschied der beiden verlaufen war. Sie hörte Gordon das Haus verlassen. Am Fuß der Treppe stehend, lauschte sie auf die erstickten Schluchzer, die durch das Haus hallten. Sie seufzte und begann, die Treppe zu Sarahs Zimmer hinaufzusteigen. Warum war Liebe immer so schwierig? Würde es Sarah ebenso schwer fallen, Liebe zu finden, wie ihr?

Später an jenem Tag erfüllte Kate das Versprechen, das sie Gordon gegeben hatte.

Emma, die allein in einem bescheidenen Häuschen am Stadtrand lebte, begrüßte Kate mit Freudenrufen und Umarmungen. Je größer Kates Unternehmen geworden war, desto weniger Zeit hatte sie für ihre Freundin, für Besuche und Gespräche gehabt. Als sie sich nun aus Emmas Umarmung löste, entdeckte sie mit Besorgnis dunkle Ringe unter deren Augen. Das einst feuerrote Haar war grau geworden. Emma wurde alt, aber das erinnerte Kate umso mehr daran, dass sie eine gemeinsame Vergangenheit besaßen.

»Du musst unbedingt mit mir zu Abend essen«, sagte Emma. »Ich bestehe darauf.«

»Das würde ich gern, aber ich muss vor der Dunkelheit zu Hause sein. Ich wollte nur wissen, wie es dir geht, jetzt, wo Gordon weg ist.«

Mit einem betrübten Lächeln wandte Emma sich ab, um Kate in ihre winzige Küche zu führen. »Eigentlich sollte ich dich fragen, wie es *dir* geht. Deine Zeit muss nah sein.«

Unwillkürlich legte Kate die Hand auf ihren runden Bauch. »Ja, sehr nah, so wie der strampelt.«

»Du meinst also, es wird ein Junge«, stellte Emma fest, während sie heißes Wasser in eine Porzellankanne goss.

»Also, wenn es kein Junge wird, dann ein ziemlich kräftiges Mädchen.«

Emma lachte. Für einen Augenblick sah Kate das junge Mädchen in ihr, das sie fünfzehn Jahre zuvor kennen gelernt hatte: eine lebhafte, lebenslustige Frau, die gerade erst aus England gekommen war und Henry James geliebt, geheiratet und begraben hatte. Zumindest im Geiste begraben, denn seine Leiche war nie gefunden worden.

Beide Frauen waren eng befreundet gewesen, aber in den letzten Jahren hatte Peters Entscheidung, sich gemeinsam mit seinem Jugendfreund der Eingeborenenpolizei anzuschließen, einen Keil zwischen sie getrieben. Dass Emma Peter dabei unterstützte, hatte Kate verärgert. Sie fand Emmas Haltung kurzsichtig, weil sie nur Peters momentane Zufriedenheit im Auge hatte und für seine wirklichen Interessen blind war. Nachdem Peter in seiner Verbohrtheit zur Polizei gegangen war, besuchte Kate ihre Freundin immer seltener. Ein Vorwand war leicht zu finden, dennoch vermisste sie die angenehme Gesellschaft und das vertraute Gespräch, die ihre Beziehung ausgezeichnet hatten.

»Ich glaube, es war keine gute Idee, dass Peter Gordons Beispiel gefolgt ist«, erklärte Emma nun, während sie den Tee in die Tassen goss.

Überrascht starrte Kate ihre Freundin an. Hatte sie ihre Gedanken gelesen? »Das fand ich schon immer«, antwortete sie. Die Barriere, die sie voneinander getrennt hatte, begann zu bröckeln.

»Ich war blind, als ich Peter darin bestärkt hab, mit Gordon zur Polizei zu gehen. Mir war nicht klar, wie gefährlich das für ihn ist«, gab Emma zu. »Gordon hat mir erzählt, dass Peter das Massaker an Inspektor Potters Patrouille nur durch einen unglaublichen Glücksfall überlebte.«

»Es ist mehr als das«, sagte Kate ruhig. »Peter riskiert, seine Seele zu verlieren, wenn er bei der berittenen Polizei bleibt. Wie du weißt, hat diese Truppe achtundsechzig in Burkesland seine Eltern ermordet.«

Emma zuckte zusammen, und Kate entschloss sich, das Thema fallen zu lassen. Es würde nur neue Wunden aufreißen. Denn Emmas Mann war bei der Patrouille gewesen, die Jagd auf Peters Eltern gemacht hatte, und damit im Grunde für deren Tod mitverantwortlich. Kate warf Henry James das jedoch nicht vor, weil er bei einer früheren Hetzjagd bewiesen hatte, dass er ihre Ermordung verhindert hätte, wenn es ihm möglich gewesen wäre.

»Ich wünschte, wir könnten dieses Jahr ungeschehen machen«, flüsterte Emma mit tränenerstickter Stimme. »Es hat uns beiden so viel Unglück gebracht. Weißt du noch, wie es war, als wir jung waren und bei Rockhampton lebten? Erinnerst du dich an unsere Picknicks, und wie wir alle um dein Klavier standen und sangen? Henry hatte eine scheußliche Singstimme ...«

Sie verlor sich in ihren Gedanken, und die Tränen begannen zu fließen. Kate streckte ihre Hand über den Tisch aus, und Emma griff danach, während sie sich mit der anderen die Tränen abwischte. »Ach, Kate, ich habe das entsetzliche Gefühl, dass uns noch mehr Tragödien bevorstehen. Ich spüre, dass wir sehr bald unsere Lieben verlieren werden.«

Beruhigend drückte Kate Emmas Hand. »Ich bete, dass der Fluch, der auf uns liegt, sein Werk getan hat. Wir sind gesund, und wir haben unsere Kinder.«

Emma zog ihre Hand zurück, erhob sich und wischte sich mit der Schürze die Tränen ab. »Ich hoffe, du hast Recht.« Sie versuchte zu lächeln. »Vielleicht sieht Peter ja ein, dass es für ihn am besten ist, nach Townsville zurückzukehren und in deiner Firma zu arbeiten.«

»Darum kann ich nur beten«, meinte Kate ohne große Hoffnung. Sie wusste, welchen Wert ihr Neffe auf seine Männerfreundschaft zu Gordon legte. In dieser Hinsicht war er ein typischer Australier.

Die beiden Frauen plauderten, bis der Tee kalt war. Als Kate schließlich aufbrach, kam ihr immer wieder Emmas düstere Prophezeiung in den Sinn. Abergläubisch legte sie die Hand auf ihren Bauch und sprach ein Gebet an die Jungfrau Maria. *Heilige Mutter Gottes, bitte behüte alle Geborenen und Ungeborenen in meinem Leben.*

8

Die kühle Nachtluft half Patrick, auf dem Heimweg von dem prunkvollen Herrenhaus der Fitzgeralds einen klaren Kopf zu bekommen. In der unheimlichen Stille, die nur gelegentlich durch den Ruf einer Eule auf nächtlicher Mäusejagd unterbrochen wurde, hallten seine Schritte besonders laut.

Nach gut einem halben Kilometer auf der Straße sah er in der Ferne die düsteren Umrisse der baumbestandenen Kuppel, die vom weichen Licht des nahezu vollen Mondes erhellt wurden. Obwohl ihm klar war, wie unsinnig dieses Unterfangen war, suchte er den Gipfel mit den Blicken nach Catherine ab.

Einer plötzlichen Eingebung folgend, hielt er quer über das Feld auf die Erhebung zu. Schon nach kurzem Waten durch ein Meer aus taunassem Gras erhob sich der Hügel vor ihm. Oben hatte sich ein niedrig hängender Nebel gebildet, der zu ihm herabkroch und den schweren, an Medizin erinnernden Duft der Tannen mit sich brachte.

Während er zu dem Wäldchen hinaufstarrte, fühlte er den Nebel mit kalten, feuchten Fingern nach seinen Knien greifen. Warum wollte er plötzlich den Gipfel erklimmen? Stirnrunzelnd schüttelte er den Kopf. Vielleicht wollte er nur herausfinden, warum der Hügel eine solche Anziehungskraft auf Catherine ausübte.

Da die Erhebung nicht besonders hoch war, war der Aufstieg durch die schwermütigen, dunklen Tannen nicht schwierig. Auf dem Gipfel öffneten sich die Bäume auf eine kleine Lichtung aus blendend weißen, flachen Steinen.

Kalkstein, dachte Patrick, als er den geheimnisvollen Kreis betrat. Offenkundig war das charakteristische, geometrische

Muster von Menschenhand angelegt worden. Inzwischen allerdings war es vom Gras fast überwuchert, das sich bemühte, die von einer uralten Rasse geschaffenen Linien und Kreise zu verwischen.

Erwartungsvoll stellte er sich in die Mitte des Steinkreises, wo er durch eine Lücke in den Bäumen den Mond sehen konnte, der eine silberne Straße auf den kalten, stillen Atlantik malte. Enttäuscht musste er feststellen, dass das mystische Erlebnis ausblieb, das er beinahe erwartet hatte. Stattdessen kroch Kälte seine Beine hinauf, und Einsamkeit griff nach seiner Seele.

Plötzlich wurde die Stille vom unheimlichen Knacken trockener Tannennadeln durchbrochen. Patrick zog aus einem seiner Kniestrümpfe einen Dolch, eine praktische Waffe, die jederzeit einsatzbereit war. Leise, aber bedrohlich knurrend tapste eine riesige Gestalt auf ihn zu. Den Dolch in der Hand, duckte Patrick sich zum Sprung.

Ein Wolf! Nein, kein Wolf. Ein Wolfshund!

»Lugh! Nein!«

Auf Catherines Befehl hin blieb der riesige Hund sofort stehen und ließ sich gehorsam zu Boden fallen, wo er auf ihre nächste Anweisung wartete. Erleichtert sah Patrick, wie Catherine, gefolgt von dem zweiten Hund, auf die Lichtung trat. Den Saum ihres roten Kleides hatte sie mit der Hand zusammengerafft, um ihn vor dem taunassen Gras zu schützen. Patrick ließ das Messer an seinem Bein verschwinden.

Als Catherine ihren Griff löste, fiel das Kleid um ihre Knöchel auf die weißen Steinplatten. »Sie haben sich nicht von mir verabschiedet, Captain Duffy«, sagte sie ruhig, während die riesigen Hunde an den Rand der Lichtung trotteten. Dort blieben sie sitzen und starrten in den Wald hinein.

»Ich konnte sehen, dass Sie sehr mit Mister Brett Norris beschäftigt waren«, erwiderte Patrick knapp. »Außerdem hatte ich Zweifel, ob meine Abwesenheit für Sie von Bedeutung ist. Immerhin kennen wir einander kaum.«

»An diesem Ort kennen wir uns seit tausenden Jahren«, sagte sie leise, während sie zu seinem Gesicht aufsah, auf das das

Mondlicht tiefe Schatten malte. »Seit der Zeit, als dieser Hügel errichtet wurde. Damals waren Sie Cuchulainn und ich, ich war Morrigan«, schloss sie mit einem Flüstern.

»Wer war Cuchulainn?«

»Ein legendärer Krieger des alten Irland, der viele Feinde tötete – so wie Sie, wenn ich mich nicht irre. Ihm gelang alles, was er sich vornahm. Außerdem war er ein Sohn des Sonnengottes, aber dann kamen die Christen und löschten die Erinnerung an ihn aus.«

»Und wer war Morrigan?«

»Die Göttin, der Cuchulainn einen Großteil seines Kriegserfolges verdankte.«

»Liebten sie einander?«

Seufzend wandte Catherine den Blick ab. Dann sah sie erneut zu ihm auf. »Ich glaube, Sie sollten eines Tages nach Irland zurückkehren, um die Antwort auf diese Frage zu finden, Captain Duffy«, sagte sie traurig. »Sie steht in den alten Schriften, die die Mönche in ihren muffigen Archiven aufbewahren.«

Patrick sah in Catherines Augen, die in der Nacht fast schwarz wirkten. Welche Vision hatte er hier vor sich? Das war nicht mehr die weltgewandte junge Frau von heute Abend. Vor ihm stand das rätselhafte Mädchen, das ihm mit bloßen Füßen in der Bibliothek ihres Großvaters gegenübergetreten war. »Das werde ich, ich verspreche es Ihnen. Das heißt, wenn Sie nicht mit Mister Brett Norris beschäftigt sind.«

»Er ist ein guter Freund, der mich gern heiraten würde.«

»Und was ist mit Ihnen?«

»Nein. Zumindest noch lange nicht.«

Patricks Hoffnung schwand. Der englische Geck nahm also doch einen wichtigen Platz in ihrem Leben ein. Oder spielte sie immer noch mit seinen Gefühlen? »Ich weiß nicht, wann ich wiederkommen kann«, gab er mit vorgetäuschtem Desinteresse zurück. Auf keinen Fall wollte er, dass sie die Regeln vorgab. »Auf dem Schlachtfeld kann viel geschehen.«

»Ihnen wird nichts passieren, Captain Duffy. Morrigan schützt sie.«

»Ich bin nicht Ihr Cuchulainn, Miss Fitzgerald, sondern ein einfacher Soldat der Königin, der im Kampf den gleichen Gefahren ausgesetzt ist wie jeder andere.« Er zwang sich, seinen Blick aus dem ihren zu lösen. »Aber ich komme zurück nach Irland. Schon allein deshalb, um mehr über die Geschichte dieses Landes und über mich selbst zu erfahren.«

»Nicht, um mich zu sehen?«

»Darauf gibt es im Augenblick keine Antwort«, erwiderte er, während er sich umdrehte, um auf den Atlantik hinauszublicken. »Es ist eine Frage, die nur Sie beantworten können. Nur die Zeit und reifliche Überlegung können Ihnen sagen, was für Sie im Leben wirklich wichtig ist.«

»Und was ist Ihnen im Leben wichtig, Captain Duffy?«, fragte Catherine, als Patrick sich ihr erneut zuwandte. »Die Suche nach sich selbst?«

Ihr gutes Wahrnehmungsvermögen überraschte Patrick. Als ob sie wirklich die verdammte Morrigan wäre, für die sie sich hielt! Ihre unheimliche Gabe, ihn zu durchschauen, irritierte ihn. Seine Gedanken gehörten ihm allein. »Ich muss eines Tages eine Entscheidung treffen, aber dabei kann ich nur verlieren«, erwiderte er bitter. »Ich muss verstehen lernen, wie eine Mutter ihr Kind wissentlich in den Tod schicken kann.«

»Ihre Mutter?«, fragte sie sanft.

Er nickte.

»Wir haben viel mehr gemeinsam, als Sie denken, Captain Duffy. Nur dass ich nie erfahren habe, wer mein Vater war. Zumindest hat Ihr Vater einen Namen und ist in diesem Teil des Landes eine Legende.«

»Ich fürchte nur, die Dorfleute verwechseln ihn mit jemandem.« Auf Patricks Gesicht erschien ein etwas verwirrtes Lächeln. »Allerdings ist es schmeichelhaft, dass der farbenfrohe Ruf dieses Michael O'Flynn meinem Vater zugeschrieben wird.«

»Dieser Platz besitzt seinen eigenen Zauber, Cuchulainn«, sagte Catherine ernst, »und Sie sollten ihm sein Herz öffnen. Dann finden Sie vielleicht eines Tages heraus, dass Ihr Vater Michael O'Flynn *ist*.«

Patricks weiches Lachen wärmte die kühle Luft der Lichtung. Spontan berührte er Catherines Gesicht mit der Hand, als wäre sie ein naives Kind. »Wissen Sie, Miss Catherine Fitzgerald, fast könnte ich Ihren Worten glauben, denn wenn Sie hier sind, scheint mir die Lichtung wirklich ein verzauberter Ort zu sein.«

Ihre Hand umklammerte sein Handgelenk. »Glauben Sie mir, Patrick!«, sagte sie eindringlich. »Glauben Sie, dass Sie sich selbst in Ihrem Vater finden und eines Tages an diesen Ort zurückkehren werden. Das ist sehr wichtig.«

Überrascht von ihrer leidenschaftlichen Überzeugung rang Patrick nach Worten und Gedanken. Plötzlich zog er sie an sich. Wild und hungrig suchten seine Lippen die ihren, und sie schlang die Arme um seinen Hals.

Ihre Reaktion war ebenso heftig wie seine. Das Begehren, das seit ihrer ersten Begegnung in ihnen geschwelt hatte, erwachte durch den Funken der Leidenschaft zu einem Feuer, das Patricks Körper zu verzehren schien. Doch Catherine stieß ihn mit halbherzigen Protestrufen von sich. »Nein, nicht jetzt«, flüsterte sie.

»Ich liebe Sie, seit ich Sie zum ersten Mal auf diesem Hügel stehen sah, Catherine. Ich weiß nicht, wie das möglich ist, aber ich liebte Sie schon in diesem Moment. Vielleicht *sind* Sie Morrigan – aber Sie wollen mir nicht verraten, wie die Geschichte ausgeht.«

Catherine holte tief Luft, bevor sie antwortete. Die beiden großen Wolfhunde erhoben sich und näherten sich drohend, doch sie verscheuchte sie mit einer Handbewegung. Verunsichert setzten sie sich, beobachteten Patrick aber weiterhin misstrauisch.

»Kommen Sie wieder, wenn Sie Ihre Suche beendet haben, dann sage ich Ihnen, wie die Geschichte endet«, erklärte sie, sobald sie ihre Gefühle wieder unter Kontrolle hatte. Sie wich zurück, bis sie auf Armeslänge von ihm entfernt stand, und ließ den Blick zur Vorderseite seines Kilts wandern. »Sie sind wirklich stark wie Cuchulainn«, neckte sie ihn. Patrick errötete bei dieser gewagten Bemerkung. »Ich glaube, Sie tragen den

Gae Bulga unter Ihrem Kilt, Patrick Duffy«, meinte sie mit einem leisen, bewundernden Lachen.

»Was ist ein Gae Bulga?« Patrick, der sich schon unbehaglich genug fühlte, wurde bei ihrem sanften Spott noch verlegener. Noch nie war er einer Frau begegnet, die so offen über Angelegenheiten wie diese sprach.

»Der Gae Bulga war ein keltischer Speer, der mit zahlreichen Widerhaken versehen war. Eine fürchterliche Waffe. War sie einmal in den Körper eingedrungen, konnte sie nicht mehr herausgezogen werden, weil sich die Widerhaken am Schaft spreizten. In Ihrem Fall erinnert mich dieser Schaft an den meiner Hunde, wenn sie einer Hündin nachsteigen.«

Patricks schockierte Miene amüsierte Catherine. Seine Verlegenheit schien sie noch zu ermutigen. »Sehen Sie doch nicht so entsetzt drein, Captain Duffy. Einem Mann mit Ihrer Erfahrung müsste doch klar sein, dass wir Mädchen vom Land vieles sehen. So lernt man, wie das Leben wirklich ist.«

»Natürlich …«, stotterte er, »weiß ich das. Aber dies ist nicht gerade ein Thema, das man in Anwesenheit von Damen erörtert.«

»Wir sind allein, Patrick, und ich habe das Gefühl, dass ich bei Ihnen ich selbst sein kann«, sagte Catherine ruhig, während sie auf das Meer hinausblickte. »Ich muss zu Großvater zurück, bevor er meine Abwesenheit bemerkt. Ich fürchte, er wäre nicht begeistert davon, dass wir beide uns treffen. Ich wollte beim Abendessen neben Ihnen sitzen, aber Großvater bestand darauf, mich am Ende der Tafel neben Brett Norris und seiner schrecklichen Schwester zu platzieren.«

»Ich wünschte, ich könnte länger bleiben. Ich hatte kaum Gelegenheit, Sie kennen zu lernen.«

»Wenn Sie zurückkommen, Patrick.« Sanft berührte sie mit der Hand sein Gesicht. »Aber bevor Sie gehen, möchte ich Ihnen etwas geben, das Sie immer bei sich tragen müssen. Etwas, das Sie daran erinnern wird, nach Irland zurückzukehren.«

Patrick sah ihr nach, als sie ihn im Kreis der flachen Steine zurückließ und zum Waldrand ging. Dort bückte sie sich, um etwas aufzuheben, das etwa so groß wie ihre Hand war. Sie brachte ihm das mysteriöse Objekt und legte es in seine Hand. Dann schloss sie seine Finger darum. »Versprechen Sie mir, dass Sie Sheela-na-gig mit sich nehmen werden, wo immer Sie auch hingehen. Aber Sie müssen mir auch versprechen, dass Sie sie erst ansehen, wenn Sie in Ihrem Zimmer in Riley's Pub sind.«

»Ich verspreche es«, erwiderte Patrick, den ihre Geste ein wenig verwirrte. »Aber was ist Sheela-na-gig?«

»Eine Göttin, die noch älter ist als Morrigan. Ich fand sie eines Tages als kleines Mädchen bei einem meiner Streifzüge auf dem Hügel. Bis jetzt habe ich sie versteckt gehalten, weil ich befürchtete, mein Großvater würde sie mir wegnehmen und seiner Sammlung einverleiben.«

Patrick fühlte den kalten Stein in seiner Hand und erriet die Umrisse einer menschenähnlichen Gestalt. In vielerlei Hinsicht war die alte Göttin in seiner Hand für ihn ebenso rätselhaft wie das Mädchen, das sich nun auf die Zehenspitzen stellte, um ihn zu küssen. Ihr Kuss war lang und sanft. Keiner von beiden wollte den eigenartigen Zauber des Augenblicks brechen. Doch der Mond stand schon niedrig über dem Horizont, und bald würde es auf dem Hügel sehr dunkel werden.

»Seien Sie vorsichtig, Captain Duffy«, flüsterte Catherine ganz nah an seinem Ohr, wobei ihr süßer Atem seine Wange streifte. »Ich werde zu Sheela-na-gig beten, damit sie Sie an den gefährlichen Orten beschützt, an die Sie das Leben führt.«

Widerstrebend riss sie sich los und ging, ohne zurückzublicken, mit den beiden riesigen Hunden durch die dichten Tannen den Abhang hinunter.

Patrick bewegte den Stein unablässig in seiner Hand. Trotz seiner Neugier hielt er sein Versprechen, die Figur erst in seinem Zimmer genauer anzusehen. Was würde ihm der gemeißelte Stein im Licht enthüllen? Den Geist von Catherine Fitzgerald selbst?

Sein tief in ihm ruhender Aberglaube riet ihm, den Hügel zu verlassen, bevor geheimnisvolle Wesen kamen, um ihn für immer von hier zu verschleppen. Aber hatte ihm nicht ein anderes geheimnisvolles Wesen auf diesem heiligen Hügel der Kelten längst für immer das Herz gestohlen?

Der Mond ging unter, während er mit raschen Schritten zum Dorf zurückmarschierte. Die Luft hatte sich deutlich abgekühlt, und die Dorfbewohner schliefen. In den engen, gewundenen Gassen hallten seine Schritte auf dem Kopfsteinpflaster. Nur das Gekläffe eines Hundes irgendwo in der Nacht begleitete ihn zum Gasthaus, wo ihm ein gereizter Bernard Riley die Tür öffnete. Patrick bedankte sich, aber Riley winkte mürrisch ab und schlurfte im Nachthemd ins Bett zurück.

In seinem Zimmer angelangt, stellte Patrick eine Kerze auf die Anrichte, und sah im Schein ihres schwachen Lichtes die keltische Göttin Sheela-na-gig zum ersten Mal. »Großer Gott!«, fluchte er leise, aber geradezu ehrfürchtig, als die Schatten der tanzenden Flamme die kleine Gestalt zum Leben erweckten. »Kein Wunder, dass sie das Ding versteckt hat!«

Sheela-na-gig, die ihn mit geheimnisvollem Lächeln anstarrte, war die Göttin der Fruchtbarkeit.

Auf dem Rücken liegend, hatte sie die Beine einladend gespreizt. Mit den Händen hinter ihre Knie greifend, zog sie ihre überdimensionale Vagina auseinander, die das physische Verlangen hatte anschwellen lassen. Gebannt starrte Patrick auf die Figur, in der die urtümliche Vorfreude auf Lust und Fortpflanzung zu Stein geworden war.

Ihm war, als verkörperte die kleine Göttin aus vorchristlicher Zeit die wahre Seele der Menschen Irlands: Männer und Frauen voller Sinnlichkeit und ungehemmter Lust an der körperlichen Liebe. Doch diese ungezügelte Sinnlichkeit war von der Religion in neue Kanäle gelenkt worden und schlug sich nun in den fanatischen Gebeten und Ritualen der kirchlichen Feiertage nieder.

Während er Sheela-na-gig betrachtete, hatte er auf einmal das Gefühl, den wilden, freien Teil seiner keltischen Persönlichkeit besser zu verstehen.

»Danke, Catherine«, flüsterte er mit erstickter Stimme. »Du bist meine Göttin … und das wird immer so sein. Wo immer ich auch hingehe, ich werde dich an diesem Schrein deines Körpers und deines Herzens verehren.«

Dann packte er die kleine Göttin in den tiefsten und dunkelsten Winkel seiner Reisetasche und setzte sich seufzend auf das schmale Bett, um Stiefel und Gamaschen auszuziehen. Kaum hatte er sich hingelegt, da suchten ihn auch schon merkwürdige Träume heim. Die aufwühlenden Erlebnisse des Abends vermischten sich mit dem Bild eines Hügels am anderen Ende der Welt – eines Hügels, den er selbst nie gesehen hatte. Seine Großmutter, Lady Enid Macintosh, hatte ihn ihm beschrieben. Eine Stätte, die einem alten Volk heilig war, dessen Angehörige vor über zwei Jahrzehnten auf Glen View, dem Besitz der Macintoshs, abgeschlachtet worden waren. Irgendwie sah er den trockenen, zerklüften Berg vor sich, als wäre er selbst dort gewesen. In seinen Träumen verwandelte er sich in die tannenbestandene Anhöhe der Kelten. Die Kultstätten zweier Völker, deren heidnischer Glauben im Denken der Moderne keinen Platz hatte.

Als er erwachte, erinnerte sich Patrick ebenso lebhaft an den Traum wie an die Augenblicke mit Catherine unter dem abnehmenden Mond. Maureen, die Wirtstochter, klopfte an seine Tür, und im Gasthaus herrschte morgendliche Geschäftigkeit.

Immer noch vollständig angekleidet, kroch er unter den warmen Decken hervor. Unterdessen war Maureen hereingekommen, ohne zu fragen, ob es ihm passte oder nicht. Sie stellte die Schüssel mit heißem Wasser auf die schmale Anrichte. Patrick dankte ihr, aber sie ging nur widerwillig, als er aufstand, um die Galauniform gegen eine etwas bequemere Reisekleidung auszutauschen.

Nach einem kräftigen Frühstück mit Eiern und Speck stattete Patrick Vater Eamon O'Brien und Mary Casey einen letzten Besuch ab. Sie wechselten ein paar Worte und äußerten ihr Bedauern, dass sie nicht mehr Zeit gehabt hatten, sich über ihre gemeinsamen Interessen auszutauschen.

Mary Casey hauchte einen verschämten Kuss auf seine Wange und schloss ihn liebevoll in die Arme, wobei sie Gott um Schutz für den bevorstehenden Kreuzzug zur Bekämpfung der ungläubigen Mohammedaner und zur Rettung von General Gordon bat. Dass sich Patrick am gemeinsamen Kampf der Christen gegen die bösen Heiden beteiligte, ließ sie sogar seinen in ihren Augen abstrusen protestantischen Glauben vergessen.

9

Im Morgengrauen wurde Ben vom melodischen Trillern der Elstern geweckt. Während er schlief, hatte er die Kälte des frühen Morgens nicht gespürt, aber als er sich jetzt streckte und im Staub aufsetzte, fröstelte ihn. Schlotternd rieb er sich die Arme.

Langsam kam er auf die Beine und blickte über den Hof zur Hütte. Dort stand seine kleine Tochter Becky und sah zu ihm herüber, wobei sie die Hand zum Schutz gegen das grelle orangefarbene Licht der aufgehenden Sonne über ihre Augen hielt.

»Daddy?«, rief sie, als ihr Vater auf sie zukam. »Ich habe dir Frühstück gemacht.«

Wie sie ihrer Mutter gleicht, dachte er, von einer Welle väterlicher Liebe erfasst. Solange sie lebte, würde Jenny immer bei ihm sein.

»Ich habe in der Nacht mit eurer Mutter gesprochen«, sagte Ben, während er sich zu den Kindern an den Tisch setzte, auf dem eine kleine Pfanne mit Brot und Schmalz stand. »Ich glaube, sie hätte gewollt, dass Willie euch nach Townsville zu Tante Judith und Onkel Solomon bringt und dann auf die Farm zurückkommt.«

Die kleineren Jungen wechselten entsetzte Blicke. Für sie war es unvorstellbar, dass sie in einer solchen Zeit ihr Zuhause verlassen sollten. Hier wurden sie gebraucht und nicht in einer Stadt, wo es kein freies Land, sondern nur Straßen und Häuser gab! Aber sie hüteten sich, laut zu protestieren, obwohl sich ihre Gesichter verdüsterten. Becky stand mit zitternder Unterlippe neben Ben. Jetzt verlor sie auch noch ihren Vater!

Ben sah, wie ihr die Tränen in die Augen stiegen, zog sie an sich und setzte sie auf seinen Schoss. Er schlang die Arme um sie und konnte den erdigen, süßen Duft ihrer dicken Haarflechten riechen. Das Herz tat ihm weh, denn die Entscheidung, die Kinder wegzuschicken, war ihm nicht leicht gefallen. Doch es stand mehr auf dem Spiel als Jerusalem. »Es ist ja nicht für immer«, sagte er sanft. »Nur für ein paar Jahre, bis sich die Dinge hier geändert haben.«

»Welche Dinge?«, piepste Saul verwirrt. »Was soll sich denn ändern? Mami ist tot, und wir sind alt genug, um das zu verstehen, Dad. Du brauchst Jonathan und mich für die Arbeit auf der Farm. Schick doch Becky … aber nicht uns!«

»Ich sagte, nur für ein paar Jahre«, knurrte Ben seinen Sohn an, der schon immer der Mutigere seiner beiden Jungen gewesen war. »Ein paar Jahre, in denen ihr eine anständige Erziehung bekommt und euch entscheiden könnt, was ihr tun wollt: in Townsville bleiben oder zurückkommen und Willie und mir auf der Farm helfen.«

»Aber dafür müssen wir doch nicht zur Schule zu gehen«, fuhr Saul unbeeindruckt fort. »Ich und Jonathan kennen die Arbeit hier ebenso gut wie Willie. Für das Vieh brauchen wir keine Schule. Du kannst uns alles beibringen, was wir wissen müssen.«

»Ihr braucht eine Ausbildung«, fuhr Ben ihn an. »Das hat sich eure Mutter so gewünscht. Sie wollte, dass ihr lesen und schreiben lernt. Diesen Wunsch muss ich ihr erfüllen.«

Diesen Wunsch muss ich ihr erfüllen, wiederholte Willie im Stillen. Den Wunsch, dass er sich an dem Mann rächte, der ihr als Kind solche Schmerzen zugefügt hatte. Die Ellbogen auf die Tischplatte gestützt, beugte er sich vor. »Halt den Mund, Saul, und hör auf Vater.«

Mit zornrotem Gesicht fuhr Saul zu ihm herum. »Er ist nicht *dein* Vater«, brauste er auf. »Ich hab gehört, was Mami zu dir gesagt hat, bevor sie gestorben ist. Also geh zum Teufel.«

Aus Bens Gesicht wich alles Blut. Er schlug mit dem Handrücken so fest zu, dass Saul von der Bank fiel. »Sag das in meinem Haus nie wieder«, flüsterte er mit vor Wut erstickter, heiserer Stimme.

Entsetzt von der heftigen Reaktion seines Vaters, blieb Saul ausgestreckt auf der festgestampften Erde des Fußbodens liegen und hielt sich die Hand an seine feuerrote Wange, die bereits anzuschwellen begann.

»Er ist mein Sohn, auch wenn ich nicht sein leiblicher Vater bin.«

Willie fühlte in sich eine neu erwachte Liebe zu dem Mann, der mit seiner Mutter verheiratet gewesen war. Bis zu jenem Moment hatte er Ben nie wirklich als Vater akzeptiert, sondern ihn immer als Konkurrent um die Aufmerksamkeit seiner Mutter gesehen.

»Nie wieder, Saul«, zischte Ben, um zu betonen, wie ernst es ihm mit seiner Warnung war. »Was du da gerade gesagt hast, hätte deiner Mutter das Herz gebrochen.«

»Tut mir Leid«, murmelte Saul, während er auf seinen Platz am Tisch zurückkehrte. Dort, wo sich ein Zahn von innen in seine Wange gebohrt hatte, schmeckte er Blut. Sein einziger Trost war, dass sein Vater ebenfalls zitterte, weil er es schon bereute, dass er seinem Sohn in seiner aufbrausenden Wut Schmerzen zugefügt hatte.

Er ist ein harter Bursche, dachte Ben. Eines Tages wird er der natürliche Erbe von Jerusalem sein. Bei diesem Gedanken kamen ihm Schuldgefühle, weil er Willie einfach beiseite schob, der den Besitz aufgrund seiner Stellung in der Familie eigentlich erben müsste. *Blut ist dicker als Wasser.* Es fiel Ben schwer, den unbehaglichen Gedanken abzuschütteln.

»Wann soll ich mit den Kindern aufbrechen?«, erkundigte sich Willie ruhig, und Ben war dankbar für diese Frage.

»Morgen. Du packst alles, was ihr für den Weg von Cloncurry nach Townsville braucht. Ich gebe dir einen Brief mit, in dem ich Solomon alles erkläre. Unterwegs kannst du dir in der Stadt Vorräte besorgen. Nimm auf jeden Fall genügend Kugeln und Schießpulver mit.«

»Nehmen wir den Pferdewagen?«, erkundigte sich Willie, und Ben nickte.

Jonathan hatte sich während des Wortwechsels zwischen seinem Vater und seinem aufsässigen Bruder ruhig verhalten und diesem sogar einen vorwurfsvollen Blick zugeworfen, als er sich nach der Backpfeife wieder an den Tisch setzte. Obwohl er seinen Vater und die Farm ebenso wenig verlassen wollte wie sein Bruder, fühlte er – wenn auch mit schlechtem Gewissen – eine Spur von Erleichterung.

Er erinnerte sich vage an seine ersten Lebensjahre in Townsville, wo es viele Wunder und Freuden gab, die ihnen auf Jerusalem versagt blieben. Andere Kinder, mit denen sie spielen konnten, anstatt der zermürbenden Arbeit auf der Farm. Und Bücher, die er bald würde lesen können. Nein, für ein paar Jahre würde das Leben in Townsville gar nicht so schlecht sein. Außerdem hatten die Cohens eine Menge Geld und mussten nicht so schuften wie ihr Vater.

Am nächsten Morgen spannte Willie das beste Pferd vor den Wagen und packte den Proviant für die lange Fahrt nach Townsville: Mehl, Dosenfleisch, Zucker, Tee, Wasserschläuche, ein Gewehr und Munition, Segeltuch als Schutz gegen die Witterung und einen großen Sack mit Spreu für das Pferd. Sonst nahmen sie kaum etwas mit, denn sie besaßen nicht viel mehr.

Die beiden Jungen saßen hinten auf dem Wagen, während Becky neben Willie eine Puppe, die Jenny ihr aus Stoffresten genäht hatte, fest umklammert hielt – ihr einziges Spielzeug. Ihre goldenen Locken waren fettig und wirr, denn um ihr Haar hatte sich sonst ihre Mutter liebevoll gekümmert.

Willie ließ die Peitsche knallen, und der Wagen rumpelte über den Hof und an den neu eingezäunten Koppeln vorbei. Unter den schweren, mit Eisenreifen umspannten Holzrädern stieg eine tiefe Wolke feiner, roter Staub auf, die wie eine Fahne hinter ihnen herzog.

Ben, dessen Augen von seinem breitkrempigen Hut beschattet wurden, stand bei den Koppeln und blickte dem im Busch verschwindenden Wagen traurig nach. Er sah die grimmigen Gesichter der Jungen, die sich nach ihm umgewandt hatten, und beobachtete, wie Becky ihm mit ihrer Puppe winkte. In diesem Augenblick hatte er das Gefühl, sein Herz würde brechen. Der Schmerz war geradezu körperlich, und obwohl er gedacht hatte, er hätte längst alle Tränen geweint, konnte er sie nur mit Mühe zurückhalten.

Als die Kinder außer Sicht waren, wandte er sich ab und ging zum Grab seiner Frau. Dort stand er mit gebeugtem Haupt und sprach mit ihr. Er erklärte ihr, dass die Kinder eines Tages zurückkehren würden – als die Menschen, die sie ihrem Wunsch zufolge werden sollten. Die Stille des weiten Buschlands dröhnte in seinen Ohren, während er auf das Rumpeln des Wagens oder das Knallen der Peitsche lauschte. Aber er hörte nichts außer dem Gezwitscher der winzigen Buschvögel, die auf der Suche nach Insekten in den Sträuchern umherflitzten. Zum ersten Mal seit vielen Jahren war er wirklich allein.

Nein, nicht allein! Eines Tages würde die Freude in sein Leben zurückkehren, und er würde Jenny in der jungen Frau wiederfinden, zu der seine Tochter heranwachsen würde.

Eine Stunde lang stand Ben an Jennys Grab, ohne die vielen dunklen Augen zu bemerken, die ihn aus der Deckung des Buschwerks beobachteten. Die Krieger, die sich in den Schatten der Zweige verborgen hielten und auch die Abfahrt des Wagens beobachtet hatten, hatten ihre Speere an Woomera-Stäben befestigt, damit sie weiter flogen.

Doch keine ihrer Waffen bohrte sich in das Fleisch des Weißen, denn Terituba hatte den Mann erkannt, der ohne Angst zu ihnen gekommen war und ihnen Mehl statt Tod gebracht hatte. Terituba gab seinen Kriegern ein Zeichen, weiterzuziehen und den weißen Mann in Frieden trauern zu lassen. Er respektierte diesen Menschen, und sein Tod wäre sinnlos gewesen. Es gab andere Weiße, die sie jagen konnten, bis sie entweder tot waren oder das Land der Kalkadoon verlassen hatten.

Wie lautlose Schatten glitten die Kalkadoon-Krieger tiefer in den Busch hinein, um auf die Jagd zu gehen. Danach würden sie zu ihrem Clan zurückkehren, der sein Lager an einem Wasserloch nördlich von Jerusalem aufgeschlagen hatte. Bald jedoch würden sie sich den anderen Kalkadoon-Clans in den Basalthügeln anschließen, um zu besprechen, wie sie die Eindringlinge vertreiben konnten.

Willie hatte sich nicht nach der Rindenhütte umgesehen. Er wollte den Ort, an dem seine Mutter begraben lag, nicht mehr vor Augen haben, weil er sie als lebendes Wesen und nicht als Teil der Erde in Erinnerung behalten wollte. Er würde nie nach Jerusalem zurückkehren. Er war nicht Teil dieses Landes, das Ben gehörte und das, wie er immer gewusst hatte, eines Tages an Jonathan oder Saul gehen musste. Nachdem er Bens Kinder in Townsville abgeliefert hatte, würde er sich nach Süden durchschlagen, an den Ort seiner Geburt – nach Sydney. Dort würde er den Schwur erfüllen, den er nach dem Tod seiner Mutter abgelegt hatte. Er würde seinen leiblichen Vater töten.

10

Gordon James' dunkle Augen und sein pechschwarzes Haar stachen dem Beobachter zuerst ins Auge. Obwohl er nicht außergewöhnlich hoch gewachsen war, wirkte er durch sein gebieterisches Auftreten groß. Sein sorgfältig rasiertes Gesicht zeigte eine goldbraune Tönung, die er den langen Stunden im Sattel verdankte, wenn er Patrouillen der berittenen Eingeborenenpolizei gegen die letzten Aborigine-Stämme führte, die den weißen Siedlern noch Widerstand leisteten.

In seiner Uniformjacke und mit der in kniehohen Stiefeln steckenden Reithose bot er ein eindrucksvolles Bild, als er, mit dem Rücken an die grob zusammengezimmerte Bar des Cloncurry-Hotels gelehnt, seine Zuhörer musterte: Siedler und ihre Viehhirten, Fuhrleute, Kleinbauern, Goldsucher und ein paar Kaufleute, die mit den Buschläufern zusammenarbeiteten. Es waren harte, kompromisslose Männer, die die unverwüstliche Arbeitskleidung ihres Gewerbes trugen: Moleskinhosen, bunte Hemden, breitkrempige Hüte und kniehohe Stiefel. An ihren Hüften hingen Handfeuerwaffen, und auf dem Schoß hielten sie Gewehre. Während draußen die Hunde des Gasthauses zähnefletschend und nacheinander schnappend ihre Revierkämpfe ausfochten, bedachten die Männer, von denen die meisten Bärte trugen, den jungen Polizeioffizier mit Blicken, in denen eine kaum wahrnehmbare Spur von Verachtung und Feindseligkeit lag.

Draußen auf der Hotelveranda lungerte eine weitere Gruppe Bärtiger herum, die sich mehr für die kämpfenden Hunde als für die Versammlung drinnen interessierten. Sie amüsierten sich mit bissigen Kommentaren über die Unfähigkeit der berittenen Eingeborenenpolizei, der es nicht gelingen wollte, die aufsässigen Kalkadoon im Distrikt zu zerstreuen. Ihre Kommentare waren für die Ohren zweier uniformierter Polizeibeamter bestimmt, die am anderen Ende der Veranda auf das Ende der Versammlung und ihren Vorgesetzten warteten.

Bis auf den Aufruhr, den die Köter verursachten, bewegte sich auf der breiten, staubigen Hauptstraße der Grenzstadt kaum etwas. Die heiße Mittagssonne hatte die meisten Lebewesen in den Schatten getrieben. Nur ein einsamer Pferdewagen rumpelte auf die Gemischtwarenhandlung zu. Ein paar neugierige Blicke folgten seinen Insassen, zwei kleinen Jungen, einem kleinen Mädchen mit gelbem Haar und einem missmutig dreinblickenden jungen Mann, der die Zügel hielt.

Drinnen, in der überfüllten Bar, führten die teils stehenden, teils sitzenden Männer laute Gespräche, wobei sie den Offizier nicht aus den Augen ließen, der nun laut hustete und mit dem Boden einer leeren Ginflasche auf die Bar klopfte. Dieser improvisierte Hammer sicherte ihm die Aufmerksamkeit seines Publikums, sodass er sich mit Rang und Familiennamen vorstellen und den Männern dafür danken konnte, dass sie der Einladung zu dieser Versammlung gefolgt waren. Dann stürzte er sich direkt in seine Rede. »Ich weiß, dass Sie den schändlichen Mord an Inspektor Potter mit jenem Abscheu betrachten, den ein solches Verbrechen in jedem guten Menschen auslöst«, begann Gordon James fromm. »Ich verspreche Ihnen, dass ich alles unternehmen werde, um den Schwarzen, die dafür verantwortlich sind, eine Lektion zu erteilen.«

Sein Publikum bestand aus Männern, die das alles schon oft von der Regierung im fernen Brisbane gehört hatten. *Wieder so ein herausgeputzter Laffe, der meinte, das Problem mit den Kalkadoon würde sich von selbst lösen, weil er sich nun darum kümmerte. Dabei kam es mittlerweile im Distrikt Cloncurry fast täglich zu Übergriffen.*

»Und mit welcher Armee bitte?«, spottete ein Siedler, der

die Arme über dem ausladenden Wanst verschränkt hatte. »Die schwarzen Dreckskerle treiben mit dir ihre Spielchen, bevor sie dir die Eingeweide herausreißen und deine Nieren fressen.«

Diese Bemerkung wurde mit Kopfnicken und zustimmendem Gemurmel aus dem Publikum quittiert. Es war ja wohl ein Witz, dass dieser Jüngling meinte, er wäre ein besserer Polizist als der ältere, erfahrenere Beamte, der bei dem Hinterhalt ums Leben gekommen war.

»Gib dem Mann 'ne Chance, Harry«, mischte sich jemand mit breitem amerikanischem Akzent von ganz hinten im Raum ein. »Sein alter Herr war immerhin Henry James.«

»Nie von ihm gehört«, schnaubte der dicke Siedler.

»Kein Wunder, Harry«, meinte der Amerikaner boshaft. »Das war nämlich einer von hier.«

Dem ursprünglich aus Victoria stammenden Farmer, der im Distrikt noch neu war, verschlug es einen Augenblick lang die Sprache. Unter den Veteranen des Grenzlandes, die es satt hatten, dass er ständig damit angab, wie viel besser alles in der Kolonie Victoria war als in Queensland, kam Gelächter auf.

»Gut so! Gib's ihm, Commanche Jack!«, meldete sich eine andere Stimme aus der dicht gedrängten Menge.

Gordon war dem Amerikaner für seine Unterstützung dankbar. Interessant, dass der Ruf seines gefürchteten Vaters unter den harten Grenzern immer noch fortlebte. »Mister Jack, ist Ihr Name ein Hinweis darauf, dass Sie Erfahrung im Kampf gegen die Wilden *Ihres* Landes haben?«

Commanche Jack schob sich durch die Menge der Grenzer nach vorn. »Fast zwanzig Jahre, Inspektor. Einmal haben die sogar mein Gesicht verschönert, damit ich den Frauen besser gefalle.«

Er war ein kleiner, vierschrötiger Mann. Gordon nahm an, dass er in den mittleren Jahren stand, aber er hielt sich, als wäre er zwanzig Jahre jünger. Sein vernarbtes Gesicht beeindruckte den jungen Polizeioffizier. Das war ein Mann, der wusste, wie man mit Wilden umsprang, dachte er, während er den amerikanischen Siedler abschätzend musterte. »Dann könnten Sie mir eine große Hilfe sein. Ich will nämlich eine Patrouille zusammenstellen, um die widerspenstigen Schwarzen aufzuspüren und der Justiz zu übergeben. Dazu brauche ich erfahrene Männer wie Sie, um nach den jüngsten Verlusten die Ränge der berittenen Eingeborenenpolizei aufzufüllen.«

»Sie meinen einen Hilfstrupp für den Sheriff, Inspektor?«, meinte Commanche Jack mit sarkastischem Grinsen. »Klar reite ich da mit.«

»So was gibt es hier nicht«, protestierte Gordon mit verlegenem Hüsteln. »Das ist eine Spezialität von euch Yankees.«

»Nennen Sie es, wie Sie wollen, ich bin dabei«, erwiderte der Amerikaner mit einem Grinsen, das seine vom Tabak verfärbten Zähne entblößte. »So 'n Aborigine-Skalp hätte ich schon gern, solange sie noch zu haben sind.«

Die Männer, die gekommen waren, um sich anzuhören, was der junge Inspektor von der berittenen Eingeborenenpolizei zu sagen hatte, brüllten vor Lachen. Dass der Amerikaner so wild darauf war, sich der Jagd auf die gefürchteten Kalkadoon anzuschließen, machte ihnen Mut. *Mit Snider und Colt ließ sich das Problem bestimmt lösen.*

Ein Mann, der die Disziplin der Kalkadoon und ihre Kampftaktik aus eigener Erfahrung kannte, saß schweigend neben dem jungen Inspektor und lauschte der Diskussion darüber, wie die Krieger aus den Bergen nördlich von Cloncurry am besten zu schlagen waren: Trooper Peter Duffy.

Bescheiden saß Peter auf seinem Stuhl. Er hatte den Snider-Karabiner mit dem Kolben auf den Boden gestützt, sodass der Lauf zur Decke zeigte, trug Uniform und hatte einen Patronengurt über die Brust gehängt. Dass man ihn als Begleitung Gordons für diese Versammlung ausgewählt hatte, freute Peter, schließlich waren sie zusammen aufgewachsen. Sein Jugendfreund und jetziger Vorgesetzter war in Cloncurry mit dem Befehl eingetroffen, das Kommando über die demoralisierte Polizeitruppe von Unterinspektor Potter oder vielmehr deren klägliche Überreste zu übernehmen. Viel Zeit für private Gespräche mit Peter hatte er nach seiner Ankunft nicht gehabt.

In ihrer Kindheit im nördlichen Queensland hatten sie wochenlang unter den nomadisierenden Stämmen der Gegend um Cooktown gelebt. Einmal waren sie sogar mit den wilden Kyowarra bis zum Fluss Normanby gezogen. Gordons Vater war ihnen damals nachgeritten, und nur Wallaries Eingreifen hatte den früheren Sergeant der berittenen Eingeborenenpolizei vor dem sicheren Tod bewahrt.

Peter lächelte vor sich hin, als er sein Leben bei der Eingeborenenpolizei mit dem seines besten Freundes verglich. Es war ein ironisches Lächeln. Eigentlich hätte Gordon der Fährtenleser sein sollen und er der Offizier. Schließlich war er wesentlich gebildeter als Gordon, wogegen Gordon ihm im Busch weit überlegen war. Gordon hatte viel von den Ureinwohnern gelernt, die sie beide die Weisheit des Buschs gelehrt hatten, während Peter in der Schule von Townsville besser aufgepasst hatte.

Als sie zur Eingeborenenpolizei gegangen waren, war Gordon sofort automatisch Offizier geworden, während Peter als einfacher Soldat in die Kaserne verwiesen worden war. Nichts Persönliches, hatte Gordon ihm etwas verlegen erklärt, aber als Schwarzer sei er eben nicht so gebildet wie ein Weißer. Seine taktlose Erklärung hatte Peter nicht weiter gestört; mittlerweile hatte er sich daran gewöhnt, welche Stellung im Leben er als Mischling einnahm. Außerdem sei sein Vater Tom Duffy, der berüchtigte Buschläufer, gewesen, hatte Gordon hinzugefügt, als könnte das Peter über seine unglückselige Abstammung hinwegtrösten.

»Haben Sie schon mal Kalkadoon gejagt, Inspektor?«, fragte ein schlanker, bärtiger Fuhrmann geradeheraus. »Das ist ein verfluchtes Pack. Die schneiden Ihnen die Eier ab, fressen sie vor Ihren Augen auf und zeigen Ihnen gleichzeitig den nackten Hintern. Solche Schwarzen sind mir in all den Jahren als Fuhrmann in Queensland noch nicht begegnet. Die haben vor nichts Angst, diese Kalkadoon.«

»Ich muss zugeben, Sir, dass ich noch keine Kalkadoon gejagt habe. Aber mir ist nicht klar, wieso Ihre Schwarzen schlauer sein sollten als die, die ich in letzter Zeit aus dem Cairns-Distrikt und der Gegend nördlich davon vertrieben habe.«

»Das hat Inspektor Potter wahrscheinlich auch gesagt«, warnte Commanche Jack mit ruhiger Stimme, was mit zustimmendem Kopfnicken quittiert wurde. »Der hat wohl gedacht, er hat Indianer vor sich. Ich weiß aus meinem Land, dass zum Beispiel die Mescalero-Apachen ganz anders kämpfen als die Arapahos. Hier haben Sie es mit einer Art Mescaleros zu tun, und die sind ganz und gar nicht friedfertig. Nein, Inspektor, so was haben Sie noch nicht gesehen. Das sind australische Mescaleros.«

»Ich beuge mich Ihrem weisen Rat, Commanche Jack«, erwiderte Gordon edelmütig. »Aber ein gut ausgebildetes, diszipliniertes Kontingent der berittenen Eingeborenenpolizei Ihrer Majestät ist jedem kriegerischen Stamm in jeder Kolonie der Welt gewachsen. Das gilt übrigens auch für die früheren Kolonien der Krone.« Sein gut gezielter, aber scherzhafter Seitenhieb gegen die rebellischen Yankees trug ihm das Gelächter des Publikums und ein breites Grinsen von Commanche Jack ein.

»Kann schon sein, Inspektor, kann schon sein«, erwiderte er gutmütig.

Das harmonische Verhältnis zwischen dem abgebrühten, erfahrenen Indianertöter und dem jungen, relativ unerfahrenen Polizeioffizier sorgte dafür, dass auch die anderen im Raum Gordon stillschweigend akzeptierten. Er fühlte, dass sie ihn allmählich als Oberbefehlshaber der Expedition zur Vertreibung der Kalkadoon akzeptierten.

»Nun, meine Herren, ich glaube, sonst ist zu diesem Zeitpunkt nicht viel zu sagen, außer dass ich in zwei Wochen hier um dieselbe Zeit eine Versammlung abhalten werde. Ich bitte Sie alle, daran teilzunehmen, damit wir meine Pläne für eine Expedition, die uns ein für alle Mal von der Kalkadoon-Plage befreit, durchgehen können.«

Kopfnickend stimmten die Männer seinem Vorschlag zu, während sie sich unter lautem Gemurmel von ihren Stühlen erhoben. Gordon wandte sich Peter zu, der immer noch auf seinem Stuhl saß. »Trooper Duffy!«

»Sir!«

»Wir brechen jetzt auf und kehren in die Kaserne zurück.«

»Sir!«

Peter folgte Gordon aus dem Hotel in die Hitze des Nachmittags hinaus. Draußen nahm Gordon seine Mütze ab und wischte sich den Schweiß von der Stirn, der nicht allein auf die erstickende Hitze in der Bar zurückzuführen war. Die beiden Polizisten, die vor dem Hotel auf ihren Vorgesetzten gewartet hatten, standen bei seiner Ankunft stramm und grüßten militärisch.

Sie banden ihre Pferde los. »Komm nach dem Abendappell in mein Büro«, sagte Gordon leise, als er sich in den Sattel schwang.

»Sir!«

»Gut so! Wir haben eine Menge zu besprechen«, setzte Gordon mit einem verschwörerischen Zwinkern hinzu, das die steife Förmlichkeit ein wenig auflockerte, die seit seinem Eintreffen in der Kaserne zwischen ihnen geherrscht hatte. Nicht dass sie viel Zeit gehabt hätten, Erinnerungen auszutauschen, denn Gordon hatte sofort nach seiner Ankunft in Townsville Abordnungen verschreckter Siedler und besorgter Städter empfangen.

Sie wendeten ihre Pferde und ritten mit steifem Rücken die Hauptstraße hinunter. Ihre disziplinierte Haltung wurde von den wenigen Menschen, die sich vor der Sonne in den Schutz der Vordächer der Geschäfte geflüchtet hatten, mit Lächeln und Winken begrüßt.

Die Nachricht, dass der Sohn von Henry James das Kommando über die Truppe übernommen habe, hatte sich rasch verbreitet. Viele Veteranen erinnerten sich noch an den Ruf seines Vaters, der bei der Vertreibung der Eingeborenen aus dem Kennedy-Distrikt weiter südlich eine wichtige Rolle gespielt hatte. Wenn der Junge nur halb so gut war wie sein Alter, dann konnten sich die Kalkadoon auf was gefasst machen – darin waren sich alle einig.

11

Horace Brown beobachtete, wie der kleine Dampfschlepper auf den Kai zutuckerte. Mit der einen Hand auf seinen Stock gestützt und mit der anderen die Augen beschattend, spähte er auf den schlammigen Flussarm hinaus, auf dem sich das Schiff zwischen den hölzernen Rümpfen der Küstenschiffe einen Weg zur Anlegestelle bahnte. Der Tag war mild, und der klare blaue Himmel versprach gutes Wetter. Das war ein Glück, denn bei schlechter Witterung kamen die Passagiere, die von den in der Cleveland Bay ankernden Dampfschiffen in offenen Walbooten herübergebracht wurden, häufig völlig durchnässt und ohne Gepäck an.

Der Engländer war nicht der Einzige, der am Kai wartete, aber kaum jemand nahm Notiz von dem kleinen Mann, der von Zeit zu Zeit die Brille abnahm, um sie mit dem Jackenärmel zu polieren.

Horace fiel so gut wie nie auf, denn seine hervorragende Eigenschaft war, dass er völlig uninteressant wirkte – in seinem Beruf ein wichtiger Vorteil. Unauffällige Menschen waren die besten Geheimagenten, weil niemand auf sie achtete, sodass sie ungestört Informationen sammeln und aufbereiten konnten. Doch Horace, der angebliche Privatier und tatsächliche Führungsoffizier des Passagiers, auf den er wartete, blieb nur noch wenig Zeit im Dienste des Außenministeriums Ihrer Majestät. Eine Tatsache, die ihm stets vor Augen stand, denn der Krebs fraß an seinem Körper und beraubte ihn seiner Lebenskraft. Wie lange noch? Seiner Schätzung nach höchstens sechs Monate.

Mühsam humpelte er vor, als die wenigen Menschen am Kai zu dem Schiff drängten, das jetzt in den Hafen dampfte. Mit tränenden Augen suchte er unter den Passagieren des Leichters nach der auffälligen, breitschultrigen Gestalt des Mannes mit der schwarzen Augenklappe. Als er ihn zwischen den Chinesen und Europäern entdeckte, die mit dem Schiff aus Singapur gekommen waren, fühlte er sich an Odysseus erinnert, der nach seiner Penelope Ausschau hielt. »Mein lieber Junge!«, seufzte er, während ihm Tränen des Glücks über die Wangen liefen. »Endlich bist du von deiner Irrfahrt durch den Orient heimgekehrt.«

Dabei war Michael Duffy alles andere als ein Junge. In den zehn Jahren, in denen er den Orient bereist hatte, hatte er andere Namen und Nationalitäten angenommen. Nur so war er den Leuten entgangen, die seiner Spionagetätigkeit gern dauerhaft ein Ende gesetzt hätten und denen sein gewaltsamer Tod höchst gelegen gekommen wäre. Obwohl er bereits Mitte vierzig war, war sein Körper immer noch straff und muskulös, und das verbliebene blaue Auge leuchtete voller Energie, auch wenn sich mittlerweile graue Strähnen durch sein dichtes, einst braunes Haar zogen. Wie in seiner Jugend trug er es so lang, dass es fast bis auf den Kragen seines makellos weißen und gestärkten Hemdes fiel. Eine frische Augenklappe bedeckte die leere Höhle, die ein Artillerieschrapnell der Konföderierten im amerikanischen Bürgerkrieg hinterlassen hatte. Sein gebräuntes Gesicht war glatt rasiert und zeigte keinerlei Spuren des Alters. Nach wie vor verdrehte seine herbe Attraktivität Frauen jeden Alters den Kopf.

»Mein lieber Mister O'Flynn!« Horace ergriff Michaels ausgestreckte Hand, als dieser an Land gegangen war. »Es ist schön, Sie bei so guter Gesundheit zu sehen.«

Michael war entsetzt, als er sah, wie hager Horace geworden war. Als er den Mann, der sich jetzt so tapfer bemühte, munter zu wirken, zum letzten Mal gesehen hatte, war er eher beleibt gewesen, ein kräftiger Bursche, der das Opium und chinesische Knaben liebte. Das hier war nicht der Mensch, den er zurückgelassen hatte, als er in den Fernen Osten aufgebrochen war. Ein paar Sekunden lang verschlug ihm diese Verwandlung die Sprache. Völlig unerwartet fühlte er eine Welle des Mitgefühls für den Mann in sich aufsteigen, der seine letzten Jahre mit der Rücksichtslosigkeit des Fanatikers bestimmt hatte. »Horace, alter Junge! Wie geht's denn so?« Sofort bereute er die taktlose Frage, denn es war offensichtlich, dass der andere schwer krank war.

»Gar nicht so schlecht, Michael, gar nicht so schlecht.«

Michael hätte schwören können, dass der harte, rücksichtslose Mann, der den Krimkrieg von 1854 überlebt und in Asien und im Pazifikraum gefährliche Intrigen gegen seine deutschen Gegner geschmiedet hatte, den Tränen nahe war. Um von dieser für beide peinlichen Situation abzulenken, legte er dem kleineren Mann den Arm um die Schultern und steuerte ihn über den Kai in Richtung Stadt.

»Ihren Berichten habe ich entnommen, dass es für Sie von Zeit zu Zeit brenzlig wurde, alter Junge. Hoffentlich nicht *zu* brenzlig«, sagte Horace, während er langsam neben dem großen Iren herging. »Ich hatte oft Angst, Ihr hitziges irisches Temperament würde Sie in Schwierigkeiten bringen.«

Bei der Vorstellung, dass sich der Engländer um ihn sorgte, schnaubte Michael amüsiert. »Sie meinen, Sie hatten Angst, mich zu verlieren, weil Sie dann jemand anderen hätten finden müssen, der für Sie die Dreckarbeit erledigt.«

»Das stimmt nicht, alter Junge«, protestierte Horace empört. »Ich habe Sie im Laufe der Jahre sehr ins Herz geschlossen.« Michael wusste nicht, ob er ihm glauben sollte. Horace Brown war gleichzeitig rücksichtslos und sentimental.

Nachdem sie den Kai hinter sich gelassen hatten, stellte Michael überrascht fest, dass Townsville seit seinem letzten Besuch im Jahre 1875 gewachsen war. Zwar beherrschten immer noch Wellblech und Holz das Bild, doch es gab auch schöne öffentliche Gebäude aus Stein und Ziegeln. Mitten in der Stadt erhob sich der große rote Felsenberg, der zum Landesinneren hin die Sicht beherrschte, und die Straßen wurden von Gaslaternen gesäumt. Sie hatten das neu errichtete Excelsior Hotel schon fast erreicht, in dem Horace Michael untergebracht hatte, als Michael auffiel, dass die Senkgruben bei allem Fortschritt so stanken wie eh und je.

Er hatte nur ein einziges Gepäckstück bei sich, das ihm auf seinen Reisen gute Dienste geleistet hatte und entsprechend mitgenommen aussah. Trotzdem hatte er nie daran gedacht, die alte Stofftasche zu ersetzen, die für ihn zum Symbol seines Lebens geworden war. Alles, was er brauchte, trug er in dieser Tasche bei sich: Rasiermesser, zwei Colts, zwei Sätze Kleidung zum Wechseln und ein verblichenes Foto von einem kleinen Jungen, der, ohne zu lächeln, mit ernstem Blick in die Kamera starrte. Das Bild hatte ihm seine Schwester, Kate Tracy, gegeben, der es wiederum seine Tante Bridget aus Sydney vor der Abreise des Jungen nach England geschickt hatte. Es war Michaels wertvollster Besitz, denn es zeigte seinen Sohn, der mittlerweile als Captain Patrick Duffy im Dienste Ihrer Majestät am Sudan-Feldzug teilnahm. Ein Sohn, der nicht wusste, dass sein Vater noch lebte.

Bald hatten sie das Hotel erreicht, wo sich Michael unter dem Namen O'Flynn eintrug. In Neusüdwales wurde er immer noch für einen Mord gesucht, den er nicht begangen hatte. In den langen Jahren als Söldner hatte er viele Menschen getötet, die den Tod wahrscheinlich nicht verdient hatten. Aber jenes eine Mal, als er in Notwehr gehandelt hatte, wurde von den Behörden der südaustralischen Kolonie als Mord gewertet.

Michaels Zimmer führte auf die obere Veranda hinaus. Von dort sah man auf die schlammigen Wasser des Flussarms, den er hatte überqueren müssen, um von dem Dampfer aus zum Kai zu gelangen. Er konnte die hohen Masten der kleinen Holzboote, die am Ufer lagen, erkennen. Um den Balkon spielte eine erfrischende Brise, und die Atmosphäre wirkte angenehm friedlich. Das nördliche Queensland wurde ihm aus vielen Gründen immer mehr zur Heimat. Hier lebte Kate mit ihrem amerikanischem Ehemann, seinem Freund Luke Tracy. Hier hatte der Mann, der sein Leben kontrollierte und ihn bezahlte, seinen Wohnsitz genommen. Und hier wurde er nicht als Mörder gesucht.

Horace hatte eine Flasche eisgekühlten Champagner auf den Balkon bringen lassen. Die beiden Männer ließen sich auf bequemen Rohrstühlen nieder und sahen auf die Straße hinab. Horace erhob sein Glas. »Auf die Königin. Möge Gotte sie schützen!«

»Auf Sankt Patrick – und zum Teufel mit allen Briten!«, erwiderte Michael.

Diese respektlose Erwiderung auf den Toast war für die beiden vor Jahren zu einem Insider-Witz geworden. Sie kippten einen Schluck des kalten, perlenden Getränks hinunter und machten es sich gemütlich, um gedankenverloren in den blauen Himmel hinter dem Geländer hinauszustarren. Das vertraute Ritual hatte in beiden alte Erinnerungen wachgerufen.

»Ich hätte Sie vierundsiebzig in Cooktown bei unserer ersten Begegnung erschießen sollen«, knurrte Michael leise. Horace kicherte bei der Erinnerung daran, wie er den gefährlichen, mit allen Wassern gewaschenen Sohn irischer Einwanderer zum ersten Mal gesehen hatte, als er gerade seinen Rumrausch ausschlief.

»Dann hätten Sie nie den exotischen Orient kennen gelernt, und Ihre Rechnung mit Mort wäre wahrscheinlich immer noch offen«, erwiderte er. »Und die lukrative Belohnung, die Sie von der bis in alle Ewigkeit dankbaren Familie der Prinzessin aus Cochinchina erhalten haben, wäre Ihnen auch entgangen.«

»Vielleicht«, meinte Michael nachdenklich. »Vielleicht hätte ich mein Leben aber auch als Landschaftsmaler verbracht, anstatt ständig in der Angst zu leben, dass mir jemand eine Kugel in den Kopf jagt.«

»Sie haben in den letzten zehn Jahren viel für das britische Empire getan, Michael. Das muss Ihnen doch etwas wert sein.«

»Mir blieb keine Wahl, Horace«, konterte Michael. »Dafür haben Sie und Ihre Kontaktleute in den Kolonien schon gesorgt. Aber das ist jetzt vorüber. Ich bin zu Hause, und von der Vergangenheit ist keine Rede mehr.«

Horace spielte mit seinem Stock und klopfte mit der Spitze gegen seine Finger. Dann räusperte er sich und beugte sich auf seinem Stuhl vor. »Nicht ganz, mein lieber Junge. Von Fellmann ist zurück, und ich glaube, er plant eine zweite Expedition, um Neuguinea für den Kaiser zu beanspruchen.«

Michael starrte auf die hölzernen Bodenbretter des Balkons. »Ich bin nach Hause gekommen, um herauszufinden, was von meinem Leben noch übrig ist, Horace. Die Geister der Vergangenheit habe ich im Ausland zurückgelassen. Ich habe genug.«

»Was würden Sie hier denn tun, Michael? Sie haben keine nennenswerten Ersparnisse, ein Leben als Maler ohne Einkünfte ist also ausgeschlossen. Wollen Sie für Ihre Schwester arbeiten? Im Laden verkaufen oder die Bücher führen? Glauben Sie wirklich, dass Sie so leben können, nach allem, was Sie gesehen und getan haben? Denken Sie, meine Kontaktleute könnten Sie davor schützen, dass mitten in der Nacht die Polizei mit einem Auslieferungsbefehl nach Neusüdwales an die Tür klopft, damit Sie dort wegen Mordes vor Gericht gestellt werden können?«

»Die Frage ist wohl nicht, ob sie das können, sondern ob sie es wollen.«

Darauf antwortete Horace nicht, denn er wusste, dass Michael Recht hatte. Wenn er seinen Auftraggebern nicht mehr von Nutzen war, gab es keinen Grund, ihn weiter vor der Justiz zu schützen. »Das ist nicht meine Entscheidung, mein lieber Junge. Wenn ich selbst zu bestimmen hätte, würde ich Sie nicht bitten, diesen letzten Auftrag auszuführen«, entschuldigte er sich traurig. »Aber ich gebe Ihnen mein Wort, dass die Krone danach einen Weg finden wird, sich erkenntlich zu zeigen und Sie für die treuen Dienste zu belohnen, die Sie der Königin erwiesen haben. Gott weiß, dass Sie für alles, was Sie getan haben, eine Anerkennung verdienen.«

»Warum beauftragen Sie nicht jemand anders?«, fragte Michael.

»Weil sich in Sydney eine Situation ergeben hat, die Sie mit Ihren Talenten und Ihrem Wissen am ehesten in den Griff bekommen.«

»Sydney! Jesus, Maria und Josef!«, explodierte Michael. »Das ist der letzte Ort, an den ich freiwillig gehen würde. In Sydney erwischen mich die Greifer bestimmt. Warum annektiert Ihre britische Regierung Neuguinea denn nicht selbst?«

Horace lehnte sich auf seinem Stuhl zurück und schürzte verärgert die Lippen. »Weil dort Dummköpfe sitzen, die sich weigern, auf Leute zu hören, die es besser wissen. In London haben wir Männer wie Lord Derby vom Kolonialministerium, die Gladstone erzählen, die Resolutionen des vor einigen Jahren in Sydney abgehaltenen Interkolonialkongresses wären Hirngespinste naiver Kolonialregierungen. Die Bedrohung, die im pazifischen Raum für Australien heranwächst, ist angeblich reine Einbildung. Gladstone glaubt nicht, dass Bismarck Neuguinea annektieren will. Er ist sogar so weit gegangen, den Deutschen zu versichern, dass er keinerlei Absicht hat, die in den Entschließungen von Sydney vorgesehenen Annexionen durch Großbritannien vorzunehmen. Das ist der Grund.«

Michael wusste, dass der Engländer das Engagement des deutschen Kaiserreichs im Pazifik in hohem Maße beunruhigend fand. Während seine Kollegen im britischen Außenministerium immer noch Frankreich für den Erbfeind Englands hielten, hatte Horace als einsamer Mahner immer wieder auf die rasche Expansion der deutschen Militärmaschinerie in Europa hingewiesen. Er hatte genau vor Augen, wie die Handelsstützpunkte, die die Deutschen in den annektierten Gebieten errichten würden, in einigen Jahren für künftige Militäroperationen gegen die strategischen Interessen Großbritanniens genutzt werden konnten. Annexionen waren für Horace notwendig, wenn man sich im Schachspiel der internationalen Politik durch strategische Züge die militärische Überlegenheit sicher wollte. Die politischen Führer Australiens waren der gleichen Ansicht.

Horace hatte sein Leben lang dafür gekämpft, die Pläne der Deutschen im Pazifik zu durchkreuzen. Dabei hatte sich die Tatsache, dass Michael Duffy fließend Deutsch sprach, als wertvoller Trumpf in Horace' unerklärtem Krieg gegen Deutschland und dessen verdeckte Operationen erwiesen. Sein Gegner im Pazifik war Bismarcks Geheimdienstchef für diese Region gewesen: Baron Manfred von Fellmann.

Seufzend goss sich Michael Champagner nach. »Wenn Sie wissen, dass die verdammten Deutschen Neuguinea annektieren wollen, wieso brauchen Sie mich dann in Sydney?«, knurrte er. »Offensichtlich interessieren sich diese Idioten in London doch nicht besonders dafür, was hier draußen passiert.«

»Das würde sich ändern, wenn ich beweisen könnte, dass von Fellmann eine Expedition zur Annexion der Nordhälfte Neuguineas und der umgebenden Inseln plant«, erwiderte Horace ruhig. »Aber ich habe nichts in der Hand. Ich weiß nur, dass er plötzlich als Vertreter einer deutschen Handelsgesellschaft nach Sydney zurückgekehrt ist. Angeblich will er mit der von ihm organisierten Expedition zu den Inseln nur den Handel mit den Eingeborenen fördern.«

»Das ist doch möglich«, meinte Michael lahm. »Schließlich ist es mehr als zehn Jahre her, seit er zum letzten Mal versucht hat, Neuguinea in die Finger zu bekommen. Möglicherweise will er wie ich seine letzten Lebensjahre in Frieden verbringen. Der Handel mit den Inseln kann sehr lukrativ sein, das wissen Sie ja.«

Horace lachte leise und schüttelte den Kopf. »Ich bezweifle, dass der Baron ein Kontingent deutscher Marinesoldaten zu seinem Schutz benötigt. Nicht er, der Held des Deutsch-Französischen Kriegs.«

»Woher wissen Sie, dass er Marinesoldaten bei sich hat?«, fragte Michael misstrauisch. Suchte Horace nach einem Vorwand, um ihn in den Süden schicken zu können?

»Wir waren beide Soldaten, Michael. Es ist leicht, andere Soldaten zu erkennen, selbst wenn sie sich als deutsche Kaufleute ausgeben.«

Dagegen fiel Michael kein Argument ein. Wenn sich der Preuße mit einem Kontingent Marinesoldaten in Sydney aufhielt, war er offenkundig in geheimer Mission unterwegs.

»Ihnen ist natürlich klar«, wandte Michael ein, »dass von Fellmann vermutlich immer noch einen gewissen Groll gegen mich hegt, weil ich damals die *Osprey* in die Luft jagen sollte.«

»Das weiß ich alles. Aber ich denke, Sie werden einen Weg finden, Ihre Bekanntschaft mit einigen wichtigen Personen aus dem Umfeld des Barons zu erneuern.«

Die Röte stieg Michael ins Gesicht, als ihm aufging, wovon Horace sprach. »Sie meinen Penelope, nicht wahr?«

Horace nickte. »Nicht nur die Baronin, sondern auch den Menschen, mit dem diese seit vielen Jahren eine Liebesbeziehung unterhält.«

»Und wer wäre das?« Michael spürte einen Stich der Eifersucht.

Obwohl er wusste, dass Penelope, deren Gier nach fleischlicher Lust keine Grenzen kannte, ungezählte Liebhaber gehabt hatte, rief die Erinnerung an ihr goldenes Haar, das über die seidenen Laken floss, ihre milchweiße, schweißglänzende Haut, ihren Körper, der sich voller Begehren aufbäumte, als er in sie eindrang, eine bittersüße Wehmut in ihm wach. Auf seinen Reisen hatte er – vielleicht mit Ausnahme von Fiona – in all den Jahren keine Frau kennen gelernt, die sich mit solch hemmungsloser Leidenschaft hinzugeben verstand wie die schöne Gattin des preußischen Aristokraten. Und in seinem turbulenten Leben war er vielen Frauen begegnet.

»Fiona White, die Mutter Ihres Sohnes«, sagte Horace leise.

Die Hand mit der Champagnerflöte, die Michael an die Lippen hatte führen wollen, erstarrte bei dieser Enthüllung in der Luft. »Fiona!« Wie ein sanftes Zischen kam der Name von seinen Lippen. Fiona war Penelopes Geliebte! Er hatte keinen Grund, an den Informationen des Engländers zu zweifeln. Horace täuschte sich selten.

»Eine interessante Situation«, bemerkte Horace ruhig, »wenn ich das so sagen darf. Und Sie sind das Bindeglied zwischen den beiden Frauen.«

»Penelope ist mit Manfred in Sydney?«, fragte Michael.

»Ja, in dem Haus, das die beiden am Hafen unterhalten. Ich habe Grund zu der Annahme, dass sie viel Zeit mit Fiona verbringt, während Manfred seine Mission organisiert. Meinen gegenwärtigen Informationen zufolge müssen wir Sie schnellstens nach Süden bringen, bevor er Sydney verlassen kann. Aber vor Ihrer Abreise bleibt Ihnen noch Zeit, Ihre Schwester zu besuchen«, setzte Horace begütigend hinzu. »Ich weiß, dass Sie viel mit ihr zu besprechen haben, vor allem, was Ihren Sohn und Ihre Familie in Sydney angeht. Daher werde ich Sie mit der Flasche allein lassen und mich auf den Weg machen. Ich sehe Sie hier morgen Vormittag um zehn.«

Steif erhob er sich von seinem Stuhl und streckte seinen Rücken. Der Schmerz hatte mittlerweile seinen gesamten Körper erfasst, und er brauchte dringend Opium, um die Zukunft und die qualvolle Gegenwart zu vergessen. »Es wird für uns beide das letzte Mal sein«, sagte er leise, »das verspreche ich Ihnen bei meinem Leben. Wissen Sie, Michael«, sagte Horace schon im Gehen, wobei er sich schwer auf seinen Stock stützte, »sollten Sie jemals ein hohes Alter erreichen und Ihre Memoiren schreiben, dürfte das eine interessante Lektüre ergeben. Vor allem, was Ihre Damenbekanntschaften angeht.« Er seufzte tief. »Aber Männern wie uns beiden bleibt es versagt, wie alte Generäle gemütlich in unserer Bibliothek zu sitzen und Erinnerungen an alte Schlachten nachzuhängen. Von den Kämpfen, die wir ausgefochten haben, darf nie jemand etwas erfahren. Unsere Memoiren tragen wir in unseren Köpfen mit uns herum, die Erinnerung an gute Männer und Frauen, die gestorben sind, damit andere in sicherem Frieden leben können. Wahrscheinlich wird es für uns und für jene, die uns in zukünftigen nicht erklärten Kriegen nachfolgen, immer so sein, denn nur durch unseren Wissensvorsprung können wir die Oberhand über unsere ›Freunde‹ behalten. Bis morgen, mein Junge.«

Michael starrte dem kleinen Engländer nach, der, auf seinen Stock gestützt, den Balkon entlanghumpelte. Was hatte er in seinem Lebens schon erreicht, brütete Michael, was konnte er vorzeigen, außer den zahlreichen Narben aus Schlachten in fernen Ländern, die seinen Körper zeichneten, und den Erinnerungen an gute und schlechte Zeiten, an Entsetzen und Freude? An eine Familie in Sydney, die ihn schon vor langen Jahren begraben hatte und nie von seiner neuen Existenz erfahren durfte, weil der Skandal sie vernichten konnte.

Aber er hatte einen Sohn! Einen Sohn, mit dem er in Sydney ein einziges Mal wenige Minuten lang gesprochen hatte. Damals hatte er nicht gewusst, dass er sein eigen Fleisch und

Blut vor sich hatte. Und nun besaß er nichts als das chemische Abbild eines elfjährigen Jungen auf einer verblichenen Fotografie. Was für ein Mann war aus ihm geworden?

Michael wusste von dem Pakt, den Lady Enid Macintosh mit seinem Cousin Daniel Duffy geschlossen hatte. Kate hatte ihm alles erzählt, was Daniel ihr anvertraut hatte. Und Michael hatte ihr Recht geben müssen, dass sich der Handel nur günstig auf die Zukunft seines Sohnes auswirken konnte. Wo auf der Welt konnte er eine bessere Ausbildung erhalten als in England? Wer außer der mächtigen und vermögenden Familie Macintosh konnte ihm Zugang zu einem Finanzimperium verschaffen, das zu den größten der Kolonie zählte?

Eine grundlegende Frage jedoch musste sein Sohn ganz allein klären – eine Frage, die wichtiger war als Ruhm und Reichtum, für die der Name Macintosh standen. Er durfte nie vergessen, dass er als Duffy geboren worden war und auch als Duffy sterben würde. Ein Duffy zu sein hieß auch, der Kirche von Rom anzugehören. Sollte er jemals seinen Namen oder seine Religion verleugnen, so würde er damit seinen Vater verleugnen.

Möglicherweise bot sich Michael nun die Gelegenheit, seine Bekanntschaft mit der Mutter seines Sohnes zu erneuern. Zudem würde er vermutlich auf Penelope und ihren Gatten, Baron Manfred von Fellmann, treffen, einen der gefährlichsten Männer, denen er in seinem von Gewalt beherrschten Leben je begegnet war. Ja, all dies lag vor ihm, doch in der gefährlichen Welt, in der er sich bewegte, konnte ihm niemand Sicherheit garantieren.

12

»Stramm gestanden. Straa...mmm gestaan...den!«

Erbarmungslos drillte Gordon James seine Männer auf dem staubigen Exerzierplatz vor der Kaserne. Mit schmerzenden Muskeln schulterten die Polizisten ihre Karabiner, senkten die Arme und präsentierten die Waffen. Gordon wollte die körperliche und geistige Entschlusskraft seiner Männer bis zu einem Punkt fordern, an dem sie vergaßen, dass sie menschliche Wesen waren, die Schmerz und Leid fühlten. Diese Ausbildungstechnik hatte er als Kind bei seinem Vater gesehen, der seine Männer als Kasernenunteroffizier gedrillt hatte.

»Du da!«, bellte er, als einer der weißen Polizisten ins Schwanken geriet. »Dritter von rechts. Von Rühren habe ich nichts gesagt. Vielleicht gehe ich erst zum Abendessen und gebe den Befehl, wenn ich wiederkomme.«

Die Männer stöhnten, aber so leise, dass er sie nicht hören konnte. So wie der neue Boss sie schikanierte, war es ihm durchaus zuzutrauen, dass er seine Drohung wahr machte und sie eine Stunde lang in dieser schmerzhaften Haltung stehen ließ. Der Polizist, der ins Schwanken geraten war, verfluchte sich, weil er sich von dem eingebildeten Pinkel hatte erwischen lassen.

»Augen geradeaus. Nicht blinzeln, bevor ich es nicht sage!«

Geduldig warteten die Männer wie menschliche Statuen auf den endgültigen Befehl zum Rühren, der es ihnen erlauben würde, die aufs Äußerste angespannten Muskeln zu lockern. Doch der Befehl kam nicht, und die Polizisten blieben wie erstarrt stehen. Der Offizier, der anscheinend ihre Willenskraft auf die Probe stellen wollte, hüllte sich in Unheil verkündendes Schweigen. Dann drang seine Stimme an ihre Ohren wie das Zischen einer Schlange, unmittelbar bevor sie zustieß.

»Ich weiß, dass ihr denkt, die Kalkadoon wären edle Krieger, die dieses Land regieren und jederzeit zuschlagen können. Wie die Hasen lauft ihr vor ihnen davon. Ihr sitzt in der Kaserne und jammert darüber, wie hoffnungslos alles ist. Nun, das ist meine erste Begegnung mit euch als Truppe, und wie ihr seht, habt ihr von mir keine großen Vorstellungsreden zu erwarten. Nur diesen Drill, dem noch viele weitere folgen werden. Nach zwei Wochen werdet ihr froh sein, wenn ihr auf Schwarzenjagd gehen dürft, das verspreche ich euch. Bis dahin mache ich aus euch die beste berittene Truppe der gesamten Kolonie, wenn nicht des ganzen Empire. Rüüh…ren! Zu langsam! Das wiederholen wir, bis ihr in die Gänge gekommen seid.«

Die Truppe stand erneut stramm und hielt die schwitzenden Gesichter in die untergehende Sonne. Mit zusammengekniffenen Augen versuchten die Männer, die Silhouette vor dem orangefarbenen Ball zu erkennen, denn Gordon hatte sich absichtlich so platziert, dass den Polizisten das Licht ins Gesicht fiel. Er sah, wie sie sich quälten, aber es bereitete ihm kein Vergnügen. »Zweiter Mann von links. Ja, du. Wo ist Sergeant Rossi?«, blaffte er. Der angesprochene Polizist legte verwirrt die Stirn in Falten und schickte sich an, nach dem Kasernenunteroffizier zu suchen, der an der Übung nicht teilnahm. »Nicht nach ihm suchen. Augen geradeaus!«, brüllte Gordon. »Sag mir, wo Sergeant Rossi ist!«

»Nicht hier, Sir!« Der Mann starrte in das feuerrote Lichtband, das sich über den westlichen Horizont erstreckte. Tanzende schwarze Sterne erschienen vor seinen Augen, und als er versuchte, sich wieder klare Sicht zu verschaffen, entdeckte er plötzlich eine zweite Gestalt etwa zehn Schritte links von seinem Offizier. Sergeant Rossi! »Sergeant Rossi, geradeaus, Sir!«, meldete er verlegen.

»Wenn Sergeant Rossi ein großer, dreckiger Kalkadoon gewesen wäre, Trooper« – Gordon schlug einen leichten, geradezu mitleidigen Ton an –, »mit einem großen, dreckigen Speer, dann wärst du jetzt ein toter Mann. Und ich müsste an deine liebe Mutter zu Hause schreiben und ihr Lügen erzählen, wie zum Beispiel, dass du dem Alkohol abgeneigt bist und das schwache Geschlecht stets mit dem größten Respekt behandelst. Für einen gottesfürchtigen Mann wie mich könnte das die ewige Verdammnis bedeuten! Mein einziger Trost ist, dass wir uns in der Hölle begegnen würden.«

Gordons Anspielung darauf, dass seine weißen Polizisten für ihre Sauferei und Hurerei berüchtigt waren, und der Vergleich zwischen dem untersetzten italienischen Sergeant, der einst gegen Garibaldi gekämpft hatte, und den riesigen Kalkadoon-Kriegern brachte die mittlerweile bequem stehenden Männer zum Lachen. *Vielleicht war der Neue doch gar nicht so übel.*

Gordon rief sie nicht zur Ordnung. Er wusste, dass er ihnen etwas geben musste, wenn er in zwei kurzen Wochen so viel wie möglich aus ihnen herausholen wollte. Instinktiv fühlte er, dass er dabei war, sie genauso für sich zu gewinnen wie die Siedler und Städter einige Stunden zuvor. Sie fürchteten die Kalkadoon, das war klar, aber für ihn unterschieden sich diese Aborigines wenig von denen, die er in der Vergangenheit vertrieben hatte. »Ich hoffe, euch ist klar, warum ich von euch wissen wollte, wo Sergeant Rossi ist. Wenn nicht, sage ich es euch. Wenn ihr Wilde jagt, müsst ihr immer darauf achten, dass euch die Abendsonne nicht blendet. Ihr dürft nie ins Licht sehen, sonst könnte ein schwarzer Baumstamm plötzlich zum Leben erwachen und euch aufspießen. Sergeant Rossi!«

»Sir!«

Der Kasernenunteroffizier stand stramm und grüßte militärisch.

»Der Platz gehört Ihnen, Sergeant.«

»Sir!«

»Lassen Sie die Männer exerzieren, bis die Sonne hinter dem Horizont versinkt, Sergeant«, befahl Gordon dem kleinen Italiener, der die Spitzen seines riesigen Schnurrbarts mit Wachs gezwirbelt hatte. »Achten Sie darauf, dass die Karabiner gereinigt und in einwandfreiem Zustand sind, bevor die Männer zu Bett gehen. Inspektion um Punkt neun Uhr.«

»Sir!« Die Schnurrbartspitzen sträubten sich eifrig, als der Sergeant zurücktrat und grüßte. Gordon erwiderte den Gruß mit der affektierten Nachlässigkeit des Offiziers.

»Aaaangetreten! Aaaachtung!«

Während Gordon davonging, um in das Büro zurückzukehren, das einst Unterinspektor Potter benutzt hatte, spürte er eine tiefe Befriedigung. Ja, er hatte von seinem Vater gelernt, wie man mit Männern umging und sie richtig drillte. Wenn er das doch auch nur mit Sarah Duffy hätte tun können!

Trooper Peter Duffy blickte der sich entfernenden Gestalt nach und fragte sich, was wohl aus ihrer Freundschaft werden würde.

Nach dem Abendessen ging Peter zu Gordons Büro, klopfte an die grob behauene Holztür und meldete sich mit Namen. Eine gedämpfte Stimme gab ihm die Erlaubnis zum Eintreten. Gordon saß in dem winzigen Büro an einem einfachen Schreibtisch, der mit Papieren übersät war.

An der Wand hinter ihm prangte ein altes Bild der jungen Königin Viktoria. Neben dem zur Pflichtausstattung gehörenden Konterfei der regierenden Monarchin befand sich eine mit Fliegendreck gesprenkelte Landkarte des Distrikts. An einem Haken hinter der Tür hingen Gordons Gürtel und Revolver.

Peter sah, dass Gordon Anforderungen für Versorgungslieferungen aufgesetzt hatte und Berichte zu der Situation schrieb, die er bei seiner Ankunft in der Stadt vorgefunden hatte. Während er stramm stand, tauchte Gordon die Feder in ein Tintenfass und kritzelte seine Unterschrift unter eine Anforderung. Er blickte nicht auf, um Peter zu begrüßen, sondern unterschrieb stattdessen den Bericht. »Hast du nicht was vergessen?«, sagte er schließlich drohend.

Verwirrt runzelte Peter die Stirn. »Ich glaube nicht«, sagte er langsam, während er sich das Gehirn zermarterte, was er wohl übersehen haben könnte. Seine Uniform entsprach jedenfalls den Vorschriften.

»Du hast nicht gegrüßt, als du hereinkamst, Trooper Duffy«, entgegnete Gordon. Er legte die Feder beiseite und blickte zu dem jungen Polizisten auf, der in militärisch korrekter Haltung vor ihm stand.

»Tut mir Leid, Mahmy«, erwiderte Peter und grüßte.

Gordon, der keine Kopfbedeckung trug, erwiderte den Gruß, wie es das Protokoll erforderte, während er steif auf seinem Stuhl sitzen blieb, die Hände auf den Knien.

»Schon besser«, sagte er etwas lockerer. »Auch wenn wir gute Freunde sind, verstehst du doch sicher, dass die Disziplin trotz der persönlichen Beziehung zwischen uns gewahrt werden muss – bis hin zur Anrede.«

»Ich verstehe, Mahmy«, erwiderte Peter förmlich, um zu verbergen, wie verletzt er sich durch die kühle Art seines Kindheitsfreundes fühlte.

»Setz dich, Peter, und hör auf, mich ›Mahmy‹ zu nennen. Nur die Schwarzen in der Truppe nennen mich so.«

»Ich bin halb Schwarzer«, antwortete Peter mit unverhohlener Bitterkeit, während er sich steif auf dem Regierungs-Einheitsstuhl vor dem Schreibtisch niederließ. »Vielleicht sollte ich dich die Hälfte der Zeit mit ›Mahmy‹ ansprechen.«

»In diesem Büro und außerhalb redest du mich mit ›Sir‹ an. Ich weiß, das ist hart für dich, aber wir gehören beide zur Polizei Ihrer Majestät und kannten die Regeln von Anfang an.«

Peter konnte sich nicht überwinden, den Tadel zu akzeptieren. So sollte es also in Zukunft zwischen ihnen laufen. Gordon hatte sich dramatisch verändert. Der Leuteschinder vor Peter glich nicht im Geringsten dem rebellischen Jungen, mit dem er aufgewachsen war. Damals waren sie wie Brüder gewesen. Als Peter, kurz nachdem sie zur Polizei gegangen waren, zum ersten Mal die subtilen, aber beunruhigenden Veränderungen bemerkte, kam er zu dem Schluss, dass Gordon das Gefühl hatte, seinen legendären Vater übertreffen zu müssen. Es war, als wollte er beweisen, dass er der bessere Mann war. Peter schüttelte den Kopf. Henry war ein Mensch gewesen, zu dem er aufgesehen hatte, da er selbst keinen Vater gehabt hatte, aber bestimmt kein Leuteschinder. Dass Gordon seinen alten Freund so offiziell zurechtwies, bestätigte Peters Meinung: Gordon war ein Widerling geworden.

»Ich habe in Townsville deinen Bericht über das Massaker an Inspektor Potters Patrouille gelesen«, sagte Gordon ruhig. »Eine Tragödie, dass einem exzellenten Offizier so etwas zustößt. Oder war er gar nicht so brillant?« Dabei blickte er Peter fest in die Augen, und diesem wurde klar, dass Gordon auf seine Weise das Vertrauen zwischen ihnen wiederherstellen wollte. Normalerweise wurden einfache Polizisten nicht um ihre Meinung zum Verhalten eines Offiziers gebeten.

»Er war ein Idiot«, erwiderte er. »Er hatte keine Ahnung, wie gut die Kalkadoon auf ihrem eigenen Land kämpfen.«

»Auf unserem Land«, verbesserte Gordon. »Das von den Kalkadoon besetzte Land wurde von den Männern, zu deren Schutz wir hier sind, legal gepachtet oder gekauft.«

Peter ließ die Meinung seines Offiziers zu den Besitzverhältnissen unkommentiert. Er war zwiegespalten, weil er zur berittenen Eingeborenenpolizei gehörte und damit Vertreter der Krone war, aber er war auch halb Aborigine, und eben diese Hälfte sympathisierte mit den Stämmen, die er jagte. Obwohl er die beste Ausbildung erhalten hatte, die ihm seine Tante Kate Tracy hatte verschaffen können, war er für die weiße Gesellschaft immer noch ein Schwarzer, ein Nigger und Halbwilder. Als Polizist galt er als halber Eingeborener.

»Bitte erklär mir«, fuhr Gordon pragmatisch fort, »warum du Inspektor Potters Entscheidung, die Kalkadoon bis in die Berge zu verfolgen, für einen Fehler hältst.«

Peter beugte sich auf seinem Stuhl vor. »Inspektor Potter hat die Kalkadoon unterschätzt. Seiner Ansicht nach waren sie im Kampf unterlegen, und das hat ihn und die Patrouille das Leben gekostet.«

»Aber du hast überlebt, Peter. Wie das?«

Die Frage traf Peter unvorbereitet. Die Begegnung mit Wallarie hatte er in keinem seiner Berichte erwähnt. Wie konnte er diesen klug geplanten Hinterhalt allein überleben?

»Wallarie hat mich gerettet«, antwortete er leise. »Er war bei ihnen.«

Gordon zuckte zusammen, als hätte er ihm eine Ohrfeige versetzt. Wallarie! Der Krieger, der sie beide die Gebräuche der Darambal gelehrt hatte, als er und Peter klein waren. Der Zauberer, den die Eingeborenenpolizei seit Jahren vergeblich jagte und der in die Mythen des Grenzlandes eingegangen war. Der Mann, dessen Name und Existenz für den alten Fluch standen, der auf seinem Vater gelegen hatte. Das Wesen, das gleichzeitig Freund und Feind war. »Wallarie lebt?«

Peter nickte. Gordon starrte auf den Schreibtisch, während er versuchte, Ordnung in seine Gedanken und Gefühle zu bringen. Eine schreckliche Unentschlossenheit hatte ihn in Aufruhr versetzt, aber jetzt war ihm klar, wie er handeln musste. Seine Verpflichtung gegenüber dem Gesetz stand über allen persönlichen Gefühlen, die er für seinen alten Lehrer hegen mochte. »Wenn wir ihn gefangen nehmen, wird er mit Sicherheit wegen der Verbrechen, die er damals mit deinem Vater in Burkesland begangen hat, vor Gericht gestellt und gehängt.«

»Einen Geist kann man nicht fangen«, sagte Peter leise. »Niemand wird Wallarie jemals gefangen nehmen.«

»Er mag ja vieles sein, aber ich fürchte, deine Eingeborenenhälfte vernebelt dein Urteilsvermögen«, sagte Gordon verärgert. »Wallarie ist ein Schwarzer, der wegen Mordes an Weißen gesucht wird, nicht mehr.«

»Er war einmal dein Freund, und er hat deinen Vater gerettet, obwohl er allen Grund hatte, ihn den Speeren der Kyowarra zu überlassen. Erinnerst du dich nicht an diesen Tag? Damals waren wir noch Kinder.«

»Ich erinnere mich«, brachte Gordon mühsam heraus. »Aber wir sind dem Gesetz dieser Kolonie verpflichtet. Das darfst du nie vergessen, wenn du deinen Platz neben uns einnehmen willst.«

»*Neben* uns?«, konterte Peter. »Nicht bei uns? Nein, nicht bei uns, weil ich trotz meiner Erziehung, und obwohl ich halb weiß bin, für euch immer ein Schwarzer bleiben werde. Und genauso denkst du über meine Schwester.«

»Halt den Mund, bevor du etwas sagst, das du später bereuen könntest«, brauste Gordon auf. Peter hatte einen wunden Punkt getroffen. »Lass Sarah aus dem Spiel. Ich warne dich als Freund und nicht als dein vorgesetzter Offizier.«

Aber Peter war wütend, so wütend, dass er auch eine Warnung von Gordon als Vorgesetztem ignoriert hätte. Dass Gordon seine schöne Schwester begehrte, machte Peter schon seit geraumer Zeit zu schaffen. Die drei waren gemeinsam aufgewachsen, und Sarah war bei ihren wilden Kinderspielen immer dabei gewesen. Doch als sie älter wurden, fiel Peter auf, dass sich ihre Haltung gegenüber Gordon veränderte. Sie begann, die rauen Spiele der Jungen zu meiden, und verhielt sich merkwürdig, wenn sein bester Freund zugegen war. Als Peter alt genug war, um selbst die Wirkung des anderen Geschlechts auf sich zu spüren, wurde ihm klar, was hinter ihrem Verhalten stand. Er hatte deutlich vor Augen, wohin das führen konnte. Jetzt war er wütend genug, die Angelegenheit zur Sprache zu bringen und seinem aufgestauten Groll Luft zu machen.

»Nein, ich werde nicht den Mund halten. Ich werde dir erklären, wie das bei uns Schwarzen läuft. Meine Schwester ist eine Frau, die etwas mit ihrem Leben anfangen könnte. Sie ist klug, und eine Menge heiratsfähiger Burschen in Townsville würden darüber ›hinwegsehen‹, dass sie ein Halbblut ist, und sie heiraten. Aber sie schmachtet vor sich hin, weil sie hofft, dass du sie eines Tages bittest, deine Frau zu werden. Dabei hast du die Hosen voll, weil es deine Chancen auf eine Karriere bei der Polizei beeinträchtigen könnte, wenn bekannt wird, dass du eine Gin zur Frau hast. Am Ende wirst du sie zur Befriedigung deiner Bedürfnisse benutzen und sie zu gegebener Zeit zum Teufel jagen, um eine respektable weiße Frau zu ehelichen. Und dann wird meine Schwester nur eine weitere Schwarze sein, die für einen billigen Drink mit jedem schläft. Sie …«

Kreidebleich und vor Wut zitternd, saß Gordon hinter seinem Schreibtisch. *Peter war zu weit gegangen.*

»Du hast doch keine Ahnung, was zwischen Sarah und mir ist«, unterbrach er ihn voller Zorn. »Du bist vielleicht ihr Bruder, aber du weißt überhaupt nicht, welche Pläne ich mit ihr habe.«

»Weißt du es denn?«, fauchte Peter zurück.

Wie hatte die Situation nur so eskalieren können? War das der wahre Grund für ihr Treffen? War Sarahs Zukunft der Anlass für dieses Privatgespräch? War alles andere, das sie eben besprochen hatten, reine Formalität gewesen?

Während Gordon den ihm gegenübersitzenden Peter wütend anstarrte, war seinem Gesicht deutlich anzusehen, dass er sich schuldig fühlte. Peter hatte die Wahrheit erkannt. Alles, was er über Gordons Einstellung zu Sarah gesagt hatte, war richtig! Ja, er wollte sie, war aber gleichzeitig pragmatisch genug, um zu wissen, was es für seine Karriere bedeuten würde, wenn er seine Liebe zu der schönen jungen Frau offen zugab. »Ich …« Er rang nach Worten. Jetzt war er nicht mehr der Offizier, der mit einem Untergebenen sprach, sondern ein Mann, der sich gegen die bitteren Vorwürfe eines Bruders verteidigte, der seine Schwester liebte. Er beugte sich vor und hob die Hand, wie um den durchdringenden Blick seines Jugendfreundes abzuwehren. Der Raum schien zusammenzuschrumpfen, und sie waren wieder in ihrem geliebten Busch, wo sie so viel miteinander gelacht hatten und wo Peter begonnen hatte, ihn wegen der offensichtlichen Verliebtheit seiner Schwester zu necken. Gordon suchte nach Worten, um sich zu verteidigen. Ein hektisches Klopfen an der Tür rettete ihn. Er fand seine Fassung wieder und setzte sich gerade auf seinem Stuhl auf. »Wer ist da?«

»Sergeant Rossi, Sir.«

»Kommen Sie herein.«

Die Tür öffnete sich, und der italienische Polizeisergeant betrat aufgeregt den Raum. Seine dunklen Augen traten ihm fast aus dem Kopf, und sein Schnurrbart sträubte sich wild. Er war so erregt, dass er vergaß zu grüßen. Gordon sah über diesen Verstoß gegen das Protokoll hinweg, schließlich war sein ranghöchster Unteroffizier Romane, und die besaßen bekanntermaßen ein leicht erregbares Temperament.

»*Scusi*, Sir, aber ein Schwarzer bringen Botschaft in Kaserne.«

»Was für ein Schwarzer, Sergeant Rossi?«, fragte Gordon, bemüht, den kleinen Sergeant zu beruhigen.

»Kein Polizist kennen, aber sagen, vielleicht sein Darambal-Mann.«

Gordon warf Peter einen scharfen Blick zu, doch der schien ob der Stammeszugehörigkeit des Aborigine-Botschafters ebenso überrascht wie er selbst.

»Wallarie?«, zischte Gordon. Peter hob die Augenbrauen und nickte. Es konnte niemand anderes sein! »Wo ist der Schwarze jetzt?«, fragte er, während er sich von seinem Stuhl erhob.

»Er weggegangen«, erwiderte der Sergeant. »Er reden mit schwarze Polizist, Trooper John, bevor gehen, sagen, dass wenn Sie bereit, großer Häuptling der Kalkadoon mit Ihnen kämpfen. Er sagen, großer Häuptling der Kalkadoon keine Angst vor weißem Mann. Er töten alle Polizisten, die ihn suchen.«

»Sehr gut, Sergeant Rossi«, lautete Gordons gelassener Kommentar. »Jetzt lassen Sie die Männer ihre Pferde satteln, und fangen Sie den Schwarzen, der die Botschaft überbracht hat.«

Sergeant Rossi rollte die Augen und zuckte die Achseln. »Schwarze Polizisten Angst vor Darambal-Mann. Sagen, Mann ein debil debil. Sagen, er sich in *baal* Geist verwandeln.«

»Sagen Sie den schwarzen Polizisten, die Königin bezahlt sie dafür, dass sie *baal* Geister genauso jagen wie lebendige Schwarze, die es wagen, mir zu drohen. Ist das klar, Sergeant Rossi?«

»Jawohl, Sir!«

»Gut. Dann gehen Sie und lassen die Männer ihre Pferde satteln. Suchen Sie die nördlichen Zugangswege zur Stadt ab. Wenn er aus den Bergen kommt, hat er wahrscheinlich diese Route genommen.«

Der Sergeant grüßte, machte auf dem Absatz kehrt und ging zur Kaserne, um seine Männer aufzuscheuchen. Als er verschwunden war, bedeutete Gordon Peter mit einer Handbewegung, dass er entlassen war, und sank auf den Stuhl hinter seinem Schreibtisch zurück.

»Den erwischen wir nicht«, sagte Peter, während er die Tür öffnete, um sich der Jagd auf Wallarie anzuschließen.

»Und warum nicht?«, fuhr Gordon ihn gereizt an. Irgendwie verlieh die Tatsache, dass der Darambal-Krieger die Drohung des Kalkadoon-Häuptlings überbracht hatte, dieser eine besonders unheilvolle Bedeutung. Gordon fühlte sich an den düsteren Klang einer Totenglocke erinnert. Oder lag das an dem Mann, der jetzt in der Tür stand, und dessen Schwester? Schließlich waren beide halbe Darambal.

»Wir werden ihn nicht fangen, weil Wallarie uns Weiße kennt. Vergiss nicht, mein Vater war sein Lehrer.«

Mit diesem letzten Seitenhieb schloss Peter die Tür hinter sich und ließ den Offizier mit seinen geheimen Ängsten allein. Sarah und Wallarie. Liebe und eine zerstörte Freundschaft.

13

Verlegen standen Willie und die Kinder auf der breiten, gebohnerten Holzveranda vor Solomon und Judith Cohens luxuriösem Haus. Nach der dreiwöchigen Reise von Townsville hierher waren sie von Kopf bis Fuß mit Staub bedeckt. Die Cohens überschütteten Bens Kinder derartig mit Aufmerksamkeit, dass Willie sich fehl am Platz fühlte.

Judith kniete nieder, um Rebecca die wirren Locken aus dem Gesicht zu streichen. Nachdem Willie dem jüdischen Kaufmann die Hand geschüttelt hatte, dessen Geschäfte neben den Läden, die er mit seiner Frau in den rasch wachsenden Städten von Queensland gegründet hatte, mittlerweile auch Immobilien, Transportunternehmen, Aktien und Wertpapiere umfassten, knetete er verunsichert an seinem breitkrempigen, weichen Hut herum.

Als Judith begann, auch die beiden Jungen mit ihrer mütterlichen Zuwendung zu bedenken, griff Solomon ein, um ihren männlichen Stolz vor den albernen Ergüssen der vernarrten Frau zu schützen.

»Na, die Jungs sind doch viel zu groß dafür«, sagte er, während er sie zu den bequemen Sesseln führte, die auf der Veranda standen. »Sieh nur, wie sie gewachsen sind, seit wir sie zum letzten Mal gesehen haben, Judith.«

Freudentränen stiegen der hoch gewachsenen, dunklen Frau in die Augen, während sie großes Aufhebens um die kleine Rebecca machte, die diese Aufmerksamkeit und die saubere, luxuriöse Umgebung des weitläufigen Hauses der Cohens geradezu in sich aufsaugte. Es stand in einem großzügig bewässerten Garten mit importierten und einheimischen Bäumen –

eine wahre Oase in einer Stadt, deren Baumbestand rücksichtslos für Bau- und Brennholz geopfert worden war.

Die vier Reisenden waren dankbar für die kalte Milch und die belegten Brote, die ein Dienstmädchen auf einem Silbertablett servierte. Plötzlich fiel Willie Bens Brief ein. Er wühlte mit der freien Hand in seinen Hosentaschen nach den gefalteten Bögen und drückte Solomon das schmutzige, verknitterte Papier in die Hand. »Ben hat gesagt, ich soll Ihnen das geben«, murmelte er und biss hungrig in das köstliche, frisch gebackene Brot.

Während Solomon seine Lesebrille aus der Westentasche holte und sich anschickte, das kindliche Gekritzel des Neffen seiner Frau zu entziffern, fielen Willie und die drei Kinder über die belegten Brote her. Es war eine angenehme Abwechslung, denn auf dem langen Treck von Cloncurry über die scheinbar endlosen Ebenen mit verdorrtem Gras und vertrockneten Bäumen hatten sie sich nur von Büchsenfleisch und gelegentlich von einem selbst geschossenen Känguru ernährt.

Rebecca schniefte beim Essen und fuhr sich mit dem Handrücken über die laufende Nase, doch Jonathan zog ihr mit missbilligendem Stirnrunzeln die Hand weg. Schließlich wollten sie vor diesen Städtern nicht als unwissende Landkinder dastehen. Judith schlug vor, später in der Stadt Eiskrem zu kaufen. Die ungeduldige Vorfreude auf diesen unerhörten Luxus trieb den Kindern fast die Augen aus dem Kopf.

Selbst Saul, der sich bis zu diesem Angebot sehr reserviert gegeben hatte, war auf einmal nur noch ein Kind, das einen Augenblick das harte Leben auf Jerusalem vergessen hatte. An den langen, heißen Tagen im Busch blieb Eiskrem ein Traum. Obwohl er nie welche gegessen hatte, konnte er sich den kühlen, sahnigen Geschmack genau vorstellen.

Solomon las den Brief und faltete ihn sorgfältig zusammen. »Es wird schön sein, wieder das Lachen von Kindern zu hören, Judith«, sagte er, wobei er Saul liebevoll den Kopf tätschelte. »Wo unsere Deborah doch in Europa ist.«

Kinder!, dachte Saul wütend. Er war kein blödes Kind. Nein, sobald sich die Gelegenheit bot, würde er nach Jerusalem zurückkehren. Von ihm aus konnten Jonathan und Rebecca hier bleiben, aber sein Platz war an der Seite seines Vaters, mit dem er durch den Busch reiten und die kleine Viehherde bewachen würde.

»Du bleibst bei uns, Willie«, sagte Judith, während sie Rebecca über die Veranda zu den Dienstbotenquartieren führte, die sich wie eine Miniaturausgabe des Haupthauses hinter diesem erhoben. In der Waschküche konnte sie die Kleine abschrubben und ihr eines von Deborahs alten Kleidern anziehen, die die sentimentale Judith sorgfältig aufbewahrt hatte. Ihre Tochter war zu einer schlanken, dunkeläugigen Schönheit herangewachsen, deren Stimme das Publikum der großen Opernhäuser Europas in ihren Bann zog. Ihr Ruf als Sängerin hatte sogar den amerikanischen Kontinent erreicht, wo sie in wenigen Monaten auf Tournee gehen sollte.

Manchmal holte Judith die sorgfältig eingelagerten Kleidchen hervor und betrachtete sie eingehend. Wie die Zeit verging – eben noch war ihre Tochter ein schmutziges kleines Mädchen gewesen, das im Staub von Queensland mit ebenso schmutzigen Grenzerkindern herumtobte, und jetzt war sie eine elegante junge Dame, die vor den gekrönten Häuptern Europas auftrat. Judith hatte immer gewusst, dass Ruhm und Reichtum auf ihre Tochter warteten.

Als Rebecca frisch gewaschen in einem von Deborahs alten Kleidern erschien, erkannten ihre Brüder die kleine Schwester kaum wieder, die ihre spöttischen Gesichter mit finsteren Blicken quittierte. Doch das Grinsen verging ihnen schnell, als Judith sagte: »Jetzt seid ihr dran, Jonathan und Saul.«

Das war ein Angriff auf ihre Männlichkeit, der sie erschauern ließ. Was fiel dieser großen, strengen Frau ein, sie herumzukommandieren wie kleine Kinder? Zumindest Saul dachte so.

»Ich will nicht, dass ihr heute Abend wie Schmutzfinken bei Missus Tracy zum Essen erscheint.« Mit diesen Worten griff Judith mit der einen Hand nach der Seife, mit der anderen packte sie Saul am Kragen.

Auch Willie wusch sich und legte die saubere Arbeitskleidung an, die Solomon aus dem Laden geholt und ihm geschenkt hatte. Er hatte die Gabe dankbar angenommen. Nun saß er an Kate Tracys Tisch und starrte die Frau an, die, obwohl sie an der Schwelle zum vierten Lebensjahrzehnt stand, immer noch die heitere Schönheit besaß, die sie ausgezeichnet hatte, als er und seine Mutter ihr vor zehn Jahren auf den Goldfeldern am Palmer zum ersten Mal begegnet waren. Zeit und harte Arbeit hatten ihr nichts anhaben können. Aber sie war nicht nur schön, sondern auch voller Mitgefühl. Weder Macht noch Ansehen noch das riesige Vermögen, das sie erworben hatte, hatten daran etwas ändern können. Nach seiner Mutter spielte Kate im Leben des jungen Mannes die wichtigste Rolle.

Die Wölbung ihres Leibes war unübersehbar. Dann würde ihr größter Traum also endlich wahr werden, dachte er. Ein eigenes Kind zu haben. Er wusste, welches Unglück sie im Leben immer wieder getroffen hatte.

»Willie, nimm dir so viel Lamm, wie du willst«, sagte Kate freundlich. »Das ist bestimmt eine Abwechslung nach dem Rindfleisch, das ihr in Jerusalem immer gegessen habt.«

»Danke, Missus Tracy«, erwiderte er leise.

Kate warf ihm einen mitfühlenden Blick zu. Der stille Kummer um den Verlust seiner Mutter lag wie ein schwerer Mantel über dem armen Jungen. Kate kannte den Tod, weil er in ihrem eigenen Leben ständig gegenwärtig gewesen war. Ihr Vater war auf Befehl des schottischen Siedlers Donald Macintosh von Morrison Mort, damals Lieutenant der berittenen Eingeborenenpolizei, ermordet worden. Ihr ältester Bruder war Jahre später von einem Beamten derselben Truppe in Burkesland erschossen worden. Und schließlich der Tod ihrer Babys. Sie hatte gelernt, mit ihrem vorzeitigen Ende zu leben, aber es fiel ihr schwer, mit den Erinnerungen umzugehen.

Das Essen in dem eleganten, geräumigen Haus, in dem Luke und Kate lebten, spielte sich in einer Atmosphäre gedämpfter Höflichkeit ab, wurde aber von Jennifers Tod überschattet. Willie saß schweigend am Tisch und stocherte mit der Gabel in seinem Essen herum, während die Cohens und Kate ihre geschäftlichen Vereinbarungen und künftigen Expansionspläne diskutierten, als säßen sie in einer Vorstandssitzung. Die ungewöhnliche Allianz zwischen der Irin und den englischen Juden hatte sich für beide Teile als höchst lukrativ erwiesen.

Die Verbindung zwischen Kate und den Cohens ging jedoch weit über finanzielle Erwägungen hinaus; ihr Verhältnis war geradezu familiär zu nennen. Unter Kates Anleitung hatte Benjamin Rosenblum, der Sohn von Judiths Schwester, das harte Leben an der Grenze von Queensland zu meistern gelernt und schließlich ein großes Anwesen im Viehzüchterland nördlich von Cloncurry erworben. Durch Kate hatte Ben auch Jennifer Harris kennen gelernt, die später seine Frau wurde und ihm drei Kinder gebar.

Als die Cohens anfingen, sich dem Klatsch über konkurrierende Unternehmer zuzuwenden, anstatt über Geschäfte zu sprechen, fiel Kate Willies Melancholie auf. Sie hatte den jungen Mann mit großgezogen, denn Jenny hatte sich bei ihr als Kindermädchen um die Kinder ihres toten Bruders Tom Duffy, eines Buschläufers, gekümmert, deren Mutter Mondo vom Stamm der Darambal gewesen war. Kate hatte die Waisen in ihre Obhut genommen und dafür gesorgt, dass sie die beste Ausbildung erhielten und in der Geborgenheit einer richtigen Familie aufwuchsen.

Peter und Sarah waren für Kate immer wie ihre eigenen Kinder gewesen. Sie seufzte, als sie an Tim dachte. Er war immer ein merkwürdiges Kind gewesen – und eines Nachts vor drei Jahren einfach verschwunden. Auf dem Zettel, den er auf seinem Bett hinterlassen hatte, stand nur, dass er nach Westen ziehen wolle, um Arbeit zu suchen. Seitdem hatte sie nichts mehr von ihm gehört, und weder sein Bruder noch seine Schwester hatten Nachricht von ihm erhalten.

Kate nahm sich vor, mit Willie zu reden, sobald sich eine Gelegenheit ergab, mit ihm allein zu sein. Wenn sie doch nur Luke an ihrer Seite gehabt hätte, um mit ihm über den Kummer des jungen Mannes zu sprechen.

»Ben hat uns einen Brief geschrieben, in dem er uns bittet, die Kinder zu behalten, bis er wieder auf die Beine gekommen ist.« Solomons Worte rissen Kate aus ihren Gedanken. »Er nennt keinen Zeitpunkt für ihre Rückkehr.«

»Das ist bestimmt eine gute Idee, solange die Wilden den Distrikt unsicher machen«, erwiderte Kate, während sie versuchte, sich wieder auf das Gespräch am Tisch zu konzentrieren. »Er kann Rebecca und die Jungen ja schlecht allein zu Hause lassen, wenn er beim Vieh ist.«

»*Ich* hätte ihm helfen können«, sagte Willie leise, »aber es wäre nicht einfach gewesen, auf Becky aufzupassen.«

»Ganz richtig!« Solomon hüstelte peinlich berührt, als ihm aufging, dass er Willie gar nicht als Familienmitglied gezählt hatte.

»Ist Luke nicht nach Westen in Richtung Burketown unterwegs?«, fragte Judith Kate leicht beunruhigt.

»Ja, er ist vor einer Woche losgeritten.«

»Führt ihn seine Route nicht dicht an das Gebiet der Kalkadoon heran?«

Kate hatte es bewusst vermieden zu erwähnen, dass ihr Ehemann möglicherweise in Gefahr war. Sie hatte versucht, ihn zu überreden, per Schiff in die Stadt am Golf zu reisen, aber er hatte sie nur lächelnd auf die Stirn geküsst und versichert, dass er auf sich aufpassen konnte. »Luke ist ein zäher alter Bursche«, meinte sie nun zuversichtlich.

Doch ein fast vergessenes Gespräch mit Judith kam ihr in den Sinn, das sie geführt hatten, als Kate sich verletzt fühlte und auf den großen Amerikaner wütend war. Sie hatten in Judiths winzigem Esszimmer in ihrem Haus in Rockhampton gesessen, und Judith hatte angefangen, über Männer wie Henry James und den amerikanischen Goldsucher zu sprechen – Männer, deren Schicksal ein einsames, vergessenes Grab in den weiten Ebenen des westlichen Grenzlandes war. Für solche Männer werden keine Grabsteine errichtet, hatte Judith gemeint, und Kate hatte den eisigen Hauch eines bösen Omens für ihren Amerikaner gespürt. Jetzt schauderte sie vor unterdrückter Furcht. »Luke wird zurückkommen, wenn es an der Zeit ist«, sagte sie, wie um sich selbst zu überzeugen. Judith nickte beruhigend.

Nach dem Abendessen schickten sich die Cohens an, mit Bens Kindern in ihrer Kutsche nach Hause zu fahren. Willie war auf seinem Zugpferd zu Kates Haus geritten und blieb daher zurück, als Sarah ihn in ein Gespräch verwickelte, bevor er sich in den Sattel schwingen und davonreiten konnte.

Kate winkte von ihrer Veranda, als Solomon mit den Zügeln schnalzte und das prächtige Kutschenpferd sich in Bewegung setzte. Als sie sich nach Sarah umsah, stellte sie fest, dass ihre hübsche Nichte mit Willie sprach. Kate bedauerte, dass sie nach dem Essen keine Gelegenheit gefunden hatte, mit ihm zu reden, aber die Cohens hatten den Kindern Eiskrem versprochen, und die Eisdiele schloss bald.

Willie schwang sich in den Sattel und ritt der Kutsche nach, die schwankend Kates von Bäumen gesäumte Einfahrt hinunterrumpelte. Sarah, die ihm nachgewinkt hatte, drehte sich um und kam auf die Veranda zu. Kate fiel erneut auf, wie schön sie geworden war. Tom und Mondo wären stolz auf ihre Tochter gewesen, dachte sie. Den exotischen Teint hatte Sarah von ihrer Mutter geerbt, die feinen Gesichtszüge dagegen vom Vater. Sie runzelte die Stirn, wobei sie die vollen Lippen leicht öffnete, sodass ihre makellos weißen Zähne sichtbar wurden. Am auffälligsten waren jedoch die hellblauen Augen. Viele Männer, die von ihrem Gesicht bezaubert waren, wollten nicht glauben, dass in den Adern dieser schönen, begehrenswerten Frau tatsächlich Darambal-Blut floss. Das lange, dunkle Haar hatte sie auf dem Kopf zu einem Knoten zusammengesteckt, und sie bewegte sich mit der mühelosen Anmut, die das Volk ihrer Mutter auszeichnete. »Stimmt was nicht?«, erkundigte sich Kate, als Sarah die drei Stufen zur Veranda hinaufstieg.

»Warum fragst du?«

»Weil du die Stirn runzelst.«

Sarah blieb stehen und drehte sich nach dem Reiter um, der der Kutsche folgte. »Ich wollte Willie sagen, wie Leid mir Jennys Tod tut, Tante Kate, aber er meinte, es sei sowieso alles egal. Er benimmt sich sehr merkwürdig.«

»Jeder Mensch versucht auf seine eigene Weise, sich gegen

Schmerz und Kummer zu schützen. Wahrscheinlich ist das Willies Art. Er hat seine Mutter sehr geliebt.«

»Ich weiß.« Sarah wandte sich wieder ihrer Tante zu. »Aber er hat auch gesagt, dass er seinen Vater finden und mit ihm abrechnen will. Als ich ihn fragte, ob er Ben meint, sagte er: ›Nein, meinen echten Vater.‹ Außerdem will er nie wieder nach Jerusalem zurückkehren, zumindest hat er das gesagt.«

Kate fühlte erneut die alte Angst in sich aufsteigen. Sein echter Vater! Also hatte Jenny ihrem Sohn von Granville erzählt. Aus dieser Enthüllung konnte nichts Gutes entstehen. Michael hatte ihr geschildert, wie gefährlich und bösartig Granville war. Sie würde Michael um Rat fragen, wenn er am Abend kam.

Ihr großer Bruder hatte das Herz seiner Nichte im Sturm erobert. Seit das junge Mädchen dem legendären Onkel bei dessen kurzem Besuch am Vortag zum ersten Mal begegnet war, schwärmte sie für ihn. *Ihr Bruder verstand es eben, Frauen jeden Alters zu bezaubern!*

Das sanfte, friedliche Licht der am westlichen Horizont untergehenden Sonne lag über dem stillen Buschland. Schwärme von rosafarbenen und grauen Kakadus kreisten lärmend am Himmel. Kate hob den Blick. Wo würde Luke in dieser Nacht sein Lager aufschlagen? An einem Wasserloch, wo er an sie denken würde? Oder hatte er ein sicheres Haus erreicht?

Sie verdrängte die sorgenvollen Gedanken und richtete den Blick auf die Füße ihrer Nichte. Stirnrunzelnd stellte sie fest, dass Sarah keine Schuhe trug, eine Gewohnheit aus ihrer Kinderzeit, die sie immer noch nicht abgelegt hatte. »Geh und zieh dir Schuhe an, junge Dame«, sagte sie bestimmt, aber nicht unfreundlich. »Dein Onkel Michael könnte zu dem Schluss kommen, dass seine Nichte doch noch nicht ganz erwachsen ist.«

Das junge Mädchen schmollte bei dieser Zurechtweisung, doch dann strahlte sie, als sie an ihren Onkel dachte, den sie erst am Vortag kennen gelernt hatte. Schließlich hatte er versprochen, ihr ein Geschenk mitzubringen.

Voller Vorfreude hüpfte sie über die Veranda. Kate lächelte. Noch nicht ganz Frau, dachte sie wehmütig, aber auch nicht mehr das kleine Mädchen, das hinter den Brüdern und Gordon James hertrottete.

14

Als er die Lagerhalle der Firma Wong und Söhne betrat, fühlte sich der Besucher in den Fernen Osten versetzt. Aus seiner Zeit in Cochinchina, Schanghai, Hongkong und Singapur waren Michael Duffy die duftenden Kräuter und exotischen Gewürze vertraut. Der kühle, hohe Raum, in dem sich Kisten, Krüge und Zedernholzschachteln bis unter das Dach stapelten, wirkte nach dem Gestank der Abwässer von Townsville wie eine Oase.

Nachdem sich seine Augen an das Dämmerlicht im Inneren der Lagerhalle gewöhnt hatten, entdeckte er einen kräftigen Eurasier, der sich mit einem kleineren Chinesen herumstritt. Der Eurasier, der so groß war wie Michael, war so damit beschäftigt, den anderen auf Chinesisch zu beschimpfen, dass er den Neuankömmling gar nicht bemerkte.

»Sei gegrüßt, du Sohn einer Schildkröte«, sagte Michael laut. Der Eurasier fuhr herum, um zu sehen, wer es wagte, ihn mit dem alten chinesischen Schimpfwort zu beleidigen. »Bei Gott, es ist ein großer Tag für jeden Iren! Das gilt sogar für halbirische Schlitzaugen«, setzte Michael seine Beschimpfungen fort.

»Michael Duffy, du alter Mistkerl!«, brüllte John Wong, wobei er den chinesischen Händler, dem er wegen dessen ungeheuerlichen Preises für Ingwer die Meinung gesagt hatte, völlig vergaß. »Du lebst also noch!« Mit ein paar langen Schritten hatte der Sohn einer Irin und eines Chinesen Michael erreicht und packte ihn mit seinen riesigen Pranken an den Schultern. Mit einem beglückten Grinsen, das ihn geradezu dümmlich wirken ließ, starrte er seinem alten Freund ins Gesicht. »Wie zum Teufel geht es dir?«

»Ich lebe noch, auch wenn ich Freunde wie dich und Horace Brown habe«, erwiderte Michael ebenso dümmlich grinsend. »Meine Güte, John, du hast als reicher Kaufmann aber ganz schön Fett angesetzt.«

»Und ich habe vor, noch dicker zu werden, du alter Taugenichts«, knurrte John, der Michaels Bemerkung über seine breiter gewordene Taille offenbar nicht übel nahm. Obwohl er kaum dreißig war, wirkte sein Körper wie der eines gesetzten Mannes in mittleren Jahren. »Wenn du mir also mit irgendeinem hirnrissigen Plan kommst, bei dem ich dir und Horace Brown helfen soll, kannst du das gleich wieder vergessen.«

»John, John!« Michael spielte den Beleidigten. »Ich werde doch einen alten Freund nicht besuchen, um ihn um einen Gefallen zu bitten. Abgesehen von einer Flasche natürlich, die wir auf die alten Zeiten leeren. Und bitte nicht deinen billigen Reiswein, klar?«

John löste den Griff um die Schultern seines Freundes und wandte seine Aufmerksamkeit dem chinesischen Kaufmann zu, der den hoch gewachsenen Europäer mit der schwarzen Lederklappe über einem Auge neugierig anglotzte. John sagte etwas zu dem Chinesen, und der musterte ihn finster. Eine Flut von Wörtern sprudelte aus seinem Mund hervor. »Und deine Vorfahren auch!«, schimpfte John zurück.

Dann wandte er sich Michael zu und führte ihn in den hinteren Lagerbereich, wo sich ein winziger Raum befand, der mit Geschäftsbüchern und bizarren Jadekuriositäten aus den exotischen Ländern des Ostens voll gestopft war. Er bedeutete Michael, sich auf eine an einer Wand stehende Kiste zu setzen, und wühlte in seinem mit Schnitzereien verzierten Teakschreibtisch nach der Ginflasche, die er dort für Notfälle wie das plötzliche Erscheinen von Michael Duffy aufbewahrte. Dann trieb er zwei kleine Schalen auf, die er mit der feurigen Flüssigkeit füllte. Er hob seine Schale. »Auf Sankt Patrick und meine ehrenwerten chinesischen Vorfahren«, verkündete er mit einem breiten Grinsen. Michael erwiderte den Trinkspruch, indem er einen kräftigen Schluck von der klaren, würzigen Flüssigkeit nahm. »Wann bist du zurückgekommen?«, erkundigte sich John vorsichtig. »Warst du schon bei Kate?«

»Gestern«, erwiderte Michael. »Heute Abend treffe ich sie noch mal.«

»Hast du Horace Brown gesehen?«

»Ja. Er scheint ziemlich krank zu sein.«

John nickte ernst. Der kleine Engländer besuchte ihn oft, um sich auf Chinesisch mit ihm zu unterhalten. Ihre Freundschaft beruhte auf ihrer gemeinsamen beruflichen Vergangenheit – einer Vergangenheit, die John auf keinen Fall wiederbeleben wollte. Schließlich war er auf dem besten Weg, mit dem Lösegeld, das er vor Jahren von der Familie einer schönen Cochinchinesin erhalten hatte, weil er das Mädchen wieder nach Hause gebracht hatte, ein gut gehendes Importgeschäft aufzubauen.

Horace hatte John über Michaels Leben im Fernen Osten auf dem Laufenden gehalten – natürlich nur über das, was er für gewährleistet hielt. In letzter Zeit waren Horace' Besuche seltener geworden, weil der Krebs die Oberhand zu gewinnen begann und Johns Opium an Wirkung verlor.

»Ich glaube nicht, dass er das Jahr übersteht«, sagte John düster. »Eine Ära in unserem Leben geht zu Ende, alter Freund.«

»Das verdammte Außenministerium wird schnell Ersatz finden«, meinte Michael bitter. »Den Mistkerlen ist er doch völlig egal.«

John hob die Augenbrauen. Das klang ganz so, als hätte Michael den Engländer, der ihn so oft in Lebensgefahr gebracht hatte, ins Herz geschlossen. »Was für Pläne hast du für die Zeit nach seinem Tod?«, erkundigte er sich. »Du weißt, dass bei mir immer ein Platz für dich ist.«

Michael lächelte den Freund, der sich hinter seinem Schreibtisch vorbeugte, traurig an. »Danke. Aber bevor ich anfange, Pläne zu schmieden, muss ich abwarten, was in den nächsten Wochen geschieht.«

Seiner Antwort entnahm John, dass Michaels Tätigkeit für Horace Brown noch nicht zu Ende war. Er ahnte, warum Michael ihn aufgesucht hatte. »Ich habe hier eine Menge Verantwortung, Michael«, sagte er, bevor der andere das Thema ansprechen konnte. »Was auch immer es ist, ich kann dir nicht helfen.«

»Ah, du kennst mich zu gut«, erwiderte Michael seufzend. »Natürlich wollte ich dich um deine Hilfe bitten, aber das weißt du ja offensichtlich schon.«

Johns Gesicht verdüsterte sich. Der gesunde Menschenverstand sagte ihm, dass es besser war, jede geschäftliche Beziehung zu dem Iren zu vermeiden, aber er fühlte sich ihm verpflichtet. Er verdankte seinem Freund viel: seinen gegenwärtigen Wohlstand und seine schöne Frau, eine Cochinchinesin, die ihm zwei gesunde Söhne und eine Tochter geboren hatte.

»Und wie soll diese Hilfe aussehen?«, fragte er mit schwacher Stimme. Das auf ihn gerichtete Auge schien das Innerste seiner Seele zu erforschen und nach den Wurzeln wahrer Freundschaft zu suchen.

»Es ist nichts besonders Riskantes«, erwiderte Michael, während er die Schale mit beiden Händen zum Mund führte. »Nur eine Reise nach Sydney zur Erweiterung deiner Geschäfte. Das ist alles.«

Das klang einfach, aber John wusste sehr gut, dass im Leben seines Freundes alles mit Gefahr verbunden war. »Bis auf den ganzen Schlamassel, der sonst noch dranhängt«, knurrte er wütend, weil er sich vermutlich breitschlagen ließ, dem Söldner zu helfen.

Oder vermisste er etwa das wilde Leben voller Gefahren und wollte es sich nur nicht eingestehen? Er hatte eine Familie und ein florierendes Geschäft. Seine Frau würde das nie verstehen, auch wenn sie jede seiner Entscheidungen als pflichtbewusste Gattin gehorsam akzeptierte, wie es Konfuzius gebot. Aber seine Kinder hatten ihren eigenen Willen, schließlich floss in ihren Adern europäisches Blut. Außerdem trieben sie sich ständig mit den aufsässigen Kindern anderer Europäer herum. Ihnen würde es mit Sicherheit nicht gefallen, wenn er wegging.

Nicht nur, dass seine Familie jetzt sein Lebensmittelpunkt

war; John war darüber hinaus ein angesehener Geschäftsmann, der einen festen Platz in der Gesellschaft von Townsville einnahm. Er war Mitglied im örtlichen Pferderennklub und besaß selbst einen Rennstall. Sein Gespür bei der Auswahl siegreicher Vollblüter wurde allgemein bewundert. Außerdem fungierte er für die Europäer, die Geschäfte mit der chinesischen Gemeinde tätigten, als Verbindungsmann und half ihnen, lukrative Verbindungen im Fernen Osten aufzubauen. Die chinesische Gemeinde von Townsville respektierte den hoch gewachsenen Mann wegen seiner Kenntnisse ihrer Gebräuche und Sitten. Daher starrte er Michael schweigend an, während er abwog, ob er sich auf die Mission einlassen sollte, die ihn das Leben kosten konnte.

»Horace meint, die Deutschen wollen Neuguinea annektieren«, sagte Michael ruhig. »Das ist unser letzter Auftrag, ich verspreche es dir.«

»Aber warum Sydney? Du könntest da unten am Galgen enden.«

»Ich habe keine Wahl. Von Fellmann ist dort.«

John war dem Baron nie persönlich begegnet, aber Michael hatte ihm viel über ihn erzählt, und was er wusste, verhieß nichts Gutes. Der Preuße war ein rücksichtsloser Mensch. »Das heißt, wenn dich die Greifer nicht erwischen, erledigt dich von Fellmann«, meinte er sarkastisch. »Oder jemand anders von seiner Sorte.«

»Kann schon sein«, sinnierte Michael, »aber niemand lebt ewig. Nur die Erinnerung an uns besteht fort – in unseren Kindern und Kindeskindern.« In dem Schweigen, das das winzige Büro erfüllte, hallten seine Worte nach. Er hatte sie nicht zum ersten Mal gesagt, aber plötzlich fühlte er sich unbehaglich. Würde sein eigener Sohn sich je an ihn erinnern?

»Zum Teufel mit dir, Duffy, alter Mistkerl!«, fluchte John. »Du weißt, dass ich hinter dir stehe. Also, wann geht's los?«

Michael grinste seinen alten Partner an. »Sobald du deiner Frau eine Lügengeschichte über die Gründe für deine Reise nach Sydney aufgetischt hast. Deine Fahrkarte habe ich schon gekauft.«

Nachdem Michael bei seiner Schwester eingetroffen war, zeigte sich seine Nichte Sarah hochzufrieden mit dem versprochenen Geschenk. Mit offenem Mund starrte sie das schöne Kleid an und gab leise Laute der Überraschung und Freude von sich. Es war das herrlichste Kleid, das sie je gesehen hatte! Kate hatte er einen Lyrikband des australischen Dichters Henry Kendall mit dem Titel *Lieder aus den Bergen* mitgebracht.

Sarah zerquetschte ihren Onkel fast vor Dankbarkeit und verschwand dann, um das Kleid anzuprobieren. Sie würde schon einen Vorwand finden, um es zu tragen, wenn Gordon das nächste Mal auf Urlaub nach Hause kam.

Als sie fort war, folgte Michael Kate auf die Veranda vor dem Haus. Dort konnten sie die kühle Abendluft bei einer Flasche Rum genießen. Auch Kate trank gelegentlich gern einen Schluck. Auf den harten Trecks, die sie mit ihren Ochsenkarren durch Schlamm und Staub zurückgelegt hatte, war ein wenig Rum am Ende des Tages immer willkommen gewesen, weil er über die körperliche und geistige Erschöpfung hinweggeholfen hatte.

Liebevoll sah sie den Hünen an, der es sich in einem Sessel auf der Veranda bequem gemacht hatte, und dachte wehmütig an die entsetzlichen Dinge, die er in seinem unruhigen Leben gesehen und getan haben musste. Seine Jugend war vorbei, und seine Träume, Maler zu werden, so gut wie vergessen. Oh, Michael, mein armer, geliebter Bruder, wirst du jemals den Frieden finden, den du so verdienst?, dachte sie, während sie beobachtete, wie er in die weichen Schatten der warmen Nacht hinausblickte. »Du wickelst die Frauen immer noch um den Finger wie in unserer Jugend, als du mir und Tante Bridget das Herz gebrochen hast«, sagte Kate, während sie sich neben ihrem Bruder niederließ. »Damals gerieten sich die Mädchen, die für Onkel Frank arbeiteten, deinetwegen in die Haare, und meine Freundinnen wollten dir unbedingt vorgestellt werden.«

Michael lachte leise über diese Schmeichelei. »Das muss lange her sein«, meinte er grinsend. »Ein einäugiger, vom Kampf gezeichneter Mann im Herbst seines Lebens ist bei den Damen nicht so recht gefragt. Vor allem, wenn er keine anständige Arbeit hat. Viel Liebe gibt es in meinem Leben nicht«, setzte er ruhig hinzu, »wenn man von gelegentlichen Besuchen in irgendeinem chinesischen Bordell absieht.«

Seine Offenheit schockierte seine Schwester nicht. Sie spürte, dass sie eine der wenigen Frauen in seinem Leben war, denen gegenüber er seine Gedanken frei äußern konnte. »Du kannst doch sesshaft werden und die Vergangenheit hinter dir lassen. Du weißt, dass es hier immer Arbeit für dich gibt«, drängte sie ihn sanft. »Luke hält dich für einen der besten Menschen, die er kennt. Gott allein weiß, warum, wo er deinetwegen zweimal fast ums Leben gekommen wäre«, setzte sie ein wenig irritiert hinzu.

Luke und Michael hatten gemeinsam im Auftrag von Horace Brown verhindert, dass die Deutschen den südlichen Teil von Neuguinea annektierten. Danach hatten sie eine Rettungsexpedition für eine von Morrison Mort verschleppte Cochinchinesin organisiert.

»Ich wünschte, ich könnte das tun, Kate«, seufzte Michael. »Aber ich muss noch einen Auftrag erledigen, bevor ich dein großzügiges Angebot auch nur in Betracht ziehen kann.«

»Dahinter steckt bestimmt wieder dieser bösartige kleine Engländer, stimmt's?«, fauchte Kate, der mit einem Schlag klar wurde, dass ihr Bruder weit davon entfernt war, Frieden zu finden. »Ich hoffe nur, du willst nicht meinen Mann für seine Pläne rekrutieren.«

»Ich rekrutiere niemanden mehr, Kate. Ich brauche nur John Wong, und der hat sich schon bereit erklärt, mit mir nach Sydney zu gehen.«

»Nach Sydney! Bist du verrückt?«

»Wahrscheinlich«, gab er zurück, während er sein Glas hob und gegen das Licht des aufgehenden Mondes hielt. »Aber ich muss mich mit meiner Vergangenheit auseinander setzen, nicht nur einen Auftrag ausführen.«

Im Halbdunkel der Veranda starrte Kate ihren Bruder an. Sie beobachtete die Schatten auf seinem Gesicht, um zu sehen, ob sich sein Ausdruck veränderte. Dass Michael O'Flynn in Wirklichkeit Michael Duffy war, gehörte zu den am schlechtesten gehüteten Geheimnissen in der Kolonie Queensland, überlegte sie zunehmend beunruhigt. Die Gerüchte waren mit Sicherheit auch der Polizei in Sydney zu Ohren gekommen. »Mit deiner Vergangenheit meinst du wohl *Missus* Fiona White«, sagte sie, um zu betonen, dass die erste große Liebe ihres Bruders eine verheiratete Frau war.

»Fiona, ja«, sagte er verträumt, während er weiter durch das Glas auf den riesigen gelben Mond blickte. »Und andere.«

Kate hatte ihrem Bruder geschworen, niemandem aus der Familie zu verraten, dass er noch am Leben war. Für die anderen war er begraben und betrauert. Sie hielt nichts davon, aber sie würde dieses Versprechen niemals brechen. »Vielleicht solltest du die Vergangenheit besser hinter dir lassen«, warnte sie sanft. »Wer an Vergangenes rührt, muss häufig feststellen, dass es die Gegenwart in einer Weise beeinflusst, die einem nicht gefällt.«

»Das muss ich selbst herausfinden, Kate«, antwortete Michael bestimmt, um einer weiteren Predigt zuvorzukommen. »Aber ich werde weder mein Leben noch das von John leichtsinnig aufs Spiel setzen. Doch ich habe einen Auftrag zu erledigen, bei dem ich mich auch mit verschiedenen Aspekten meiner Vergangenheit auseinander setzen muss. Und ja: Fiona ist einer davon, aber das habe ich mir nicht ausgesucht.«

»Was immer du tust, vergiss nicht, dass du einen Sohn hast, dem du wahrscheinlich eines Tages begegnen wirst«, erinnerte ihn seine Schwester. Sie wusste, wozu ihr wilder Bruder fähig war. »Du willst wohl kaum, dass er ein Leben führt wie du.«

Michael warf den Kopf zurück und lachte. »Ein britischer Offizier! Mein Sohn ist ein verdammter britischer Offizier. Dad würde sich im Grabe umdrehen, wenn er wüsste, dass sein Enkel die Uniform seines Erbfeinds trägt. Und du machst dir Gedanken darüber, dass er herausfindet, wie *ich* lebe!«

»Das habe ich nicht gemeint, Michael«, sagte Kate ruhig.

»Das Schicksal scheint ihn auf einen Weg der Gewalt geführt zu haben, der deinem gar nicht so unähnlich ist. Findest du es nicht seltsam, dass dein Sohn Soldat geworden ist?«

»Ich wollte immer Maler werden, Kate«, erinnerte Michael sie, während er sein Glas leerte, »kein verdammter Söldner.« Im Mondlicht, das die Schatten auf seinem Gesicht milderte, sah sie seinen Schmerz über sein verlorenes Leben. »Diese Neigung zum Militär muss er von der Familie seiner Mutter haben.«

Sarah erschien in ihrem neuen Kleid auf der Veranda. Es betonte jede anmutige Kurve ihres erblühenden Körpers, und sie drehte sich um sich selbst, sodass das Kleid um ihre Knöchel wirbelte. Michael lächelte. Merkwürdig, dass dieses hübsche, graziöse Wesen die Tochter seines Bruders sein sollte, den er bei aller Liebe nur als schlaksigen, ungeschickten Tölpel in Erinnerung hatte. Schönheit und Anmut muss sie von ihrer Mutter geerbt haben, dachte er, während er seiner ehrlichen Bewunderung Ausdruck verlieh. Wie sie da im Mondlicht stand, war sie wirklich bezaubernd. Der Rum und die Gesellschaft der einzigen Familie, die er noch hatte, halfen ihm, alle Sorgen um die Zukunft zu vergessen.

Als sich Michael später verabschiedete, um zu dem Schiff zu gehen, das ihn südwärts bringen würde, hörte Kate die klagenden Schreie der Brachvögel. Abergläubisch schauderte sie in düsterer Vorahnung. Waren das nicht die Geister der Toten, die die Nacht heimsuchten? War nicht der ganze Tag voll schlimmer Vorzeichen gewesen?

Das Hämmern an der Tür der Cohens weckte das ganze Haus auf. Stöhnend rollte sich Solomon auf die Seite. Wer konnte sie nur zu dieser unmenschlichen Morgenstunde aus dem Schlaf reißen?, dachte er, während er sich benommen neben seiner Frau im Bett aufsetzte.

»Judith!« Das Entsetzen in der Frauenstimme, die von der Veranda hereindrang, war unverkennbar.

»Kate, bist du das?«, fragte Judith zurück, während sie sich eine Stola um die Schultern legte. Noch vor ihrem Ehemann sprang sie aus dem Bett. Die Erkenntnis, dass etwas Entsetzliches geschehen sein musste, wenn Kate sie um diese Zeit störte, hatte jede Schläfrigkeit vertrieben. »Ist was passiert?«, rief sie, während sie nach einer Petroleumlampe griff und den Docht entzündete. Nach kurzem Flackern verbreitete die Lampe ein beständiges, blässliches Licht. Draußen im Anbau, wo die Jungen geschlafen hatten, wurde verschlafenes Gemurmel laut, während Judith zur Tür lief. Kate war blass und zitterte vor Angst. So hatte Judith ihre Freundin seit vielen Jahren nicht mehr gesehen.

»Oh, Judith, Luke ist etwas Schreckliches zugestoßen«, stieß Kate hervor, bevor Judith ein Wort sagen konnte. Instinktiv legte sie den Arm um Kates Schultern und führte sie ins Esszimmer. Hinter Solomon war Willie aufgetaucht. Beide Männer starrten Kate, die offenbar direkt aus dem Bett kam und noch ihr Nachthemd trug, mit glasigen Augen an.

»Ich habe einen entsetzlichen Traum gehabt«, flüsterte Kate mit heiserer Stimme, während sie mit leerem Blick in die gelbe Flamme der Lampe starrte. »Ich spüre, dass mein geliebter Luke an einem entsetzlichen, einsamen Ort im Sterben liegt.«

Judith versuchte nicht, ihrer Freundin deren Vorahnung auszureden und sie zu beruhigen. Kate hatte immer die unheimliche Gabe besessen, solche Dinge zu wissen. Stattdessen drückte sie sie an sich, als könnte sie ihr so etwas von ihrem Schmerz abnehmen. »Das schlammige Wasser. Ich habe wieder das schlammige Wasser und die Krähe gesehen. Ich ...« Kate hielt inne und rang nach Worten, um den entsetzlichen Traum zu beschreiben. Wie fasste man Gefühle, die physisch und dennoch nicht real waren, in Worte? »Ich habe Luke aus großer Ferne nach mir rufen hören. Er hat gesagt, dass er mich liebt, noch über den Tod hinaus, den er vor Augen hat. Ich ...« Sie verstummte und begann zu schluchzen.

Die beiden Männer standen verlegen am Ende des Raums. Die Konfrontation mit dem Unbekannten und Unbegreiflichen machte sie hilflos. Nur Judith schien Kates merkwürdige Ahnungen zu begreifen. Solomon sah seine Frau fragend an.

Mit den Augen bedeutete sie den Männern, sie allein zu lassen.

Willie folgte Solomon in die Küche, wo er den Docht einer Lampe entzündete. Keiner der beiden sprach ein Wort, als sich Solomon auf einen Stuhl fallen ließ. Aus dem Esszimmer hörten sie die Stimmen der Frauen, die immer wieder von Schluchzern unterbrochen wurden. So viel Schmerz und Leid gab es auf der Welt, dachte Solomon. Er konnte nur darauf warten, dass Judith ihm sagte, was er tun sollte, wenn sie so weit war.

Die hohe Standuhr schlug viermal. Eine Dreiviertelstunde vor dem fünften Glockenschlag hörten sie das Scharren von Stühlen. Dann schloss sich die Haustür, und Judith betrat die Küche. Die beiden Männer blickten sie erwartungsvoll an.

»Kate ist nach Hause gegangen, um sich ein wenig auszuruhen«, sagte sie mit müder Stimme. »Willie, du gehst bei Sonnenaufgang zu ihr und hilfst ihr, die Reise nach Burketown vorzubereiten.«

»Nach Burketown!«, fuhr Solomon auf. »Sie steht doch kurz vor der Entbindung!«

»Ich weiß.« Judith hob die Hand, um jeden weiteren Protest ihres Ehemannes im Keim zu ersticken. »Ich habe versucht, es ihr auszureden, aber sie besteht darauf, dass sie Luke nicht allein lassen kann. Sie muss es einfach tun.«

»Auf jeden Fall nicht allein«, schimpfte Solomon. »Das wäre in ihrem Zustand Wahnsinn.«

»Sie wird nicht allein sein«, mischte sich Willie vom Ende des Tisches her mit ruhiger Stimme ein. »Ich gehe mit ihr und passe auf sie auf.«

Judith warf dem jungen Mann einen dankbaren Blick zu. »Ich weiß, dass sie bei dir in Sicherheit ist, William«, sagte sie leise. »Gott wird euch beide schützen.«

Solomon starrte seine Frau mit einer Mischung aus Erstaunen und Ungläubigkeit an. Erstaunen, weil sie Kates irrwitzige Entscheidung akzeptierte, und Ungläubigkeit, weil er sich nicht vorstellen konnte, wie Gottes Schutz allein eine Hochschwangere auf dem langen, gefährlichen Weg nach Westen zum Golf bewahren sollte. Dann sah er Willie an, in dessen Augen das Feuer des Fanatikers brannte. Oi, der Herr wählte sich seltsame Menschen zum Werkzeug!

15

Bald würde die Sonne über dem stillen Buschland der Ebene aufgehen. Eine gute Zeit zu sterben, dachte Luke Tracy, als er den Blick nach Osten wandte. Mit dem Rücken gegen einen Baum gelehnt, beendete er seinen letzten Eintrag in das ledergebundene Tagebuch, das Kate ihm geschenkt hatte. Damit hatte sie ihn ermutigen wollen, die vielen Dinge festzuhalten, die er über den australischen Busch wusste. Außerdem hoffte sie, er würde sein abenteuerliches Leben als Goldsucher auf zwei Kontinenten schildern und von seinen Abenteuern bei den Palisaden von Eureka berichten, wo er Seite an Seite mit ihrem Vater gekämpft hatte. Doch das Tagebuch war leer geblieben bis auf das, was er nun als letztes Kapitel seines Lebens geschrieben hatte.

Seine Worte waren schlicht und voller Liebe. Er bedauerte, dass er nie sein Kind in den Armen halten und nie durch den Busch seiner Wahlheimat streifen und seinem Sohn oder seiner Tochter die Wildnis zeigen würde. Aber ein Mann mit gelähmten Beinen wäre für eine Frau, die so aktiv und leidenschaftlich war wie Kate, nutzlos, dachte er mit der tiefen Traurigkeit der Verzweiflung.

Wenige Meter von der Stelle entfernt, wo er sich am Vortag in den Schatten des Baumes geschleppt hatte, lag sein totes Pferd. Aufgeschreckt von einem Wallaby, das direkt vor seinen Hufen aufgesprungen war, geriet das große Vollblut in Panik und stieg hoch. Pferd und Reiter stürzten schwer. Das Pferd schlug mit den Hufen um sich und wieherte erbärmlich.

Als Luke wieder zu sich kam, stellte er zu seinem Entsetzen fest, dass er sich bei dem Sturz das Rückgrat gebrochen hatte. Er konnte zwar seine Arme benutzen, aber unterhalb der Taille spürte er nichts mehr.

Es gelang ihm, sich zu seinem Pferd zu schleppen und es mit seinem Colt zu erschießen. Für das Tier war es ein schneller, sauberer Tod. Unter größten Schwierigkeiten löste Luke die Satteltaschen, indem er die Riemen zertrennte, und zog sie zu einem Bumbil-Baum. Er lehnte sich an den Stamm – und wartete.

Die einzige Frage war, wie der Tod kommen würde. Es war fast zwölf Stunden her, seit ihn das Pferd abgeworfen hatte. Die Chancen, dass ihn in dieser abgelegenen Gegend, in die ihn die Suche nach einer Goldader geführt hatte, jemand finden würde, waren gering. Alte Gewohnheit, dachte er wütend und frustriert, denn ihm war klar, dass er weit vom Weg nach Burketown abgekommen war.

Aber selbst wenn ein Reisender oder eine Gruppe Goldsucher auf ihn stieß, würden sie ihn nicht lebend finden, denn Luke Tracy hatte beschlossen, sich das Leben zu nehmen. Er wollte lieber sterben als sein Leben als halber Mann beschließen! Auf keinen Fall wollte er der Frau, die er mehr liebte als sein eigenes Leben, zur Last fallen. Besser man fand ihn tot, als dass er das Mitleid in Kates Augen sehen musste.

Wann sollte er den Abzug des Revolvers, der neben seiner Hand lag, betätigen? Beim nächsten Sonnenuntergang? Oder wenn sich die Dunkelheit sanft über die herbe Schönheit des endlosen Horizonts dieses alten Kontinents legte? Nein, Dunkelheit sollte nicht das Letzte sein, das seine Augen sahen. Er wollte den prächtigen Anblick des flammenden Orangerots des Sonnenaufgangs mit sich nehmen.

Die Tränen liefen ihm über das Gesicht, als er an Kate und das Kind, das sie trug, dachte. *Der Herr hat's gegeben, der Herr hat's genommen.* Kates Religion erlaubte nicht, dass man dem eigenen Leben selbst ein Ende setzte. Die »tödliche Sünde der Verzweiflung« hatte sie es einmal genannt. Aber Luke stand die Spiritualität der dunklen Menschen näher, die dieses alte Land einst durchstreift hatten. Vielleicht würde er im nächsten Leben ein Geist dieses Landes werden, ein Geist der Felsen, die das gelbe Metall enthielten, das sein Leben beherrscht hatte.

Er schloss das Tagebuch auf seinem Schoß und wickelte es sorgfältig in das Ersatzhemd, das Kate ihn mitzunehmen gedrängt hatte. Er ließ das Päckchen in eine der Satteltaschen gleiten und sicherte die Riemen. Auf keinen Fall sollten Aas fressende Tiere seine letzten Worte an seine Frau beschädigen. Eines Tages würde jemand seine Knochen finden. Mit ein wenig Glück waren die Taschen dann noch intakt, sodass Kate aus seinen schlichten, hingekritzelten Worten erfahren würde, wie sehr er sie geliebt hatte.

Die Sonne war nur als feuriger Rand durch eine Lücke zwischen den spärlichen Bäumen der Ebene zu erkennen, als Luke Tracy den Revolver hob.

»Auf Wiedersehen, meine liebste Kate. Ich werde dich auch in der nächsten Welt noch lieben«, flüsterte er leise.

Dann hallte das donnernde Echo des Schusses über die Ebene.

16

Zwei Wochen nach ihrer Abreise aus Townsville setzten bei Kate die Wehen ein. Willie, der vor dem Wagen ritt, hörte ihren Schmerzensschrei. Als er sich umwandte, hatte sie sich auf dem Bock zusammengekrümmt und hielt sich mit beiden Händen den geschwollenen Leib. »Jesus Christus«, fluchte er verzweifelt, während er an den Zügeln zerrte, um das Pferd zu wenden und zum Wagen zu reiten. Musste das ausgerechnet hier sein! Sie waren Meilen von der nächsten Siedlung entfernt.

»Hilf mir runter, Willie!«, keuchte Kate. Sie stöhnte auf, als eine neue Wehe ihren Körper packte. Die Fruchtblase war geplatzt, und sie wusste, dass ihre Zeit gekommen war.

Willie sprang vom Pferd, streckte die Arme aus und hob sie vom Wagen. Sie lehnte sich gegen das Wagenrad, wo sie den einzigen Schutz vor der Sonne fand und unter den Wellen des Schmerzes, die über ihren Körper hinwegrollten, keuchend sitzen blieb. »Was soll ich tun, Missus Tracy?«, fragte Willie verzweifelt, während er vor ihr in die Hocke ging. »Ich habe bis jetzt nur Kälbern auf die Welt geholfen.«

Sie schenkte ihm ein schwaches, aber dankbares Lächeln. Dann sah sie die Panik in seinem Gesicht. »Lass einfach der Natur ihren Lauf. Am besten schlägst du ein Lager für uns auf, damit hilfst du uns am meisten.«

»In Ordnung«, murmelte er, während er die Ebene mit den Augen nach Bäumen absuchte, die einen Bachlauf oder ein Wasserloch markieren mochten. Aber er fand keine charakteristischen Baumgruppen, nur einzelne, verkümmerte Exemplare, die in dem Meer trockenen Grases ums Überleben kämpften. Sie befanden sich mitten in jenem Land, das die unglückselige Expedition von Burke und Wills nahezu ein Vierteljahrhundert zuvor durchquert hatte und das schließlich das Leben der Entdecker gefordert hatte.

Kate zog die Knie an und griff unter ihren langen Rock, um die Baumwollunterhose auszuziehen. Ein Mann sollte bei so was nicht dabei sein, dachte Willie verlegen. Vielleicht sollte er zu der Siedlung Julia Creek reiten, möglicherweise gab es dort ja eine Hebamme.

»Hol mir das Wasser aus dem Wagen«, keuchte Kate schwach. »Ich bin furchtbar durstig.«

Willie wühlte unter den Vorräten, bis er eine große Wasserflasche fand. Er reichte sie ihr, und Kate trank in gierigen Schlucken. Die Hitze und die Anstrengung der Wehen hatten sie völlig ausgetrocknet.

»Ich reite vielleicht besser nach Julia Creek und hole einen Arzt oder eine Hebamme, Missus Tracy«, sagte Willie, als sie ihm die Flasche zurückgab. »Hier kann ich nicht viel tun, außer das Lager aufschlagen und es Ihnen bequem machen.«

»Wie weit ist es bis nach Julia Creek?«, fragte sie.

Willie kratzte sich am Kopf und sah nach Westen. »Nur ein paar Stunden, wenn man schnell reitet.« Das wusste er von seiner Fahrt mit Bens Kindern einige Wochen zuvor. Damals waren sie der gleichen Route gefolgt.

Kate wurde klar, dass sein Vorschlag eigentlich eine Bitte war. Er würde sie niemals im Stich lassen, aber da er ihr nicht helfen konnte, sah er nur eine Alternative. Sie dachte über sein Angebot nach und entschied, dass er Recht hatte. Vielleicht kam er rechtzeitig vor der Geburt mit einer Hebamme oder einem Arzt zurück. »Du kannst es versuchen«, sagte sie. Sein Gesicht verriet Erleichterung. »Aber hol mir ein paar Sachen aus dem Wagen, bevor du losreitest.«

Er brachte ihr die Gegenstände, um die sie gebeten hatte, und breitete sie in ihrer Reichweite aus: ein sauberes Männerhemd, das sie für den Fall mitgebracht hatte, dass sie Luke fanden, ein kleines Fläschchen mit Laudanum gegen die Schmerzen und die Wasserflaschen. Daneben legte er ein scharfes Messer und eine Spule Zwirn. Deren Bedeutung wurde ihm erst später klar: Sie bereitete sich darauf vor, allein zu entbinden.

Kate sah Willie nach, wie er davongaloppierte, bis sich sein verzerrtes Bild im Dunst in eine flimmernde Fata Morgana verwandelte und schließlich ganz verschwamm. In wenigen Stunden würde es dunkel werden, und sie betete, dass das Baby kam, während sie noch sehen konnte, was sie tat. Die Wehen ließen für einen Augenblick nach, sodass sie sich entspannen und in Ruhe die Lage einschätzen konnte. Sie wusste, dass sie den Kleinen nach der Geburt sauberhalten musste. Ihn! Wieso glaubte sie, dass es ein Junge war, wo sie das doch unmöglich wissen konnte? Weil Gott auf seine Weise gnädig war und ihr ein männliches Leben gab im Austausch für das, das er ihr genommen hatte?

Die Fliegen quälten sie, kitzelten sie mit ihren Füßen im Gesicht und summten dröhnend in ihren Ohren. Es war der einzige Laut in der unheimlichen Stille der Ebene – und praktisch die einzige Bewegung.

Aber sie war nicht allein! Als sie zum tiefblauen, wolkenlosen Himmel aufblickte, sah sie einen riesigen Vogel kreisen. Der majestätische Keilschwanzadler leistete ihr auf seiner Suche nach Aas oder Beutetieren in ihrer einsamen Welt Gesellschaft.

Der Adler am Himmel war nicht das einzige Lebewesen in ihrer Nähe. Kate sah die dunklen Gestalten nicht, die über die Ebene zogen: Ein Clan nomadisierender Aborigines folgte dem Flug des Adlers und näherte sich dabei dem Wagen.

Das Pferd, das an dem trockenen Gras gekaut hatte, hob den Kopf und starrte die Reihe langsam vorrückender, schimmernder Körper an. Es schnaubte, als eine sanfte Brise den fremden Geruch herübertrug. Kate bemerkte ihre Gegenwart erst, als das Gemurmel menschlicher Stimmen das Summen der Fliegen übertönte, die überall auf ihrem Körper herumkrabbelten.

Sie versuchte, sich umzuwenden und die Ebene mit den Blicken abzusuchen, aber die Anstrengung verursachte ihr

Schmerzen. Bei ihrem Stöhnen schienen die Stimmen zu verstummen. Sie schloss die Augen, um den Schmerz zu verdrängen. Als sie sie wieder öffnete, bot sich ihr ein völlig unerwarteter Anblick. Erschrocken rang sie nach Luft, denn über ihr stand ein großer, dünner Krieger, der mehrere Speere in der Hand hielt. Doch in seinem bärtigen Gesicht las sie nur Mitgefühl, keine Feindseligkeit, und so lächelte sie ihn an. Der Nomade erwiderte ihr Lächeln.

Er rief etwas über die Schulter, woraufhin eine Aborigine-Frau erschien, die sich neben Kate kniete und angesichts ihrer Pein mütterlich glucksende Laute von sich gab. Dann sprach der Krieger zu ihr – in einer Sprache, die sie verstand! »Bei Jingo, Missus, große Schmerz du, mein Wort. Große Vogel bringen Nachricht schwarze Mann.«

Die Bedeutung seiner Worte blieb Kate schleierhaft, aber sie war nun vollauf mit den stärker werdenden Kontraktionen beschäftigt. Die Wehen hatten voll eingesetzt, doch viele weibliche Hände standen ihr bei und halfen ihr, ihren Sohn zur Welt zu bringen.

Und so wurde in der flimmernden Hitze des Spätnachmittags Matthew Tracy geboren. An seinem von der Geburt noch nassen Körper klebten rote Erde, Gräser und Zweigstückchen, als Kates eingeborene Hebamme ihr das brüllende Baby an die Brust legte. Die Frau lächelte breit, sodass ihre weißen Zähne blitzten. Ein neues Leben war auf den unbarmherzigen, wüstenhaften Ebenen immer Anlass zur Freude.

Willie kehrte am selben Abend zurück. Erschöpft von dem scharfen Ritt brachte er die Frau eines Kneipenwirts und ihren Sohn mit, einen schlaksigen jungen Burschen, der ihre Kutsche fuhr.

In der Dunkelheit hatte Willie das winzige Lagerfeuer auf der Ebene gesehen, das sie zu Kate führte. Als er erkannte, dass sie ihren Säugling stillte, fiel er fast aus dem Sattel. Es schien ihr gut zu gehen, auch wenn ihre langen, dunklen Flechten strähnig herunterhingen.

An das große Wagenrad gelehnt, lächelte sie ihre Besucher

an. »Ich hatte Hilfe«, sagte sie heiser. Als sie auf Matthew Tracy herabblickte, wirkte sie nicht im Geringsten aufgeregt. »Aber meine Helfer sind wieder in den Busch zurückgekehrt.«

»Schwarze?«, fragte Willie ehrfürchtig. »Schwarze haben Ihnen geholfen?« Kate nickte. Da warf Matthew den Kopf zur Seite, um seiner Mutter mitzuteilen, dass er für den Augenblick genug hatte.

Die Frau des Kneipenwirts kniete sich neben Kate und bewunderte das Baby, das Willie hässlich und faltig vorkam. Nur eine Frau konnte ein Kind in diesem Stadium schön finden, dachte er kopfschüttelnd. Sein Lachen hallte über die Ebene, als er sich unter Freudenrufen mit seinem breitkrempigen Hut auf die Schenkel schlug. Kate ging es gut, und sie hatte endlich das Baby, nach dem sie sich so viele Jahre gesehnt hatte!

Die Besucher verbrachten die Nacht bei ihnen. Am Morgen kehrten sie nach Julia Creek zurück. Kate bedankte sich, aber die Frau zeigte sich peinlich berührt und wollte nichts davon wissen. Für sie war es kein Gefallen gewesen, sondern ein Dienst, der für jeden in der Gegend selbstverständlich gewesen wäre.

Willie spannte das Pferd vor den Wagen. Als er den Proviant prüfte, stellte er fest, dass Mehl, Zucker und Tee zum Großteil verschwunden waren. Kate erklärte ihm, dass sie den Aborigines zum Dank für ihre Freundlichkeit Lebensmittel geschenkt hatte. Als er diese Geste übertrieben nannte, sagte sie nur, für den Rückweg nach Townsville hätten sie genug.

Ihre Entscheidung überraschte den jungen Mann zwar, aber im Grunde fühlte er sich erleichtert. Sie musste an ihr Kind denken, und der lange Weg, der vor ihnen lag, wäre selbst für einen gesunden Mann anstrengend gewesen, ganz zu schweigen von einer Frau, die soeben entbunden hatte.

Aber Kate dachte nicht an Schonung, denn sie wusste, dass sie die Suche nach ihrem Ehemann ohne weiteres hätte fortsetzen können. Ihr war klar geworden, dass ihr Unterfangen vergeblich sein musste, denn ihr geliebter Mann war tot. In den frühen Morgenstunden war er zu ihr gekommen, während sie im ersterbenden Schein des verlöschenden Feuers schliefen. Er hatte auf der Ebene gestanden und sanft auf sie und ihr schlafendes Kind herabgelächelt. Im Geiste hörte sie seine sanfte Stimme, die ihr mit schleppendem amerikanischem Akzent riet, nach Townsville zurückzukehren. Ihre Suche war sinnlos, sagte er, denn er lag an einer einsamen Stelle, auf die man erst in vielen Jahren stoßen würde. Wenn man seine Knochen schließlich fand, würde man daneben auch die Worte seiner Liebe entdecken, die über die Jahre hinweg zu ihr sprechen würden.

Dann hatte er gelächelt und war über die Ebene auf den westlichen Horizont zugegangen. Er war fort, und nur die Erinnerung an ihn lebte in Kates Träumen weiter.

Kate war in den frühen Morgenstunden erwacht und hatte einen Meteoriten seine feurige Bahn über die Dunkelheit des westlichen Horizonts ziehen sehen. »Luke«, flüsterte sie. Tränen erstickten ihre Bitte an ihn, sie nicht allein zu lassen. Lange beobachtete sie den Nachthimmel, während lautlose Schluchzer ihren Körper schüttelten.

Unterdessen hatte Willie, der von dem langen, scharfen Ritt erschöpft war, ganz in ihrer Nähe, unter seiner Decke zusammengerollt, fest geschlafen. Als Matthew aufwachte und zu weinen begann, legte Kate sich den Kleinen sanft an die Brust. Sie schaukelte ihn, bis er aufhörte zu weinen, ohne dabei den wunderbaren Sternenhimmel über sich aus den Augen zu lassen. Im Geiste sprach sie mit Luke, bis sie müde wurde und sich von den Gestirnen wie ein sanfter Mantel ein Frieden auf sie senkte, der älter war als alles Wissen der Menschen.

Willie sattelte das Pferd und schwang sich hinauf. Sie waren aufgebrochen, um einen Toten zu suchen, und hatten stattdessen ein neues Leben gefunden, dachte er philosophisch. Jetzt war es Zeit, dass er Kate nach Hause brachte und sich auf die Suche nach seinem eigenen Leben begab.

Ohne Geld und Ausrüstung konnte er nicht nach Sydney. Er würde sich einem Viehtrieb nach Süden anschließen oder sich als Fahrer bei Cobb & Co. bewerben, deren Kutschen jetzt kreuz und quer in den Kolonien unterwegs waren. Und am Ende würde er den Mann stellen, der sein Vater war, und ihn töten.

Der Adler schwebte über der winzigen Staubfahne, die hinter dem Pferdewagen und dem einsamen Reiter aufstieg, als sie sich auf den Weg in die aufgehende Sonne machten. Unterdessen saß ein Nomadenstamm in einem Lager auf den nördlichen Ebenen des Golflandes und sprach über die Geburt des weißen Kindes, das dazu bestimmt war, mit den Adlern zu fliegen.

BLITZ UND DONNER

1885

17

Südlich der großen nubischen Wüste und nördlich der geheimnisvollen Berge Äthiopiens hatte sich ein Soldat zusammengerollt wie ein Fötus. Er lag auf einem Sandbett, und seine Erschöpfung war so groß, dass ihn weder die eisige Kälte der Nacht noch die Geräusche der rastenden Armee störten. Um ihn herum tauschten Männer flüsternd ihre Gedanken und Ängste mit Kameraden aus, die ebenfalls nicht schlafen konnten. Die Kamele, Maultiere und Pferde waren unruhig, als spürten sie die Aufregung, die wie elektrischer Strom durch das neu eingetroffene Kontingent von Freiwilligen aus der australischen Kolonie Neusüdwales lief.

Glücklicherweise übertönten diese Geräusche das leise, kindliche Wimmern, das Captain Patrick Duffy von sich gab. Sein Körper mochte unter dem wolkenlosen Zelt der funkelnden Sterne des Sudan schlafen, doch seine unterdrückten Ängste suchten ihn in der Nacht heim. Mit zuckenden Gliedern warf er sich in seinem unruhigen Schlaf herum. Im Augenblick war er weit entfernt von der harten Wirklichkeit, die ihn nach dem Aufwachen erwartete: glühend heiße Wüsten und ein plötzlicher, gewaltsamer Tod. Stattdessen fand er sich in einer von keltischen Nebeln verhüllten Welt, in der eine schöne rothaarige Göttin nackt auf einem Bett aus Wildblumen lag. Ihre Beine, die weiß schimmerten wie Elfenbein, hatte sie einladend gespreizt, und das Licht des vollen Mondes fiel auf die feuchte, geschwollene Rosenknospe ihrer Weiblichkeit. Zu ihren Füßen stand ein nackter Fremder, den sie mit süßen, kehligen Worten lockte ... *Ich bin Sheela-na-gig ... nimm mich und stille deine Lust ...*

Mit einem triumphierenden, boshaften Grinsen wandte sich der Fremde um. Brett Norris! Hilflos sah Patrick zu, wie sich Norris auf Catherine legte und mit seinem Gae Bulga in sie eindrang. Ein entrücktes, sinnliches Lächeln lag auf ihrem Gesicht, während sie vor Lust aufstöhnte. Ihre Beine schlangen sich um seinen Rücken, als sie seinen Samen in sich aufnahm, und Patrick musste ohnmächtig zusehen. Es war ein Schicksal, das er mehr fürchtete als den Tod – den Verlust seiner Göttin.

»Captain Duffy, wachen Sie auf, Sir.« *Sie war verschwunden …* »Alles okay, Sir?«, fragte eine besorgte Stimme. »Doch wohl nicht das Fieber?« Langsam öffnete Patrick die Augen und versuchte, sich zu orientieren. Private MacDonald beugte sich mit besorgter Miene über ihn.

»Danke, Private MacDonald«, murmelte er. »Nur ein schlechter Traum.«

»Na, dann ist's in Ordnung«, erwiderte der riesige Schotte mit dem Glasgower Akzent erleichtert. »Hier kann man wirklich Albträume kriegen.« Patrick setzte sich auf und rieb sich die Augen. Der massige Schotte drückte ihm einen Becher mit dampfendem Tee in die Hand. »Trinken Sie, Sir, das hilft, einen klaren Kopf zu bekommen.«

Dankbar seufzend nahm Patrick das heiße Getränk entgegen. »Wie spät ist es?«, fragte er, während er vorsichtig an dem stark gezuckerten Gebräu nippte.

»Ein Uhr, Sir. Der Brigademajor sagt, wir sollen uns für den Vormarsch Captain Thorncroft und den Tommy-Stängeln auf der linken Flanke anschließen.«

»Verdammt! Ich sollte mich gestern Abend um zehn beim Brigademajor melden.« Patrick war plötzlich hellwach. »Sie hätten mich wecken sollen.«

»Nur die Ruhe, Sir. Major Hughes hat gesagt, ich soll Sie schlafen lassen«, beruhigte ihn Private MacDonald. »Er hat gemeint, Sie hätten ein wenig Ruhe verdient.«

Private Angus MacDonald war Patrick als Offiziersbursche zugewiesen, solange er von seiner schottischen Brigade zu dem Kontingent aus Neusüdwales abgeordnet war. Vor zehn Tagen hatte der riesige Soldat bei Tofrick neben Patrick gekämpft, als die Derwische die Infanterie von Brigadegeneral Sir John McNeill an einem improvisierten Verteidigungsring überraschten. Tofrick lag ganz in der Nähe des quirligen Hafenstädtchens Suakin am Roten Meer, und die Attacke der wilden Wüstenkrieger hatte unter den Verteidigern zahlreiche Opfer gefordert. Erst nach erbitterten Kämpfen mit Bajonett, Gewehrkolben und Kugel konnte der Angriff zurückgeschlagen werden. Dabei war Patrick von einer Kugel niedergestreckt worden, die seinen linken Oberarmmuskel glatt durchschlagen hatte.

Als er getroffen wurde, war er gerade in ein Handgemenge mit zwei Eingeborenen in weißen Gewändern verwickelt gewesen, die mit Speer und Schild bewaffnet waren. Sein Revolver hatte Ladehemmung gehabt, und er erinnerte sich noch lebhaft an den zum tödlichen Stoß erhobenen Speer über sich. Das Kriegsgeschrei des rasenden Schotten hatte in diesem Moment wie Musik in seinen Ohren geklungen. Blut spritzte über ihn, als der Gewehrkolben, den MacDonald wie eine Keule schwang, den Schädel des Derwischs mit einem Schlag zerschmetterte. Von jenem Augenblick an hatte der große Schotte eine besondere Beziehung zu dem jungen Captain entwickelt, den er wegen seiner natürlichen Begabung als Kämpfer schon immer respektiert hatte. Jeder Soldat verstand eine solche Bindung, unabhängig von seinem Rang. Der Captain trug zwar einen irischen Namen, aber es hieß, er sei Halbschotte. Dadurch wurde er dem abgebrühten Glasgower noch sympathischer.

Und jetzt kehrten sie also an den Ort der blutigen Schlacht zurück. Patrick hatte für seine Abordnung zu den *Tommy Cornstalks* Private MacDonald als Burschen angefordert. Ihren Spitznamen – »Maisstängel« – verdankten seine australischen Landsleute der Tatsache, dass sie deutlich größer und schlaksiger als ihre britischen Cousins waren. Für die Tommy-Stängel war es der erste Einsatz als offizielles Kontingent an der Seite von Truppen aus Großbritannien und dem britischen Empire. Zwar hatte nur die Provinz Neusüdwales kleine Infanterie- und Artillerieeinheiten entsandt, aber diese waren sich vollauf bewusst, dass sie ganz Australien vertraten.

In den frühen Morgenstunden erwachte das Biwak zum Leben. Bald würden die Männer aus Neusüdwales Gelegenheit erhalten, ihren erfahrenen britischen Cousins zu zeigen, aus welchem Holz sie geschnitzt waren.

Patrick erhob sich und bürstete den Staub von seiner Uniform. Anders als bei Tel-el-Kibir trug er keinen Kilt. Die britische Armee hatte endlich die Vorteile von Tarnkleidung erkannt, und die kakifarbene Uniform, die die Männer nun im Feld anhatten, verschmolz mit der trockenen Felslandschaft des Sudan. Das australische Kontingent war zwar in roten Jacken und blauen Hosen an Land gegangen, hatte jedoch die Galauniformen bald gegen das Kaki der Wüste eingetauscht. Mit Tee, Kaffee und Tabaksaft hatte man die weißen Gürtel, Riemen und Tropenhelme gefärbt, sodass die Männer kaum noch von der riesigen Armee aus allen Teilen des Empire zu unterscheiden waren.

Patrick rückte die Riemen und Taschen seiner Marschausrüstung zurecht und nahm den Revolver aus dem mit einer Klappe versehenen Holster. Rasch säuberte er den Mechanismus der Waffe, um den Sand zu entfernen. Dann lud er jede Kammer sorgfältig neu. »Schlage zu, MacDuff!«, sagte er schließlich zu Private MacDonald, der in der Dunkelheit das Gesicht verzog.

»Mac*Donald* ist mein Name, Sir!«

Grinsend schüttelte Patrick den Kopf. Mit Shakespeare war der große Schotte offenbar nicht vertraut. Aber das brauchte er auch nicht zu sein; hier im Sudan konnte er in der Hitze der Schlacht mit seinen kräftigen Armen und den Kriegsrufen des MacDonald-Clans weit größeren Eindruck schinden.

Die beiden Soldaten hatten keine Mühe, die linke Flanke der in der Wüste kampierenden, zehntausend Mann starken Armee zu erreichen. Beide waren von früheren Feldzügen her mit Biwak-Camps vertraut, und so fanden sie instinktiv ihren Weg durch das Gewimmel von Kamelen, Maultieren und Pferden, die von einem kleinen Heer von Zivilisten betreut wurden. Sir Gerald Graham hatte seine Armee in einem riesigen Rechteck mit einer Seitenlänge von zweihundert mal fünfhundert Metern aufgestellt, eine Formation, die sich bei Waterloo gegen die eindrucksvolle Übermacht der Napoleonischen Kavallerie durchgesetzt hatte.

Innerhalb des menschlichen Walls von mit Bajonett und Gewehr bewaffneten Soldaten kümmerten sich die dem Heer folgenden Zivilisten um Wasser, Proviant und die gesamte Ausrüstung einer viktorianischen Expeditionsarmee: das persönliche Essgeschirr der Offiziere, Planwagen mit dem charakteristischen roten Kreuz der Krankentransporte, Futter für die Packtiere, Sanitätsartikel und die vom Quartiermeister sorgsam gehüteten Ausrüstungsgegenstände, die für nachlässige Soldaten in Reserve gehalten wurden.

Als Patrick auf die Männer aus Neusüdwales stieß, tranken sie gerade den zu ihrer Ration gehörenden Kaffee. Selbst in der Dunkelheit waren sie kaum zu verfehlen; er musste nur dem charakteristischen Akzent folgen, der sich bei reichlich Brot und Hammelfleisch unter der Sonne seiner Heimat entwickelt hatte. Es kam ihm merkwürdig vor, die schleppende Sprechweise in der sudanesischen Nacht zu hören. Zarte Erinnerungen an seine Kindheit stiegen in ihm auf und weckten sein Heimweh nach den milden, sonnigen Wintern Sydneys, ja sogar nach dem süßen, durchdringenden Geruch des Eukalyptus, der in den langen, trockenen Sommern in Flammen aufging, wenn um Sydney herum die Buschfeuer tobten. Allzu lange hatte er unter Engländern im Schnee und Matsch der endlosen nördlichen Winter gelebt. Zu lange war er den Bildern, Geräuschen und Gerüchen seines Geburtslandes fern geblieben. Noch nicht einmal die magischen keltischen Nebel konnten ihm ersetzen, was er jenseits des Indischen Ozeans in einem fernen Land erlebt hatte, das gleichzeitig neu und sehr alt war.

»Ich suche Captain Thorncroft«, sagte Patrick zu einem Soldaten, dessen Silhouette sich vor dem Sternenhimmel abzeichnete.

»Der ist wahrscheinlich bei Lieutenant Parkinson. Da drüben, Kumpel«, erwiderte der Australier fröhlich, wobei er auf eine Gruppe Männer deutete, die in der Nähe in ein Gespräch vertieft waren.

»Du sprichst mit einem Offizier«, schimpfte Private MacDonald, der hinter Patrick stand. Die Flegelei der Kolonialtruppen wollte er gar nicht erst einreißen lassen.

»Tut mir Leid, Kumpel ... ich meine, Sir«, sagte der Australier, den es offenbar nicht weiter belastete, dass er Patricks Rang nicht erkannt hatte. Patrick grinste nur über diese Frechheit. Es war eine erfrischende Abwechslung, wenn ein Soldat nicht sofort zackig grüßte.

Als Patrick und Private MacDonald außer Hörweite waren, wandte sich der australische Soldat wieder seinem Kameraden zu, mit dem er sich darüber unterhalten hatte, wie die Chancen standen, dass es innerhalb der nächsten vierundzwanzig Stunden zu einer Auseinandersetzung mit den Truppen des Derwisch-Führers Osman Digna kam. Digna war ein Verbündeter des charismatischen Mahdi, der die Eingeborenen in den heiligen Krieg gegen die Briten geführt hatte. Vor mehreren Monaten hatten die Derwische Khartum gebrandschatzt, wobei der »Chinesen«-General Gordon ums Leben gekommen war.

Was ursprünglich als Entsatz für Gordon geplant gewesen war, hatte sich zu einer Strafexpedition der Briten entwickelt. Gordon hatte nie die Gunst von Premierminister Gladstone genossen, aber die britische Öffentlichkeit war von der Presse so aufgehetzt worden, dass sich Gladstone gezwungen sah, eine Streitmacht zur Unterstützung des Mannes zu entsenden, der in den Augen des Volkes geradezu als Heiliger galt. Gordon Pascha durfte auf keinen Fall bei seinem Kampf gegen die Ungläubigen im Stich gelassen werden. Für die britische Öffentlichkeit befand sich die in den zu Ägypten gehörenden Sudan entsandte Streitmacht auf einem modernen Kreuzzug zur Verteidigung der Tugenden des viktorianischen England.

Aber den beiden Koloniesoldaten, die in der Dunkelheit Kaffee tranken und sich unterhielten, bedeutete die moralische Empörung von Zivilisten, die wohlbehütet in Großbritannien saßen, wenig. Schließlich mussten diese nicht in die Schlacht ziehen und ihr Leben riskieren. Bei ihrem gedämpften Gespräch ging es um den nächsten Tag und nicht um die Werte eines heiligen Kreuzzugs. Für sie zählten praktische Aspekte, wie die Frage, wann sie zum nächsten Mal etwas zu essen bekommen, wie weit sie unter der glühenden Sonne marschieren und wie sich ihre Gewehre gegen die Waffen der Mahdi-Krieger behaupten würden.

Der zweite Mann, der nichts gesagt hatte, als Patrick in der Nähe war, stand MacDonald an Größe und Kraft in nichts nach. Er war nicht mehr jung und gehörte dem australischen Kontingent nur aufgrund seiner Kontakte zu dem großspurigen katholischen Politiker William Dalley aus Sydney an. Beziehungen dieser Art waren für einen einfachen irischen Streifenbeamten nicht ungewöhnlich, denn ein solcher Mann hörte und sah manchmal Dinge, von denen gesetzestreue Bürger nichts ahnten. So kam man zu unfreiwilligen, hoch gestellten »Freunden« und verschaffte sich Zugang zum Ohr des Premierministers. Constable Farrells intime Kenntnisse vom Kommen und Gehen dieser Herren in den Häusern der fleischlichen Lust hatten ihm aus einer heiklen Affäre geholfen, bei der es um gestohlenen Branntwein ging. Eine Expedition nach Übersee kam da gerade zum richtigen Zeitpunkt und schützte ihn vor den peinlichen Fragen, die man ihm in Sydney hätte stellen können. Nun war er Private Farrell. Aber der englische Offizier, der sie angesprochen hatte, hatte ein merkwürdiges Gefühl in ihm wachgerufen. Es kam ihm beinahe so vor, als wäre er dem Mann schon einmal begegnet – oder jemandem, der ihm stark ähnelte.

Während er seinem Kameraden zuhörte, starrte er angestrengt zu dem Offizier hin, dessen Silhouette sich vor dem nächtlichen Himmel abzeichnete. Verwirrt fragte er sich, warum ihn der englische Offizier, den er in der Dunkelheit gar nicht richtig gesehen hatte, an jemanden aus seiner trüben Vergangenheit erinnern sollte.

»Was meinst du dazu, Frank?«, fragte der andere.

Francis Farrell drehte sich um und starrte seinen Kameraden an. »Wozu?« Sein Bewusstsein befand sich noch halb in den Straßen Sydneys. »Ich hab nicht zugehört.«

»Schon klar, du hast ja den Offizier nicht aus den Augen gelassen.«

»Irgendwie hab ich das Gefühl, ihn schon mal getroffen zu haben«, erwiderte Farrell, während er den letzten Schluck Kaffee hinunterkippte. »Aber wahrscheinlich ist das nicht.« Seine Stimme schien aus weiter Ferne zu kommen. »Vielleicht erinnert er mich nur an jemanden, den ich vor langer Zeit mal getroffen habe.«

Vor langer Zeit … Irgendwie schien die vage Erinnerung mit einer vor langer Zeit begangenen Gewalttat zu tun zu haben, einem Verbrechen, das nie gesühnt worden war.

»Sie sind spät dran, Captain Duffy«, tadelte Thorncroft schulmeisterlich. »Colonel Richardson hat sich bereits der rechten Flanke angeschlossen.«

Fast hätte sich Patrick für sein angeblich verspätetes Eintreffen bei der linken Flanke entschuldigt, doch er rief sich selbst zur Ordnung. Er kam absolut rechtzeitig. Der Weckruf war für ein Uhr angesetzt gewesen, und der Brigademajor hatte ihn angewiesen, sich um diese Zeit den Kolonialtruppen anzuschließen. »Ich werde mich bei Sonnenaufgang mit Colonel Richardson treffen, Captain Thorncroft«, erwiderte er gelassen, ohne auf die Arroganz seines Offizierskollegen einzugehen. »Mein Brigademajor hat mir diesbezüglich genaue Anweisungen gegeben.«

»Nun, Sie hätten unserem befehlshabenden Offizier die Höflichkeit erweisen können, ihn heute Nacht aufzusuchen, statt bis zum Morgen zu warten«, mäkelte Captain Arthur Thorncroft.

Da hielt es Private MacDonald nicht länger, er musste seinen Vorgesetzten verteidigen. Sein mit ruhiger Stimme vorgetragener Einwand verstieß gegen jegliches militärische Protokoll und kam für beide Offiziere überraschend. »Entschuldigen Sie, Sir, aber Captain Duffy ist vor ein paar Tagen bei McNeill's

Zareba verwundet worden und hat seitdem nicht viel geschlafen. Daher habe ich mir gedacht, er braucht Ruhe, und der Brigademajor fand das auch.«

Thorncroft war kein kleiner Mann, aber gegenüber dem riesigen Schotten kam er sich vor wie ein Zwerg. Die Erwähnung der Verwundung, die sich Patrick bei den schweren Gefechten von Tofrick – das auf den Militärkarten nun als »McNeill's Zareba« erschien – zugezogen hatte, sollte dem aufgeblasenen Kolonialoffizier in Erinnerung rufen, dass er selbst sich erst noch im Feld bewähren musste. Captain Thorncroft verstand den Wink; während seiner Laufbahn als Offizier der Kolonialmiliz von Neusüdwales war er bis jetzt nie in Kampfhandlungen verwickelt gewesen.

»Danke, Private MacDonald«, sagte Patrick erfreut angesichts der unerschütterlichen Treue seines Burschen. »Captain Thorncroft hat sicherlich Verständnis für die Situation. Warum schauen Sie nicht, ob Ihre Brüder aus den Kolonien eine Tasse Kaffee für Sie haben, bevor wir aufbrechen? Das schlagen die Ihnen bestimmt nicht ab.«

»Sir!«

MacDonald verschwand mit schwerem Schritt in der Nacht und machte sich auf die Suche nach der Ausgabestelle für Kaffee. Ihm war klar, dass Captain Duffy unter vier Augen mit diesem Emporkömmling von Kolonialoffizier reden wollte. Vielleicht bringt er dem armseligen Würstchen mit den Fäusten bessere Manieren bei, dachte er grinsend.

Als er verschwunden war, wandte sich Patrick seinem Mitoffizier zu. »Wir scheinen einen schlechten Start gehabt zu haben, Captain Thorncroft. Da wir zusammenarbeiten müssen, entschuldige ich mich hiermit für das verpasste Treffen mit Colonel Richardson. Wenn ich mich recht erinnere, hat er der britischen Armee hervorragende Dienste erwiesen.«

Trotz seiner Empörung fühlte sich Thorncroft durch den Charme des Verbindungsoffiziers, den ihm das Brigadehauptquartier geschickt hatte, entwaffnet. Das sollte nicht heißen, dass er den Mann mochte, aber seine liebenswürdige Entschuldigung musste er annehmen.

»Schon gut, alter Junge«, sagte er daher. »Die Entschuldigung ist akzeptiert. Das mit Ihrer Verwundung tut mir Leid. Wo haben die Sie denn erwischt?«

»Am Arm, ein sauberer Durchschuss. Kein ernsthafter Schaden«, erwiderte Patrick, obwohl der Arm immer noch schmerzte. Die Kugel des Derwischs hatte das Fleisch aufgerissen, ohne vollständig einzudringen, und er hatte sorgfältig darauf geachtet, die Wunde sauber zu halten. Im Sudan holte man sich leicht eine Infektion. Die Wundheilung war zufrieden stellend, aber ihm würde vermutlich für den Rest seines Lebens eine hässliche Narbe bleiben.

Er hatte sich mit einem Captain im Feldlazarett herumstreiten müssen, der ihm nicht erlauben wollte, dass er sich nach der Behandlung sofort wieder seinen Männern anschloss. Daraufhin hatte sich der Brigademajor eingeschaltet, ihn ins Hauptquartier versetzt und dann als Verbindungsoffizier zu dem neu eingetroffenen australischen Kontingent abgestellt. Das hatte er damit begründet, dass Patricks Afrika-Erfahrung für die Kolonialtruppen von unschätzbarem Wert sei. Major John Hughes war bei Tel-el-Kibir Captain gewesen, als Patrick Lieutenant war, und die beiden Männer waren gute Freunde geworden.

Patrick war klar, dass sein Freund versuchte, ihn vom Kampfgetümmel fern zu halten, zumindest bis sein Arm geheilt war. Als Verbindungsoffizier würde er sich in der Nähe des Stabs von Colonel Richardson aufhalten müssen, statt wie sonst seine Männer an die Front zu führen.

»Wenn alles nach Plan verläuft, wird es demnächst zur Schlacht gegen die Derwische kommen«, verkündete Thorncroft begeistert. »Ich freue mich schon auf den Kampf.«

Patrick äußerte sich nicht dazu, sondern starrte weiter auf den Horizont. Der Trottel würde seine Meinung schnell ändern, wenn er einmal in die dunklen Augen eines mordlustigen Derwischs geblickt hatte.

»Irgendeinen Tipp, bevor wir die Männer des Mahdi angreifen, alter Junge?«, fragte Thorncroft.

»Suchen Sie sich den größten Schotten, den Sie finden können, und bleiben Sie in seiner Nähe, wenn es losgeht. Ach ja, und achten Sie darauf, dass Ihr Revolver nicht mit Sand in Berührung kommt. Viel mehr kann ich Ihnen im Moment nicht raten.«

Stunden später kam sich Patrick ohne die Kameraden von seinem Regiment ziemlich verloren vor. Stattdessen marschierte er neben den eifrigen, aber unerfahrenen Soldaten seines Geburtslandes durch die stille, eisige Nacht der sudanesischen Wüste.

Neben ihm ging der große Schotte und summte sentimentale Balladen aus seiner Heimat vor sich hin. Bis auf das Klirren von Metall an der Ausrüstung der Soldaten und das gelegentliche protestierende Wiehern eines Armee-Maultiers war auf dem schweigenden Marsch nach Süden nicht viel zu hören. Sie wateten gleichsam durch den Sand, wobei ihre Stiefel ein unheimliches Geräusch erzeugten.

Da er keine Truppen kommandierte, bot sich Patrick wenigstens die Gelegenheit, an etwas anderes zu denken als an Männer, deren Wohlergehen von seinen Entscheidungen abhing. Immer wieder kehrten seine Gedanken zu dem Traum zurück, der ihn vor wenigen Stunden heimgesucht hatte. Warum hatte Catherine auf keinen seiner zahlreichen Briefe geantwortet? War Brett Norris' Aufmerksamkeit mehr nach ihrem Geschmack? Er seufzte. Fast neun Monate und nicht ein einziges Wort von ihr. Nichts! Instinktiv klopfte er auf den Munitionsbeutel, der an dem Gürtel an seiner Taille hing und Sheela-na-gig beherbergte. Sie hatte ihn geschützt, wie Catherine es versprochen hatte.

Die kleine Steingöttin lag unter der Reservemunition für seinen Revolver unten im Beutel. Er lächelte, als er sich vorstellte, was geschehen würde, falls er im Kampf fiel und ein Soldat seine Taschen durchsuchte. Was würde dieser denken, wenn er unter den Besitztümern eines Offiziers das bizarre Götterbild fand?

In der Ferne heulte ein wildes Tier. Stammte das durchdringende Jaulen von einem Schakal? Einer Hyäne? Patrick hatte keine Ahnung, aber der einsame Schrei ließ Private MacDonald für einen Augenblick innehalten, bevor er weitersummte.

Wenn er noch drei Monate nichts von Catherine hörte, wäre Patrick ein volles Jahr lang ohne Nachricht von ihr. Seine einsamen, bitteren Gedanken waren dieselben, die seit tausenden von Jahren Soldaten plagten. Daran würde sich auch nichts ändern, solange Männer in den Kampf zogen und andere Männer zu Hause bei den Frauen blieben. Das war das Grausame an den weiblichen Bedürfnissen. Im Gegensatz zu vielen seiner Mitoffiziere glaubte er nicht, dass Frauen keine fleischliche Lust empfanden. Seine Meinung basierte auf seinen persönlichen Erfahrungen in den Armen einer hübschen jungen Näherin, die er während seiner kurzen Studentenzeit in Oxford kennen gelernt hatte. Sie hatte ihn verführt, und die hemmungslose Lust, die sie in seinen Armen erlebte, hatte alles widerlegt, was er je darüber gehört hatte, dass Frauen beim sexuellen Akt angeblich kein Vergnügen empfanden. Großer Gott, wie schön waren diese Augenblicke in ihrem winzigen, feuchten Zimmer über der Werkstatt ihres Vaters gewesen! Sechzehn war Cristobel gewesen. Sie hatte ihn und das Leben leidenschaftlich geliebt und war doch früh an einem Blinddarmdurchbruch gestorben, als er bei seinem Regiment in Schottland weilte.

Am frühen Morgenhimmel zog ein Meteorit einen Schweif winziger Fragmente hinter sich her. Die Erscheinung wurde von den Männern mit bewunderndem Gemurmel quittiert. »In Tel-el-Kibir gab es einen Kometen«, sagte Patrick leise, und Private MacDonald hörte auf zu summen. »Damals hielten wir das für ein schlechtes Omen. Wahrscheinlich war es das auch für die armen Teufel, die an jenem Tag ums Leben kamen.«

»Ja, Sir, das war es wohl«, erwiderte Private MacDonald pflichtgemäß.

»Haben Sie Familie, Private MacDonald?«

Der große Schotte senkte den Kopf. »Ich weiß nicht so recht, Sir. Vor zwei Jahren hat mich ein hübsches Mädel am Hafen verabschiedet. Sie hat mir versprochen, auf mich zu warten, aber seitdem habe ich kein Wort von ihr gehört.«

»Dann geht es Ihnen genau wie mir, Angus«, erwiderte Patrick, dem es ganz natürlich vorkam, den Soldaten mit dem Vornamen anzusprechen. Es war einer der seltenen Momente, in denen trotz der strengen Disziplin der Armee die militärischen Schranken zwischen Vorgesetztem und Untergebenem ihre Bedeutung verloren. Im Augenblick waren sie nur zwei junge Männer, die weit entfernt von zu Hause durch die Dunkelheit der frühen Morgenstunden marschierten.

»Wartet denn auf Sie ein Mädchen, Captain Duffy?«, fragte der Schotte, der spürte, dass sein Offizier reden wollte, mitfühlend.

»Das dachte ich zumindest.« Patrick seufzte betrübt.

Dann versanken beide Männer erneut in Schweigen, während sich die Hauptmacht der britischen Armee dem Ort ihrer letzten blutigen Schlacht gegen die Derwische näherte.

»Gütiger Gott!«, keuchte Captain Thorncroft, als ihm der Gestank in die Nase stieg.

Die glühende Sonne hatte die verrottenden Kadaver von Mensch und Tier, die seit fast zwei Wochen in der Wüste lagen, geradezu gekocht. Geier, die sich an dem faulenden Fleisch von Briten, Derwischen und Packkamelen voll gefressen hatten, hüpften schwerfällig davon und erhoben sich in den azurblauen Himmel, wo sie ihre Kreise zogen.

Einige der Vögel ignorierten die Soldaten, die am Schauplatz der verzweifelten Kämpfe erschienen, und rissen weiterhin Fleisch und Eingeweide aus den Körpern. Die Leichen waren schwarz verfärbt, aber nicht aufgetrieben, da die grausamen Schnäbel Löcher geschlagen hatten, aus denen die blähenden Gase entweichen konnten.

Patrick, der neben dem Kolonialoffizier stand, empfand keinerlei Befriedigung angesichts des offenkundigen Unbehagens, das diesem Anblick und Gestank des Schlachtfelds bereiteten. Ihm fiel es selbst schwer, den Tee bei sich zu behalten, den er vor Stunden zu sich genommen hatte. Benommene Soldaten wanderten zwischen den Toten umher, deren hastig begrabene Körper von Tieren und dem wandernden Sand freigelegt worden waren. Andere hielten sich abseits und würgten Büchsenfleisch und Brot hinunter, die sie zum Frühstück erhalten hatten.

Angus MacDonald war froh, dass die Körper der britischen Soldaten nicht mehr zu erkennen waren. Dafür hatten die Verwüstungen gesorgt, die Zersetzung und Aas fressende Tiere angerichtet hatten. Auf keinen Fall wollte er einen Freund, mit dem er gelacht, getrunken und herumgehurt hatte, in diesem Zustand wiedersehen.

Ein Mann jedoch reagierte nicht wie die meisten seiner Kameraden auf den grauenhaften Anblick. Als Polizist in den ärmsten Vierteln Sydneys hatte er viele Jahre lang den Tod in seinen schrecklichsten Formen gesehen. Im Laufe der Zeit hatte er eine Art Schutzschild entwickelt, der ihn gegenüber dem Ende des menschlichen Lebens immun gemacht hatte.

Während er das fettige Fleisch aus der Büchse löffelte, ließ Private Francis Farrell den großen, breitschultrigen jungen britischen Offizier bei Captain Thorncroft nicht aus den Augen. Patrick hatte sich mittlerweile von Thorncroft gelöst und starrte allein über das Schlachtfeld in Richtung der fernen Ruinen des Dorfes Tamai, das die Briten ein Jahr zuvor nach einer großen Schlacht gegen die Derwische dem Erdboden gleichgemacht hatten. In der Nähe des zerstörten ägyptischen Dorfes sollte die vorrückende Streitmacht auf die Männer des Mahdi treffen und eine weitere große Schlacht schlagen.

Der frühere Polizist aus Sydney wischte sich das von seinem Löffel triefende Fett aus dem sauber gestutzten Schnurrbart. Jetzt, wo er ihn im hellen Morgenlicht sah, wusste er, an wen ihn der Mann erinnerte.

Mit einem Stück Brot und einem Becher Wasser in der Hand ging Private Angus MacDonald auf den Captain zu. »Hey, Jock!«, rief Farrell leise, als er an ihm vorüberkam.

Angus wandte sich um und starrte den Mann an, der fast so groß war wie er selbst. Der irische Akzent war unverkennbar. »Was gibt's, Paddy?«

»Dein Chef da, wie heißt der?«

»Und warum willst du das wissen, Mann?«

»Weil ich eine höfliche Frage stelle, Junge. Und weil meine verehrten Vorfahren bei Culloden für Bonnie Prince Charlie gekämpft haben. Ist das Grund genug für einen Haggis mampfenden Schotten?«

Als ihn der andere mit »Jock«, dem Spitznamen der Schotten, angeredet hatte, hatte Angus erst wütend werden wollen, aber nun musste er lächeln. Seine Vorfahren hatten in jener entsetzlichen Schlacht ebenfalls auf der Seite der Jakobiner gegen die britischen Rotröcke und ihre Hilfstruppen aus dem schottischen Tiefland gekämpft. »Gott segne deine ehrenwerte Großmutter für die Dienste, die sie unseren braven Jungs bei Culloden erwiesen hat, Paddy«, erwiderte er mit anzüglichem Grinsen.

Aber Francis Farrell ließ sich von keinem großen Schotten mit behaarten Beinen übertrumpfen. »Meine ehrenwerte Großmutter«, erwiderte er mit einem Funkeln in den Augen, »hat mich immer auf den Knien gewiegt und gesagt: ›Francis, mein Junge, die Hochländer haben bei Culloden nur gegen die verdammten Briten verloren, weil sie keine Kraft mehr hatten, als ich mit ihnen fertig war.‹«

Angus kicherte. »Captain Duffy heißt dein Mann, Paddy«, gab er grinsend zurück. »Hab gehört, er ist in Sydney geboren.«

Patrick Duffy! Keine Wunder, dass ihm die Ähnlichkeit aufgefallen war. Wie oft hatte er mit dem großen Deutschen Max Braun in Frank Duffys Gasthaus Erin getrunken und den kleinen Patrick auf seinen Knien geschaukelt! Verblüfft schüttelte Frank Farrell den Kopf. »Der junge Patrick Duffy in der Uniform der Briten«, grummelte er vor sich hin, während er immerfort den Kopf schüttelte. »Wer hätte sich das träumen lassen? Und was würde der große Michael wohl dazu sagen, dass sein Sohn ein verdammter britischer Offizier ist!«

Angus hörte nicht, was der Ire murmelte, und er wollte seinem Captain endlich das Frühstück bringen. Der Kerl sah aus, als hätte er zu viel Sonne abgekommen. »Wir sehen uns, Paddy«, sagte er mit einem Kopfnicken. »Vielleicht trinken wir mal einen zusammen. Zieh deinen irischen Sturschädel ein, wenn der Kampf morgen beginnt.«

»Und du pass auf deinen Chef auf, Jock«, erwiderte Francis, als er sich einigermaßen von seiner Verblüffung erholt hatte. »Ich kenne seinen Vater von früher, und einen besseren Mann gibt es nicht«, setzte er hinzu, als der Schotte gegangen war.

Patrick Duffy! Ganz sein Vater, als er in dem Alter war, dachte Farrell, während er dem Schotten auf seinem Weg zu Patrick nachsah. Ob der junge Patrick seinem legendären Vater auf seinen Reisen wohl begegnet war?

Über zehn Jahre waren vergangen, seit der frühere Polizist Patrick zum letzten Mal gesehen hatte. Wenn er sich recht erinnerte, hatte seine Großmutter mütterlicherseits, Lady Enid Macintosh, den Jungen nach England mitgenommen, damit er dort zur Schule ging. Irgendwie hatte das mit seinem Erbe zu tun. Der alte Frank Duffy war verschlossen wie eine Auster gewesen, was die Vereinbarung anging, die sein Sohn Daniel Duffy arrangiert hatte. Daniel selbst hatte als guter Anwalt ebenfalls wenig über das Geheimnis verlauten lassen, das Patrick und dessen Verbindung zu den reichen, mächtigen Macintoshs umgab. Na, er würde sich schon mit dem jungen Patrick unterhalten, wenn sich die Gelegenheit ergab. Farrell warf die leere Dose beiseite und wischte die Hände an den Seiten seiner Hose ab. Im Moment allerdings hätte er alles für einen kühlen Trunk im Erin gegeben.

Dann erging der Befehl, anzutreten, um den Vormarsch über den flimmernden heißen Sand fortzusetzen. Für die Soldaten kam die Order gerade zur rechten Zeit.

Patrick durchquerte das vorrückende Rechteck, um sich Colonel Richardson vorzustellen. Die Sonne stand nahezu senkrecht über ihnen, sodass Männer und Tiere kaum Schatten warfen. Der Gewaltmarsch würde eine Tortur werden, und er fragte sich, wie es den Freiwilligen aus den Kolonien unter diesen Bedingungen ergehen würde.

Doch als die Armee in der folgenden Nacht Rast machte, konnte Captain Duffy stolz sein auf die Zähigkeit der Männer aus seinem Geburtsland. Nur drei von ihnen waren bewusstlos zusammengebrochen – und auch die hatten bis zum späten Nachmittag durchgehalten.

18

Die von den Hufen der Pferde aufgewirbelten Staubwölkchen vereinigten sich zu einer großen roten Säule, die wie eine Fahne hinter der etwa dreißig Mann starken Kolonne herwehte. Sie galoppierten über eine karge Buschlandebene, auf der sich immer wieder kniehohe Termitenhügel erhoben. Unterinspektor Gordon James und seine Leute folgten einem Führer, den ihnen Sergeant Rossi geschickt hatte. Rossi und seine Patrouille operierten im Bereich der fernen Godkin-Berge.

Der Führer sollte Gordons Trupp zu dem Bach führen, an dem sich Sergeant Rossi gegenwärtig aufhielt. Seit vier Monaten suchten sie nun die Ebenen nördlich von Cloncurry nach den Kalkadoon ab, aber es war das erste Mal, dass der italienische Sergeant Grund gehabt hatte, seinen vorgesetzten Offizier zu sich zu rufen.

Als sie schließlich die Baumlinie erreichten, die den gewundenen Wasserlauf markierte, zügelte Gordon sein Pferd und sprang aus dem Sattel. Er ging auf den Sergeant zu, der mit einer kleinen Gruppe auf die nackten Leichen dreier Weißer starrte. Die Körper waren aufgedunsen und schwarz verfärbt. Aus den Verstümmelungen, die man ihnen zugefügt hatte, war klar, dass die drei Männer eines gewaltsamen Todes gestorben waren.

»Kalks«, grunzte Commanche Jack, als sich Gordon dem Halbkreis aus Polizisten und Grenzern anschloss, die auf die Toten starrten. Die Toten lagen auf dem Rücken am Ufer des Wasserlaufs, der an dieser Stelle ein tiefes, felsiges Loch bildete, in dem sich das schmutzig grüne Wasser gesammelt hatte. »Aufgeschlitzt, um das Nierenfett zu essen«, setzte er hinzu, während er in die Hocke ging, um sich die Leichen näher anzusehen. Dichte Wolken von Fliegen umschwärmten die Wunden lärmend. »Sieht so aus, als wären sie schwimmen gegangen. Das haben die Kalkadoon ausgenutzt«, fuhr er fort, während sein erfahrener Blick die Szenerie einschätzte. »Keine gute Idee, hier zu baden.«

Der süßliche, widerwärtige Gestank der verfaulenden Körper brachte einige der umstehenden Männer zum Würgen.

»Lassen Sie sie vor Sonnenuntergang begraben, Sergeant Rossi«, befahl Gordon mit einer Handbewegung. »Und stellen Sie fest, ob die Wilden ihnen etwas gelassen haben, anhand dessen wir sie identifizieren können.«

Der Sergeant wählte eine Hand voll Polizisten aus, die in aller Eile begannen, ein großes Grab auszuheben.

Während die Polizisten unter den Halstüchern, die sie sich vor den Mund gebunden hatten, schwitzten, berief Gordon eine Besprechung der Expeditionsleiter ein. Die Männer standen oder hockten im Halbkreis um den jungen Polizeioffizier herum. Einige rauchten Pfeife, wobei sie ihre Snider-Gewehre dicht neben sich liegen hatten. Andere standen nur da, die Daumen in den Gürteln, an denen ganze Kollektionen von Revolvern hingen. »Das hier«, begann Gordon, wobei er mit dem Finger auf die drei Toten deutete, die auf ihr Begräbnis warteten, »ist das erste sichere Zeichen, seit die Expedition aus Cloncurry aufgebrochen ist, dass die Wilden zahlenmäßig stark genug sind, um eine Gruppe Weißer anzugreifen. Nach dem, was ich von den schwarzen Fährtenlesern gehört habe, ziehen sich die Kalkadoon in ihre Basislager in den Bergen zurück.«

»Kann mir nicht vorstellen, dass sich die Kalks in den Bergen verschanzen, Inspektor«, hielt Commanche Jack mit seiner schleppenden Aussprache dagegen, während er müßig mit einem Zweig im Staub herummalte. »Die kämpfen wie die Apachen. Überfallen ein Haus und hauen sofort wieder ab, während wir sie kreuz und quer durch das Buschland verfolgen. Hätte keinen Sinn für sie, in die Berge zu gehen.«

»Gutes Argument«, erwiderte Gordon. »Aber ich habe das Gefühl, sie halten sich für stark genug, um eine direkte Konfrontation mit uns zu wagen. Die glauben, sie könnten uns auf ein Gelände ihrer Wahl locken. Aber da haben sie die Macht des Karabiners unterschätzt.«

»Kann sein«, grunzte Commanche Jack. »Kann schon sein.«

»Und genau das ist ihr tödlicher Fehler, meine Herren«, fuhr Gordon fort. »Wir brauchen sie nämlich nur an einem Ort festzunageln, dann werden unsere Gewehre schon dafür sorgen, dass im Cloncurry-Distrikt dauerhaft Frieden herrscht. Morgen beginnt die letzte Phase der Vertreibung der Kalkadoon. Sergeant Rossi!«

»Sir!«

»Ihre Patrouille reitet ab morgen mit uns. Ab sofort werden wir die Täler und Hügel westlich von hier gemeinsam absuchen. Wir werden die Kämme sichern, um zu verhindern, dass die Wilden von oben Steine und Speere auf uns herabregnen lassen.«

»Ein paar von diesen Bergen sind verdammt steil«, gab ein bärtiger Siedler zu bedenken, in dessen Stimme Zweifel lag. »Mit Pferden kommen wir da nicht rauf.«

»Sie können darauf wetten, dass die Kalkadoon das auch wissen. Solche Berge werden eigens notiert und umzingelt. Wenn sich wirklich Wilde auf dem Gipfel aufhalten, werden sie oben sterben. Hat noch jemand Fragen, die zu diesem Zeitpunkt beantwortet werden müssen?«

Die Anführer der einzelnen Suchtrupps schüttelten den Kopf. Der junge Inspektor schien sein Geschäft zu verstehen. »Ich glaube, ich muss Sie nicht ermahnen, von nun an besonders wachsam zu sein«, sagte Gordon zum Abschluss. »Ich habe das Gefühl, die Wilden hier sind durchaus in der Lage, uns nachts anzugreifen. Stellen Sie also Posten um Ihre Lager auf.«

Alle gaben dem jungen Offizier Recht, vor allem, nachdem sie die nackten, verstümmelten Leichen der drei Unglückseligen gesehen hatten, die nun ganz in der Nähe in ihr flaches Grab geworfen wurden.

Sie schlossen sich wieder den Kameraden an, die begonnen hatten, das Lager für die Nacht vorzubereiten. Verbeulte Teekessel und gusseiserne Campingkocher tauchten aus den Bündeln auf, die die Packpferde getragen hatten.

Den Pferden wurden die Beine zusammengebunden, sodass sie im trockenen Gras weiden konnten, und die Nachtwachen wurden festgelegt. Dann holten die Männer fettige, mit Eselsohren verzierte Kartenspiele aus den Satteltaschen, um sich mit einem Spielchen die Zeit zu vertreiben. Dass ganz in ihrer Nähe drei Tote begraben lagen, störte die rauen Grenzer nicht weiter. Der Tod war in ihrem harten Leben eine Alltäglichkeit.

Die Nacht senkte sich über das Lager der Expedition, zuerst als sanftes, orangerotes Licht voller Schönheit, dann als samtiger, dunkler Mantel, der mit kristallklaren Diamanten besetzt war.

Trooper Peter Duffy starrte Gordon James an, der allein an einem kleinen Feuer saß und Tee aus einem Becher trank. Während der langen Wochen des ergebnislosen Patrouillierens hatte keiner der beiden versuchte, die immer breiter werdende Kluft zwischen ihnen zu überbrücken. Ihre Freundschaft lag im Sterben. Das einzige Verbindungsglied zwischen ihnen war nun Sarah – die Schwester, um deren Zukunft sich Peter als liebender Bruder sorgte, die Mischlingsfrau, die Gordon begehrte, ohne zu wissen, wie er mit seinen aufgewühlten Gefühlen umgehen sollte.

Als Gordon zu den Sternen aufsah, erinnerte er sich daran, dass die Aborigines glaubten, das wären die Geister der Toten. Es waren so viele Sterne, dass dem jungen Polizeioffizier ein seltsamer Gedanke kam. Würde sich der Himmel mit weiteren Gestirnen füllen, bevor die Expedition nach Cloncurry zurückkehrte? Drei Tage zuvor waren Bumerangs und Speere mitten am Nachmittag durch den Dunst geschwirrt und auf seine Reiterkolonne herabgeregnet.

Nach der ersten Attacke hatte Gordon seine Polizisten und Hilfstruppen gesammelt und die Verfolgung der Kalkadoon aufgenommen, die wie Schatten zwischen den spärlichen Bäumen der Ebene hin- und herflitzten. Er ging davon aus, dass der Hinterhalt spontan organisiert worden war. Daher galoppierte sein Trupp den Kriegern nach, wobei Polizisten und Grenzer wie eine angreifende Kavallerie ausschwärmten.

Doch plötzlich stießen sie auf eine weitere Gruppe Kalkadoon, die aus dem Hinterhalt ihre ungeschützte Flanke attackierte. Diesmal fanden die Speere unter den überraschten Angreifern Ziele. Zwei Pferde gingen durchbohrt zu Boden. Die Attacke endete in einem Handgemenge. Pferde und Weiße flohen in völliger Verwirrung und Panik in alle Richtungen, was von den Kriegern mit höhnischen Geheul kommentiert wurde. Nur Gordons Führungsstärke brachte sie dazu, sich wieder zu sammeln, und verwandelte die panische Flucht in einen geordneten Rückzug.

Während sich die zitternden Männer samt ihren schwitzenden, bebenden Pferden sammelten, grinsten sie sich verlegen an. Wie sehr sie ihre Gegner unterschätzt hatten, dachte Gordon, während er die Ebene mit den Blicken nach den Kalkadoon absuchte, die sich scheinbar in Luft aufgelöst hatten. Nie wieder würde er verächtlich auf die Taktik der zu allem entschlossenen Krieger herabsehen. Inspektor Potter war dieser Fehler unterlaufen, und er hatte dafür mit dem Leben bezahlt.

Auf einer Hügelkuppe tief in den niedrigen, runden Bergen westlich des Lagers der berittenen Eingeborenenpolizei saß ein erfahrener Krieger ebenfalls allein an einem Feuer und stocherte mit einem Stock in der Glut.

Trübsinnig beobachtete Wallarie, wie die Feuergeister im Funkenregen tanzten und zum Nachthimmel aufstiegen, wo sie nicht mehr von den funkelnden Sternen zu unterscheiden waren. Er blieb nicht lange allein. Ein breitschultriger junger Kalkadoon-Krieger gesellte sich zu ihm.

Terituba hatte die Legenden über den Darambal-Zauberer gehört, der aus dem Süden gekommen war, um sich ihnen anzuschließen. Angeblich kannte der Darambal die Weißen gut und war einmal sogar mit einem befreundet gewesen, der ebenfalls von den weißen Stämmen und der verhassten berittenen Eingeborenenpolizei gejagt wurde. Der Darambal-Krieger hatte die Sprache der Kalkadoon rasch gelernt und wurde nun als Berater des Kriegshäuptlings akzeptiert.

Terituba ließ sich im Schneidersitz neben Wallarie nieder und starrte in die Glut.

»Wenn uns die Weißen folgen, werden wir sie vernichten«, prahlte er, obwohl er wusste, dass Wallarie den Kalkadoon dringend davon abgeraten hatte, sich in die Hügel zurückzuziehen. »Hier sitzen sie in der Falle, und ihre Pferde nützen ihnen an den steilen Hängen nichts.«

Doch Wallarie schwieg und starrte nur ins Feuer, ohne sich um die Angeberei des stolzen jungen Kriegers zu kümmern. Was wussten die anderen schon von der Hartnäckigkeit der weißen Polizisten!

»Der Fluss versorgt uns mit Wasser und Nahrung«, fuhr Terituba fort. »Hier gibt es Felsbrocken, die wir von unseren Bergen aus auf den Feind schleudern können. Einmal haben wir ja schon einen Anführer der Schwarzen Krähen getötet. Die kennen das Land nicht so gut wie wir.«

Endlich brach Wallarie, der die Arroganz des Jüngeren nicht länger ertragen konnte, sein Schweigen. »Der Mann, der die Schwarzen Krähen führt, kennt das Land«, sagte er ruhig. »Das weiß ich.«

Überrascht starrte Terituba Wallarie an. »Aber er ist nur ein Weißer. Wie könnte er das Land so gut kennen wie wir?«, meinte er verächtlich.

»Weil er eine Zeit lang unter den Kyowarra gelebt und viele Dinge von uns gelernt hat. Sein Vater hat mein Volk ausgelöscht, bis nur noch ich übrig war. Er tötet alle Schwarzen dieses Landes. Das weiß ich, weil ich den Mann kenne, der sich Gordon James nennt, so wie ich seinen Vater vor ihm kannte.«

Als Terituba den Worten des alten Mannes lauschte, packte ihn der eisige Schauer, der Menschen sonst bei einer göttlichen Enthüllung überfiel. Nach wenigen Augenblicken erhob er sich und ließ Wallarie an seinem Feuer allein. Der Zauberer war ein Mann, dem man aus dem Weg gehen oder den man töten musste, dachte er, während er davoneilte.

Wieder allein, dachte Wallarie darüber nach, was es bedeutete, dass Gordon James mit seinen Pferden und Gewehren in die Hügel kam. Peter Duffy war bei ihm. Peter, der Sohn von Tom Duffy, dem großen Weißen, und von Mondo, die mit Wallarie blutsverwandt gewesen war. Peter kam, um seine Brüder zu töten, die sich gegen die verhasste Eingeborenenpolizei erhoben hatten.

In einem Tal tief unter ihm heulte ein Dingo. Mit dunklen Augen starrte der alte Krieger in die Flammen des Feuers, die ihm ihre Geheimnisse enthüllten. Er summte die Lieder seines Volkes, Lieder, die nur noch er kannte, bis die Träume kamen. Und in diesen Träumen streckten die Geister seines Volkes die Arme nach ihm aus und sprachen über die endlosen Ebenen zu ihm, auf denen es nichts gab als Buschwerk, rote Erde und zerklüftete Hügel.

In seinen Visionen sagte ihm der Geist der Berge, was er tun musste, um das Andenken seines Volkes zu erhalten. Wallarie versuchte zu protestieren, aber die Stimme des Geistes war stark und nahm verschiedene Gestalten an, um ihn einzuschüchtern. Schließlich ergab sich der Darambal-Krieger in die Weisheit seiner Ahnen. Er seufzte in seinem unruhigen Schlaf, während der Dingo heulend seine Artgenossen in den Godkin-Bergen rief.

19

Michael Duffy biss die Spitze seiner Zigarre ab und spuckte das Ende ins Wasser, das sanft gegen die Felswand von Sydneys Circular Quay schlug. Passagiere von den Fähren hasteten an ihm vorüber, ohne Notiz von ihm zu nehmen. Er ließ sich Zeit damit, ein Streichholz anzuzünden, schließlich hatte er keine Eile. Er wollte das köstliche Aroma genießen, während er geduldig auf den Mann wartete, den Horace Brown in der Angelegenheit von Fellmann kontaktiert hatte.

Zeitungsjungen boten ihre Ware an, wobei sie den Passagieren Schlagzeilen in einer Sprache entgegenschrien, die so unverständlich war wie die eines Auktionators. Pferde-Trambahnen und Droschken warteten im geschäftigen Herzen von Sydneys Tor zur Welt. Dampfschiffe lagen in den vielen kleinen Buchten der Hafenstadt vor Anker, und die leichten Segelboote der Reichen jagten über die Wellen.

Müßig beobachtete Michael die Damen in ihren langen Kleidern mit den wenig schmeichelhaften Tournüren. Die Männer trugen Zylinder und Gehrock. Er erinnerte sich an ähnliche Szenen aus seiner Jugend, wenn er und sein Cousin Daniel die Fähre nach Manly auf der anderen Seite des prächtigen, von Bäumen gesäumten Hafens genommen hatten. Dort war er zum ersten Mal der schönen Tochter des mächtigen schottischen Siedlers Donald Macintosh begegnet. Aber Fiona Macintosh war nun Missus Fiona White und mit dem Mann verheiratet, der für die entsetzliche Wendung der Ereignisse verantwortlich war, die Michael das gewalttätige Leben eines Söldners aufgezwungen hatte.

Trotz der allgegenwärtigen Gefahr, dass die Polizei von seiner wahren Identität erfuhr, und der vor ihm liegenden, gefährlichen Aufgabe fühlte Michael, umgeben von den vertrauten Bildern und Geräuschen der Stadt seiner Jugend, einen merkwürdigen Frieden.

»Mister Duffy«, sagte plötzlich eine tiefe, kultivierte Stimme hinter ihm, während er über das Wasser auf die Bucht hinaussah. »Seit unserer letzten Begegnung ist einige Zeit vergangen.«

»Major Godfrey! Wie ich sehe, geht es Ihnen gut«, entgegnete Michael überrascht, als er das Gesicht aus der Vergangenheit vor sich sah. Das letzte Mal war er dem Offizier vor zehn Jahren begegnet, als sich dieser bei einem Nachmittagsempfang der Baronin von Fellmann vorgestellt hatte. Damals hatten sie über Colonel Custer gesprochen. Michael war der Ansicht gewesen, dass der »Boy General« einer vereinten indianischen Front nicht gewachsen war. Der britische Offizier hatte ihn belächelt, aber Michael hatte Recht behalten. In der Zwischenzeit war George Armstrong Custer mit seinen Männern bei Little Big Horn ums Leben gekommen. »Als Mister Brown mir gesagt hat, Sie würden mich in Sydney kontaktieren, war ich nicht besonders überrascht.«

Der ältere Mann lächelte schief. Obwohl George Godfrey mit Gehrock und glänzendem Zylinder nach der letzten Mode gekleidet war, war ihm der Berufssoldat deutlich anzusehen: Er hielt sich kerzengerade, wobei er nur den Kopf ein wenig neigte, um auf die Welt der Zivilisten herabzublicken. »Ziehen Sie daraus nicht den Schluss, dass ich im gleichen Beruf tätig bin wie mein lieber Freund Horace, Mister Duffy. Meine gelegentliche Unterstützung für ihn sehe ich als meine Pflicht als Soldat der Königin. Wenn ich ihm im Laufe der Jahre den einen oder anderen Gefallen getan habe, dann weil die heimtückischen Versuche der Feinde Ihrer Majestät, den Interessen des britischen Empire zu schaden, vereitelt werden mussten. Ich bin inzwischen Colonel außer Dienst und besitze ein kleines Gut bei Parramatta, das zu meiner Lebensaufgabe geworden ist. Das ist vermutlich das letzte Mal, dass ich Horace behilflich bin.«

Michael lächelte, weil der englische Offizier die Verbindung zwischen sich und Horace Brown so geflissentlich herunterspielte. Geheimdienstarbeit ist keine Tätigkeit für einen Gentleman, hatte Horace ihm einst erklärt. »Das ist auch meine Hoffnung, Colonel«, sagte Michael, wobei er den anderen höflich mit seinem militärischen Titel ansprach. »Es ist definitiv mein letzter Einsatz für die verdammte britische Krone.«

»Eine verständliche Einstellung für den Sohn eines irischen Rebellen«, sagte Godfrey. »Allerdings teilt Ihr Sohn dieses Gefühl offensichtlich nicht. Wenn ich recht unterrichtet bin, hält er sich im Moment mit dem Expeditionskorps im Sudan auf.«

»Sie wissen viel über mich, Colonel«, meinte Michael. »Was können Sie mir über meinen Sohn erzählen?«

Godfrey wusste auch viel über Patrick, aber er war kein Mann, der mehr redete als notwendig, nicht einmal, wenn der Vater des jungen Mannes vor ihm stand. Der frühere britische Offizier hatte einige Jahre für Lady Enid Macintosh gearbeitet und zugesehen, wie Patrick zu einem Mann heranwuchs, auf den jeder Vater stolz sein konnte. Allerdings nur, wenn er nichts dagegen hatte, dass Patrick in den Diensten von Königin Viktoria stand.

»Aus verlässlicher Quelle weiß ich, dass Ihr Sohn zu den besten Offizieren Ihrer Majestät gehört«, antwortete er. »Offenbar besitzt er eine Vorliebe für das Boxen mit der nackten Faust – ein echter Arbeitersport. Das hat er wohl von Ihnen.«

»Nein, von Max Braun, nicht von mir«, erwiderte Michael mit gespieltem Desinteresse. Dabei war er insgeheim stolz, dass sein Sohn seine einfache Herkunft nicht verleugnete. »Max hat ihm beigebracht, wie man kämpft, genau wie mir, als ich jung war.«

»Er muss ein ausgezeichneter Lehrer gewesen sein«, meinte Godfrey. »Nach meinen Informationen ist Ihr Sohn in seiner schottischen Brigade ungeschlagener Meister. Keine schlechte Leistung, das kann ich Ihnen aufgrund meiner persönlichen Erfahrung während meiner Dienstzeit bei diesen hitzköpfigen

Kiltträgern sagen. Schade, dass Ihr Sohn nicht weiß, was sein Vater im Namen Ihrer Majestät für die gute Sache geleistet hat.«

Michael starrte den etwas größeren Mann mit seinem gesunden Auge an. »Er ahnt nicht einmal, dass ich am Leben bin«, schnaubte er bitter. »Außerdem bin ich nicht besonders stolz darauf, dass ich für die Engländer arbeite.«

»Eines Tages wird er herausfinden, dass Sie sich bester Gesundheit erfreuen«, sagte Godfrey, ohne seinem Blick auszuweichen. »Ihre Existenz gehört zu den am schlechtesten gehüteten Geheimnissen, die ich kenne.«

»Scheint so«, sinnierte der Ire. Er richtete den Blick auf die Häuser von The Rocks. Das Viertel sah so zwielichtig aus wie eh und je und wurde von den ehrbaren Bürgern Sydneys gemieden. Wie ein schmutziger, zerrissener Mantel lag die Aura von Verfall und Verzweiflung über Mietshäusern und Gassen. »Hoffentlich wissen in Neusüdwales nicht so viele davon wie offenbar in Queensland.«

»Hoffentlich nicht«, seufzte Godfrey. »Es könnte schädlich für meinen Ruf sein, wenn man mich mit einem gesuchten Verbrecher wie Ihnen sieht, Mister Duffy. Aber wir verschwenden unsere Zeit mit Banalitäten. Das ist doch nichts für alte Soldaten wie Sie und mich.«

Die vorübergehenden Passagiere der Fähren beachteten die beiden Männer kaum. Sie hätten ebenso gut zwei Gentlemen sein können, die die Chancen eines Vollbluts auf der Rennbahn von Randwick diskutierten oder die Bedrohung durch das alarmierende Auftreten der Russen in Afghanistan. Das Gespenst des russischen Bären griff drohend nach Süden, nach dem Tor zu Indien. Die australischen Kolonien des britischen Empire waren besonders gefährdet. Viele Bürger der Hafenstadt sprachen bereits von einem möglichen Schlag der mächtigen russischen Marine gegen die verwundbaren Pazifikkolonien Englands. Gerüchten zufolge sollten die freiwilligen Kolonialtruppen, die von demselben Kai abgelegt hatten, an dem Michael und Colonel Godfrey jetzt standen, zurückgerufen werden, um die Stadt zu verteidigen, falls die gefürchteten russischen Kriegsschiffe wirklich im Hafen auftauchten.

Hätte jemand das Gespräch der beiden Männer belauscht, so wäre er wahrscheinlich überrascht gewesen, dass sie nicht die konkrete Bedrohung durch die Russen, sondern die langfristige Gefährdung der Kolonien durch Deutschland diskutierten.

Schweigend hörte Michael zu, als Colonel Godfrey ihm erklärte, welche Unterstützung er und John Wong bei ihrer Jagd nach Informationen erhalten würden. Ihre Aufgabe sollte es sein herauszufinden, ob Otto von Bismarck beabsichtigte, im Pazifik Gebiete für den Kaiser in Besitz zu nehmen. Schließlich verabschiedeten sich die beiden Männer mit einem Handschlag.

Michael blieb noch am Wasser stehen, paffte seine Zigarre und dachte über seinen nächsten Schritt nach. Er würde in das Büro unter der engen Wohnung zurückkehren, die er mit John Wong teilte. Die Miete dafür wurde aus den Mitteln von Horace Brown finanziert. Durch die Lage direkt am Wasser am einen Ende der Bucht hatten sie einen hervorragenden Überblick über Ankunft und Abfahrt der Schiffe. Offiziell handelte es sich um ein Import- und Exportbüro für die östlichen Märkte Chinas. Gleichzeitig boten sich dort günstige Voraussetzungen für die Überwachung der Aktivitäten im Hafen, wo vielleicht die richtigen Leute dazu gebracht werden konnten, über Dinge zu sprechen, die für den Geheimdienst wichtig waren.

Dann grübelte Michael über den schwierigsten Aspekt seiner Mission nach. Das war nicht die Gefahr, der er sich durch eine mögliche Konfrontation mit dem preußischen Adligen aussetzte, sondern eine eventuelle Begegnung mit Fiona. Er zog am Rest seiner Zigarre und schnippte den Stummel ins Wasser.

20

Captain Patrick Duffy dachte nur noch daran, wie er den nächsten Tag des Wüstenfeldzugs überleben konnte. Die britische Expeditionsstreitmacht hatte einen mörderischen Marsch durch den glühend heißen Wüstensand zu den Anhöhen hinter dem Dorf Tamai hinter sich. Bei Sonnenuntergang errichteten die Männer hastig aus Steinen und Erde eine Schanze, eine Zareba. Über ihnen trieb ein Gasballon, von dem aus die Manöver der Derwisch-Armee in der Ferne jenseits der Ruinen des Dorfes beobachtet wurden. Im Ballonkorb wurde hastig ein Bericht verfasst und abgeworfen. Ein wartender Läufer eilte mit der Nachricht zu General Grahams mobilem Hauptquartier: Die Derwische zogen sich vor der vorrückenden britischen Armee in die Berge zurück. Die meisten hätten sich über diese Nachricht gefreut. Nicht so General Graham. Er wünschte sich eine entscheidende Auseinandersetzung mit den Rebellen, und zwar in einer Schlacht nach militärischen Regeln. Die flüchtenden Krieger des Mahdi gaben ihm diese Gelegenheit nicht.

Patrick, der allein am äußeren Verteidigungsring stand, fühlte sich angesichts des Rückzugs der Derwische nicht so erleichtert wie seine Kameraden. Der Anblick, der sich ihnen auf dem Schlachtfeld bei McNeill's Zareba geboten hatte, hatte ihre Begeisterung für den Krieg deutlich gedämpft, obwohl sie sich das untereinander nicht eingestehen mochten. Patrick wusste nur zu gut, dass in dieser Nacht keiner von ihnen ungestört schlafen würde. Seine Erfahrung im Sudan-Feldzug hatte ihn gelehrt, dass sich in der Nacht einzelne Trupps zurückschleichen würden, deren Scharfschützen sie nicht zur Ruhe kommen lassen würden. Sogar ein richtiger Angriff war denkbar. Die Derwische waren tapfere, fanatische Feinde, die glaubten, dass ihnen der Tod im heiligen Krieg gegen die Eindringlinge, die britischen Marionetten der ägyptischen Regierung, einen Platz im Himmel sicherte.

Patrick beobachtete, wie die schwitzenden Soldaten zwischen den verkrüppelten Mimosensträuchern auf den zerklüfteten, kahlen Hängen Steine sammelten. Hinter ihm kämpften die eingeborenen Kamelführer der Intendanzabteilung mit ihren sturen Tieren und versuchten, die Militärausrüstung für das nächtliche Biwak abzuladen. Während Patrick zusah, wie sich die Armee eingrub und für einen eventuellen Angriff wappnete, suchte er mit den Augen die Hügel der Umgebung ab. Wie ein dünner Film stieg Staub auf, der das Licht der untergehenden Sonne über der täuschend friedlichen Landschaft filterte. Die Posten waren in Stellung gegangen und starrten durch die ihnen zugewiesenen Öffnungen in der Schanze. Patrick war mit den Vorbereitungen zufrieden. Er wusste, dass die zerklüfteten Hügel der Armee im Falle eines Angriffs einen Vorteil verschafften.

»Glauben Sie, die kommen heute Nacht, Sir?«, wollte Private MacDonald wissen, der sich eben zu Patrick gesellte. »Oder sind sie abgehauen?«

»Die kommen wieder«, antwortete Patrick mit einem Blick auf die Ruinen des ehemaligen Dorfes. Zwischen den Trümmern waren offensichtlich neue Lehmhäuser errichtet worden. »Fragt sich nur, in welcher Stärke sie zuschlagen.«

»Dabei hatte ich mich schon so auf eine Mütze voll Schlaf gefreut«, grummelte der Soldat. »Und den Tommy-Stängeln geht es nicht anders. Die sind völlig erledigt von dem Marsch.«

»Ich glaube, die würden sowieso nicht schlafen, selbst wenn uns die Männer des Mahdi in Ruhe lassen würden«, sinnierte Patrick. »Sieht so aus, als wollten sie sich im Kampf beweisen. Da werden ihre Ängste sie wohl wach halten.«

Private MacDonald wusste, was sein Offizier meinte. Männer, die nie in der Schlacht gewesen waren, schlugen sich häufig mit der Furcht herum, dass sie der Mut verlassen würde, wenn das Töten begann. Würden sie davonlaufen? Merkwürdig, dass Offiziere nie Angst zu haben schienen, überlegte der Gefreite. Zumindest die Jüngeren von ihnen setzten sich in der Schlacht immer an die Spitze ihrer Männer. Captain Duffy war auch so. Wenn der Kampf begann, zeigte er nicht die geringste Furcht.

Doch der Gefreite wusste nur wenig von der entsetzlichen Angst, die alle Offiziere vor einer Schlacht überfiel. Niemandem, noch nicht einmal ihren Offizierskollegen, konnten sie anvertrauen, dass auch sie befürchteten, den Mut zu verlieren und davonzulaufen. Unter der Fassade des kühlen Soldaten, der auch im Gefecht niemals die Beherrschung verlor, verbargen sich auch bei Patrick die ganz realen Ängste eines Mannes, der leben und lieben wollte.

Ganz außen an der Schanze schuftete Private Francis Farrell. Er stemmte einen großen Stein hoch und wuchtete ihn auf die kleine Mauer, die allmählich das Bild des Lagers zu prägen begann. Dass sie eine niedrige Schanze als Schutz gegen Angriffe errichten mussten, war für die erschöpften Truppen nach dem anstrengenden Marsch eine unangenehme Überraschung gewesen. Aber so war das in der Armee ... marschieren, arbeiten, Wache stehen und wieder marschieren. Irgendwann zwischendrin erlaubte einem die Armee zu essen, damit man marschieren, arbeiten, Wache stehen und wieder marschieren konnte. Ruhe und Schlaf waren ein Luxus, den sich eine Armee auf dem Vormarsch nur leistete, wenn der Befehlshaber sicher war, dass der Feind besiegt war – und nur dann.

Als Private Farrell von seiner Arbeit aufsah, entdeckte er Patrick Duffy, der mit dem Rücken zu ihm auf das Dorf Tamai blickte. Vielleicht war jetzt die Zeit, sich dem Mann zu erkennen zu geben, der eindeutig der Patrick Duffy war, den er im Erin auf den Knien geschaukelt hatte. Er würde ihm von seinem Vater erzählen und was für ein toller Mensch das war, ihm sagen, dass er noch lebte und hoffte, seinem Sohn eines Tages zu begegnen.

Der einstige Polizist aus Sydney richtete sich auf, um den

Stein an die richtige Stelle zu schieben. Dabei wurde dem hünenhaften Mann urplötzlich schwindlig. Vor seinen Augen tanzten schwarze Punkte.

Stöhnend ließ er sich auf die heiße Erde fallen. *Bringt ihn ins Feldlazarett!*, hörte er eine Stimme vom Ende eines langen Tunnels rufen. Was musste er als alter Esel auch mit den Jungen mithalten wollen. Eine Schnapsidee war es gewesen, sich überhaupt freiwillig zu melden. Vier kräftige Soldaten waren nötig, um seinen schlaffen Körper zu dem Sanitätsteam zu tragen, das mit seinen Wagen in der Mitte der Verteidigungsanlagen stand.

Das wirre Gerede des Kolonialsoldaten mit dem Hitzschlag blieb den Sanitätern, die seine Stirn und seinen Hals mit Wasser kühlten, rätselhaft. ... *Captain Duffy von der schottischen Brigade*, hörte der Stabsarzt. *Er lebt und ist unschuldig!*

Der Stabsarzt kannte Patrick Duffy und fragte sich, warum ein Kolonialsoldat etwas von dessen Unschuld brabbelte. Vielleicht würde er die Sache zur Sprache bringen, wenn er Patrick das nächste Mal traf. Im Augenblick jedoch war sein Patient ernsthaft krank, und der Stabsarzt hatte mehr Soldaten an Krankheiten sterben sehen als an Kampfverletzungen.

In der Nacht kamen die Derwische, wie Patrick es vorhergesehen hatte. Die Kugeln der Scharfschützen außerhalb des Verteidigungsrings verjagten die Männer schnell aus dem Lichtkreis der Lagerfeuer. Die ranghöheren Unteroffiziere bellten Befehle, Männer griffen fluchend nach ihren Gewehren, ein durch die gestörte Nachtroutine aufgeschrecktes Maultier wieherte – alles Geräusche, die Patrick nicht länger in Panik versetzten. Sie planten also keinen nächtlichen Angriff, dachte er einigermaßen erleichtert, sonst hätten sie sich nicht durch Schüsse angekündigt. »Wahrscheinlich werden Sie heute Nacht doch Ihre Mütze voll Schlaf bekommen, Private MacDonald«, sagte er zu dem Schotten, der sein Gewehr fest umklammert hielt und mit der Hand nach dem Bajonett tastete, das in der Scheide an seinem Gürtel hing. »Heute Nacht wird der Mahdi nicht kommen.«

Eine Gewehrsalve vom äußeren Verteidigungsring erwiderte das Feuer. Die Artilleriegeschütze, die die Armee mit sich führte, schleuderten Granaten in die Richtung des Scharfschützenfeuers, bis die Gewehre der Angreifer verstummten. Innerhalb der relativen Sicherheit der Zareba konnten sich die Männer ausruhen, weil sie wussten, dass ihre Geschütze den Feind in Schach hielten. Mitten im Getöse von Gewehr- und Artilleriefeuer lag Patrick auf dem Rücken, die Hände hinter dem Kopf verschränkt, und sah zu dem wunderschönen Zelt kristallklarer Sterne hinauf. Uralte Lichter, die in den harten, gottverlassenen Landstrichen des Planeten ihre gesamte Pracht zeigten.

Es war ein seltsamer Augenblick, um über Catherine Fitzgerald nachzudenken, wenn ihn jederzeit der Tod in Gestalt eines unsichtbaren Derwischs ereilen konnte, der blindlings in die Schanze hineinfeuerte. Als Verbindungsoffizier blieb ihm jedoch kaum etwas zu tun. Der Brigademajor hatte sich mit dem Brigadekommandeur verschworen, um ihm die nötige Ruhe zu verschaffen, damit er sich vollständig von seiner Verletzung erholen konnte. Er musste sich nur zweimal am Tag ganz in der Nähe beim Hauptquartier melden, wo er von Major Hughes stets das Gleiche zu hören bekam: »Behalten Sie die Tommy-Stängel im Auge, Captain Duffy. Wenn sie Rat brauchen, helfen Sie ihnen. Ach, und bitte melden Sie sich regelmäßig beim Sanitäter, damit der sich um Ihre Wunde kümmert. Das ist so ziemlich alles, Junge.«

»Catherine, warum antwortest du nicht auf meine Briefe?«, seufzte Patrick leise, während sich die Erschöpfung nach dem harten Marsch wie eine erstickende Decke über ihn legte und ihn in seiner Einsamkeit in den Schlaf zu wiegen begann. Würde ihn der quälende Traum in der Nacht erneut heimsuchen?

»Wie bitte, Sir?«

»Nichts, Private MacDonald. Ich habe nur laut gedacht.«

Patrick sah zum samtschwarzen Nachthimmel auf, wo sich die Sternbilder langsam drehten. Er konnte sich nicht erinnern, eingeschlafen zu sein. Der Schlaf war wie der Tod – ein Nichts, in dem das bewusste Ich ausgelöscht war, eine Art Zustand des Vergessens.

In den langen Nachtstunden kehrten die Tapfereren unter den Derwisch-Scharfschützen zurück, um aufs Geratewohl in die Masse der britischen Soldaten zu feuern, die sich hinter ihren Wall aus Steinen, Gewehren und Bajonetten kauerten. In der ganzen Nacht war nur ein Toter zu beklagen: ein Soldat, der von einem Offizier für einen Derwisch gehalten und irrtümlich erschossen worden war. Doch die vereinzelten Schüsse störten Patricks tiefen und traumlosen Schlummer nicht. Es war der erschöpfte Schlaf des erfahrenen Soldaten.

Private MacDonald hielt ihm einen Becher dampfenden Kaffee und eine Hand voll harter Kekse unter die Nase. »Morgen, Sir, und frohe Ostern!«, begrüßte er ihn munter. »Major Hughes lässt ausrichten, Sie sollen sich beim Stabsarzt melden, bevor wir heute Morgen abmarschieren.«

Patrick setzte sich auf und rieb sich den Schlaf aus den Augen. »Großer Gott! Ist schon Ostern?«

Der hünenhafte Schotte grinste fröhlich auf ihn herab. »Karfreitag, Sir. Gibt aber keinen Osterfladen.«

»Das wäre wohl auch zu viel erwartet.« Grinsend nippte Patrick an seinem Becher. Der dampfende Kaffee schmeckte gut – sein Bursche hatte dafür gesorgt, dass er kräftig gesüßt worden war. »Die Männer des Mahdi dürften aber nicht viel Grund zur Freude haben, wenn wir sie heute einholen.«

»Nein, Sir, da haben Sie Recht.«

Nachdem er gefrühstückt hatte, rasierte sich Patrick eilig, wobei er sein Gesicht mit dem letzten Rest Kaffeesatz befeuchtete. Der Zucker war klebrig, aber die Rasierklinge hinterließ eine glatte Haut. Wasser war kostbar, und er fragte sich, warum er sich nicht einen Bart wachsen ließ wie viele der anderen Soldaten. Dann hätte er auf sein Morgenritual verzichten und kostbare Zeit sparen können.

Nach der Rasur hob Patrick sein Segeltuchgeschirr mit Riemen, Gürtel und Taschen auf, das eine Armlänge von der Stelle entfernt lag, an der er geschlafen hatte. Entsetzt erstarrte er. Während der Nacht hatte ihn die Kugel eines Scharfschützen nur um Bruchteile eines Zentimeters verfehlt und sich stattdessen in den Beutel mit der kleinen Göttin gebohrt. Abergläubisches Entsetzen packte ihn. *War Sheela-na-gig verletzt?*

Mit bebenden Händen öffnete er den Beutel und sah hinein. Unversehrt lag sie unter der Reservemunition für seinen Revolver. »Dann sind wir also immer noch zusammen, kleine Göttin«, flüsterte er, während er mit den Fingern das rätselhafte Lächeln auf dem Gesicht der keltischen Göttin berührte. Du bist nicht weniger schweigsam als Morrigan selbst, dachte er traurig. Hatte Catherine einen anderen?

Unter der Plane eines Lazarettwagens lag Private Farrell im Koma. Der Stabsarzt untersuchte ihn und runzelte die Stirn. Der Zustand des Mannes war nicht gut. Eigentlich müsste er nach Suakin ins Krankenhaus zurückgeschickt werden, dachte Major Grant besorgt. Doch sie befanden sich tief in feindlichem Territorium, und die Kranken und Verwundeten würden bleiben müssen, bis General Graham davon überzeugt war, dass die Derwisch-Krieger nicht in der Lage waren, die Kommunikationslinien hinter ihnen zu unterbrechen.

Major Grant erinnerte sich an das wirre Gebrabbel des Mannes, bevor er während der Nacht ins Koma gefallen war. Der australisch-irische Freiwillige schien Captain Duffy von der schottischen Brigade zu kennen, der in diesem Augenblick über den offenen Platz auf ihn zukam. »Patrick, kommen Sie mal her«, rief der Major. »Ich habe hier einen Mann aus den Kolonien, der aus unerfindlichen Gründen immer wieder Ihren Namen nennt.«

Patrick begrüßte den Arzt, mit dem er sich während zahlreicher Schachpartien in der Offiziersmesse angefreundet hatte. Er blieb hinter dem Wagen neben dem Arzt stehen und blickte auf das Gesicht von Francis Farrell herab.

»Kennen Sie den überhaupt?«, fragte der Stabsarzt.

»Nicht dass ich wüsste«, erwiderte Patrick, wobei er langsam den Kopf schüttelte. Aber irgendetwas an dem Mann kam ihm vertraut vor. »Wer ist das?«

»Private Francis Farrell vom Kontingent aus Neusüdwales.«

»Constable Farrell!«, rief Patrick aus. Erinnerungen strömten auf ihn ein: milde Sommerabende im Hinterhof des Erin in Sydney, der alte Max und der große irische Polizist, die sich gegenseitig Geschichten erzählten und dabei Onkel Franks Grog tranken, Gelächter und Patrick beim Sparring mit dem Polizisten, während Max ihn in schönstem Hamburger Platt anfeuerte, das mit englischen Ausdrücken gespickt war, die ein kleiner Junge eigentlich weder hören noch benutzen sollte.

»Aha, sieht so aus, als würden Sie ihn doch kennen«, sagte Major Grant. »Offenbar war er irgendwann in seinem Leben Polizist.«

»In Sydney«, entgegnete Patrick, während er schockiert in Farrells blasses, vom Fieber gezeichnetes Gesicht starrte. »Er war ein guter Freund der Familie. Er und Max haben mich vor langer Zeit in die Kunst des Boxens eingeführt.«

»Dann habe ich also die Ehre, einen der Männer zu betreuen, der Ihnen diese männliche Fertigkeit beigebracht hat«, meinte der Stabsarzt mit ironischem Lächeln. »Offenbar ein guter Lehrer, nach Ihren Leistungen bei den Brigade-Boxkämpfen zu urteilen.«

Major Grant hatte Patrick gelegentlich im Boxring beobachtet, wenn er seine Brigade gegen andere Einheiten der Armee vertrat, und Patrick war als ständiger Gewinner gefürchtet. Selten musste ihn der Arzt nach einem Kampf behandeln – seine Gegner dagegen häufig.

In einem schottischen Regiment voll harter Männer war es keine geringe Leistung, als bester Kämpfer zu gelten. Patricks Offizierskollegen fanden sein Interesse am Boxen allerdings etwas befremdlich, ihnen lag mehr an Pferden und Karten. Aber auch sie waren stolz auf sein Können in einem Sport, der normalerweise der Arbeiterklasse vorbehalten war. Der junge Captain war bereit, sich jedem Soldaten zu stellen, der sich im Ring mit jemandem aus der Oberschicht messen wollte.

»Machen Sie diesen Mann gesund, Harry«, sagte Patrick leise. »Er und ich, wir haben viel nachzuholen. Mindestens zehn Jahre.«

Der Arzt nickte. »Und jetzt sehen wir uns Ihren Arm an,

alter Junge, sonst werden Sie nicht mehr lange für Ihre verrückten Schotten kämpfen können.«

Patrick zog das Hemd aus, und während der Arzt die Wunde untersuchte, starrte er auf den kranken Iren auf der Trage. Ein Tag voll merkwürdiger, erschreckender Vorzeichen, dachte er.

21

Fiona White, geborene Macintosh, traf sich mit der Frau, die sie liebte. Weder Zeit noch Entfernung hatten ihrer Liebe etwas anhaben können. Penelope – auch bekannt als Baronin von Fellmann – war immer noch eine Schönheit. Die Jahre schienen spurlos an ihr vorübergegangen zu sein. In ihren goldenen Flechten fand sich kein graues Haar, und ihre üppige Figur besaß immer noch die Wespentaille ihrer Jugend – wenn auch die starren Stäbe ihrer engen Korsetts dabei ein wenig nachhalfen.

Die dunklere Fiona war ebenfalls so schön wie eh und je, auch wenn sich silberne Fäden in ihre ebenholzschwarzen Haare mischten. Die auffälligen smaragdgrünen Augen leuchteten mit einer Vitalität, die durch die Gegenwart Penelopes noch verstärkt wurde. Als sie im Wohnzimmer von Penelopes luxuriösem Haus nebeneinander saßen, wirkten die beiden Frauen vom Aussehen her völlig gegensätzlich. Fionas schlankere Gestalt, ihr dunkles Haar und die elfenbeinweiße Haut kontrastierten mit Penelopes goldenem Teint und ihrer sinnlichen Üppigkeit. Penelopes azurblaue Augen blickten tief in die smaragdgrünen von Fiona. In ihnen lag eine Liebe, die die beiden Frauen lange hatten entbehren müssen – seit Fiona vor drei Jahren das Gut der von Fellmanns in Deutschland besucht hatte.

Sie war mit ihren Töchtern, Dorothy und Helen, nach Europa gereist, wo die Mädchen, die bald zwanzig wurden, ihre Ausbildung abschließen sollten. Fiona hatte sich für Deutschland entschieden, weil sie wusste, dass Penelope und deren Ehemann Manfred auf die Mädchen aufpassen würden, was ihr sehr wichtig war.

Seit Granville White die eigene Tochter missbraucht hatte, hielt Fiona es nicht mehr für nötig, die Fassade einer Ehe aufrechtzuerhalten. Als sie herausfand, was ihr Ehemann Dorothy in der Bibliothek angetan hatte, hatte sie sogar versucht, ihn zu töten. Nachdem ihr das nicht gelungen war, hatte sie sich für die Trennung entschieden. Ihre Rückkehr nach Australien war nur ein geschäftliches Zwischenspiel, bevor sie nach Deutschland und in Penelopes Bett zurückkehrte.

Manfred wusste, dass seine Frau eine Affäre mit Fiona hatte, und er hatte sogar dafür gesorgt, dass sie gemeinsam eine Woche in einem bayerischen Jagdhaus verbringen konnten, das ihm gehörte. Angst, seine Frau an Fiona zu verlieren, hatte er nicht. Er wusste, dass Penelope auch ihn liebte. Ihre Gefühle mochten anders sein, aber sie waren ebenso stark.

Granville White war sich ebenfalls darüber im Klaren, dass seine Frau ihn mit seiner Schwester betrog. Er akzeptierte die Situation mittlerweile eher aus Gleichgültigkeit. Oder war es Hilflosigkeit? Die Affäre zwischen den beiden Frauen, die viele Jahre zuvor begonnen hatte, hatte ihn jeder Hoffnung auf eine natürliche Liebe zwischen Ehemann und Ehefrau beraubt. Aber er hatte nicht nur seine Frau verloren, sondern auch seine beiden Töchter. Fiona hatte geschworen, er würde sie nie wiedersehen.

Die beiden Frauen unterhielten sich über die Erziehung von Penelopes Zwillingen, Otto und Karl, die fast zehn waren, und über die Fortschritte, die Fionas Töchter an ihrer teuren Schule für junge Damen machten. Beim Thema Kinder kam das Gespräch unweigerlich auf den jungen Mann, den Fiona an ihre Mutter verloren hatte: ihren Sohn, Patrick Duffy.

»Hast du ihn gesehen, seit deine Mutter ihn nach England gebracht hat?«, fragte Penelope sanft, wobei sie nach Fionas Hand griff.

Fiona lächelte traurig. Die Frage weckte einen Schmerz in ihr, der in ihrem Leben ständig gegenwärtig war. Auch wenn die Erwähnung ihres ihr entfremdeten Sohnes die Bitterkeit lange zurückliegender Entscheidungen in ihr wachrief, fühlte sie das Bedürfnis, darüber zu reden. »Nach meinem Besuch bei dir und Manfred in Preußen bin ich zur Familie meiner Mutter nach England gefahren. Ich wollte Patrick in seiner Schule in Eton besuchen …« Ihre Stimme verlor sich, und eine Träne tropfte auf Penelopes Hand.

»Hast du ihn gesehen?«, drängte Penelope leise.

»Nein. Ich hatte Angst vor dem Hass, den meine Mutter ihm gegen mich eingeimpft hat«, flüsterte Fiona und wandte den Blick ab.

Penelope brach das Schweigen nicht. Sie wusste, dass es keine Worte gab, die den Schmerz einer Mutter lindern konnten, die ihren Sohn zweimal in ihrem Leben verloren hatte: einmal, als sie ihn gegen ihren Willen bei seiner Geburt hatte aufgeben müssen, und ein zweites Mal, als sie gezwungen war, zwischen ihrer tiefen, beständigen Liebe zu Penelope und ihrem Sohn zu wählen. Sie hatte sich für Penelopes Liebe entschieden. Es war eine grausame Entscheidung, die ihre Mutter erzwungen hatte, und Fiona musste mit den quälenden Folgen leben.

Schließlich zog Fiona ihre Hand zurück und wischte sich die Tränen aus den Augen. »Ich bin in Eton gewesen und habe sogar mit seinen Lehrern gesprochen. Sie waren sehr nett und erzählten mir, dass Patrick zu den Besten seiner Klasse gehöre, aber ein wenig schwer zu bändigen sei. Anscheinend wäre er wegen seines Ungehorsams fast von der Schule geflogen. Die älteren Jungen hielten sich von ihm fern, weil er sie ein paar Mal verprügelt hatte, als sie ihm ihren Willen aufzwingen wollten.«

Penelope lächelte und brach dann in Gelächter aus. »Ganz der Vater«, sagte sie, denn ihr war klar, dass Fiona stolz auf das jugendliche Rebellentum ihres Sohnes war. »Michael hätte sich bestimmt nicht schikanieren lassen, wenn er in Eton gewesen wäre.«

Als Michaels Name fiel, erlosch das Lächeln auf Fionas Gesicht. »Hast du ihn gesehen?«, fragte sie.

Auch Penelope wurde ernst. »Nein, seit Jahren nicht mehr. Manfred verflucht ihn oft. Er hat mir erzählt, dass Michael in Asien gegen die Interessen des Kaisers arbeite. Für diesen grässlichen kleinen Engländer, Horace Brown.«

»Hat Manfred gesagt, wo Michael zuletzt gesehen wurde?«, fragte Fiona leise. Obwohl sie Penelope liebte, war es ihr nie gelungen, die Leidenschaft des jungen Iren zu vergessen, der die Tür zu ihrer tiefen, bis dahin unterdrückten Sinnlichkeit aufgestoßen hatte.

»Angeblich war er letztes Jahr in Schanghai, aber Manfreds Kontaktleute haben ihn dort verloren.« Penelope nahm die Hand Fionas erneut. »Michael Duffy ist wie eine schöne große Katze mit neun Leben.«

»Neun ist eine begrenzte Zahl«, seufzte Fiona. »Ich weiß ja nicht viel über ihn, aber er muss mindestens acht davon schon verbraucht haben. Ich bete, dass mein Sohn ebenso viel Glück hat wie sein Vater.«

Michael Duffy hatte stets zwischen den beiden Frauen gestanden. Penelope plagte immer wieder Schuldbewusstsein, wenn sie mit Fiona im Bett lag. Sie fühlte sich schuldig, weil sie sich dem einzigen Mann hingegeben hatte, den Fiona je wirklich geliebt hatte. Doch sie tröstete sich damit, dass Michaels unruhige, gefährliche Existenz ein normales Leben unmöglich machte. Er war ein Mann, der in den Armen einer Frau immer nur für kurze Augenblicke ein wenig Liebe suchen konnte. Sein riskantes Dasein hatte wenig zu bieten, wenn er das Bett einer Frau am Morgen verließ. Seine Liebe zu Fiona hatte ihn zu dem einsamen Leben getrieben, das er nun führte. »Ich bin sicher, Patrick ist mit dem Glück seines Vaters gesegnet«, sagte Penelope, die wusste, dass sich Fiona um das Schicksal ihres Sohnes im Sudankrieg sorgte. »Den Ägypten-Feldzug hat er ja schon überlebt.« Trotzdem wäre er in Sydney besser aufgehoben, dachte Penelope, selbst wenn er bei seiner Großmutter leben müsste. Sogar deren unbeugsame Härte gegenüber ihrer eigenen Tochter war den Gefahren eines Schlachtfelds vorzuziehen.

»Ich wünschte, ich würde Michael noch einmal sehen«, flüsterte Fiona heiser. »Wenn ich nur mit ihm reden könnte … Vielleicht könnte er Patrick davon überzeugen, dass ich ihn als Baby nicht freiwillig weggegeben habe. Die Umstände waren gegen mich, und ich habe damals gedacht, ich würde die richtige Entscheidung treffen. Ich habe wirklich geglaubt, Molly würde eine liebevolle Familie für ihn finden.«

»Das hat sie ja«, sagte Penelope sanft. »Sie hat ihn zu Michaels Familie gebracht, wo er jede Menge Liebe bekam.«

»Das weiß ich jetzt«, erwiderte Fiona. Ein gehetzter Blick trat in ihre Augen. »Aber ich fürchte, meine Mutter hat das Herz meines Sohnes für immer vergiftet. Sie hat ihm erzählt, ich hätte vorgehabt, ihn in ein Pflegeheim zu schicken.« Sie legte eine Pause ein. In ihre Verzweiflung mischte sich Wut. »Dabei hat *sie* Molly angewiesen, ihn dorthin zu bringen. Sie muss doch gewusst haben, dass man unerwünschte Säuglinge dort einfach verhungern lässt oder sich ihrer auf andere Weise entledigt.«

»Dein Sohn wird eines Tages nach Sydney zurückkehren«, beruhigte Penelope sie. »Ich bin sicher, dass sich dann für dich eine Gelegenheit ergibt, ihm die Wahrheit zu sagen.«

Fiona versuchte zu lächeln, aber ihre Verbitterung war zu stark. »Falls er je nach Sydney zurückkehrt, muss er wohl einen weiteren Krieg ausfechten«, sagte sie bitter. »Granville will ihn daran hindern, seinen Platz in der Familie einzunehmen.«

»Ich bezweifle, dass er das kann«, gab Penelope zurück. »Deine Mutter hat ihm erklärt, dass Patrick dein Sohn ist. Bestimmt hat sie Beweise für seine Ansprüche.«

»Die hat sie, aber Granville hat gedroht, vor Gericht dafür zu sorgen, dass er enterbt wird.«

»Dafür gibt es keine Grundlage«, entgegnete Penelope bestimmt. »Schließlich hat sie die Duffys als Zeugen. Und ... dich?«

Fiona senkte den Blick, und Penelope wurde klar, dass sie die Frage nicht beantworten wollte. »Du willst schweigen?«, fragte sie. Fiona nickte. »Warum willst du die Identität deines Sohnes nicht bestätigen? Ein Skandal schreckt dich doch mit Sicherheit nicht. Warum also?«

»Ich habe mit Granville eine Vereinbarung getroffen«, erwiderte Fiona. »Er wird keine gerichtlichen Schritte unternehmen, solange ich keine Aussage mache. Sollte er sich nicht daran halten, werde ich mein Schweigen brechen und Patrick als meinen Sohn anerkennen.«

»Aber den Bestimmungen des Testaments nach ist Patrick für meinen Bruder immer noch ein Rivale«, sagte Penelope. »Ich kenne Granville, und mir ist nicht klar, warum er sich auf eine solche Vereinbarung hätte einlassen sollen.«

»Weil ich ihm meinen Anteil an Vaters Erbe überschrieben habe.«

Penelope warf Fiona einen entsetzten Blick zu. »Damit gehört Granville ein Drittel des Besitzes«, sagte sie. »Und sollten sich deine Töchter mit ihrem gemeinsamen Drittel auf die Seite ihres Vaters stellen, wenn sie einundzwanzig werden, hätte er die Anteilsmehrheit in der Hand. Das heißt, er wäre unumstrittener Herr über die Unternehmen und Besitztümer der Macintoshs.«

»Ich weiß«, erwiderte Fiona, während sie über die gewichtige Entscheidung nachdachte, mit der sie das Schicksal der Macintoshs verändert hatte. Sie hatte Granville die Kontrolle ermöglicht, für die er jahrelang intrigiert hatte. Jetzt lag der Preis in Reichweite seiner skrupellosen Hände. Aber die Überschreibung der Anteile war Granville teuer zu stehen gekommen. Aufgrund des Transfers war sein Kreditrahmen bei den Banken fast völlig ausgeschöpft.

Penelope war klar, welche Auswirkungen die Entscheidung Fionas haben würde. Sir Donald hatte in seinem Testament seinem letzten verbliebenen Kind großzügig ein Drittel der Unternehmen vermacht. Ein weiteres Drittel sollte an ihre Erben, seine Enkelkinder, gehen, das letzte Drittel an seine Frau, Lady Enid.

Dorothys und Helens Anteile wurden bis zu ihrer Volljährigkeit von einer Treuhändergesellschaft verwaltet. Allerdings hatte Sir Donald nicht mit einem illegitimen Enkel gerechnet, als er seinen letzten Willen diktierte. Lady Enid hatte jedoch bereits mit der Umsetzung eines Plans begonnen, der es Patrick ermöglichen sollte, seinen Anteil zu übernehmen. Es ging um eine Minderheitsbeteiligung, die aber von ausschlaggebender Bedeutung war, weil sie Enid eine knappe Mehrheit gegenüber ihrem verhassten Schwiegersohn verschaffte. Zumindest bis Dorothy und Helen volljährig waren; dann war es möglich, dass sich die Waage der Macht über das Finanzimperium der Macintoshs wieder Granville zuneigte.

Penelope war klar, dass die unsinnige Entscheidung Fionas eine Geste der Mutterliebe für einen Sohn war, der nichts mit ihr zu tun haben wollte. Sie hatte ihr eigenes Erbe einem Mann überschrieben, von dem sie beide wussten, dass er zu allem fähig war, um seine Ziele zu erreichen. Ironischerweise hatte sie durch die Übertragung ihrer Anteile an Granville ihrer Mutter einen Schlag versetzt. Enids rücksichtsloser Traum, die Unternehmen in der Hand eines männlichen Macintosh-Erben zu sehen, wurde dadurch zunichte gemacht. Aber auch wenn Patrick das Familienimperium niemals kontrollieren würde, war sichergestellt, dass er für den Rest seiner Tage komfortabel leben konnte, und das wusste Fiona. Ihr von ihr getrennt lebender Ehemann war ein cleverer Geschäftsmann, der dafür sorgen würde, dass die Unternehmen florierten, wenn auch sonst nicht viel Positives über ihn zu sagen war.

Penelope fiel es schwer, die Neuigkeit zu verdauen, dass ihr Bruder möglicherweise die Kontrolle über das Firmenimperium erlangen würde. Die Tatsache, dass er noch mehr Macht haben würde, brannte ihr wie Säure im Magen. Bitterkeit erfüllte sie beim Gedanken an den Mann, der sie vor so vielen Jahren missbraucht hatte. Indem sie Fiona für sich gewann und sie seinem Bett entfremdete, rächte sie sich an ihm. Aber das war nicht ihr Hauptziel gewesen. Sie hatte Fiona immer auf eine Art begehrt, die kein Mann verstehen konnte.

22

Die britische Armee formierte sich zu einem monolithischen Rechteck, dessen Kanten von Gewehren und Bajonetten gesäumt wurden. Bevor die Sonne den Männern Schaden bringen konnte, erging bereits der Befehl zum Abmarsch. Die Pferde der eskortierenden Kavallerie wieherten und schnaubten, und die Geschützlafetten der Artillerie setzten sich ratternd in Bewegung. Die Maultiere, die mit ihren Führern an der Zareba zurückblieben, wieherten ihren Cousins nach, die die bengalischen Lanzenreiter-Schwadronen trugen. Das waren grimmige Männer mit Adleraugen, an ihren charakteristischen Turbanen und buschigen Bärten zu erkennen. Der Staub wirbelte unter den Stiefeln von zehntausend Infanteriesoldaten auf, die ihre Waffen schulterten, um Osman Dignas Kriegern entgegenzumarschieren, die sich in die Hügel hinter den Ruinen von Tamai zurückgezogen hatten. Unterdessen blieb eine kleinere Einheit in dem befestigten Lager zurück, um die wertvollen Vorräte der Intendanzabteilung vor Angreifern zu schützen, die die Hauptstreitmacht umgehen mochten.

Hinten im britischen Rechteck marschierten Captain Patrick Duffy und Private Angus MacDonald mit der Infanterie aus Neusüdwales. In eine Staubwolke gehüllt, rückten sie unter der grellen Sonne durch die schweigenden, verlassenen Ruinen der Lehmhäuser vor. Um sich herum entdeckten sie Anzeichen, dass das Dorf den Derwischen als Operationsbasis gedient hatte.

Die Armee hielt nicht an, sondern stieß weiter vor, in Richtung der Kriegertrupps, die in Sichtweite der Briten auf dem Rückzug Wasserbrunnen mit Erde zuschütteten. Ärgerlicherweise blieb die Entfernung zum Feind zu groß für eine entscheidende Auseinandersetzung. Frustriert stellte General Graham fest, dass Osman Digna offenbar keine Absicht hatte, seine Truppen dieser beweglichen Festung aus menschlichem Fleisch entgegenzuwerfen. Er glaubte felsenfest an die eiserne Disziplin seiner gut ausgebildeten, erfahrenen Soldaten und wusste, dass eine Entscheidungsschlacht gegen Osman Digna zu diesem Zeitpunkt den Mahdi möglicherweise in die Knie zwingen würde. Aber seine Hoffnung, die Krieger mit dem wilden Haarschopf mit Kugeln, Bajonetten und Granaten bekämpfen zu können, schien ebenso schnell zu entschwinden wie die Derwische, denen bei allem fanatischem Mut und trotz ihres religiösen Eifers klar war, dass Speere, Schilde, Schwerter und antiquierte Musketen nicht für einen Sieg ausreichten.

Stattdessen griffen Dignas Kommandeure auf Guerillataktiken zurück, indem sie den Eindringlingen das Wasser, den wichtigsten Schatz des Landes, vorenthielten und sie gleichzeitig aus der Deckung der felsigen Berge heraus mit Scharfschützenfeuer belegten.

Die kampflustigen Schwadronen der bengalischen Kavallerie unternahmen immer wieder Ausfälle, wobei sie auf die Derwische zugaloppierten und versuchten, sie einzuschließen, um sie mit ihren langen Kavallerielanzen aufzuspießen. Die begleitenden Kanoniere der Artillerie feuerten ihre Feldgeschütze mit den oft geübten, exakten Bewegungen ab, die ihnen auf den friedlicheren Übungsgeländen Englands eingebläut worden waren. Donnernd schleuderten die Kanonen ihre schweren Geschosse in die Hügel, wo sie in Fontänen von Schrapnellkugeln explodierten.

Jedes Mal, wenn in den Hügeln schmutzige Säulen aus Erde und Rauch aufstiegen und in der Luft in sich zusammenfielen, wurde in den Reihen der Infanterie Beifall laut. Die vorderen Reihen der Briten, die den sich zurückziehenden Guerillakämpfern am nächsten waren, feuerten kontrollierte Salven auf die Berge ab. Rauch, Staub, Lärm und die allgegenwärtige, austrocknende Hitze des wüstenhaften Landes rollten über das Rechteck hinweg, das immer wieder anhielt, damit Gewehre und Kanonen der Armee ihr Ziel fanden.

Patricks erfahrenes Ohr hörte das kaum vernehmbare, seufzende Pfeifen feindlichen Feuers. Die Kugeln der Derwische, die auf diese Entfernung kaum noch Durchschlagskraft besaßen, fielen in das Rechteck. Hinter ihm fluchte ein Kolonialsoldat wütend, weil er dachte, sein Kamerad hätte ihn gegen die Schulter geboxt. Dann merkte er, dass ihn eine verirrte Derwisch-Kugel getroffen hatte, und sein Ärger verwandelte sich in Schrecken. Er war verwundet! Ein anderer jaulte plötzlich auf und hüpfte ein paar Meter, bevor er merkte, dass man ihn in den Fuß geschossen hatte.

Ihre Kameraden hoben die Verwundeten auf und trugen sie zu den Lazarettwagen. Das Rechteck erhielt den Befehl zum Vorrücken, konnte aber in dem zerklüfteten Gelände der mimosenbestandenen Hügel nur mit Mühe die Formation halten.

Patrick fluchte leise über diesen Befehl. Sie hätten ebenso gut in die Zareba auf der anderen Seite von Tamai zurückkehren können. Es war offensichtlich, dass die »Fuzzy-Wuzzies«, wie die Briten die Derwische wegen ihrer buschigen schwarzen Haarschöpfe nannten, nicht die Absicht hatten, General Grahams Wunsch zu erfüllen. Der Vormarsch konnte sich endlos hinziehen, die Armee marschieren, bis ihr die Vorräte ausgingen oder bis sie der Mut verließ. Nein, schloss Patrick, für einen Krieg wie diesen, in dem der Feind dem Riesen immer wieder in die Waden biss und damit seine Entschlusskraft unterminierte, war diese Methode nicht geeignet.

Private MacDonald schien seine Gedanken gelesen zu haben. »Glaub nicht, dass diese Marschiererei was bringt«, knurrte er. »Wir könnten uns genauso gut in Suakin mit ihren Frauen amüsieren.«

Patrick grinste. Er dachte mehr an einen Spaziergang durch die engen Gassen der Hafenstadt am Roten Meer mit ihren weiß getünchten Lehm- und Steinhäusern. Vielleicht fand er auf den Basaren afrikanische Kunstgegenstände. Seine kurze

Bekanntschaft mit Catherine hatte sein Interesse an der Archäologie geweckt.

»Da könnten Sie Recht haben, Private MacDonald«, stimmte er zu, setzte aber sogleich pflichtgemäß eine Ermahnung hinzu, wie es sich für einen Offizier gehörte. »Allerdings können uns die Geschlechtskrankheiten in diesem Teil der Welt mehr schaden als die Kugeln, mit denen uns die Fuzzy-Wuzzies im Moment beschießen.«

Angus antwortete nicht. Er hatte seine eigene Ansicht über das Leben. Das Soldatendasein lehrte einen, sich nicht um den nächsten Tag zu kümmern, der nach einer verlorenen Schlacht vielleicht niemals kam. Das Beste am Kilt war, dass er offenbar für Soldaten erfunden worden war, die es mit der fleischlichen Lust eilig hatten und sich nicht mit umständlichem Gefummel an englischen Hosen aufhalten wollten. Eine solche Mahnung zur Vorsicht konnte nur von einem Soldaten stammen, der hoffnungslos in sein rehäugiges Mädchen zu Hause verliebt war, dachte er. Oder von einem verheirateten Mann, der den Zorn seiner Frau mehr fürchtete als den Tod.

Nachdem sie den ganzen Tag durch die kahlen Hügel hinter Tamai marschiert waren und sich Scharmützel mit den zurückweichenden Kriegern von Osman Digna geliefert hatten, erhielten sie Befehl, kehrtzumachen und sich in das Versorgungslager bei McNeill's Zareba zurückzuziehen – an jenen Ort, von dem sie am Morgen aufgebrochen waren. Obwohl die eifrigen australischen Freiwilligen offenkundig enttäuscht waren über diese Order, freuten sie sich auf einen kühlen Abend innerhalb der Verteidigungsanlagen und eine Nacht ungestörten Schlafs.

Es war nicht alles verloren. Die Ehre war gerettet, denn es war australisches Blut geflossen. Während ihre Ohren noch vom Kriegslärm dröhnten, machten sie kehrt und marschierten auf demselben Weg zurück, den sie gekommen waren. Unterwegs sahen sie Rauch über den letzten noch stehenden Häusern von Tamai aufsteigen. Graham hatte die völlige Zerstörung befohlen. Damit wollte er den Derwischen eine Lektion erteilen, ihnen zeigen, dass die britische Armee zu jeder Zeit und an jedem Ort auftauchen konnte. Mit stoischer Ruhe beobachteten die Derwische auf ihrem Rückzug, wie die Soldaten das Dorf in Brand setzten, bis ihre Häuser in Flammen aufgingen und schließlich in sich zusammenbrachen. Irgendwann würden die Briten gehen, dann konnten sie zurückkehren und alles neu aufbauen. Schließlich und endlich war es der Wille Gottes, dass solche Dinge geschahen.

Kaum waren sie in die Zareba zurückgekehrt, da wurde Patrick auch schon ins Brigadehauptquartier bestellt. Wahrscheinlich, so vermutete er, sollte er mündlich Bericht über das Verhalten der australischen Freiwilligen erstatten.

Doch als er am Zelt von Major Hughes eintraf, bei dem er sich regelmäßig meldete, fiel ihm das besorgte Gesicht des Offiziers auf. Der Major war in ein Gespräch mit dem Artillerieoffizier vertieft, der die Geschütze befehligte, mit denen sie den sich zurückziehenden Feind beschossen hatten. »Captain Duffy«, sagte er, während Patrick den Artillerieoffizier formell grüßte, »Colonel Rutherford und ich haben gerade über Sie gesprochen.« Patrick war verwirrt, vor allem, weil das Gesicht des Colonel beunruhigend ernst wirkte. »Der Colonel erwähnte, dass Sie letzten Dezember in Suakin seinen besten Boxer ordentlich verprügelt haben. Er meint, es müsste Revanche geben, um die Ehre der Artillerie zu retten. Die Kanoniere brauchen eine Chance, ihre Ehre wiederherzustellen.«

»Soweit ich sehen konnte, haben sie das heute getan«, erwiderte Patrick galant.

Der Colonel lächelte über diese Schmeichelei. »Sie haben sich tapfer geschlagen, aber ich fürchte, es war viel Aufwand für ein sehr bescheidenes Ergebnis.«

»Colonel Rutherford hat eine Idee, wie man die Geschütze optimal einsetzen könnte, Captain Duffy«, sagte Major Hughes verschwörerisch. »Meiner Meinung nach hat sein Plan eine Menge Vorzüge. Allerdings bedeutet er für jeden, der sich freiwillig für diese Aufgabe meldet, ein ziemliches Risiko. Wie geht es Ihrer Wunde?«

»Sie war noch nie ein Problem, Sir«, erwiderte Patrick munter. Unbewusst bewegte er den Arm, um seine Worte zu unterstreichen. »Bei den Tommy-Stängeln kann ich ohnehin nicht viel tun, Sir. Für ihren ersten Feldzug scheinen sie sich ausgezeichnet zu halten.«

»Gut so«, sagte der Major geistesabwesend, während er in die untergehende Sonne hinausblickte. Offenbar beunruhigte ihn der Spezialeinsatz, den der Colonel vorgeschlagen hatte, immer noch.

Dann richtete er seine Aufmerksamkeit wieder auf Patrick. »Ich muss den Plan dem Brigadekommandeur zur Genehmigung vorlegen, aber bei seiner jetzigen Stimmung gehe ich davon aus, dass sie erteilt wird.«

»General Graham muss sich ebenso frustriert fühlen wie die Tommy-Stängel«, meinte Patrick. »Die wollen auch endlich eine entscheidende Schlacht gegen die Männer des Mahdi.«

Major Hughes nickte, und Patrick wurde klar, dass der Plan des Colonel den Wunsch von Kommandeur und Kolonialtruppen erfüllen konnte. »Jede Nacht schleichen sich die Fuzzy-Wuzzies dicht an die Zareba heran, um uns zu beschießen«, sagte der Major. »Wir haben uns mit diesen Aktionen ihrer Scharfschützen abgefunden und erlauben ihnen praktisch, sich nachts frei zu bewegen. Aber wie jeder Soldat weiß, brauchen selbst Derwische einen Platz, an den sie sich bei Tagesanbruch zurückziehen können. Anscheinend fühlen sie sich als Herren der Nacht und sind ziemlich arrogant geworden. Ein gut ausgebildeter Soldat könnte möglicherweise ihren Sammelpunkt finden und den Kanonieren ihre Position melden, sodass wir sie gezielt bombardieren können. So könnten wir sie erwischen, während sie sich gerade gegenseitig auf die Schulter klopfen und sich dazu gratulieren, dass sie uns wieder mal ordentlich geärgert haben. Können Sie sich vorstellen, wie diese Mission ausgeführt werden sollte, Patrick?« Voller Zuneigung sprach er den jungen Mann mit dem Vornamen an, denn er wusste, dass dieser sich ohne Zögern freiwillig für die gefährliche Aufgabe melden würde.

Patrick seufzte und richtete seinen Blick auf die Hügel, bevor er antwortete. »Ich würde das Gelände vor unseren Verteidigungsanlagen erkunden, um herauszufinden, aus welcher Position ein Scharfschütze am wahrscheinlichsten auf uns feuern würde.«

»Damit gingen Sie ein hohes Risiko ein«, warnte Major Hughes, »dass Sie auf einen Derwisch stoßen, der im Schutze der Dunkelheit ebendiese Position einnehmen will.«

»Mit dem würde ich schon fertig werden«, erwiderte Patrick ruhig.

Der Brigademajor wusste, dass genau das der kritische Faktor bei der Mission war. Nur einer seiner Offiziere war dem wirklich gewachsen. Dieser junge Mann hatte bereits unter Beweis gestellt, dass er auch im irrsinnigen Gemetzel einer Schlacht ruhig blieb. Außerdem war seine körperliche Stärke in der Brigade unübertroffen.

Hughes nickte. »Davon bin ich überzeugt, Captain Duffy.« Der Artillerieoffizier nickte zustimmend. Auch er war sicher, dass der Brigademajor den richtigen Mann für die Aufgabe ausgewählt hatte. Schließlich hatte er gesehen, wie Patrick seinem stärksten Kanonier bei einem Wettkampf der Einheiten in Suakin eine vernichtende Niederlage beibrachte. »Dann kümmere ich mich um die Genehmigung des Brigadekommandeurs«, sagte Major Hughes seufzend. »In der Zwischenzeit können Sie mit der Erkundung beginnen, Captain Duffy, und sich auf Ihre Aufgabe vorbereiten. Vor Sonnenuntergang werde ich Sie wissen lassen, ob wir grünes Licht haben oder nicht. Auf jeden Fall würde ich Ihnen zum gegenwärtigen Zeitpunkt raten, sich mit Captain Thorncroft in Verbindung zu setzen, damit die Posten wissen, dass Sie sich im äußeren Bereich bewegen. Wir wollen ja nicht, dass Sie erschossen werden, während Sie versuchen, Colonel Rutherford lebenswichtige Informationen zu übermitteln.«

»Sir.« Patrick salutierte vor den beiden Offizieren. »Wenn das alles ist, würde ich gern die wenige Zeit, die mir noch bleibt, für meine Vorbereitungen nutzen.«

»Ja, Captain Duffy, da haben Sie ganz Recht.«

»Viel Glück, Captain Duffy«, sagte der Colonel mit warmer

Stimme. »Aufgrund der von Ihnen gesammelten Informationen können wir den Fuzzy-Wuzzies vielleicht endgültig Manieren beibringen. Und übrigens: Ich hoffe, mein Kanonier verdrischt Sie bei Ihrem Revanchekampf in Suakin ordentlich.«

Als Patrick das Brigadehauptquartier verließ, passierte er auf dem Weg zu Private MacDonald, der gerade ihr Abendessen zubereitete, die Lazarettwagen, in denen Francis Farrell lag. Es würde ihm gut tun, mit dem ehemaligen Polizisten zu sprechen, an den er sich jetzt immer besser erinnerte. Im engen Kreis der irischen Einwanderer der Kolonie Neusüdwales war er für ihn wie ein entfernter Onkel gewesen.

Es waren Tage der Unschuld gewesen, als er noch geglaubt hatte, Daniel Duffy wäre sein Vater und Michael Duffy sein längst verstorbener Onkel. Doch noch als kleiner Junge erfuhr er die Wahrheit über seine Abstammung, und seine Großmutter mütterlicherseits, Lady Enid Macintosh, erzählte ihm auch von dem angeblichen Verrat seiner Mutter.

Aber die strenge Lady Enid, die den Jungen ursprünglich nur als Waffe gegen die Interessen ihrer Tochter und ihres Schwiegersohnes hatte einsetzen wollen, hatte eine echte, hingebungsvolle Liebe zu ihrem Enkel entwickelt. Sein natürlicher Charme hatte die Matriarchin bezaubert, für die das Blut der Macintoshs über alles ging. Der Junge hatte alle Privilegien der vornehmen englischen Gesellschaft genossen und sich in diesem Leben so schnell zurechtgefunden, wie es seiner Herkunft entsprach.

Der Stabsarzt, dessen weiße Schürze mit dem Blut der Soldaten befleckt war, die er behandelt hatte, begrüßte Patrick herzlich. Nein, Private Farrell habe sich noch nicht so weit erholt, dass er Besuch bekommen könne, antwortete er auf Patricks Frage. Patrick dankte ihm und brach auf, um das Gelände vor dem Verteidigungsring der Zareba zu erkunden.

Angus bemerkte einen merkwürdigen Ausdruck auf dem Gesicht des jungen Captain, der sich vor ihm in den Staub hockte, um den Becher mit Kaffee entgegenzunehmen. Die

Mission war vom Kommandeur abgesegnet worden, und er sollte das Lager vor Sonnenuntergang verlassen. In aller Eile hatte er seinen Burschen informiert. Nun wurde Angus klar, woher er den Ausdruck kannte – er hatte ihn bei Männern vor einer Schlacht gesehen. Bei Männern, die geglaubt hatten, das Glück habe sie verlassen.

»Sie werden das hier brauchen«, sagte Angus leise, während er ihm einen Schatz übergab, den er lange gehütet hatte.

Überrascht nahm Patrick die tödliche Waffe entgegen. Der Amerikaner Bowie, der durch die Schlacht von Alamo berühmt geworden war, hatte dieses Messer entworfen, das auf der ganzen Welt jedem Kämpfer bekannt war, der eine scharfe Spitze und eine rasiermesserfeine Schneide zu schätzen wusste. »Danke, Private MacDonald«, erwiderte er brüsk. »Besser als der englische Stahl, den man uns gegeben hat.«

»Muss wohl so sein, Sir«, meinte Angus mit verschwörerischem Zwinkern. »Die Engländer verstehen nichts von breiten Klingen.«

Patrick drehte das Messer in seiner Hand. Hoffentlich kam er dem Feind nicht so nah, dass er es einsetzen musste. Irgendwie vertraute er mehr auf den Schutz von Sheela-na-gig.

23

Die Hügel wirkten glatt und rund wie die Backenzähne einer alten Frau. Es sah aus, als hätten die Godkin-Berge so lange am blauen Himmel genagt, dass sie völlig abgeschliffen waren. Einige der niedrigeren Berge waren entlang der Gipfel abgesplittert, wo sie sich an einer harten Wolke die Zähne ausgebissen hatten, und wiesen felsige Steilhänge auf. In dieses Massiv drang am späten Nachmittag der aus Polizisten und Grenzern bestehende Suchtrupp ein.

Gordon James führte die Kolonne an, während Peter Duffy mit unruhigem Blick die mit spärlichem Buschwerk bestandenen, konkaven Hänge musterte, die in der grellen Sonne brieten. Diesen Weg war er schon einmal geritten, und er konnte sich noch lebhaft daran erinnern, wie sich die Kalkadoon aus ihrer dürftigen Deckung erhoben hatten und über sie hergefallen waren. Er war nicht das einzige Mitglied der Patrouille, das mit den Blicken misstrauisch die Hügel der Umgebung absuchte. Vor der Truppe ritten die Fährtensucher der Eingeborenenpolizei, die die Gewehre quer über den Sätteln balancierten.

Während er weiterritt, dachte Peter über die Kluft nach, die in gewissem Maße immer zwischen ihm und dem Mann, der die Expedition leitete, bestanden hatte. In ihrer Jugend war es nur ein kleiner Riss gewesen, der sich jedoch verbreitert hatte, als sie beide zur Eingeborenenpolizei gegangen waren. Seine Tante Kate hatte versucht, ihn davon abzuhalten, dass er sich ausgerechnet den Leuten anschloss, die das Volk seiner Mutter fast völlig ausgerottet und schließlich seine Eltern getötet hatten.

Oft hatte Peter Albträume, in denen ihn seine Mutter mit toten Augen aus den Flammen des Lagerfeuers anstarrte, während das Feuer zischend an ihrem Körper leckte. In seinen Albträumen lebte sie noch, lag aber hilflos in den Flammen, während sie ihn mit stummen Worten anflehte. Wenn er nur gewusst hätte, worum sie ihn bat. Was sollte er tun?

Warum war er bei der Polizei geblieben, obwohl seine Freundschaft mit Gordon nicht mehr Teil seines Lebens war? Jetzt war ihm klar, dass dies seine letzte Patrouille sein würde. Sobald sie nach Cloncurry zurückgekehrt waren, würde er seinen Abschied nehmen, nach Townsville zurückkehren und für seine Tante arbeiten. Sollte Gordon James zum Teufel gehen!

Die gedämpfte Stille des Buschs wurde durch einen Schuss zerrissen, dessen Echo von den Hügeln vor ihnen zurückgeworfen wurde. Die Polizisten rissen ihre Karabiner aus den Sattelhalterungen, und die Grenzer spannten den Abzugshahn an ihren einschüssigen Snider-Gewehren. Gordon James hob die Hand und ließ die Truppe anhalten. Dann schickte er seine Polizisten vor, um das Gelände zu erkunden. Jeder Einzelne der Reiter spürte die quälende Furcht vor einem Hinterhalt. Die Hügel schienen näher an sie herangerückt zu sein. Mit furchtsamen Blicken suchten sie die Hänge nach sich bewegenden Schatten ab.

»Hügel im Auge behalten!«, brüllte Gordon überflüssigerweise, da ohnehin jeder zu den Gipfeln hinaufstarrte und verängstigt nach den gefürchteten Kriegern suchte.

Die Pferde tänzelten nervös, und die Männer versuchten, ihrer Anspannung und Angst mit wilden Flüchen Luft zu machen. Doch nichts geschah, bis ein eingeborener Polizist durch die Büsche brach und neben Gordon sein Pferd zügelte. »Mahmy! Fangen schwarze Gin lange Fluss.« Der Polizist rollte die Augen, sodass das rauchige Weiß sichtbar wurde. »Töten schwarze Gin.«

Gordon gab seinem Pferd die Sporen und bedeutete der Truppe mit einer Geste, ihm zu folgen. Sie ritten, bis sie den Fluss erreichten. Auf einer Sandbank, die zu einem tiefen Felsentümpel führte, kauerte unter dem Gewehr eines europäischen Polizisten eine alte Ureinwohnerin. Neben ihr lag ein Netz, das von Süßwassermuscheln überfloss.

Weiter unten auf der Sandbank lag mit ausgebreiteten Gliedmaßen die Leiche einer alten Ureinwohnerin. Eine Kugel hatte sie mit voller Wucht in den Rücken getroffen und ihre Wirbelsäule zerschmettert.

»Was ist passiert?«, fragte Gordon den weißen Polizisten, einen der neuen Rekruten. Er mochte den Mann nicht und misstraute ihm.

»Haben sie im Fluss erwischt«, erwiderte er, während er den Gewehrlauf brutal gegen den Körper der völlig verschreckten alten Frau stieß, die zu seinen Füßen kauerte. Sie heulte entsetzt auf – ihr war klar, dass ihr Schicksal besiegelt war. »Haben sie gewarnt und gesagt, sie soll'n steh'n bleiben, im Namen der Königin. Aber sie sind weggerannt. Die da drüben haben wir erwischt, Boss.«

»Das sehe ich, Trooper Calder«, sagte Gordon, der vom Pferderücken aus einen besseren Überblick hatte. »Guter Schuss auf diese Entfernung.«

Der Polizist strahlte über das Lob von seinem befehlshabenden Offizier. Commanche Jack zügelte sein Pferd neben Gordon und starrte auf die alte Frau hinab, die sich auf dem Boden wie ein Embryo zusammengerollt hatte. Er drehte den Pfriem, den er kaute, mit der Zunge im Mund herum. »Was wollen Sie mit ihr machen, Inspektor?«, fragte er, wobei er einen langen braunen Tabakstrahl in den Sand zwischen den beiden spuckte.

»Wenn ich sie laufen lasse, geht sie zu ihren Leuten und verrät denen, wo wir sind«, erwiderte Gordon ruhig. »Damit bleibt mir keine große Wahl.«

»Die wissen sowieso, wo wir sind.« Commanche Jack stützte sich auf sein Sattelhorn und blickte nachdenklich auf die Berge, die aus dem dichteren Buschwerk am Fluss aufstiegen. »Seit wir in den Hügeln sind, haben die uns nicht aus den Augen gelassen.«

»Wie kommen Sie darauf?«

»Mescaleros, Kalkadoon – alles Kriegervölker«, erwiderte

Commanche Jack, während er den restlichen Tabak in seine Wangen schob, um den Nikotingeschmack zu genießen. »Die beobachten uns bestimmt gerade und fragen sich, was wir mit der Schwarzen hier anfangen.«

Instinktiv richtete Gordon den Blick auf die Hügelkuppen, die das Flusstal umgaben. Der Amerikaner kicherte. »Sie können sie nicht seh'n, Inspektor. Deswegen sind es ja Krieger. Ein Krieger weiß immer mehr über dich als du über ihn.«

»Von mir aus«, erwiderte Gordon drohend, wobei er auf die alte Frau blickte, die sich im heißen Sand wand. »Wenn sie uns zusehen, dann werden wir sie lehren, welches Schicksal jeden erwartet, der sich dem Gesetz der Königin widersetzt.«

»Sie woll'n die Schwarze erschießen?«, fragte Commanche Jack ruhig. Er fing Gordons Blick ein. »Sie könnten sie auch laufen lassen.«

»Ich bin kein Henker«, erwiderte Gordon. »Sie oder jemand aus Ihrem Trupp wird sie erledigen müssen.«

Der abgebrühte Amerikaner richtete sich im Sattel auf. »Ich nicht, Inspektor. Ich hab mich für den Kampf gegen die Kalks gemeldet, nicht weil ich alte Frauen erschießen will. Wenn Sie sie umbringen wollen, müssen Sie das selber tun.«

Angewidert spie der Amerikaner einen Tabakstrahl in den Sand, wobei er Gordon nur knapp verfehlte. Dann wendete er sein Pferd, um zu seinen Männern zurückzureiten. Gordon zog ein wütendes Gesicht und fluchte leise. Wenn der erfahrene Indianertöter nicht bereit war, die Frau hinzurichten, wer dann? »Trooper Calder!« Gordon wusste, dass der Mann im Ruf stand, gegenüber dem Leben anderer völlig gleichgültig und abgestumpft zu sein. Obwohl er nur an einer einzigen Vertreibungsaktion beteiligt gewesen war, erinnerte sich Gordon an seine widerwärtige Lust daran, Frauen und Kinder der Aborigines zu töten.

»Sir!«

»Nehmen Sie einen Beamten mit, und helfen Sie der schwarzen Gin ein wenig auf den Weg«, sagte Gordon gelassen. »Sie wissen sicher, was ich meine.«

»Ja, Sir«, erwiderte der Polizist mit bösartigem Grinsen. Er stieß die alte Frau mit seinem Gewehr, bis sie aufheulte und sich abwehrend zu einer Kugel zusammenrollte. »Duffy, du halbblütiger Saftsack. Glotz mich nich so an. Hilf mir lieber, deine Tante hier auf die Füße zu stellen«, fauchte Calder.

Mühelos glitt Peter vom Pferd, griff nach seinem Gewehr und ging zu dem Polizisten, der der vor Angst erstarrten Frau den Kolben seines Karabiners in den Rücken gerammt hatte. Der Anblick der verängstigten Schwarzen, die zusammengerollt im Sand lag, erinnerte ihn vage an seine Mutter. *Was hatte sie ihm nur zugerufen?*

Als Calder erneut zum Schlag ausholte, hielt Peter seinen Arm fest. »Wenn du sie weiter prügelst, kriegen wir sie nie auf die Beine.«

Der Polizist funkelte ihn mit den Augen eines wilden Tieres an, folgte jedoch widerwillig seinem Rat. »Von mir aus. Du hilfst ihr auf die Füße«, zischte er. »Wenn's sein muss, kannst du das schwarze Miststück auch hinter dir herschleifen.«

Peter zog die Frau hoch. Dabei trafen sich ihre Blicke kurz. Sie entdeckte ein merkwürdiges Mitgefühl in seinen Augen, und obwohl sie vor Entsetzen zitterte, fühlte sie weniger Angst als zuvor. Mit sanften Worten führte Peter sie von den Reitern weg.

Den Karabiner über der Schulter, folgte Calder ihm. Er warf einen Blick zurück, um Gordon James zuzuzwinkern, der den beiden im Busch verschwindenden Polizisten mit versteinertem Gesicht nachblickte. »Gehen Sie ein gutes Stück, Trooper Calder«, rief Gordon. Je weiter entfernt, desto besser, dachte er, als könnte die Entfernung die Verbindung zwischen ihm und dem, was dort im Busch geschehen würde, aufheben.

»Gute Arbeit, Duffy«, lobte Calder, der hinter Peter ging. Dieser führte die Eingeborene durch das Buschwerk am Fluss, wobei er sie halb stützte und halb trug. »Die denkt bestimmt, du lässt sie laufen.«

Peter antwortete nicht, sondern half der Frau weiter durch die Sträucher, bis sie an eine Lichtung kamen, wo sich der Fluss verbreiterte. Aus dem Flussbett ragten vorspringende Felsnasen.

»Das is' weit genug«, sagte Calder und nahm das Gewehr von der Schulter. »Jetzt soll sie auf den Felsen da über den Fluss springen.« Peter ließ die alte Frau los. Völlig verängstigt sank sie zu Boden. Er kniete nieder und half ihr mit ruhigen, freundlichen Worten wieder auf die Beine.

Unsicher stolperte sie auf den Fluss und die Trittsteine zu, die den Weg durch die schnell fließenden Strudel bildeten. Dort verfiel sie in einen humpelnden Trott. Calder stellte Kimme und Korn an seinem Gewehr auf fünfzig Meter ein, setzte den Kolben an die Schulter und nahm die alte Frau ins Visier. »Mal seh'n, ob ich noch so 'ne Schwarze mit einem Schuss erwische«, murmelte er über das sanfte Glucksen des Flusses hinweg. Er schloss ein Auge, atmete langsam ein – und plötzlich wieder aus, da er die Mündung von Peters Karabiner hinter seinem Ohr spürte.

»Wenn du schießt, blas ich dir das Gehirn raus, du weißer Scheißkerl«, zischte Peter dem erstarrten Polizisten zu. »Und jetzt entlädst du dein Gewehr ganz langsam.«

Mit grimmiger Befriedigung beobachtete er, wie die alte Frau das jenseitige Ufer erreichte, wo sie in der Sicherheit des Buschwerks verschwand. Sie hätte meine Mutter sein können, dachte er traurig. Nur eine alte Frau, deren einziges Verbrechen darin bestand, dass sie Ureinwohnerin war. Aber jetzt hatte er ihr das Recht gegeben, bei ihrem Volk zu leben und ihre Tage zu beschließen, wie es Gott gefiel.

»Du halbblütiger Bastard«, fluchte Calder, während er den Verschluss seines Karabiners öffnete und die nicht abgefeuerte Kugel auswarf. »Ich werde Mister James melden, dass du die Alte hast abhauen lassen.«

»Aber er hat dir doch befohlen, sie gehen zu lassen, oder etwa nicht?«, erwiderte Peter mit gespielter Unschuld.

»Du weißt genauso gut wie ich, was er gemeint hat«, antwortete der Polizist, vor Wut kochend, während er sein Gewehr senkte. »Die alte Sau hätte hier nicht lebend rauskommen dürfen.«

»Sie zu töten wäre Mord gewesen«, hielt Peter ruhig dagegen. »Du solltest mir dankbar sein. Wenn die Sache jemals herausgekommen wäre, hätte es dir mit Sicherheit Leid getan.«

Vor Wut zitternd, wich Calder vor Peter zurück, der das Gewehr mittlerweile ebenfalls gesenkt hatte. Sein Zorn war so groß, dass er seinen Polizistenkollegen am liebsten erschossen hätte – wenn im Lauf noch eine Kugel gewesen wäre. »Weißt du, Duffy, du redest gar nicht wie ein Schwarzer«, zischte er, wobei er den jungen Mann vor ihm mit wütenden Blicken bedachte. »Du benimmst dich nicht wie ein Nigger.«

»Vielleicht, weil wir Schwarzen schlauer sind als ihr weißer Abschaum«, erwiderte Peter. Noch nie hatte er sich so mächtig gefühlt wie in diesem Moment, nachdem er sich durch seine Entscheidung, der alten Frau das Leben zu retten, für eine Seite seiner Abstammung entschieden hatte.

»Wenn wir zurückkommen und ich dich melde, bist du erledigt, Duffy«, fauchte Calder.

»Wir werden sehen«, erwiderte Peter gelassen und wandte dem Polizisten, der immer noch vor Wut kochte, verächtlich den Rücken zu.

»Ich habe gar keinen Schuss gehört«, sagte Gordon zu den beiden Männern, die an seinem Steigbügel standen. »Was ist passiert?«

»Trooper Calders Gewehr hatte Ladehemmung, Sir«, erwiderte Peter, bevor Calder etwas sagen konnte. »Die Frau war verschwunden, bevor ich sie ins Visier nehmen konnte.«

»Stimmt das, Trooper Calder?«, fragte Gordon misstrauisch. Calder trat unbehaglich von einem Fuß auf den anderen. Nie jemanden beim Vorgesetzten verpfeifen – die ungeschriebene Regel ging ihm nicht aus dem Sinn.

»Wie Trooper Duffy sagt, Boss, das verdammte Gewehr hat 'ne Ladehemmung gehabt.«

»Sergeant Rossi soll es sich heute Abend im Lager ansehen«, knurrte Gordon. Damit waren die beiden Polizisten entlassen. »Zurück zur Truppe.«

Mit finsterem Gesicht sah er zu, wie die Männer zu ihren

Pferden gingen. Er wusste, wann Menschen logen. Außerdem machte er sich keine Illusionen über Peters Vertrauenswürdigkeit. Es war unvermeidlich gewesen, dass sich sein Eingeborenenblut am Ende durchsetzte. Für den Augenblick jedoch schob er jeden Gedanken an die Loyalität seines einstigen Freundes gegenüber der Eingeborenenpolizei beiseite. Die gegenwärtige Situation erforderte seine ganze Aufmerksamkeit. Wenn Commanche Jack Recht hatte und sie tatsächlich von unsichtbaren Kriegern beobachtet wurden, mussten sie sich für ihr Nachtlager eine hoch gelegene Stelle suchen. Das verschaffte ihnen einen Vorteil, falls die Kalkadoon in der Dunkelheit angriffen. »Sergeant Rossi«, bellte er über die Reihe der Reiter hinweg, die sich im Busch entlang des Flussufers verteilt hatten. »Die Fährtensucher sollen sich den Hügel da drüben ansehen und sicherstellen, dass sich dort niemand vor uns eingenistet hat.«

Der Sergeant bestätigte den Befehl und gab ihn an seine Polizisten weiter.

Peter schwang sich in den Sattel und wandte sich nach Calder um. Der erwiderte seinen Blick mit einer verächtlichen Grimasse. Von dem musste er sich fern halten, ermahnte Peter sich, der trug sich ganz offenkundig mit Mordgedanken. Er wendete sein Pferd, um sich der Patrouille anzuschließen. Dabei betete er darum, dass die alte Frau ihre Leute gefunden hatte, aber auch, dass Gordon nicht auf die Kalkadoon stieß. Denn wenn das geschah, würde sein früherer Freund, wie er wusste, keine Gnade kennen.

24

Nachdem er sein Tragegeschirr abgelegt hatte, ging Patrick in den Schneidersitz und atmete tief durch, um seine Nerven zu beruhigen. Während er zusah, wie die Sonne hinter dem Horizont versank, versuchte er, nicht an die vor ihm liegenden Stunden zu denken.

Nach Sonnenuntergang klopfte er Angus freundschaftlich auf den Rücken und wünschte ihm eine gute Nacht. Kopfschüttelnd beobachtete der hünenhafte Schotte, wie der junge Captain von der Dunkelheit verschluckt wurde. Der nette Kerl sieht aus wie ein zum Tode Verurteilter, dachte er traurig.

Patrick passierte den äußeren Ring der Wachen, wo Captain Thorncroft die Posten persönlich über seine Mission informierte. Auf keinen Fall durfte ein nervöser Soldat Patrick erschießen, wenn er in den frühen Morgenstunden zurückkehrte, sonst wäre der ganze kaltblütige Mut, der für diese Mission erforderlich war, vergebens gewesen. Flüsternd wünschte Thorncroft Patrick für seinen Auftrag Glück. Besser er als ich, dachte er, als Patrick in der lebensfeindlichen Wüste verschwand.

Der sternklare Himmel und die Schatten der stillen, mit Steinen übersäten Rinnen wurden zu einer unwirklichen Welt, in der Patrick auf dem Bauch auf eine winzige Felskuppe zukroch. Hände und Gesicht hatte er mit Holzkohle geschwärzt, um seine sonnengebräunte Haut zu verbergen, aber ihm war nur allzu deutlich bewusst, dass seine Kakiuniform in der Dunkelheit geradezu leuchtete. Außer dem Dienstrevolver, einer Tasche voller Ersatzpatronen und dem Bowiemesser trug er nichts bei sich.

Er hatte seine Route sorgfältig gewählt. Für ihn war klar, dass ein Scharfschütze am ehesten auf dieser Erhebung in Stellung gehen würde. Von hier aus beherrschte man das Gelände und befand sich praktisch außerhalb der Reichweite der Verteidiger des befestigten Lagers, war aber nah genug, um sporadisch Störfeuer abzugeben. Jetzt kam die Kuppe in Sicht; ihre Silhouette zeichnete sich vor dem endlosen, mit Sternen besetzten Horizont hinter dem eigentlichen Hügelkamm ab. Aber würde die Stellung schon besetzt sein? Mit äußerster Vorsicht zog er das Messer aus seiner Stiefelgamasche und drehte die Klinge zur Seite. Ein Stoß gegen die Brust musste so geführt werden, dass die Klinge zwischen den Rippen hindurchgleiten konnte und nicht von den harten Knorpeln zwischen den Knochen aufgehalten wurde. Mit der anderen Hand packte er den Griff seines Revolvers, den er mit einer Schnur an seiner Uniform befestigt hatte.

Es war ein unheimliches, beängstigendes Gefühl, sich so weit von der Zareba entfernt aufzuhalten. Hier waren nur noch die Geräusche der Wüste zu vernehmen: das jaulende Heulen eines Schakals in der Dunkelheit, das Geflatter eines Nachtvogels auf der Flucht oder auf der Jagd.

Langsam kriechen, keine losen Steine ins Rollen bringen, ermahnte Patrick sich. Nimm dir Zeit. Sheela-na-gig schützt dich.

Dann dämmerte ihm plötzlich, dass die kleine Göttin in seinem Tragegeschirr steckte. Es war das erste Mal auf diesem Feldzug, dass er von ihr getrennt war. Der entsetzliche Gedanke ließ seinen Körper vor urtümlicher Angst erzittern. Er hatte den Talisman nicht bei sich, der ihn, wie er mittlerweile fest glaubte, am Leben erhielt.

Ganz still daliegend, überlegte er, ob er in die Sicherheit der Zareba zurückkehren sollte. Alles hatte seinen Sinn verloren. Panik stieg in ihm auf, und um ein Haar hätten seine Ängste die Oberhand gewonnen. Nein. Nachdem er so weit gekommen war, würde er nicht umkehren. Für einen gebildeten Mann war es dumm und unlogisch zu glauben, dass unsichtbare Kräfte sein Leben lenkten, dass ihn ein Götzenbild aus Stein und die Worte eines schönen Mädchens am Leben hielten!

Da … Am nur wenige Meter entfernten Horizont bewegte sich der Fels! *Nein, nicht der Fels, sondern Kopf und Schultern eines Mannes.* Seine extreme Vorsicht war also gerechtfertigt gewesen.

Die Augen dicht über dem Boden haltend, blieb Patrick völlig bewegungslos liegen und beobachtete, wie sich der Derwisch-Scharfschütze in der Dunkelheit bewegte. Offenbar fühlte sich der Mann ziemlich sicher. Patrick musste ihn ausschalten und den anderen Scharfschützen zum Basislager mit ihrer Hauptstreitmacht folgen. Sobald er dessen Standort kannte, würde er umkehren. Anhand seiner Koordinaten konnten die Geschütze dann so eingestellt werden, dass ein gezieltes Artilleriebombardement möglich war. Die explodierenden Granaten würden dem Feind eine gründliche Lektion erteilen und gleichzeitig zeigen, dass es tödlich sein konnte, sich der Zareba bei Nacht zu nähern.

Kopf und Schultern verschmolzen mit dem Fels, als der Krieger die lange Steinschlossflinte aufstützte, um den ersten Schuss in das britische Lager hinein abzugeben. Vermutlich dachte er noch darüber nach, ob sein Schuss unter den Briten ein Ziel finden würde, als Patrick wie eine zustoßende Schlange vom langsam kühler werdenden Boden emporschoss. Das Messer bohrte sich in die Brust des Schützen. Vor Schmerz aufkeuchend, sackte er zusammen und sank zu Boden. Es sollte der letzte Laut sein, den er von sich gab.

Patrick zog das Messer aus der Leiche, hatte jedoch keine Zeit, sich zu dem höchst erfolgreichen Hinterhalt zu beglückwünschen. Mit entsetzlicher Klarheit wurde ihm bewusst, dass er nicht allein war.

Überall um ihn herum wuchsen Schatten aus der Erde. Zehn, vielleicht zwanzig Krieger sprangen auf, entsetzt über das plötzliche Auftauchen dieses bösen Wüstengeistes, dessen tödlicher Zorn sich gegen sie wandte. Als Patrick Sekunden vorher zugeschlagen hatte, hatten sie noch lautlos hinter der Felskuppe des Scharfschützen gekauert und gewartet, dass es Zeit wurde, ihre eigenen Stellungen einzunehmen.

»Herr im Himmel!«, schrie Patrick verzweifelt angesichts dieser unerwarteten Bedrohung. Instinktiv riss er den Revolver hoch, um blindlings in die nur wenige Meter entfernte Masse der Krieger zu feuern.

Die von seinem unerwarteten Auftauchen überraschten Derwische reagierten langsam. Zwei von Patrick aufs Geratewohl abgegebenen Schüssen fanden ihr Ziel; die Männer stöhnten vor Schmerzen und brachen zusammen. Als er das Magazin leer geschossen hatte, wirbelte Patrick auf dem Absatz herum und lief die Kuppe hinunter in die Wüste hinaus, weg von seinen eigenen Linien.

Nur die äußersten Posten hörten das schwache Knallen, das in der stillen Nachtluft zu ihnen herüberdriftete – und die nahmen an, dass die kurze Salve von ein paar verrückten Eingeborenen stammte, die in den Bergen ihre Gewehre abfeuerten. Als der Morgen graute, meldeten sie die Angelegenheit nicht; viel wichtiger erschien ihnen, dass das Feuer der Scharfschützen während der Nacht aus viel größerer Nähe gekommen war als sonst und bedrohlich tief ins Innere der Zareba reichte.

Am Morgen meldete Private Angus MacDonald, dass der junge Captain nicht zurückgekehrt sei. Major Hughes entsandte einen Erkundungstrupp aus indischen Kavalleristen, der dem von Captain Duffy eingeschlagenen Weg folgte. Die Männer ritten bis auf die verlassene Felskuppe hinauf, und einem von ihnen fielen die zahlreichen Blutflecken auf der Erde auf. Aber sie fanden keine Leichen – und keine Spur von Captain Duffy.

Als sie dem Brigademajor Bericht erstatteten, nickte dieser nur und wandte den bärtigen Soldaten auf den massigen Pferden den Rücken zu. Die Brigade hatte ihren vielversprechendsten Nachwuchsoffizier verloren und er selbst einen persönlichen Freund.

An jenem Tag erteilte General Graham den Befehl zur Rückkehr nach Suakin, während der Brigademajor Lady Macintosh ein Telegramm mit der traurigen Nachricht schickte, ihr Enkel gelte offiziell als vermisst. Nach einer angemessenen Wartezeit würde ein Beileidsschreiben folgen, denn auch wenn Patrick offiziell nur als vermisst und nicht als gefallen geführt wurde, bestand nach Major Hughes' Meinung wenig Hoffnung, dass der junge Captain überlebt hatte. Wenn ihn die Derwische nicht getötet hatten, würde es die Wüste tun.

Als sie aufbrachen, um von den Hügeln von Tamai zur Hafenstadt Suakin zu marschieren, hängte sich Angus das Tragegeschirr über die Schulter. Captain Duffys letzter Wunsch, bevor er in der Nacht verschwand, war ihm noch deutlich in Erinnerung. Er hatte ihn gebeten, die Taschen des Geschirrs auf keinen Fall zu öffnen, sondern es ins Wasser zu werfen, wenn er das Rote Meer erreichte.

Angus hatte nicht nachgefragt. Er wusste, dass Männer, die dem Tod ins Auge blickten, häufig merkwürdige Wünsche äußerten. Captain Duffys Erklärung war allerdings noch eigenartiger gewesen als seine ungewöhnliche Bitte. Er hatte gesagt, das Tragegeschirr werde auf den Strömungen des Ozeans nach Irland reiten, wo Morrigan es finden werde. Angus hatte nicht gefragt, wer Morrigan war, aber er vermutete, dass sich in den Taschen des Geschirrs etwas sehr Wertvolles befand, von dem kein Mensch erfahren sollte. Er würde es ohnehin nicht ins Rote Meer werfen, sagte sich Angus mit unerschütterlichem Optimismus. Denn Captain Duffy würde die Brigade bald einholen und es von ihm zurückverlangen.

Während sich die Armee in die Hafenstadt Suakin zurückzog, wachte MacDonald eisern über Patricks Besitz. Eigentlich hätte er das Geschirr dem Quartiermeister geben müssen. Aber das wäre unsinnig, denn Captain Duffy werde es bei seiner Rückkehr wiederhaben wollen, erklärte der muskulöse Schotte dem Quartiermeister so eindringlich, dass dieser zögernd zustimmte.

25

Als die Sonne hinter den Hügelkämmen versank, schlugen Polizisten und Grenzer ihr Lager auf. Posten wurden aufgestellt, den Pferden band man für die Nacht die Beine zusammen. Dann sammelten die Männer Feuerholz und rollten ihre Decken aus.

Obwohl die Szene täuschend idyllisch wirkte, hegten alle Teilnehmer der Expedition ihre ganz privaten Ängste. Sie wussten, dass sie sich in den Godkin-Bergen mitten im Kalkadoon-Gebiet befanden. Jeden Augenblick konnte die Stille der Nacht vom Kriegsgeschrei der Ureinwohner zerrissen werden, das auch dem Tapfersten das Blut in den Adern gefrieren ließ. Die Gespräche an den Lagerfeuern wurden mit gedämpfter Stimme geführt, und nur wenige Männer hielten sich länger als nötig in ihrem Lichtkreis auf.

Peter saß von seinen Kameraden getrennt. Sein Verrat war schnell bekannt geworden, und die Männer, die ihn einst respektiert hatten, mieden ihn nun. Aber er blieb nicht lange allein.

Calder kam von seinem Lagerfeuer herübergestapft und baute sich vor ihm auf. »Der Boss will dich sehen, Nigger«, schnaubte er. »Beweg deinen schwarzen Arsch, aber ein bisschen plötzlich.«

Peter erhob sich, wobei er den Lauf seines Karabiners wie zufällig auf Calder richtete. Dem entging diese Geste nicht. Voller Angst wich er zurück, fasste sich aber schnell wieder. Er spie Peter vor die Füße. »Mit dir rechne ich schon noch ab, Duffy«, fauchte er. »Da kannst du Gift drauf nehmen!«

Peter ignorierte die Drohung und ging zu Gordon hinüber,

der auf einem Baumstamm am Feuer saß und die Jacke um die Schultern gelegt hatte. Die nächtliche Kälte begann sich in der stillen Bergluft bemerkbar zu machen.

»Du wolltest mich sehen?«, fragte Peter ausdruckslos.

Gordon bedeutete ihm, sich zu setzen. »Ich wollte mit dir sprechen, Peter«, sagte er. »Ich glaube, wir müssen die Atmosphäre zwischen uns beiden bereinigen.« Im flackernden Widerschein der Flammen wirkten Gordons Züge verunsichert. Peter ließ sich mit dem Gewehr zwischen den Knien nieder und wartete. »Mir ist klar, dass du Trooper Calder daran gehindert hast, heute Nachmittag meinen Auftrag auszuführen. Vielleicht war das richtig so.« Peter blinzelte überrascht, sagte aber nichts. Offenbar war Gordon nachdenklicher Stimmung. Dieser starrte weiter in die Flammen des leise knisternden Feuers. »Ich habe nie zuvor Schwarze erschossen, die keinen Widerstand geleistet haben«, sagte er leise. »Niemals habe ich absichtlich Gins und Piccaninnies getötet. Mein Vater war nie dafür, Schwarze zu erschießen, außer wenn es notwendig war. Mein Befehl heute Nachmittag war also falsch.«

»Sie ist entkommen«, log Peter. »Trooper Calders Karabiner hatte Ladehemmung.« Er wollte bei seiner Geschichte bleiben, um nicht zugeben zu müssen, dass er gelogen hatte.

Gordon sah auf. Er wirkte plötzlich verärgert. »Wir wissen beide, dass das nicht stimmt, also Schluss mit dem Mist«, fuhr er auf. »Außerdem ist egal, was wirklich geschehen ist, du hast mir nämlich wahrscheinlich ein paar unangenehme Fragen erspart. Hätte gut sein können, dass einer der Männer irgendwann im Suff über den Vorfall geredet hätte.«

Die unterdrückten Stimmen der Männer auf der anderen Seite des Lagerfeuers drangen zu ihnen. In weiter Ferne quiekte ein Tier, als ein unidentifizierbarer Räuber ihm das Leben nahm. Dingo, Eule, Wildkatze – wer wusste das schon? Die beiden Männer unterbrachen ihr Gespräch, um zu lauschen. Auf feindlichem Territorium war jeder Laut verdächtig, ebenso gut konnte es ein Verständigungsruf der Kalkadoon gewesen sein.

Gordon richtete seine Aufmerksamkeit wieder auf Peter.

»Vielleicht hast du uns allen Schwierigkeiten erspart. Aber gleichzeitig zwingst du mich, dich mit dem Versorgungstrupp morgen früh nach Cloncurry zurückzuschicken. Tut mir Leid, aber deine Loyalität ist nicht gewährleistet, und wenn du weiter hier bleibst, könnte die Moral der Truppe leiden.«

»In Ordnung«, gab Peter zurück. »Aber du täuscht dich, ich bin loyal. Trotz der Ereignisse vom Nachmittag war ich bereit, gegen die Kalkadoon zu kämpfen. Ich wollte nur nicht morden, nicht einmal für dich.«

Gordon antwortete nicht. Er griff nach einem Becher mit Tee, der neben seinem Stiefel stand und nippte an dem heißen Gebräu. »Das ist alles, Trooper Duffy«, sagte er leise, während er in die Dunkelheit hinausstarrte. »Du kannst gehen.«

Peter erhob sich und kehrte zu seinem Feuer zurück. Dort setzte er sich auf den Boden. Nun war also alles vorüber. Doch er bereute nichts.

Noch vor der Morgendämmerung wurden die Männer von den Posten wachgerüttelt. Hastig spülten sie das Frühstück aus kaltem Fladenbrot mit heißem Tee hinunter. Sobald die Pferde gesattelt waren, berief Gordon seine Patrouillenführer zu einer Besprechung über die Route ein, die sie an jenem Tag einschlagen würden. Er hatte beschlossen, dem Flusstal nach Süden zu folgen, da er davon ausging, dass sich die Basis der Kalkadoon in den höheren, zerklüfteteren Bergen befand, die einen natürlichen Schutz gegen einen berittenen Angriff boten. Außerdem würden sich die Eingeborenen vermutlich in der Nähe einer ergiebigen Wasserquelle aufhalten, und das Flusstal wies wie ein anklagender Finger nach Süden.

Peter Duffy schwang sich in den Sattel und schloss sich den vier schwer bewaffneten Grenzern an, die nach Cloncurry zurückkehrten, um Proviant zu besorgen. Gordon hatte sich nicht dazu geäußert, warum Peter mit ihnen ritt, und sie betrachteten ihn als zusätzlichen Geleitschutz.

Als die Sonne die Talsohle erreichte, wand sich die Kolonne von Polizisten und Grenzern langsam und vorsichtig durch das dichte Gebüsch am Flussufer.

Weiter im Süden erwarteten die Kalkadoon ihre Feinde. Sie hatten auf den Bergkuppen, von denen aus sie kämpfen wollten, zusätzliche Speere, Bumerangs und Nullah-Keulen bereitgelegt. Ihre Taktik hätte jedem europäischen General ihrer Zeit Respekt eingeflößt, aber der mit allen Wassern gewaschene alte Darambal-Krieger hielt nichts von ihrer Entscheidung, sich dem Gegner zum Kampf zu stellen. Vergeblich hatte er versucht, den obersten Kriegshäuptling der Kalkadoon zu überreden, zu ihrer erfolgreichen Guerillataktik zurückzukehren, die darin bestand, blitzschnell zuzuschlagen und ebenso rasch wieder zu verschwinden.

Als sich Wallarie unter den stolzen, unbeugsamen Männern auf den Hügelkuppen umsah, erfüllte ihn tiefe Traurigkeit. Es war eine Ehre, an der Seite von Kriegern zu kämpfen, die die Schlacht nicht scheuten. Konnte ihre Kühnheit den Sieg vielleicht doch bringen?

Läufer übermittelten Nachrichten von anderen Hügelkuppen weiter im Norden. Wenn die Weißen ihr Tempo beibehielten, mussten sie die Kalkadoon innerhalb eines Tages erreicht haben. Wallarie hockte sich in den Staub des Hügels und sang ein leises Lied für die jungen Männer, die mit den Taten prahlten, welche sie in der bevorstehenden Schlacht vollbringen würden, und nicht auf den Totengesang des Darambal achteten. Im Schneidersitz saß er über den zerklüfteten Höhen, blickte nach Norden über das von dichtem Busch und Bäumen gesäumte Tal hinaus und fragte sich, ob er seinen Blutsverwandten Peter Duffy jemals wiedersehen würde. Vielleicht würden sie sich in der Traumzeit begegnen.

26

Das nervenzerfetzende Kriegsgeschrei der Kalkadoon zerriss die stille Hitze des frühen Nachmittags. Wispernd sang der Hagel der Speere sein tödliches Lied, und das drohende Schwirren der Bumerangs sprach vom Sterben.

»Ihnen nach, Leute!«, brüllte Gordon, den Lärm der Schüsse und Schreie übertönend. Seine Polizeikolonne war durch die in ihren Reihen niedergehenden tödlichen Waffen durcheinander geraten, sammelte sich jedoch unter Gordons ruhiger Führung schnell. Die Männer gaben ihren Pferden die Sporen und setzten den flüchtigen Schatten im dichten Gestrüpp des engen Flusstals nach.

Bitte, lieber Gott, betete Gordon, mach, dass sich Sergeant Rossi und Commanche Jack an den Plan halten.

Die nackten Kalkadoon flohen vor der berittenen Attacke, die durch das spärliche Buschwerk brach. Plötzlich jedoch hielten die flüchtenden Kämpfer an und stellten sich dem Angriff mit frischen, auf Woomera-Stäben befestigten Speeren. Ein zweiter Hagel von Hartholzgeschossen rauschte durch die Luft des Nachmittags, und einer der Polizisten schrie auf, als sich der mit tödlichen Widerhaken versehene Speer in sein Fleisch bohrte. Vergeblich mit dem dünnen Schaft kämpfend, der aus seinem Schenkel ragte, stürzte er vom Pferd.

Wenn Sergeant Rossi und Commanche Jack nicht auf ihren Posten sind, sind wir alle tot, dachte Gordon verzweifelt, während er sich im Sattel drehte, um seinen Revolver auf die dunkle Gestalt abzufeuern, die plötzlich neben seinem Steigbügel erschienen war. Der Kalkadoon wich zurück, und sein Speer fiel krachend zu Boden.

Auf der linken Flanke von Gordons Patrouille schienen die Krieger wie Pilze aus dem Boden zu schießen, bis sie die Polizisten, die so unvorsichtig in den Hinterhalt geritten waren, umzingelt hatten. Die Luft schwirrte von Speeren und Bumerangs, die nun aus allen Richtungen geflogen kamen, als sich die erste Gruppe den Männern anschloss, die geduldig im Hinterhalt gelegen und auf die verfolgenden Polizisten gewartet hatten.

Den Kalkadoon musste es so vorkommen, als hätten die Weißen ihre Taktik immer noch nicht verstanden. Die Patrouille wurde durch das dichte Gestrüpp behindert, sodass die hünenhaften Eingeborenen die Polizisten in Nahkämpfe verwickeln konnten. Gewehrkolben und Revolver standen nun gegen Holzschild und Nullah-Keule.

Verzweifelt suchten die eingeschlossenen Polizisten nach einem Ausweg, aber die flüchtigen Schatten wurden zu einer massiven Welle, die sich über die verwundbare linke Flanke von Gordons Patrouille ergoss. Die Kalkadoon griffen sie frontal an, sodass den fünfzehn Beamten auf der einen Seite vom Fluss der Weg abgeschnitten wurde, während die Krieger sie mit siegessicheren Kriegsschreien umzingelten. In diesem Handgemenge vom Pferd zu fallen bedeutete den sicheren Tod. Das war auch dem Polizisten klar, den der Speer in den Oberschenkel getroffen hatte, und der nun verzweifelt im Knien seinen Karabiner lud.

Lieber Gott!, betete Gordon, der allmählich die Hoffnung verlor, dass sein sorgfältig ausgearbeiteter Plan funktionieren würde. Rette uns! Er schlug mit seinem leer geschossenen Revolver nach einem Krieger, dessen Körper teilweise von seinem hölzernen Schild gedeckt wurde. Der Mann wich zurück, und sein Schild fing die Wucht des Schlags ab. Er grinste triumphierend, und plötzlich wusste Gordon, was nackte Angst war. In wenigen Sekunden würden ihn die fünf anderen Kalkadoon vom Pferd ziehen, die sich in den Kampf eingemischt hatten, um ihn endgültig zu erledigen. Flucht war unmöglich, der Kreis um die Polizisten, von denen jeder um sein Leben kämpfte, hatte sich geschlossen.

Der grinsende Kalkadoon schwang seine Steinaxt in einer bogenförmigen Bewegung, und die scharfe Schneide des handgemeißelten Axtkopfes streifte Gordons Wade. Er spürte den Schmerz kaum. Alle seine Gedanken waren darauf gerichtet, sich einen Fluchtweg freizukämpfen. Vergessen war sein sorgfältig ausgeklügelter Plan, es ging nur noch ums nackte Überleben.

Während er panisch an den Zügeln riss, um seine Stute aus dem Halbkreis der Kalkadoon zu zerren, hörte er hinter sich eine Schusssalve. Der Ring der Krieger, die eben noch versucht hatten, ihn mit Schild, Steinaxt und hölzernen Lanzen zu erreichen, löste sich auf, was er zunächst nur undeutlich wahrnahm. Dann hörte er Schreie und Rufe, die das lauter werdende Feuer aus Karabinern und Revolvern übertönten: Commanche Jacks Reiter griffen auf der Flanke an, dort, wo die Eingeborenen im Hinterhalt gelegen hatten. Lauter als der Lärm der Schüsse, das Brüllen der Männer und die Todesschreie der Krieger war jedoch die Stimme des Amerikaners, der seine Männer mit seinem charakteristischen Akzent antrieb.

Das Scharmützel hatte sich für die Kalkadoon in einen verzweifelten Kampf ums Überleben verwandelt. Jetzt wurden sie selbst von den Polizisten und den weißen Grenzern, die, aus allen Gewehren feuernd, auf sie zuritten, in die Zange genommen. Mit dem Mut der Verzweiflung wichen die Ureinwohner zurück, wobei sie ihren disziplinierten Kampf fortsetzten.

Commanche Jacks Reiter zögerten angesichts dieses entschlossenen, geordneten Rückzugs. Nachdem ihr Adrenalinspiegel allmählich absank und der Verstand erneut die Oberhand gewann, brachen sie die Verfolgung ab, um außer Reichweite der tödlichen Geschosse zu gelangen, die immer noch durch die Bäume schwirrten.

Gordons Hand zitterte so, dass er bei dem Versuch, nachzuladen, einige Patronen fallen ließ. Das war verdammt knapp, dachte er, während er mit dem Ausstoßer unter dem Lauf seines Colts die leeren Hülsen auswarf. Zu knapp. Flüchtig wurde ihm bewusst, dass der Krieger mit der Steinaxt, der ihn verwundet hatte, wenige Meter von ihm entfernt mit dem Gesicht nach unten auf dem Boden lag. Aus einer klaffenden Wunde an seiner Schulter sickerte Blut.

Gordons Pferd schnaubte und wurde unter ihm unruhig, und plötzlich stand der verwundete Krieger wieder auf den Beinen. Er gab sich noch lange nicht geschlagen. Mit einem lauten Schrei hechtete er auf Gordons Pferd zu und griff nach den herabhängenden Zügeln. Ein Gewehrschuss knallte, und der Kalkadoon stöhnte vor Schmerz auf und stürzte nach vorn. Die schwere Kugel einer Enfield .577 hatte ihm in Sekundenbruchteilen die Schädeldecke weggerissen.

»Hinterhältig wie die Indianer«, sagte Commanche Jack aus der Deckung des Buschs heraus. Noch während er auf Gordon zuhielt, lud er das Gewehr nach. »Da haben Sie aber Glück gehabt, Inspektor, dass ich gerade vorbeikam.«

Der Amerikaner glitt vom Pferd und richtete das Gewehr auf den Mann, der mit dem Gesicht nach unten im roten Sand lag. »Denen sind nicht mal die Apachen überlegen«, sagte er, während er sich dem Toten vorsichtig näherte. Doch angesichts des zerschmetterten Schädels war klar, dass der Krieger nicht mehr am Leben war. »Kämpfen noch, wenn sie eigentlich schon tot sein müssten. Ein Bursche wie der ist nicht so leicht unterzukriegen.«

»Sie haben sich Zeit gelassen«, fauchte Gordon undankbar. »Die hätten uns fast erledigt.«

Der Mann aus dem amerikanischen Westen schob seinen Hut in den Nacken und blickte zu dem Polizeioffizier auf, der ihn wütend anfunkelte. »Hatten unterwegs ein kleines Problem mit den Pferden. Reine Glückssache, dass wir sie überhaupt über die Hügel gekriegt haben.«

Gordon hatte nicht damit gerechnet, dass die zweite Gruppe Schwierigkeiten bei der Überquerung der Hügel auf ihrer linken Flanke haben würde. Er hatte richtig vorhergesehen, dass die fliehenden Kalkadoon sie in einen Hinterhalt locken sollten, sodass eine zweite Gruppe sie von links angreifen konnte. Dementsprechend hatte er einen Trupp unter dem Kommando von Commanche Jack den Hang hinaufgeschickt, um die im Hinterhalt liegende Gruppe zu umgehen und von hinten anzugreifen.

Diese Entsatzgruppe war jedoch durch Geröll und Steilhänge aufgehalten worden. Sie konnte von Glück reden, dass die Kalkadoon mit dem Kampf gegen Gordons Patrouille so beschäftigt waren, dass sie den langsamen Vormarsch der Reiter in ihrem Rücken nicht bemerkt hatten.

Als Sergeant Rossi mit seinen Männern am Ort des Hinterhalts eintraf, stellte Gordon zu seinem Entsetzen fest, dass viele Grenzer verletzt waren. Der kleine Italiener stand offensichtlich unter Schock und wirkte wie jemand, der gerade noch einmal mit dem Leben davongekommen war. Dabei hatte Gordon Rossis Trupp als Reserve vorgesehen, die die Kalkadoon erst angreifen sollte, wenn er Befehl gab, doch dazu hatte er keine Gelegenheit gehabt. Was also war geschehen?

»Aus den Büschen gekommen«, meldete der Sergeant mit monotoner, müde Stimme. »Uns fast getötet. Überall um uns rum. Hier, da ...« Seine Stimme erstarb, und als der Sergeant mit der Hand gestikulierte, sah Gordon einen dicken Blutfleck. Offenbar waren die Kalkadoon plötzlich mitten unter der Reserve aufgetaucht, die den Reitern von Commanche Jack gefolgt war.

»Von wo aus hat die Hauptmacht der Eingeborenen angegriffen, Sergeant Rossi?«, fragte Gordon, obwohl er eine ziemlich genaue Vorstellung hatte.

»Kommen von hinten. Von hinter uns. Manche von Seite angreifen.«

Gordon nickte. Die Kalkadoon hatten ihnen nicht nur auf ihrer Marschroute einen Hinterhalt gelegt, sondern sie gleichzeitig ausspioniert. Es sprach für die Jagdkunst ihrer Feinde, dass sie in der Lage waren, eine Attacke dieser Größenordnung auf seine Expedition zu organisieren, ohne vor dem Zusammenstoß auch nur den geringsten Hinweis auf ihre Position zu liefern. Für Gordon bedeutete ein solcher Angriff jedoch auch, dass sie sich nahe an der Hauptbasis der Krieger befinden mussten.

Nachdem sie auf der vergeblichen Suche nach den Kalkadoon wochenlang die heißen, staubigen roten Ebenen des Cloncurry-Distrikts durchstreift hatten, näherte sich nun die Zeit der Entscheidung. Immer wieder war es den Kalkadoon gelungen, die Patrouillen so lange von einem gemeldeten Vorfall zum nächsten reiten zu lassen, bis diese völlig erschöpft waren. Gordon meinte, in den gut geplanten Schlägen der Eingeborenen ein Muster erkannt zu haben. Seine Strafexpedition sollte nie die Möglichkeit haben selbst anzugreifen, sondern immer nur zu reagieren, und sich dabei aufreiben.

Schließlich begriff er, dass seine Männer zermürbt werden sollten. Doch anstatt von einem gemeldeten Scharmützel zum nächsten zu hetzen, hatte er seine Reiter zu einem Netz ausschwärmen lassen, das in westlicher Richtung über die Ebenen patrouillierte. Dabei hatten sie einen Zickzackkurs eingeschlagen, der sie weit nach Norden und Süden führte, damit sie von den kleinen Kriegertrupps gesehen wurden, die im Busch nach unvorsichtigen Reisenden und ungenügend bewachten Gehöften suchten.

Ohne es zu merken, hatten sich die Kalkadoon von Gordon in ihre Felsenfestungen in den Godkin-Bergen drängen lassen. Da sie von den Patrouillen der Polizisten und Grenzer nicht von ihren Frauen und Kindern abgeschnitten werden wollten, hatten sie sich langsam nach Süden zurückgezogen.

Seit Wochen lauschte Wallarie den Berichten, die mit den von den Kriegertrupps entsandten Läufern in die Berge gelangten. Mit wachsender Sorge wurde ihm klar, dass die Weißen die Kalkadoon wie Vieh vor sich hertrieben – wie Vieh, das zum Schlachthof geführt wurde.

Er hatte seine Meinung geäußert, aber sowohl der Ältestenrat als auch der Häuptling der Kalkadoon hatten nichts davon wissen wollen. Obwohl der Darambal wegen seiner Kenntnis der Weißen respektiert wurde, glaubten die Kalkadoon, er überschätze die Fähigkeit der Weißen, sie auf ihrem eigenen Land zu bekämpfen. War es nicht vielmehr so, dass ihr Feind von dem gleichen blinden Selbstvertrauen geleitet wurde, das Inspektor Potters Patrouille ins Verderben geführt hatte? Waren die Kalkadoon den Reitern nicht zahlenmäßig überlegen, denen Pferde auf den steilen Hängen der festungsartigen Hügel nichts nützten? Und welcher Feind konnte gegen die Waffenlager ankommen, die sie oben auf den Kuppen angelegt hatten?

Doch als das wütende Knallen der Feuerwaffen, von dem die Berge wiedergehallt hatten, verstummt war, taumelten verwundete und blutende Krieger in die Lager auf den Anhöhen. Die Frauen klagten, und die Kinder weinten um diejenigen, die niemals wiederkehren würden. Raunend berieten sich die Ältesten. Sollte der Darambal doch Recht gehabt haben?

Terituba war einer der Überlebenden des Hinterhalts, der für die Kalkadoon so fatal ausgegangen war. Bestürzt über den Tod seiner Freunde und Verwandten, geriet er nach seinem verzweifelten Anstieg ins Taumeln und brach vor Erschöpfung zusammen. Ganz in seiner Nähe saß Wallarie im Schneidersitz an einem Feuer und fertigte Widerhaken für seinen neuen Speer. »Die Schwarzen Krähen haben euch überlistet«, sagte er ruhig zu dem nach Luft ringenden jungen Krieger, der im bröckeligen Gestein der Hügelkuppe auf der Seite lag. »Sie haben euch mit ihren Pferden und Feuerwaffen auseinander getrieben.«

Terituba setzte sich auf. Das verzweifelte Wehklagen der Frauen war kaum zu ertragen. Mit den Blicken suchte er in der weinenden Menge nach seinen Frauen und seinen beiden Söhnen. Als er sie nicht sah, erinnerte er sich vage, dass sie früh am Morgen mit den anderen Frauen zum Fluss gegangen waren, um nach Nahrung zu suchen. Seine Söhne waren zu jung, um sich den Männern anzuschließen, weil sie das Einführungsritual noch nicht hinter sich hatten. Sie waren mit den anderen Jungen mit ihren Speeren und Nullah-Keulen auf die Jagd nach Goannas und kleinen Wallabys gegangen.

Terituba sorgte sich um die Sicherheit seiner Familie, weil er wusste, dass die Weißen und ihre schwarzen Polizisten unaufhaltsam entlang des Flusses vorrückten. Was, wenn sie unten im Tal auf die Frauen und Kinder stießen? »Es war nicht wie sonst, Darambal«, antwortete Terituba schließlich, wobei er das bärtige Gesicht in die Hände stützte. »Sie haben uns von allen Seiten angegriffen. Ihre Feuerwaffen töteten viele unserer Kämpfer.«

Wallarie schnitzte weiter mit einem scharfen Stein an seiner Speerspitze herum. »Ihr Anführer ist klug, wie ich dir gesagt hatte, Kalkadoon«, meinte er ruhig, ohne Terituba anzusehen. »Er wird nicht aufhören, bevor ihr nicht alle tot seid. Er ist nicht wie sein Vater, den ich kannte. Er ist stolz und will beweisen, dass er diesem ebenbürtig ist. Aber das ist er nicht, er besitzt nicht den gleichen Geist. Sein Vater lernte, nicht auf das Töten von Menschen stolz zu sein. Das war, bevor sein Geist seinen Körper verließ.«

Der jüngere Krieger lauschte den Worten des Darambal und verspottete ihn nicht länger wegen seiner scheinbaren Furchtsamkeit. Denn Terituba hatte einen Vorgeschmack von dem erhalten, wovor ihn der Darambal gewarnt hatte, und das Blut in seinem Mund schmeckte bitter. »Wir werden dem Weißen Gordon James zeigen, dass er uns auf unserem eigenen Land nicht besiegen kann«, verkündete er grimmig. Jetzt, wo er körperlich allmählich wieder zu Kräften kam, kehrte auch sein Selbstvertrauen zurück. »Wir werden mit ihm dasselbe machen wie mit Inspektor Potter.«

Doch bei allem Draufgängertum erinnerte sich der Kalkadoon sehr wohl an die entsetzliche Macht der Feuerwaffen. Männer stürzten mit klaffenden Wunden zu Boden, und die Pferde jagten davon, bevor die Kalkadoon die Reiter aus dem Sattel reißen konnten. Ein Wurm nagte an seiner Überzeugung, dass sie die Weißen besiegen würden. Aber der Darambal durfte nichts von seinen Zweifeln wissen. Terituba würde nichts von der Furcht, die ihn beschlich, verraten. Die Kalkadoon waren wie die Fische, die in jenen Fallen festsaßen, die sie in den Flüssen auslegten. Nein, ein Mann musste für das Land kämpfen, das ihm heilig war.

Terituba wusste, dass sein Volk möglicherweise das gleiche Schicksal erleiden würde wie das des Darambal. Wenn sie den Eindringlingen keinen Widerstand leisteten, verloren sie ihre angestammte Heimat. Widerstand dagegen konnte den Untergang ihres Volkes bedeuten. Beides bedeutete den spirituellen Tod. Sie hatten sich in die Falle treiben lassen, und ihnen blieb nur eine Alternative: die letzte Schlacht, deren Ausgang über das Überleben der Kalkadoon entscheiden würde.

Der Krieger erhob sich von der Erde, die seinem Volk gehörte. Ungeschlagen und ungebrochen blickte er nach Norden, in die Richtung, aus der der Feind kam.

27

»Fünf Polizisten verwundet. Zwei davon ernsthaft, durch Speere. Sieben Grenzer aus dem Begleittrupp verwundet. Einer schwer verletzt durch einen Bumerang.« Gordon James las seiner Streitmacht aus grimmig dreinblickenden Grenzern und Polizisten, die ihre Gewehre und Karabiner griffbereit hielten, die Liste vor. »Nun, meine Herren«, sagte er, während er von dem Notizbuch in seiner Hand aufblickte, »das wären für den Augenblick unsere Verluste. Wir haben Glück, dass es bis jetzt keine Toten zu beklagen gibt. Heute haben wir den Feinden der Königin einen Schlag versetzt. Ich bin mir sicher, die Kalkadoon lecken im Moment ihre Wunden. Aber ich bin auch davon überzeugt, dass sie trotz ihrer heutigen Niederlage noch lange nicht geschlagen sind.«

Die Männer nickten zustimmend und begannen, halblaut miteinander zu reden. Widerwillig empfanden sie Respekt für die Krieger, die so intelligent kämpften wie sonst nur europäische Armeen. Der eine oder andere Grenzer hatte an britischen Militärexpeditionen in den afrikanischen Kolonien teilgenommen und äußerte sich nun unerwartet positiv über die Tapferkeit ihres gegenwärtigen Feindes: Es waren Kämpfer, die etwas von Taktik verstanden und das Gelände zu ihrem Vorteil nutzten. Feinde, die offenbar lange geübt hatten, sich verborgen zu halten, zuzuschlagen und sich dann zurückzuziehen. Dabei zeigten sie die ganze Disziplin eines britischen Heeres, das dem Angriff einer überlegenen Streitmacht standhielt.

»Was ist Ihr Plan, Inspektor?«, fragte Commanche Jack, der in die Hocke gegangen war. Er stützte sich auf den langen Lauf seiner Enfield und kaute den unvermeidlichen Tabak.

Gordon glättete den Boden vor sich mit dem Stiefel und zeichnete mit einem dünnen Zweig eine Karte in die rote Erde. Sie zeigte das Flusstal und die Hügel im Süden, so wie er sie sich vorstellte. Dann holte er noch ein paar Kiesel von dem nahe gelegenen, sandigen Flussufer und fügte sie zu seiner Skizze hinzu. Als er fertig war, drängten sich die Männer um ihn. »Wir sind hier.« Er deutete mit dem Zweig auf die entsprechende Stelle. »Diese Steine stellen die Hügel südlich von uns dar.« Er wandte sich um und deutete auf die dunkle Gipfellinie, die sich in nordsüdlicher Richtung über den strauchartigen Bäumen erhob.

»Ich gehe davon aus, dass sich der Feind auf einen der drei Berge vor uns zurückgezogen hat«, sagte er. Die Männer blickten zu den Hügeln. Die grelle Nachmittagssonne wurde von den Felsen reflektiert, und die Männer beschatteten ihre Augen mit der Hand, während sie das täuschend friedliche Land auf Anzeichen für die Anwesenheit der Kalkadoon absuchten. Sie sahen nichts, doch nach ihrer schmerzlichen Erfahrung mit der Fähigkeit der Kalkadoon, sich zu tarnen, hatten sie auch kaum etwas anderes erwartet. »Wir schlagen hier für die Nacht unser Lager auf und schicken beim ersten Tageslicht kleine Streifen aus, die herausfinden sollen, auf welchem Hügel sich die Hauptstreitmacht der Kalkadoon befindet. Sobald das klar ist, kehren die Patrouillen zurück, und wir sammeln uns zum Angriff.«

»Angreifen sollen wir die?«, meinte einer der Grenzer. Er schüttelte den Kopf und pfiff durch die Zähne. »Und wenn wir nun unsere Pferde nicht den steilen Berg raufkriegen? Dann müssen wir nämlich zu Fuß weiter. Gefällt mir gar nicht, der Gedanke, Inspektor.«

»Wir hätten Deckung«, beruhigte ihn Gordon, der sah, dass auch andere der Meinung des Grenzers waren. »Ein Speer geht nicht durch Fels.«

Pferd, Gewehr und Reiter bildeten eine Einheit, die ihnen einen Vorteil über die Kalkadoon verschaffte. Vom Pferderücken aus konnten sie feuern, sich zurückziehen, nachladen und erneut feuern. Zu Pferd konnten sie außerhalb der Reichweite der tödlichen Holzgeschosse bleiben, aber zu Fuß waren ihre Rückzugsmöglichkeiten stark eingeschränkt.

»Und wer garantiert uns, dass es Deckung gibt?«, fragte ein anderer Grenzer mit besorgter Stimme. »Vielleicht sitzen die Kalks ja auf Hügeln, die so kahl sind wie die, an denen wir vorbeigekommen sind. Nur 'n paar Bäume und sonst nichts.«

Die versammelten Grenzer nickten heftig, und das Gemurre wurde lauter. Sie waren allesamt Freiwillige, die ihren Dienst jederzeit quittieren konnten.

Gordon wusste auch darauf eine Antwort. »Wenn wir das jetzt nicht zum Abschluss bringen und uns stattdessen nach Cloncurry zurückziehen, werden die Wilden denken, sie hätten uns geschlagen. Dann war die wochenlange Jagd auf sie umsonst, und wir müssen im Distrikt mit erneuten Angriffen rechnen. Ihr Häuptling hat uns herausgefordert, er will, dass wir ihn uns holen. Nun, hier sind wir. Uns bleibt keine Wahl, wir müssen den Kampf ein für alle Mal ausfechten. Wenn wir das nicht tun, werdet ihr nicht mehr ruhig in euren Betten schlafen können. Eine Nullah-Keule könnte euren Frauen und Kindern jederzeit den Schädel zerschmettern. Die Kalkadoon werden mit ihren Speeren eure Rinder töten, bis ihr nichts mehr besitzt, für das es sich zu bleiben lohnt.«

Selbst die Männer, die die Fragen gestellt hatten, nickten zustimmend. Gordon wusste jetzt, dass die harten Grenzer auch vom Pferderücken steigen würden, falls es nötig werden sollte. Sie würden kämpfen – aber das galt auch für die Krieger, die ihr Land verteidigten. »Ich bin sicher, dass wir Deckung haben werden. Die Kalkadoon haben sich zu ihrem Schutz bestimmt einen Hügel mit viel Deckung ausgesucht«, setzte er hinzu, um ihre Ängste zu beschwichtigen. »Unsere Gewehre besitzen eine größere Reichweite als ihre Speere, das ist beim Angriff unser Trumpf. Beim Vormarsch decken wir uns gegenseitig, so wie wir das heute erfolgreich getan haben.«

Sein abschließender Versuch, die Männer zu beruhigen, klang nicht ganz überzeugend. Viele seiner Leute blickten auf die im Busch liegenden, toten Kalkadoon und wurden sich bewusst, dass sie bei dem erbitterten Kampf ebenfalls nicht ungeschoren davon gekommen waren. Inspektor James' Patrouille war eingeschlossen und beinahe niedergemetzelt worden. Ihnen war klar, dass es sich um ein Scharmützel gehandelt hatte und dass ihnen die Entscheidungsschlacht erst noch bevorstand.

Nach dem Ende der Besprechung erteilte Gordon den Patrouillen, die am nächsten Tag die Festung der Kalkadoon aufspüren sollten, ihre Befehle. Danach machten sich die Männer daran, ein Lager aufzuschlagen. Sergeant Rossi war angewiesen worden, sich um die Betreuung der Verletzten zu kümmern und eine Eskorte zusammenzustellen, die die Schwerverwundeten nach Cloncurry zurückgeleitete.

Gordon blieb bei seiner Zeichnung stehen und zog seinen 1873er Armeecolt aus dem Holster, um die Aufgabe zu vollenden, bei der ihn seine bebenden Hände zuvor im Stich gelassen hatten. Jetzt lud er den Revolver ohne Probleme, und seine Hände waren völlig ruhig. Sobald er die geladene Waffe in der Hand hielt, spürte er erneut ihre furchtbare Macht, Leben zu nehmen. Seine Entscheidung, den Vormarsch auf die Kalkadoon fortzusetzen, war, wie er wusste, für die kurze Geschichte der Kolonie wichtig. Falls er mit der von ihm zusammengestellten Truppe gegen die Kalkadoon verlor, konnte das den Wendepunkt in der Politik der Regierung bei der Erschließung von Siedlungsgebieten bedeuten. Dann würde der Druck der Öffentlichkeit die Politiker vielleicht zu Verhandlungen mit den ursprünglichen Landbesitzern zwingen.

Nein, er würde nicht der erste Vertreter der Krone in der Kolonie Queensland sein, der in einer großen Schlacht von den Ureinwohnern besiegt wurde. Aber wenn er einen vollständigen Erfolg erzielen wollte, musste sein Sieg die endgültige Niederlage seiner Feinde bedeuten.

Er steckte den Revolver in das Holster an seinem Gürtel und blickte auf die höheren Gipfel im Süden des Massivs. Dort draußen warteten sie auf ihn. Mit Sicherheit war auch ihnen klar, welche Bedeutung dieser letzten, entscheidenden Schlacht zukam.

Gordon hatte das Gefühl, sein alter Lehrer Wallarie wäre stolz darauf gewesen, dass er gelernt hatte, zu töten wie die Kalkadoon. Oder verfluchte er ihn mittlerweile?

28

Der Telegrammbote war überwältigt von der Größe des Hauses mit den üppigen Gärten. Von der Tür aus konnte er den prächtigen Hafen unter sich sehen. Er erwachte erst aus seiner Verzückung, als ein Dienstmädchen öffnete und mit ihm schimpfte, weil er nicht den Lieferanteneingang genommen hatte. Sie riss dem frechen Burschen das Telegramm aus der Hand. Es war an Lady Enid Macintosh adressiert, und das Dienstmädchen brachte es ihr auf einem silbernen Tablett in die Bibliothek, wo Lady Enid eben ihre Geschäftspost durchging.

Die Bibliothek diente Lady Enid gleichzeitig als Arbeitszimmer. Mittlerweile führte sie die Familienunternehmen gezwungenermaßen gemeinsam mit ihrem Schwiegersohn, Granville White, dessen Büro sich in einem Gebäude in der Sydneyer Bridge Street befand. Von ihrem Anwesen aus war Enid in der Lage, Angelegenheiten, die die Zukunft des florierenden Konglomerats betrafen, zu überwachen und zu entscheiden.

Sie näherte sich mittlerweile den Siebzigern, und ihr einst pechschwarzes Haar trug sie nun zu einer schneeweißen Krone aufgesteckt. Ihre Haut wirkte immer noch recht jugendlich, und ihre schlanke Figur war die einer zwanzig Jahre jüngeren Frau.

Streng und ohne Lächeln dankte Enid dem Dienstmädchen. Nachdem die Angestellte gegangen war, starrte sie mit wachsender Furcht auf das Telegramm. Instinktiv fühlte sie, dass es schlechte Nachrichten enthielt, und ihre Hand zitterte, als sie die kurzen, aber überdeutlichen Worte auf dem Papier las. *Cap-*

tain Patrick Duffy offiziell als vermisst gemeldet. Brief folgt. Major Hughes, Brigademajor.

Die schlichte militärische Wendung bedeutete den Verlust des einzigen Menschen, den sie nach dem Tod ihres Sohnes David lieben gelernt hatte. Soldaten verschwinden nicht so einfach, dachte sie ungläubig, betäubt von dem Schock. In der Sprache der Armee hieß das: Er war tot, aber seine Leiche war nicht gefunden worden.

Das Dienstmädchen hörte den erstickten Schrei und eilte zur Bibliothek. Ohne anzuklopfen, stürzte sie hinein und erblickte Lady Enid zu ihrem Entsetzen kreidebleich und reglos in dem riesigen Ledersessel hinter dem Teakschreibtisch. Sie sah aus, als wäre sie tot, atmete aber noch. Doktor Vane musste geholt werden!

Michael Duffy betrachtete die Nachbildung der aus Gold und Silber gefertigten Brustplatte eines längst verstorbenen römischen Generals. Mit müßiger Neugier fragte er sich, wie viel das Original, das in irgendeinem europäischen Museum aufbewahrt wurde, wohl kostete. Das Objekt stammte von einer Ausgrabung bei Hildesheim in der Nähe von Hannover, wo es fünfzehn Jahrhunderte lang in der Erde gelegen hatte. Römische Legionen auf dem Rückzug hatten es zu einer Zeit vergraben, als die wilden Krieger des Nordens aus den dunklen Wäldern ihres Landes brachen, um nach Süden auf das Herz des Römischen Reiches zuzumarschieren. Mit ihnen begann jene Zeit, die europäische Gelehrte als das »finstere Mittelalter« bezeichneten.

Der Treffpunkt mit Colonel George Godfrey war gut gewählt, dachte Michael, während er über die Verbindung zur Vergangenheit nachdachte. Die Krieger, die den römischen General gezwungen hatten, seine kostbare Brustplatte zu verstecken, würden möglicherweise erneut über das moderne Europa herfallen. Nicht als ungestüme Barbaren, die Schwert und Speer schwangen, sondern als gut ausgebildete, disziplinierte Truppen, die mit den modernsten Massenvernichtungswaffen von Krupp ausgerüstet waren. Diesmal waren nicht die römischen Kaiser bedroht, sondern das britische Empire und die englische Krone.

Das neu eröffnete Museum in der College Street gegenüber dem herrlichen Hyde Park im quirligen Herzen von Sydney besaß Schätze der Geschichte von Natur und Technik, die sich mit denen der renommiertesten internationalen Museen dieser Art messen konnten. Ausgestopfte exotische Säugetiere, Vögel und Fische aus der ganzen Welt brachten der australischen Öffentlichkeit die in zunehmendem Maße bedrohte Natur des Planeten näher. Stählerne Eisenbahnen drangen in die dampfenden Regenwälder ein und stampften über die weiten, einsamen Ebenen Afrikas und Amerikas. Mit ihnen kamen Einwanderer, Wissenschaftler, Touristen und Unternehmer.

»Guten Morgen, Mister Duffy«, sagte eine Stimme an seiner Seite. Michael wandte sich um und begrüßte Colonel Godfrey, der ebenfalls die Brustplatte in der Glasvitrine betrachtete. »Eine wunderbare Nachbildung römischer Handwerkskunst, finden Sie nicht?«

»Das Original würde ich mir gern über den Kamin hängen«, erwiderte Michael lächelnd. »Es muss ein kleines Vermögen wert sein.«

»Da haben Sie wohl Recht«, stimmte Godfrey zu und hängte sich den zusammengeklappten Schirm, den er bei sich trug, mit dem Griff über den Arm. Draußen braute sich eines der kurzen, aber heftigen Gewitter zusammen, die sich häufig über der Stadt entluden. »Wie sind Sie in den letzten Tagen mit Ihren Erkundigungen vorangekommen?«, fragte der Colonel, während die beiden Männer langsam von dem Ausstellungsobjekt zu einer Holzbank für erschöpfte Besucher schlenderten.

»Die Männer, die auf dem Schiff des Barons arbeiten, sind tatsächlich Marinesoldaten des Kaisers. Das hatten Sie und Horace ja bereits vermutet«, sagte Michael, während er sich setzte. »Mein Deutsch war gut genug, um sie davon zu überzeugen, dass ich den Bestrebungen des Kaisers, diesen Teil der Welt an den Segnungen der deutschen Kultur teilhaben zu lassen, positiv gegenüberstehe.«

Michael hatte herausgefunden, welches Lokal die Marinesoldaten besuchten, wenn sie sich nicht auf dem vorgeblichen Handelsschiff aufhielten, das im Hafen von Sydney vor Anker lag. Er hatte sich bei ihnen als Ire eingeschmeichelt, der grundsätzlich gegen alles Englische war. Sein flüssiges Deutsch erklärte er mit seiner deutschen Mutter aus Hamburg. Die reichlich fließenden Spirituosen lösten den Deutschen die Zunge, sodass er einiges an nützlichen Informationen aufschnappen konnte.

»Und wie sieht es mit Mister Wongs Bemühungen aus?«, erkundigte sich Godfrey. »Hat er irgendwelche Erfolge zu verzeichnen?«

»Er hat Kontakt zu den Chinesen in Sydney aufgenommen«, erwiderte Michael, wobei er auf den polierten Marmorboden des Museums starrte. »Einer seiner Landsmänner liefert dem Baron sogar das Gemüse. Der Mann hat gute Beziehungen zu den Dienstboten, sodass er über jeden Klatsch informiert ist.«

Als Michael aufsah, wirkte sein Blick gequält. Godfrey konnte sich gut vorstellen, warum ihm der Tratsch zu schaffen machte. Horace Brown hatte ihn vor Beginn der Mission ausführlich über alles informiert, auch über die Beziehung der schönen Fiona zu ihrer nicht weniger bezaubernden Cousine, der Baronin Penelope von Fellmann.

»Wann werden Sie mit Missus White Kontakt aufnehmen?«, fragte er sanft.

»Übermorgen. John hat von seinem Kontaktmann erfahren, dass sich Missus White im Sommerhäuschen der Macintoshs in Manly aufhalten wird. Ich nehme an, dass sie dort auch die Baronin treffen wird.«

»Was werden Sie tun?«

»Ich werde sie aufsuchen und davon überzeugen, dass ich ihre Unterstützung brauche. Durch Erpressung, wenn nötig«, erwiderte Michael bitter.

Der Colonel nickte. Schweigen senkte sich über die beiden Männer, während sie der Parade von Damen und Herren zusahen, die an den Ausstellungsstücken vorüberflanierten.

Mit einem Seufzer brach Godfrey das Schweigen. »Ihre

Arbeit für Horace ist beendet, Mister Duffy«, sagte er ruhig. Michael sah ihn scharf an, als wollte er seinen Ohren nicht trauen. »Horace hat mir ein Telegramm geschickt«, fuhr Godfrey fort, »in dem er mich darüber informierte, dass die Mission abgeblasen ist.«

»Abgeblasen? Was ist passiert?«

»Das weiß ich nicht, alter Junge. Aber Horace wird es Ihnen selbst sagen, wenn er nächste Woche eintrifft. Er hat Townsville verlassen, und zwar unmittelbar, nachdem ich letzte Woche sein Telegramm erhielt. Daher tappe ich ebenso im Dunkeln wie Sie selbst. In der Zwischenzeit werden Sie weiter bezahlt, bis Horace die langjährige geschäftliche Partnerschaft zwischen Ihnen beiden beendet.«

»Und warum haben Sie mir dann diese ganzen Fragen über die Deutschen gestellt?« Michael runzelte verärgert die Stirn. »Sie hätten mir gleich sagen können, dass die Mission abgeblasen ist.«

»Ich hatte meine Gründe«, sagte Godfrey, wobei er starr geradeaus blickte. »Ihre Tätigkeit für meinen Freund Horace ist zwar beendet, aber ich denke, ein Mann wie Sie könnte daran interessiert sein, für einen anderen guten Freund von mir zu arbeiten. Diese Tätigkeit ist großzügiger bezahlt als die Aufträge, die Sie in der Vergangenheit für Horace ausgeführt haben.«

»Was für eine Tätigkeit ist das? Und für wen?«, wollte Michael misstrauisch wissen.

Godfrey seufzte. »Das darf ich Ihnen im Augenblick leider nicht sagen. Aber bevor wir unser Gespräch fortsetzen, möchte ich Ihnen gern noch eine Frage stellen. Danach können Sie mein Angebot annehmen oder ablehnen.«

»Stellen Sie Ihre Frage«, knurrte Michael.

»Wie weit würden Sie gehen, um Ihren Sohn zu finden?«

Die Atmosphäre im Museum kam Michael plötzlich eisig vor. »Was wissen Sie, das ich nicht weiß, Colonel?« Sein Atem stockte.

»Offenbar ist Ihnen nicht bekannt, dass Ihr Sohn als vermisst gemeldet wurde. Es tut mir Leid.«

»Im Sudan?«

»Ich fürchte, ja. Anscheinend befand er sich, als er verschwand, bei einem Ort namens McNeill's Zareba auf einer Aufklärungsmission für die Armee. Dabei muss er hinter den Linien auf eine Gruppe Derwische gestoßen sein. Die Leiche wurde bis jetzt nicht gefunden, daher gilt er offiziell als vermisst, bis es stichhaltige Beweise für seinen Tod gibt.«

Die gefliesten Böden der weitläufigen Museumshalle schienen auf Michael zuzurasen. Patrick vermisst, vermutlich tot! Sein Sohn war der einzige Teil seines Lebens, der aus einem Akt der Liebe entstanden war. »Was hat das Schicksal meines Sohnes mit dem Auftrag zu tun, den Sie mir anbieten wollen?«, fragte er. Seine Stimme war kaum mehr als ein Flüstern.

»Bei der an Ihnen interessierten Person handelt es sich um einen lieben Freund von mir, der kürzlich von der Möglichkeit erfuhr, dass Sie eine Reise nach Afrika unternehmen. Ich könnte Ihnen übrigens Empfehlungsschreiben für den Generalstab der Armee in Suakin ausstellen. Wir sind beide der Ansicht, dass Sie nicht nur ein finanzielles Interesse daran haben, Captain Duffy zu finden oder zumindest Gewissheit über sein Schicksal zu erlangen.«

»Wer ist diese Person, Colonel?«

»Alles zu seiner Zeit«, gab Godfrey zurück. »Geben Sie mir zuerst Ihr Wort, dass Sie das Angebot annehmen, das ich Ihnen im Namen meines Freundes unterbreite.«

»Sie wissen verdammt gut, dass ich mit oder ohne Geld nach meinem Sohn suchen würde.«

»In diesem Fall treffe ich Sie morgen Abend um sieben am Haupteingang der Central Station. Von dort fahren wir in meiner Kutsche zu meinem Bekannten und erörtern die Angelegenheit.«

»Und vorher wollen Sie mir nicht verraten, wer Ihr Freund ist?«, fragte Michael gereizt.

»Alles zu seiner Zeit«, wiederholte Godfrey. »Es tut mir Leid, dass Sie auf diese Weise vom Schicksal Ihres Sohnes erfahren mussten, Mister Duffy. Ich weiß, dass Sie keinen Kontakt zu ihm hatten, aber ich bin davon überzeugt, dass er für Sie Ihr

Sohn ist und bleibt.« Mit leerem Blick starrte Michael auf den Marmorboden, während sich der Colonel steif erhob und sich umsah. »Sie werden Zeit zum Nachdenken brauchen«, meinte er sanft. »Sagen Sie Mister Wong, seine Anwesenheit in Sydney ist nicht länger erforderlich. Wenn ich mich nicht irre, hat er in Queensland Familie und ein florierendes Geschäft, da wird er sicher gern nach Hause zurückkehren.«

Er nahm den Regenschirm von seinem Arm und stocherte geistesabwesend mit der Metallspitze auf dem Marmorboden herum. »Sie können sich glücklich schätzen, dass Mister Wong Ihnen so treu ergeben ist«, setzte er hinzu, während er sich zum Gehen wandte. »Ich glaube, er würde Ihnen in die Hölle folgen, wenn Sie ihn darum bitten würden.«

»Wir *waren* gemeinsam in der Hölle, Colonel«, sagte Michael ruhig. »Ich würde ihn nie bitten, mich wieder dorthin zu begleiten. Das ist ein Ort, an den ich allein gehen muss.«

»Ja, da haben Sie wohl Recht«, sagte Godfrey mitfühlend. Er räusperte sich. »Auf Wiedersehen, Mister Duffy.«

Während Michael dem Colonel nachsah, fragte er sich, wer an Patricks Schicksal interessiert sein mochte. Wer kannte seine, Michaels, wahre Identität? Und woher? »Granville White«, stieß er zwischen den zusammengebissenen Zähnen hervor. War Granville White der »liebe Freund«? Durchaus vorstellbar, dass White Kontakte zu den Kasernen der Victoria Barracks hatte. Wenn es so war, befand Michael sich in großer Gefahr. Warteten die Greifer schon auf ihn? Wollte Granville White vollenden, was ihm vor über zwanzig Jahren misslungen war, als er ihm gedungene Mörder auf den Hals gehetzt hatte?

Tiefes Misstrauen gegen alles und jeden war in dieser Welt von Verrat und Täuschung unausweichlich. Hier, mitten im Feindesland, konnte er sich nur auf seinen alten Waffengefährten John Wong verlassen. War es Zufall, dass der Colonel erklärt hatte, Johns Dienste seien nicht mehr erforderlich?

Michael fühlte sich wie in einem Tal, das zu beiden Seiten von Bergen gesäumt war, die sich in der Hand seiner Feinde befanden. Doch am Ende des Tals sah er Fiona, die ihn traurig anlächelte. Er fühlte, dass sie sich ebenso danach sehnte, über das Schicksal ihres Sohnes zu sprechen, wie er. Aber bei dem Gedanken an das Treffen mit dem Colonel morgen verblich Fionas Bild. Ging er dem durch und durch rücksichtslosen Mann in die Falle, dem er einst Rache geschworen hatte?

»Du verlässt die Stadt morgen, John«, teilte Michael dem Eurasier mit, der ihm in dem schäbigen Büro gegenübersaß, das sie als Tarnung für ihre Operation gegen von Fellmann benutzt hatten. Nicht dass das Büro einer sorgfältigen Überprüfung durch jemand, der mit dem Import- und Exportgeschäft vertraut war, standgehalten hätte: Nirgendwo waren jene Unterlagen zu sehen, ohne die ein Handel nicht möglich war – keine Geschäftsbücher auf dem nackten Schreibtisch und in den leeren Regalen, keine Jahrbücher mit Schifffahrtsrouten. Nur auf dem gemalten Schild an der Fassade des winzigen Büros prangten Name und Beruf des »Inhabers«: *John Wong – Importeur für fernöstliche Waren.*

John rutschte auf seinem Drehstuhl hin und her und beugte sich vor. »Falls sich dein Verdacht, dass Granville White hinter der Sache steckt, erhärtet, und du morgen ohne Rückendeckung zur Central Station gehst, könnte dich das dein Leben kosten«, schimpfte er. »Du brauchst mich, Michael.«

»Nicht mehr, alter Freund«, erklärte Michael betrübt. »Du hast Frau und Kinder, an die du denken musst. Es war dumm von mir, dich überhaupt für diesen Auftrag zu rekrutieren. Ich habe deine Loyalität ausgenutzt, ohne mir zu überlegen, welche Folgen das für deine Sicherheit haben könnte.«

Johns dröhnendes Gelächter hallte durch das winzige Büro, bis es sich in einer Ecke unter dem Wellblechdach in einem Spinnennetz verfing. »Ich habe mich gelangweilt«, gab er zu, während sein Lachen zu einem Kichern wurde. »Eigentlich hab ich die Zeit geradezu vermisst, als wir beide unser Glück ständig auf die Probe stellten. Meine Frau hatte mich mit ihren köstlichen Nudelgerichten zu gut herausgefüttert, und allmählich hab ich mich gefragt, warum zum Teufel du allein im Osten Spaß haben solltest. Jedes Mal, wenn Horace auf ein

Schwätzchen vorbeikam, hätte ich ihn fast gefragt, ob ich nicht wieder mit dir arbeiten kann.«

»Diesmal ist es anders«, warnte Michael ihn mit einem traurigen Lächeln. »Der Kreis meines Lebens vollendet sich hier. Ich stehe erneut dem Feind gegenüber, der mein Leben zur Hölle gemacht hat, und zwar auf *seinem* Territorium. Er hält alle Trümpfe in der Hand.«

»Das war doch früher auch nicht anders«, knurrte John. »Wir beide hatten immer schlechte Karten, aber irgendwie haben wir trotzdem überlebt.«

Michael starrte seinen Freund an. Ja, das stimmte. Sie hatten viel gemeinsam erlebt, und immer hatten sie es gegen alle Wahrscheinlichkeit geschafft. Aber jetzt war die Situation eine andere. Jetzt operierte er im Schatten des Galgens. Jederzeit konnte ihn jemand erkennen und an die Polizei verraten. Ein Haftbefehl wegen Mordes verjährte nicht. Seinem Freund konnte die Verbindung mit einem gesuchten Verbrecher nur schaden, sie konnte sein Geschäft und seine Familie ruinieren. »Du verlässt morgen die Stadt«, wiederholte Michael stur, während er das Ende der Havanna abbiss, die er aus der Kiste auf dem Schreibtisch genommen, aber noch nicht angezündet hatte. »Was morgen geschieht, ist was Persönliches. Das hat nichts mit dir zu tun.«

»Schon gut, du alter Idiot«, antwortete John Wong entnervt. »Wenn du darauf bestehst, verschwinde ich und überlasse dich deinen Problemen.«

Misstrauisch starrte Michael seinen Freund an, der sich auf seinem Stuhl zurücklehnte. Seine unergründliche chinesische Seite hatte die Oberhand gewonnen. »Gibst du mir die Hand darauf?«, fragte er, wobei er Johns Miene genau studierte. Er meinte, einen Hauch von Unsicherheit zu entdecken.

Diese ging jedoch schnell in dem Lächeln unter, das sich allmählich auf Johns Gesicht ausbreitete. Der Halbchinese streckte die Hand aus. »Beim Leben meiner Familie und bei meinen ehrenwerten Ahnen verspreche ich dir, dass ich die Stadt verlasse«, erklärte er.

Michael ergriff seine Hand. »Das Leben deiner Familie, das

nehme ich dir ja noch ab«, meinte er grinsend. »Aber deine ehrenwerten Ahnen! Du hast doch bestimmt noch nie auch nur ein Körnchen Weihrauch für sie verbrannt.«

»Ich meine meine irischen Vorfahren«, parierte John. »Meines Wissens ist es eine Sitte dieses barbarischen Volkes, auf die Ahnen zu trinken statt Weihrauch zu verbrennen.«

»Gute Idee. Ich schlage vor, wir trinken gemeinsam auf die alten Zeiten und unsere ehrenwerten Ahnen – die chinesischen und die irischen.«

John nickte. Ein Eid auf das Leben seiner Familie war tatsächlich durch Blut geheiligt. Möglicherweise hatte er vergessen zu erwähnen, *wann* er Sydney verlassen würde. Bestimmt nicht, bevor er nicht sicher war, dass sein Freund nicht geradewegs den Greifern in die Falle ging.

29

Die Besprechung mit den Bankiers zog sich bis in die frühen Abendstunden hin. Lady Enid Macintosh beteiligte sich kaum an der Diskussion über die Vorteile, die es mit sich brachte, wenn sie zwei weitere Macintosh-Schiffe mit Kühlanlagen ausstatteten. Ihr verhasster Schwiegersohn führte das Gespräch mit den grauen Männern, die das Unternehmen finanzieren würden, mehr oder weniger allein.

In ihren Kummer und ihren Hass auf den selbstzufriedenen Mann am oberen Ende des langen, polierten Tisches versunken, saß sie in dem strengen, dunkel getäfelten Konferenzraum. Granville hatte den Vorsitz übernommen, um klarzustellen, welche Position er in den Unternehmen der Macintoshs innehatte. Enid besaß nicht mehr die Kraft, ihm diese Rolle streitig zu machen. Tatsächlich entglitt das Finanzimperium immer mehr ihrer strengen Kontrolle.

Die drei anderen Männern, die um den Eichentisch saßen, vertraten die englischen Finanzinstitute hinter den Unternehmen der Macintoshs. Granville hatte sie davon überzeugt, dass das Geld für den Umbau der Schiffe, die die Route Australien–England befuhren, noch mehr Profit bringen würde, wenn gleichzeitig in Queensland eine Fleischfabrik errichtet wurde. Rind- und Lammfleisch aus der Kolonie konnten über die Schlachthöfe der Macintoshs geschleust und für den direkten Versand nach England verpackt werden. Die revolutionäre Erfindung der Kühlanlage bedeutete, dass australisches Fleisch frisch auf den englischen Tisch gelangte. Damit war die unverderbliche australische Schurwolle nicht länger das einzige wichtige Exportprodukt der fernen Kolonie. Bestes australisches Fleisch war selbst für die Tafel der Königin gut genug.

In dicken blauen Wolken stieg der Zigarrenrauch im Raum auf, während die Bankiers paffend lauschten. Der exzellente Portwein in den Kristallkaraffen gestaltete die Sitzung noch angenehmer. Schließlich nickten alle drei wie auf Kommando, und der Plan war genehmigt. So sehr sie ihren Schwiegersohn auch hasste und verachtete, Enid musste zugeben, dass es eine kluge Idee war, die gesamte Kette der Fleischproduktion von den kargen Weiden Queenslands bis zu den eleganten Tafeln Englands ohne teuren Mittelsmann in einer Hand zu vereinigen. Damit besaßen sie in diesem Bereich das Monopol.

»Danke, meine Herren.« Granville lächelte breit, als die Männer den verrauchten Raum verließen, um in ihre exklusiven Klubs in der Stadt oder zu ihren Familien in den wohlhabenden Vororten Sydneys zurückzukehren. Doch kaum war er allein mit Enid, verschwand das maskenhafte Grinsen. Sie hatte sich nicht die Mühe gemacht, sich bei den Männern zu bedanken, und war sitzen geblieben. Granville schloss die Tür und wandte sich ihr zu. Seine aristokratische Attraktivität war mit den Jahren verblichen, sodass er nun eher wie ein Bankmanager oder Buchhalter in den mittleren Jahren wirkte. Aber sein Anzug besaß den besten Schnitt in der ganzen Kolonie und war in der Londoner Saville Row gefertigt worden.

»Ich habe dir noch gar nicht mein Beileid zu deinem tragischen Verlust ausgesprochen, Enid«, sagte er mit geheucheltem Mitgefühl. »Ein entsetzliches Schicksal für einen so jungen Menschen.«

Enid starrte ihn apathisch an. »Du kannst vielleicht Leute wie die Männer von eben von deinen Geschäftsplänen überzeugen«, sagte sie müde, »aber mir kannst du nichts vormachen. Das einzige Gefühl, das du kennst, ist Machtgier.«

»Aber natürlich hege ich Gefühle für meine Töchter – deine Enkelinnen«, erwiderte er. »Beide werden bald einundzwanzig«, setzte er hinzu, eine verschleierte Andeutung, dass sich Enids hartnäckige Kontrolle des Familienvermögens ihrem Ende näherte. »Wahrscheinlich werde ich beiden bei Erreichen der Volljährigkeit eine beträchtliche Summe auszahlen, damit sie das Erbe ihres Großvaters genießen können.«

»Als Ausgleich für ihre Anteile«, erwiderte Enid, bemüht, sich ihre Verbitterung nicht anmerken zu lassen. Auf keinen Fall sollte ihr verhasster Schwiegersohn merken, wie sehr es sie belastete, dass seine Töchter ihre Anteile höchstwahrscheinlich an ihn verkaufen würden. Damit würde er eine Zweidrittelmehrheit an den Macintosh-Unternehmen erlangen. »Du schenkst niemandem etwas, Granville«, sagte sie. »Nicht einmal deinem eigenen Fleisch und Blut.«

Granville funkelte die gebrechliche Frau, die ihn über den Tisch hinweg ansah, mit unverhülltem Hass an. Viele Jahre lang hatte sie die Familie Macintosh beherrscht, aber ihr eisernes Regiment näherte sich dem Ende, tröstete er sich. Vermutlich war sie nur aus England zurückgekehrt, um ihrem geliebten Enkel – dem Bastard seiner Frau –, den Weg zu bereiten, sodass er in der Firma eine aktivere Rolle spielen konnte, wenn er seinen Abschied von der Armee nahm, wie er es Enid versprochen hatte. Aber dieser Punkt war nun rein hypothetischer Natur, denn der Junge galt als vermisst und war vermutlich tot. »*Dein* Fleisch und Blut hat mir die Möglichkeit verschafft, diesen Platz einzunehmen«, höhnte er, während er nach der Rückenlehne des Stuhls am Tischende fasste, auf dem er zuvor gesessen hatte. »Einen Platz, den du offenbar nur ungern aufgibst, liebe Tante Enid.«

»Diese Position steht dir nicht zu, und das weißt du sehr wohl, Granville«, gab sie zurück, während sie zur Tür ging. »Bis zur Volljährigkeit deiner Töchter teilen wir uns die Entscheidungsgewalt über die Firma. Und bis dahin kann noch viel geschehen.«

»Das ist doch hoffentlich keine Drohung, Enid«, sagte er etwas überrascht. »Du hast nicht mehr viele Freunde unter den Lebenden.«

»Ich werde niemals glauben, dass mein Enkel tot ist. Nicht, bevor ich seine Leiche nicht mit eigenen Augen gesehen habe«, erwiderte sie mit stählerner Entschlossenheit in der Stimme. »Und wie ich meinen Enkel kenne, ist er seinem Vater zu ähnlich, als dass man ihn so einfach umbringen könnte.«

Bei der Erwähnung von Michael Duffy erbleichte Granville. Zwei Albträume suchten ihn immer wieder heim. Einer davon war, dass er erwachte und in die Augen des Mannes blickte, der sich eines Tages an ihm rächen würde, sollten sich ihre Wege je wieder kreuzen.

Sein zweiter Albtraum war, alles an seine Schwiegermutter zu verlieren.

Doch dann gab es noch ein drittes Gespenst, das ihn des Nachts plagte. Ein Albtraum ohne wirkliche Substanz, nur ein vages Gefühl der Furcht vor einem Ort, den er noch nie gesehen hatte: einem Hügel auf Glen View, inmitten der endlosen Ebenen des Brigalow-Buschlands. Es war ein primitiver Ort, der einem Volk heilig gewesen war, das Sir Donald vor fast einem Vierteljahrhundert ausgelöscht hatte.

Enid spürte eine Welle der Zufriedenheit in sich aufsteigen, als sie sah, welches Unbehagen die Erwähnung von Michael Duffy dem verhassten Granville bereitete. Wenn sie doch nur die Zeit hätte zurückdrehen können! Sie hatte wenige Fehler begangen in ihrem Leben, aber es waren Irrtümer gewesen, die sie über Jahre hinweg verfolgten. Fehler, die als kleine Kreise im Wasser begannen und als tödliche, zerstörerische Flutwellen endeten. Fehlentscheidungen hatten Enid um die Liebe ihrer einzigen Tochter gebracht und sie in eine verbitterte, rachsüchtige Frau verwandelt. Lange schon hatte sich Fiona auf Granvilles Seite geschlagen. Dass sie ihm ihre Anteile verkauft hatte, war nur ein letzter Beweis dafür, wie weit sie gehen würde, um ihrer Mutter zu schaden.

Als Enid die Tür des Konferenzraums öffnete, entdeckte sie im Gang Colonel George Godfrey. Den Regenschirm über dem Arm, betrachtete er bewundernd ein Gemälde an der Wand. Granville, der Enid in den Korridor gefolgt war, blieb stehen, als er den früheren Offizier entdeckte.

»Guten Abend, Lady Macintosh, Mister White«, grüßte Godfrey höflich, während er sich von dem Bild abwandte. Er war keineswegs zufällig hier. Viele Male war er denselben Korridor hinuntergegangen, um Informationen weiterzugeben, die, richtig eingesetzt, eine entscheidende Rolle spielen konnten. »Ich hoffe, es ist nicht zu spät für einen Besuch.«

30

Dampf- und Rauchschwaden hüllten die auf dem Bahnsteig Wartenden ein, als das puffende Ungeheuer, das sonst über die Ebenen und Berge westlich von Sydney ratterte, in Central Station einfuhr.

Mit dem Zug kamen elegante Damen, Schafscherer mit trüben Augen, sehnsüchtig erwartete Post, Wollballen und junge Männer, die in der großen Stadt nach Arbeit suchen wollten. Die Eisenbahnlinien verbanden die weit entfernten Hauptstädte der Kolonien auf eine Weise, von der man noch vor kurzem nur hatte träumen können. Inzwischen konnten Reisende von Melbourne aus mit der Eisenbahn den Murray überqueren, um dann in den Zug nach Sydney umzusteigen. Möglich geworden war dies durch den Bau einer Brücke in der Nähe der Stadt Albury.

Draußen vor der Bahnhofshalle warteten Droschken, Kutschen, Rollwagen und einspännige Buggys auf Passagiere, Angehörige und Freunde. Wohlhabende Damen in den unbequemen, aber modischen Tournürenkleidern mischten sich unter ihre vom Schicksal weniger begünstigten Geschlechtsgenossinnen, die sich diesen Luxus nicht leisten konnten und daher schlichtere, weniger ausladende Kleider trugen.

Abenteuerlustige oder verzweifelte junge Frauen vom Land, die auf eine Stellung als Zofe oder Kindermädchen bei einer der vornehmen Familien der Kolonie hofften, stiegen aus dem Zug. Junge Männer in Moleskinhose und ihrem einzigen Hemd begaben sich auf die Suche nach einer billigen Absteige. Von dort aus würden sie sich nach Arbeit in einer der Fabriken oder auf einer der Baustellen der rasch wachsenden Stadt umsehen.

Aus einer eleganten Kutsche stieg ein würdiger älterer Herr in Gehrock und Zylinder, der sich einen Regenschirm über den Arm gehängt hatte. Mit den Blicken suchte er das Sandsteinportal des Bahnhofs nach dem Mann ab, mit dem er verabredet war.

Michael Duffy bezweifelte, dass er die kleine Pistole brauchen würde, die er bei sich trug, wenn Godfrey ihn abholte. Es war unwahrscheinlich, dass Granville an einem solch öffentlichen Ort erscheinen würde. Außerdem war kaum anzunehmen, dass er die Dreckarbeit selbst erledigen würde. Nein, vermutlich würde man ihn an einen einsamen Ort bringen, wo Granvilles Leute auf ihn warteten. Aber Michael hatte beschlossen, den Colonel trotzdem zu begleiten. Vielleicht kam er ja so an Granville heran. Wie, das wusste er allerdings noch nicht.

Zumindest war er diesmal gewarnt und wenigstens teilweise vorbereitet, ganz im Gegensatz zu damals in The Rocks, als ihn der hinterhältige Verbrecher Jack Horton und dessen nicht weniger gefährlicher Halbbruder überfallen hatten. Beide waren von Granville angeheuert worden, damit sie Michael für ihn erledigten.

Godfrey, der in der Menge der Passagiere auf ihn zukam, winkte mit dem zusammengeklappten Regenschirm. Wie eine lauernde Katze glitt Michael auf ihn zu. Dem Colonel fiel die angespannte Haltung des Iren sofort auf; der Mann bewegte sich mit der Anmut eines Raubtiers, das zum Sprung ansetzte, und hielt die rechte Hand dicht an der Seite. Er hat eine Waffe, dachte Godfrey, leicht amüsiert, weil Michael ihm nicht traute.

»Die Kutsche, die uns zu unserem Treffpunkt bringt, steht draußen«, sagte er, als Michael nah genug war. Michael nickte und folgte ihm.

Bei der Kutsche handelte es sich um ein exquisites Exemplar teurer Handwerkskunst, das von vier hervorragend dressierten Grauschimmeln gezogen wurde. Ein gut gekleideter Kutscher saß mit einer langen Reitpeitsche in der Hand auf dem Bock. Michael stieg in die offene Kutsche, wo er sich Godfrey gegenüber niederließ, der mit dem Rücken gegen die

Fahrtrichtung saß. Der Kutscher ließ die Peitsche knallen, und das Gespann setzte sich in Bewegung.

Nach einer halben Stunde Fahrt war es dunkel geworden. Sie hatten die Gaslaternen des städtischen Sydney hinter sich gelassen und befanden sich auf einer relativ ebenen, unbefestigten Straße, die, wie Michael wusste, zur südlichen Landspitze des Hafens von Sydney führte. Geschäfte und Straßen waren Buschland gewichen, aus dem immer wieder die verstreuten Villen des Adels und der reichen Kaufleute der Kolonie auftauchten.

Keiner der Männer sprach während der Fahrt. Selbst in der Dunkelheit fiel Godfrey auf, dass Michaels Hand sich nie weit von seiner Hosentasche entfernte. »Besitzen Sie eines dieser gefetteten Lederholster, Mister Duffy?«, fragte er. Michael blickte ihn leicht überrascht an.

»Ja, Colonel«, antwortete er. Wozu sollte er lügen?

Stirnrunzelnd starrte der Colonel über Michaels Schulter in die Dunkelheit hinaus. »Und wer ist die Person, die uns offenkundig in einer Droschke folgt, wenn ich fragen darf?«

Hatte Michael zuvor etwas überrascht gewirkt, so war er nun völlig verwirrt. »Ich dachte, Sie kennen die Antwort darauf, Colonel«, stellte er leise fest. »Bestimmt einer von Mister Whites Männern.«

»Das will ich nicht hoffen!«, erwiderte der Colonel. Für einen Augenblick wusste Michael nicht, woran er war. Wenn sie von Whites Leuten verfolgt wurden, warum hatte der Colonel das dann erwähnt?

»Wohin fahren wir?«, fragte er. Godfrey sah sich um, bevor er antwortete. »Nirgendwohin, Mister Duffy, wir sind nämlich bereits da.«

In der Dunkelheit entdeckte der Ire ein riesiges Haus mit einer prächtigen, von alten Bäumen gesäumten Auffahrt. Er wusste sofort, wo er war.

»Ich glaube nicht, dass Sie Ihre Waffe hier brauchen werden, Mister Duffy«, meinte der Colonel beiläufig. Er lächelte über Michaels Verwirrung. »So gefährlich ist Lady Enid auch wieder nicht.«

Verlegen erwiderte Michael das Lächeln. »Das werden wir sehen. Nach dem, was ich über sie gehört habe …«

Der Colonel lachte leise. »Nun, Sie könnten natürlich Recht haben, Mister Duffy.«

Die Droschke, die ihnen gefolgt war, hielt knapp außer Sichtweite an, als Michael und der Colonel das kunstvoll geschmiedete Eisentor passierten.

Über die Schulter sah sich Michael nach den Lichtern der Droschke um, die in der Dunkelheit wie Stecknadelköpfe leuchteten. Dann schüttelte er lächelnd den Kopf. Inzwischen hatte er eine ziemlich genaue Vorstellung davon, wer ihnen gefolgt war.

Enids Unnachgiebigkeit, was eine gemeinsame Zukunft ihrer Tochter mit Michael anging, hatte dessen Leben zwar unwiderruflich geprägt, aber er war ihr noch nie persönlich begegnet. Trotzdem hatte er das Gefühl, viel über die Matriarchin der Familie Macintosh zu wissen. Doch ihr Anblick überraschte ihn. Sie wirkte zerbrechlich, ganz anders als die Frau, die er sich nach Fionas Beschreibung vor vielen Jahren vorgestellt hatte.

Mit im Schoß gefalteten Händen saß sie in ihrem Sessel. Nachdem er die beiden einander vorgestellt hatte, trat George Godfrey schützend neben sie. Offenbar verband die beiden eine lange, innige Freundschaft.

Im Hintergrund tickte unaufdringlich eine Uhr, und aus dem mit Sahne versetzten Kaffee in Michaels Becher stieg süßer Dampf auf. Ihm war bewusst, dass Lady Macintoshs smaragdgrüne Augen ihn eingehend abschätzten. Als junge Frau musste sie von berückender Schönheit gewesen sein. Es war offensichtlich, von wem Fiona ihr Aussehen geerbt hatte. Die intensive Prüfung war Michael nicht unangenehm, denn er hatte das Gefühl, dass Lady Enid etwas suchte.

Schließlich brach Godfrey das unangenehme Schweigen und räusperte sich. »Es tut mir Leid, wenn Sie irrtümlich annahmen, dass ich für Lady Macintoshs Schwiegersohn arbeite, Mister Duffy.«

»Ständiges Misstrauen ist ein Teil meines Lebens geworden, Colonel, damit habe ich mich abfinden müssen«, erwiderte Michael. »Allerdings verstehe ich nicht, warum Sie mir nicht gesagt haben, dass Lady Macintosh mich treffen wollte.«

Godfrey trat kaum merklich von einem Fuß auf den anderen, bevor er antwortete, sodass Michael klar wurde, wie unbehaglich er sich fühlte. »Wie Lady Enid war ich der Meinung, dass Sie sie vielleicht nicht sehen wollen.«

»In meinem Leben sind viele Dinge geschehen«, erwiderte Michael ohne jede Gefühlsregung. »Manche davon waren gut, die meisten schlecht. Aber in den letzten Jahren haben Sie sich in einer Weise um meinen Sohn gekümmert, die mich jede Feindseligkeit, die ich vielleicht einmal für Sie empfand, vergessen ließ. Ich weiß, dass Sie nichts mit den Vorgängen zu tun hatten, die mich gezwungen haben, aus der Kolonie zu fliehen, Lady Macintosh.«

Ein Ausdruck von Dankbarkeit huschte über ihre aristokratischen Züge. Die Zeit hatte die beiden in einem merkwürdigen, unvorsehbaren Bündnis zusammengeführt, denn in den Adern von Michaels Sohn floss ihrer beider Blut.

»Ich weiß, dass Ihr Leben voller Tragik war, Mister Duffy«, sagte Enid weich. »Mir ist klar, dass mein Widerstand gegen Ihre Bekanntschaft mit meiner Tochter vor vielen Jahren viel von dem Schmerz verschuldet hat, den ich in Ihrem Gesicht geschrieben sehe. Aber ich weiß auch, dass ich heute nicht anders entscheiden würde als vor zwanzig Jahren, wenn sich wieder dieselbe Situation ergeben würde.«

»Das habe ich von Ihnen auch nicht anders erwartet, Lady Macintosh«, erwiderte Michael angesichts ihrer Unbeugsamkeit mit einem bedauernden Lächeln. »Schließlich kenne ich Ihren Ruf.«

»Danke, Mister Duffy. Dann wissen wir beide, woran wir miteinander sind.« Nun, wo beider Haltung zu den alten Problemen geklärt war, schien sich Enid etwas zu entspannen. Sie nahm den Kaffee, den Godfrey ihr einschenkte, und fuhr fort. »Patrick gleicht Ihnen so sehr, Mister Duffy, dass ich mir in Ihrer Gegenwart sicher bin, dass mein Enkel nicht tot ist, ganz gleich, was die Armee vermutet. Als Sie meinen Salon betraten, habe ich gespürt, wie stark Sie sind.« Überrascht hob Michael die Augenbrauen, doch sie sprach weiter. »Sie sind ein ungewöhnlicher Mann. Ich habe gehört, dass Sie zahlreiche Kriege und Verwundungen überstanden haben. Ihr Leben war häufig in größter Gefahr, und dennoch haben Sie überlebt. Ich bin davon überzeugt, dass Patrick Ihre Stärke geerbt hat und noch am Leben ist. Ich muss zugeben, ich wollte Sie eigentlich bitten, mir bei der Suche nach seiner Leiche zu helfen. Aber jetzt, wo ich Sie gesehen habe, glaube ich fest daran, dass Patrick noch lebt.«

Nach diesen aufrichtigen Worten empfand Michael eine merkwürdige Zuneigung für Enid. Er stellte Tasse und Untertasse auf einem Beistelltisch aus poliertem Walnussholz ab. »Ich würde nie glauben, dass mein Sohn tot ist«, sagte er. »Er hat das Glück der Iren.«

»In seinen Adern fließt auch das Blut von Engländern und Schotten, Mister Duffy«, erinnerte Enid ihn ruhig. »Ich hoffe, er hat auch deren Glück.«

»Das auch«, erwiderte Michael mit einem grimmigen Lächeln. »Wenn wir ihn wohlbehalten wiederfinden wollen, wird er auch alles Glück brauchen, das er kriegen kann.«

»Ich glaube, wenn ihn jemand findet, dann Sie, sein Vater.«

»Offenbar haben Sie und der Colonel einen Plan«, stellte Michael fest. »Wenn das so ist, bin ich dabei, das kann ich Ihnen versichern, Lady Macintosh.«

»Colonel Godfrey besitzt wertvolle Kontakte in der Armee. Diese reichen bis in den Sudan, sodass er Geleitschreiben für Sie besorgen kann. Diese Briefe werden sicherstellen, dass Sie vom Generalstab jede nur mögliche Unterstützung erhalten. Damit Ihre Wünsche im Sudan auch garantiert erfüllt werden, habe ich eine Zeitung erworben, deren Korrespondenten über den Feldzug berichten. Meine neuen Mitarbeiter werden Ihnen behilflich sein und mir von jeder Verzögerung oder Behinderung Ihrer Bemühungen durch die Armee berichten.«

Dass Lady Macintosh ein Zeitungsunternehmen kaufte, nur

um zu gewährleisten, dass die Korrespondenten ihn unterstützten, fand Michael beeindruckend.

Sie sprach weiter. »Mein Schwiegersohn hat zunächst versucht, mich am Kauf der Zeitung zu hindern, aber ich habe mich im Gegenzug bei einer anderen finanziellen Frage auf einen Kompromiss eingelassen.«

»Darf ich?«, fragte Michael höflich, wobei er auf einen leeren Sessel Enid gegenüber deutete. Als sie nickte, setzte er sich. »Ich wüsste gern«, meinte er, »warum Sie nicht jemand anderen nach Patrick suchen lassen. Anscheinend haben Sie die Mittel, eine ganze Armee anzuheuern.«

Für einen Augenblick senkte Enid den Blick, und Michael spürte, dass sie tief in Gedanken versunken war. Dann sah sie auf. »Eine Armee hat meinen Enkel verloren, Mister Duffy. Ich glaube daran, dass ihn zwei Menschen, die ihn lieben, wiederfinden werden.«

Mehr brauchte Michael nicht zu wissen, seine Frage war beantwortet. Sie erkannte seine väterliche Liebe zu einem Sohn an, den er nur ein einziges Mal in seinem Leben gesehen hatte, obwohl er Patricks Foto seit vielen Jahren als Talisman bei sich trug. »Haben Sie Fotos von meinem Sohn, Lady Macintosh?«, fragte er spontan.

Sie warf Godfrey einen Blick zu. Dieser entschuldigte sich und verließ das Zimmer. »Ich habe Colonel Godfrey Bankwechsel für Ihre Ausgaben besorgen lassen«, erklärte sie. »Der Betrag ist sehr großzügig, und es bleibt Ihnen überlassen, wie Sie das Geld ausgeben, Mister Duffy. Wenn es um die Suche nach meinem Enkel geht, gibt es keine Verschwendung.«

Godfrey kam zurück und reichte Enid eine gerahmte Fotografie. In ihre Augen traten Tränen, als sie das Bild betrachtete und dann an Michael weiterreichte. Während sie ihre Augen betupfte, studierte Michael das sepiabraune Ganzkörperbild seines Sohnes in der Galauniform eines schottischen Brigadeoffiziers. Das Gesicht, das ihm entgegenblickte, war sein eigenes, nur zwanzig Jahre jünger. Obwohl das Foto schwarzweiß war, wusste er, dass der große Unterschied in den Augen lag – Patricks waren smaragdgrün wie die seiner Mutter und Großmutter, Michaels zeigten das Blaugrün seiner Familie. »Darf ich das behalten, Lady Macintosh?«, fragte er. Seine Stimme war heiser vor kaum verhüllter Rührung.

»Ja, ich habe andere. Aber ich glaube kaum, dass Sie ein Bild von Patrick brauchen werden, um ihn zu erkennen.«

Michael wusste, was sie meinte. Er dankte ihr.

Als sie die Hand ausstreckte, half Godfrey ihr auf die Beine. Michael verstand das als Zeichen, dass ihr Gespräch beendet war.

»Nur noch eines zum Abschied, Mister Duffy«, sagte Enid, die an der Tür des Salons stehen geblieben war. »Möglicherweise habe ich den falschen Ehemann für meine Tochter gewählt. Aber so, wie ich meinen Enkel kenne, fürchte ich, ist er Ihnen sehr ähnlich, als Sie ein junger Mann waren. Und so jemanden hätte ich meine Tochter nicht heiraten lassen können.«

Damit wandte sie sich ab und verließ den Raum mit der majestätischen Anmut einer Kaiserin. Michael grinste. Bei ihrer Zurechtweisung hatte er ein amüsiertes Funkeln in ihren Augen entdeckt. Vermutlich hatte sie gar nicht so Unrecht.

»Ich bringe Sie nach Sydney zurück, Mister Duffy«, sagte Godfrey, wobei er seinen Regenschirm aus dem Ständer im Gang nahm. Ein hübsches junges Dienstmädchen führte sie zur Tür.

»Das wird nicht nötig sein, Colonel«, erwiderte Michael. »Auf mich wartet bereits eine Droschke.«

Der Colonel runzelte die Stirn und legte fragend den Kopf zur Seite. »Wie das, alter Junge?«

»Ich kenne nur einen einzigen Menschen, der das Seelenheil seiner ehrenwerten Ahnen aufs Spiel setzen würde. Und ich wette darauf, dass diese Person draußen wartet, um sich zu vergewissern, dass ich das Haus wohlbehalten verlasse.«

»Hoffentlich war Mister Wong klug genug, die Droschke warten zu lassen«, sagte Godfrey lächelnd. »Nach Sydney ist es ein langer Fußmarsch.«

John Wong hatte die Droschke warten lassen, obwohl das ein kostspieliges Vergnügen gewesen war. Michael stieß in den Schatten der geschwungenen Auffahrt auf ihn und begrüßte ihn mit einer freundschaftlichen Zurechtweisung. »Dachte, du hättest auf das Leben deiner Familie und die Ehre deiner Ahnen geschworen, dass du nach Townsville zurückkehrst?«

Grinsend klopfte John ihm auf den Rücken. »Ich habe aber nicht gesagt, wann.«

»Nein, wenn ich es mir recht überlege, hast du das nicht getan.«

»Und wann fährst du mit mir nach Townsville zurück?«

»Zuerst muss ich mich mit Horace treffen und ein paar Angelegenheiten hier in Sydney regeln«, erwiderte Michael, während die beiden auf dem laut knirschenden Kies die Einfahrt hinuntergingen. »Dann muss ich meinen Sohn finden. Erst wenn das alles erledigt ist, kann ich nach Townsville zurück.«

Enid wünschte Godfrey eine gute Nacht und stieg die Treppe zu ihrer Bibliothek hinauf. Dort setzte sie sich an ihren Schreibtisch und holte aus einer Schublade ein kunstvoll verziertes, ledergebundenes Tagebuch heraus, in das sie wichtige Ereignisse eintrug. Geburten, Todesfälle und Hochzeiten waren darin nicht verzeichnet, denn die hielt sie mit ihrer gestochen scharfen Schrift in der großen Familienbibel fest. Dieses Buch war der dunklen Seite ihres Leben gewidmet: Geschäftsbesprechungen, die über das Wohlergehen der Familienunternehmen entschieden, Informationen ihrer Kontaktleute über sich ergebende geschäftliche Chancen, Gelder, mit denen von Zeit zu Zeit die Räder der Regierung geschmiert wurden.

In dieser letzten Rubrik fand Enid einen Eintrag über die Zahlung von einhundert Guineen in bar an einen Kriminalbeamten namens Kingsley. Das war 1874 gewesen. Damals war Kingsley mit Informationen zu ihr gekommen, die er von einem sterbenden Verbrecher namens Jack Horton erhalten hatte. Bevor er das Zeitliche segnete, hatte Horton alles verraten, was er über die mörderische Verbindung zwischen Kapitän Morrison Mort und ihrem Schwiegersohn, Granville White, wusste.

Hortons Ehrlichkeit entsprang einzig und allein dem Wunsch, sich an dem Kapitän zu rächen, der ihn in Zeiten größter Not im Stich gelassen hatte. Während er an einer Bauchwunde verblutete, hatte Jack Horton dem Polizeibeamten auch erzählt, dass Granville ihn angeheuert habe, um einen gewissen Michael Duffy zu töten. Dabei habe Duffy Hortons Halbbruder, ebenfalls ein Verbrecher, in Notwehr getötet.

Als Enid diese Informationen erhalten hatte, interessierte sie sich nicht weiter für das Geständnis des Verbrechers. Michael Duffy war angeblich Jahre zuvor im Neuseeland-Feldzug gegen die Maori getötet worden. Und selbst wenn sie gewusst hätte, dass er noch lebte, war es zweifelhaft, ob sie ihm die Informationen zur Verfügung gestellt hätte, mit denen er seine Unschuld beweisen konnte.

Enid starrte auf die sorgfältig zusammengetragenen Notizen, die sie direkt nach ihrem Gespräch mit dem Kriminalbeamten eingetragen hatte. Uhrzeit, Datum und Namen waren unauslöschlich auf den Seiten ihres Tagebuchs festgehalten.

Sie schloss das Buch und ging zum Fenster der Bibliothek, von dem aus sie die Einfahrt überblicken konnte. Sollte sie preisgeben, was sie durch Jack Hortons Geständnis erfahren hatte? Lag es in ihrem Interesse, Michael Duffy reinzuwaschen?

Dass Michael noch lebte, könnte ihren Enkel von seiner Entscheidung abbringen, sich von seiner irischen Abstammung loszusagen und sich voll und ganz für sein anglo-schottisches Blut zu entscheiden. Möglicherweise würde sein Vater ihn dazu überreden, seine papistische Religion zu behalten? Und dass ein Papist das Vermögen der Macintoshs kontrollierte, war undenkbar, selbst wenn es sich um ihren geliebten Enkel handelte! Nein, es war besser, wenn Michael Duffy in der Kolonie ein Gejagter blieb. Das würde seinen Kontakt zu Patrick in engen Grenzen halten.

Enid dachte, sie hätte sich ein für alle Mal dafür entschieden, ihr Wissen über Michaels Unschuld für sich zu behalten. Doch Zweifel und Gewissensbisse nagten an ihr. Und wenn Patrick nun herausfand, was sie wusste? Ein Schauer der Furcht überlief sie, als sie sich an ihren Schreibtisch setzte und geistesabwesend die Hand auf den Einband des Tagebuchs legte. Nein, das durfte nicht geschehen! Die Auswirkungen wären zu entsetzlich, als dass sie daran hätte denken mögen. Im Augenblick wollte sie nur die merkwürdige Zuversicht genießen, die in ihr aufgestiegen war, als sie Michael Duffy zum ersten Mal gesehen hatte.

31

Der Expeditionstrupp sammelte sich im ebenen Buschland unterhalb der mit Felsen übersäten Hänge des zerklüfteten Berges. Vom Pferd aus sah Gordon James, wie sich auf dem Kamm eine einsame Gestalt erhob. Die Tiere spürten die Nervosität ihrer Reiter und wurden unruhig. Alle Mitglieder der Expedition hatten Zweifel daran, ob es klug war, die Kalkadoon auf ihrem Berg frontal anzugreifen. Aber der Plan stand fest, jetzt war es zu spät für Änderungen.

Von seiner Position am Hang aus sah Terituba, wie sich die winzigen Gestalten auf ihren Pferden zu Reihen formierten. Voll nervöser Erwartung duckte er sich und tastete nach den Speeren, die er hinter seinem Felsblock gestapelt hatte.

Wallarie stand allein auf dem Felsenhang. Seine gesamte Aufmerksamkeit galt einer winzigen Gestalt, die zwar die blaue Jacke der berittenen Eingeborenenpolizei trug, aber nicht mit einem Karabiner bewaffnet war. Er sah, wie der Mann mit den Händen gestikulierte, um seine Streitmacht in die richtige Formation zu bringen. Wallarie wusste, was kommen würde. In solchen Reihen hatten die Schwarzen Krähen viele Jahre zuvor sein Volk angegriffen, als es an den Wasserlöchern seiner angestammten Heimat lagerte.

Nachdem sich Gordon davon überzeugt hatte, dass die Aufstellung stimmte, sah er sich noch einmal die Reihen seiner Streitmacht an. Er hatte den Männern am Morgen erklärt, welche Taktik beim Angriff auf die Bergfestung der Kalkadoon zur Anwendung kommen sollte. Nun würde er die gesetzlich vorgeschriebene Warnung abgeben. Wenn die Eingeborenen nicht entsprechend antworteten, würden seine Männer den Hügel stürmen. Sie würden den Hang hinaufreiten, so weit sie konnten, dann absteigen und den Angriff zu Fuß fortsetzen, wobei sie abwechselnd feuern und vorrücken würden. Unterdessen saßen die grimmig dreinblickenden Grenzer auf ihren Pferden, die Gewehrkolben in die Hüften gestützt, und starrten zu der einsamen Gestalt oben am Hang hinauf.

Terituba blickte aus seinem Versteck auf halber Höhe des Hangs ebenfalls zu dem Darambal hoch. Dann trug ein Lufthauch von der Ebene unter ihnen eine dünne, ferne Stimme zu ihnen herauf. »Was sagt der weiße Mann?«, fragte Terituba laut, der wusste, dass Wallarie die Sprache der Weißen verstand.

»Er sagt, wir sollen uns ergeben«, rief Wallarie zurück. Eine andere Übersetzung für das englische *»Stand in the Queen's name!«* fiel ihm nicht ein.

»Pah!« Terituba spie auf die Erde und wiegte die Kriegsaxt aus Basalt in seiner Hand. »Ich würde gern sehen, wie er uns dazu bringen will.«

Gordon starrte auf die einsame Gestalt und runzelte die Stirn. Wo waren die Krieger? Hatten sie sich hinter den Felsen verborgen? Er zog seinen Revolver aus dem Holster, hob die Waffe über den Kopf und leitete mit einer weit ausholenden Armbewegung den Angriff ein. »Vorwärts!«, brüllte er, und die beiden Reihen von Reitern trabten los.

Sie erhöhten das Tempo und gaben schließlich ihren Pferden die Sporen, bis Grenzer und Polizisten gleichermaßen in vollem Galopp brüllend den Hang des Kalkadoon-Bergs hinaufrasten. Commanche Jack stieß einen indianischen Kriegsruf aus, den er bei seinen Kämpfen gegen die Apachen gelernt hatte. Die rote Erde explodierte zu einer Staubwolke, als die Pferde ihre Hufe hart in den Hang gruben, um nicht abzurutschen.

Wallarie hatte die eindrucksvolle Demonstration europäischer Taktik beobachtet. Unwillkürlich empfand er beim Anblick der beiden Reiterreihen, die in vollem Tempo über die staubige Ebene und die unteren Ausläufer des Berges galoppierten, Ehrfurcht. Auch den wenigen Kriegern, die diszipliniert zwischen den Felsen der unteren Hänge warteten, war nicht wohl in ihrer Haut, doch sie rührten sich nicht von der Stelle. Als einzige Verteidigungslinie würden die gut versteckten Männer die volle Stoßkraft des Angriffs zu spüren bekommen.

Terituba hörte das Donnern der Attacke zwischen den Felsen widerhallen. Noch nie hatte er ein solches Geräusch gehört. Es war furchterregend und erinnerte an den Sturm, der Donner und Blitz brachte.

In Wallarie rief es die Erinnerung an den verängstigten jungen Mann wach, der in den Büschen gekauert hatte, während die Polizisten an ihm vorüberfegten, um die hilflosen Männer, Frauen und Kinder seines Clans zu töten. Diesmal spürte er keine Furcht. Diesmal war er bereit. Ein Blick auf Terituba zeigte ihm, dass dessen Körper vor nervöser Anspannung bebte.

Der junge Krieger begann schon, sich aus der Deckung zu erheben, als er die Stimme des Darambal hörte. »Bleib unten. Die Schwarzen Krähen dürfen dich erst sehen, wenn sie so nah sind, dass du deine Axt einsetzen kannst.«

Terituba sank in die Deckung zurück.

Kein Eingeborener würde sich einer Reiterattacke entgegenstellen, dachte Gordon optimistisch, während er seinem Pferd die Sporen gab, um es den Hang hinaufzutreiben. Aus dem Augenwinkel sah er, wie sich seine Polizisten mit ihren Karabinern im Sattel vorbeugten. Wie eine unaufhaltsame Flutwelle rollten sie unter Schreien und Flüchen über den Hang hinweg. Wenn es ihnen gelang, die Kalkadoon von der Bergkuppe zu vertreiben, konnten sie sie niederreiten und einzeln erledigen.

»Himmel!« Fluchend sah Gordon, wie sich plötzlich dreißig bemalte Krieger aus den Felsen erhoben. Ihre Speere steckten auf Woomera-Stäben, und in den starken Händen hielten sie schwere Kriegsbumerangs. »Die laufen nicht weg!«, hörte er sich selbst das Donnern der Attacke überschreien.

Die Berittenen feuerten vom Sattel aus, ohne ihr Tempo zu verlangsamen. Kugeln schlugen gegen die Felsen, und Querschläger pfiffen über den Hang. Speere und Bumerangs regneten auf die Reihen der Reiter herab. Ein Pferd wieherte vor Schmerz. Einige der ungezielten Kugeln trafen Kalkadoon, die versuchten, sich hinter Teritubas Versteck weiter oben am Hang zurückzuziehen.

Während seine Männer weiterritten, suchte Gordon mit den Blicken die Bergkuppe ab. Wo war die Hauptmacht der Kalkadoon? Nur die Hand voll zu allem entschlossener Krieger auf den unteren Hängen und der einsame Mann auf dem Gipfel beobachteten ihren Angriff. Hatten die Kalkadoon ihre Taktik geändert? Es überlief ihn eiskalt bei dem Gedanken, dass sich in diesem Augenblick die Hauptstreitmacht der Krieger formierte, um seine Flanken anzugreifen oder ihm in den Rücken zu fallen.

Die Pferde wieherten protestierend, als die Hänge zu steil für sie wurden, und die Angreifer glitten mit ihren Waffen aus dem Sattel. Von ihren Reitern befreit, galoppierten die Pferde den Hang hinunter und flüchteten in die Sicherheit des Buschs. Aus einigen Tieren ragten Speere heraus, und die Grenzer und Polizisten hörten die Spottrufe der schwarzen Krieger, die sie vom Gipfel aus verhöhnten.

Die Felsen als Deckung nutzend, rückten sie vorsichtig vor. Aus dem blauen Himmel über ihnen regnete es Steine, die die wenigen Verteidiger aufgestapelt hatten und nun verschossen.

Keuchend kämpfte sich Gordon den steilen Hang hinauf. Der Schweiß brannte in seinen Augen. Um ihn herum nutzten seine Männer jede Deckung, die sie finden konnten, um ihre Gewehre neu zu laden. Zum Feuern erhoben sie sich, doch dann duckten sie sich sofort wieder.

Der Angriff schien an Schwung zu verlieren, und es sah so aus, als sollte die Schlacht, die Gordon lange geplant hatte, durch den entschlossenen Widerstand einer Hand voll Kalkadoon entschieden werden. Ihm war klar, dass er es sich nicht leisten konnte, diese wichtige Auseinandersetzung zu verlieren. Nur etwa dreißig Kalkadoon hatten sich seiner in der Überzahl befindlichen, schwer bewaffneten Streitmacht entgegengestellt. Wo war der Rest?

Terituba duckte sich zum Sprung. Auf der anderen Seite des

Felsens knirschten Steine unter einem Stiefel. Der Feind war so nah, dass er seinen abgehackten, keuchenden Atem hören konnte.

Da erhob Terituba sich und blickte in das entsetzte Gesicht eines weißen Polizisten. Er schwang seine Axt, und die polierte Schneide streifte Gordons Stirn. Blut spritzte über Terituba, als der weiße Offizier rückwärts taumelte. In Gordons Stirn klaffte eine Wunde. Bewusstlos stürzte er auf die staubige Erde des Hangs. Scheinbar aus dem Nichts prallte eine Kugel gegen die Brust des Kalkadoon und brach ihm die Rippen. Ihre Wucht war so groß, dass er herumgewirbelt wurde. Seine Brust umklammernd, stürzte er auf die Knie.

Wallarie sah den eingeborenen Polizisten, der Terituba niedergeschossen hatte, auf einem Knie den rauchenden Karabiner nachladen. Der Schuss hatte Gordon vor dem sicheren Tod gerettet, aber dem Polizisten war klar, dass er nun selbst in Gefahr war. Der ältere Krieger oben auf dem Hügel hatte nämlich in der Zwischenzeit nach einem Speer gegriffen und ihn auf seinen Woomera-Stab gesteckt. Sobald er nachgeladen hatte, nahm der Polizist hastig die Gestalt ins Visier, die sich anschickte, einen Speer auf ihn zu schleudern. Dieser verfehlte ihn zwar, aber er zuckte zusammen und feuerte wild in die Gegend, sodass der Schuss daneben ging. Wallarie erinnerte sich später nur daran, dass ihn etwas seitlich am Kopf getroffen hatte, das war alles.

»Holt Inspektor James!«, brüllte Commanche Jack aus der Deckung eines Felsens heraus. »Er liegt verletzt am Boden!«

Der Polizist, der den Schuss auf Wallarie abgegeben hatte, rannte vor. Drei weitere verschwitzte und verängstigte Beamte kamen ihm zu Hilfe. Sie packten ihren Kommandeur grob an Armen und Beinen und schleiften ihn unter dem beständigen Steinhagel ohne viel Federlesens den Hang hinunter.

Die Verteidiger auf den Höhen über den sich zurückziehenden Angreifern brachen in Triumphgeschrei aus. Aber der Blutzoll, den sie von ihren Angreifern gefordert hatten, hatte sie selbst einen entsetzlichen Preis gekostet. Die felsigen Hänge waren mit toten und verwundeten Kriegern übersät.

Der Himmel war ein roter Nebel, in dem schwarze Punkte tanzten, und sein Kopf dröhnte wie eine Basstrommel, auf der ein Wahnsinniger herumhämmerte. Stöhnend rollte sich Gordon James auf die Seite, um sich zu übergeben. Durch die Bewegung wurde der Schmerz in seinem Kopf noch unerträglicher. Ein Polizist half ihm, sich aufzusetzen, und hielt ihm eine Feldflasche mit Wasser an den Mund. Gordon schluckte das Wasser hinunter, aber sein Magen rebellierte, und das Dröhnen der Trommel ging in dem unheimlichen, fernen Singsang von Aborigines unter. »Was ist los?«, stöhnte Gordon, während er versuchte, durch den Nebel vor seinen Augen die grimmig dreinblickenden Männer um sich herum zu erkennen.

»Corroboree«, antwortete Commanche Jack mit gepresster Stimme, der die Enttäuschung deutlich anzumerken war. »Die Kalks feiern ihren Sieg.«

Gordon berührte seine Stirn und stellte fest, dass er einen dicken Verband um den Kopf trug. Vage erinnerte er sich, dass ihn etwas getroffen hatte. Er meinte, Wallarie allein auf dem Berg gesehen zu haben, als ihn das nebelhafte Ding außer Gefecht setzte. Als er Commanche Jack genauer ansah, stellte er fest, dass dessen Arm oberhalb des Ellbogens in einem merkwürdigen Winkel abstand. In den verhangenen Augen des abgebrühten Indianerkämpfers stand der nackte Schmerz.

»Bin einem Felsbrocken in die Quere gekommen«, erklärte Jack. »'ne Menge Leute sind von Steinen und Speeren getroffen worden. Wir haben viele Verwundete, aber bis jetzt hat noch keiner ins Gras gebissen.«

»Und die Pferde?«, fragte Gordon, der allmählich wieder klar denken konnte. »Haben wir unsere Pferde wieder?«

»Die Jungs haben sie zusammengetrieben«, erwiderte Jack, der seinen gebrochenen Arm mit dem gesunden stützte. »Unsere Leute wollen nach Hause, und zwar so schnell wie möglich. Die Kalks haben uns eine schöne Abreibung verpasst.«

Mühsam kam der junge Polizeioffizier auf die Beine und versuchte schwankend, das Ausmaß der Niederlage abzuschätzen. Grenzer und Polizisten mit gebrochenen Knochen und Fleischwunden lehnten mit dem Rücken an der stachligen Rinde der

Steppenbäume. Der eine oder andere war durch einen Speer verletzt worden. Sie wirkten still und bedrückt. Die Aura der Niederlage lag über der Expedition wie ein schwerer, erstickender Mantel. Durch die heiße stehende Luft drang das Geräusch krachender und scheppernder Steine: Die Kalkadoon feierten oben am Hang ihren Sieg.

Die erschöpften, demoralisierten Männer folgten Gordon mit den Blicken, als er umherging, um das Ausmaß seiner unrühmlichen Niederlage gegen solch eine erbärmlich kleine Anzahl entschlossener Männer abzuschätzen. »Zeit, nach Hause zu gehen, Inspektor«, sagte einer der Grenzer, der sich den gebrochenen Finger hielt. »Um diese Schwarzen zu schlagen, brauchen wir mehr Leute.«

Gordon antwortete nicht darauf, sondern ging zu Sergeant Rossi, der einen Mann mit einer Speerwunde behandelte. Der Verletzte stöhnte vor Schmerz, als der Sergeant so vorsichtig wie möglich versuchte, ihm die mit Widerhaken versehene Spitze aus der Schulter zu drehen. Aber die Haken ließen sich nicht herausziehen, und es war offensichtlich, dass sie nur von einem Arzt herausgeschnitten werden konnten.

»Sergeant Rossi! Alle einsatzfähigen Männer sollen sich in fünf Minuten versammeln.«

Sergeant Rossi salutierte und überließ den Verwundeten sich selbst. Lustlos schleppten sich die einsatzfähigen Männer zu Gordon, der zum Gipfel hinaufstarrte, wo er in der Ferne zwischen den Felsen auf der Kuppe die Gestalten der Krieger sah. Er konnte es sich nicht leisten, von den Kalkadoon geschlagen zu werden. Nach Cloncurry zurückzukehren kam nicht in Frage.

Die Grenzer und Polizisten, die sich um ihm sammelten, boten einen traurigen Anblick. Doch als sich Gordon an sie wandte, war seine Stimme voller Zuversicht. Er war die geborene Führungspersönlichkeit und besaß die Gabe, Verzagten neuen Mut einzuflößen.

Die Männer lauschten, als Gordon seinen neuen Plan erklärte: Die Streitmacht würde sich aufteilen und den Berg aus zwei Richtungen attackieren. Die Hauptmacht sollte über den Hang angreifen, an dem sie vorhin gescheitert waren, während auf der gegenüberliegenden Seite ein Ablenkungsmanöver erfolgte. Es war ein einfacher Plan, und das gefiel den Leuten.

Die Expedition wurde in zwei Gruppen aufgeteilt – eine sollte Gordon befehligen, die andere Sergeant Rossi. Gordon würde den Frontalangriff auf den Berg leiten. Trotz seiner schweren Verletzung bestand Commanche Jack darauf, Gordon zu begleiten. Der Amerikaner ließ sich von einem Grenzer den Arm schienen und tauschte sein Gewehr gegen einen Revolver.

Sergeant Rossi und seine Truppe ritten los, um auf der anderen Seite des Hügels in Stellung zu gehen, während Gordon mit seinen Leuten im spärlichen Schatten des Buschs wartete. Nach einer Stunde hörten sie Gewehrfeuer: Sergeant Rossis Angriff hatte begonnen.

»Also, Jungs«, sagte Gordon ruhig. »Es geht los.« Die verbliebenen einsatzfähigen Polizisten und Grenzer erhoben sich und griffen zu ihren Waffen. In aufgelöster Ordnung rückten sie, aus allen Gewehren feuernd, unter einem Hagel von Steinen, Speeren und Bumerangs gegen den nur schwach verteidigten Gipfel vor.

Wieder kamen sie nur langsam voran. Sie schossen aus der Deckung der Felsen heraus, luden nach und huschten zum nächsten Gesteinsbrocken. Aber auf der Kuppe hatte ein radikaler Wandel stattgefunden. Die Verteidiger waren nicht mehr so gut organisiert und liefen verwirrt durcheinander, während sie versuchten, beide Seiten gleichzeitig zu verteidigen. Dabei wurden sie unweigerlich zum leichten Ziel für die Gewehre der Angreifer. Ein Kalkadoon-Krieger nach dem anderen sank, von Kugeln durchbohrt, zu Boden.

Gordon feuerte aus seinem Revolver, bis er leer war, während rechts und links von ihm seine Männer unaufhaltsam vorrückten. Als er die Waffe erneut hob, um nach einem Ziel zu suchen, herrschte auf dem Schlachtfeld Totenstille.

»Nachladen. Zurück zu den Pferden«, befahl Gordon in der unheimlichen Stille, die sich über den Berg gesenkt hatte. »Wir müssen nach den Verwundeten sehen.«

Die Männer lösten ihre Formation auf und trotteten schweigend zu den Büschen zurück, bei denen sie die Verwundeten zurückgelassen hatten.

»Verdammte Kalks!«, schimpfte Commanche Jack im Gehen. Er schüttelte ungläubig den Kopf. »Die wissen einfach nicht, wann sie aufgeben müssen!«

Als sich die müden Männer in den Schatten der Bäume fallen ließen, hätte sich Gordon am liebsten in einem kühlen, dunklen Loch verkrochen. Er wollte allein sein, um über die Tragweite der Ereignisse nachzudenken, aber ihm war klar, dass er auf den Beinen bleiben und die nächste Phase der Operation überwachen musste. Seine Mission war noch nicht beendet und würde es erst sein, wenn die Kalkadoon ein für alle Mal geschlagen waren, sodass sie nie wieder über die Siedler im Cloncurry-Distrikt herfallen konnten.

»So was hab ich noch nicht geseh'n«, sagte Commanche Jack neben ihm. »Jetzt habe ich so viele Jahre gegen die Indianer gekämpft, aber das hier ist das Tapferste, was mir je untergekommen ist.«

Gordon antwortete nicht auf die Bemerkung des Amerikaners, sondern nickte nur. Wo war die Hauptstreitmacht der Kalkadoon? Es hatten doch alle Anzeichen darauf hingedeutet, dass eine Entscheidungsschlacht unvermeidlich war! Doch nur eine Hand voll mutiger Krieger hatte sich seiner überlegenen Streitmacht entgegengestellt. Warum?

Als er zum Berg hinaufblickte, dämmerte Gordon die Antwort. Sie hatten ihr Leben gegeben, um Frauen, Kindern und den übrigen Kriegern die Flucht zu ermöglichen. Beschämt durch den selbstmörderischen Mut der Eingeborenen, die bis zum Letzten Widerstand geleistet hatten, senkte er den Kopf. Sie hatten ihn um den Sieg gebracht, und die Geschichte ihres heroischen Widerstands würde seinen Erfolg überstrahlen. Und doch – es war vorbei, dachte er. Die Kalkadoon hatten endlich erkannt, dass sie dem mächtigen britischen Empire nichts entgegenzusetzen hatten. Er hatte seine Aufgabe erledigt.

Warum hatte er dann das Gefühl, dass etwas Schreckliches geschehen war? Schrecklich nicht nur für die geschlagenen

Kalkadoon, sondern auch für ihn selbst. Hausten Geister auf diesem Berg wie auf dem heiligen Hügel der Darambal? War er für immer verflucht, so wie es sein Vater angeblich gewesen war? Mit abergläubischem Schauder wandte Gordon der Anhöhe den Rücken zu und ging Sergeant Rossi entgegen, der mit der zweiten Gruppe heranritt.

Am späten Nachmittag kehrten die Polizisten unter größter Vorsicht an den Ort des Kampfes zurück, um die gefallenen Kalkadoon zu zählen und die Verwundeten zu erschießen. Terituba, der wieder zu Bewusstsein gekommen war, stellte sich tot, als die Polizisten auf ihrem Weg nach oben über ihn stiegen. Aus dem Augenwinkel versuchte er zu erkennen, wo Wallarie gestürzt war, aber der war verschwunden. Vorsichtig drehte Terituba den Kopf, um die Felsen um sich herum zu überblicken.

Wohin er auch sah, überall feuerte der Feind die entsetzlichen Waffen ab, die seinen Männern auf dem Hügel das Leben geraubt hatten. Wenn er jetzt floh, war das sein sicherer Tod. Also legte er den Kopf zurück und wartete geduldig.

Während die Sonne hinter dem Hügel versank und die Sterne über den fernen Ebenen aufgingen, kroch Terituba vom Schlachtfeld weg. Er wanderte durch die Nacht, bis er an einen Fluss kam. Dort kniete er nieder und stillte seinen Durst. Sein Kopf dröhnte, und aus der Wunde, die die Kugel in sein Fleisch geschlagen hatte, sickerte immer noch Blut.

Er legte sich in den Sand des Flussufers und fiel in einen tiefen Schlaf. In seinem Traum erinnerte er sich an das Totenlied, das der Darambal vor der Schlacht gesungen hatte. Abrupt wachte er auf. Sein scharfes Ohr vernahm das Schnappen und Knurren wilder Hunde, die auf den Hängen ein Festmahl feierten. Der Stolz der Kalkadoon-Krieger war nur noch Nahrung für die Aasfresser. Terituba schlief wieder ein.

Bei Sonnenaufgang weckte der pfeifende Flügelschlag eines Schwarms wilder Enten den Krieger. Er fühlte sich frisch gestärkt, aber er wusste, dass sich auch der Feind erholt haben würde. Der Anführer der Weißen hatte sich als genauso unbarmherzig erwiesen, wie Wallarie gesagt hatte. Terituba war klar, dass der Mann die Berge nicht verlassen würde, bis er nicht den letzten Kalkadoon-Krieger aufgespürt hatte. Er musste nach den Überlebenden seines Volkes suchen, aber zuerst musste er seine Frauen und seine Söhne finden.

Er watete in die Untiefen des Flusses hinaus, wo das kalte Wasser in sein nacktes Fleisch biss, als er die mit Blut befestigten Federn abwusch, doch er spürte es nicht. Mit den Totemzeichen seines Kriegervolkes verschwand für alle Zeiten ein Brauch seines stolzen, mutigen Stammes. Denn als Kriegervolk hatten die Kalkadoon aufgehört zu existieren.

In den Schluchten und entlang der Wasserläufe feuerten die Polizisten in die verlassenen Gunyahs, die Hütten der Kalkadoon. Aufsteigender Rauch brachte die Kunde von der Zerstörung zu den Überlebenden, die sich in den Schutz der Berge geflüchtet hatten und von dort verzweifelt zusahen. Die Frauen jammerten, und die Kinder weinten vor Kummer und Verwirrung. Sie konnten nicht begreifen, was am Vortag geschehen war. Seit der Traumzeit hatte es keine Katastrophe dieser Größenordnung gegeben! Hätten die Kriegshäuptlinge nicht auf den Rat des Darambal gehört, nicht die gesamte Kraft des Stammes gegen die Weißen einzusetzen, dann hätte keiner von ihnen überlebt. So hatten sich zumindest die Frauen und Kinder und eine Hand voll Krieger retten können.

Gordon James suchte die Hänge persönlich ab, bevor er sich seinen Männern anschloss, die ihre Pferde bestiegen, um Überlebende aufzuspüren. Langsam ging er zwischen den Leichen umher, die überall auf dem Hang verstreut lagen. Er suchte einen bestimmten Mann. Aber der Darambal war nicht unter den Toten. Der alte Krieger war nirgends zu entdecken.

»Was suchen Sie, Inspektor?«, fragte Commanche Jack, der bereits auf seinem Pferd saß.

Gordon starrte auf die rote Ebene hinaus, die sich östlich der Berge erstreckte. Am Himmel darüber segelte majestätisch und voller Anmut ein großer Adler, die riesigen Schwingen weit ausgebreitet.

»Ich glaube, ich habe es gefunden«, erwiderte er, ohne den Adler aus den Augen zu lassen. Commanche Jack spie einen langen Tabakstrahl auf die Erde und ritt davon. Es sah nicht so aus, als wollte der Inspektor ihm verraten, wovon er sprach.

Der Amerikaner hatte sich nicht getäuscht. Gordon hatte nicht die Absicht, darüber zu sprechen, dass er im Flug des Adlers den Geist des alten Darambal-Kriegers sah. Er blickte dem Adler nach, bis er vom Wind abgetrieben wurde und mit dem fernen Horizont verschmolz. Vielleicht hatte Peter Recht gehabt. Wallarie war ein Geist und nicht zu fassen.

32

Die Fahrt mit der Hafenfähre rief in Michael bittersüße Erinnerungen wach an die Zeiten, in denen er und sein Cousin Daniel Duffy ihre kostbare Freizeit an den einsamen Stränden der mit Buschwerk bedeckten Landspitze von Manly verbracht hatten. Eine Zeit der Unschuld – Michael träumte damals davon, Maler zu werden, während Daniels Ehrgeiz der Juristerei galt.

Zumindest Daniels Träume hatten sich erfüllt, das wusste Michael von seiner Schwester Kate. Er saß als Vertreter des Arbeiterviertels, in dem sie aufgewachsen waren, in der gesetzgebenden Versammlung. Michaels Träume dagegen waren in jener Nacht für immer zerstört worden, in der er bei einem Straßenkampf Jack Hortons Halbbruder tötete. Seit zwei Jahrzehnten hielt ihn seine Familie – mit Ausnahme seiner Schwester – für tot. Seit zwei Jahrzehnten lebte er in ständiger Gefahr.

In vielerlei Hinsicht, sinnierte er schwermütig, war sein Schicksal an dem Tag besiegelt worden, an dem er und Daniel am Anleger von Manly gestanden und auf die Fähre gewartet hatten. In der schwülen Luft jenes Sommernachmittags hatte sich ein heftiges Gewitter zusammengebraut. An diesem Tag erblickte er zum ersten Mal die schöne, dunkelhaarige junge Frau, deren Finger sich bei einem heftigen, nahen Donnerschlag in seinen Arm krallten. Dass er Fiona Macintosh begegnete, war scheinbar reiner Zufall. Doch als die Umstände der tödlichen Beziehung zwischen der Familie Macintosh und seiner eigenen deutlich wurden, mochte Michael nicht länger an Zufall glauben. Es war, als hätte sie eine mächtige Kraft zusammengeführt, um einen von ihnen oder alle beide zu bestrafen.

Kate war überzeugt davon, dass das Massaker am Nerambura-Clan aus dem Volk der Darambal sehr wohl mit den Tragödien zu tun hatte, die beide Familien über die Jahre heimgesucht hatten. Auch wenn Michael zunächst nichts davon hatte hören wollen, respektierte er doch das Wissen seiner Schwester über die Welt, die jenseits der Schatten der Nacht lag. War seine Begegnung mit Fiona durch eine Macht vorherbestimmt gewesen, die sein Verständnis überstieg?, fragte er sich nun erneut, als sich die Dampffähre ihrem Anlegeplatz näherte. Während er den überfüllten Pier betrachtete, überlegte er, ob vielleicht auch die jetzige Phase seines Lebens bereits festgelegt war.

Der Landesteg wurde scheppernd vom Kai auf die Fähre geschoben, und die Passagiere verließen das Schiff. Während er den Pier entlang auf das malerische Dorf zuging, das eingebettet zwischen den ruhigeren Wassern des Hafens und den rollenden Brechern des Pazifik lag, genoss Michael die frische Salzluft. Hier schienen ständig Ferien zu sein, was genau der Absicht des visionären Gründers der Ortschaft entsprach. Henry Gilbert Smith, der 1827 aus England eingewandert war, hatte Manly als das Brighton Sydneys geplant.

Michael durchquerte das Dorf auf dem Corso, den Henry Smith nach einer Straße benannt hatte, die er in Rom gesehen hatte. Er passierte belebte Hotels und elegante kleine Geschäfte, bis er ans Ende der Hauptstraße kam, wo die Brecher ans Ufer schlugen. Wenn die Informationen, die John seinem chinesischen Gemüselieferanten entlockt hatte, richtig waren, hielt sich Fiona an diesem Tag im Sommerhaus auf.

Es war mitten am Vormittag, und die frische Brise fuhr vom Meer her durch seine dichten Locken, als er durch den unter seinen Stiefeln knirschenden Sand stapfte. In der Ferne entdeckte er eine winzige Gestalt, die auf dem Strand langsam in die andere Richtung schlenderte. Sie hielt einen bunten Sonnenschirm und ging barfuß, um das kühle Meerwasser zwischen ihren Zehen zu genießen. Selbst auf diese Entfernung wusste Michael, dass es sich um die Frau handelte, die er suchte.

»Die Engel im Himmel mögen dich schützen«, sagte er leise, als er sich ihr von hinten näherte. Fiona erstarrte, und für einen kurzen Augenblick dachte Michael, sie würde in Ohnmacht fallen. Aber sie fasste sich wieder und drehte sich langsam um, als würde sie damit rechnen, einen Geist vor sich zu sehen.

»Michael!«

Wie ein ersticktes Flüstern kam der Name aus ihrem Mund, während sie völlig verblüfft in sein Gesicht starrte.

»Ich dachte mir, dass du dich an diese Worte erinnern würdest«, sagte er sanft, wobei er traurig auf sie herablächelte. »Ich wusste, dass du hier sein würdest. Frag mich nicht, wie.«

Fiona antwortete nicht sofort, so groß war der Schock, den Mann wiederzusehen, den sie einmal über alles geliebt hatte. Seit ihren letzten gemeinsamen Augenblicken im Sommerhaus, nicht weit von dem Strand, an dem sie nun standen, war sie ihm nur einmal begegnet. Damals allerdings hatte man ihn ihr als Michael O'Flynn, einen amerikanischen Waffenhändler, vorgestellt. Zwar hatte sie geglaubt, ihren ehemaligen Geliebten, den Vater ihres Sohnes, in ihm wiederzuerkennen. Aber er hatte seine Identität überzeugend abgestritten – allerdings nicht überzeugend genug, um Penelope hinters Licht zu führen. Nun stand er vor ihr, um Jahre älter geworden. Immer noch war seine Nase leicht schief, ein Relikt aus seinen Tagen als Boxer. Sie fand nicht, dass die lederne Augenklappe sein herbes, aber attraktives Gesicht entstellte. In dem verbliebenen blauen Auge lagen der Humor und die Sanftmut, die ihn ihrer Ansicht nach schon immer ausgezeichnet hatten.

»Du bist genauso schön wie damals«, sagte er weich. »Nein, du bist noch schöner als das letzte Mal, als ich dich an diesem Strand gesehen habe. Für dich hat die Zeit stillgestanden.«

Verlegen berührte Fiona ihr Haar, und in ihr Lachen mischten sich ein paar winzige Tränen. »Und du, Michael Duffy, bist immer noch ganz der charmante Ire. Die Zeichen des Alters in meinem Haar sind doch nicht zu übersehen.«

»Silberne Strähnen, wie es sich für eine Lady gehört«, erwiderte er voller Wärme. Sein Lächeln wurde noch breiter. »Deine Schönheit ist alterslos wie das Blau des Ozeans und die Farben der Rose.«

»Ich weiß, dass du lügst, Michael Duffy«, sagte sie zärtlich, während ihr die Tränen in die smaragdgrünen Augen stiegen. »Aber ich würde jedes Wort glauben, das du sagst, weil kein Mann so sanft und liebevoll ist wie du.«

Der Hüne, der Jahre des Krieges und der tödlichen Intrigen überlebt hatte, senkte den Blick und starrte auf die rollenden Wellen, die sich mit sanftem Rauschen auf dem gelben Sand des Strandes brachen. Er wollte nicht, dass sie die Tränen sah, die ihm in die Augen traten, so sehr es ihn auch rührte, dass sie sich an die Seite seines Wesens erinnerte, die er vor der Welt verleugnen musste. Außerhalb seiner Familie kannten ihn die meisten Menschen nur als kampferprobten Söldner.

»Ich habe von der Sache mit Patrick gehört«, stieß er mit erstickter Stimme hervor, während er auf das Meer hinausblickte. »Ich werde ihn finden.« Dann wandte er sich zu ihr um. Der Sonnenschirm entglitt ihrer Hand, als sie die Arme ausstreckte, um Michael an sich zu ziehen.

Sie hielt ihn fest an sich gepresst, während tiefe Schluchzer ihren Körper schüttelten. Es waren Tränen um die verschwendeten Jahre, Tränen um ihren gemeinsamen Sohn, der nun für sie beide verloren war. Ihr Schmerz fand Linderung in einer Umarmung, an die sie sich noch lebhaft erinnerte. Während sie sich an ihn klammerte, strich seine große Hand über ihr Haar, als wäre sie wieder ein Kind in den Armen ihres geliebten Kindermädchens Molly O'Rourke.

Als wären sie in der Zeit zurückgekehrt, saßen Michael und Fiona gemeinsam im Sommerhaus und hielten einander an den Händen. Doch die Leidenschaft war erloschen. Ihre Liebe hatte sich verändert – zu viel war in ihrem Leben geschehen.

»Ich weiß von der Sache mit dir und Penelope«, seufzte Fiona. »Aber ich glaube nicht, dass sie Zugang zu deiner Seele gehabt hat wie ich, nur zu deinem Körper.« Er antwortete nicht, aber wenn er etwas gesagt hätte, hätte er ihr zugestimmt. »Penelope und ich …« Fiona schien nach Worten zu ringen. »Ich liebe Penelope auf eine Weise, die du vielleicht nicht verstehen würdest«, sagte sie schließlich.

Obwohl Michael von der Beziehung zwischen den beiden Frauen wusste, verriet er nichts davon. Besser, sie glaubte, dass einige Dinge auch in seiner schmutzigen Welt der Intrige ein Geheimnis blieben, dachte er schuldbewusst. »Ich verstehe.« Sanft drückte er ihre Hand. »Du brauchst mir nicht mehr zu erzählen, wenn du nicht willst.«

»Ich werde dich immer lieben, Michael«, sagte Fiona leise. »Als ich von der Geschichte zwischen dir und Penelope erfahren habe, war ich wütend und verletzt, aber Penny hat mir erklärt, dass du nicht mehr der gleiche Michael Duffy seist wie der, den ich geliebt habe. So hatten wir beide das Glück, uns in unseren eigenen Michael Duffy zu verlieben.«

Michael lachte liebevoll über ihren naiven Versuch, die Situation zu erklären. Sie blickte ihn verwirrt und etwas beleidigt an, was er sehr anziehend fand. »Was ist daran so lustig?«, fragte sie steif. »Ich meine es ernst, Michael.«

Er hörte auf zu lachen und musterte sie lächelnd. »Weißt du, als Mann habe ich großes Glück gehabt, euch beide kennen zu lernen. Aber ich bete zu Gott, dass unser Sohn nie erfährt, dass sowohl seine Mutter als auch seine Tante Penelope das Bett mit ihren beiden Michaels geteilt haben. Nachdem er in England erzogen wurde, dürfte er nicht viel Verständnis für die Lüsternheit seiner Mutter und seiner Tante aufbringen.«

Fionas strenger Gesichtsausdruck schmolz dahin. Sie brach in Gelächter aus, als sie sich vorstellte, wie schockiert ihr Sohn sein würde. Doch das Lachen erstarb und sie blickte Michael ernst an. »Du wirst ihn doch finden, nicht wahr?«

In ihre Augen trat ein gehetzter Blick, als sie den einzigen Mann, dem sie wirklich vertraute, um das Leben ihres Sohnes anflehte.

»Ja, das werde ich«, antwortete Michael, der ihre Hände fest in den seinen hielt. »Und wenn ich ihn gefunden habe, bringe ich ihn zu dir nach Hause.«

Fiona versuchte, bei seinen zuversichtlichen, beruhigenden Worten zu lächeln. »Selbst wenn du Patrick zurückbringst – meine Mutter hat ihn gegen mich aufgehetzt«, flüsterte sie. »Sie hat ihm erzählt, ich hätte ihn in ein Pflegehaus geschickt, und wenn Molly ihn nicht gerettet hätte, wäre er dort gestorben.«

Eine Sekunde lang war Michael von dieser Enthüllung so schockiert, dass er sie entsetzt anstarrte. Das konnte Lady Enid nicht getan haben, dachte er. »Dann sage ich ihm die Wahrheit«, meinte er schließlich. »Dass deine Mutter ihn angelogen hat.«

Voller Dankbarkeit, für die sie keine Worte fand, umarmte Fiona Michael inbrünstig. »Mein lieber Michael, ich weiß, warum ich dich so liebe. Du erkennst immer die Wahrheit.«

Keiner der beiden bemerkte, dass Penelope den Raum betreten hatte, bis sie plötzlich vor ihnen stand. Michael sah sie zuerst und löste sich aus Fionas Armen.

»Hallo, Fiona«, grüßte sie höflich. Dann wandte sie sich Michael zu. »Ich hatte erwartet, dich eher zu sehen.«

Fionas Gesichtsausdruck veränderte sich dramatisch. Sie schwankte zwischen Verwirrung und Schuldbewusstsein. Obwohl zwischen ihr und Michael nichts vorgefallen war, wirkte die Situation kompromittierend. Sie zupfte an ihrem Kleid herum und begrüßte Penelope, die einigermaßen kühl darauf antwortete.

»Was soll das heißen, du hast erwartet, mich eher zu sehen?«, fragte Michael. Nachdem Penelope von Fiona kurz umarmt und auf die Wange geküsst worden war, wandte sie ihre Aufmerksamkeit ihm zu.

»Meine Mann weiß von deiner Rückkehr nach Sydney«, erwiderte sie. »Ich fürchte, die Männer, die für Manfred arbeiten, berichten von all ihren Kontakten mit Fremden. Meinem Mann war natürlich sofort klar, dass der große, einäugige Ire, der fließend Deutsch spricht, kein anderer als Michael Duffy sein kann. Du musst vorsichtiger sein, mein Lieber.«

»Verdammt!«, fluchte Michael. »Was weiß er noch?«

Als Penelope sich einen Stuhl nahm, konnte Michael nicht

anders, er musste ihre Schönheit bewundern. Das Alter hatte ihre Sinnlichkeit nicht beeinträchtigt, dachte er. Sie war sexuell nicht weniger anziehend als vor einem Jahrzehnt, als sie ihre seidenen Laken mit ihm geteilt hatte.

»Mein Mann fürchtet offenbar, dass dieser grässliche Mister Brown dich geschickt hat, damit du seine Mission sabotierst«, antwortete sie offen. »Du weißt, dass er geschworen hat, dich umzubringen, wenn du ihn an der Erfüllung seines Auftrags hinderst.«

»Und der lautet, Neuguinea für den Kaiser zu besetzen?«, fragte Michael rundheraus. Sie lächelte geheimnisvoll, bevor sie antwortete. »Ich erzähle nie weiter, was man mir im Bett anvertraut, Michael. Ich hoffe, du bist dir dessen bewusst und weißt es zu schätzen.«

Fiona blickte von Michael zu Penelope.

»Du kannst Manfred versichern, dass weder ich noch Mister Brown die Absicht haben, seine Mission zu sabotieren«, sagte Michael ruhig.

»Ich würde dir vielleicht glauben, Michael«, erwiderte Penelope mit echtem Mitgefühl, »aber ich bezweifle, dass ich Manfred beeinflussen könnte. Für ihn bist du ein gefährlicher Mensch, der zu allem fähig ist. Unglücklicherweise kennt er deine anderen Seiten nicht wie ich und Fiona.«

»Ich meine es ernst. Meine Arbeit für Horace Brown ist beendet, ich bin mein eigener Herr.«

»Ich habe doch gesagt, ich glaube dir, Michael«, wiederholte Penelope. »Aber um deiner selbst willen solltest du Sydney sofort verlassen, damit dir nichts zustößt.«

»Geht es um mich oder um dich, Penelope?«, fragte Michael grimmig lächelnd.

Penelope war sofort klar, dass er auf ihre Beziehung zu Fiona anspielte. Sie blickte ihre Geliebte an. Sie war gekommen, um Fiona mit ihrem Körper zu trösten, und hatte stattdessen Michael in deren Armen gefunden. Nie zuvor war sich Penelope der Liebe Fionas so wenig sicher gewesen wie in diesem Moment. »Um dich, Michael«, erwiderte sie, während Fionas Augen die ihren trafen.

Sie brauchten keine Worte. Aus Penelopes Antwort an Michael wusste Fiona, dass diese sie mit ihrem Körper ebenso wie mit ihrem Herzen liebte. Michael war ein Außenseiter, der keine von ihnen besaß und den sie doch beide liebten.

Michael erhob sich und wünschte ihnen einen guten Abend. Seine letzte Erinnerung an die beiden Frauen, die in seinem Leben so wichtig gewesen waren, war, wie sie einander an der Hand hielten, als er die Tür hinter sich schloss.

Während er sich von dem Sommerhaus entfernte, wurde Michael klar, dass ein Teil seines Lebens durch diese Begegnung mit Fiona seine Vollendung gefunden hatte. Außer ihrem Sohn hatten sie nur wenig gemeinsam. Fiona gehörte wirklich zu Penelope, und er fühlte deswegen auch keine Eifersucht. Was er in dem Raum zwischen den beiden Frauen gespürt hatte, war echte Liebe gewesen, obwohl er zugeben musste, dass er sie nicht ganz verstand. Aber, dachte er seufzend, als er auf den gelben Sand trat und auf die großen, rollenden Wogen des Pazifik hinausblickte, kein Mann konnte je das geheimnisvolle Wesen der Frauen verstehen. Es war einfach unmöglich.

Patrick zu finden war dagegen nicht unmöglich.

33

Ben Rosenblum glitt aus dem Sattel und führte sein Pferd zu den Koppeln. Als er an Jennys Grab vorbeikam, verlangsamte er seine Schritte, um einen Blick auf den kleinen Pfefferbaum zu werfen, der ums Überleben kämpfte. Der braucht mehr Wasser, dachte Ben, während er zur Koppel ging. Mehr Wasser und mehr Zuwendung.

Das Leben auf der Farm war nicht einfach gewesen für Ben. Ihm fehlten Viehhirten, die den Busch kannten und wussten, wie man die Tiere dort fand, wenn die Zeit kam, sie zusammenzutreiben. Mit Willie waren sie zumindest halbwegs mit den wenigen Rindern fertig geworden. Arbeitskräfte waren schwer zu bekommen; die Männer hatten keine Lust, im Herzen des Kalkadoon-Gebiets durch einsames Gelände zu reiten, solange die wilden Krieger im Distrikt noch eine Bedrohung darstellten.

Ben schlang die Zügel um eine Holzstange. Seine Stute zitterte. Myriaden von Fliegen hatten sich auf ihren schwitzenden Flanken niedergelassen, und sie stampfte gereizt mit dem Fuß auf. Ben konnte ihre schlechte Laune nur allzu gut nachvollziehen. Ihm selbst ging es nicht viel besser. Das Leben in dieser Abgeschiedenheit ging ihm mit jedem Tag, den er allein verbrachte, mehr auf die Nerven.

»Schscht!«, sagte er leise zu dem Pferd, wobei er mit der Hand beruhigend über die Flanken des Tieres fuhr. Er hob ein Hinterbein an, um den Huf zu überprüfen, da er auf dem Rückritt das Gefühl gehabt hatte, dass die Stute das Bein schonte. Während er den Huf gebückt untersuchte, entdeckte er die Gestalt, die am Rand des Buschs stand.

Aufmerksam beobachtete Terituba den Weißen, den er als Iben kannte. Wie würde er reagieren? Würde er bei seinem Anblick sofort schießen, wie es die Siedler getan hatten, als er mit seinen beiden Frauen und seinen beiden Söhnen nach der Vertreibung aus den Godkin-Bergen floh? Seit dem Tag der entsetzlichen Schlacht waren eine seiner Frauen und einer seiner Söhne den Gewehren der Weißen zum Opfer gefallen. Sie waren niedergeschossen worden, als sie versuchten, den berittenen Grenzern zu entkommen, die die Täler und Schluchten der Hügel nordwestlich von Cloncurry durchstreiften.

Dem jungen Krieger war klar geworden, dass die Berge keine Zuflucht mehr boten, und er hatte beschlossen, nach Osten in die Weite des Buschlands zu fliehen. Er war auf dem Weg zurückgekehrt, der ihn zur großen Versammlung der Clans geführt hatte, und dabei auf Jerusalem, den Besitz von Ben Rosenblum, gestoßen. Ihm war bewusst, dass seine einzige Hoffnung darin bestand, sich mit dem Weißen anzufreunden, wenn er seine Frau und seinen Sohn retten wollte. Bei Iben hielt er eine solche Freundschaft für möglich: Er war ein Weißer mit einer guten Seele, ein tapferer Mann, der ebenfalls Kinder hatte. Terituba beobachtete ihn, rührte sich jedoch nicht von der Stelle. Er wusste, dass der andere versuchte, ihn einzuschätzen.

Ben richtete sich betont gelassen auf, wobei sich seine Hand instinktiv auf den Griff seines Revolvers legte, und blinzelte in die grelle Nachmittagssonne. Der hünenhafte Ureinwohner stand allein und völlig bewegungslos am Rand des Busches. Der Mann kam ihm bekannt vor: Es war der Krieger, dem er vor vielen Wochen Mehl und Zucker geschenkt hatte. Ihm fiel auf, dass der Kalkadoon keine Waffen trug und offenbar am Kopf verletzt war. »Komm her!«, rief er ihm zu und winkte ihn mit der Hand zu sich heran. »In der Hütte gibt's was zu essen.«

Terituba verstand, dass die Handbewegung eine Aufforderung war, näher zu kommen. Nervös grinsend ging er über den staubigen Hof auf den bärtigen Weißen zu, der die Hände in die Hüften gestützt hatte. »Iben«, sagte er, als er vor Ben stand.

Der Weiße strahlte bei dieser Begrüßung über das ganze Gesicht.

Ben erinnerte sich, dass er diesen Namen sozusagen selbst erfunden hatte. »Ja, Iben«, erwiderte er, als er dem Kalkadoon die Hand reichte.

Das Händeschütteln war wie ein Austausch zwischen den Seelen der beiden Männer, und Terituba wusste, dass er einen Weißen mit einem wahrhaft guten Herzen gefunden hatte. Er dankte Ben in seiner eigenen Sprache dafür, dass er ihm Zuflucht gewährte. Ben verstand zwar die Worte nicht, entnahm aber dem feierlichen Ton, dass etwas Wichtiges gesagt wurde.

Dann hob Terituba den Arm. Ein kleiner Junge und eine junge Frau traten schüchtern aus dem Busch hervor. So ausgemergelt, wie sie aussahen, waren sie mit Sicherheit hungrig.

»Scheint, als hätte ich Köchin, Gärtner und vielleicht sogar noch einen Viehhirten gefunden.« Ben lachte in sich hinein, während er das Trio betrachtete. Er führte die drei zu seiner Hütte.

Zwei Tage später stolperte ein nach der langen Reise von Townsville nach Hause völlig verdreckter und erschöpfter Saul Rosenblum seinem Vater vor die Füße. Ben konnte nur den Kopf darüber schütteln, dass sein eigensinniger Sohn auf wundersame Weise die Gefahren der beschwerlichen Reise über die Ebenen überstanden hatte. Saul erzählte, er habe sich mit einem von Kates Fuhrmännern angefreundet und diesem angeboten, für ihn zu arbeiten, wenn er ihn auf die Fahrt nach Westen, nach Cloncurry, mitnehme, wo der Mann Waren ausliefern musste. Sauls Aufgabe sei es gewesen, sich um die Ochsen zu kümmern.

Natürlich hatte er seinem Bruder Jonathan einen mühsam zusammengekritzelten Brief übergeben, in dem er sein plötzliches Verschwinden aus dem Haus der Cohens erklärte. Er hatte darauf spekuliert, dass sein Onkel Solomon verstehen würde, warum Saul nach Jerusalem zurückkehren musste, um seinem Vater auf der Farm zu helfen.

Nachdem Judith den Brief gelesen hatte, meinte sie zunächst, sie müssten dem Fuhrmann jemand nachschicken, der Saul zurückholte. Zu ihrer Überraschung war ihr Ehemann anderer Ansicht. »Er ist inzwischen ein junger Mann«, erklärte Solomon, »und muss seinen eigenen Weg in der Welt finden.«

Judith funkelte ihn wütend an und rümpfte die Nase. »Er ist noch ein Kind und braucht eine gute Erziehung.«

»Die wird er bekommen«, erwiderte ihr Ehemann sanft. »Er ist ein Mann wie sein Vater und wird alles lernen, was er braucht, um sich um das Vieh zu kümmern.«

Nicht ganz zufrieden mit der Haltung ihres Mannes hielt sich Judith an Jonathan, der schweigend den Meinungsaustausch verfolgt hatte. Für Saul war es in Ordnung, Rinderzüchter wie sein Vater zu werden, dachte Jonathan ein wenig schuldbewusst. Er dagegen konnte in Townsville zur Schule gehen und eines Tages Arzt, Rechtsanwalt oder sogar Bankdirektor, eben eine wichtige Persönlichkeit werden. Daher war er sehr zufrieden, als ihn seine Tante an ihre Brust drückte und schwor, dass er die beste Ausbildung erhalten werde, die sich die Cohens leisten könnten.

Ben Rosenblum wusste nicht, wie er auf die plötzliche Rückkehr seines Sohnes reagieren sollte, der herausfordernd vor ihm stand, ohne wegen seines Ungehorsams auch nur die geringste Reue zu zeigen.

»Mit der Bullenpeitsche sollte ich dir eins überziehen«, schimpfte er.

»Tu das, Dad«, erwiderte Saul, »aber schick mich nicht wieder weg.«

Einen kurzen Moment lang funkelten sich die beiden an, bis Bens Blick weich wurde. Er wollte nicht, dass sein Sohn sah, wie Tränen in seine Augen traten. »Geh und hol dir was zu essen«, sagte er daher. Dann wandte er sich hastig ab und stürmte über den staubigen Hof davon. »Teritubas Frau wird sich um dich kümmern.«

Auf halbem Weg über den Hof blieb er stehen und drehte

sich zu seinem Sohn um, der auf den Rücken seines Vaters starrte. Irgendwie hoffte er, dass ihm der schroffe Mann entweder eine Tracht Prügel versetzte oder ein freundliches Wort für ihn fand. »Schön, dass du wieder da bist, Sohn«, meinte Ben, »aber wenn du ein Viehzüchter werden willst, anstatt mit deinem Bruder und deiner Schwester in Townsville zur Schule zu gehen, musst du hart arbeiten.«

Am liebsten wäre Saul zu seinem Vater gelaufen und hätte ihn mit der ganzen Liebe, die er für den hoch gewachsenen Mann empfand, umarmt, aber das wäre kindisch gewesen. Stattdessen ging er mit hüpfendem Herzen zu der Rindenhütte, in der Teritubas Frau und Sohn auf ihn warteten.

In den Tagen, die nun folgten, fand Saul in Teritubas Sohn einen Freund. Ihre gemeinsame Liebe zum Busch überbrückte bald die Kluft von Sprache und Rasse. Und Terituba und sein Sohn waren ihm bessere Lehrer als alle anderen, was das Leben in einem Land anging, das sich den Europäern, die von jenseits des Meeres gekommen waren, so feindselig zeigte.

Oft beobachtete Ben, wie die beiden Jungen im Schatten der Bäume um die Hütte saßen und in einer Mischung aus Englisch und Kalkadoon schwatzten, nachdem sie gemeinsam den Busch nach Kleinwild für den Kochtopf durchstreift hatten. »Vielleicht war's doch richtig, dass der Junge zurückgekommen ist«, murmelte er kopfschüttelnd vor sich hin. »Aber er muss lesen und schreiben lernen …« Dazu musste er ihm die Grundbegriffe des Rechnens und das Alphabet beibringen, das war Ben klar. Wenn Saul Jerusalem einmal leiten sollte, reichte es nicht aus, dass er den Busch gut kannte.

34

Der Regen prasselte monoton auf das Wellblechdach des baufälligen Speisehauses in einem Winkel des Chinesenviertels von Sydney. Männer mit Zöpfen saßen dicht gedrängt um die Tische und spielten Mah-Jongg. Das Klicken der Bambus- und Elfenbeinsteine, die umgedreht und auf den Tisch geworfen wurden, klang wie das Zwitschern von Spatzen. Andere Gäste des Lokals hielten Essschalen dicht vor den Mund und tauchten Stäbchen in die dampfenden, schmackhaften Nudelgerichte. Dabei warfen sie den beiden europäischen Barbaren, die sich an einem Tisch in einer Ecke niedergelassen hatten, immer wieder neugierige Blick zu. Sehr zur Überraschung des Wirts, eines untersetzten Fukien-Chinesen, dessen helle Haut wegen der Hitze, die in der winzigen Küche herrschte, von Schweiß glitzerte, hatte der Ältere der beiden in fließendem Chinesisch bestellt. Der feindselige Ausdruck auf dem Gesicht des Chinesen war sofort verschwunden, und er war davongeeilt, um für sie seine besten Nudeln zuzubereiten.

Als das Essen serviert wurde, griff Horace nur zögernd zu, aber Michael stürzte sich geradezu auf die Speisen. Es war lange her, dass er Chinesisch gegessen hatte.

Nach der dritten Schale Nudeln, die raffiniert mit geräuchertem rotem Schweinefleisch und Gemüse abgeschmeckt waren, wischte er sich den Mund am Hemdsärmel ab und lehnte sich zurück, um den Freuden des Mahls nachzuspüren. »Noch mehr, alter Junge?«, fragte Horace, aber Michael schüttelte den Kopf.

»Für den Augenblick habe ich genug«, gab er zurück. »Vielleicht später.«

Horace stellte seine Schale auf den Tisch und seufzte zufrieden. »Ich vermisse die Freuden der Küche von Fukien«, gab er zu, während er sich mit einem sauberen Taschentuch den Mund betupfte. Servietten schienen in dem Lokal unbekannt zu sein. »Bei einem chinesischen Bankett zu sterben wäre ein schöner Tod.«

»Ist es so schlimm?«, fragte Michael offen.

Horace nickte. »So schlimm, alter Junge«, erwiderte er traurig.

»Haben Sie deswegen meine Mission in Sydney abgeblasen?«, fragte Michael leise.

Horace blickte ihn eindringlich an. »In gewisser Weise«, antwortete er schließlich. »Den Tod vor Augen zu haben ist ein guter Grund, über die eigenen Taten nachzudenken. Als Godfrey mir telegrafierte, dass Ihr Sohn vermisst wird, begann ich, mein Leben infrage zu stellen.« Er brach ab, da der Wirt an ihrem Tisch erschien und fragte, ob Horace eine weitere Portion wünsche. Dieser lehnte höflich ab, lobte aber die gute Küche. Sichtlich zufrieden verschwand der Mann, und Horace setzte seine Ausführungen mit leiser Stimme fort. »Wenn ich religiös wäre, würde ich mich vielleicht mit Saulus vergleichen, dem auf der Straße nach Damaskus eine göttliche Erleuchtung zuteil wurde. Plötzlich wurde mir klar, wie albern das ist, was wir da treiben. Mein Leben lang habe ich versucht, meine Kollegen in London auf die Bedrohung aufmerksam zu machen, die die Deutschen in diesem Teil der Welt für die Interessen Ihrer Majestät darstellen. Dabei begegnete mir nichts als Gleichgültigkeit. Auf der einen Seite waren wir mit unserer fernen Sträflingskolonie, an die sich England nur erinnert, wenn der Löwe um Hilfe brüllt und wir Truppen entsenden. Auf der anderen Seite war Ihr in Australien geborener Sohn, der sich für die gesichtslosen grauen Männer opfert, die sich nur für den Ruhm Englands interessieren.«

»Das klingt fast nach Hochverrat, Horace«, unterbrach Michael ihn sanft. »Sie reden wie ein Australier, nicht wie ein echter Engländer.«

Horace lächelte traurig über diesen Tadel. »Ich glaube, ich war zu lange in den Kolonien, Michael. Meine Loyalität verwischt sich … hat sich bereits verwischt«, verbesserte er sich. »Mittlerweile sehe ich ein Volk, das verzweifelt versucht, Mutter England zu beweisen, wie erwachsen es ist. Aber Mutter England kann ein hinterhältiges Miststück sein. Sie wird diese irregeleitete Loyalität für ihre zukünftigen Kriege einsetzen. Das Blut der stolzen, hoch gewachsenen Tommy Cornstalks wird fremde Felder düngen, während ihr Schicksal von der englischen Öffentlichkeit alsbald vergessen sein wird. Die Zeit wird kommen, merken Sie sich meine Worte. Vielleicht werden wir es nicht mehr erleben, aber die Zeit wird kommen, so unausweichlich, wie von Fellmann das nördliche Neuguinea für den Kaiser beanspruchen wird. Und die ersten Australier, die sterben, werden im Kampf um die Gebiete fallen, die die britische Regierung in ihrer blinden, stupiden Gleichgültigkeit gegenüber den Interessen dieses Landes verschenkt hat.«

»Sie glauben also, wir haben in den letzten zehn Jahren unsere Zeit verschwendet?«, fragte Michael. »Meine Arbeit während der letzten zehn Jahre war völlig umsonst?«

Horace langte über den Tisch und tätschelte Michael beruhigend die Hand. »Nein, keineswegs, mein Junge«, meinte er seufzend. »Damals schien alles sinnvoll. Wir haben versucht, Dinge zu verändern. Aber am Ende hat es außer uns beiden niemandem viel bedeutet.«

»Ich habe aber nie wirklich für Ihre Interessen gearbeitet«, gab der Ire voller Bitterkeit zu. »Vermutlich hing ich wie ein Fisch an der Angel am Geld und an dem einzigen Leben, das ich kannte. Ein Ire, der sich für die Interessen Großbritanniens einsetzt. Hah!«

»Trotz Ihrer persönlichen Gefühle haben Sie Ihr Leben mehr als einmal für uns riskiert«, erwiderte Horace. »Aber jetzt wird es Zeit, dass ich zu den grünen Feldern Englands zurückkehre und Sie Ihr eigenes Leben finden. George Godfrey hat mir erzählt, welchen Vorschlag Ihnen Lady Macintosh bezüglich der Suche nach Ihrem Sohn unterbreitet hat. Wann reisen Sie in den Sudan ab?«

»In drei Tagen. Bis Suez fahre ich mit dem Schiff. Von dort geht es in den Sudan, wo ich mich mit dem Generalstab treffe. Der Colonel hat mir Empfehlungsschreiben besorgt.«

»Guter alter George. Im Generalstab dürfte er so ziemlich jeden kennen«, bemerkte Horace, während er gedankenverloren den Mah-Jongg-Spielern zusah. »Was werden Sie tun, wenn Sie Ihren Sohn gefunden haben? In die Kolonien zurückkehren?«

»Wenn ich meinen Sohn gefunden habe, werde ich etwas zu Ende bringen, das ich vor langer, langer Zeit begonnen habe.«

»Maler werden?«, riet Horace. Michael nickte. »Man sollte immer versuchen, seine Träume zu verwirklichen. Uns wird nur wenig Zeit geschenkt, und am Ende verblassen die Träume, und wir versinken in die ewige Dunkelheit des Todes, das weiß ich nun.«

»Ich werde Ihnen was sagen, Horrie.« Michael grinste grimmig, als Horace bei dieser bewussten Verstümmelung seines Namens zusammenfuhr. »Sie sind vielleicht ein schlauer Fuchs, für den nur die Interessen der Königin zählen, aber irgendwie mag ich Sie.«

Horace zwinkerte überrascht. Dies war das größte Kompliment, das ihm der Ire machen konnte. *Wahre Freundschaft überwand Staatsgrenzen und politische Differenzen.* »Ich danke Ihnen, Michael Duffy.« Horace war bemüht, sich seine Gefühle nicht anmerken zu lassen. »Trotzdem sollten wir uns trennen, solange wir noch nüchtern sind. Sonst könnte es peinlich werden.«

Michael grinste den gebrechlichen, kleinen Engländer an. »Da haben Sie vollkommen Recht, Horrie«, sagte er spitzbübisch. »Ich schätze, dass Sie mich nicht zufällig in diesen gottverlassenen Teil der Stadt eingeladen haben.«

»Stimmt«, meinte Horace, während sich beide erhoben. »Ich gehe davon aus, dass unser Wirt die Orte kennt, an denen ich die Frucht des Mohns erwerben kann. Ich sehne mich nach den süßen Träumen der Lebenden.« Auf seinen Stock gestützt, reichte er Michael seine schmale Hand, auf der die Adern deutlich sichtbar waren. Dieser ergriff sie fest und sanft zugleich.

»Wissen Sie, alter Junge«, sagte Horace in aller Ruhe, »wenn Sie mich je wieder ›Horrie‹ nennen, ziehe ich Ihnen eins mit meinem Stock über.«

Michael lachte, und sein gesundes Auge funkelte. »Wenn Sie solche Drohungen ausstoßen können, sind Sie noch lange nicht tot, Horace. Zufällig weiß ich, dass in Ihrem Stock eine Klinge verborgen ist.«

Horace lächelte. »Da haben Sie verdammt Recht, mein Junge. Noch bin ich nicht tot.«

Horace beobachtete, wie Michael das überfüllte Lokal verließ und auf die dunkle Straße in den strömenden Regen hinaustrat. Er klappte den Kragen seiner Jacke hoch und zog die breiten Schultern ein, um sich vor den Wassermassen zu schützen.

Schon wollte sich Horace dem chinesischen Wirt des Speisehauses zuwenden, da bemerkte er in den Schatten auf der anderen Straßenseite eine flüchtige Bewegung. Aus der Regenwand tauchten plötzlich drei Männer auf und umringten Michael. Bevor er den Colt aus der Tasche ziehen konnte, hatten sie ihn an den Armen gepackt.

Verzweifelt drängte sich Horace an dem lächelnden Wirt vorbei, doch es war zu spät. Die Männer zerrten Michael in eine wartende Kutsche, die von zwei Rotschimmeln gezogen wurde. Hilflos musste er zusehen, wie der Kutscher die Peitsche knallen ließ und sich die Pferde in Bewegung setzten. Während die Kutsche durch die schmale, kaum beleuchtete Straße ratterte, wurde Horace instinktiv klar, wer die Männer waren und wohin sie Michael brachten. Die Angst packte ihn. Wie würden Michaels letzte Augenblicke aussehen? Es war unausweichlich, dass sie ihn erst folterten und dann töteten. Am schlimmsten war jedoch, dass er kaum etwas zur Rettung des Iren unternehmen konnte. Alle Chancen standen gegen ihn.

35

Der Laderaum des Schiffes stank nach Öl, und die drei Männer, die Michael bewachten und seine Hände an einen Träger über seinem Kopf gefesselt hatten, waren ebenso bis auf die Haut durchnässt wie er selbst. Im schwachen Licht der Kerosinlampe wirkten seine Entführer noch bedrohlicher. Der flackernde Lichtkegel verzerrte die Schatten an den rostigen Wänden des Laderaums, sodass die Deutschen übernatürlich groß wirkten.

Die Besatzungsmitglieder, die Michael bewachten, waren keine einfachen Seeleute, sondern Elite-Marinesoldaten der Armee des Kaisers – eisenharte Männer, die mit der Marine segelten und an Land als Soldaten kämpften. Michael nahm an, dass ihr direkter Vorgesetzter ein Unteroffizier war, dessen Dienstgrad in etwa dem eines britischen Sergeant entsprach.

In Michaels Gegenwart wurde nur wenig gesprochen, weil seine Entführer wussten, dass er ihre Sprache beherrschte. Trotzdem hatte er kaum Hoffnung, das Schiff lebend zu verlassen. Penelopes Warnung hatte sich als nur allzu berechtigt erwiesen: Zweifellos steckte ihr Ehemann hinter der Entführung.

Michaels Arme schmerzten, und er fand nur Erleichterung, wenn er wie ein Balletttänzer auf den Zehenspitzen stand. »Sie haben nicht zufällig eine Zigarette, Gunter?«, fragte er auf Deutsch, wobei er vor Schmerz aufstöhnte. »Ohne Zigarette kann so was tödlich sein.«

Der bullige Deutsche war der älteste der drei Marinesoldaten. Michael wusste, dass er mit der französischen Fremdenlegion in Mexiko gewesen war. Da sich auch Michael nach dem amerikanischen Bürgerkrieg in Mexiko als Söldner verdingt hatte, hatten sie einen Gesprächsstoff gefunden.

Gunter zündete eine Zigarette an und steckte sie Michael zwischen die Lippen. Die Befehle seines vorgesetzten Offiziers behagten ihm gar nicht. »Es ist bedauerlich, mein Freund«, sagte er mitfühlend, als er zurücktrat, »dass es so weit kommen musste. Ich habe von Ihren militärischen Leistungen gehört. Sie sind wirklich ein außergewöhnlicher Soldat.«

»Danke, Gunter, ich habe mir schon gedacht, dass die Sache nicht persönlich ist«, erwiderte Michael, die Zigarette im Mundwinkel.

»Sie haben uns alle hinters Licht geführt«, erklärte Gunter geradezu bewundernd. »Als Spion sind Sie wirklich erstklassig.«

»War ich«, erwiderte Michael und zog an seiner Zigarette. »Wahrscheinlich würden Sie mir nicht glauben, wenn ich Ihnen sagen würde, dass ich für niemanden mehr spioniere.«

»Nein, Mister Duffy«, erwiderte der Deutsche betrübt, »aber ich wünschte, es wäre wahr. Einen tapferen Mann zu töten ist keine Ehre.«

Plötzlich erstarrten die drei Marinesoldaten und sahen an Michael vorbei in Richtung der kleinen Tür des Lagerraums. Michael konnte sich denken, wer da kam.

Baron Manfred von Fellmann trat vor ihn. Seit fast zwölf Jahren hatten sie einander nicht gesehen, und beide versuchten nun festzustellen, inwieweit sich der andere verändert hatte. Der Baron war nicht erkennbar gealtert, dachte Michael. Selbst in seinem teuren Zivilanzug war er ganz Offizier.

»Ich bedaure, dass ich Ihnen das antun muss, Mister Duffy«, sagte er mit der vollen, gebildeten Stimme des Aristokraten. »Ich stehe in Ihrer Schuld wegen Ihrer damaligen Beteiligung am Tod von Kapitän Mort. Aber ich fürchte, dass Sie nicht in Sydney sind, um Ihre liebevollen Erinnerungen an die Stadt aufzufrischen, obwohl die mit Sicherheit vorhanden sind. Sehen Sie, mir ist nämlich auch bekannt, dass Sie von der Polizei hier wegen Mordes gesucht werden.«

Michael spuckte die Zigarette auf den Boden. Dauernd auf

den Zehenspitzen zu stehen war nicht einfach. »Ich gebe zu, dass ich von Ihrem Plan weiß«, antwortete er ruhig. »Aber ich schwöre Ihnen bei meinem wahren Namen, dass meine Mission, Sie aufzuhalten, abgeblasen wurde.«

Sie blickten einander an, und die entnervend blauen Augen des Barons bohrten sich tief in Michaels gesundes Auge. Der Deutsche brach das Schweigen. »Unter anderen Umständen wäre ich geneigt, Ihnen zu glauben, Mister Duffy. Aber wie Sie nur zu gut wissen, haben wir es nicht mit normalen Umständen zu tun. Um Sie freizulassen, bräuchte ich eine Bestätigung Ihrer Worte. Wie wollen Sie mir die geben, wenn sich mein alter Gegner Horace Brown in Townsville aufhält?«

Also hatten sie keine Ahnung, dass Michael sich im Chinesenviertel mit Horace getroffen hatte. Da hatten die Männer des Barons schlampig gearbeitet. »Sie haben wohl nicht die Zeit, Mister Brown in Townsville zu telegrafieren, damit er meine Aussage bestätigt?«, fragte er voll bitterer Ironie.

»Leider nein.« Manfred schüttelte den Kopf. »Die Zeit ist knapp, und ich kann mir keine Verzögerungen leisten. Daher bleibt mir nur eine höchst unangenehme Alternative. Ich muss Sie einem relativ brutalen Verhör unterziehen, um herauszufinden, wer sonst noch von meiner Mission weiß.«

»Ich könnte Sie unter der Folter leicht anlügen.« Michael bemühte sich, ruhig zu klingen. »Ich weiß ja, dass Sie mich ohnehin umbringen werden.«

»Ich werde wissen, ob Sie die Wahrheit sagen, Mister Duffy, das können Sie mir glauben.«

Der Baron wich zurück und nickte Gunter zu. Dieser trat vor und riss Michael das nasse Hemd vom Leib. Dann sah Michael in seiner Hand ein Messer aufblitzen.

Abgesehen von dem nervös zuckenden Augenlid war Gunters Gesicht völlig ausdruckslos. Er hatte keine Freude daran, anderen Schmerzen zuzufügen, aber als Fremdenlegionär viel von den blutigen, barbarischen Verhörtechniken der Mexikaner gelernt. Nun stand er da und wartete auf den entsprechenden Befehl, um zu beginnen.

»Unteroffizier Klaus wird Ihnen Schmerzen zufügen, Mister

Duffy«, erklärte Manfred. »Dann werde ich eine Frage stellen, auf die ich eine der Wahrheit entsprechende Antwort erwarte. Glauben Sie mir, ich werde wissen, ob Sie lügen. Wenn ich davon überzeugt bin, dass Sie die Wahrheit sagen, hört die Folter auf, und wir gewähren Ihnen einen ehrenhaften Tod, wie er einem Mann wie Ihnen zusteht. Haben Sie mich verstanden?«

Michael nickte. Er konnte nur beten, dass er dem Schmerz standhalten würde. Viel hatte er nicht zu verraten, aber er hatte Angst davor, dass er zusammenbrach und preisgab, dass sich Horace Brown in Sydney aufhielt. Damit hätte er das Todesurteil des Engländers unterzeichnet.

Manfred nickte, und Gunter ließ die scharfe Spitze des Messers unter die Haut über Michaels Rippen gleiten. Langsam stieß er sie nach oben, sodass die Klinge über Knochen und Knorpel glitt, ohne in den Brustraum einzudringen.

Gequält bäumte Michael sich auf, als das Messer die bloßgelegten Nerven durchtrennte. Er stieß einen gurgelnden Schrei aus, und Blut spritzte auf das Deck, als Gunter die Klinge zurückzog und Michael den Rücken zuwandte.

»Wer weiß in Sydney noch von unseren Plänen?«, fragte der Baron mit ruhiger Stimme, wobei er Michael ins Gesicht starrte. Sein Auge würde ihm verraten, ob er die Wahrheit sagte.

»Nur ich. Und Ihre Frau«, keuchte dieser. *Gott sei Dank war John Wong abgereist.*

»Penelope?«, fragte Manfred überrascht. »Haben Sie meine Frau bei Ihrem Besuch hier gesehen?«

Michael hoffte, dass sein Folterknecht die Nerven verlor und ihn in seiner Wut tötete. Ein schneller Tod war bei diesen Qualen eine Erlösung.

Aber Manfred lächelte nur, als ihm klar wurde, was Michael vorhatte. »Ich weiß, dass Sie eine Affäre mit meiner Frau hatten, Mister Duffy«, flüsterte er Michael ins Ohr, sodass seine Männer es nicht hören konnten. »Mein Frau hat eine Vorliebe für ungewöhnliche Ausschweifungen. Sie fügt anderen gern Schmerzen zu. Das erregt sie in einer Weise, die Ihnen sicherlich bekannt ist. Wenn ich ihr erzähle, wie Sie gestorben sind, wird das ihre Fantasie noch lange Zeit beschäftigen. Vielleicht wird sie es sogar bedauern, dass sie Sie nicht selbst foltern konnte. Versuchen Sie also nicht, mich zu provozieren, indem Sie von meiner Frau sprechen.«

Schon wollte Manfred Gunter anweisen, mit der Tortur fortzufahren, als er plötzlich ungläubig über Michaels Schulter starrte.

»Wir beide sollten uns unterhalten«, sagte Horace, der den Blick, auf seinen Stock gestützt, erwiderte. »Unter vier Augen.«

Manfred nickte und bedeutete Horace, ihn in seine Kabine zu begleiten.

Als sie gegangen waren, zündete Gunter eine Zigarette an und steckte sie Michael zwischen die Lippen. »Tut mir Leid, was hier geschieht«, sagte er entschuldigend, »aber Befehl ist Befehl.«

»Ich weiß, nichts Persönliches«, erwiderte Michael, »Sie tun bloß Ihre Arbeit. Mir wär's nur lieber, Sie wären nicht so verdammt gut darin.«

Der bullige Deutsche lachte so bitter, dass es mehr wie ein Schnauben klang. *Erstaunlich, dass der Ire selbst in dieser Lage seinen Humor nicht verlor. Ein tapferer Mann, der hart im Nehmen war!*

»Lange nicht gesehen, Mister Brown«, sagte Manfred, während er sich an einem Tisch in seiner Kabine niederließ. Horace nahm auf dem Stuhl Platz, den ihm der Deutsche anbot. »Wenn ich mich recht erinnere, war es bei French Charley's in Cooktown – einem exzellenten Restaurant übrigens. Damals befand sich Ihr Freund Michael Duffy gerade auf einem Rachefeldzug. Er wollte den Tod seiner Buschläufer auf der *Osprey* rächen und tötete dabei, ohne es zu wissen, den Mörder meines Bruders.« Die Umstände ihrer damaligen Begegnung waren wesentlich angenehmer gewesen als jetzt: Die beiden Führungsagenten hatten für jene Nacht einen Waffenstillstand geschlossen – eine seltene Ausnahme.

»Allerdings hat man mir gesagt, Sie würden sich gegenwärtig in Townsville aufhalten«, setzte er hinzu.

»Ihre Informationen sind veraltet«, tadelte Horace nachsichtig. »Ich bin seit über vierundzwanzig Stunden in Sydney, und Sie hatten keine Ahnung davon. Nicht sehr professionell, alter Junge.«

Manfred runzelte die Stirn. »Sie sind hier, um Mister Duffy zu retten«, erklärte er kurz angebunden. »Ich glaube kaum, dass Sie die Behörden in Ihren Plan eingeweiht haben. Wie Sie selbst gesagt haben, könnte Duffy aus dem Regen in die Traufe kommen, wenn die Polizei informiert wird.«

»Ich bin allein«, erwiderte Horace und beugte sich, auf seinen Stock gestützt, vor. »Ich will mit Ihnen um sein Leben handeln, von Gentleman zu Gentleman.«

»Ich höre«, erwiderte Manfred höflich und voller Respekt für den Engländer, der mit seinem Kommen sein eigenes Leben riskierte. »Aber ich bezweifle, dass Sie etwas zu sagen haben, das Mister Duffy helfen könnte.«

»Warum wollen Sie ihn töten, wenn Sie doch wissen, dass ich Ihren Auftrag, Neuguinea zu besetzen, kenne? Darüber hinaus hegen auch einige Mitglieder meiner Regierung einen entsprechenden Verdacht gegen Sie.«

»Ein Verdacht ist eine Sache, aber nur Mister Duffy kann mir ernsthaft einen Knüppel zwischen die Beine werfen. Haben Sie etwa vergessen, dass er meine Mission mit der *Osprey* in Ihrem Auftrag sabotiert hat?«

»Captain Mort hat Ihre Mission vereitelt, nicht Mister Duffy«, erinnerte Horace seinen alten Gegner freundlich. »Mister Duffy hat Ihnen das Leben gerettet, als Sie im Wasser trieben.«

Manfred rutschte unbehaglich auf seinem Stuhl hin und her. Hätte Michael Duffy ihn nicht in den tropischen Gewässern von Nord-Queensland über Wasser gehalten, wäre er jetzt nicht mehr am Leben und könnte ihn nicht töten. Dem sonst so unerbittlichen Deutschen entging diese Ironie des Schicksals nicht. Er schuldete Michael Duffy viel, aber sein eigenes Leben war zweitrangig gegenüber den Interessen seines Landes und seines Kaisers. Schließlich war er Soldat und durfte seine Entscheidungen nicht von Sentimentalität beeinflussen lassen. »Ich bin Mister Duffy dankbar dafür, dass er mir das Leben gerettet hat, und ich wünschte, es gäbe einen Ausweg. Aber Sie müssen verstehen, dass ich einen Auftrag zu erfüllen habe. Wenn Sie an meiner Stelle wären, würden Sie ebenso handeln, das weiß ich.«

Horace nickte. »Ich weiß nicht, ob er Ihnen gesagt hat, dass ich seine Mission vor einigen Tagen abgeblasen habe. Mit Ihrer Folter verschwenden Sie Ihre Zeit.«

»Er hat uns gesagt, dass er nicht mehr für Sie arbeitet«, erwiderte Michael, »aber ich kann ihn nicht freilassen, solange Sie in Sydney sind. Gemeinsam sind Sie ein gefährliches Team.«

»Warum schlagen Sie der Schlange nicht den Kopf ab?«, fragte Horace ruhig. »Dann hätten Sie keinen Grund zur Sorge mehr.«

Manfred starrte den Engländer an und lächelte. »Wir wissen beide, dass ich nicht die Absicht habe, Ihnen etwas zu tun, Mister Brown. Das gehört sich nicht, alter Junge, wie Sie als Engländer sagen würden.«

»Aber wenn ich tot wäre? Würden Sie mir Ihr Wort als Ehrenmann darauf geben, dass Sie Michael Duffy unbeschadet freilassen würden?«

»Sollte diese unwahrscheinliche Situation eintreten, würde ich Mister Duffy natürlich freilassen«, erwiderte Manfred verwirrt. »Darauf kann ich Ihnen mein Wort geben.«

»Gut!«, erwiderte Horace mit rätselhaftem Lächeln. »Haben Sie zufällig ein Schachspiel, Baron?«

Manfred, dem allmählich dämmerte, welches Drama sich in seiner kleinen Kabine abspielte, erwiderte das Lächeln, bevor er aus einem Staufach ein fein geschnitztes Schachspiel holte. Er stellte das Brett auf den Tisch zwischen ihnen und öffnete eine Flasche teuren Portwein, während Horace die Figuren aufstellte. Manfred hatte zwei Flaschen des edlen Tropfens aufbewahrt, um auf die Besitznahme von Neuguinea für den Kaiser zu trinken, doch er hatte das Gefühl, dass dieser besondere Anlass es rechtfertigte, wenn er seinen sorgsam gehüteten Vorrat anbrach.

Als jeder seine Farbe gewählt hatte und damit geklärt war, wer den ersten Zug hatte, hob Manfred sein Glas. »Ein Hoch auf die Courage«, sagte er ernst. Horace nahm die Ehrung wortlos entgegen. *Keine Anerkennungsreden für das, was er tun würde … nur ein Trinkspruch von einem früheren Feind.*

»Auf Michael Duffy«, erwiderte Horace ruhig. »Den widerwilligen Diener Ihrer Majestät und Vater von Captain Patrick Duffy, der zur angeheirateten Verwandtschaft eines der ehrenwertesten Soldaten des Kaisers gehört. Zu der Ihren, Baron von Fellmann.« Horace' Erwiderung des Trinkspruchs erinnerte Manfred an seine entfernte Verbindung zu Michaels Sohn, was ihm gar nicht behagte.

»Sie haben mein Wort, Mister Brown«, wiederholte Manfred sein Versprechen. »Doch für den Augenblick wollen wir herausfinden, wer dem anderen im Schach überlegen ist, und diesem köstlichen Wein die Ehre erweisen.«

»Seit langen Jahren hege ich den perversen Ehrgeiz, Sie im Schach zu schlagen«, erklärte Horace, während er an seinem Portwein nippte.

Als die Partie zu Ende war, ließ Manfred den mutigen englischen Agenten allein in der Kabine zurück. Horace hatte zwar die Dame des Barons geschlagen, doch das Spiel des Lebens verloren.

Gunter durchschnitt das festgezurrte Seil, das Michaels Arme immer noch über seinem Kopf fest hielt. Ein stechender Schmerz jagte durch seinen Oberkörper und ließ ihn zusammenfahren, als er die Hand nach einem Seemannshemd ausstreckte, das er als Ersatz für seines erhielt, welches Gunter ihm vom Leib gerissen hatte.

»Wo ist Horace?«, fragte Michael, während er seine schmerzenden Muskeln massierte.

Manfred antwortete nicht, sondern entließ seine Marinesoldaten. Als sie allein waren, wandte er sich Michael zu. »Mister Brown hat durch seine eigene Hand den Tod gefunden.« Michael wusste, dass der Preuße nicht log. Das wäre unter den gegenwärtigen Umständen auch nicht nötig gewesen. »Er hat einen Brief verfasst, in dem es heißt, sein Selbstmord sei eine Geste des guten Willens und der Anerkennung des zwischen uns beiden getroffenen Abkommens.« Der Baron sprach sehr leise und voller Respekt über den Tod seines alten Feindes. »Doch seine offiziellen letzten Worte lauten anders. Sie besagen, dass er sich das Leben genommen habe, weil er die durch seine Krankheit verursachten Schmerzen nicht mehr ertragen konnte. Ich werde die Behörden von seinem Tod unterrichten und dafür sorgen, dass er ein anständiges Begräbnis erhält. Sie sind frei, Mister Duffy. Horace hat mir erzählt, dass Sie noch in dieser Woche nach Afrika reisen werden, um Ihren Sohn zu suchen. Ich wünsche Ihnen alles Gute.«

Was konnte er schon sagen oder tun?, dachte Michael, als er von dem bulligen deutschen Marineunteroffizier zum Kai eskortiert wurde. Horace war tot.

Der Regen trommelte immer noch auf die Stadt herab, und die eisige Kälte biss Michael in Gesicht und Hände. Aus seinen Wunden sickerte auch jetzt noch Blut, und das Hemd unter seiner Jacke war ganz steif davon. Doch während er sich langsam von dem deutschen Schiff entfernte, spürte er die bittere Kälte nicht. Ihm wurde bewusst, dass er noch am Leben war. Für den Augenblick war das genug! Später würde er den Verlust seines alten Freundes betrauern, dessen mutiges Opfer ihn vor einem qualvollen Tod gerettet hatte.

36

Gordon James' ruhmreicher Sieg über die wilden Kalkadoon wurde mit einem Bankett im besten Hotel von Cloncurry gefeiert. Eine Rede folgte auf die andere, und Bier und Schnaps flossen in Strömen, bis in der kleinen Grenzstadt kein Tropfen Alkohol mehr aufzutreiben war.

Doch Gordon fühlte sich unbehaglich. Er kam sich vor wie ein Hochstapler, denn die Krieger, die sich seiner zahlenmäßig überlegenen Streitmacht entgegengestellt hatten, wurden mit jeder Schilderung der historischen Schlacht mehr. Eigentlich hatte er erklären wollen, dass eine Hand voll mutiger Krieger ihr Leben geopfert hatte, um den Stamm vor der unausweichlichen Vernichtung zu retten. Aber er war auch Pragmatiker. Die Übertreibung konnte sich auf seinen Ruf bei seinen Vorgesetzten und den Grenzern von Queensland nur günstig auswirken. Wer wusste schon, welche Auszeichnungen er erhalten würde, wenn er seinen endgültigen Bericht einreichte?

Aber da war auch noch Sarah. So förderlich sich dieser Sieg für seine Karriere erweisen mochte, wenn er bei der Polizei blieb, würde er sie für immer verlieren. Wie sehr liebte er sie eigentlich? Über dieser Frage hatte er gebrütet, während er den Tischrednern lauschte, die von seinen Heldentaten schwafelten. Wenn er sein Herz prüfte, war die Antwort einfach. Er wusste, was er tun musste. Doch für den Augenblick genoss er es, dass sich die Festgäste erhoben und auf ihn und die Männer tranken, die er während der langen Jagd auf die aufrührerischen Eingeborenen geführt hatte.

Als die Feier vorüber war und Gordon seine Patrouille gesammelt hatte, begann er, sich nach Trooper Peter Duffy zu erkundigen, dessen Abwesenheit ihm bei seiner Rückkehr nach Cloncurry aufgefallen war. Die Männer zuckten die Achseln. Seit dem Tag, als er mit dem Versorgungstrupp in die Stadt gekommen war, hatte ihn niemand mehr gesehen. Er musste nach Townsville weitergeritten sein, dachte Gordon verärgert, und zwar ohne Erlaubnis. Duffy hatte Befehl gehabt, in Cloncurry zu bleiben und sich um die Bevorratung des Trupps zu kümmern, der in die Godkin-Berge zurückkehren sollte. Wenn er erst wieder in der Kaserne war, würde Gordon ihm die Leviten lesen.

Wochen später ritt Gordon in Townsville ein. Er war froh, wieder zu Hause zu sein. Die übertriebene Version seines Sieges war von der begeisterten Lokalpresse gedruckt worden und wurde allgemein als wahr akzeptiert. Sein Vorgesetzter, Superintendent Gales, überhäufte den jungen Offizier, der für die ehrenhafte Erwähnung der berittenen Eingeborenenpolizei verantwortlich war, mit Lob. Er wies ihn an, sofort seine Berichte für Brisbane zu verfassen. Die Patrouille sollte in die Kaserne zurückkehren. Der Sold musste ausbezahlt werden, und verloren gegangene und beschädigte Ausrüstungsgegenstände waren zu überprüfen und aufzulisten.

Nach außen hin nahm Gordon diese Befehle willig entgegen, aber innerlich kochte er beim Gedanken an die Einschränkungen, die ihm seine Pflichten auferlegten. Er wollte unbedingt zu Kate O'Keefes Haus reiten und Sarah Duffy sehen. Während der langen Wochen, die er auf Patrouille verbracht hatte, war ihm bewusst geworden, wie sehr er sie vermisste. Peters unbeherrschte Anschuldigung, dass er sie benutze und um seiner Karriere willen beiseite schieben werde, hatte ihn gezwungen, sich darüber klar zu werden, was in seinem Leben wichtiger war. Ohne den geringsten Zweifel wusste er, dass Sarah ihm mehr bedeutete als eine Offizierskarriere.

Einen Tag dauerte es, bis er alle Verwaltungsarbeiten erledigt hatte, die seine Patrouille betrafen. Bei seinen diskreten

Erkundigungen nach Peter Duffy traf er auf verständnislose Blicke. Nein, Trooper Duffy war in Townsville nicht gesehen worden. Sein Ärger wich allmählich der Sorge, aber im Augenblick war Gordon zu beschäftigt, um der Angelegenheit nachzugehen.

Während er an seinem Schreibtisch saß und den letzten Bericht über die Expedition verfasste, entdeckte er zwei seiner Polizisten, die mit grimmigen Mienen auf sein winziges Büro zuhielten. Unbehagen stieg in ihm auf, und er stöhnte und fluchte, als die beiden an seine Tür klopften. Gordon hatte durchaus Grund für seine düstere Vorahnung. Jedes ernsthafte Problem in der Kaserne musste seinen Besuch bei Kate verzögern.

»Trooper Calder, was haben Sie dazu zu sagen?«, fragte Gordon, als die vier Männer in der Polizeikaserne standen. Zwei europäische Polizisten hatten Calder ihrem Kommandeur gemeldet.

In der aus Rinde und Wellblech errichteten Baracke war es heiß und stickig, und Calder kam unter den forschenden Fragen des jungen Polizeikommandeurs noch mehr ins Schwitzen. Er starrte auf den kleinen Haufen Münzen und Banknoten auf seinem Bett, der in seiner Strohmatratze gefunden worden war. »Keine Ahnung, wie das Geld dahin gekommen ist«, erwiderte er.

»Gestohlen hast du's, du mieser Dreckskerl!«, fauchte einer der anderen Polizisten. »Du verdammter Dieb! Deine eigenen Kameraden zu bestehlen!« Bebend wie ein aufgeregter Foxterrier spie der kleine Polizist die Worte aus.

»Ich weiß nicht, wovon der redet, Sir«, verteidigte sich Calder. »Die haben mich reingelegt.«

»Das glaube ich kaum, Trooper Calder«, sagte Gordon, während er sich vorbeugte, um das Geld vom Bett zu nehmen. »Das wird beschlagnahmt, bis die Untersuchung beendet ist.« Die beiden Polizisten, die Calder dabei erwischt hatten, wie er seine Diebesbeute versteckte, wirkten enttäuscht: Das Geld gehörte zum Teil ihnen. Gordon entging ihre Reaktion nicht.

»Ich glaube nicht, dass die Untersuchung lange dauert. Sergeant Rossi wird dafür sorgen, dass morgen früh bei den Baracken eine Anhörung stattfindet. Ich bin mir sicher, dass die Angelegenheit bis morgen Mittag geklärt werden kann.«

Die Miene der beiden hellte sich auf. Allerdings hätten sie aus dem miesen kleinen Dieb gern ein Geständnis herausgeholt, wenn man sie mit ihm allein gelassen hätte. Kameraden zu bestehlen galt im Grenzland als besonders verachtenswert.

Da Gordon Calder nicht mochte, war er nicht unglücklich darüber, dass dieser bei einem Verbrechen ertappt worden war. Calder hatte damit geprahlt, dass er »diesen Mischling Duffy erledigen« werde, wenn sie erst wieder in Cloncurry waren, aber dazu hatte sich keine Gelegenheit ergeben. Peter Duffy war wie vom Erdboden verschluckt. »In Anbetracht Ihrer Verdienste in der Schlacht gegen die Kalkadoon erteile ich Ihnen bis zur Anhörung morgen früh um zehn Uhr nur Stubenarrest. Sie verlassen dieses Gebäude nur mit meiner ausdrücklichen Erlaubnis. Haben Sie das verstanden?«

Calder funkelte Gordon an. Einem Kommandeur, der mit diesem Nigger Peter Duffy befreundet war, schuldete er nichts. Außerdem hatte er nicht die geringste Absicht, eine Anhörung abzuwarten, bei der er des Diebstahls überführt werden würde. »Ich habe verstanden, Sir«, erwiderte er mürrisch. »Ich gebe Ihnen mein Wort, dass ich in der Kaserne bleibe.«

»Gut! Ich verlasse mich auf Ihr Versprechen, Trooper Calder.«

Die Polizisten, die die Vorwürfe gegen Calder erhoben hatten, warfen sich fragende Blicke zu. *War Mister James verrückt geworden?* Gordon bedeutete den beiden, ihm zu folgen, während Calder neben seinem Bett zurückblieb und beobachtete, wie die drei die Baracke verließen. Gordon James stand nun auch auf der Liste derjenigen, mit denen er eines Tages abrechnen würde.

Als Gordon und die beiden Polizisten draußen waren, konnte sich der Kleinere der beiden nicht länger beherrschen. »Sir, bei allem Respekt, aber Trooper Calder wird verschwunden sein, noch bevor Sie wieder in Ihrem Büro sind.«

»Ich weiß«, erwiderte Gordon gelassen, während er die beschlagnahmte Diebesbeute aus der Tasche holte. »Ich gehe davon aus, dass Sie die Wahrheit sagen.« Damit reichte er dem anderen die Münzen und Scheine. »Deshalb kann ich Ihnen Ihr Eigentum genauso gut gleich zurückgeben.«

Der Polizist sah ihn ungläubig und verwirrt an, nahm das Geld aber entgegen. »Aber warum, Sir?«, fragte er. »Warum lassen Sie den Mistkerl laufen?«

»Haben Sie genügend Beweise dafür, dass Calder Sie und Trooper Davies bestohlen hat?«, fragte Gordon in aller Ruhe. Als der kleine Polizist die Stirn runzelte, war Gordon klar, dass dies nicht der Fall war. Er hatte sich nicht getäuscht. Aber er kannte beide Männer gut, er wusste, dass man sich auf ihre Worte und Taten verlassen konnte. »Mir ist es lieber, Calder verschwindet aus der berittenen Eingeborenenpolizei. Das Risiko, dass eine Anhörung zu seinen Gunsten ausgeht, will ich nicht eingehen. Ich hoffe, die Sache ist damit erledigt.«

Die Polizisten grinsten. Ihr vorgesetzter Offizier war gewaltig in ihrer Achtung gestiegen. »Welche Sache, Sir?«, fragte der Kleinere der beiden mit verschwörerischem Zwinkern.

Gordon lächelte. Jetzt konnte er sich auf sein Abendessen bei Kate Tracy freuen. Viel wichtiger war ihm allerdings, dass er Sarah Duffy sehen und ihr sagen konnte, was sein Herz bewegte.

Wie Gordon es vorausgesehen hatte, war James Calder noch vor Sonnenuntergang verschwunden.

Als Gordon zum Essen erschien, trug Sarah Duffy das Kleid, das Onkel Michael ihr geschenkt hatte. Sie bemühte sich, Gordon nicht allzu auffällig über den Tisch hinweg anzustarren, vor allem, weil ihn seine Mutter Emma begleitete.

Emma James erkannte auf den ersten Blick, dass Sarah bis über beide Ohren in ihren gut aussehenden Sohn verliebt war. »Ein schönes Kleid, Sarah. Ist es neu?«, fragte sie höflich, und Sarah erzählte ihr, dass sie es von ihrem Onkel geschenkt bekommen hatte.

Emma gehörte zu den wenigen Menschen, die die wahre Identität des geheimnisvollen Michael O'Flynn kannten, der angeblich Amerikaner irischer Abstammung war. Ihr Mann, Gordons Vater, war zehn Jahre zuvor im Dienst ums Leben gekommen, aber sie hegte keinen Groll gegen Kates Bruder. Henry hatte sich der Expedition freiwillig angeschlossen, die Jagd auf Captain Mort machte. Sein Leben lang hatte er das Risiko geliebt, und der endlose Horizont seiner Wahlheimat lockte ihn stets aufs Neue. Es war sein Schicksal gewesen, mit Männern, die fühlten wie er, ewig gen Westen zu reiten.

Sarahs häufige Besuche bei Emma, bei denen sie sich stets erkundigte, ob Gordon geschrieben hatte, ließen keinen Zweifel daran, dass sich die junge Frau für ihren Sohn interessierte. Emma war damit vollkommen einverstanden, schließlich kannte sie Sarah schon, seit die als Kind zu Kate gekommen war. Wenn Kate geschäftlich unterwegs war, hatte sich Emma häufig um die drei Waisen gekümmert, die Tom und Mondo hinterlassen hatten. Und in vielerlei Hinsicht nahm Emma in Sarahs Herz einen besonderen Platz ein – sie war für sie zu einer Art Lieblingstante geworden.

Nach dem Essen zogen sich Kate und Emma in den Salon zurück, um mit Matthew zu spielen. Beide Frauen spürten die Spannung zwischen dem jungen Paar und ließen die beiden daher auf der Veranda vor dem Haus allein.

Jetzt, da er Sarah zum ersten Mal seit seiner Rückkehr aus Cloncurry für sich hatte, fehlten Gordon die Worte. Von der Schlacht, deren Bilder ihn immer noch verfolgten, wollte er nicht reden. Genauso wenig wollte er sich auf eine Diskussion einlassen, bei der sie am Ende auf Peter zu sprechen kommen würden, der mittlerweile offiziell als Deserteur galt.

Sarah ließ sich auf einem Stuhl nieder, während Gordon steif am Geländer stand und in die Dämmerung hinausstarrte. »Was ist zwischen dir und meinem Bruder vorgefallen?«, fragte sie, als hätte sie seine Gedanken gelesen.

»Wir scheinen uns auseinander entwickelt zu haben«, entgegnete er leise. »Dein Bruder ist sich offenbar nicht darüber im Klaren, wem er Loyalität schuldet.«

»Loyalität? Was soll das heißen?« Sarahs hübsches Gesicht verdüsterte sich. »Loyalität wem gegenüber?«

»Der Königin.«

»Damit meinst du doch nur die Welt des weißen Mannes«, spottete sie. »Er ist gegangen, weil er als halbblütiger Schwarzer nicht akzeptiert wurde. Ich weiß alles über Peters so genannte Fahnenflucht.«

»Woher?«

»Die Fahrer der Ochsengespanne legen bei Tante Kates Laden ihre Pausen ein und erzählen ihr alles, was draußen im Westen so passiert. Als Tante Kate von Peters Desertion hörte, sagte sie, er hätte nie zur Polizei gehen sollen, weil er viel zu klug sei, um als Greifer zu enden.«

»Ich bin also dumm«, entgegnete Gordon wütend. »Willst du das damit sagen?«

»So habe ich es nicht gemeint«, erwiderte sie entschuldigend. »Zu dir passt ein Leben als Polizist, aber für meinen Bruder war es nie das Richtige. Nicht nach dem, was die meinen Eltern angetan haben.«

»Du kannst die Polizei nicht für das Schicksal deiner Eltern verantwortlich machen«, hielt Gordon ruhig dagegen. »Dein Vater war ein berüchtigter Buschläufer, der sehr wohl wusste, welches Risiko er einging.«

»Und meine Mutter?«, fragte sie bitter. »Sie ist nur aus Liebe bei meinem Vater geblieben, obwohl sie so unterschiedlich waren. Hatte sie es verdient, niedergeschossen zu werden, nur weil sie ihn liebte?«

Unbehaglich trat Gordon von einem Fuß auf den anderen. Das Gespräch entwickelte sich nicht so, wie er es erhofft hatte. Er wollte von Dingen sprechen, auf denen die Liebe zwischen einem Mann und einer Frau beruhte. »Den Berichten von damals zufolge war der Tod deiner Mutter ein Unfall«, sagte er leise, um ihren aufsteigenden Zorn zu besänftigen. »Sie wurde nicht ermordet.«

»Ich war dabei, Gordon«, sagte Sarah leise. Sie starrte an ihm vorbei in die samtschwarze Nacht hinaus. »Ich kann nie vergessen, wie sie brennend im Feuer lag, während wir hilflos zusehen mussten. Für mich war es Mord, und ich bin froh, dass mein Bruder nicht mehr mit den Leuten reitet, die auch anderen, wie dem Volk meiner Mutter, solche Dinge angetan haben.« Sarahs Blick heftete sich erneut auf Gordons Gesicht. »Ich liebe dich, Gordon, ich habe dich immer geliebt. Wenn du mich liebst, dann musst du den Dienst quittieren und dir eine andere Beschäftigung suchen. Ich könnte niemals mit einem Mann leben, der für die Menschen arbeitet, die meine Eltern getötet haben. Ich würde nicht einmal erwarten, dass du mich heiratest. Ich liebe dich genug, um deine Geliebte zu werden. Viel mehr brauche ich nicht.«

Ihre Offenheit überwältigte Gordon. Mit hastigen Schritten ging er zu ihr, kniete sich neben ihren Stuhl und nahm ihre Hände in die seinen. »Ich glaube, ich habe dich immer geliebt, Sarah. Sogar damals, als wir klein waren und du uns überallhin gefolgt bist. Du warst eine richtige Plage«, erinnerte er sich mit leisem Lachen. »Irgendwann bist du in mein Leben gekommen und ein Teil davon geworden.«

»Soll das heißen, dass du den Polizeidienst quittieren und mit mir leben würdest?« Sie strich ihm über das Gesicht. »Tante Kate könnte dir in ihrer Firma Arbeit geben. Das weiß ich, ich habe sie nämlich schon gefragt.«

»Und ich weiß, dass deine Tante Kate es nie zulassen würde, dass ihre Nichte als ehemalige Klosterschülerin mit mir in Sünde lebt«, lachte er. »Also werde ich den Dienst wohl oder übel quittieren müssen.«

»Ist das etwa ein Heiratsantrag, Inspektor James?«, fragte sie, und Gordon nickte.

»Dann nehme ich ihn an«, erwiderte sie leise.

Als er sie in seine Arme riss, protestierte sie nur schwach dagegen, dass er ihr neues Kleid zerdrückte. Lachend brachte er sie mit seinen Küssen zum Schweigen.

»Und du scheidest wirklich aus dem Polizeidienst aus?«, keuchte sie, als sie endlich wieder zu Atem kam.

»Gleich morgen«, erwiderte er fröhlich, während er sie an sich drückte und mit ihr auf der Veranda herumwirbelte. Du hast dich geirrt, Peter, dachte er, als sie wieder standen.

Sarah bedeutet mir mehr, als es die berittene Polizei je getan hat.

Nachdem Gordon mit seiner Mutter in deren Buggy abgefahren war, sprudelte eine aufgeregte junge Sarah die Neuigkeit heraus. Kate war überglücklich. Gordon war ein anständiger junger Mann, und natürlich gab es in ihrer Firma Eureka eine Stellung für ihn. Sobald Gordon den Dienst quittiert hatte, sollte die Verlobung bekannt gegeben werden.

Viele Vorbereitungen waren zu treffen, dachte Kate, während sie ihre Nichte betrachtete. Sarah sah aus, als wollte sie vor Glück zerspringen. Der Priester musste wegen der Mischehe konsultiert werden, denn Gordon war Anglikaner, Sarah Katholikin. Es gab viel zu tun.

Als Gordon seiner Mutter auf der Heimfahrt von seiner Entscheidung berichtete, gratulierte sie ihm zur Wahl seiner Ehefrau. Doch so herzlich und wohlgemeint ihre Glückwünsche auch waren, es irritierte sie, dass er die berittene Eingeborenenpolizei Sarahs wegen verlassen wollte. Eine Frau durfte einem Mann nicht sagen, was er mit seinem Leben anfangen sollte! Sie selbst hatte Gordons Vater so genommen, wie er war. Dass sein Sohn als Polizeibeamter in die Spuren seines Vaters trat, war nur natürlich. Sie fragte sich, ob er auf lange Sicht glücklich sein würde, wenn er aus dem Polizeidienst ausschied.

Doch am folgenden Tag machte Gordon sich daran, das Versprechen, das er Sarah gegeben hatte, zu erfüllen. Es war nicht leicht gewesen, den Brief zu verfassen, in dem er darum bat, ihn von seinen Pflichten als Offizier der berittenen Eingeborenenpolizei zu entbinden, aber er musste es tun, wenn er ihr seine Liebe beweisen wollte. Nun stand er mit dem Kündigungsschreiben in der Hand vor dem Büro des Polizeichefs und klopfte energisch an die Tür.

»Herein!«, dröhnte eine Stimme.

Gordon trat ein und grüßte den Mann hinter dem Schreibtisch nach Vorschrift. Polizeichef Gales war Lieutenant der Eingeborenenpolizei gewesen, als Gordons Vater Sergeant war. Er war Henry James zum ersten Mal begegnet, nachdem er nach Rockhampton entsandt worden war, um den Sergeant von dessen Posten in der Kaserne vor der Stadt zu entbinden. Ein beunruhigendes Gerücht war umgegangen, demzufolge es eine Auseinandersetzung zwischen dem Sergeant und dessen befehlshabendem Offizier, Lieutenant Morrison Mort, gegeben habe. Mort hatte daraufhin sozusagen formlos den Dienst quittiert, indem er seinen Posten verließ. Die Behörden in Brisbane hatten den hünenhaften englischen Sergeant mit Misstrauen betrachtet, aber Gales hatte an dem sympathischen James nichts auszusetzen gefunden und freute sich, nun den Sohn vor sich zu haben. Wahrscheinlich wollte er sich für die Belobigung bedanken, die er ihm für die erfolgreiche Jagd auf die Kalkadoon ausgestellt hatte.

»Inspektor James, ich freue mich, Sie zu sehen.« Mit diesen Worten erhob sich der Polizeichef gewichtig von seinem Stuhl. Die Zeit – und die von ihm geforderte Verwaltungstätigkeit – hatten seinen einst schlanken Körper beträchtlich in die Breite gehen lassen. »Ich nehme an, Sie haben schon die Neuigkeiten über Ihren Polizisten gehört. Wie hieß er doch? Ach ja, Trooper Duffy.«

Stirnrunzelnd sah Gordon den Polizeichef an, der sich vorbeugte und ihm die Hand reichte. Er war ein umgänglicher Mann, der seine Leute mochte. »Welche Neuigkeiten, Sir?«, erkundigte er sich.

Der Polizeichef hob die Hand, um ihm zu bedeuten, er möge noch einen Augenblick warten. »Bring uns zwei Tassen Tee, Jack!«, brüllte er nach draußen.

»Ja, Sir, kommt sofort!«, erwiderte in der Ferne eine Stimme, die Gordon als die von Sergeant Jack Ferguson erkannte. Ferguson war Kasernenunteroffizier des in Townsville stationierten Kontingents der berittenen Polizei.

»Welche Neuigkeiten gibt es von Trooper Duffy?«, hakte Gordon höflich nach.

Der rundliche Polizeichef blinzelte ihn überrascht an. »Das wissen Sie nicht?«, fragte er. »Ich hab's gestern erfahren.«

»Ich hatte gestern Abend frei, Sir«, erwiderte Gordon. »Mein Dienst hat erst heute Morgen angefangen.«

»Ah ja. Nun, sieht so aus, als hätte sich Trooper Duffy einem Mann angeschlossen, den wir für tot gehalten haben«, erläuterte Gales, während er zu seinem Schreibtisch zurückging, an dem er normalerweise den Papierkram erledigte. Dahinter hing eine große Wandkarte der Kolonie. »Es sind zwei Berichte eingegangen, dass er sich einem Schwarzen namens Wallarie angeschlossen und mit ihm gemeinsam bewaffnete Raubüberfälle verübt hat. Außerdem haben sie versucht, einen Branntweinhändler, der nach Westen unterwegs war, zu ermorden. Den Meldungen zufolge war das – hier und hier.« Er deutete auf der Karte auf zwei Punkte südwestlich von Townsville.

Wallarie war also bei Peter! Die Vorstellung überraschte Gordon nicht. Gab es im Leben eines Menschen Vorherbestimmung? Er starrte auf die Punkte auf der Wandkarte. »Waren sie zu Fuß? Oder hatten sie Pferde, Sir?«, fragte er.

»Sie waren beritten und gut bewaffnet«, erwiderte Gales. »Der Bericht beunruhigt mich, weil die beiden das Land gut kennen, was in der Zukunft für uns beträchtliche Probleme aufwerfen könnte. Dieser verdammte Wallarie war schon auf der Bildfläche, als ich noch ein junger Offizier war. Schon damals wurde er wegen Mordes gesucht. Wenn ich mich recht erinnere, war er mit Trooper Duffys Vater unterwegs. Wie war doch noch sein Name …?«

»Tom Duffy, Sir«, entgegnete Gordon. »Mein Vater hat damals geholfen, ihn in Burkesland aufzuspüren.«

»Ja, jetzt erinnere ich mich.« Sergeant Ferguson brachte zwei Becher mit dampfendem, gesüßtem Schwarztee, und Gales setzte sich wieder.

»Danke, Jack.« Damit war der Kasernenunteroffizier entlassen. »Schlechtes Blut setzt sich immer durch«, seufzte der Polizeichef, während er an seinem Tee nippte.

Gordon enthielt sich jeden Kommentars. »Was wollen Sie tun, Sir?«

Gales sah Gordon prüfend an. »Er war einer von Ihren Männern, Inspektor James. Was glauben Sie – was hat er vor, und wo können wir ihn finden?«

Mit dem Tee in der Hand ging Gordon zu der Wandkarte

und fuhr mit dem Finger über die beiden Punkte, die sein Vorgesetzter bezeichnet hatte. Er verlängerte die Linie, bis sein Finger auf einem Punkt mitten in der Kolonie Queensland ruhte. »Das ist ihr Ziel, Sir.«

Mit zusammengekniffenen Augen entzifferte der Polizeichef die feine Schrift des Kupferstichs. »Glen View«, las er laut.

»Dort werden Sie die beiden finden«, bestätigte Gordon.

»Wie können Sie da so sicher sein, junger Mann?«, wollte Gales wissen. »Jeder beliebige Ort in der Kolonie könnte ihr Ziel sein. Wallarie und Tom Duffy waren damals auch überall und nirgends.«

»Ich weiß es, weil ich über einige Kenntnisse bezüglich des Nerambura-Stamms verfüge, Sir ...«

Gales schnitt ihm das Wort ab. »Nie gehört.«

»Wahrscheinlich weil der Stamm zur Zeit meines Vaters sehr gründlich bekämpft wurde«, seufzte Gordon. »Er wurde praktisch ausgelöscht. Wallarie ist der letzte reinrassige Überlebende. Soweit ich weiß, fließt sonst nur noch in den Adern von Tom Duffys Kindern Nerambura-Blut. Aus der Richtung, die sie genommen haben, schließe ich, dass Wallarie Peter Duffy zu ihren heiligen Gründen bringen will, um eine Initiationszeremonie durchzuführen.«

»Könnte natürlich sein«, meinte Gales, während er auf die Karte hinter Gordon starrte. »Schwarze sind in diesen Dingen etwas komisch. Nach dem, was mir zu Ohren gekommen ist, war Ihr Trooper Duffy mehr schwarz als weiß.«

»Scheint so«, antwortete Gordon mit ausdrucksloser Stimme. Für einen Augenblick dachte er an Sarah. Auch sie gehörte zu den letzten Abkömmlingen der Nerambura, und wenn sie jemals Kinder haben sollten, würden diese das Blut eines Stammes in sich tragen, an dessen Auslöschung sein Vater beteiligt gewesen war. Ein unheimlicher Gedanke, der unbehagliche Erinnerungen wachrief.

»... stellen Sie eine Patrouille zusammen, die nach Süden, nach Glen View, reitet ...«

»Tut mir Leid, Sir. Ich habe nicht gehört, was Sie gesagt haben«, entschuldigte sich Gordon.

»Haben Sie sich von dem Schlag auf den Kopf denn ganz erholt?«, fragte Gales besorgt, da ihm das blasse, schweißüberströmte Gesicht des Inspektors aufgefallen war. »Sie sehen aus, als hätten Sie Fieber.«

»Mir geht es gut, Sir.«

»Um so besser! Ich will nämlich, dass Sie sofort eine Patrouille zusammenstellen und nach Süden reiten, um herauszufinden, ob sich die beiden tatsächlich auf Glen View aufhalten, wie Sie vermuten.«

»Ja, Sir. Ich kümmere mich sofort darum.«

Gordon rechtfertigte seine Entscheidung vor sich selbst mit dem Gedanken, dass es besser war, wenn *er* Peter und Wallarie fand, als wenn es Fremde taten, die vielleicht sofort schossen. Am Nachmittag besuchte er seine Mutter, bevor er in die Kaserne zurückkehrte, um mit einer siebenköpfigen Streife aufzubrechen.

Emma James hatte schweigend zugehört, während ihr Sohn ihr seine Mission erklärte. Erst als er wieder fort war, dachte sie über die merkwürdigen Parallelen nach: Wie Gordons Vater einst Tom Duffy gehetzt hatte, so jagte Gordon nun dessen Sohn Peter. Ein verhängnisvolles Rad des Schicksals bestimmte ihr Leben, sodass sich die Ereignisse beständig wiederholten. Die Fäden verwoben sich zu einer neuen Tragödie: Wieder würde eine bewaffnete Patrouille der Eingeborenenpolizei in das Land des Clans der Nerambura vom Stamme der Darambal reiten.

Das Schreiben, in dem er seinen Dienst quittierte, hatte Gordons Hand nicht verlassen. Sobald er Peter gefunden und für dessen Sicherheit gesorgt hatte, würde er es übergeben. Sarah würde bestimmt verstehen, wie wichtig das war, was er tat.

Aber er ritt nicht zu ihr, bevor er mit seiner Streife aufbrach. Im Grunde wusste er, sie würde kein Verständnis dafür haben, dass er sich bereit erklärt hatte, ihren Bruder zu jagen. Wie hätte er ihr klar machen können, dass es nicht nur um seine Pflicht ging, sondern dass er Peter suchen und seine Differenzen mit ihm bereinigen musste, bevor er mit ihr ein neues Leben beginnen konnte? Es war unerlässlich, dass er Peter fand, bevor sich dieser in noch größere Schwierigkeiten brachte. Erst dann würden er und Sarah von dem Fluch befreit leben können, der über ihnen zu liegen schien.

37

Peter Duffy und Wallarie hatten vier Tage Vorsprung vor der Polizeistreife. Im Augenblick kampierten sie südwestlich von Townsville im dichten Strauchwerk trockener Büsche an einem Wasserloch. Ihre kleine Gesellschaft hatte ein weiteres Mitglied bekommen: ein Mädchen, das halb Chinesin, halb Aborigine war und sich ihnen angeschlossen hatte, nachdem sie einen betrunkenen Kneipenwirt um seine Habe erleichtert hatten.

Sie hieß Matilda und hatte bis zu deren Tod bei ihrer Mutter gelebt. Dann war sie bei ihrem Stiefvater geblieben, bis dieser sie eine Woche vor dem Überfall an einen auf der Durchreise befindlichen Kneipenwirt verkaufte – für eine beträchtliche Menge guten Gin. Da sie nicht sein eigenes Kind war, hielt sich der alte Goldsucher nicht mit Gefühlsduseleien auf. Dafür war in seinem harten Leben, das ihn in die abgelegensten Gegenden der Kolonie führte, kein Platz.

Matildas Mutter hatte mit ihrem Vater, einem chinesischen Schafhirten, in einer Rindenhütte auf dem Besitz eines Siedlers gelebt. Als sie eines Tages zu ihrer Behausung zurückkehrte, war ihr Mann ermordet worden und das wenige Gold, das er auf dem Gut westlich von Townsville gefunden hatte, war verschwunden. Sie floh mit ihrer Tochter, die damals noch ein Baby war. Der Goldsucher, der die beiden fand, nahm sie als Köchin bei sich auf, die des Nachts auch seine Bettrolle wärmte.

Bis sie fünfzehn war, hatte Matilda bei dem weißen Goldsucher und ihrer Mutter gelebt. Dann war ihre Mutter gestorben, nachdem der übellaunige Alte sie verprügelt hatte. Er wollte, dass Matilda den Platz ihrer Mutter einnahm, doch das Mädchen drohte, ihn umzubringen, wenn er versuchte, sie anzufassen. Obwohl er die junge Frau fürchtete, war ihm klar, dass ihm ihre exotische Schönheit – mandelförmige Augen, hohe Wangenknochen – einen hohen Preis einbringen würde, wenn er den richtigen Käufer fand. Schließlich gab er sie in eine anständige Stellung, zumindest redete er sich das beim Anblick einer Kiste mit bestem Gin ein, die ihm der Kneipenwirt für ihre »Ausbildung« im Branntweinausschank bot.

Der Wirt hatte durchaus die Absicht, ihr in seiner Spelunke Arbeit anzubieten – allerdings nicht hinter der Theke, sondern auf einem Feldbett in einem Hinterzimmer des Lokals. In der Horizontale konnte sie eine Menge Geld einbringen, kalkulierte er beim Anblick der appetitlichen Kurven des jungen Mädchens, als Matilda sich über den Tisch beugte, um ihrem Stiefvater und dem Wirt Curryreis mit Rindfleisch zu servieren. Mit dem Goldsucher wurde er sich schnell einig, aber auf dem Weg zu seinem einsamen Branntweinausschank setzte sich Matilda gegen die Annäherungsversuche des Betrunkenen zur Wehr. Daraufhin schlug er sie.

Ihre Schmerzensschreie riefen Peter auf den Plan. Als er und Wallarie am Ort des Geschehens eintrafen, kniete der Wirt mit heruntergelassenen Hosen über dem jungen Mädchen. Der verhinderte Vergewaltiger war von ihrem Erscheinen so eingeschüchtert, dass sie nicht einmal eine Waffe brauchten, um den schimpfenden Mann auszurauben.

Wallarie und Peter bedienten sich bei Mehl, Tee und Zucker, während das dankbare Mädchen ihr Baumwollkleid zurechtrückte und ihnen half, den Proviant in den Satteltaschen zu verstauen. Peter griff mit seinem starken Arm nach ihr und hob sie hinter sich aufs Pferd. Sie schlang die Arme um ihn, und dann ritten sie davon.

Mittlerweile trug Peter nur noch Hose und Stiefel der Eingeborenenpolizei und hatte sich einen Patronengurt über die Schulter und die breite Brust geschlungen. Dagegen hatte Wallarie, der sein Pferd aus der Kaserne der berittenen Polizei in

Cloncurry gestohlen hatte, zwar ein altes Hemd und eine Hose an, aber keine Stiefel.

Peter hatte es nicht fassen können, dass der Darambal tollkühn, und wie ein eingeborener Viehhirte gekleidet, in die Stadt marschiert war. Ohne mit der Wimper zu zucken, hatte er sich in der Kaserne nach dem Polizisten erkundigt, der mit dem Versorgungstrupp zurückgekehrt war.

»Woher wusstest du, dass ich hier bin?«, hatte Peter gefragt.

Wallarie hatte nur gekichert. »Vielleicht bin ich dir nach dem großen Kampf in den Bergen auf den Schwingen des Adlers gefolgt.«

Peter quittierte die Erklärung des alten Kriegers mit einem Stirnrunzeln, aber er wusste, dass er auf weitere Fragen nur sinnlose Antworten erhalten würde. »Dir ist doch klar, dass dich die Weißen hängen, wenn sie dich in der Stadt erwischen?«

Wallarie tat diese Bedenken mit einer wegwerfenden Handbewegung ab. »Kein Weißer ist klug genug, mich zu fangen«, erwiderte er verächtlich. »Zeit, dass du die Stadt der Weißen verlässt und mit mir zum Traumzeit-Ort kommst, damit du ein Nerambura-Mann wirst.«

Peter dachte über das Angebot nach. Der ihm zustehende Platz in der Welt der Weißen war ihm versagt worden. Hatte er seine Fähigkeiten nicht in einer europäischen Schule unter Beweis gestellt? Und warum war Gordon, der längst nicht so klug war wie er, Offizier? Die Antworten lagen auf der Hand. Für die Weißen würde er immer ein Schwarzer bleiben.

»Wir brauchen Gewehre und Pferde«, erklärte Peter, ohne dem verhangenen Blick des mächtigen Darambal auszuweichen.

»Wie in den alten Zeiten, als ich mit deinem Vater geritten bin«, meinte der lächelnd. »Wir werden den Weißen zeigen, dass wir noch nicht geschlagen sind.«

Und so hatte alles angefangen.

Zuerst sah es ganz einfach aus, aber dann erstattete der Wirt des Branntweinausschanks beim Polizeihauptquartier in Townsville Anzeige. In seiner Wut bauschte er seine Geschichte so auf, dass daraus Mord und bewaffneter Raubüberfall wurden.

Unter den gegebenen Umständen zweifelte niemand das Wort eines Weißen an. Unglücklicherweise hatte Peter Wallarie mit Namen angesprochen, und der Wirt erinnerte sich daran. Die Legende von dem eingeborenen Buschläufer, der einst mit dem Iren Tom Duffy geritten war, war ihm wohl bekannt.

Von der ersten Nacht an teilten Matilda und Peter das Lager, und sie wurde sofort schwanger. Zwei Wochen ritt sie nun mit Wallarie und Peter, und seit zwei Wochen wuchs ein neues Leben in ihr. Nun trug auch sie Nerambura-Blut in sich, eine Tatsache, die der alte Krieger sehr wohl bemerkte.

Nicht dass sich ihr Aussehen verändert hätte, aber Wallarie wusste, dass sich in ihrem Körper eine Seele eingenistet hatte. Peter sagte er nichts davon, der würde es noch früh genug erfahren, nämlich dann, wenn Matilda selbst sich darüber klar wurde.

Während Wallarie vor sich hin kichernd das Lagerfeuer schürte, genoss er die Schönheit des nächtlichen Himmels und schlürfte seinen stark gesüßten schwarzen Tee. Doch dann heulte in der Ferne ein Dingo, und der alte Krieger hob das bärtige Gesicht und sah nach Norden. Der Wind und das jammervolle Heulen brachten ihm Nachricht von Gordon James, der nach Süden ritt, um sie zu finden. Die Zeit war knapp. Bald würde sich die alte Prophezeiung erfüllen: Entweder Peter oder Gordon musste bei ihrer nächsten Begegnung sterben.

Trübsinnig starrte Wallarie auf das junge Paar, das sich nicht weit von ihm in glücklicher Unkenntnis seiner entsetzlichen Vorahnung unter Peters Decke zusammengerollt hatte. Hatte das, was er Peter gelehrt hatte, den Jungen auf die Begegnung vorbereitet? Oder würde der Sohn von Henry James den Sieg davontragen? Nur die Geister seiner Ahnen kannten die Antwort darauf. In den alten Geschichten von der Traumzeit seines Volkes lag die Lösung des Rätsels.

Instinktiv blickte er über das Brigalow-Buschland auf den zerklüfteten Berg, dessen Silhouette sich vor dem Nachthimmel abhob. Sie befanden sich erneut auf dem angestammten Land des Nerambura-Clans, und der heilige Berg lockte ihn mit seiner uralten Macht. Am nächsten Morgen würde Peter Matilda zurücklassen und ihm zur Höhle folgen müssen, um in die Welt der Männer der Nerambura eingeführt zu werden. Erst dann konnte er sich Gordon James stellen.

38

Lieutenant Alexander Sutherland suchte mit den Blicken die flimmernde, flache Ebene ab, die nur aus Geröll und Wüstensand zu bestehen schien und sich wie ein endloses Meer aus Sand und Stein bis zum Horizont erstreckte. Hinter ihm erhoben sich die zerklüfteten, von Mimosen bedeckten Hügel der Küste, in denen der quirlige Militärhafen Suakin lag. Vor ihm öffnete sich das Tor zur Hölle. Nach der langen, gefährlichen Patrouille erschien ihm Suakin wie das Paradies. Ein kühles Bad, dachte er sehnsüchtig, und ein Bummel über die Basare der Stadt mit den weißen Steinhäusern. Eine gute Gelegenheit, für seine Familie daheim in Colchester exotische Geschenke zu erstehen.

Der junge Offizier kratzte sich im verdreckten Gesicht, und unter seinen schmutzigen Fingernägeln löste sich die Haut. Das Leben unter der unbarmherzigen Sonne Afrikas hatte sein Gesicht dauerhaft verbrannt. Zwar war die Rötung längst verschwunden, aber sein einstiger Pfirsichteint wirkte fleckig, denn unter den trockenen Hautfetzen kam eine tiefe Bräune zum Vorschein. Für den früheren Offizier in der Kavallerie Ihrer Majestät war die Versetzung zum Kamelregiment der Garde ein harter Schlag gewesen. Das strahlende Bild vom flotten Kavalleristen war nicht so recht mit der Arbeit mit den gewaltigen, unbeholfen wirkenden Tieren vereinbar. Doch die Zeit und die bemerkenswerte Ausdauer der riesigen, häufig zänkischen Ungeheuer hatten ihn von ihren Vorzügen überzeugt. Auf den langen Erkundungsstreifzügen in das sonnenverbrannte, zerklüftete Land der Derwische waren sie nicht zu schlagen.

Der Lieutenant suchte die öde Felsenwüste, in der nur hin und wieder ein Busch wuchs, mit seinem Fernglas ab, entdeckte jedoch nichts Bemerkenswertes. Keine Beduinenlager oder Konzentrationen von Derwisch-Kriegern, kein Hinweis darauf, dass feindliche Patrouillen unterwegs waren, die wie er für ihre Armee Aufklärung betrieben und Informationen sammelten. Hinter ihm saßen die beiden Soldaten, die ihn begleiteten, schwitzend und von winzigen Insekten geplagt auf ihren Kamelen und kratzten sich. Sie hatten die gegen den Sand schützende Brille abgenommen und rieben sich mit dem schmutzigen Handrücken die Augen.

»Mensch, Harry«, grummelte einer der Männer, »sieht so aus, als ob Mister Sutherland noch weiter nach Süden will.«

Sein Kamerad blickte zu dem jungen Offizier hinüber, der etwa fünfzig Schritt vor ihnen auf einer kleinen Erhebung stand.

»Könntest Recht haben«, meinte er. Offenbar hatte der Anführer ihrer Patrouille etwas entdeckt, das seine Aufmerksamkeit erregt hatte.

Lieutenant Alexander Sutherland beugte sich vor und stellte sein Fernglas scharf, bis die verschwommenen Umrisse der einsamen Gestalt, die auf die Streife zutaumelte, schärfer wurden. Obwohl der Mann etwa einen halben Kilometer entfernt war, konnte Sutherland erkennen, dass er groß und breitschultrig war. Anscheinend trug er eine zerlumpte Uniform der britischen Armee. »Trooper Krimble und Haley zu mir«, rief er leise. Die beiden Kavalleriesoldaten trieben ihre Kamele vorwärts. »Da draußen, etwa vierhundertfünfzig Meter vor uns, läuft ein Mann herum, der so was wie eine britische Uniform trägt«, erklärte Sutherland. Mit dem Fernglas deutete er über den Sand auf die flimmernde Gestalt, die sich im Hitzedunst drehte und wendete. »Besser gesagt: das, was von der Uniform übrig ist. Sehen Sie ihn?«

Trooper Harry Krimble beschattete mit der Hand die Augen. Trotz aller Anstrengung sah er nur die Silhouette eines Mannes. Er ließ sein Kamel niederknien, stieg ab und nahm den Henry-Karabiner von der Schulter. Dann legte er den Lauf der geladenen Waffe über den Sattel und schob die Kimme nach hinten, sodass er aus großer Entfernung schießen konnte. Besser, er erledigte den Fuzzy-Wuzzy gleich da draußen, nur für den Fall, dass der Mann nicht allein war. Harry hob das Gewehr an die Schulter, wobei er den Sattel seines Kamels als Stütze benutzte, um besser zielen zu können.

»Noch nicht schießen«, warnte Sutherland. »Warten Sie, bis er auf hundert Meter heran ist, bevor Sie feuern, Trooper Krimble. Sieht aus, als hätte er uns bemerkt. Anscheinend will der Bursche es mit uns aufnehmen.«

»Sind Sie sicher, dass Sie den Verrückten so nah ranlassen wollen, Sir?«, fragte Krimble, der das Korn seines Gewehrs beständig auf das sich unaufhaltsam nähernde Ziel gerichtet hielt. »Vielleicht hat der 'n paar Kumpels dabei.«

»Das bezweifle ich«, erwiderte Sutherland. »Ich kann das Gelände vor uns überblicken. Der ist allein. Wahrscheinlich ist er von seiner Streife getrennt worden und will sich einen Platz im Paradies sichern, indem er uns angreift. Den Wunsch können wir ihm erfüllen.«

»Da haben Sie Recht, Sir«, grinste Krimble, wobei er die Kimme wieder auf einhundert Meter stellte.

Geduldig warteten sie unter der glühenden Sonne, während sich die Gestalt stetig, wenn auch schwankend näherte. Bei einhundert Metern hatte Krimble den Mann voll im Visier. Schon wollte er den Abzug betätigen, als er seinen Offizier brüllen hörte. »Feuer halt! Nicht schießen!«

Verwirrt sahen sich die beiden Soldaten an, da Lieutenant Sutherland sein Fernglas fallen ließ und vom Kamel sprang. Wieso sich der junge Offizier plötzlich so für das Wohlergehen des Fuzzy-Wuzzy interessierte, der auf sie zutaumelte, war ihnen ein Rätsel. Allerdings besaß keiner der beiden Kamelreiter ein Fernglas, daher hatten sie die grünen Augen im tiefbraunen Gesicht des Mannes nicht gesehen.

»Captain Patrick Duffy«, drang es aus den aufgesprungenen Lippen, als die sonnenverbrannte Gestalt Lieutenant Sutherland in die Arme taumelte. »Von der Schottischen Brigade. Komme direkt aus der Hölle …«

Patrick kehrte mit der Kamelstreife nach Suakin zurück. Von dort schickte man ihn auf das Lazarettschiff *Ganges*, das vor den weiß getünchten Häusern der Hafenstadt Suakin im Roten Meer ankerte; hier sollte er sich von den dreiwöchigen Strapazen erholen. Die Tatsache, dass der Vermisste wieder aufgetaucht war, rief ganze Schwärme von Zeitungsreportern auf den Plan.

Unter den Korrespondenten befand sich auch ein Mann, der für die Zeitung arbeitete, die mittlerweile Lady Enid Macintosh gehörte.

39

George Godfrey begrüßte das Dienstmädchen, das ihm Hut und Mantel abnahm und seinen Gruß mit einer warmen Vertrautheit erwiderte, die im Laufe seiner häufigen Besuche bei Lady Enid Macintosh entstanden war. Er schüttelte die draußen herrschende Kälte des frühen Wintertags ab und trat in den großen Salon, wo ihn die angenehme Wärme eines im Kamin prasselnden Feuers empfing. Enid empfing ihn mit einer Lebendigkeit, die Godfrey lange an ihr vermisst hatte. Zwei Tage zuvor war ein Telegramm mit der Nachricht eingetroffen, dass Patrick lebe und sich bester Gesundheit erfreue. Die Neuigkeit hatte sie schlagartig verjüngt, und in ihren Augen brannte die Entschlossenheit, die sie ihr ganzes Leben lang ausgezeichnet hatte. Noch einmal war sie bereit, ihrem Schwiegersohn die Kontrolle über die Familienunternehmen streitig zu machen. Schließlich würde ihr Enkel, der bald zu ihr zurückkehren sollte, ihr als Verbündeter zur Seite stehen.

Ein strahlendes Lächeln des Triumphs lag auf Enids Gesicht, als sie durch den Raum rauschte, um Godfrey zu begrüßen.

»Ich wusste, dass er noch am Leben ist«, sagte sie, während sie seine Hände nahm. »Er erholt sich im Moment in Suakin.«

Godfrey drückte ihre Hände leicht und führte sie zu einem Sofa, wo sich beide setzten. »Ihr Enkel hat von seinem Vater wirklich das Glück der Iren geerbt.«

Schuldbewusst wandte Enid den Blick ab und starrte ins Feuer. Offenkundig reichte schon diese indirekte Erwähnung Michael Duffys aus, um ihre überschäumende Freude in düstere Niedergeschlagenheit zu verwandeln. »Michael Duffy dürfte in den nächsten zwei Wochen in Suakin eintreffen«, fügte er hinzu. »Die Wahrscheinlichkeit, dass er seinem Sohn begegnet, ist groß.«

»Ich weiß«, erwiderte Enid, die unverwandt in die Flammen blickte. »Das fürchte ich auch.«

»Früher oder später musste es geschehen.« Er versuchte, sie mit einem sanften, beruhigenden Händedruck aufzumuntern. »Das muss Ihnen doch klar gewesen sein. Warum beunruhigt es Sie, wenn der Junge seinen Vater kennen lernt? Schließlich war es doch Ihre Idee, dass er Patrick sucht.«

»Ja, aber damals war die Lage verzweifelt. Inzwischen weiß ich, dass mein Enkel noch lebt. Es war dumm und voreilig von mir, mich an Mister Duffy zu wenden.«

»Das würde ich nicht sagen, Enid«, meinte Godfrey liebevoll. »Michael Duffy ist ein sehr fähiger Mann.«

»Und er ist auch fähig, Patrick um sein Erbe zu bringen, indem er ihn dazu überredet, seine papistische Religion beizubehalten.«

Godfrey erhob sich und ging zu dem offenen Kamin, wo er mit dem Rücken zum Feuer stehen blieb. Er blickte Enid an. »Ist es denn so wichtig, dass Patrick seine Religion zugunsten der Ihren aufgibt?«

Sie nickte. »Der Name Macintosh ist untrennbar mit der protestantischen Kirche Englands und Schottlands verbunden.«

So einfach war das also, dachte George. Nichts in Enids Leben war einfach, abgesehen von ihrer unerschütterlichen religiösen Überzeugung. »Ich kann dafür sorgen, dass Mister Duffy seinem Sohn nie begegnet«, erwiderte er mit einem traurigen Seufzer. »Wenn Sie das wollen.«

»Ja, das will ich, George.«

Der frühere Offizier der britischen Armee nahm Enids Wunsch nur ungern zur Kenntnis, denn er bewunderte den Iren, den er zuletzt bei Horace Browns Beerdigung gesehen hatte, fast gegen seinen Willen. Der kleine Engländer war in der Erde jenes Landes zur letzten Ruhe gebettet worden, das ihm so sehr ans Herz gewachsen war, dass er am Ende seine Loyalität zu Australien über die strategischen Interessen Englands gestellt hatte. Godfrey wusste, dass Horace für Michael

Duffy das größte Opfer gebracht hatte, zu dem ein Mensch fähig war. Der Ire hatte seinen Freund betrauert, der in den letzten zehn Jahren auch sein Arbeitgeber gewesen war. Keine Tränen, nur die vom Schmerz verzerrten Züge hatten vom Kummer des Hünen gezeugt.

Die Expedition des Barons war längst aufgebrochen, um ihre Mission zu erfüllen, und Deutschland erhob nun Anspruch auf die zweitgrößte Insel des Planeten. Als die kaiserliche Flagge auf der Gazelle-Halbinsel gehisst wurde, kam es in den deutsch-englischen Beziehungen zu einer kleineren Krise. Bismarck hatte seine Absichten im Pazifik sorgsam vor den Engländern verborgen, und die britische Admiralität wurde erst im Dezember umfassend informiert. Nachdem die Annexion so problemlos verlaufen war, drängten die deutschen Kaufleute darauf, in der Region noch weitere Ansprüche zu erheben. Immer deutlicher zeichnete sich ab, dass Horace die territorialen Ambitionen der Deutschen im Pazifik richtig eingeschätzt hatte.

Manfred von Fellmann hatte vor seiner Abreise persönlich an der Beerdigung seines einstigen Feindes teilgenommen. Damit hatte sich die Trauergemeinde auf drei vergrößert. Der Preuße hatte auf einer Seite des Grabes gestanden, Michael und George Godfrey auf der anderen. Höflich hatten sie einander begrüßt und sich die Hände geschüttelt.

Und nun verlangte Enid von Godfrey, dass er Michael Duffy daran hinderte, seinen Sohn kennen zu lernen! Es lag tatsächlich im Bereich seiner Möglichkeiten, ihren Wunsch zu erfüllen. Sein langer Arm reichte über den Indischen Ozean bis nach Afrika.

»Können Sie zum Abendessen bleiben, George?«, fragte Enid.

»Ja, ich bleibe zum Essen«, erwiderte er, verwundert über den abrupten Themenwechsel – als wäre in den letzten Minuten nichts von Bedeutung vorgefallen. Aber so war Enid: Sie wechselte die Verbündeten schnell und ohne jeden Skrupel, wenn es die Ereignisse verlangten.

Nicht alle Verwandten von Captain Patrick Duffy begrüßten seine Auferstehung von den Toten. Granville White kochte vor Wut, als er allein in seiner Bibliothek den kurzen Bericht über Patrick las, der auf wundersame Weise hinter den feindlichen Linie überlebt hatte. Seine heldenhafte Leistung war von der Zeitung, die Enid vor kurzem im Zuge der Erweiterung des Macintosh-Imperiums erstanden hatte, kräftig ausgeschmückt worden. Noch mehr verbitterte es Granville, dass auf der ersten Seite der Zeitung ein Porträt des Helden der schottischen Brigade erschien, in dem dieser als Sohn der Kolonie Neusüdwales und Enkel der als Philantropin bekannten Lady Enid Macintosh präsentiert wurde.

Wenn Duffy heimkehrte, würde Granville bereit sein. Am Ende konnte nur einer das Erbe des Firmenimperiums der Macintoshs antreten! Durch die Vereinbarung, die er mit seiner Frau getroffen hatte, war es ihm unmöglich geworden, Patricks Anspruch auf sein Erbe infrage zu stellen, aber es gab andere Wege, einen Menschen in Misskredit zu bringen. Wenn es Kapitän Mort damals doch nur gelungen wäre, Duffy beseitigen zu lassen, dann hätte er sich die ganze Energie sparen können, die er jetzt darauf verwenden musste, ihn zu Fall zu bringen!

Mit deutlichem Ticken verkündete die Wanduhr in der Stille der Bibliothek die verrinnende Zeit. Granville saß hinter seinem Schreibtisch und dachte nach. Dabei fiel sein Blick auf die Sammlung von Speeren, Nullah-Keulen und Bumerangs an der Wand, und er fühlte, wie ihn kaltes Entsetzen packte. Nicht zum ersten Mal. Ihm war klar, dass es sich um reinen Aberglauben handelte. Doch die Furcht vor dem Unbekannten ließ sich nicht so einfach abschütteln. Von Zeit zu Zeit suchte sie ihn in seinen Träumen heim. Dann sah er einen Ort vor sich, an dem er nie gewesen war, von dem er jedoch oft genug gehört hatte: Glen View in Zentral-Queensland, den stolzesten Besitz der Macintoshs.

Granville erhob sich aus dem Drehstuhl und ging zu der Wand mit den Trophäen. Er griff nach einem Speer und zerbrach ihn über seinem Knie. Mit einem spröden Knistern barst das Holz. Dann warf er den Speer beiseite und riss die übrigen Nerambura-Waffen herunter. Genauso würde er mit Glen View verfahren, um sich von den entsetzlichen Albträumen zu befreien, die ihn immer wieder heimsuchten, dachte er voller Wut. Ein für alle Mal würde er den Namen der verfluchten Duffys aus seinem Leben löschen.

40

Die Hunde der Station bellten wütend, während Duncan Cameron, der Verwalter von Glen View, auf der breiten Veranda des Haupthauses stand und beobachtete, wie sieben Mann von der Eingeborenenpolizei in seinen Hof ritten. Empört kläffend, tänzelte die Meute geschickt um die Beine der schweren Pferde, bis Duncan den Tieren befahl, die Polizisten in Ruhe zu lassen. Widerwillig zogen sie sich in den kühlen Schatten unter den erhöht angebrachten Wassertanks und in den Scherschuppen zurück.

Glen View, das dreißig Jahre zuvor von dem zähen Siedler Donald Macintosh und seinem ältesten Sohn, Angus, gegründet worden war, hatte im Laufe der Zeit eine Aura gesetzter Beständigkeit angenommen. Beide Männer lagen, von Wallaries Speer gefällt, in der roten Erde des Guts begraben. Trotz ihres gewaltsamen Todes war der Besitz bestehen geblieben. Der Verwalter war ein Mann, den Lady Enid Macintosh ernannt hatte, ebenfalls ein Schotte und nicht weniger hart im Nehmen als sein Vorgänger, Sir Donald. Am Haupthaus und seinen Außengebäuden waren Verbesserungen vorgenommen worden, die Sir Donald gefallen hätten.

Duncans junge Frau, die von der Insel Skye stammte, hatte für die weibliche Note im Haus gesorgt. Jetzt erschien sie neben ihrem Ehemann auf der Vorderveranda, um zuzusehen, wie die staubbedeckte, müde Patrouille in ihren Hof einritt. Besucher waren eine Seltenheit und boten eine willkommene Abwechslung von der Einsamkeit des Lebens an der Grenze, vor allem für eine Frau, die in der engen Gemeinschaft eines schottischen Dorfes aufgewachsen war, wo gegenseitige Besuche ein wichtiger Teil des Alltags waren. Die unbarmherzig aussehende Polizeitruppe mit ihrer Mischung aus Weißen und Schwarzen bringt auf jeden Fall Farbe ins Leben, dachte Mary. An der Seite ihres Mannes beobachtete sie, wie der Anführer, ein gut aussehender junger Inspektor, vom Pferd stieg.

»Inspektor James, zu Ihren Diensten, Sir«, stellte sich Gordon vor, während er über den staubigen Hof auf die beiden zuging. »Wir sind letzte Woche von Townsville aufgebrochen, um zwei Schwarze zu suchen, die sich möglicherweise auf Ihrem Besitz aufhalten.«

Der Verwalter von Glen View nahm die ausgestreckte Hand. »Duncan Cameron. Das ist meine Frau, Missus Mary Cameron«, erwiderte er. »Das würde die Spuren erklären, die einer meiner Jungen in den Hügeln bei der Südweide entdeckt hat. Drei Eingeborene, hat er gesagt.«

»Aha. Das könnte hinkommen.« Gordon klopfte sich die Hosenbeine, um den Staub loszuwerden. »Wahrscheinlich ist die Schwarze noch bei ihnen, die sie vor ein paar Wochen südlich von Townsville entführt haben.«

»Inspektor James, haben Sie gesagt?« Cameron blickte ihn nachdenklich an. »Sind Sie etwa der junge Polizist, der oben im Norden die Kalkadoon vertrieben hat? Inspektor Gordon James?«

»Ja, das bin ich wohl.« Gordon lächelte etwas verlegen, weil ihm sein Ruf vorausgeeilt war.

»Erst gestern hab ich von Ihrer Schlacht gegen die Wilden gelesen«, meinte Cameron. »Sie und Ihre Jungs haben das wirklich gut gemacht.« Er sah sich nach Gordons Männern um, die unter der glühenden Sonne müde in ihren Sätteln hingen. »Ihre Männer sind bestimmt hungrig und die Pferde auch, Inspektor. Wir kümmern uns darum, und dann kann mein Gärtner Ihren Jungs zeigen, wo sie sich aufs Ohr hauen können. Sie bleiben doch über Nacht?«

»Ja, gern, Mister Cameron«, erwiderte Gordon dankbar. »Wir haben einen ziemlich harten Ritt hinter uns, und die Männer brauchen eine Pause. Allerdings werden wir morgen vor Sonnenaufgang aufbrechen. Ich wäre Ihnen sehr verbunden, wenn

Sie uns auch einen Führer zur Verfügung stellen könnten, der uns den Weg zu den Hügeln zeigt. Dort hat Ihr Junge doch die Spuren gefunden?«

»Nicht weit von den Hügeln entfernt«, gab der Verwalter zurück. »Aber meine Leute halten sich von den Bergen fern, wenn es dunkel wird. Sie behaupten, dort gehen die Geister der Schwarzen um, die Sir Donald zweiundsechzig vertreiben ließ. Sogar meine weißen Viehhirten glauben diese Geschichten! Aber nach dem, was ich mittlerweile über die Berge weiß, kann ich mir nicht vorstellen, dass sich da Schwarze rumtreiben.«

»Ich weiß nicht, ob Sie von Wallarie gehört haben, einem Darambal, der aus dieser Gegend stammt«, sagte Gordon.

»Gehört habe ich von ihm.« Duncan nickte. »Angeblich hat er bei der Vertreibung des Nerambura-Clans bei den Wasserlöchern den jungen Angus Macintosh getötet und später Sir Donald mit seinem Speer erledigt. Ich dachte, der Kerl wäre ein Mythos, den die Schwarzen erfunden haben.«

»Wallarie ist absolut real«, erklärte Gordon grimmig. »Gegenwärtig macht er wieder den Busch unsicher. Allerdings hat er inzwischen einen Partner, einen meiner früheren Polizisten. Sein Name ist Peter Duffy.«

»Duffy? So hieß doch der Fuhrmann, den die Eingeborenen nach der Vertreibung getötet haben.« Cameron hatte die Geschichte von den alten Viehhirten der Station gehört. »Gibt es da eine Verbindung?«

»Das ist sein Enkel, ein Halbblut.« Gordons Stimme klang müde. »Aber es sieht so aus, als hätten die Nerambura den irischen Fuhrmann gar nicht getötet. Möglicherweise war es Lieutenant Mort, der Kommandeur des Trupps, der für die Vertreibung verantwortlich war.«

Mary Cameron hatte den Geschichten über die geheimnisvollen Hügel im Süden ihres Heims schweigend gelauscht. Während der Renovierung des Hauses hatte sie Sir Donalds alte Tagebücher gefunden und angewidert seine kurze Schilderung jenes entsetzlichen Tages gelesen. Jetzt fiel ihr ein weiteres Detail ein.

»Das ist ja merkwürdig, Inspektor«, sagte sie ruhig. Gordon wandte sich ihr zu. »An dem Tag, von dem Sie und mein Mann sprechen, war ein gewisser Sergeant Henry James stellvertretender Kommandeur der berittenen Eingeborenenpolizei.«

»Mein Vater, Missus Cameron«, erwiderte Gordon leise.

Mary Cameron warf ihm einen merkwürdigen Blick zu. »Wenn man alle Teile zusammensetzt, sieht es so aus, als würde sich die Geschichte auf eigenartige Weise wiederholen.«

»Das hoffe ich nicht«, wehrte Gordon ab. »Das hoffe ich wirklich nicht.«

»Am besten gehen wir ins Haus«, meinte Duncan Cameron höflich. »Hat keinen Sinn, dass wir den ganzen Tag hier draußen rumstehen. Ah Chee!«, brüllte er, und ein alter Chinese, dem der Zopf bis zur Taille hing, eilte hinter dem Haus hervor.

»Ja, Massa Camerwon.«

»Zeig den Polizisten die Quartiere für die Scherer, da können sie die Nacht verbringen. Und sag dem Koch, er soll genug für alle kochen.«

Der Gärtner verbeugte sich ruckartig, indem er in der Taille einknickte, und trieb die Polizisten wie ein Hütehund zusammen, um sie zu den leer stehenden Quartieren der Scherer zu führen.

Nachdem sich Gordon vergewissert hatte, dass seine Leute gut versorgt und anständig untergebracht waren, schlenderte er zum Haupthaus, um mit dem Verwalter und seiner hübschen Frau den Nachmittagstee einzunehmen. Ihm war aufgefallen, dass sich ihr Bauch verdächtig rundete, und für einen flüchtigen Augenblick stellte er sich Sarah vor, wie sie sein Kind trug. Es war ein tröstliches, herzerwärmendes Bild, das ihn zum Lächeln brachte.

Auf der Veranda wischte er sich die Stiefel ab, bevor er klopfte. Er wurde hereingebeten, und ein eingeborenes Dienstmädchen nahm seine Mütze, während er den Revolvergurt löste und an einen Kleiderständer im Gang hängte. Nach städtischen Maßstäben war das Haus nicht luxuriös, aber zumindest geräumig und sauber. In der Rindenhütte, die

Donald Macintosh einst errichtet hatte, wurde nun das Heu für die Pferde aufbewahrt.

Gordon gesellte sich zu Duncan und Mary; sie saßen im Garten im Schatten einer runden Laube, die offenbar einmal von Weinreben überwuchert werden sollte. Während die drei die aktuellen Wollpreise, die Transportkosten für Rindfleisch und die letzten Nachrichten aus dem fernen Sudankrieg erörterten, servierte das Dienstmädchen Tee und Scones.

Südlich des Farmhauses saß Wallarie auf dem erkalteten Gipfel eines ehemaligen Vulkans und beobachtete, wie der orangefarbene Feuerball über der Ebene langsam vom Busch verschluckt wurde. Ein Abend ohne Kinderlachen, ohne nörgelnde Alte, dachte er traurig. Nur die sanften Geräusche des Buschs, der sich für die Nachtruhe vorbereitete, die Sprache der Erde, so wie es in der Traumzeit gewesen war, bevor sein Volk geboren wurde.

Geistesabwesend zupfte der Krieger an seinem langen, mittlerweile von grauen Strähnen durchzogenen Bart. Seine Gedanken waren bei den längst vergangenen Tagen, als er und Tom Duffy Seite an Seite gesessen und auf dasselbe Buschland geblickt hatten. Damals waren sie mit der kleinen Gruppe, die die Vertreibung überlebt hatte, auf ein Walkabout ins Channel Country, das Land der Kanäle, gegangen. *Wie lange war das her!*

Die Leute des Schafzüchters hatten den alten Mann und den Jungen getötet, die mit ihnen auf die Wanderung gegangen waren. Die alte Frau hatten sie erschossen und Toms Frau mitgenommen. Aber der Ire und er hatten die Mörder aufgespürt und blutige Rache genommen. Damals hatte er gelernt, wie ein Weißer zu töten, und er hatte es nie vergessen. Er ritt und schoss wie sie, und er sprach ihre Sprache. Nun fühlte er, dass Gordon James ihnen dicht auf den Fersen war.

Die Sonne war fast verschwunden, und die Stille, die jene Zeit zwischen Tag und Nacht auszeichnete, legte sich über den Berg. Der alte Krieger erhob sich und griff nach seinen Waffen: Snider-Büchse und Steinaxt. Eine bizarre Mischung.

Am Fuß des Hügels saß Peter am Lagerfeuer. Wallarie würde zu ihm gehen und ihm die Geschichten der Nerambura erzählen. Dann würde er ihm die Bedeutung des heiligen Gemäldes an der Höhlenwand und seiner Figuren erklären, und sie würden spüren, wie die Geister des heiligen Ortes zu ihnen kamen. Am Morgen würde er Peter auf seine Initiation in die Welt der Männer vorbereiten. Natürlich konnte es keine echte Einführungszeremonie werden, darüber war sich der Darambal im Klaren; aber besser als gar keine.

Doch als er in die Höhle kam, war Peter schon dort. Er saß im Schneidersitz vor dem Feuer. Matilda, seine Gefährtin, hatte er in ihrem Lager an einem Wasserloch unterhalb des Hügels zurückgelassen. Nicht am Ort des Massakers – der war tabu –, sondern weiter oben am Bachbett. Dort wartete sie darauf, dass Peter als echter Nerambura zu ihr zurückkehrte.

41

Ein hager gewordener Captain Patrick Duffy meldete sich nach seiner dreiwöchigen Wanderung durch die Ödnis des Sudan im Brigadehauptquartier. Die hinter ihm liegenden Qualen schienen ihm nicht aus dem Kopf zu gehen. Er sprach jedoch kaum von seinen Erlebnissen. Wenn er sich überhaupt äußerte, dann meinte er nur, er habe Glück gehabt.

Glück und seine angeborene körperliche und geistige Stärke hatten ihn am Leben erhalten, nachdem er in jener Nacht auf die Derwische gestoßen war. Weniger fähige Männer wären in seiner Situation verzweifelt und hätten sich aufgegeben, aber er hatte überlebt. Die zerlumpten, blutbefleckten Überreste seiner Uniform sprachen Bände. Niemand wollte dem Captain mit Fragen zusetzen, nachdem er offensichtlich alles verdrängt hatte, was geschehen war, bevor ihn die Kamelpatrouille fand. Mit der Zeit mochte er sich vielleicht öffnen und über seine Erfahrungen sprechen, aber für den Augenblick brütete er schweigsam vor sich hin.

In der Nacht seiner unglückseligen Mission hatte er blind auf die Gestalten gefeuert, die sich aus der Finsternis erhoben. Dann war er im Schutz der Dunkelheit geflohen. Doch anstatt zu versuchen, seine eigenen Linien zu erreichen, hatte er die Nacht genutzt, um sich tiefer in feindliches Territorium zurückzuziehen. Wie er richtig vermutet hatte, gingen die Derwische davon aus, dass er versuchen würde, sich in die Zareba zu retten.

Als am nächsten Morgen die Sonne über Stein, Sand und Dornenbusch aufging, lag Patrick verborgen zwischen den Felsen eines kleines Hügels im Herzen des von den Derwischen kontrollierten Landes. Hilflos musste er zusehen, wie schwer bewaffnete Derwisch-Streifen zwischen ihm und den kakifarbenen Uniformen der sich zurückziehenden britischen Streitmacht patrouillierten. Seine Entscheidung, es nicht zu den eigenen Linien zu versuchen, war richtig gewesen.

Mit den Lanzenreiter-Patrouillen Kontakt aufzunehmen, die er als winzige Gestalten am Horizont sah, war unmöglich. Offenkundig suchten sie nach ihm. Doch überall lagen Scharfschützen und Derwisch-Trupps im Hinterhalt, die die Lanzenreiter mit Kugel, Speer und Schwert empfangen würden, sollten sie sich unvorsichtigerweise zu weit von dem Rechteck der britischen Hauptmacht entfernen. Wenn er versuchte, die Aufmerksamkeit der Streifen zu erregen, führte er sie möglicherweise in den Tod. Bei Sonnenuntergang trieb der Durst Patrick aus seinem sicheren Versteck, wo er verzweifelt zugesehen hatte, wie sich die Staubwolke über der sich zurückziehenden britischen Armee immer weiter entfernte.

Ihm war klar, dass er Wasser finden musste. Zu seinem Glück stieß er in den Hügeln auf einen alten Brunnen, den Derwische und Briten gleichermaßen übersehen hatten. Er war nicht vergiftet, und Patrick trank das kühle, aber schlammige Wasser, als wäre es der köstlichste Champagner.

In den folgenden drei Wochen lebte er wie ein nächtliches Raubtier, das den nichts ahnenden Beduinen, die sich in der riesigen Festung der sudanesischen Wüste sicher fühlten, ihre Vorräte abjagte. List und die scharfe Klinge seines Messers verhalfen ihm zu einem kleinen, aber ausreichenden Vorrat an Datteln und ungesäuertem Brot, der zumindest garantierte, dass er jeden Tag aufs Neue die glühende Sonne aufgehen sah.

Seine tödlichen, verborgenen Raubzüge in die Lager der Wüstenbewohner lösten eine nie gekannte Welle des Entsetzens aus, wie sie selbst der Einmarsch der britischen Armee nicht hervorgerufen hatte. Zumindest hatten sie die britischen Ungläubigen sehen können, aber dieser nächtliche Besucher glich den Dämonen der Wüste! Ein böser Geist, der sie heimsuchte, wenn die Sonne ihre Kraft verlor und die Wüste kalt war wie ein Leichnam. Ein Teufel, der den Kameltreiber mit durchschnittener Kehle liegen und sich des Tages niemals blicken ließ – ein weiterer Beweis dafür, dass es sich nicht um ein menschliches Wesen handelte.

Jede Nacht marschierte Patrick ein Stück weiter nach Nordosten, allerdings nicht in gerader Linie, weil er wusste, dass die Patrouillen der Derwische genau damit rechneten. Geduld und Vorsicht wurden sein Überlebensmotto, während er sich langsam, aber sicher dem Hafen Suakin näherte.

Außer Patricks Schlauheit und Überlebensinstinkt zählte in diesem Leben nichts mehr. Vergessen war die Frage, ob er seinen Glauben aufgeben und den Namen Macintosh annehmen sollte. Fuchsjagden und elegante Bälle, wie er sie in England kennen gelernt hatte, interessierten ihn nicht mehr. Es ging nur noch darum, ein Versteck zu suchen und ein Lager zu finden, das er nach Einbruch der Dunkelheit ausrauben konnte.

Gegen Ende der drei Wochen war sein Durchhaltevermögen erschöpft. Die Zeit verschwamm zu einem bedeutungslosen Nebel, und seine zerrissene Uniform war steif vom Blut ungezählter Männer, denen er auf der Jagd nach Proviant die Kehle durchgeschnitten hatte.

Manchmal saß er bei Sonnenuntergang im Schatten eines Dornbuschs und blickte nach Westen über das flache Land, das die versinkende Sonne in ein weiches Licht tauchte. Gelegentlich dachte er in diesen einsamen drei Wochen auch an Catherine. Doch das erinnerte ihn nur an den Schmerz, den sie ihm zugefügt hatte, indem sie ihn erst hatte glauben lassen, sie würde auf seine Rückkehr warten, nur um ihn dann mit ihrem herzlosen Schweigen zu quälen.

Trotzdem wusste Patrick, dass hinter dem Horizont die Insel der keltischen Nebel lag, ein Ort voller Magie, die Heimat Morrigans. Dann wich der Schmerz einer Bitterkeit, die sich aus seinem verzweifelten Hass nährte. Er musste überleben, damit er Catherine die alles entscheidende Frage stellen konnte: Warum?

Schließlich kam der Tag, an dem er die flimmernden Umrisse von drei Kamelreitern entdeckte, die sich vor dem Horizont abhoben. Sein erster Instinkt war, sich tiefer in den Sand unter dem Mimosenbaum zu vergraben. Doch der Lichtblitz erregte seine Aufmerksamkeit. Konnte es sich um eine britische Streife handeln? Stammte der Blitz von einem Fernglas oder Teleskop? Soweit er wusste, benutzten die Derwische in der Wüste keine Sehhilfen. Doch mittlerweile war es ihm fast gleichgültig, ob er lebte oder starb. Wenn es Beduinen waren, dann würde er zumindest im Kampf fallen, dachte er, während er sich auf die Beine zwang. Mit letzter Kraft taumelte er auf die Patrouille zu.

Major Hughes begrüßte Patrick mit aufrichtiger Begeisterung. Die Entscheidung, ihn auf die Aufklärungsmission zu schicken, war ihm schwergefallen. Seit er erfahren hatte, dass der Junge vermisst wurde, hatte sie schwer auf seinem Gewissen gelastet. War das Ziel der Mission das Leben eines jungen Offiziers wert gewesen, der zu den Besten in der Brigade zählte? Als er einige Tage zuvor von Patricks Rückkehr nach Suakin erfahren hatte, hatte er eine Flasche von seinem besten Portwein geöffnet und allein geleert, um das Ereignis gebührend zu feiern. Dass Patrick überlebt hatte, grenzte an ein Wunder.

Jetzt lud er Patrick ein, sich auf einem Rohrstuhl niederzulassen, den ein Tigerfell schmückte, das der Brigademajor während seines Dienstes in Burma erworben hatte. Es reiste mit seinem Essgeschirr überallhin, wo er als Soldat der Königin diente – eine persönliche Marotte. Der Brigademajor war damit nicht allein; andere Offizier schleppten während ihrer aktiven Laufbahn ebenfalls exotische und manchmal recht sperrige Objekte mit sich herum.

Inzwischen wirkte Patrick etwas entspannter als unmittelbar nach seiner Rückkehr aus der Wüste. Damals hatte der Brigademajor einem bärtigen Riesen gegenübergestanden, dessen gefährliche, starr blickende Augen ihn an ein gehetztes Wildtier erinnerten. Selbst jetzt, wo die Anspannung nachgelassen hatte, war der gehetzte Blick nicht völlig verschwunden. Der Schatten all dessen, was er in diesen entsetzlichen drei Wochen erlebt hatte, lauerte wie ein Geist hinter Patricks Augen.

Dem Brigademajor oblag es, ihn über seine Pflichten zu unterrichten. Mittlerweile stand er wieder im aktiven Dienst, und seine Messerechnung war überfällig. Vermisst zu sein hieß noch lange nicht, dass man drei Wochen lang nichts für Speisen und Wein bezahlen musste, selbst wenn man nichts davon zu sich nahm ... Allerdings gab es ein wichtigeres Thema, das zuerst besprochen werden musste.

Major Hughes fingerte an dem Brief herum, den Patrick ihm auf dem Dienstweg über den Ordonanzraum hatte zukommen lassen. Obwohl das Schreiben für Hughes' Vorgesetzte bestimmt war, musste es durch seine Hände gehen. »Wollen Sie wirklich Ihren Abschied nehmen?«, fragte er.

Patrick rutschte ein wenig auf dem Rohrstuhl hin und her. »Ja, ich glaube, für mich ist es Zeit heimzukehren, Sir.«

»Sie sind ein exzellenter Offizier, Patrick. Ich muss sagen, in meiner langen Laufbahn beim Militär waren Sie einer der besten Soldaten, mit denen ich je die Ehre hatte zu dienen.«

Das offene Lob weckte Schuldgefühle in Patrick, aber der Dienst bei der Armee war immer nur als vorübergehende Phase in seinem Leben geplant gewesen, ein Zwischenspiel, das ihm helfen sollte, seine Ziele für die Zukunft klarer zu bestimmen. »Ich werde das Militär nicht ganz verlassen«, sagte er. »Zu Hause in Sydney werde ich mich hoffentlich einer Einheit der kolonialen Miliz anschließen können.«

»Wahrscheinlich haben Sie auch die Gerüchte gehört, dass wir kurz davorstehen, hier unsere Zelte abzubrechen«, erklärte der Brigademajor ruhig. »Sollte dieser Fall eintreten, könnte ich dafür sorgen, dass Sie mit den Truppen aus Neusüdwales nach Hause reisen. Käme Ihnen das gelegen?«

»Ich habe vor, meinen Abschied in London zu nehmen«, erwiderte Patrick. »Bevor ich in die Kolonien zurückkehre, habe ich noch etwas in Irland zu erledigen.«

»Eine junge Dame?« Major Hughes zog eine Augenbraue hoch.

»Ja, Sir, eine junge Dame«, bestätigte Patrick.

»Nun, dann werde ich Ihren Antrag auf Entlassung aus dem Militärdienst mit einer Empfehlung versehen, diese nach Ihrer Rückkehr nach England wirksam werden zu lassen. Vergessen Sie nicht, bis wir in London sind, können Sie Ihr Gesuch immer noch zurückziehen.«

»Ich weiß, Sir. Die Entscheidung ist mir nicht leicht gefallen. Ich habe hier eine Menge Freunde, und ich habe viel erlebt, woran ich mich gern erinnere.« Seine letzte Behauptung ließ ihn zusammenzucken. »Und vieles, das ich lieber vergessen möchte.«

»Wenn das alles ist, würde ich Sie gern heute Abend in der Messe auf einen Abschiedstrunk treffen, Captain Duffy. Ich bin mir sicher, Ihre Offizierskollegen werden es ebenso halten, wenn sie hören, dass Sie uns verlassen.«

»Da ich den Dienst erst quittiere, wenn wir nach England zurückkehren, kann mein Messekonto es wahrscheinlich nicht verkraften, wenn jetzt schon alle auf meinen Abschied trinken«, meinte Patrick mit bedauerndem Grinsen. »Vielleicht, wenn wir wieder beim Regiment sind.«

»Ja, da könnten Sie Recht haben, Captain Duffy. Wir heben uns die Ankündigung bis zu unserer Rückkehr auf.«

Patrick erhob sich, grüßte und verließ das Zelt des Brigademajors. Draußen in der brennenden Mittagssonne blieb er stehen, um einen Moment über seine Zukunft nachzudenken. Zunächst musste er Catherine finden, um die quälenden Gedanken loszuwerden, die ihn plagten. Zumindest wollte er wissen, warum sie die Flut von Briefen ignoriert hatte, die er ihr geschrieben hatte. Er hatte versucht, sich gegen die Möglichkeit zu wappnen, dass sie jemand anderen gefunden hatte, und sich einzureden, dass er das akzeptieren könnte. Aber tief in seinem Herzen flüsterte ihm eine nagende Stimme zu, dass dieser Gedanke zu entsetzlich war, um ihn überhaupt in Betracht zu ziehen. Weder Zeit noch Entfernung hatten seine Sehnsucht nach ihr gemildert.

Für einen Augenblick hielt er inne und ließ die Gedanken auf sich einströmen. Er spürte die Weite der riesigen Wüste jenseits des britischen Armeelagers von Suakin. In der Wildnis hinter jenen Hügeln, wo er sich von einem Tag auf den anderen durchgeschlagen hatte, hatte er das eigentliche Wesen des Lebens erkannt. Wie einfach war diese Existenz, wo nur sein eigener Überlebenswille zählte, das Gefühl der Allmacht, wenn das Leben eines Mannes unter seinem Messer aus der blutenden Kehle strömte. Was nutzten Einfluss und Geld, wenn das Überleben einzig von der körperlichen und geistigen Stärke abhing? War er wirklich der Mensch, den er dort draußen in sich selbst gefunden hatte? War das alles?

Unterdessen schwitzten und schufteten um ihn herum Soldaten, die ihre Uniform bis auf das Unterhemd abgelegt hatten. Die Geräusche der rastenden Armee drangen an sein Ohr: Ein Schmiedehammer schlug scheppernd gegen Metall, um Hufeisen für die Pferde zu formen, auf einem staubigen Exerziergelände bellte ein Ausbilder seine Soldaten an, weil sie seine Befehle nicht exakt gleichzeitig ausführten, die Köche stritten sich um die Rationen, die in den riesigen Töpfen zubereitet wurden. Laute, die Patrick so vertraut geworden waren wie das Klappern und Rattern von Kutschen und Pferdegespannen auf den kalten, winterlichen Straßen Londons.

Er stolperte zu seinem Zeit, wo er sich auf einen Stuhl fallen ließ, der an einem kleinen, vom Wüstenstaub bedeckten Tisch stand. Tränen stiegen ihm in die Augen, als ihm bewusst wurde, wie leer sein Leben war. Abgesehen von seiner Großmutter hatte er keine wirkliche Familie. Er fragte sich, was für sein Mann sein Vater wohl gewesen war. *Wenn er ihn doch nur gekannt hätte! Wenn er Michael Duffy nur jemals begegnet wäre, der selbst im Tod noch so stark war, dass sich eine Legende um ihn rankte.*

Ein kleines Objekt, das sorgfältig in ein Stück sauberen Stoff eingewickelt war, riss ihn aus seinen melancholischen Gedanken. Ein verwirrter Ausdruck legte sich auf sein sonnengebräuntes Gesicht, als er auf das Päckchen starrte. Er musste die kleine Göttin nicht erst auspacken, um zu wissen, was das Tuch enthielt.

»Private MacDonald! Du großartiger, hinterhältiger Mistkerl!«, stieß er mit einem freudigen Seufzer der Erleichterung aus. »Du hast meinen Befehl missachtet!«

Auf dem Lazarettschiff *Ganges* lag Private Francis Farrell zwischen vom Schweiß durchtränkten Betttüchern und starrte in die Dunkelheit hinein. Um ihn herum wanden sich stöhnende Männer, die die bösartige Darmgrippe gepackt hatte. Im Schlaf Erleichterung zu finden blieb dem Iren versagt. Als er nach oben sah, schien die Eisendecke über ihm Wellen zu werfen, bei deren Anblick ihm übel wurde. Er verfluchte die schwächende Krankheit, die seinen Körper heimsuchte. Vor nur drei Tagen hatte er sich wie der König der Welt gefühlt und sich dazu beglückwünscht, dass er den Feldzug überlebt hatte.

Jetzt lag er hilflos danieder, und die tödlichen Bakterien tobten in seinen Gedärmen. Er wusste, dass die Abreise unmittelbar bevorstand, die Nachricht hatte auch die Krankenstation erreicht. Mit dem Verladen der Ausrüstung war bereits begonnen worden.

Private Farrell hatte Angst, dass ihn seine Krankheit daran hindern würde, mit dem Kontingent der australischen Freiwilligen an Bord des Truppentransporters zu gehen, der sie nach Sydney zurückbringen sollte. Es gab Gerüchte, dass die nicht transportfähigen Soldaten zurückgelassen würden, bis sie sich erholt hatten. Ein Soldat aus den Kolonien war bereits an der Krankheit gestorben, die Francis Farrell fest im Griff hielt.

Brennender Durst breitete sich in seinem Körper aus. Durch den unkontrollierbaren Durchfall verlor er immer mehr Flüssigkeit. Die Milch-und-Reis-Diät, auf die man ihn gesetzt hatte, schien ihre Wirkung zu verfehlen. Der abgebrühte Polizist, der früher in den gefährlichsten Vierteln Sydneys Streife gegangen war, fühlte sich hilflos wie ein Kind.

Tränen liefen ihm über das Gesicht. Wenn er jetzt starb, würde er dem jungen Patrick Duffy nie sagen können, dass sein Vater noch lebte. »Wasser!«, krächzte er schwach. Ein Schatten erschien neben seinem Bett.

Eine sanfte Hand berührte seine Stirn, und eine beruhigende englische Stimme drang an sein Ohr. »Ganz ruhig, Paddy, ich hol dir was zu trinken.« Der Dienst habende Sanitäter hielt ihm das Wasser an die Lippen und stützte ihn, sodass er trinken konnte. Das Schlucken fiel Francis schwer, und ein Großteil der Flüssigkeit rann über sein Kinn in den buschigen Bart. Obwohl er das Gesicht des Sanitäters nicht sehen konnte, fühlte er sich umsorgt. »Versuch zu schlafen, Paddy«, drängte die sanfte Stimme, und Francis tastete in der Dunkelheit nach der Hand des Mannes. Sein Griff war so kräftig, dass der Sanitäter fest davon überzeugt war, dass der Ire wieder gesund werden würde.

Dann griff der Schlaf nach Francis Farrell. Es war ein tiefer Schlummer voller wilder Fieberträume mit merkwürdigen Visionen eines zerklüfteten Hügels, der in Flammen stand – ein Ort des Todes. Francis schwebte auf den Flügeln eines Adlers über den feurigen Höhen. Ist dies die Hölle?, fragte er sich, als ihn die heißen Aufwinde der Wüste um den Berg hilflos gen Himmel schleuderten. Oder erinnerte er sich nur an die zerklüfteten Hügel, in die das Kontingent aus Neusüdwales unter der brennenden Sonne des Sudan einen Weg für die Eisenbahnlinie geschlagen hatte, die die britische Armee von Suakin an der Küste nach Berber im Westen transportieren sollte?

Der Sanitätsunteroffizier fürchtete jetzt, dass der hünenhafte Ire aus den Kolonien die Nacht nicht überstehen würde. Er schien am Rand des Todes zu stehen. Seine Temperatur war mit einem Schlag gestiegen, und er befand sich in einem Delirium, in dem sich die Türen zur nächsten Welt öffneten. Der Sanitäter saß bei Private Francis Farrell am Bett und tupfte ihm die fiebrige Stirn ab. Viel mehr konnte er nicht tun. Dann summte er eine Melodie, die ihm seine Mutter vor langer Zeit vorgesungen hatte, als er ein Kind in den Slums der Docks von Liverpool war. Wenn ein Mann starb, war es bestimmt tröstlich, das Lied einer liebevollen Mutter zu hören. Er fragte sich, was der Soldat da vor sich hinredete. »Patrick, dein Vater lebt, und ich weiß, wo er ist!«, rief der Kranke. Was er wohl damit meinte?

42

In den Stunden vor der Morgendämmerung, in denen die Natur in Erwartung der aufgehenden Sonne erwachte, waren die Reiter nur als verschwommene Schatten zu erkennen. Es war die Zeit, da die Geister der Nacht vor dem anbrechenden Tag in die Höhlen und Nischen der heiligen Hügel von Glen View flüchteten.

Die müden Polizisten folgten dem eingeborenen Viehhirten und Gordon James hintereinander reitend. Dabei überließen sie es ihren Pferden, den Weg durch den Busch zu finden. Sie hatten nicht viel Schlaf bekommen und waren früh aufgestanden, das schlug sich auf ihre Stimmung nieder.

»Da oben *baal*!«, zischte der Aborigine und zeigte mit dem Finger auf einen zerklüfteten Gipfel, der sich direkt aus dem dichten Busch erhob. Beim Anblick der letzten Sterne am Morgenhimmel, die wie eine Tiara über dem Hügel standen, fragte sich Gordon, wie ein solch friedliches Stück Landschaft böse sein konnte. Das war also der heilige Ort, dachte er. Ihm fielen die Geschichten ein, die ihm sein Vater über dessen unheimliche Macht erzählt hatte. Obwohl Henry James über den Glauben der Ureinwohner gespottet hatte, schien er sich stets unbehaglich zu fühlen, wenn er von den Legenden sprach, die sich um den Hügel der Nerambura rankten.

»Seid wachsam«, warnte Gordon. »Trooper George zu mir«, rief er leise. Einer der eingeborenen Polizisten erschien neben ihm. »Du erkundest das Wasserloch. Wenn du irgendwas findest, erstattest du sofort Meldung.« Der Mann nickte zum Zeichen, dass er verstanden hatte, und ritt davon. Unterdessen erteilte Gordon den Reitern den Befehl zum Rühren, der von einem zum anderen weitergegeben wurde. Gordon hoffte, dass er sich geirrt hatte mit seiner Vermutung, Wallarie würde Peter zum Hügel der Nerambura bringen. Wenn er die beiden nicht fand, konnte er nach Townsville zurückkehren und den Dienst quittieren. Irgendwo in ihm nagte Furcht, eine unbestimmte Angst, das Gefühl einer Bedrohung. Kate Tracy hätte es eine Vorahnung genannt.

Nach wenigen Minuten riss ihn die Rückkehr des Kundschafters aus seinen Gedanken. Dessen Miene war grimmig, und Gordon fühlte, wie sich in seinem Magen ein Knoten bildete.

»Hab was gefunden, Boss«, meldete der Polizist. Sie folgten ihm am Bachbett entlang.

Gordon ließ seine Dienstwaffe im Holster stecken, aber seine Männer hielten die Gewehre schussbereit. Lautlos ritten sie auf eine kleine Lichtung, die sich zwischen den großen Bäumen am Fluss öffnete. Dort schlief Matilda zusammengerollt an der erloschenen Glut eines Holzfeuers. Gordon gab einem der Polizisten ein Zeichen, abzusteigen und die Frau gefangen zu nehmen. Als sie erwachte, blickte sie in den Lauf eines Polizeikarabiners, den ihr ein Eingeborener unter die Nase hielt. In der allmählich zunehmenden Helligkeit entdeckte sie hinter ihm weitere berittene Polizisten, die neugierig und teilweise auch mit unverhohlener Begierde auf sie herabstarrten. Sie war verängstigt, wollte es sich jedoch auf keinen Fall anmerken lassen.

»Wie Name, Mädchen?«, fragte der eingeborene Polizist grob. »Du Name Matilda?«

Matilda sah keinen Grund, warum sie dies verleugnen sollte, und nickte. Das schien den Polizisten zu freuen. »Das Trooper Duffys Frau«, rief er über die Schulter seinem weißen Offizier zu.

»Er ist nicht mehr Trooper Duffy«, verbesserte Gordon, wobei er die junge Frau neugierig musterte. Ein schönes Mädchen, dachte er.

»Wo dein Mann?«, knurrte der Polizist drohend. »In der Nähe?«

Matilda sprach ausgezeichnet Englisch, aber die Frage schien sie plötzlich nicht mehr zu verstehen. Als dem Polizisten klar wurde, dass sie ihn bewusst ignorierte, hob er drohend den Kolben seines Gewehrs.

»Hat keinen Sinn, das Mädchen zu verprügeln«, sagte Gordon, um sie zu schützen. »Wir finden ihn schon.« Dann wandte er sich an den Führer. »Kennst du eine Höhle in den Hügeln, die den Nerambura als heilig gilt?«

Der Mann rutschte unbehaglich im Sattel hin und her und vermied es, dem Polizeioffizier in die Augen zu sehen. »Da oben, Boss«, erwiderte er leise. »Kein gute Schwarze da oben gehen.« Offenbar meinte er den größten Hügel des Massivs.

»Wo da oben?«, bohrte Gordon nach.

»Auf Hügel, wo schwarze Felsen.«

Gordon blickte auf den Berg, auf den sich nun allmählich Schatten und Linien malten, weil die Sonnenstrahlen in die Spalten krochen und die Felsen erhellten. Er entdeckte eine kleine Steilwand aus granitähnlichem Fels und einen dunkleren Fleck, der auf eine Höhle hindeuten mochte. »Dort oben?«, fragte er. Der Viehhirte nickte. Den Namen des Ortes wollte er nicht aussprechen, weil das Unglück brachte.

»Legt das Mädchen in Eisen«, befahl Gordon, »und passt gut auf sie auf. Ihr darf nichts geschehen. Ist das klar?«

Murrend stimmten die Polizisten zu, und Matilda wurde unter einem Coolabah-Baum in Ketten gelegt. Dann befahl Gordon, am Wasserlauf knapp unterhalb der Stelle, wo sie Matilda gefunden hatten, ein Basiscamp zu errichten. Während die Polizisten damit beschäftigt waren, das Lager aufzuschlagen, verschwand er heimlich. Er würde allein zur Höhle gehen und Peter suchen.

»Wallarie hat gewusst, dass du uns finden würdest«, sagte Peter Duffy, der im Schneidersitz auf dem Höhlenboden vor einem glimmenden Feuer saß und Gordon offenkundig nicht länger als seinen Vorgesetzten betrachtete. Er hatte alle europäischen Kleidungsstücke abgelegt, und sein fast nackter Körper war mit dem Ocker der Erde bemalt. »Er hat gewusst, dass du herkommen würdest.«

Gordon griff nach seinem Revolver und suchte mit den Blicken das dämmrige Höhleninnere ab. »Wo ist Wallarie?«, fragte er leise.

»In der Nähe«, erwiderte Peter vage, während er im Feuer stocherte, um die Glut zu neuem Leben zu erwecken. »Weit kann er nicht sein.«

»Deine Freundin ist meine Gefangene«, erklärte Gordon, der sich in die Defensive gedrängt fühlte. Er wurde das Gefühl nicht los, dass er in einen Hinterhalt geraten war. »Ihr wird aber nichts geschehen«, meinte er dann. Peter äußerte sich nicht dazu, sondern starrte weiter ins Feuer. »Du musst mit mir zurückkehren«, drängte Gordon, »und dich der Anklage wegen bewaffneten Raubüberfalls und versuchten Mordes im Dienst stellen.«

»Ich gehe mit dir nirgendwo hin, Gordon«, erklärte Peter. »Da müsstest du mich erst umbringen.«

»Stell dich nicht dumm, Peter. Dir ist doch bestimmt klar, dass ich nicht allein bin. Ich habe die Suche nach dir und Wallarie nur übernommen, weil ich Angst hatte, eine andere Patrouille würde euch sofort niederschießen, das weißt du.«

»Du könntest genauso gut verschwinden und sagen, du hättest mich nicht gefunden. Aber das wirst du nicht tun. Du kannst mich nicht in Ruhe lassen, weil deine Pflicht Ihrer Majestät gegenüber für dich wichtiger ist als alte Freundschaften.«

»Vor dieser Patrouille wollte ich den Dienst quittieren.« Gordon steckte den Revolver ins Holster zurück. »Sarah will mich sonst nicht heiraten.«

»Du … willst Sarah heiraten?«

Gordon ging Peter gegenüber in die Hocke. »Ja. Dies ist meine letzte Patrouille.«

»Du heiratest meine Schwester also wirklich«, wiederholte Peter kopfschüttelnd. »Das ist allerdings wichtig. Aber ich gehe trotzdem nicht mit dir zurück. Wallarie und ich haben andere Pläne.«

»Ich habe dein Mädchen«, erinnerte Gordon ihn. »Wahrscheinlich werde ich sie ihrem Arbeitgeber bringen, den du auf deiner Reise ja bereits kennen gelernt hast.«

»Der versoffene Mistkerl! Vermutlich hat er behauptet, wir hätten versucht, ihn umzubringen, stimmt's?«

»Ja, aber anscheinend fehlt es ihm an Beweisen dafür.«

»Weil wir es nicht getan haben«, grollte Peter. »Wenn wir ihn hätten umbringen wollen, dann wäre er jetzt nicht mehr am Leben.«

»Ich weiß. Deswegen habe ich seine Geschichte auch nicht geglaubt.«

Ein anerkennendes Lächeln huschte über Peters Gesicht. Zumindest hatte sein alter Freund den Glauben an ihn nicht völlig verloren. Im Dämmerlicht sah er Gordon prüfend an. »Vielleicht komme ich doch mit«, meinte er dann, »aber zuerst musst du ein paar Dinge für mich erledigen.« Gordon nickte zustimmend. Auf jeden Fall wollte er sich Peters Vorschlag anhören. »Du versuchst, Matilda eine Stellung auf Glen View zu besorgen. Sie ist klug und spricht gut Englisch. Sie kann für die Frau des Verwalters im Haupthaus so ziemlich jede Arbeit erledigen.«

»Geht in Ordnung«, erklärte Gordon.

Peter fuhr fort. »Zweitens brecht ihr die Suche nach Wallarie sofort ab. Du kannst mich verhaften, aber Wallarie bleibt hier. Das ist sein Land, und sonst hat er auf der Welt nichts. Er ist nicht mehr jung und wird für die Weißen in Zukunft keine Bedrohung mehr darstellen.«

»Du verlangst viel von mir«, erwiderte Gordon zögernd. Diese zweite Forderung brachte ihn in Konflikt mit seinem Pflichtgefühl, obwohl ihm sein Sinn für Fairness sagte, dass sie nicht unberechtigt war. »Der alte Bastard hat eine Menge auf dem Kerbholz.«

»Das sind meine Bedingungen«, erwiderte Peter. »Wenn du sie erfüllst, gehe ich mit dir.«

Schweigen senkte sich über die Männer. Gordon erhob sich, und Peter sah, dass er mit sich rang. Die Entscheidung, sich zu stellen, hatte er schon lange vor Gordons Ankunft getroffen, als er erfahren hatte, dass Matilda schwanger war. Er trug nun

Verantwortung für sie und das Kind, das sie erwartete. Daher wollte er lieber sein Glück vor einem Gericht versuchen, als ein Leben als gesuchter Verbrecher führen. Besser eine Zeit lang im Gefängnis sitzen, als zu riskieren, dass er seine Kinder nicht aufwachsen sah. Außerdem, dachte er mit ironischem Grinsen, hatte er damit seinen alten Freund überlistet. Er hatte immer gewusst, dass er sich Gordon eines Tages stellen musste. Durch seine Kapitulation würde er den Bann der entsetzlichen Vorahnung brechen. Keiner von ihnen beiden musste sterben.

Vom ersten Augenblick an, als er den heiligen Ort der Nerambura betreten hatte, hatte sich Peter unbehaglich gefühlt. Wie sich über der mit Brigalow-Akazien bestandenen Ebene Gewitterwolken zusammenbrauten, die sich in heftigen Sommergewittern entluden, so schien sich eine entsetzliche Tragödie anzukündigen. Was es auch war, sie waren in einem Kreislauf gefangen, den er durchbrechen musste.

»Glaubst du an das hier?«, fragte Gordon mit einem Blick auf die uralten Figuren, die die Rückwand der Höhle schmückten. »An dieses Eingeborenenzeug, meine ich?«

»Ich weiß nicht«, antwortete Peter. »Irgendwie schon, auch wenn uns die Nonnen in der Klosterschule erzählt haben, das sei alles abergläubischer Unsinn. Vielleicht kommt es immer darauf an, was man zuerst lernt. Wenn ich die Geschichten der Nerambura schon früher von Wallarie gehört hätte, hätte ich vielleicht gedacht, das Christentum wäre Aberglaube und das hier wirklich. In dieser Höhle kommt es mir jedenfalls wirklich genug vor.«

»Ich glaube, ich verstehe dich.« Eine winzige weiße Kriegergestalt, die wie ein Strichmännchen gemalt war und den Speer zum Wurf auf ein unbekanntes Ziel erhoben hatte, fesselte Gordons Aufmerksamkeit. Die Figur war verkratzt, als hätte jemand versucht, mit einer Messerklinge das uralte Kunstwerk zu entweihen. »Ich habe auch das Gefühl, als würden wir beide gezwungen, die Handlungen unserer Väter zu wiederholen.«

Peter warf ihm einen scharfen Blick zu, doch Gordon starrte fasziniert auf die Höhlenwand. Die Sonne stand jetzt so, dass der dämmrige Raum für einen kurzen Augenblick von einem goldenen Licht erfüllt wurde, in dessen Glanz die Figuren zum Leben zu erwachen schienen. Die Strichmännchen setzten ihre ewige Jagd auf die Riesenkängurus fort und tanzten ihre Corroborees. Vor einer schwarzen Sonne schwebte ein Adler über der roten Erde. »Du denkst also auch, dass eine Macht unser Tun bestimmt, ohne dass wir uns dessen bewusst werden.«

»Ich hatte auch Angst, dass ich dich am Ende töten würde«, antwortete Gordon leise. »Oder du mich. Deswegen musste ich allein zu dir kommen, um zu beweisen, dass wir die Macht der Geister brechen können.«

»Du fängst an, wie ein Schwarzer zu denken.« Peter lachte leise. »Hört sich an, als würdest du an Eingeborenenzauber glauben.«

»Vielleicht erinnere ich mich an das, was Wallarie uns gelehrt hat, als wir Kinder waren.« Gordon drehte sich zu Peter um, der immer noch am Feuer saß. »Dabei habe ich im Gegensatz zu dir gar kein Eingeborenenblut in meinen Adern«, setzte er mit einem schiefen Grinsen hinzu. »Wenn du mit mir kommst, werde ich tun, was du verlangst. Wallarie soll seine Freiheit behalten.«

Peter erhob sich und ging zu der Stelle, wo er Kleidung und Gewehr abgelegt hatte. Nachdem er sich eilig angezogen hatte, übergab er Gordon seine Waffe. »Warum habe ich das Gefühl, dass du mich überlistet hast? Du hast das wohl von Anfang an so geplant«, meinte Gordon sarkastisch.

»Ich war schon in der Schule klüger als du«, erwiderte Peter grinsend.

»Da könntest du Recht haben.«

Die beiden traten aus der Höhle in den hellen Sonnenschein des frühen Morgens hinaus. Seite an Seite gingen sie durch den Busch und unterhielten sich wie damals, als sie miteinander aufgewachsen waren. Gordon sagte, dass Kate bestimmt die besten Rechtsanwälte aus Brisbane kommen lassen werde, damit sie Peter im Prozess verteidigten, und Peter sprach von der bevorstehenden Hochzeit zwischen seinem besten Freund und seiner Schwester.

Auf dem Weg zu den Wasserlöchern am Fuß des Hügels waren sie wieder die beiden Jungen, die sich am Lagerfeuer des Darambal ewige Freundschaft geschworen hatten. Zum ersten Mal seit vielen Jahren lachten sie zusammen.

Doch ihr Gelächter brach abrupt ab, als sie das Lager erreichten. Mit blutüberströmtem Gesicht lag Wallarie auf dem Boden. Um ihn herum standen Polizisten, die Gordon mit der Nachricht empfingen, dass sie den berüchtigten eingeborenen Buschläufer erwischt hätten, als er Matilda befreien wollte.

Dann überschlugen sich die Ereignisse.

Niemals sollte Gordon James die schicksalhaften Sekunden vergessen, die ihn sein Leben lang in seinen Träumen heimsuchen würden. Peter griff nach einem Gewehr, das ein unachtsamer Polizist an einen Baumstamm gelehnt hatte, und brüllte, Wallarie solle fliehen. Der alte Krieger rollte sich auf die Beine und entriss einem Polizisten, der nur auf Peter geachtet hatte, den Revolver. Die Sekunden schienen sich zu Minuten zu dehnen.

Ein Polizist hob das Gewehr, und Peter fuhr herum und zielte auf ihn. Instinktiv riss Gordon die eigene Waffe aus dem Holster und richtet sie auf seinen Jugendfreund. »Nein!«, schrie er, als er sah, dass sich Peters Finger zum tödlichen Schuss um den Abzug krümmte. »Peter, nein!«, brüllte er erneut. Sekundenbruchteile später feuerte er. Den Rückstoß der Waffe in seiner Hand spürte er kaum. Von Entsetzen gepackt, nahm er nur nebelhaft war, dass die Kugel Peter seitlich in den Kopf traf und ihm den Schädel zerschmetterte. Das Blut seines Freundes spritzte über seinen ausgestreckten Arm. Peter brach zusammen, und das Gewehr fiel aus seinen leblosen Händen, ohne dass er einen Schuss abgegeben hätte.

Wallarie war verschwunden.

Doch Peter lag tot zu Gordons Füßen, und Matilda brach in lautes Klagen aus. Mit der Leidenschaft eines wilden Tieres warf sie sich auf seinen Körper und schlang ihre gefesselten

Hände um sein blutiges Haupt. Gordon, der angesichts der sich überstürzenden Ereignisse noch völlig benommen war, stand wie erstarrt. Die Hand mit den Revolver hing schlaff herab, während seine Polizisten verzweifelt zu ihren Pferden stürzten. Doch der listige Darambal hatte sie losgeschnitten und fortgetrieben, während er selbst auf einem der Tiere entkam.

Die Waffe fiel zu Boden, als Gordon davonstolperte. Er taumelte wie ein Betrunkener, bis seine Beine unter ihm nachgaben und er auf der heißen Erde zusammenbrach. Am Boden sitzend, blickte er unverwandt auf die Frau, die Peters Körper mit dem ihren bedeckte. Um ihn herum jagten die Polizisten fluchend nach ihren im Busch verstreuten Pferden.

Eine unerklärliche Macht hatte ihre Hand ausgestreckt und sie berührt, so wie sie sich Jahre zuvor auf das Leben ihrer Väter gelegt hatte. Der unbarmherzige Fluch, der sie verfolgte, war am Ort seines Ursprungs am stärksten. Beim Gedanken an das Entsetzliche, das sich in Sekundenbruchteilen ereignet hatte, packte Gordon Übelkeit. In seiner Erstarrung merkte er kaum, dass etwas Hartes, Glattes unter seiner Hand lag. Als er sich überwand, nach unten zu sehen, rang er nach Luft. Aus der sandigen Erde ragte der Schädel eines Kindes. *Sie hatten am Ort des Massakers am Clan der Nerambura gelagert.*

Das Kläffen der Hunde kündigte Duncan Cameron die Rückkehr der Polizeistreife an. Als er vor das Haus trat, um die in den Hof reitenden Männer zu begrüßen, sah er, dass Inspektor Gordon James eine Leiche vor seinem Sattel auf das Pferd gebunden hatte. Offenbar hatten die Polizisten einen der Männer gefunden, die sie suchten. Dennoch hing über der heimkehrenden Patrouille eine düstere Stimmung, die Duncan nicht erwartet hatte. Hinter einem der Polizisten ritt ein Mädchen, dessen Züge seine gemischte Abstammung verrieten.

»Einen haben Sie offenbar erwischt«, lautete Duncans Kommentar. Der junge Inspektor nickte. »Nehmen Sie ihn mit zurück?«, fragte er mit Blick auf die Leiche.

»Nein, ich will ihn hier auf Glen View begraben«, erwiderte Godon. »Dort, wo sein Großvater Tom Duffy liegt. Ich brauche einen Ihrer Männer, damit er mir zeigt, wo das Grab ist.«

»Ich wüsste nicht, was dagegen spricht, Inspektor James. Nur recht und billig, dass er unter der Erde bei seinen eigenen Leuten liegt. Was soll mit dem Mädchen geschehen?« Ihr intelligentes Gesicht hatte ihn beeindruckt.

»Ich hatte gehofft, sie könnte für Sie arbeiten. Sie spricht gut Englisch und soll eine gute Köchin sein. Früher hat sie einem alten Goldsucher den Haushalt geführt. Möglicherweise erwartet sie von Peter Duffy ein Kind. Ist das für Sie ein Problem?«

»Nein, keineswegs«, erwiderte der Manager von Glen View. »Missus Cameron wird ebenfalls ein Baby bekommen, sodass wir in Zukunft vielleicht eine Amme brauchen. Sie kann hier bleiben und meiner Frau bei der Niederkunft helfen.«

»Gut«, knurrte Gordon und erteilte den Befehl, das Mädchen dem Verwalter zu übergeben. Zumindest würde Peters Kind auf dem Land der Nerambura geboren werden, dachte er bitter. Und Cameron schien ein anständiger Mensch zu sein, der sich um sie kümmern würde.

Bevor er fortritt, ließ sich Gordon zu dem Ort führen, an dem Patrick Duffy und dessen treuer, eingeborener Freund Billy lagen. Die Gräber auf der Lichtung waren kaum noch zu erkennen. Die Zeit und die Elemente hatten die aufgeworfene Erde geglättet und wilde Gräser wuchern lassen. Nur die kleinen Steinhaufen zeigten an, wo die beiden Fuhrmänner lagen, die Morrison Mort vor vielen Jahren ermordet hatte. Tom Duffy hatte sie hier zur letzten Ruhe gebettet.

Wenige Schritte von der Stelle entfernt, wo Patricks und Billys Knochen in der Erde lagen, hoben sie ein Grab aus, in das sie Peter Duffy betteten – neben seinem Großvater väterlicherseits, den er nie kennen gelernt hatte. Die tragische Ironie blieb dem jungen Polizeioffizier nicht verborgen.

Sein Befehl, die Suche nach Wallarie abzubrechen, war für die Männer keine Überraschung. Auch ihnen waren die entsetzlichen schicksalhaften Fügungen nicht entgangen, die sich auf ihrer Jagd ereignet hatten. Am Lagerfeuer raunten sie sich Geschichten zu, in denen die Macht des Fluchs immer weiter ausgeschmückt wurde. Alle waren sich darin einig, dass es großes Unglück über sie bringen würde, falls sie die Suche nach dem alten Darambal-Buschläufer fortsetzten. Sollte doch eine andere Streife diese Arbeit erledigen, murmelten die Männer.

Nach der Beerdigung führte Gordon seine Patrouille nach Norden, nach Townsville, wo er Sarah gegenübertreten musste, um ihr zu erklären, dass er ihren Bruder getötet hatte. Auf dem Ritt sprach er nur mit seinen Männern, um Befehle zu erteilen. Die Trauer über Peters Tod, der auch seine Liebe zu Sarah bedrohte, hielt ihn fest im Griff.

Wallarie kam in der Nacht. Er hatte Angst, denn er brach ein Tabu: Es war verboten, sich den Toten zu nähern. In einiger Entfernung von dem frischen Grab ließ er sich auf der Erde nieder und sang ein Totenlied, um Peters Geist auf dem Weg in die Traumzeit zu begleiten. Wenigstens hatte er den Initiationsritus vollzogen, und Peter war nun ein Mann der Darambal, tröstete er sich, während er im Schneidersitz in der Dunkelheit saß.

Bald würde die Sonne aufgehen. Dem alten Krieger war bewusst, dass er das Land, das einst die Jagdgründe seines Volkes gewesen war, wieder verlassen musste. In der Kolonie gab es immer weniger sichere Gegenden, denn die Zahl der Europäer wuchs ständig, und sie besiedelten auch die entlegensten Gebiete. Wohin sollte er sich wenden? Die Geister der Traumzeit sprachen nicht länger zu ihm. Wo konnte er seine letzten Tage in Sicherheit verbringen? Nie zuvor hatte er sich so allein gefühlt.

Als über der Ebene die Sonne aufging, stand Wallarie auf und hob sein Gesicht zu dem Hügel, der aus dem Busch ragte. War da nicht ein Raunen im Wind? »Weißer Mann wird Wallarie nicht fangen«, schwor er den Geistern seiner Vorfahren. Die Geister seines Volkes hatten ihn von weit her gerufen. Er würde an einen Ort gehen, wo er in Sicherheit war und wo vor vielen Jahren einem Mann des Geistes ein Versprechen gegeben worden war – einem Mann der Religion der Weißen.

Vielleicht war es das letzte Mal, dass er die Freiheit seiner traditionellen Lebensweise erfuhr. Vielleicht auch nicht. Er griff nach seinen Speeren und tat den ersten Schritt auf der Suche nach einem Mann, der aus einem Land von jenseits des Meeres gekommen war.

43

Die Bibliothek ihrer Mutter weckte in Fiona traurige und bittere Erinnerungen. Hier hatte fast ein Vierteljahrhundert zuvor die entsetzliche Konfrontation der beiden stattgefunden. Damals war sie ein junges Mädchen gewesen, das bis über beide Ohren in den gut aussehenden Michael Duffy verliebt war.

Wieder stand sie im Dämmerlicht der Bibliothek ihrer Mutter gegenüber, zu der sie in der Zwischenzeit jeden Kontakt abgebrochen hatte. An der Feindseligkeit, die zwischen ihnen herrschte, hatte sich kaum etwas geändert. Sie wechselten giftige Blicke.

»Wenn du willst, kannst du dich setzen«, sagte Enid kühl, während sie sich hinter ihrem großen Holzschreibtisch niederließ. »Ich werde Betsy Tee für uns bringen lassen.«

»Danke.« Fiona ließ sich keinerlei Gefühle anmerken. Die Anrede »Mutter« brachte sie nicht über die Lippen.

Auf Enids Klingeln hin betrat Betsy den Raum. Enid erklärte ihr, dass sie den Tee in der Bibliothek einnehmen würden. Das Mädchen nickte. Erst als Betsy gegangen war, brach Enid das eisige Schweigen. »Ich bin etwas überrascht, dass du mich zu sehen wünschst, Fiona. Hat es einen Todesfall in der Familie gegeben?«, erkundigte sie sich sarkastisch.

»Ich vermisse deine Gegenwart genauso wenig wie du meine.« Fiona war entschlossen, sich von ihrer Mutter nicht unterkriegen zu lassen. »Um dieses Treffen habe ich dich gebeten, weil sich in letzter Zeit Dinge ereignet haben, die dich genauso betreffen wie mich.«

»Du meinst vermutlich die Nachricht, dass mein Enkel wohlbehalten zu seinem Regiment zurückgekehrt ist?«

»Dein Enkel?« Fiona stieß ein kurzes, bitteres Lachen aus. »Du meinst wohl meinen Sohn.«

»Du hast ihn kurz nach seiner Geburt aufgegeben, Fiona«, hielt Enid dagegen. »Solltest du das vergessen haben?«

Fiona kämpfte darum, Wut und Bitterkeit nicht die Oberhand gewinnen zu lassen, erblasste jedoch. Sie hatte damals nicht nur ihren Sohn, sondern auch ihr geliebtes Kindermädchen verloren, das für sie wie eine Mutter gewesen war. Sie fasste sich wieder, und die Röte kehrte in ihre Wangen zurück. »Ich weiß, welche Lügen du meinem Sohn erzählt hast, Mutter«, erwiderte sie. »Mir ist klar, dass du ihn davon überzeugt hast, dass ich ihn nie wollte, genau wie du mich nie wolltest. Oh, ich weiß, dass du ihm erzählt hast, ich hätte ihn in eines dieser entsetzlichen Pflegehäuser geben wollen, damit ich Granville heiraten konnte.«

»Hast du dich etwa nicht damit einverstanden erklärt, Patrick wegzugeben?«, konterte Enid triumphierend.

»So war es nicht«, flüsterte Fiona mit erstickter Stimme. »Ich war jung und verwirrt. Du hast mich davon überzeugt, dass es für mich und meinen Sohn das Beste wäre, wenn ich ihn in eine gute Familie gäbe. Du weißt, dass ich mich nie von ihm getrennt hätte, wenn auch nur die geringste Gefahr bestanden hätte, dass er in ein Pflegehaus kommt. Du weißt das, Mutter! Gott ist mein und dein Zeuge!«

»Davon ist mir nichts bekannt«, behauptete Enid stur, aber Fiona entdeckte eine Spur von Unsicherheit in ihrer Stimme.

Der merkwürdige Ausdruck auf dem Gesicht ihrer Tochter beunruhigte Enid. Hatte sie sich etwa anmerken lassen, welche Schuldgefühle sie seit Jahren plagten? Schuldgefühle, die jedes Mal in ihr aufstiegen, wenn sie in die smaragdgrünen Augen ihres Enkels blickte und darin ihre Tochter erkannte. Es waren die Augen jenes Menschen, den sie mehr als jeden anderen auf der Welt liebte. Welche Ironie, dass aus der Schande der Familie ihr größter Stolz geworden war!

»Ich kann dir helfen, dich von Schuld und Scham zu befreien, Mutter«, sagte Fiona leise, als hätte sie Enids Gedanken gelesen. »Deshalb bin ich hier.«

»Ich habe in meinem ganzen Leben nichts getan, wofür ich mich schuldig fühlen müsste«, entgegnete Enid steif. »Ich muss mich nicht schämen.«

»Nun, wenn das so ist, dann habe ich zumindest ein Angebot für dich, das dich interessieren dürfte, weil dir der Name Macintosh wichtig ist. Möglicherweise kann ich dafür sorgen, dass du die Mehrheit der Anteile am Familienbesitz erhältst. Dafür verlange ich nur, dass du meinem Sohn die Wahrheit darüber sagst, was damals geschehen ist.«

»Wie könntest du das wohl erreichen?« Verächtlich tat Enid das Angebot ihrer Tochter ab. »Du hast deine Anteile doch klammheimlich an deinen Ehemann verkauft. Sollte dir das etwa entfallen sein?«

»Ist dir entfallen, dass meine Töchter zwei Drittel des dritten Anteils am Besitz halten?«

»Das dürfte auch deinem Ehemann bekannt sein«, meinte Enid sarkastisch. »Angesichts seiner Vorliebe für zwielichtige Geschäfte wird er versuchen, Helen und Dorothy ihre Anteile bei der ersten Gelegenheit abzukaufen.«

Fionas grimmiges Lächeln verriet Enid, dass ihre Tochter bereits daran gedacht hatte. »Im Moment kann er das Geld dafür nicht aufbringen. Dagegen steht mir das Kapital zur Verfügung, das ich für die Übertragung meiner Anteile an ihn erhalten habe. Damit kann ich meinen Töchtern ein Angebot machen, das sie mit Sicherheit nicht ablehnen werden.«

Ein Hauch von aufkommendem Respekt lag in dem Blick, mit dem Enid ihre Tochter bedachte. Allerdings verstand sie noch immer nicht, warum Fiona ihr Drittel am Besitz der Familie überhaupt an Granville verkauft hatte. »Ich habe mich immer gefragt, warum du deinem Ehemann so viel Macht überlässt. Wolltest du mir damit schaden, oder hattest du vor, den Namen Macintosh zu vernichten?«

Traurig lächelnd schüttelte Fiona den Kopf. »Mir ging es darum, das Erbe meines Sohnes zu schützen, Mutter. Die Entscheidung ist mir nicht leicht gefallen. Aber so konnte ich Granville davon abhalten, Patricks Geburtsrecht vor Gericht anzufechten. Wir haben eine Vereinbarung getroffen. Das ist der einzige Grund, warum ich Granville meinen Anteil verkauft habe.«

Diese Enthüllung machte Enid sprachlos. Mit dieser schlichten Erklärung schlug Fiona eine Brücke über den Abgrund, der Mutter und Tochter trennte. Aber es war nicht Enid Macintoshs Art, ihre Gefühle in Worte zu kleiden. »Wenn Patrick heimkehrt, wird deine Hilfe nicht erforderlich sein.« Damit war das Angebot ihrer Tochter abgetan, und die Brücke zwischen beiden brach in sich zusammen.

Verzweifelt schüttelte Fiona den Kopf, Tränen strömten ihr über das Gesicht. Was konnte sie noch tun? Sie erhob sich von ihrem Stuhl. In diesem Augenblick kam Betsy mit einem Silbertablett mit Teetassen in die Bibliothek. »Ich kann nicht glauben, dass ein Mensch so herzlos sein kann wie du, Mutter«, stieß Fiona hervor, als würde ihr der Atem abgeschnürt. »Ich habe dich nur darum gebeten, meinem Sohn die Wahrheit zu sagen, ihm zu erzählen, dass ich ihn liebe. Sonst nichts. Und dafür hättest du die Mehrheit der Anteile an deinen geliebten Unternehmen bekommen. Kennst du denn gar kein Mitgefühl? Weißt du nicht, was Schmerz ist?«

Betsy sah von einer zur anderen und erkannte klugerweise, dass in dieser wogenden See großer Gefühle kein Raum für sie war. Hastig stellte sie das Tablett auf Enids Schreibtisch, murmelte eine Entschuldigung und zog sich taktvoll zurück. Allerdings war sie erst wenige Schritte weit gekommen, als sie von Fiona überholt wurde, die verzweifelt schluchzend an ihr vorbeistürmte.

Enid blieb am Schreibtisch sitzen und starrte auf die offene Tür. Am liebsten hätte sie ihrer Tochter nachgerufen, sie werde sich das Angebot überlegen, aber sie war wie gelähmt. Wenn sie auf den Vorschlag ihrer Tochter einging, musste sie Patrick gestehen, dass sie ihn jahrelang angelogen hatte und dass seine Mutter durchaus etwas für ihn empfand.

Dann kehrte ihre Stimme endlich zurück. Sie versuchte, hinter ihrem Schreibtisch auf die Beine zu kommen. Ein heiserer, erstickter Schrei der Verzweiflung entrang sich ihrer Kehle. »Fiona! Meine Tochter! Es tut mir Leid!«

Aber Fiona stand bereits an den Stufen zu ihrer Kutsche, und ihr Schluchzen übertönte alle Geräusche außer dem Pochen ihres gequälten Herzens. Der Zeitpunkt der Versöhnung war da gewesen und ungenutzt verstrichen. Die Kluft zwischen ihnen blieb.

44

In der frühen Morgensonne stand Patrick am Hafen von Suakin und sah zu, wie der Truppentransporter auf das Rote Meer hinausfuhr. Auf dem Deck spielte eine australische Kapelle »Home Sweet Home«. Er war gekommen, um das Dampfschiff mit dem Kontingent aus Neusüdwales auslaufen zu sehen, weil er sich den Männern an Bord verbunden fühlte. Der ferne, uralte, sonnenüberflutete Kontinent Australien war auch seine Heimat.

Wo die Sonnenstrahlen die sich sanft kräuselnde, ruhige See berührten, zauberten sie silberne Reflexe auf die blauen Fluten. Das rief Erinnerungen an seine Kindheit im fernen Sydney in ihm wach. Damals hatten sein Onkel Daniel und seine Tante Colleen mit ihm und seinen Cousins Ausflüge unternommen, auf denen sie den unvergleichlich schönen Hafen von Sydney, der von hohen, majestätischen Eukalyptusbäumen gesäumt wurde, von der Fähre aus kennen lernten.

Wenn er in Irland die Antwort auf die quälenden Fragen gefunden hatte, die er Catherine stellen wollte, würde auch er nach Sydney reisen und an der Seite seiner Großmutter seinen Platz im Firmenimperium der Familie einnehmen. Er blickte dem grauschwarzen Rauch der Schornsteine nach, bis das Schiff außer Sicht war. Dann ging er langsam davon, um sich der Brigade anzuschließen, die sich auf die Abreise aus dem Sudan vorbereitete.

Obwohl die Derwische nicht besiegt waren, fand man, dass der Tod von General Gordon in Khartum hinreichend gerächt war. Die britische Öffentlichkeit war durch den engagierten

Einsatz des befehlshabenden Generals, Lord Wolseley, versöhnt, der den ungläubigen Moslems schwere Verluste zugefügt und ihnen gezeigt hatte, was es hieß, sich mit den mächtigen Briten anzulegen.

Das Kriegsministerium in London hatte Patricks Abschied bewilligt. Allerdings sollte er, bevor dieser wirksam wurde, zunächst in Kairo drei Monate lang Verwaltungsaufgaben wahrnehmen. Patrick hatte anfänglich aufbegehrt, sich dann jedoch damit abgefunden, dass er als Offizier Königin und Vaterland verpflichtet war.

Bevor er die Gestade Afrikas verließ, hatte er noch eine weitere wichtige Aufgabe zu erledigen. In Kürze würden die Boxmeisterschaften der Brigade stattfinden, und Private Angus MacDonald hatte es offenkundig auf Patricks Titel im Schwergewicht abgesehen. Auch wenn sie im Krieg Freunde geworden waren, hatte das nichts damit zu tun, wie sie in der staubigen Arena vor den Augen ihrer Kameraden gegeneinander angehen würden. Da würde keiner von beiden Gnade kennen oder vom anderen erwarten. Ihm stand ein harter Schlagabtausch bevor, und er musste umgehend das Training wieder aufnehmen. Aus dem langsamen Schlendern wurden große Schritte. Warum sollte er Zeit verschwenden?

Auf dem Deck des auslaufenden Truppenschiffs blickte Private Francis Farrell zum Kai. Unter den Soldaten, die die Australier verabschiedeten, fiel ihm ein großer, breitschultriger britischer Offizier auf.

Obwohl er die Gesichtszüge des abseits von den anderen stehenden Mannes, der ihnen nachsah, nicht erkennen konnte, spürte er, dass es Patrick war. »Patrick, ich habe versagt«, murmelte er kopfschüttelnd. »Irgendetwas hat mich daran gehindert, dir von deinem Vater zu erzählen.«

Hinter den Trauben winziger Gestalten am Kai erhoben sich die weißen Steinhäuser von Suakin, und jenseits der Stadt ragte das zerklüftete Küstengebirge des Sudan auf. Aus unerklärlichen Gründen erinnerte sich Francis an einen Fiebertraum von einem flammenden Berg. Doch als das Schiff den Hafen und damit die Berge, Wüsten und weißen Städte des Sudan hinter sich ließ, war der Gedanke vergessen.

»Tut mir Leid, dass Sie umsonst so weit gereist sind«, sagte der Captain entschuldigend zu dem großen, breitschultrigen Zivilisten in dem modischen weißen Anzug mit Weste, der, einen Panamahut auf dem Schoß haltend, in einer Ecke seines Büros saß. »Aber Ihre Geleitbriefe wurden widerrufen.«

Michael blickte prüfend in das Gesicht des Stabsoffiziers, der ihm hinter seinem kunstvoll geschnitzten Schreibtisch gegenüber saß. Über ihnen drehte sich in der schwülen Luft ein Ventilator, während auf dem Basar draußen vor dem Hauptquartier des Generalstabs Straßenhändler auf Griechisch, Arabisch und Sudanesisch ihre Waren anpriesen. Oben im zweiten Stock klang das Sprachengewirr wie der Inbegriff der um ihr finanzielles Überleben besorgten Menschheit.

Irgendwie überraschte es Michael nicht, dass der Captain seine Briefe für ungültig erklärte. Als er sich nach seiner Ankunft nach seinem Sohn erkundigt hatte, hatte man ihn von einem Büro ans andere verwiesen, bis er schließlich beim Captain landete. Der war etwa so alt wie Michael und musste, den zahlreichen Bändern an seiner kakifarbenen Uniform nach zu urteilen, an verschiedenen Feldzügen und zahlreichen Schlachten teilgenommen haben.

»Captain French, ich habe eine lange Reise hinter mir. Ihnen ist sicher bekannt, welchen Einfluss der Unterzeichner dieser Schreiben besitzt«, knurrte Michael drohend. »Deshalb ist es mir unverständlich, wieso meine Erkundigungen nach Captain Duffy auf solchen Widerstand stoßen.«

Dem Captain war nicht ganz wohl in seiner Haut. Verlegen starrte er auf seinen Schreibtisch. Aber sein Befehl lautete, den Iren festzuhalten und sicherzustellen, dass er Suakin mit dem nächsten Schiff verließ. »Ich verstehe Ihren Unmut, Mister Duffy«, sagte er, als er den Blick hob. »Aber Ihre Briefe wurden einige Tage vor Ihrer Ankunft durch ein Telegramm von den Victoria Barracks in Sydney widerrufen. Und zwar, wenn ich das sagen darf, vom Unterzeichneten selbst.«

Warum zum Teufel erklärte Colonel Godfrey seine eigenen Briefe für ungültig? Woher diese plötzliche Meinungsänderung? Lady Macintosh! Die Antwort traf Michael wie ein Blitzschlag. Es lag auf der Hand: Enid wusste mittlerweile, dass sein Sohn noch lebte, und Michael konnte ihr daher nicht mehr von Nutzen sein! »Dann wird es mir während meines Aufenthalts wohl nicht gestattet sein, Captain Duffy zu sehen?«, fragte er den britischen Captain mit wütendem Blick.

»Darauf läuft es hinaus, Mister Duffy«, erwiderte Captain French. »Wir haben Befehl, Sie zum ersten Schiff zu eskortieren, das Suakin verlässt, und sicherzustellen, dass Sie ihn vor Ihrer Abreise nicht treffen.«

Michael erhob sich von seinem Stuhl und blickte durch das offene Fenster auf die belebte Straße unter ihnen. »Dann stehe ich jetzt wohl unter Arrest«, meinte er, als er sich zu dem Captain umwandte.

»Ich würde es ungern als Arrest bezeichnen, Mister Duffy«, erklärte dieser geradezu entschuldigend. »Sie genießen sozusagen im Augenblick nicht ganz freiwillig die Gastfreundschaft Ihrer Majestät. Man wird Sie so höflich behandeln, wie dies unter den gegebenen Umständen möglich ist.« Der Captain erhob sich und streckte die Hand aus. »Wir werden uns bemühen, Ihre Wünsche hinsichtlich Ihres Bestimmungsortes so weit wie möglich zu berücksichtigen.« Doch Michael weigerte sich, die Geste des guten Willens zu akzeptieren, und der Captain ließ die Hand sinken. »Heute Abend läuft zum Beispiel ein Postschiff aus, das auf der Suezkanal-Route nach London fährt. Käme das für Sie infrage?«

»London ist im Augenblick wahrscheinlich so gut wie jeder andere Ort«, erwiderte Michael mürrisch. Der Captain lächelte erleichtert.

»Sie haben mehr Glück als ich, Sir«, setzte er seufzend hinzu. »Ich wünschte, wir könnten die Plätze tauschen.«

Michael lächelte den Captain, der mitten in dem großen, kühlen Zimmer stand, traurig an. »Darauf würde ich mich nicht einlassen«, erwiderte er bitter. »Die Tage, in denen ich für die Interessen Ihrer Majestät gearbeitet habe, sind vorüber.«

Was der Ire damit meinte, blieb dem Captain schleierhaft, aber er fragte nicht nach. »Sie werden zum Hotel eskortiert werden, damit Sie Ihren persönlichen Besitz holen können. Ich glaube nicht, dass ich Ihnen für Ihren kurzen Aufenthalt ausführliche Instruktionen erteilen muss, abgesehen davon, dass Sie nicht versuchen dürfen, Captain Duffy irgendwie zu kontaktieren. Bis Sie heute Abend an Bord des Postschiffs gehen, wird die Eskorte Sie begleiten. Ansonsten steht Ihnen die Stadt mit Ihren Freuden offen.«

»Unter den gegebenen Umständen kein schlechtes Angebot«, knurrte Michael, während er auf die offene Tür zuging. Dort erwarteten ihn bereits zwei bullige Sergeants. »Dann wünsche ich Ihnen einen guten Tag, Captain French.«

Die beiden Unteroffiziere passten sich Michaels Schrittlänge an, sodass alle drei auf gleicher Höhe gingen. Gemeinsam überquerten sie eine Galerie, von der aus man auf einen weitläufigen, mit Marmor ausgekleideten Raum blickte. Das Verhalten der Soldaten ließ eindeutig erkennen, dass sie nicht die Absicht hatten, ihrem »Gefangenen« mehr als einen Schritt Spielraum zu lassen, bis sie ihn an Bord eines Schiffes verfrachtet hatten.

Auf der belebten Straße wimmelte es nur so von Straßenkindern, die den ausländischen Besucher anbettelten, und Händlern in Kaftanen, die auf ein gutes Geschäft hofften. Michael wandte sich an seine Wachen. »Wie wär's, wenn ich Sie beide auf ein Gläschen einlade, bevor ich an Bord gehe?«

Die beiden blickten einander fragend an. »Das wäre gegen unsere Befehle, Sir«, meinte der Größere, dessen irischer Akzent unverkennbar war, schließlich. »Im Dienst dürfen wir nicht trinken.« Dann grinste er. »Aber Captain French hat uns angewiesen, gastfreundlich zu sein, und da können wir es Ihnen kaum abschlagen, wenn Sie in unserer Gesellschaft ein oder zwei Gläschen leeren wollten.«

»Kennen Sie einen Ort, an dem man ungestört etwas trinken könnte, Sergeant?«

»Wenn Sie mich so fragen, fällt mir tatsächlich ein Lokal im griechischen Viertel ein.« Der irische Sergeant fuhr sich mit der Zunge über die Lippen und grinste breit. »Aber kommen Sie nicht auf den Gedanken, uns besoffen zu machen und abzuhauen, Mister Duffy. Ich und Sergeant O'Day hier, wir haben unsere Befehle.«

»Sehe ich etwa aus wie jemand, der auch nur daran denken würde, einen Iren im Dienst Ihrer Majestät zu bestechen?« Michael bemühte sich, den beiden Honig ums Maul zu schmieren. »Doch nicht zwei exzellente Unteroffiziere wie Sie beide!«

Der bullige irische Sergeant lachte, während sie sich ihren Weg durch den Basar bahnten. »Alerdings, genau so sehen Sie mir aus, Mister Duffy«, meinte er, wobei er Michael direkt ins Auge blickte.

Offenbar wusste der massige Sergeant, was seine Pflicht war. Michael gab jeden Gedanken daran auf, den beiden zu entwischen. Nicht dass er es ernsthaft in Erwägung gezogen hätte. Seine Mission war so oder so beendet. Sein Sohn lebte, und folglich musste er ihn auch nicht mehr finden, zumindest nicht im Sinne des Auftrags, den Lady Macintosh ihm erteilt hatte. Der Betrag, den sie ihm für die Spesen angewiesen hatte, war so großzügig bemessen, dass er damit nach Europa reisen konnte. Dort würde es ihm hoffentlich gelingen, seinen Lebensunterhalt als Maler zu verdienen. Er hatte in der Vergangenheit genug angespart, um ein oder zwei Jahre lang zu überleben. Er spürte, dass es ihm nicht bestimmt war, seinem Sohn zu diesem Zeitpunkt zu begegnen. Das Rad des Schicksals würde sich weiterdrehen, bis das Leben sie beide zusammenführte.

»Und wo ist dieses Lokal, Sergeant?«, erkundigte Michael sich. Der irische Soldat führte sie tief in das griechische Viertel zu einer Kneipe, die er aufsuchte, wenn ihm der Sinn nach Wein, Weib und sehnsuchtsvollen Liedern stand.

Als Michael an jenem Abend an Bord des auslaufenden Küstenschiffes gebracht wurde, bestand die einzige Erinnerung, die er an die historische, exotische Stadt Suakin mitnahm, in einem kräftigen Kater, der auf den übermäßigen Genuss von billigem griechischem Wein zurückzuführen war. Vor ihm lag Europa mit seiner alten Geschichte. Vom Krieg wollte er nichts mehr hören und sehen, er betete, dass er in Zukunft die Schönheit der Schöpfung genießen und in seinem Geist in Farbe umsetzen konnte. Das Schicksal – und Lady Macintosh – hatten ihn daran gehindert, seinen Sohn zu sehen, doch Michael hatte gelernt, die Vorherbestimmung als treibende Kraft in seinem Leben zu akzeptieren. Wenn der richtige Zeitpunkt gekommen war, würde die Vorsehung ihn und seinen Sohn zusammenführen, davon war er überzeugt.

45

Niedergeschlagen stand Gordon James am Fuß der Stufen, die zu Kate Tracys Veranda führten, und einen Augenblick lang fühlte sie beim Anblick des jungen Polizeioffiziers Mitleid in sich aufsteigen, so verloren wirkte er. Seine rot geränderten, tief in den Höhlen liegenden Augen zeugten von dem anstrengenden Ritt nach Norden, nach Townsville, wo er erfahren hatte, dass seine Mutter einem schweren Schlaganfall erlegen war. Schmerz und Erschöpfung hingen wie ein Schleier über ihm. Angesichts der Ereignisse der letzten Wochen schien er zu verzweifeln.

Doch so sehr Kate seine Trauer über den Tod von Emma James auch mitempfand, so sehr schmerzte sie der Tod ihres Neffen Peter Duffy. Schließlich hatte Gordon sich freiwillig für die Jagd auf Peter gemeldet, dachte sie, während sie ihn unverwandt ansah. Welche Konsequenzen das haben konnte, hätte er sich eher überlegen müssen.

Sarah, die in ihrem Zimmer auf einem Sessel saß und mit versteinertem Gesicht auf die verzierte Tapete starrte, hörte, wie ihre Tante Gordon draußen mitteilte, er sei hier nicht mehr willkommen.

Müde ließ Gordon die Schultern sinken und gab sich geschlagen. Er hatte nicht die Kraft, sich zu verteidigen. Mittlerweile zweifelte er nicht mehr daran, dass ein Fluch auf ihm lag. Schließlich war er der Sohn des Mannes, der lange vor seiner Geburt den Zorn der Mächte erregt hatte, die am heiligen Ort der Nerambura herrschten. Anders konnte er sich den unerwarteten Tod seiner Mutter nicht erklären, die genau zu der Zeit gestorben war, als er Peter Duffy getötet hatte. Zeugen hatten beobachtet, wie sie auf dem Weg zu Kates Laden plötzlich zusammenbrach. Als der Arzt kam, war sie bereits tot.

Drinnen im Haus hörte Kate ihren kleinen Sohn weinen. Sie drehte Gordon den Rücken zu, und er ging zu seinem Pferd zurück, das er am Eingangstor angebunden hatte. Ihm blieb keine Wahl.

Als Kate Matthew erreichte, hatte Sarah ihn schon auf den Arm genommen. Voller Kummer sahen sich die beiden Frauen an. Gordons Besuch hatte ihrem Schmerz neue Nahrung verliehen. Sarah drückte den Kleinen an ihre Brust und wiegte ihn.

»Wenn du dir anhören willst, was er zu sagen hat, könnte ich das verstehen«, sagte Kate.

Sarah schüttelte den Kopf. »Nein. Er hat meinen Bruder getötet«, erwiderte sie leise. »Das könnte ich ihm nie verzeihen. Niemals!«

»Aber du liebst ihn immer noch«, stellte Kate sanft fest.

Die Tränen stiegen Sarah in die Augen. Mit der Macht einer Explosion brach es aus ihr heraus: »Ja!« Mehr sagte sie nicht.

In der Ferne hörte Kate den leiser werdenden Hufschlag eines galoppierenden Pferdes. Gordon ritt aus ihrer beider Leben. Aber für wie lange? Die Zeit milderte jeden Kummer, und wenn sie ihre Nichte ansah, wusste sie, dass diese nicht nur um ihren toten Bruder trauerte.

Das Haus war voller Dinge, die Gordon an seine Mutter erinnerten. Wenn ein plötzlicher Tod die Seele forderte, blieb keine Zeit zum Aufräumen.

Auf dem Küchentisch lag neben einer Rührschüssel ein offener Gedichtband. Gordon schloss das Buch. Sie musste beim Kochen gelesen haben. Dann hatte sie gemerkt, dass ihr das Mehl ausgegangen war, und war zu Kates Laden gelaufen. Doch auf der Straße hatte sie der Tod ereilt.

Was für ein Mensch sie wohl wirklich gewesen war? Er kannte sie nur als Mutter, deren Lebenszweck es war, ihn zu lieben und zu umsorgen, doch irgendwann musste sie eine temperamentvolle junge Frau gewesen sein, die mutig genug war, über das Meer in ein fernes, fremdes Land zu reisen. Dort hatte sie seinen Vater kennen gelernt und geheiratet. Hatten sie einander ebenso leidenschaftlich begehrt wie er Sarah Duffy?

»Es tut mir Leid für dich, Gordon.«

Der Klang ihrer Stimme hinter seinem Rücken ließ ihn herumwirbeln. Er war so in die Gedanken an seine Mutter vertieft gewesen, dass er gar nicht gehört hatte, wie Sarah das Haus betrat. »Sarah!«

Zögernd stand sie in der Küchentür. »Ich wollte dich nicht stören. Ich beobachte dich schon seit ein paar Minuten, aber du warst vollkommen in deine Gedanken versunken.«

»Ich bin nur hier, um aufzuräumen, bevor das Haus verkauft wird«, antwortete er leise. »Es muss schließlich alles in Ordnung sein. Bleibst du einen Moment bei mir?«

Sarah schüttelte den Kopf. »Nein. Ich bin nur gekommen, um dir zu sagen, dass deine Mutter auch für mich ein ganz besonderer Mensch war.«

»Willst du mir nicht Gelegenheit geben zu erklären, was geschehen ist?«, flehte er.

»Da gibt es nichts zu erklären, Gordon. Du hast meinen Bruder getötet.«

»Verdammt, Sarah! Ich habe Peter geliebt wie meinen eigenen Bruder«, erwiderte er scharf. Allmählich wurde er wütend.

»Niemand hat dich gezwungen, ihn zu jagen«, erwiderte Sarah bitter. »Du hast gewusst, dass es entsetzliche Folgen haben könnte.«

»Ich habe zugelassen, dass meine Sorge um seine Sicherheit mein Urteilsvermögen trübte. Aber ich erwarte nicht, dass du das verstehst. Wenn ich die Zeit zurückdrehen könnte, würde ich nicht wieder auf die Suche nach Peter gehen, das schwöre ich dir.«

»Für Erklärungen ist es jetzt zu spät, Gordon. Mein Bruder ist tot, und er ist durch deine Hand gestorben«, sagte sie leise. »Ich gehe jetzt besser, bevor du etwas sagst, wofür ich dich hassen würde.«

Mit wenigen Schritten durchmaß Gordon die kleine Küche

und packte sie an den Schultern, bevor sie sich umdrehen und das Haus verlassen konnte. Sein Griff war hart. »Du liebst mich immer noch, egal, was du sagst«, erklärte er mit grimmiger Entschlossenheit. »Ist es nicht so, Sarah Duffy?«

Sie versuchte, sich zu befreien, ohne seine Frage zu beantworten. »Was ich fühle, ist unerheblich«, sagte sie dann, während sie sich in seinem Griff wand. »Es steht nicht in meiner Macht, bestimmte Dinge zu vergeben. Ich habe bis jetzt nie über meine Abstammung nachgedacht. Aber ich weiß, dass mein Bruder heute noch leben würde, wenn er kein halber Schwarzer gewesen wäre, wie du es nennen würdest. Es muss wohl die Ureinwohnerin in mir sein – wir glauben nämlich, dass jeder für seine Taten bezahlen muss. Diese Überzeugung ist stärker, als du dir jemals vorstellen kannst. Lass mich los, Gordon, denn wir beide können niemals zusammen sein. Nicht, solange wir leben.«

Gordon sah das Feuer in ihren Augen, als sie ihm ihre Zurückweisung entgegenschleuderte. Nie hatte er sie so erlebt, noch nicht einmal, als sie Kinder waren. Wenn Peter und er sie geärgert hatten, war sie zwar wütend geworden, hatte ihrem Zorn aber nie so heftig Ausdruck verliehen. Ihre Rache war es, ihm auf ewig zu versagen, wonach er sich am meisten sehnte – sie! Nie zuvor hatte er sie so begehrt wie in diesem Augenblick. »Wenn du dich wie eine Schwarze aufführen willst, dann zeige ich dir, wie wir Schwarze behandeln«, fauchte er und packte sie noch fester an den Schultern.

Sie zuckte vor Schmerz zusammen, senkte aber die Augen, in denen kalter Hass stand, nicht. Dann spuckte sie ihm ins Gesicht und fühlte fast im selben Augenblick, wie er ihr mit dem Handrücken einen brennenden Schlag gegen die Wange versetzte. »Tun Sie, was Sie wollen, Inspektor James«, zischte sie voll kontrollierter Verachtung. »Ich werde Sie nicht daran hindern.«

Plötzlich fiel Gordons Wut in sich zusammen, und ihm wurde klar, was er fast getan hätte. Zitternd löste er seinen Griff und taumelte rückwärts gegen die Küchenwand. Dort sank er zu Boden und bedeckte mit den Händen sein Gesicht. Tiefe

Schluchzer schüttelten seinen Körper, als ihn Kummer und Schmerz überwältigten.

Unsicher blickte Sarah ihn an. Sie sehnte sich verzweifelt danach, zu ihm zu gehen und ihn an ihre Brust zu drücken, aber die Erinnerung an ihren geliebten Peter war stärker. Die Hand, die ihren Bruder getötet hatte, hatte auch sie geschlagen.

Als Gordon sich schließlich ausgeweint hatte, merkte er kaum, dass sie fort war. Er hatte mehr verloren als seinen Jugendfreund. Bis auf seine Arbeit war ihm nichts geblieben. Nur eine kleine, aber intensive Flamme der Hoffnung hinderte ihn daran, seinen Revolver aus dem Holster zu ziehen und allem ein Ende zu setzen.

Das Haus war verkauft. Gordon hatte sein Kündigungsschreiben niemals vorgelegt. Nun saß er in Uniform auf seinem Pferd und blickte auf Kate Tracys Haus. Er war allein, und bald würde er nach Rockhampton reiten, um seine neue Stelle anzutreten. Ob Sarah wohl im Haus war? Das Herz wollte ihm brechen. Sein Pferd wurde unter ihm unruhig, und er tätschelte der Stute geistesabwesend den Hals. »Ich weiß«, sagte er leise zu dem Tier, »es wird Zeit für uns.«

Er wendete das Pferd und ritt mit Tränen in den Augen davon. Verlegen wischte er sich mit dem Handrücken über das Gesicht. »Ich würde mein Leben geben, um dir meine Liebe zu beweisen, Sarah«, flüsterte er. »Wenn du das doch nur verstehen würdest.«

46

Bei Sonnenuntergang ließ die drückende Hitze nach, die den ganzen Tag über geherrscht hatte. Die versammelte Menge drängte und schubste, um sich einen besseren Blick auf den staubigen Kampfplatz zu sichern, auf dem sich die Gegner mit entblößtem Oberkörper gegenüberstanden. Beide trugen enge Hüfthosen. Die Volksfest-Atmosphäre war nicht nur darauf zurückzuführen, dass hier die Brigademeisterschaft im Schwergewicht entschieden werden sollte: In Suakin ging das Gerücht um, dass die Armee die Wüste verlassen und in den gemäßigteren englischen Sommer zurückkehren würde.

Die Veranstaltung unter den aufgehenden Gestirnen der afrikanischen Wüste kam den Männern, die sich nach den milden englischen Sommerabenden ihrer Heimat sehnten, gerade recht. Der Kampf lenkte sie von der angespannten Erwartung ab, mit der sie auf den offiziellen Befehl hofften, ihre Sachen zu packen und an Bord der im Hafen liegenden Truppentransporter zu gehen.

Die Unterstützung der Zuschauer verteilte sich ziemlich gleichmäßig auf beide Kämpfer. Die eine Hälfte sympathisierte mit Private Angus MacDonald, weil er einer von ihnen war, ein einfacher Soldat. Die andere Hälfte unterstützte seinen Gegner, Captain Patrick Duffy, weil er sich für einen Sport entschieden hatte, der eigentlich der Arbeiterklasse vorbehalten war, und damit gesellschaftliche Schranken überwand.

Der Schiedsrichter murmelte ein paar Grundregeln, und die beiden Gegner, die ihren Kampf mit bloßen Fäusten austragen wollten, nickten zum Zeichen, dass sie verstanden hatten.

Das war das Signal für die umstehenden Soldaten: Nun würde die Entscheidung darüber fallen, wer den Sudan als Meister verließ. Die meisten setzten auf den riesigen Schotten, der in ausgezeichneter körperlicher Verfassung war. Seine Anhänger empfanden zwar ein gewisses Mitgefühl mit seinem Gegner, der sich, so hieß es, kaum von den Strapazen erholt habe, die er jenseits des Küstengebirges erlebt hatte. Doch Mitgefühl hin oder her, bei den Wetten, die heimlich im Publikum geschlossen wurde, hörte der Spaß auf. Hier ging es nicht nur um den Boxkampf, sondern auch um Geld.

Während Patrick den Worten des Schiedsrichters lauschte, blickte er seinen früheren Burschen prüfend an. In den dunklen Augen, die das Licht der Laternen reflektierten, sah er keinerlei Feindschaft.

Als sie die Handknöchel leicht gegeneinander stießen, um anzuzeigen, dass sie zum Kampf bereit waren, grinste Angus ihn freundlich an. Patrick erwiderte das Lächeln. »Passen Sie auf meinen linken Haken auf, Mac«, knurrte er gutmütig, »damit wird nämlich der Kampf entschieden.«

Angus spuckte auf den staubigen Boden und antwortete mit einer freundschaftlichen Stichelei. »Sie haben zu viel Paddy-Blut, Sir, da wird man dumm von.«

Dann begann der Kampf mit einem kräftigen Hieb des muskulösen Schotten, der Patrick am Ohr traf und von MacDonalds Anhängern mit brüllendem Beifall quittiert wurde.

Zu Beginn der neunten Runde waren beide Männer ziemlich mitgenommen und bluteten, tauschten jedoch unter dem ohrenbetäubenden Beifall der Menge Schlag um Schlag aus. Die Knöchel ihrer Hände waren geschwollen, und der Schweiß lief ihnen über Gesicht und Körper, während sie unter den schweren Treffern vor Schmerz aufstöhnten. In Patricks Ohren dröhnte es, als schlügen die Glocken von Big Ben. Die atemberaubende Geschwindigkeit, die seine Hiebe anfänglich besessen hatten, ließ nach, aber das ging dem Schotten nicht anders. Beide Männer schonten ihre Kräfte, bis sie eine Lücke in der Deckung des anderen fanden. Der mörderische Kampf konnte nur ein Ende haben, wenn einer der beiden die Kraft aufbrachte, seinen geschwächten Gegner mit einem Hagel von Treffern zu Fall zu bringen.

Gegen Ende der neunten Runde fiel Patrick der glasige Blick des Schotten auf. Zu seinem Entsetzen stellte er fest, dass mit seinem Kameraden etwas nicht stimmte. Die Hiebe hatten ihn am Kopf verletzt. In dieser Situation konnte ein K.o.-Schlag für den hünenhaften Schotten tödlich sein. Die Menge fühlte, dass das Ende bevorstand, und grölte wie einst der Mob von Rom, der den Verlierer mit gesenktem Daumen zum Tode verurteilt hatte.

Angus schwankte unsicher, und Patrick umklammerte seinen Freund mit aller Macht. »Jetzt, Angus«, zischte er ihm ins Ohr. »Nehmen Sie sich meinen Kopf vor.«

Der Schotte drehte den Kopf und starrte ihn für einen Augenblick verwirrt an. »Das kann ich nicht, Sir«, keuchte er. Patrick stieß ihn von sich. »Mach schon, du blöder Schotte«, fauchte er, während er die Hände sinken ließ.

In einer letzten Anstrengung sammelte Angus seine ungeheuren Kräfte und begann, stöhnend auf Patrick einzudreschen. Dieser geriet unter dem Hagel der Faustschläge ins Wanken und fühlte, wie seine Beine unter ihm nachgaben. Krachend stürzte er in den Sand, wo er halb bewusstlos liegen blieb.

Die Menge brach in wilde Beifalls- und Hurrarufe aus und stürzte vor, um den riesigen Schotten auf ihre Schultern zu heben und im Triumph durch das Lager zu tragen. Selbst diejenigen, die Geld verloren hatten, mussten zugeben, dass es einer der spannendsten Kämpfe seit vielen Jahren gewesen war. Nur ein paar Männern, die früher selbst geboxt hatten, war aufgefallen, dass der junge Captain seine Deckung bei dem K.o.-Schlag sträflich vernachlässigt hatte. Den Kopf über die Dummheit der Iren schüttelnd, gingen sie davon.

Stöhnend badete Angus seine zerschundenen, geschwollenen Hände in einem Becken mit von der Sonne erwärmtem Wasser, nahm jedoch eine Hand heraus, um nach der silbernen Feldflasche mit Weinbrand zu greifen, die Patrick ihm reichte.

»Nie wieder«, seufzte Patrick durch seine aufgeplatzten Lippen, »mit einem Mac kämpfe ich nie wieder.«

»Ich hab den verdammten Titel nicht verdient«, stöhnte der Schotte, bevor er die brennende, bernsteinfarbene Flüssigkeit durch seine Kehle rinnen ließ. »Sie haben mich gewinnen lassen.«

»Der richtige Mann hat gewonnen, Private MacDonald«, gab Patrick ruhig zurück. »Der Titel dürfte Ihnen dabei helfen, die Streifen zu bekommen, die Sie schon lange verdient haben.«

Angus nahm die Geste an. Schweigend saßen die beiden unter dem prächtigen Sternenzelt auf leeren Munitionskisten. Zum ersten Mal seit Patricks Rettung aus der Wüste waren sie allein, und sie hatten viel zu besprechen.

»Woher haben Sie eigentlich in der neunten Runde plötzlich die Kraft genommen?«, wollte Angus wissen. Verblüfft schüttelte er den Kopf. »In der achten Runde hab ich gedacht, ich hätte Sie.«

Patrick grinste verlegen und sah auf seine Füße. »Hab mir vorgestellt, Sie wären ein gewisser Brett Norris«, sagte er leise. »Für einen Augenblick hatten Sie sein Gesicht.«

»Wenn Sie 'n englischen Gentleman so verdroschen hätten wie mich, hätte der jetzt keine Visage mehr«, rief Angus.

Patrick sah in das runde Gesicht des Schotten, das durch das angeschwollene, geschundene Gewebe noch breiter geworden war. Allerdings sah er selbst nicht besser aus. »Wenn es doch nur er gewesen wäre, Mac.«

Sie verstummten und gaben sich ihrer Erschöpfung und ihren ganz privaten Gedanken hin. Patrick nahm einen kleinen Schluck Weinbrand, bevor er die Flasche an Angus weiterreichte, der den Rest hinunterkippte und Patrick dann entschuldigend anblickte. Der lächelte nur. Dann klopfte er dem Schotten lachend auf die Schulter. »Das haben Sie sich verdient, Mac, weil Sie für einen Augenblick Mister Brett Norris waren.« Das Lachen erstarb, und Patrick beugte sich zu Angus. »Warum haben Sie den Befehl missachtet, den ich Ihnen gegeben habe, bevor ich auf Erkundung ging, Mac?«

»Ich habe alle Taschen ins Meer geworfen, wie Sie es gesagt

hatten. Aber ich dachte, dieses komische kleine Ding würden Sie vielleicht wiederhaben wollen.«

Patrick starrte zum Himmel hinauf. »Danke. Ich werde das mit dem Quartiermeister regeln.«

»Nicht nötig, Sir. Er ist mein Onkel, und wir haben uns schon geeinigt. Er hat Ihre Ausrüstung abgeschrieben.«

»Ich stehe dafür tief in Ihrer Schuld.«

»Ist nicht der Rede wert, Sir.« Der Schotte zog verlegen den Kopf ein.

»Ich glaube, ich gehe besser in mein Zelt.« Patrick erhob sich steif. Jeder einzelne Muskel in seinem Körper schien zu schmerzen. »Hab noch viel zu erledigen, bevor es nach Hause geht.«

»Wird das bald sein, Sir?«, fragte Angus leise, während er mühsam versuchte aufzustehen.

Patrick bedeutete ihm, sitzen zu bleiben. Dankbar sank der Schotte auf seinen improvisierten Sitz zurück. »Das hoffe ich sehr, Mac. Ich habe die Nase voll von diesem Ort.«

»Gute Nacht, Sir. Gott schütze Sie.«

Patrick hoffte sehr, dass Gott ihn schützen würde oder dass zumindest Sheela-na-gig noch bei ihm war, wenn er endlich auf die Suche nach Catherine ging. Bevor er nach Irland zurückkehren konnte, musste er noch drei lange Monate warten.

47

Obwohl über ein Jahr vergangen war, hatte sich im Dorf kaum etwas verändert. Allerdings hatten auch die letzten fünfhundert Jahre keinen großen Wandel gebracht.

Patrick zog die Schultern hoch, um sich gegen den grauen Nieselregen zu schützen, und marschierte mit schnellen Schritten über das Kopfsteinpflaster der engen Straße auf die von Moos überwachsene Kirche zu. Dort hoffte er, Vater Eamon O'Brien zu finden. Seit seiner Ankunft im Dorf fühlte er sich unbehaglich. Die Leute starrten ihn neugierig an und flüsterten hinter seinem Rücken, wenn er vorüberging. Obwohl er gerade erst eingetroffen und in Riley's Pub abgestiegen war, hatte er das Gefühl, dass sein Besuch irgendwie ungewöhnlich war. Die Dorfbewohner starrten ihn ungläubig an und wandten sich dann ab, wenn er näher kam. Auch Riley war sehr zurückhaltend gewesen, als er im Gasthaus um ein Zimmer gebeten hatte.

Nun hatte er das Pfarrhaus erreicht und klopfte an die schwere Holztür. Eamon öffnete selbst. Bei Patricks Anblick leuchtete sein Gesicht vor Freude auf. Sein breites Lächeln wärmte Patrick das Herz. »Gütiger Himmel, das ist ja Captain Duffy! Kommen Sie herein. Schön, Sie nach so langer Zeit wiederzusehen.«

Patrick lächelte erfreut über diese Begrüßung. Er nahm die Hand, die ihm der Priester reichte, schüttelte den kalten Nieselregen ab und trat ins Haus.

»Legen Sie ab. Ich hole Ihnen gleich etwas gegen die Kälte«, sagte Eamon und suchte in der Küche nach der Whiskyflasche, die er für besondere Gäste und außergewöhnlich schlechte Tage in seiner Pfarrgemeinde bereithielt.

Patrick ließ sich an dem alten Holztisch nieder, an dem er auch bei seinem ersten Besuch vor über einem Jahr gesessen hatte. Eamon, der die Flasche endlich gefunden hatte, holte zwei Gläser und schenkte beide voll.

»Schön Sie wiederzusehen, Eamon.« Patrick hob sein Glas. »Mein Erscheinen hat im Dorf offenbar einigen Aufruhr verursacht. Ich hatte gehofft, Sie könnten mir erklären, warum.«

»Ja, natürlich. Das war zu erwarten«, erwiderte der Priester. »Aber sagen Sie mir zuerst, ob Sie schon gegessen haben?«

»Die Kutsche hat zum Mittagessen an einem Gasthaus gehalten. Das ist erst ein paar Stunden her.«

»Wenn Sie wollen, können Sie heute Abend gern mit mir essen, Patrick. Allerdings gibt es nichts Besonderes. Missus Casey ist unterwegs und kommt erst spät zurück, also werde ich wohl das Essen von gestern aufwärmen müssen.«

»Wie ich Missus Caseys Küche kenne, kann es sich bestimmt mit allem messen, was ich seit meiner Rückkehr nach Irland zu mir genommen habe«, erwiderte Patrick höflich, während er einen weiteren Schluck Whisky trank. Der köstliche Geschmack half ihm, die Kälte des Tages zu vergessen.

Eamon folgte seinem Beispiel und nahm ebenfalls einen kräftigen Schluck. Dann schenkte er nach, obwohl die Gläser noch gar nicht leer waren. »Sie haben sich verändert, Patrick«, sagte er, während er ihn über den alten Tisch hinweg in Augenschein nahm. »Sie wirken, als hätten Sie Dinge erlebt, die einem Mann eigentlich erspart bleiben sollten. War der Krieg schlimm?«

»Schlimm genug.« Patrick starrte auf die Tischplatte, auf der sich in über zwei Jahrhunderten tiefe Kratzer und Brandspuren angesammelt hatten. »Noch schlimmer ist es, wenn man jeden Tag hofft, dass wenigstens ein einziges Wort das Schweigen bricht.«

Eamon nahm die Brille ab und polierte sie mit dem Saum seiner Soutane. Er wusste, worauf Patrick anspielte. Verzweifelt überlegte er, wie er ihm möglichst schonend die schmerzlichen Tatsachen mitteilen konnte, die er im Dorf ohnehin bald erfahren würde. »George Fitzgerald ist vor zwei Monaten gestorben. Gott sei seiner Seele gnädig«, begann er, während er die Brille aufsetzte und Patrick direkt in die Augen blickte.

»Das wusste ich nicht.«

»Sein Tod war friedlich. Er starb im Schlaf in seinem Haus.«

»Und Catherine?«, fragte Patrick leise.

»Sie lebt nicht mehr im Dorf«, erwiderte Eamon. »Ihre Schwägerin ist letzte Woche von den Westindischen Inseln zurückgekehrt und hat bei Catherines Abreise das Haus übernommen. Niemand weiß, wo sie ist, nicht einmal ihre Schwägerin. Sie hat von George ein beträchtliches Vermögen geerbt. Außerdem gehört ihr ein Teil des Gutshauses. Ich vermute, sie finanziert mit ihrem Erbe eine Reise.«

»Haben Sie irgendeine Vorstellung, wo sie hinwollte? Nach Dublin? Oder London?«

»Zunächst wahrscheinlich schon«, antwortete Eamon, »aber unter den gegebenen Umständen wird sie wahrscheinlich wesentlich weiter reisen.«

»Unter welchen Umständen?«

»Sie ist einem Mann gefolgt.« Eamon wünschte sich weit fort, als er den entsetzlichen Schmerz in den Augen des jungen Mannes sah.

Patrick holte tief Atem, um sich zu beruhigen. Der Priester erhob sich, um ihn für einen Augenblick allein zu lassen, und ging in das neben der Küche liegende Büro. Von dort kam er mit einem großen Stapel ungeöffneter Briefe zurück. Zu seinem Entsetzen erkannte Patrick auf den Umschlägen seine eigene Handschrift. *Die Briefe, die er an Catherine geschrieben hatte!*

»Als George starb«, erklärte Eamon ruhig, »bestimmte er in seinem Testament, dass ich seinen Schreibtisch öffnen und den Inhalt an mich nehmen sollte. Wahrscheinlich ist es schon ein Vertrauensbruch, dass ich Ihnen die Briefe überhaupt zeige. Nach Ihrer Abreise in den Sudan ging Catherine immer wieder zur Post, aber ihr Großvater hatte dafür gesorgt, dass sie keine Korrespondenz von Ihnen erhielt. Er erreichte sein Ziel. Als sie nichts von Ihnen hörte, veränderte sie sich. Sie war sehr unglücklich und glaubte wahrscheinlich, Sie hätten sie vergessen.«

Patrick starrte auf den Stapel ungeöffneter Briefe, die Eamon auf den Tisch gelegt hatte. *Kein Wunder, dass er nichts von ihr gehört hatte!* »Jetzt, wo George in die ewige Ruhe eingegangen ist, kann ich Ihnen die Briefe wohl zurückgeben«, setzte der Priester hinzu. »Schließlich sind sie Ihr rechtmäßiges Eigentum.«

Patrick nahm einen der Umschläge von dem Stapel. Sofort erkannte er die winzigen dunklen Flecken am Rand: Blut. Den Brief hatte er wenige Stunden nach der entsetzlichen Schlacht bei McNeill's Zareba geschrieben. Obwohl er versucht hatte, den kostbaren Umschlag zu schützen, war das Blut aus der Wunde, die er sich in der Schlacht zugezogen hatte, seinen Arm hinuntergelaufen.

Eamon setzte sich wieder an den Tisch. Das Schlimmste an der tragischen Geschichte kam noch.

»Sie sagten, sie sei einem Mann gefolgt.« In Patricks Stimme lag eine tödliche Drohung. »War es Brett Norris?«

Eamon blinzelte, als könnte er damit die Frage verdrängen. Er antwortete nicht sofort, sondern füllte zuerst Patricks Glas mit dem restlichen Whisky. »Trinken Sie, Patrick. Für das, was ich Ihnen erzählen werde, brauchen Sie die ganze Kraft des Geistes aus der Flasche.« Gehorsam schluckte Patrick den Whisky hinunter, während er darauf wartete, was Eamon ihm zu sagen hatte. »Ein Mann kam in unser Dorf, aber es war nicht Mister Norris, nach dem Sie gefragt haben, sondern ein Mensch, der Frieden für seine gequälte Seele suchte. Ich selbst bin ihm nicht begegnet, aber im Dorf gab es lange kein anderes Gesprächsthema. Sein Leben soll traurig gewesen sein, und er versuchte, sich selbst in der Malerei zu finden. Catherine beauftragte ihn damit, ihr Porträt zu malen. Vergessen Sie nicht … sie hatte jede Hoffnung aufgegeben, Sie jemals wiederzusehen.«

»Wer war dieser Mann?«, knurrte Patrick drohend, doch Eamon hob abwehrend die Hand. Patrick musste sich gedulden, denn es gab viel zu erzählen.

»Nun, er glich Ihnen sehr, Patrick. Ein großartiger Mann, der Catherine nicht ermutigte, wenn man den Dörflern glauben will. Er war alt genug, ihr Vater zu sein. Aber Catherine verliebte sich in ihn, was im Dorf natürlich nicht unbemerkt blieb. Als er sich ihrer Gefühle bewusst wurde, verließ er den Ort, aber sie folgte ihm.« Eamon legte eine kurze Pause ein, um den Mut zu finden, das Ende der Geschichte zu erzählen. »Der Mann, dem sie folgte, ist … Ihr Vater.«

Patrick erbleichte. Der Raum verschwamm vor seinen Augen, und seine Ohren dröhnten wie nach anhaltendem Musketenfeuer. *Sein Vater! Sein Vater war doch tot!* Er war wie erstarrt vor Entsetzen über diese Enthüllung. »Mein Vater ist vor meiner Geburt ums Leben gekommen!« Nur mühsam brachte er die erstickten Worte über seine Lippen.

»Nein, Patrick«, erwiderte Eamon sanft, während er über den Tisch nach Patricks Hand griff. »Ihr Vater war all die Jahre am Leben … das wusste jeder im Dorf. Er hatte viele Feinde. Ich nehme an, aus diesem Grund hat er weder mit Ihnen noch mit sonst jemanden aus Ihrer Familie in Sydney Kontakt aufgenommen.«

»Catherine ist also Gott weiß wo – mit meinem Vater«, wiederholte Patrick verzweifelt. Flehend blickte er Eamon an. »Um Gottes willen, wenn Sie wissen, wo die beiden sein könnten, so sagen Sie es mir. Ich werde sonst wahnsinnig.«

»Wenn ich es wüsste, würde ich es tun, das schwöre ich Ihnen bei meinem Amt und allem, was der wahren Kirche heilig ist, Patrick«, gab Eamon zurück. »Aber im Dorf weiß niemand etwas.«

Patricks Atem ging in kurzen Stößen, als wäre er kilometerweit gelaufen. *Sein Vater … er lebte … und die Frau, die er über alles liebte, war bei ihm!* Es war wie ein entsetzlicher Witz auf seine Kosten. Patrick hatte das Gefühl, eine bösartige Macht lachen zu hören. »Koste es, was es wolle, ich werde die beiden finden«, stieß er hervor. »Koste es, was es wolle.«

DER STURM

1886

48

Catherine fühlte den Kuss der Sonne auf ihrem Gesicht. Üppiger Blumenduft stieg ihr in die Nase. Sie räkelte sich wie eine Katze und schlug langsam die Augen auf, um den Zauber des ägäischen Morgens zu genießen.

»Michael«, murmelte sie und streckte die Hand aus, um ihn zu berühren. Doch sie griff ins Leere. Sie setzte sich im Bett auf, um sich im Hotelzimmer umzusehen, und entdeckte ihn am Fenster, das einen Panoramablick auf das Meer bot. Er wandte ihr den Rücken zu und schien tief in Gedanken versunken. Ihre Gegenwart hatte er offenbar völlig vergessen.

»Michael«, rief sie erneut mit leiser Stimme. Diesmal wandte er sich um und lächelte ihr zu.

»Hast du gut geschlafen?«, fragte er, während er sich von seinem Stuhl erhob, zu ihr kam und sich auf die Bettkante setzte.

»Hervorragend«, schnurrte sie. Sie streckte die Hand aus und berührte sein Gesicht. »Aber warum bist du so früh schon angezogen?«

Michael schien zusammenzuzucken. Seine Antwort kam zögernd. »Ich musste über vieles nachdenken«, erwiderte er. »Aber es hat bestimmt nichts mit dir zu tun«, setzte er sanft hinzu, als er die zarte Liebkosung ihrer Hand auf seinem Gesicht spürte.

»Warum kommst du nicht wieder ins Bett?« Catherine schlug die Decke zurück und entblößte ihren nackten Körper, doch Michael ignorierte die Einladung. Stattdessen erhob er sich und ging wieder zum Fenster. Catherine war verletzt, aber vor allem fühlte sie Panik in sich aufsteigen. War er ihrer müde?

Fand er sie nicht mehr attraktiv? Doch wenn es so war, warum hatte sie keine Anzeichen dafür bemerkt? Sie hatte keine Antwort auf ihre Frage. Seit sie ihm nach London gefolgt war, hatten sie ein Leben voller Abenteuer und Leidenschaft geführt. Sie erinnerte sich noch an sein schockiertes Gesicht, als sie ihre Tasche in seinem Hotelzimmer auf den Boden fallen gelassen und ihm erklärt hatte, sie wolle seine Geliebte werden. Er hatte protestiert, aber sie hatte ein Verlangen in seinen Augen entdeckt, das seinen Worten widersprach. Dieser Blick war ihr schon aufgefallen, als er im Haus der Fitzgeralds in Irland ihr Porträt malte.

Von jenem Tag an hatte sie auf seiner Reise durch die großen Städte Europas sein Bett und sein Leben mit ihm geteilt. Es kam ihr vor, als wäre er auf der Suche. Immer wieder hielt er an, um Landschaften zu malen, war aber mit dem Ergebnis nie zufrieden. Sie sah den Schmerz auf seinem Gesicht, wenn er zurücktrat, um sein fertiges Werk zu betrachten. Niemals behielt er ein Gemälde, sondern verkaufte sie zu einem lächerlichen Preis an jeden, der ein Andenken an den betreffenden Ort erstehen wollte.

Wenn sie neben ihm lag, fragte sie sich, worin die Anziehungskraft dieses Mannes bestand, der alt genug war, ihr Vater zu sein. Ihr kam er vor wie ein alter, kampferprobter Bär: stark und doch verwundbar. Auch wenn es hieß, er habe viele Menschen getötet, blieb seine Sanftmut davon unberührt. In diesen ruhigen Augenblicken dachte sie an Patrick und fragte sich, was hätte sein können. Sein langes Schweigen deutete darauf hin, dass der Sohn nicht die Willenskraft des Vaters besaß. Offenbar wollte er sich nicht auf das einlassen, was sie zu geben hatte. Manchmal war sie versucht, Michael von ihrer Begegnung mit Patrick zu berichten, doch sie spürte, dass sie ihn damit nur verletzen würde. In seinem Leben hatte es ohnehin nicht viel Glück gegeben. Soweit sie wusste, hatte niemand Michael erzählt, dass Patrick das irische Dorf ein Jahr vor ihm besucht hatte. Es lag nicht in der Natur der Dörfler, einen Mann zu betrüben, der zur lebenden Legende geworden war.

In Michaels Armen fand Catherine Zufriedenheit, und für den Augenblick zählte nur das. Sie fühlte, dass sie dem gequälten Mann ebenfalls ein wenig Frieden schenkte. Es war unwichtig, dass sie nur für den Tag lebte – auch das entsprach ihrem Wesen.

Ihre Reisen durch ganz Europa hatten sie schließlich in ein kleines Hotel mit Blick auf die Ägäis geführt. Michael schien sich in der Wärme des griechischen Frühlings wohl zu fühlen, und Catherine bewunderte die Leichtigkeit, mit der er sich an die verschiedensten Kulturen anpasste. Manchmal erzählte er ihr von den exotischen Ländern des Fernen Ostens. Er war ihr Marco Polo. Durch ihn lernte sie die fremdartige, aber aufregende Welt der Mittelmeerküche kennen. Bald entwickelte auch Catherine eine Vorliebe für das bäuerliche Essen, das er bevorzugte. Besonders gut schmeckten ihr pikante Oliven, Ziegenkäse und ungesäuertes Brot.

Doch am aufregendsten war die körperliche Liebe mit ihm. In ihrer ersten Nacht hatte er sie auf eine sinnliche Reise mitgenommen, auf der sie sowohl größte Zärtlichkeit als auch animalische Leidenschaft kennen lernte. Bis dahin hatte Catherine nur geahnt, dass die körperliche Liebe solch wilde Erfüllung bringen konnte. Nie zuvor hatte sie bei einem Mann gelegen, doch schon beim ersten Mal mit Michael hatte sie das Gefühl gehabt, ihr Körper hätte diese Leidenschaft schon immer gekannt. Mit ihm wurde der Akt zu einem spirituellen und körperlichen Erlebnis. Ein Kaleidoskop von Farben tanzte vor ihren Augen, während ein Aufruhr der Gefühle durch ihren Körper tobte. Michael zu verlieren wäre für sie unerträglich gewesen.

»Meine kleine irische Rose«, sagte Michael schließlich, als er sich von dem Panorama abwandte, »heute muss ich ein paar Dinge erledigen. Wenn du willst, kannst du auf den Markt gehen und für unser Abendessen einkaufen.«

Catherine runzelte die Stirn. Es kam selten vor, dass er sie nicht einlud, ihn zu begleiten. Sein Vorschlag irritierte sie nur noch mehr. Ich benehme mich wie ein dummes, kleines Mädchen, schalt sie sich selbst. Auf keinen Fall darf er merken, dass ich traurig bin. »Kann ich nicht mitkommen?« Hoffentlich klang ihre Frage nicht allzu flehentlich.

Michael entnahm einer Blechdose eine stechend riechende türkische Zigarette und zündete sie an. Es treibt mich zum Wahnsinn, wie gut er aussieht, dachte Catherine, während sie ihn dabei beobachtete, wie er zufrieden das stinkende Kraut paffte.

Der Rauch hing in der stillen, warmen Luft. »Ich sehe dich heute Abend«, sagte Michael. »Es geht um Geldgeschäfte.«

»Ich habe Geld«, wandte Catherine hastig ein. »Das Erbe meines Großvaters reicht für uns beide, ein ganzes Leben lang.«

Michael zog an seiner Zigarette und lächelte zärtlich. »Das ist dein Geld, Catherine, und so soll es auch bleiben. Ich bin ein Mann, und die erste Regel für jeden Mann lautet, sich nicht von Frauen aushalten zu lassen. Es ist Aufgabe des Mannes, für seine Frau zu sorgen.«

Der finstere Ausdruck auf Catherines Gesicht verschwand. Er hatte sie »seine Frau« genannt! »Ich werde dich vermissen«, sagte sie mit einem sanften Kuss auf seine Stirn. Den Schmerz in seinem Gesicht, als er sich abwandte und zur Tür hinausging, bemerkte sie nicht.

Michael saß an einem wackligen Tisch vor einem Café und sah den Bewohnern des griechischen Dorfes bei ihren täglichen Geschäften zu. Manchmal warf der eine oder andere dem großen Fremden mit der schwarzen Lederklappe über dem Auge einen neugierigen Blick zu. Ohne die Einheimischen groß zu beachten, zog Michael an einer Zigarette und spielte mit seinem Glas starken, schwarzen Kaffee. Trübe Gedanken plagten ihn, als er den Brief noch einmal las, den er vor Catherine sorgsam verborgen gehalten hatte.

Vater Eamon O'Briens Schreiben hatte Michael auf verschlungenen Pfaden erreicht. Der Priester kannte Michaels Aufenthaltsort nicht, vermutete aber, dass er in der Vergangenheit mit der düsteren Welt der internationalen Geheimdienste in Verbindung gestanden hatte. Auf gut Glück hatte er seinen Brief deshalb dem britischen Außenministerium zugesandt, das den Iren schließlich in Griechenland aufgespürt hatte.

Der Mann, der Michael die Nachricht übergeben hatte, kam nun über den gepflasterten Platz auf ihn zu. Eine jüngere Ausgabe von Horace, dachte Michael.

»Mister Duffy, ich hoffe, es geht Ihnen gut«, sagte der Neuankömmling, während er sich unaufgefordert an Michaels Tisch niederließ.

Michael studierte sein Äußeres. Sandfarbenes Haar, hellblaue Augen, ein mageres, nervöses Gesicht. Vermutlich Mitte zwanzig. Dem schweißdurchtränkten weißen Anzug nach zu urteilen hatte er einen langen Fußmarsch hinter sich. Einer wichtigeren Persönlichkeit hätte man bestimmt ein Transportmittel zur Verfügung gestellt.

»Mister Clark, schön, dass Sie es doch geschafft haben.« Michael lächelte über die aufgelöste Erscheinung des Mannes. »Ich hoffe, meine Bedingungen waren für Ihre Arbeitgeber akzeptabel.«

Clark zog ein Tuch aus der Tasche und wischte sich damit die Stirn trocken. »Sie müssen nur unterschreiben, dass Sie einverstanden sind, dass der Preis für die Schiffspassage von Ihrem Entgelt abgezogen wird. Ich habe Dokumente und Fahrkarte bei mir.« Er griff in seine Jackentasche und legte einige Papiere neben Michaels Glas auf den Tisch.

Michael warf einen Blick darauf. »Nachdem Ihre Leute meine Post gelesen haben, bevor sie mir ausgehändigt wurde, können Sie wohl auf meine Unterschrift verzichten. Ich halte mein Wort.«

Clarks Züge wirkten angespannt. »Mister Duffy, angesichts Ihrer Vergangenheit müssen Sie davon ausgehen, dass ein Brief, den ein Priester aus dem unruhigen Irland an Sie schreibt, für uns von Interesse ist. Schließlich sind Sie ja in Irland geboren worden.«

»Der Brief war privater Natur und hatte mit meiner Tätigkeit in der Vergangenheit nichts zu tun«, knurrte Michael. »Ich bezweifle, dass meine Familie für das britische Empire von

Interesse ist. Ihr Mister Horace Brown hat mein Privatleben zumindest in solchen Angelegenheiten respektiert.«

Clark blickte so entschuldigend drein, dass Michael seinen Ärger vergaß. Der junge Mann war ganz offensichtlich nur ein Bote und keiner der gesichtslosen Männer in London, die sein Leben über ihren Mittelsmann Horace Brown weitgehend bestimmt hatten. »Diese Verletzung Ihrer Privatsphäre tut mir Leid, Mister Duffy. Ich war ein großer Bewunderer von Mister Brown und völlig seiner Meinung, was Bismarcks Absichten im Pazifikraum anging. Mister Brown hegte für Sie die größte Hochachtung und schlug sogar vor, Ihnen für die geleisteten Dienste einen Orden zu verleihen.«

Michael war geradezu schockiert. Er konnte sich nicht vorstellen, einen britischen Orden zu erhalten. Schließlich hatte er Horace unmissverständlich klar gemacht, dass er als Ire nichts von den weltweiten imperialistischen Bestrebungen der Briten hielt. »Ich arbeite für Geld, nicht für Orden«, entgegnete er. Dem Gesicht des statusbewussten Beamten sah er an, wie sehr ihn dieser Pragmatismus schockierte.

»Nun, diese Mission dürfte sich finanziell für Sie lohnen. Außerdem werden Sie Ihrer Majestät an Ihrem Einsatzort gute Dienste leisten können.«

»Ihrer Majestät oder Mister Rhodes?«, erkundigte sich Michael sarkastisch. »Nach dem, was ich gelesen habe, sind die Briten stark an Afrika interessiert.«

»Besser, *wir* bekommen Afrika in die Finger als die Deutschen«, erklärte Clark ruhig. »Immerhin spielen wir Kricket«, setzte er mit einem schiefen Grinsen hinzu.

Michael lächelte. »Wir Iren haben noch nie Kricket gespielt – und werden es auch nie tun.«

»So viel zum Kricket, Mister Duffy.« Clark erhob sich. »Ich werde darüber hinwegsehen, dass Sie die Papiere nicht unterschrieben haben. Nachdem Horace Sie in seinen Berichten so gelobt hat, werde ich seinem Urteil vertrauen.«

Michael nickte, stand jedoch nicht auf, um sich von dem englischen Agenten zu verabschieden. »Ich werde den Auftrag erledigen. Ihre Majestät kann mit anständiger Arbeit rechnen.«

Damit griff er nach den Papieren auf dem Tisch und steckte sie ein. »Sie können Ihrem Chef sagen, dass ich heute Abend abreise.«

»Werden Sie Miss Fitzgerald von Ihrer Mission unterrichten?«, fragte Clark.

Für einen Augenblick starrte Michael ihn mit seinem gesunden Auge an. »Obwohl Sie Miss Fitzgerald nichts angeht«, meinte er dann, »will ich Ihnen verraten, dass sie nicht mit mir nach Afrika gehen wird.«

»Tut mir sehr Leid«, murmelte Clark. »Aber ich musste fragen. Geheimhaltung und so, Sie wissen schon. Auf jeden Fall noch einen schönen Tag und viel Glück für Ihre Mission, Mister Duffy.«

Michael blieb am Tisch sitzen. Der Kaffee war so stark, dass man damit Schiffsplanken hätte kalfatern können. In seinem Schreiben hatte Eamon berichtet, dass Patrick nach Irland zurückgekehrt war, um Catherine zu finden. Das traf Michael um so überraschender, als niemand im Dorf den ersten Besuch seines Sohnes erwähnt hatte – am wenigsten Catherine. Der Priester hatte angedeutet, dass Patrick sehr an Catherine hing und alles tun würde, um sie zu finden.

Als Michael zu Ende gelesen hatte, war seine Welt in Aufruhr geraten. Nicht dass er in Catherine verliebt gewesen wäre. Er dachte zu praktisch, als dass er sich wirklich auf eine emotionale Verbindung mit einer Frau eingelassen hätte. Doch je länger er bei ihr blieb, desto schwerer würde ihm die Trennung fallen, das war ihm klar. Sie hatte alles, was sich ein Mann bei einer Frau wünschte. Aber ihm war bewusst, dass eine Zukunft voller Gewalt vor ihm lag. Verbittert hatte er erkennen müssen, dass aus ihm nie ein großer Künstler werden würde. Vor ihm lag das Leben eines Söldners – das kannte und beherrschte er. Zumindest konnte er sich im Dienst der Briten an Orten seinen Lebensunterhalt verdienen, an denen ein englischer Akzent nicht willkommen war. Als Ire war er in diesen gefährlichen Gegenden weniger verdächtig.

Zusammen mit dem Brief hatte ihn ein Angebot erreicht,

für England einen weiteren Auftrag zu übernehmen. Offenbar hatten die gesichtslosen Männer gewusst, dass er für sie arbeiten würde, wenn er erst das Schreiben gelesen hatte. Sie hatten sich nicht getäuscht. Wenn ihm auch sonst nicht viel geblieben war, seine Ehre war Michael wichtig. Hätte er gewusst, dass sich sein Sohn für Catherine interessierte, hätte er ihrem Charme widerstanden. Dazu war es nun zu spät, aber er konnte immerhin versuchen, das seinem Sohn, den er fast gar nicht kannte, zugefügte Unrecht wieder gutzumachen.

Stunden später kehrte Catherine mit einem Korb voller Köstlichkeiten vom Markt zurück. Sie hatte ein romantisches Abendessen bei Kerzenlicht auf dem kleinen Balkon geplant, der auf das Meer hinausging. Danach würden sie sich auf dem großen breiten Bett lieben.

Irgendwie kam ihr das Zimmer leer vor. Als sie sich umsah, stellte sie zu ihrem Entsetzen fest, dass Michaels einziges Gepäckstück, eine abgetragene Reisetasche, fehlte. Dafür lag auf dem Bett ein großer Umschlag. Die aufsteigende Furcht verwandelte sich in nackte Panik.

»Nein«, hörte sie ihren eigenen erstickten Schrei. Der Inhalt des Korbs ergoss sich über den Boden. Sie taumelte durch den Raum und riss den Umschlag auf. Darin befanden sich eine Fahrkarte für eine Schiffspassage und ein Brief. Mit bebenden Händen hielt sie das einzelne Blatt ins schwächer werdende Licht. Die Nachricht besagte nicht viel mehr, als dass er eine Fahrkarte für sie gekauft habe und dass es besser sei, wenn sie sich auf diese Weise trennten.

Catherine wurde schwindelig, und sie brach auf dem Bett zusammen. Von Schluchzern geschüttelt, weinte sie sich in den Schlaf. Als sie früh am nächsten Morgen erwachte, fühlte sie sich zum ersten Mal in ihrem Leben wirklich allein. Für einen Augenblick dachte sie daran, ihrem Leben ein Ende zu setzen, doch dann fiel ihr eine Passage aus Michaels kurzem Brief ein.

Die Fahrkarte ist nicht nur für eine Schiffspassage. Sie wird dich an den Ort deiner Bestimmung führen, wo du den finden wirst, der dir ein Leben ermöglichen kann, wie du es verdienst. Was zwischen uns war, wird uns im Winter unseres Lebens als schöne Erinnerung das Herz wärmen. Ich bete, dass du eines Tages verstehst, warum ich dich ohne Abschied verlassen musste. Ich wollte nicht, dass du meinen Schmerz siehst.

Im Licht der Kerze suchte Catherine nach der Fahrkarte und las den Namen des aufgedruckten Zielortes. Tränen stiegen ihr in die Augen. »Oh, Michael, ich habe dich geliebt«, flüsterte sie. »Ich habe dich wirklich geliebt.«

Tausende Kilometer östlich des griechischen Dorfes weinte eine andere Frau um einen Mann. Hier jedoch schien keine wärmende Sonne, und am Himmel stand das Kreuz des Südens.

Mutterseelenallein saß Kate Tracy im schwachen Licht einer Kerosinlampe in ihrem Büro in Townsville und schluchzte vor sich hin. Nur der klagende Ruf einer Mopoke-Eule durchbrach die Stille der Nacht. Sie hatte bis spät gearbeitet und war beim Aufräumen eines wenig benutzten kleinen Schreibtischs auf Lukes abgenutzte Pfeife gestoßen. Der durchdringende Duft hatte die Türen in ihrem Herzen aufgestoßen. Erinnerungen strömten auf sie ein. Obwohl es schon ein Jahr her war, dass er irgendwo an der Grenze verschwunden war, hatte sie jeden einzelnen Tag um ihn getrauert, auch wenn sie es sich nicht anmerken ließ.

Die alte Pfeife in der Hand haltend, schluchzte sie untröstlich vor sich hin. »O Luke, ich vermisse dich so«, stieß sie hervor, während ihre Tränen auf den Schreibtisch fielen. »Ich sehne mich mit jeder Faser meines Körpers und meiner Seele nach dir.«

»Tante Kate?«, fragte eine liebevolle Stimme an der Tür. »Geht es dir gut?«

Als Kate durch das Dämmerlicht spähte, entdeckte sie Sarah, die zögernd in der Türöffnung stand. »Ich wollte dafür sorgen, dass du bald ins Bett gehst. Du hast in letzter Zeit zu hart gearbeitet.«

»Komm herein«, erwiderte Kate mit einem schwachen Versuch, ihre Tränen mit dem Handrücken wegzuwischen. »Ich wollte ohnehin aufhören.«

»Du hast an Luke gedacht«, meinte Sarah, während sie neben ihre Tante trat und ihr die Hand auf die Schulter legte.

Kate nickte und griff nach Sarahs Hand. Eine schlichte Geste, und doch bedeutete sie ihr so viel. »Ich bin eine der reichsten Frauen der Kolonie, und doch würde ich alles hergeben, wenn ich sein Lächeln nur noch ein einziges Mal sehen könnte.«

»Aber das kannst du doch, Tante Kate«, erwiderte Sarah leise. »Jedes Mal, wenn du den kleinen Matthew ansiehst.«

Kate blickte zu ihrer Nichte auf. Sie war stolz auf die Weisheit der jungen Frau, die sich zu einer bemerkenswerten Persönlichkeit entwickelt hatte und die Zähigkeit der Iren, aber auch der Nerambura besaß. Sie brachte es nicht über sich, Sarah zu gestehen, dass Matthews Lächeln kein Ersatz für Lukes schützende Arme und den Duft seines muskulösen Körpers war, der sie immer an den Geruch des Landes selbst erinnert hatte.

»Was hält dich so lange im Büro auf?«, fragte Sarah, um Kate von ihren melancholischen Gedanken abzulenken. »In den letzten Tagen scheint dich etwas zu beschäftigen.«

»Jetzt kann ich es dir ja sagen«, erwiderte Kate mit einem schwachen Lächeln. »Die Chancen stehen gut, dass ich den Macintoshs Glen View abkaufen kann. Ich habe erfahren, dass mein Neffe Patrick eine einflussreiche Stellung im Firmenimperium angenommen hat. Wahrscheinlich wäre er einem Angebot meinerseits nicht abgeneigt.«

Sarah rang nach Luft. Dass ihre Tante Glen View unbedingt in ihren Besitz bringen wollte, ja geradezu davon besessen war, wusste jeder. Aber die Macintoshs waren ebenso entschlossen zu verhindern, dass ein Duffy jemals seinen Fuß auf ihren Boden setzte.

»Meinst du wirklich, dass Patrick dein Angebot annehmen würde?«

»Er ist immer noch ein Duffy.« Kate war davon überzeugt, dass der Clan über allem stehen würde.

»Aber er ist auch ein Macintosh«, erinnerte Sarah sie sanft. »Die Zeit verändert die Menschen.«

»Für eine so junge Frau bist du sehr klug – aber offenbar nicht klug genug, um bei mir zu bleiben«, erwiderte Kate.

Verletzt wandte Sarah den Blick ab. »Du weißt, warum ich das Gefühl habe, ich muss Townsville verlassen und eine neue Stelle antreten, Tante Kate. Ich muss einfach die Erinnerungen hinter mir lassen, die mich hier ständig verfolgen.«

Kate fühlte sich ein wenig schuldig, weil sie ihrer geliebten Nichte Vorwürfe gemacht hatte. Das Mädchen stand ihr so nahe wie eine Tochter. Als Kleinkind war Sarah zu ihr gekommen, und über all die Jahre hatte sie ihre Freuden und ihren Kummer mit ihr geteilt. In letzter Zeit hatte es in ihrer beider Leben vor allem Kummer gegeben. Sarahs Entscheidung war wohl überlegt, aber das konnte Kate nicht trösten. Für sie würde es einen weiteren Verlust bedeuten, wenn Sarah ging. »Entschuldige meine selbstsüchtige Bemerkung, Sarah«, sagte sie sanft. »Es ist nur, weil ich dich sehr vermissen werde, und Matthew auch.«

Sarah schlang die Arme um die Schultern ihrer Tante und küsste sie auf die Stirn. »Ich werde euch beide auch vermissen, wenn ich fort bin. Aber Matthew hat doch ein gutes Kindermädchen, und du wirst weiterhin mit deiner Firma beschäftigt sein, die nur so gut läuft, weil du eine brillante Geschäftsfrau bist.«

»Schmeichlerin«, lachte Kate. In diesem Augenblick wurde ihr wirklich bewusst, wie nah ihr Sarah stand. »Weil wir beide so brillant sind«, verbesserte sie. »Zwei Frauen können es locker mit all den aufgeblasenen Männern in der Kolonie aufnehmen.«

»Kommst du jetzt nach Hause?«, fragte Sarah, und Kate erhob sich steif, um ihrer Nichte zu folgen.

»Ich komme mit. Und eines Tages werden wir gemeinsam auf Glen View die Gräber meines Vaters und seines Freundes Billy besuchen und Blumen auf Peters Grab legen.«

Sarah schwieg. Sie wusste, dass ihre Tante ihren Traum irgendwann verwirklichen würde. Es wäre wunderbar, das

Land ihrer leiblichen Mutter zu betreten, durch das diese einst mit dem Clan der Nerambura gezogen und wo sie ihrem Vater begegnet war. Jenes Land, das beiden heilig gewesen war.

49

Der Staub kündigte die Ankunft der Polizeipatrouille auf Ben Rosenblums Besitz schon von weitem an. Ben, der mit zusammengekniffenen Augen in das aggressive Rot des im Osten aufgehenden Feuerballs blickte, zählte sechs berittene Polizisten. Ihr Anführer war ein hoch gewachsener Offizier, der mit der natürlichen Anmut des geborenen Reiters im Sattel saß. Als die Männer näher kamen, erkannte er Gordon James, den er zuletzt drei Jahre zuvor in Townsville gesehen hatte.

Als sie an der Rindenhütte angelangt waren, ließ Gordon seine Männer halten.

»Hallo, Ben«, grüßte er. Rosenblum nickte nur. Die mit einer dicken roten Staubschicht überzogenen Polizisten glotzten den bärtigen Viehzüchter, der neben einem Stapel Holzscheite stand, lustlos an.

»Ihr sucht wahrscheinlich die Bande, die letzte Woche das Haus der Halpins überfallen hat«, meinte Ben in schleppendem Ton.

»Ja«, gab Gordon zurück. »Sie scheinen nach Süden zu wollen. Wir sind ihnen gefolgt, bis mein schwarzer Fährtenleser krank wurde. Mussten ihn zurücklassen, damit er nach Cloncurry kann. Also hab ich beschlossen, mit meinen Jungs herzukommen, um zu sehen, ob du mir hilfst.«

»Ich kann nicht viel für dich tun.«

»Ich hatte gehofft, du leihst mir den Kalkadoon, der bei dir leben soll.« Gordon sah sich auf dem staubigen Hof um.

»Terituba?« Ben runzelte die Stirn. »Den brauche ich hier. Er wird allmählich ein ausgezeichneter Viehhirte.«

»Du kannst dir wohl denken, was diese Killerschweine Missus Halpin angetan haben, bevor sie ihren Mann ermordet haben.« Gordon beugte sich, auf den Sattelknopf gestützt, vor. »Soviel ich weiß, warst du doch mit den Halpins befreundet. Ich hätte gedacht, das zählt was.«

Unangenehm berührt zuckte Ben zusammen, als Gordon seine Freundschaft mit den Halpins erwähnte. Nach Jennys Tod hatten sie ihn regelmäßig besucht. Für diese uneingeschränkte Hilfe in Zeiten der Trauer schuldete er ihnen Dankbarkeit. »Steig ab und lass deine Männer ausruhen«, sagte er daher. »Ich rufe Terituba.«

»Danke, Ben.« Gordon lächelte. »Wusste ich doch, dass ich auf dich zählen kann, wenn Not am Mann ist.«

Er wandte sich um und befahl seinen Männern abzusitzen. Sie waren die ganze Nacht geritten, um den Abstand zu den vier Gejagten zu verringern. Elegant glitten die eingeborenen Polizisten von ihren Pferden. Als Terituba hinter der Hütte erschien, trafen den früheren Kalkadoon-Krieger misstrauische, ja geradezu furchtsame Blicke, die er mit stolzer, verächtlicher Miene erwiderte. Die Feindschaft zwischen den Stämmen war tief, und die im fernen Neusüdwales rekrutierten Eingeborenen hegten keinerlei Sympathien für die Stämme des Nordens.

Gordon sah Terituba kaum an, sonst wäre ihm der überraschte Blick des Kalkadoon aufgefallen. Der Aborigine hatte die auffällige Narbe bemerkt, die sich über die Stirn des weißen Offiziers zog.

Während die Polizisten ihre Pferde zu einem Wassertrog führten, folgte Gordon Ben in den Schatten der Hütte, wo er sich auf einer aus einem Baumstamm gefertigten Bank niederließ. Ben verschwand kurz und kam mit einem Krug einfachem Gin wieder. Mehr konnte er sich nicht leisten, solange sein Vieh noch nicht für den Verkauf in Townsville gemustert war.

Er setzte sich Gordon gegenüber, stellte den Krug zwischen sie und wischte zwei Emailbecher aus. Gordon füllte den seinen und nippte vorsichtig an der brennenden Flüssigkeit.

Dabei sah er müßig seinen Polizisten zu, die im dürftigen Schatten der Viehhöfe saßen und sich unterhielten.

»Wie lange brauchst du meinen Mann?«, fragte Ben, während er den unverdünnten Schnaps hinunterkippte.

»Vielleicht einen Monat, länger nicht. Wenn wir in einem Monat nichts erreicht haben, schicke ich ihn dir zurück. Solange er bei uns ist, erhält er den Monatssold eines Fährtenlesers.«

»Gut. Für dein Geld bekommst du den besten Fährtenleser nördlich vom Wendekreis des Steinbocks«, erwiderte Ben, der mit Interesse beobachtete, dass Terituba Abstand von den Polizisten hielt, die an den Koppeln herumlungerten. Er wusste, dass der Kalkadoon nichts für die Eingeborenen übrig hatte, die ein Jahr zuvor an der Vernichtung seines Volkes beteiligt gewesen waren.

»Du hast wahrscheinlich gehört, dass Kate und Sarah nichts mit mir zu tun haben wollen«, sagte Gordon leise. Er wusste, dass sich Ben und Kate Tracy nahe standen. Die Nachricht, dass er Peter Duffys Tod verschuldet hatte, war mit Sicherheit auch hier in den Westen, nach Cloncurry, gelangt.

»Ja, ich habe von der Sache mit Peter gehört.«

»Ich hatte keine Wahl, Ben. Alles ging so schnell. Ich habe immer noch Albträume deswegen.«

»So was passiert eben«, knurrte der jüdische Viehzüchter. »Die Vergangenheit kann niemand ändern.« Die schlichte Antwort verriet Gordon, dass Ben ihn nicht so ablehnte wie Kate. »Weißt du, wer diese Mörder sind?«, fragte der Farmer nun taktvoll, um das Thema zu wechseln.

»Einen kenne ich.« Gordon nahm noch einen Schluck von seinem Gin. »Nach allem, was ich herausgefunden habe, ist es ein früherer Polizist, den ich letztes Jahr entlassen habe. Ein übler Kerl namens James Calder. Von den Übrigen wissen wir nur, dass sie sich als Viehdiebe betätigt haben, bevor sie anfingen, den Busch unsicher zu machen und Leute zu ermorden.«

»Ist dieser Calder ein erfahrener Buschläufer?«

»Erfahren genug.«

»Dann wirst du ja einiges zu tun haben«, meinte Ben. »Ich

bezweifle allerdings, dass es ihm gelingt, Terituba abzuschütteln, auch wenn er sich noch so anstrengt.«

»Hoffentlich hast du Recht. Das ist ein besonders übles Pack, und sie haben nicht viel zu verlieren. Wenn wir sie erwischen, hängen sie.«

»Wann wollt ihr losreiten?«, fragte Ben.

»Am besten sofort. Sobald dein Mann fertig ist.«

»Ich werde gleich mit ihm reden, in einer halben Stunde kann er so weit sein.« Ben erhob sich und griff nach dem Krug. »Kann mir allerdings nicht vorstellen, dass er gern für euch arbeitet.«

»Vermutlich nicht. Nach dem, was letztes Jahr passiert ist, hat er wohl nicht viel für uns übrig.«

»Das befürchte ich auch«, meinte Ben geheimnisvoll lächelnd. »Vor allem, weil er einen weißen Polizisten mit seiner Axt fast skalpiert hat.«

Gordon warf ihm einen scharfen Blick zu und berührte instinktiv die Narbe auf seiner Stirn. Dann sah er sich den hünenhaften Kalkadoon, der im Staub des Hofes hockte, genauer an. »Jesus!«, fluchte er entsetzt.

»Willst du ihn immer noch als Fährtenleser?«, fragte Ben kichernd.

Gordon rieb sich die Stirn. Mit entsetzlicher Klarheit erinnerte er sich daran, wie nah er dem Tod an jenem Tag gewesen war. »Ja. Vielleicht erwischt er die Burschen vor uns.« Er lachte leise. »In diesem Fall dürften die Chancen, dass sie einen Gerichtssaal von innen sehen, äußerst schlecht stehen.«

Ben erklärte Terituba in groben Zügen, was von ihm erwartet wurde. Der Kalkadoon lauschte, und obwohl er nicht gehen wollte, tat er, worum Ben ihn bat. Er vertraute Iben, der sich als fairer Boss erwiesen hatte und seine Familie gut behandelte. Er hatte nicht versucht, Terituba die Frau wegzunehmen, wie das andere Weiße vielleicht getan hätten, und behandelte seinen Sohn mit ebenso viel Respekt wie den eigenen.

Nachdem Ben geendet hatte, ging Terituba zu seiner Frau und seinem Sohn und erklärte ihnen, dass er für ein Weile fort musste. Die beiden flehten ihn an, sich nicht der gefürchteten berittenen Eingeborenenpolizei anzuschließen, aber er unterbrach sie und erinnerte sie daran, dass sie bei Iben gut aufgehoben waren. Sie akzeptierten das als sein letztes Wort, und Terituba traf seine Vorbereitungen.

Verblüfft starrte Gordon auf den Aborigine, der nun wie verwandelt war. Terituba, nackt bis auf einen Gürtel aus Menschenhaar, in dem seine Kriegsaxt steckte, war mit den Speeren in der Hand wieder ganz der Krieger, der sich ihnen in den Bergen entgegengestellt hatte. Gordon fühlte Unbehagen in sich aufsteigen. Er fürchtete den Geist, der sich nicht geschlagen gab.

50

Vom Büro aus hatte man einen wunderbaren Blick auf den Kai. Einst hatte es David Macintosh gehört, dann Granville White, und nach seiner Rückkehr aus Europa vor einigen Monaten hatte Patrick es übernommen.

Seit der Vorstand des Macintosh-Konzerns die Empfehlung ausgesprochen hatte, Lady Macintoshs Enkel solle die Transportunternehmen der Firmengruppe kennen lernen, hatte Granville sein Büro in einem Nachbargebäude. Die kurzen Begegnungen zwischen beiden Männern waren kühl und geschäftsmäßig verlaufen. Keiner wollte den anderen merken lassen, dass er sich wegen der für beide unangenehmen Aufteilung der Geschäftsführung unbehaglich fühlte.

Bis jetzt hatte Granville bei den Besprechungen die Oberhand behalten, da er nach wie vor den größten Teil der Geschäfte der Firma leitete. Aber Enid war davon überzeugt, dass ihr Enkel seinen Weg gehen würde. Seine Kompetenz auf dem Gebiet der Hochfinanz musste den Vorstand schließlich überzeugen. Dann würde er ihrem verhassten Schwiegersohn die Kontrolle über das Finanzimperium der Macintoshs allmählich aus der Hand nehmen. Irgendwann würde sie Granville vernichten. Eine falsche Entscheidung, die zu großen Verlusten führte, oder ein Skandal würden ihn zum Rücktritt zwingen. Was immer es auch war, Enid wusste, dass sie zur richtigen Zeit zuschlagen und ihn in Misskredit bringen musste. Falls Patrick glaubte, der Krieg wäre ein schmutziges Geschäft, würde er schnell feststellen, dass es in der Finanzwelt nicht weniger brutal zuging.

Immer noch überprüfte George Hobbs jeden Besucher. Er

bewachte das Büro wie ein Wachhund den Hof seines Herrn. Andere Mitarbeiter der Firma mochten kommen und gehen, aber George hatte sich durch seine ergebene Treue zu Lady Enid eine Lebensstellung gesichert. Granville hatte versucht, ihn in den Ruhestand zu schicken, denn für seinen Geschmack wusste der Sekretär zu viel. Aber Enid hatte ihr Veto dagegen eingelegt.

Nun arbeitete George Hobbs also für Patrick. Seine intime Kenntnis des Labyrinths der Finanzstruktur des Macintosh-Imperiums war von unschätzbarem Wert. Schnell wurde Patrick klar, welch scharfen Verstand sein Sekretär besaß. Er belohnte ihn mit einer Gehaltserhöhung, was ihn in Georges Achtung weiter steigen ließ.

Da George den alltäglich anfallenden Papierkram erledigte, hatte Patrick Zeit, aus dem Fenster zu sehen und die an den Kais liegenden Schiffe zu betrachten. Neben den wenig eleganten Schornsteinen der neueren Schiffe ragten anmutige Masten und Spieren in die Höhe, zwischen denen sich die Takelage spannte. In den Monaten, seit er den Militärdienst quittiert hatte und nach Neusüdwales zurückgekehrt war, hatte er die besten Lehrer gehabt, denn Lady Enid hatte die Geschäftsführer der verschiedenen Unternehmen des Konzerns mit seiner Einweisung beauftragt. Er lernte schnell, und die sonst so mürrische Frau strahlte vor Stolz, wenn sie die Berichte über seine bemerkenswerten Fortschritte las.

Patrick verstand es, mit Menschen umzugehen, schließlich hatte er eine der härtesten Truppen des Empire befehligt. Die Schotten hatten wenig Geduld mit unfähigen Leuten, aber der junge Offizier aus den Kolonien hatte ihr Vertrauen gewonnen. Jetzt setzte er diese Führungsqualitäten bei seinen Mitarbeitern ein, ohne wie ein Tyrann auf der sklavischen Einhaltung von Vorschriften zu bestehen. Die Macintosh-Angestellten mochten ihn nicht nur wegen seiner umgänglichen Art, sondern respektierten ihn auch, weil er sich anhörte, was sie zu sagen hatten. Sorge bereitete Enid nur, dass er offensichtlich jede Art von Schreibarbeit verabscheute. Glücklicherweise besaß sie im Unternehmen genügend Vertraute, die dafür sorgten, dass ihr

Enkel die notwendigen Informationen erhielt und die richtigen Dokumente unterzeichnete.

Patrick seufzte, als ihm Granvilles Empfehlung einfiel, die Klipper der Flotte durch mit Kohle betriebene Dampfschiffe zu ersetzen. Ihm kam das vor, als würde man einen geliebten Hund einschläfern lassen. Für Patrick waren die schnellen Klipper die Windhunde des offenen Meeres. Doch auch ihm war klar, dass ihre Tage angesichts des technischen Fortschritts gezählt waren. Die majestätischen Schiffe waren den Winden ausgeliefert, die unberechenbar und kapriziös wie eine schöne Frau waren.

Die Erinnerung daran, dass Granville diese Umstellung empfohlen hatte, verursachte Patrick Unbehagen. Er besaß immer noch großen Einfluss bei den Direktoren, und Lady Enid hatte Patrick gewarnt, dass Granville notfalls auch vor einer Diffamierungskampagne nicht zurückschrecken würde. Wenn es ihm gelang, Patrick als unehelichen Sohn eines katholischen Iren in Misskredit zu bringen, konnte ihm das in der streng protestantischen Geschäftswelt der Kolonie schaden. Für den Augenblick schützte ihn sein mutiger Einsatz im Dienst der Königin vor einer solchen Intrige.

Allerdings hatte Enid, die in dieser Hinsicht nicht allzu optimistisch war, ihm auch vor Augen geführt, dass die Presse Skandale liebte und geduldig warten würde, bis seine Verdienste um das Mutterland vergessen waren. Nur weil die Zeitung, die sie im vergangenen Jahr gekauft hatte, ihn immer wieder als Helden des Suakin-Feldzugs ins Gespräch brachte, hatten sich die rivalisierenden Boulevardzeitungen bisher ruhig verhalten. Sie hoffte inständig, dass es ihrem Enkel gelang, seine Stellung so weit zu festigen, dass es die übrigen Zeitungen nicht mehr wagten, ihn wegen seiner Abstammung zu attackieren.

Während Patrick auf das Meer der Masten blickte, fühlte er nervöse Erwartung in sich aufsteigen. Am Tag zuvor hatte er eine Nachricht mit der Bitte um ein Gespräch erhalten und sofort all seine Termine abgesagt, um seine Tante Kate zu empfangen.

Würde sie sich ebenso distanziert geben wie sein Onkel Daniel?, fragte er sich mit hinter dem Rücken verschränkten Händen. Sein Onkel hatte sich geweigert, ihn zu sehen, weil er seinen katholischen Glauben aufgegeben hatte. Würde sie als Schwester seines Vaters mehr Verständnis dafür haben, dass er die protestantische Religion seiner Großmutter mütterlicherseits angenommen hatte? In wenigen Minuten würde er es wissen. Aus dem Vorzimmer drangen gedämpfte Stimmen an sein Ohr. Dann steckte George Hobbs den Kopf zur Tür herein. »Missus Tracy für Sie, Sir.«

»Bitten Sie sie herein, Mister Hobbs.«

Der erste Eindruck, den Patrick von seiner berühmten Tante hatte, war, dass sie überhaupt nicht seinem Bild von einer strengen Geschäftsfrau entsprach. Sie war ausgesprochen schön. Die großen grauen Augen blickten sanft und sprachen von einer unendlichen Liebesfähigkeit. Das lange, dunkle Haar, das sie zu einem ordentlichen Knoten aufgesteckt hatte, war zwar von grauen Strähnen durchzogen, aber weich und üppig. Als sie durch den Raum schritt, um ihren Neffen zu begrüßen, raschelte der Satinstoff ihres langen grünen Kleides.

Patrick nahm ihre ausgestreckte Hand und fühlte ihren festen Händedruck. »Tante Kate, es ist mir ein Vergnügen und eine Ehre, dich nach all diesen Jahren kennen zu lernen«, sagte er eindringlich, aber ohne Übertreibung. »Du musst die schönste Duffy in allen Kolonien dieser Welt sein – von Irland ganz zu schweigen.«

Ihr amüsiertes Lachen klang glockenhell. »Patrick Duffy, du bist genauso ein Lügner wie dein Vater«, erwiderte sie mit einem breiten Lächeln. »Keine Ahnung, wieso ihr Duffy-Männer solche Schönredner seid, wo ihr doch alle in den Kolonien und nicht im guten alten Irland geboren seid. Aber ein bisschen Schmeichelei schadet nichts! Da fühlt man sich als alte Frau gleich um Jahre jünger.«

»Alt!«, schalt Patrick. »Du würdest in allen Schlössern Europas als Zierde gelten, und die Männer würden sich um deines Lächelns willen duellieren.«

»Wenn es nur so wäre«, seufzte sie, als er ihre Hand losließ und sie einlud, auf einem der bequemen Ledersessel Platz zu nehmen. »Vielleicht änderst du deine Meinung, wenn du hörst, worüber ich mit dir sprechen will.«

»Dann bist du vermutlich wegen eines möglichen Verkaufs von Glen View hier«, erwiderte er grimmig. »Trotzdem, du bist und bleibst für mich die Schönste aller Duffys, egal, wie unser Gespräch verläuft und was dabei herauskommt.«

Kate, die die Hände im Schoß gefaltet hielt, lächelte ihn an. »Ich hoffe, daran ändert sich nichts, Patrick. Ich hatte immer vor, dich bei der ersten sich bietenden Gelegenheit kennen zu lernen. Vielleicht sollten wir erst reinen Tisch machen, bevor wir uns angenehmeren Dingen zuwenden. Verkaufst du mir Glen View? Balaclava Station, der angrenzende Besitz, gehört bereits mir. Aus geschäftlichen Gründen bin ich daran interessiert, beide Anwesen zusammenzulegen.«

Überrascht durch diese direkte Frage richtete Patrick sich gerade auf. »Wenn es in meiner Macht stünde, würde ich dein Angebot vielleicht in Erwägung ziehen, aber Glen View gehört Granville White allein. Mein Großvater hat den Besitz meiner Mutter hinterlassen. Als sie ihr Erbe ihrem Mann übertrug, ging auch Glen View automatisch an ihn über.«

»Und du hast bei dem Verkauf gar nichts zu sagen?«

»Leider nein. Lady Macintosh ist wütend, weil er Glen View überhaupt zum Verkauf anbietet. Wie du weißt, liegen mein Großvater und mein Onkel dort begraben. Schon aus diesem Grund ist es für die Familie Macintosh wichtig, den Besitz zu behalten.«

»Deine beiden Großväter sind auf Glen View begraben«, erinnerte Kate ihn sanft. »Und erst vor kurzem hat dein Cousin Peter dort seine letzte Ruhestätte gefunden.«

»Da hast du Recht«, gab er zu. »Meine beiden Großväter und mein Cousin Peter, den ich leider nie kennen gelernt habe, liegen dort. Ich habe in der Zeitung von seinem tragischen Tod gelesen. Onkel Daniel hat mich nicht einmal aus Höflichkeit informiert«, setzte er bitter hinzu.

»Du kannst es deinem Onkel nicht verübeln, dass er nicht

mit dir spricht, Patrick«, verteidigte Kate ihren Cousin. »Es kommt nicht alle Tage vor, dass sich ein Duffy von seiner Familie lossagt.«

»Und warum redest *du* dann mit mir?«, fragte er voller Bitterkeit. »Geht es nur um Glen View?«

»Nein, Patrick«, erwiderte sie sanft. »Ich bin anderer Meinung als dein Onkel Daniel. In meiner Familie habe ich schon immer als Nonkonformistin gegolten. Meinen ersten Mann habe ich gegen den Willen von Onkel Frank und Tante Bridget geheiratet. Leider sollte sich herausstellen, dass ihre Meinung von ihm nur allzu berechtigt war. Aber selbst wenn ich das gewusst hätte, ich hätte Kevin O'Keefe trotzdem geheiratet. Nein, ich bin hier, weil du der Sohn meines Bruders bist und damit zur Familie gehörst.«

Beschämt wegen seiner Überempfindlichkeit blickte Patrick zu Boden. »Tut mir Leid, dass ich die Beherrschung verloren habe«, sagte er. »Es ist nur, dass ich jetzt väterlicherseits gar keine Familie mehr habe.«

»Du wirst immer mich und deinen Vater haben«, korrigierte sie ihn liebevoll. »Wo auch immer er jetzt sein mag, ich weiß, dass ihm viel an dir liegt.«

»Ich würde dir ja gern glauben, aber der große Michael Duffy hat in all diesen Jahren nicht versucht, mich zu finden.«

»Das stimmt doch nicht, Patrick«, widersprach Kate. »Als du letztes Jahr als vermisst gemeldet wurdest, ist er sogar in den Sudan gereist, um nach dir zu suchen.«

Völlig verblüfft starrte Patrick seine Tante an. »Was meinst du damit? Wovon redest du?«

»Ich dachte, du wüsstest davon.« Kate runzelte die Stirn. »Dein Vater hat mir letztes Jahr aus Italien geschrieben, dass Lady Macintosh ihn engagiert habe, um nach dir zu suchen. Doch als er im Sudan eintraf, hatte man dich offenbar schon gefunden, und die Behörden hinderten ihn, dich zu sehen.«

»Bist du dir da ganz sicher?« Patrick beugte sich mit ausgestreckten Händen auf seinem Sessel vor, als wollte er sie um Informationen anbetteln. »Meine Großmutter hat meinen Vater engagiert, um nach mir zu suchen?«

»Ja, ich bin sicher. Dein Vater hätte mir das nicht geschrieben, wenn es nicht stimmen würde. Anscheinend hat ein gewisser Colonel Godfrey die Geleitbriefe widerrufen, mit denen er in den Sudan gereist ist.«

»Godfrey!«

»Kennst du ihn?«, fragte Kate.

»Allerdings kenne ich Colonel George Godfrey«, grollte er. »Und er wird mir mit Sicherheit alles sagen, was ich wissen will.«

Die Anspannung war so groß, dass sich Patrick erhob und begann, im Büro auf und ab zu gehen. Was er da eben erfahren hatte, würde in der Bibliothek seiner Großmutter ein Nachspiel haben.

»Tut mir Leid, dass dir diese Nachricht solchen Kummer bereitet«, meinte Kate. »Ich dachte, du wüsstest davon.«

»Ich bin nach Sydney zurückgekehrt, weil ich hoffte, die Mittel der Familie Macintosh würden es mir ermöglichen, nach meinem Vater und einer weiteren Person zu suchen. Wenigstens einmal in meinem Leben will ich ihm begegnen. Vielleicht mag ich ihn ja gar nicht, aber ich werde nie herausfinden, wer ich wirklich bin, wenn ich mich dem nicht stelle. Hast du eine Ahnung, wo er sich im Moment aufhält?«

»Wenn ich wüsste, wo dein Vater ist, würde ich es dir sagen. Aber seine letzte Adresse war in Rom, und das ist über zehn Monate her. So wie ich deinen Vater kenne, kann er inzwischen überall sein.«

»Was hat er denn in Rom getan?« Die Schärfe in Patricks Stimme erstaunte Kate. »War er allein?«

»Zumindest hat er in seinem Brief niemanden erwähnt. Er hat nur geschrieben, dass er wieder malt und in römischen Ateliers Unterricht nimmt.«

Patrick versank in brütendes Schweigen. War Catherine noch bei seinem Vater? Und falls ja – war sie seine Geliebte? Wie würde er reagieren, wenn er die beiden zusammen sah? »Danke, Tante Kate, dass du mir all das erzählt hast«, sagte er schließlich. »Ich würde dich gern für morgen Abend in Lady Enids Haus einladen, damit du mit mir und meiner Großmutter isst.«

»Das ist sehr nett von dir, Patrick, aber ich muss leider ablehnen«, sagte Kate und erhob sich. »Ich habe zwar nichts gegen dich, weil du der Sohn meines Bruders bist, aber ich werde nie einen Fuß in ein Haus der Macintoshs setzen. Außerdem habe ich für übermorgen meine Schiffspassage nach Rockhampton gebucht und muss mich vorher noch um einige geschäftliche Angelegenheiten kümmern.«

»Das tut mir wirklich sehr Leid«, erwiderte Patrick galant. »Aber ich habe das Gefühl, dass wir in Zukunft in Verbindung bleiben werden, ganz gleich, was noch alles geschieht.«

Impulsiv beugte Kate sich vor, um ihren Neffen auf die Stirn zu küssen. »Wenn dich dein Vater doch nur sehen könnte«, seufzte sie. »Er wäre so stolz auf dich.«

»Ich hoffe, du hast Recht, Tante Kate.« Patrick begleitete seine Tante auf die Straße hinaus, wo er eine Droschke anhielt und ihr beim Einsteigen half.

Er blieb auf der belebten Straße stehen und sah zu, wie sich die Droschke in den Strom von Kutschen, Tafelwagen und Pferde-Omnibussen einreihte, auf deren Seiten Werbung für Whisky und Tabakprodukte prangte. Es war ein warmer Wintertag. Dichte schwarze Rauchwolken verdunkelten den Himmel, der fast so düster wie seine Gedanken war. Zunächst würde er seine Großmutter zur Rede stellen und sich erkundigen, warum sie ihm nichts von ihrem Treffen mit seinem Vater erzählt hatte. Außerdem wollte er wissen, warum Godfrey die Geleitschreiben widerrufen hatte – das konnte nur auf ihre Veranlassung geschehen sein. Dann würde er Colonel Godfrey selbst befragen, denn er hegte den Verdacht, dass der frühere Soldat viel mehr über seinen Vater wusste, als er ihm erzählt hatte.

Granville gefiel sein neues Büro nicht, und er war erst recht nicht damit zufrieden, dass Patrick die Kontrolle über die Schifffahrtslinie übernommen hatte. Im Export der Erzeugnisse der Kolonie lag der Schlüssel zur Zukunft des Landes, und die Schiffe erschlossen diesen Produkten die lukrativen Märkte des fernen England. Und nun hatte er die Verantwortung darüber an einen Mann verloren, der für ihn nichts weiter war als ein Fehltritt seiner von ihm getrennt lebenden Frau, begangen, als diese ein leicht beeinflussbares junges Mädchen gewesen war.

Während er in seinem Büro auf und ab lief, erinnerte er sich geradezu sehnsüchtig an seinen früheren Angestellten Morrison Mort. Hätte der Kapitän noch in seinen Diensten gestanden, wäre ihm sicherlich ein Mittel eingefallen, um seinen Rivalen um die Macht im Unternehmen zu beseitigen. Aber Mort weilte nicht mehr auf dieser Welt. Den grausigen Berichte zufolge, die damals aus dem nördlichen Grenzgebiet von Queensland zu ihm gedrungen waren, hatte er einen entsetzlichen Tod erlitten. Angeblich hatte er sein Leben als Teil eines heidnischen Festmahls in einem Kochtopf der Wilden beendet.

Granville erschauerte. Gerüchten zufolge war Morts vorzeitiges Ableben zumindest teilweise das Werk eines irischen Söldners, eines gewissen Michael Duffy. Und dieser war der Vater des verhassten Feindes, mit dem er es gegenwärtig zu tun hatte.

Er ließ sich in einen Sessel fallen. Gedankenverloren verschränkte er die Finger, wobei er sich selbst daran erinnerte, dass nicht immer Gewalt vonnöten war, um einen Menschen zu vernichten. Seine Schwiegermutter war eine Meisterin darin, den Ruf einer Person unwiderruflich zu beschädigen. Selbst die Verlegung seines Büros war mit Sicherheit von ihr geplant gewesen, um sein Image zu beschädigen.

Die Geschäftsbücher der Firma lagen offen auf dem Schreibtisch vor ihm. Sie waren ihm ohne große Umstände von Davids Büro zur routinemäßigen Überprüfung vorgelegt worden. Die Kontrolle der großen, ledergebundenen Bände, in denen Gewinne und Verluste aller Macintosh-Firmen verzeichnet waren, war eine Frage professioneller Geschäftsführung.

Für einen Augenblick erinnerte sich Granville an seinen toten Schwager. Vor siebzehn Jahren hatte Enids Sohn seinem, Granvilles, Ehrgeiz im Weg gestanden, weil er in der Erbfolge vor ihm kam. Doch Mort hatte seine Befehle zuverlässig ausgeführt, und nun lagen die Knochen des jungen Mannes in einem namenlosen Grab im Sand einer Südseeinsel. Davids Tod war feindseligen Eingeborenen zugeschrieben worden, aber Granville wusste, dass sich seine verhasste Schwiegermutter von Morts offiziellem Bericht bei seiner Rückkehr nach Sydney an Bord des Sklavenschiffes *Osprey* nicht hatte täuschen lassen.

Aber sie war nicht die Einzige, die dieses Spiel beherrschte. Selbst der Held des Sudan war nicht unantastbar. Brutale Gewalt schien gar nicht nötig zu sein, um Patrick Duffy in den Augen der Welt in Misskredit zu bringen. Schließlich hielt Granville das zuverlässigste und skrupelloseste Mittel, um den Ruf eines unschuldigen Mannes zu zerstören, in der Hand. Gehörte nicht eine Zeitung zum Firmenimperium der Macintoshs?

Granvilles messerscharfer Verstand hatte bereits in dem Augenblick, als Patrick sein Büro übernahm, angefangen, einen Plan zu ersinnen. Jetzt war es Zeit, mit dessen Umsetzung zu beginnen. Patrick Duffy musste ein für alle Mal vernichtet werden. Er durfte keine Gelegenheit bekommen, das Vermögen der Macintoshs zu kontrollieren.

Zum ersten Mal an jenem Tag lächelte Granville. Die ordentlichen Zahlenreihen in den Spalten der Geschäftsbücher waren seine Munition. Er hatte einen Meisterfälscher bei der Hand, der in Hobbs' Schrift die Zahlen auf die leeren Seiten neuer Bücher übertragen würde, allerdings mit einigen verräterischen Ergänzungen – Ergänzungen, die bei einer Prüfung durch entsprechende Blankoquittungen belegt werden würden.

Die Feder ist wirklich mächtiger als das Schwert, dachte er mit einem höhnischen Grinsen. Um einen Menschen zu vernichten, brauchte man nicht unbedingt jemanden wie Mort.

51

Barcaldine bestand im Wesentlichen aus ein paar Gasthäusern mit weitläufigen, schattigen Veranden und Geschäften, deren Angebot sich auf das Lebensnotwendige beschränkte. Außerdem gab es noch ein oder zwei Häuser und eine Gefängniszelle für betrunkene Scherer, die ihren Lohn in Alkohol umgesetzt hatten.

Beim Anblick der eisernen Dächer, die über dem niedrigen Busch in der grellen Mittagssonne flimmerten, seufzte Gordon James erleichtert auf. Nachdem seine Patrouille dreihundertfünfzig Kilometer weit nach Süden durch flaches Ödland geritten war, lag nun der erste Außenposten der Zivilisation vor ihnen.

Auf dem Ritt hatte er immer wieder seine Entscheidung, bei der Polizei zu bleiben, hinterfragt. Ihm war klar geworden, dass ihm ohne Sarah wenig im Leben etwas bedeutete. Zu Pferd konnte er sich auf den weiten Ebenen des einsamen Landes mit dem endlosen Horizont verlieren. Doch Sarah tauchte immer wieder in seinen Gedanken auf. So sehr er auch versuchte, sich durch Arbeit abzulenken, er ertappte sich wiederholt dabei, dass er an sie dachte. Die Erinnerung verbrannte seine Seele schmerzhafter als die Mittagssonne des erbarmungslosen australischen Sommers. Zumindest lenkte ihn die Verbrecherjagd mit seiner Patrouille von diesen Gedanken ab. Als Anführer war er schließlich für das Wohlergehen seiner Leute verantwortlich.

Gordon gab seinem Pferd die Sporen, um dem hünenhaften Kalkadoon durch den Busch zu folgen. Terituba schien keine Müdigkeit zu kennen. Tag um Tag war er der für alle anderen unsichtbaren Spur der vier Buschläufer gefolgt. Doch achtzig Kilometer nördlich von Barcaldine hatte eine Reihe kleiner Tornados durch den Busch getobt, und die Wirbelwinde hatten die Spuren ausgelöscht, sodass selbst Terituba nicht weiter wusste.

Gordon hatte einen vollen Tag verloren, während er darauf wartete, dass sein eingeborener Fährtenleser die Spur der vier Gejagten wiederfand. Dann hatte er seine Karte konsultiert und mithilfe des Kompasses aus ihrem bisherigen Weg die Richtung berechnet. Er kam zu dem Schluss, dass sie nach Barcaldine im Süden wollten. Ihm fiel ein, dass Calder dort als Scherer gearbeitet hatte, bevor er zur berittenen Eingeborenenpolizei gegangen war. Offenbar führte der Mörder seine Bande in ein Gebiet, das ihm vertraut war.

Er hatte die Karte beiseite gelegt und der Patrouille den Befehl erteilt, nach Süden zu reiten, bis sie die winzige Ortschaft erreichten. Es war ein harter Ritt gewesen, und in den beiden Nächten, bevor sie nach Barcaldine gelangten, hatten sie nur wenige Stunden geschlafen.

Doch nun war der Ort in Sicht. Gordon befahl seinen Männern, auf der Hut zu sein, wenn sie in die Siedlung ritten. Seinen Berechnungen nach waren sie den Flüchtigen dicht auf den Fersen. Zuerst würde er an der örtlichen Polizeistation halten.

Die schwere blaue Uniformjacke zurechtrückend, trat Sergeant Johnson aus seiner Dienststelle, die nur aus einem Raum bestand, um die unerwarteten Besucher zu begrüßen. Er war ein schroffer Mann mit einem pockennarbigen Gesicht und schwitzte stark.

Vor seinem Büro stehend, beäugte er den jungen Inspektor voller Neugier, in die sich eine kräftige Prise Verachtung mischte. Die berittene Eingeborenenpolizei duldete Schwarze in ihren Reihen und ließ sie Feuerwaffen tragen. Das schien ihm nicht in Ordnung zu sein. Sergeant Johnson fühlte sich nicht verpflichtet, vor einem Offizier, der kein richtiger Polizist war, zu salutieren. Unhöflich wollte er allerdings auch nicht sein. »Wollen Sie absteigen und reinkommen, Inspektor?«, lud er ihn ein. »Ihre Jungs können ihre Pferde hinter dem Haus tränken, wenn Sie wollen.«

»Danke, Sergeant.« Gordon glitt mit müheloser Anmut vom Pferd.

Auch den riesigen Eingeborenen, der am Steigbügel des Inspektors stand, beäugte der Dorfpolizist eingehend. »Sieht nicht so aus, als wäre der Schwarze von hier«, meinte er, während Gordon sein Pferd an das dafür vorgesehene Geländer band.

»Ein Kalkadoon aus dem Norden.«

Überrascht hob der Sergeant die Augenbrauen. »Ich dachte, die hätten Ihre Leute letztes Jahr nördlich von Cloncurry ausgelöscht?«

»Nicht alle.«

Kichernd schüttelte der Sergeant den Kopf. »Sieht nicht besonders zivilisiert aus, der Kerl. Wenn Sie mich fragen, ist das ein ganz übler Bursche.«

Die taktlose Äußerung des Sergeant ärgerte Gordon. Terituba hatte sich für ihn von unschätzbarem Wert erwiesen, obwohl er keinerlei Grund hatte, den Leuten zu helfen, die sein Volk niedergemetzelt hatten. »Er spricht ziemlich gut Englisch, Sergeant«, warnte er. »Ich wäre mit solchen Beleidigungen vorsichtig, sonst könnten Sie die Axt zu spüren bekommen, die in seinem Gürtel steckt. Aus persönlicher Erfahrung kann ich Ihnen versichern, dass er damit umzugehen versteht. Dieses Andenken da hat *er* mir verpasst.« Damit deutete er auf die Narbe auf seiner Stirn.

Der Sergeant blinzelte verwirrt. Plötzlich betrachtete er den Kalkadoon mit ganz anderen Augen. »Der war das?«, fragte er ehrfürchtig. Gordon nickte. »Dann müssen Sie Inspektor James sein … Sir.« Selbst der Dorfpolizist hatte viel über den erbitterten Kampf gegen die Kalkadoon gelesen. »Tut mir Leid, wenn ich es an Respekt habe mangeln lassen.«

»Schon vergessen, Sergeant«, erwiderte Gordon.

Interessiert sah sich Terituba in der winzigen Ortschaft um. Er war zum ersten Mal überhaupt in einer Stadt der Weißen, und die Lebensweise dieser Menschen faszinierte ihn. Warum machten sie sich die Mühe, dauerhafte Bauwerke zu errichten, die sie in dem harten Land ohnehin wieder verlassen mussten, um nach Wasser und Wild zu suchen? Die ganze, harte Arbeit war dann umsonst und würde erneut vom Busch verschlungen werden.

»Du kommst mit uns, Kalkadoon«, rief einer der Polizisten. Gehorsam folgte er den anderen, die die Pferde an einem Trog tränkten. Zumindest der Trog war nützlich.

Gordon folgte dem Sergeant ins Haus und ließ sich auf einen Stuhl fallen. Das Büro enthielt außer einem Schwarzen Brett mit Plakaten von gesuchten Verbrechern, einem billigen, von der Regierung zur Verfügung gestellten Schreibtisch und zwei Stühlen kaum Mobiliar.

Der Sergeant setzte sich hinter seinen Schreibtisch. »Was führt Sie nach Barcaldine, Sir?«, fragte er.

»Wir sind vier Männern gefolgt. Einer von ihnen heißt James Calder. Kennen Sie ihn? Oder haben Sie hier in letzter Zeit Fremde gesehen?«

»Vier Burschen haben südlich von hier am Fluss ihr Lager aufgeschlagen. Hab ich zumindest von ein paar durchziehenden Scherern gehört.«

»Wie lang ist das her?«

»Soviel ich weiß, sind sie noch da. Zu Pferd ist es etwa eine Stunde. Allerdings haben sie meines Wissens bis jetzt keinen Ärger gemacht.«

»Das könnten sie sein«, überlegte Gordon. »Sie können uns wohl nicht zu ihrem Lagerplatz führen?«

»Klar doch. Weswegen werden sie gesucht?«

»Mord, Vergewaltigung und bewaffneter Raubüberfall. Sie haben vor ein paar Wochen im Cloncurry-Distrikt einen Kleinbauern getötet und seine Frau vergewaltigt. Die Frau des Ermordeten hat uns eine ziemlich gute Beschreibung geliefert, zumindest von den beiden, die sie vergewaltigt haben. Leider haben sie im Dunkeln zugeschlagen, daher hat sie die beiden, die draußen geblieben sind, nicht besonders gut gesehen.«

»Wer war der Mörder?«

»Calder.«

Der Sergeant erhob sich von seinem Stuhl. »Ich schnappe

mir schnell etwas Proviant und sattle mein Pferd. Wenn die Kerle ihr Lager schon abgebrochen haben, könnten wir ein paar Tage unterwegs sein.«

»Das heißt wohl, dass Sie sich uns anschließen werden«, meinte Gordon, der nun ebenfalls aufstand.

»Sieht so aus, Sir. Bei allem Respekt vor Ihrem Fährtenleser, aber ich kenne die Gegend und weiß, wo die Gehöfte liegen. Wenn diese Burschen so übel sind, wie Sie sagen, möchte ich nicht, dass sie irgendwo als ungebetene Gäste auftauchen. Ich habe in diesem Distrikt eine Menge Freunde.«

»Klingt vernünftig, Sergeant ...«

»Sergeant Johnson, Sir«, erwiderte der Beamte, während er seinen Dienstrevolver aus einer Schublade holte und in sein Holster steckte.

»Haben Sie ein Ersatzpferd?«, fragte Gordon.

»Ja, Sir. Brauchen Sie eines für den Fährtenleser?«

Gordon nickte.

»Ich sattle es gleich.« Damit holte der Sergeant hinter der Tür ein Snider-Gewehr hervor und steckte eine Schachtel Patronen in seine Hosentasche.

Die beiden Männer traten ins Freie, und der Sergeant ging zu dem Haus neben der Polizeistation. Während Gordon geduldig auf ihn wartete, betrachtete er die Buschläufer und die wenigen Einheimischen, die ihn mit einer Mischung aus Neugier und Apathie anstarrten. Die Männer hatten sich in den Schatten der breiten Hotelveranden zurückgezogen und hielten Gläser mit Bier oder Schnaps in der Hand. Um die Mittagszeit war in Barcaldine nicht viel los. Selbst die Hunde hielten sich von den Straßen fern, wenn die Sonne am azurblauen Himmel im Zenit stand.

»Da soll mich doch der Teufel holen!«, entfuhr es Gordon plötzlich. »Hey, Willie!«

Eilig ging er über die staubige Straße auf eines der Hotels zu, wo er einen jungen Mann mit einer Flasche Rum in der Hand auf die Veranda hatte treten sehen. Als der Junge seinen Namen hörte, blieb er wie erstarrt stehen.

»Willie!«, rief Gordon erneut.

Der winkte ihm zu. »Mister James, seit wann sind Sie denn hier?« Mit diesen Worten reichte er ihm die freie Hand.

»Erst seit ein paar Minuten. Und was verschlägt dich in diesen Teil der Welt?«

Willie warf über die Schulter des Inspektors einen Blick auf die Männer der Eingeborenenpolizei, die vor der Polizeistation in Erwartung des bevorstehenden harten Ritts ihre Sattelgurte fester zogen. »Ich suche in der Gegend nach Gold«, erklärte er, wobei er den Blick erneut auf Gordon James richtete. »Wollte mir nur ein paar Vorräte besorgen.«

»Bist du allein, oder arbeitest du mit einem Partner?«

»Ich bin allein«, erwiderte Willie. »Was tun Sie denn in Barcaldine?«

»Wir verfolgen vier Männer, die zu einem Mord verhört werden sollen. Du kennst die Opfer wahrscheinlich: Jack Halpin und seine Frau. Die beiden hatten nicht weit von Jerusalem eine kleine Farm.«

»Ja, die kannte ich«, erwiderte Willie leise. Sein Blick schweifte nervös zu den Polizisten. »Was ist passiert? Hat jemand Jack ermordet?«

»Ja. Ziemlich hässliche Sache, seine Frau wurde auch übel zugerichtet. Die vier Männer, nach denen wir suchen, lagern etwa eine Stunde von hier. Du bist ihnen nicht zufällig begegnet?«

»Doch, bin ich. Vier Männer südlich der Stadt. Zu Pferd ist es etwa eine Stunde, wie Sie gesagt haben. Soviel ich weiß, sind sie noch da. Zumindest hab ich sie heute Morgen auf dem Weg nach Barcaldine gesehen.«

»Das ist eine gute Nachricht. Mit etwas Glück gelingt es uns, sie einzuholen, damit wir herausfinden können, ob es sich um die Gesuchten handelt.« Willie trat von einem Fuß auf den anderen. Irgendwie kam der junge Mann Gordon nervös vor. »Sieht so aus, als wäre Sergeant Johnson fertig«, meinte er, als er sah, dass der Dorfpolizist sein Reittier und ein Ersatzpferd auf die Straße führte. »Ich gehe wohl besser zu meinen Leuten zurück. War schön, dich wiederzusehen, Willie.«

»Gleichfalls, Mister James.« Willie reichte dem Polizisten

erneut die Hand. »Wir sehen uns bestimmt noch mal, wenn Sie länger in der Gegend sind.«

Gordon kehrte zu seinen Männern zurück, die bei ihren Pferden standen. Als er sich umdrehte, bestieg Willie gerade ein Pferd, ein riesiges Tier, das nach gutem Stammbaum aussah.

»Fertig, Sergeant Johnson?« Mit diesen Worten schwang sich auch Gordon in den Sattel.

»Fertig, Sir.« Als Gordon sich nach Terituba umdrehte, um ihm zu sagen, er solle das Ersatzpferd nehmen, bemerkte er, dass der Kalkadoon im Staub der Straße hockte und den Boden untersuchte.

Stirnrunzelnd starrte der Fährtenleser Willie nach, der jenseits des Ortes im Busch verschwand. Dann sah er auf und begegnete Gordons Blick. »Weiße Mann da drüben«, sagte er, wobei er auf die Stelle zeigte, wo Willie im Busch verschwunden war, »reiten eine Pferd Terituba folgen.«

»Bist du sicher?«, stieß Gordon hervor. »Meinst du wirklich, dass es das richtige Pferd ist?« Doch noch während er die Frage aussprach, erkannte er mit Entsetzen, dass der Fährtenleser Recht hatte. Willie Harris war einer der vier Gesuchten! Er wollte nicht glauben, dass sich der junge Mann, den er kannte, seit Kate ihn und seine Mutter nach Cooktown gebracht hatte, in der Gesellschaft von Mördern aufhielt. »Ihm nach!«, brüllte er seinen Männern zu.

Er gab seinem Pferd die Sporen, bis es in Galopp fiel. Seine Polizisten folgten ihm, doch Sergeant Johnson war von dem plötzlichen Aufbruch überrascht worden und lag gut einhundert Meter zurück, als der Trupp in den Busch raste. Doch Willie hatte ausreichend Vorsprung vor seinen Verfolgern, und er hatte seine große Stute galoppieren lassen, sobald er außer Sicht gewesen war. Trotz der verzweifelten Bemühungen der Polizisten war es offensichtlich, dass sein Pferd zu schnell war für sie.

»Anhalten!«, brüllte Gordon, während er selbst an den Zügeln zerrte. Keuchend kam sein Pferd zum Stehen.

Als Sergeant Johnson sie einholte, herrschte im Trupp Verwirrung. »Was ist los?«, wollte er wissen. »Der ist doch noch in Sichtweite.«

»Er wird uns von Calder und den anderen wegführen«, rief Gordon über die Schulter. Ihm war klar geworden, dass Willie nach Norden ritt, während seine Kumpane zum letzten Mal im Süden gesehen worden waren. »Wir müssen den Fluss, wo sie lagern, erreichen, bevor er sie warnen kann.«

Der Sergeant sah ein, dass der Inspektor vermutlich Recht hatte. Mit einem Anfeuerungsruf wendete er sein Pferd und galoppierte, von Gordons Polizisten gefolgt, nach Süden.

Willie ließ seine Stute laufen, bis sie der Erschöpfung nahe war. Während das Pferd durch den Busch brach, warf er einen Blick über die Schulter. Da seine Verfolger nicht mehr zu sehen waren, ließ er das Pferd in Schritt fallen. Die mächtigen Lungen der Stute hoben und senkten sich sichtbar, und der Schaum stand ihr vor dem Maul. »Gutes Mädchen«, flüsterte er, als er sich vorbeugte, um ihr liebevoll den Hals zu tätscheln.

Er glitt aus dem Sattel, ließ die Zügel los und setzte sich mit dem Rücken an einen Baum. Ihm war immer klar gewesen, dass es nur eine Frage der Zeit war, bis seine Rolle bei der Ermordung des Farmers herauskam, auch wenn Jack Halpin und seine Frau ihn nicht gesehen hatten, als er vor ihrer Hütte Wache stand. Sein Schicksal war auf Gedeih und Verderb mit dem der Männer verknüpft, die die entsetzlichen Verbrechen begangen hatten. Er hatte gehofft, dass es ihm gelingen würde, Sydney zu erreichen, bevor man sie fasste, um das Versprechen zu erfüllen, das er seiner sterbenden Mutter gegeben hatte. Jetzt sah es so aus, als würde er sein Wort nicht halten können. Binnen weniger Tage würde jede Polizeidienststelle in den Kolonien telegrafisch seinen Namen erfahren.

Um ihn herum war nichts als der stille Busch, über ihm nur der weite blaue Himmel. Er holte die Rumflasche aus der Tasche und genehmigte sich einen kräftigen Schluck der dunklen Flüssigkeit. Sie stillte zwar nicht seinen Durst, aber sie half gegen die aufsteigende Verzweiflung, die ihn zu überwältigen drohte. *Warum war nur alles schief gegangen?*

In seinem Herzen kannte er die Antwort auf diese Frage. Von dem Tag an, als er sich dem früheren Polizisten und seinen beiden verschlagenen Kumpanen angeschlossen hatte, hatte sein Leben eine verhängnisvolle Wendung genommen. Vieh zu stehlen war eine Sache – Mord, Vergewaltigung und Raub eine andere.

Er hatte Calder und dessen Männer zum einsamen Gehöft der Halpins geführt, und in seinem Magen brannten die Schuldgefühle wie Feuer, als die berauschende Wirkung des Rums einsetzte. Calder hatte versprochen, den Farmer nur um die nötigen Vorräte zu erleichtern.

Aber Jack Halpin hatte erbitterten Widerstand geleistet, was Willie eigentlich hätte wissen müssen. Seine tapferen Versuche, den Überfall mit einem uralten Vorderlader abzuwehren, der den Waffen der vier Räuber hoffnungslos unterlegen war, hatten Calder zur Weißglut getrieben. Er hatte den Mann niedergeschossen und den Sterbenden gezwungen zuzusehen, wie er und Joe Heslop, sein nicht weniger verrückter Stellvertreter, seine Frau vergewaltigten. Dann hatte er den Verwundeten mit einem Kopfschuss getötet und die Waffe auf die hysterische Frau gerichtet. Sie hatten sie für tot gehalten, und Willie war erleichtert, dass zumindest sie überlebt hatte. Die vier Männer hatten sich genommen, was sie brauchten, und dann versucht, den Cloncurry-Distrikt mit einem Gewaltritt so weit wie möglich hinter sich zu lassen.

Willie hatte beschlossen, ihnen auf dem langen Ritt über die glühend heißen Ebenen nördlich von Barcaldine zu folgen. Bei der ersten Gelegenheit wollte er sich von ihnen trennen. Die drei waren Wahnsinnige und sprachen schon davon, ihre Vorräte durch ähnliche Überfälle auf einsame Gehöfte aufzufüllen. Aber den Ritt nach Barcaldine hätte Willie allein nicht überlebt, und die anderen hatten keine Ahnung, dass er sich absetzen wollte. Sie vertrauten ihm sogar so, dass sie ihn in die Stadt schickten, um Alkohol zu besorgen.

Seine Begegnung mit Gordon James in Barcaldine gehörte zu den aufreibendsten Augenblicken seines Lebens, aber er hatte die Fassung bewahrt, bis James außer Sicht war. In scharfem Galopp führte er die Polizisten nicht etwa von Calder und den anderen weg – er floh um seines eigenen Lebens willen.

Von ihm aus konnten Calder und die anderen zur Hölle fahren, aber er wollte nicht dabei sein.

Inzwischen hatte er die halbe Flasche geleert. Sein Kopf drehte sich, und er beugte sich vor und erbrach sich. Stöhnend wischte er sich mit dem Ärmel den Mund ab. Im Augenblick war es ihm fast egal, ob ihn die Polizei erwischte. Er konnte das Gelübde nicht erfüllen, das er seiner Mutter gegeben hatte, und das nur, weil er in schlechte Gesellschaft geraten war.

52

Als Patrick in Enids Haus eintraf, nahmen Colonel George Godfrey und seine Großmutter eben in einer von Weinreben überwachsenen Laube im Garten den Nachmittagstee ein. Trotz des Sturms, der sich über der Stadt zusammenbraute, wollte Enid während ihrer Unterhaltung mit dem Colonel den Panoramablick auf den Hafen unter ihnen genießen. Auf Silbertabletts waren feine Lachshäppchen und Kremtörtchen angerichtet, und sie tranken Tee aus kostbaren Porzellantassen. Lady Macintosh zeigte sich überrascht, dass ihr Enkel schon so früh zu Hause war.

»Guten Tag, Enid«, sagte Patrick steif, als er sich ihnen in der Laube anschloss. »Colonel.« Irritiert bemerkte Enid seine düstere Miene, und es fiel ihr auch sofort auf, dass er sie nicht wie üblich auf die Wange küsste.

»Das ist aber eine angenehme Überraschung, mein Junge«, sagte Godfrey, während er sich von seinem Stuhl erhob, um Patrick zu begrüßen.

»Schön, dass ich Sie auch hier antreffe.«

»Stimmt etwas nicht, Patrick?«, fragte Enid besorgt. »Du wirkst so bekümmert. Ich werde Betsy rufen, damit sie uns mehr Tee bringt.«

»Ich fürchte, mein Magen verträgt im Augenblick nicht einmal Tee«, erwiderte Patrick, der immer noch vor seiner Großmutter und dem Colonel stand. »Ich habe etwas Wichtiges mit dir zu besprechen.«

»Soll ich vielleicht gehen?«, fragte Godfrey höflich. Er stellte seine Tasse ab.

Patrick schüttelte den Kopf. »Nein«, erwiderte er mit finsterer Miene. »Ich möchte über etwas reden, das auch Sie betrifft, Colonel. Bitte bleiben Sie.«

Godfrey warf Enid einen fragenden Blick zu. Sie nickte, fühlte sich aber zunehmend beklommen. Diese merkwürdige Anspannung, die über ihrem Enkel lag wie ein schwerer Mantel, hatte sie noch nie an ihm gesehen.

»Warum hast du mir nicht gesagt, dass du meinen Vater im vergangenen Jahr engagiert hast, damit er im Sudan nach mir sucht?« Patricks Frage war so direkt, dass Enid nach Luft rang. Wie hatte sie je glauben können, sie könnte diese Angelegenheit geheim halten? Es war schwer genug gewesen, Patrick nicht merken zu lassen, dass sie seit Jahren wusste, dass Michael Duffy noch am Leben war.

»Wie hast du das herausgefunden?«

»Ich habe heute Morgen meine Tante Kate getroffen.«

»Die Schwester deines Vaters.« Enids Antwort erweckte den Eindruck, als wäre seine Tante mehr mit seinem Vater als mit ihm selbst verwandt.

»Meine leibliche Tante«, verbesserte er.

»Ich habe es dir nicht erzählt, Patrick«, erwiderte sie ruhig, »weil dein Vater in unserer Kolonie wegen Mordes gesucht wird.«

»Ist das der wirkliche Grund oder nur ein Vorwand, Enid?«, fragte er wütend. »Hattest du gehofft, ich würde nie erfahren, dass er noch lebt, damit ich nicht versuche, ihn zu finden?«

»Es kann dir nur schaden, wenn man dich mit einem Verbrecher in Verbindung bringt«, erwiderte sie. »Soweit ich weiß, hat dein Vater keinen Kontakt zu seiner Familie in Sydney aufgenommen. Dem entnehme ich, dass er für alle anonym bleiben will, auch für dich.«

»Ich bezweifle, dass das stimmt. Schließlich war er bereit, mich zu suchen.«

»Auch wenn du an meinen Worten zweifelst, darfst du nicht vergessen, dass er in der Vergangenheit nie versucht hat, mit dir in Verbindung zu treten.«

»Vielleicht war es ihm ja nicht möglich«, hielt Patrick dagegen. »In den letzten zwölf Jahren habe ich am anderen Ende der Welt gelebt. Erst war ich in England, dann bei der Armee. Es kann sein, dass er mich sehen wollte, aber schon aus diesem Grund nicht konnte.«

»Das bezweifle ich, Patrick«, höhnte sie verächtlich. »Würde ein Vater so handeln, der seinen Sohn wirklich liebt?«

In ihrer Erwiderung lag eine Spur von Wahrheit. Warum hatte Michael nicht versucht, mit ihm Kontakt aufzunehmen?

Der winzige Zweifel wucherte wie eine Krebsgeschwulst. Patrick wandte sich Godfrey zu, der schützend neben Enid stand und die Hand sanft auf ihre Schulter gelegt hatte. »Und Sie, Colonel«, begann er mit düsterer Miene. »Warum haben Sie seine Geleitschreiben für den Sudan widerrufen?«

Godfrey erwiderte seinen Blick mit der eisigen Verachtung eines Offiziers, der von einem Untergebenen verhört wurde. »Ihnen ist wohl nicht klar, dass ich Ihnen keinerlei Rechenschaft schuldig bin, Captain Duffy«, fuhr er auf. »Sie sollten sich Ihre Frage noch einmal gut überlegen.«

»Ich stehe nicht unter Ihrem Kommando«, erwiderte Patrick voll kalter Wut. »Ich denke nicht daran, meine Frage zurückzunehmen.«

George Godfrey war nicht so leicht einzuschüchtern. Viele Male hatte er den Feinden der Königin in der Schlacht gegenübergestanden, ohne mit der Wimper zu zucken, und er hatte gegen rebellische indische Soldaten gekämpft, die die Macht der Briten in ihrem Land brechen wollten – da schreckte ihn ein einfacher Captain nicht.

Enid sah, dass die Freundschaft zwischen den beiden wichtigsten Männern in ihrem Leben hochgradig gefährdet war. Godfrey würde ihr Vertrauen nie enttäuschen, und wenn es ihn das Leben kosten sollte. »George, ich glaube, ich sollte meinem Enkel diese Frage beantworten«, sagte sie leise. Sie sah Patrick an. »Ich habe den Colonel gebeten, die Briefe zu widerrufen. Er tat es nur ungern, aber ich habe darauf bestanden. Ich dachte, es wäre für alle Betroffenen das Richtige, aber jetzt ist mir klar, dass meine Entscheidung falsch war.«

Diese plötzliche Reue kam für Patrick überraschend. Dass Lady Macintosh nachgab, war etwas völlig Neues.

»Dein Vater ist ein guter, mutiger Mensch, Patrick«, fuhr sie fort. »Ich glaube, ich bin für viele Schwierigkeiten in seinem Leben verantwortlich. Niemand kann die Scherben der Vergangenheit auflesen und wieder zusammenfügen. Wenn es möglich wäre, würde ich vielleicht viele meiner Entscheidungen überdenken. Eine jedoch würde ich niemals zurücknehmen: Niemals würde ich deinem Vater erlauben, deine Mutter zu heiraten.«

»Weil er Ire ist?«, wollte Patrick wissen.

»Nein, wegen seines papistischen Glaubens. Kein Papist könnte jemals das Erbe der Macintoshs antreten, nicht einmal du.«

Ein kurzes Schweigen senkte sich über das Trio. Patrick dachte darüber nach, welch wichtige Rolle die Religion für seine Großmutter spielte. Er selbst hatte sich von der katholischen Kirche nur losgesagt, weil er Atheist war. Sein Übertritt zum streng protestantischen Glauben seiner Großmutter war ein reines Lippenbekenntnis gewesen.

Am düsteren Himmel grollte der Donner, und dicke Regentropfen fielen zwischen Bäume und Sträucher. Godfrey brach das Schweigen. »Wir gehen wohl besser ins Haus«, meinte er. »Sonst werden wir noch bis auf die Haut nass.«

Er half Enid hoch. Unterdessen eilte das Dienstmädchen herbei, um das leinene Tischtuch und die Tabletts mit den unberührten Häppchen zu retten.

»Colonel, wissen Sie, wo sich mein Vater im Augenblick aufhält?«, fragte Patrick impulsiv.

Godfrey warf Enid einen fragenden Blick zu. Sie nickte. Im Laufe der Zeit hatte sich eine solch enge Verbindung zwischen ihnen entwickelt, dass sie häufig keine Worte benötigten. »Ihr Vater ist gegenwärtig in wichtigen Angelegenheiten für das Empire in Südafrika tätig«, erwiderte er. »Sein genauer Aufenthaltsort ist mir unbekannt, aber ich weiß, dass er sich irgendwo in der Kolonie am Kap aufhält.«

»Was tut er dort?« Kalte Angst griff nach Patrick. Wenn Catherine bei ihm war, schwebte sie möglicherweise in Gefahr.

»Nach dem, was ich über seine Vergangenheit weiß, kann

ich nur vermuten, dass Ihr Vater die Buren ausspioniert. Ich glaube, er hat sich dort unten als Waffenhändler eingeführt. In England wird vermutet, dass sich die holländischen Farmer erneut erheben werden, wie sie es einundachtzig getan haben. Ihr Vater soll für das Außenministerium Informationen sammeln.«

»Um Gottes willen!«, sagte Patrick mit erstickter Stimme. »Die Buren sind doch nicht dumm. Seine Mission muss früher oder später enttarnt werden.«

»Leider muss ich Ihnen zustimmen, Patrick«, meinte der Colonel sanft. In seiner Stimme lag echtes Mitgefühl. »Ihr Vater ist ein sehr tapferer Mensch, aber sein geradezu unheimliches Glück kann nicht endlos anhalten. Die Buren sind Spionen in ihren eigenen Reihen gegenüber nicht besonders nachsichtig.«

»Ich muss so schnell wie möglich ans Kap reisen.«

»Das könnte sich als sinnlos erweisen«, gab Godfrey zu bedenken. »Jeder Tag, an dem Ihr Vater mit den Buren zu tun hat, ist auf die eine oder andere Art ein Tag weniger in seinem Leben.«

»Patrick hat Recht, George«, warf Enid mit leiser Stimme ein. »Ich finde, er sollte es versuchen. Wenn ich mich recht erinnere, läuft heute Abend einer unserer Klipper mit einer Ladung Wolle nach England aus, und zwar über die Kap-Route. Wenn du dich beeilst, kannst du das Schiff noch erreichen. Es ist die *Lady Jane*, unser schnellster Klipper.«

Als Patrick seine Großmutter jetzt anblickte, fühlte er plötzlich Respekt und Zuneigung für sie, weil sie ihn unterstützte. »Danke, Oma«, flüsterte er, während er sich vorbeugte, um sie leicht auf die Wange zu küssen. Es war das erste Mal, dass er sie so genannt hatte. Tränen stiegen ihr bei seiner impulsiven, liebevollen Geste in die Augen, aber sie wollte ihn nicht sehen lassen, dass sie weinte. Dafür war sie zu stolz. Deshalb entschuldigte sie sich, sobald sie das Haus erreicht hatten.

Nur Godfrey hatte bemerkt, dass ihre Augen feucht wurden. An diesem Nachmittag war eine dramatische Veränderung mit ihr vorgegangen. Wenn sie sich doch nur mit ihrer Tochter versöhnen könnte, dachte er traurig, dann fand sie vielleicht die Liebe, die ihr so viele bittere Jahre lang versagt geblieben war.

Enid ging in ihre Bibliothek. Sie musste allein sein, um über die Folgen nachzudenken, die ihr plötzlicher Sinneswandel haben würde. Musste ihre Lüge irgendwann ans Licht kommen? Sie konnte nur hoffen, Gott sorgte dafür, dass Patrick ihr verzieh. Wenn sie sich schuldig gemacht hatte, dann weil sie begonnen hatte, ihn zu lieben, und alles in ihrer Macht Stehende getan hatte, damit er bei ihr blieb. Bestimmt würde er die Schwäche einer alten Frau verstehen, die das einzige Fleisch und Blut schützen wollte, das noch an ihrer Seite war. Sie betete inbrünstig zu Gott, dass Er ihr den Weg zeigen möge.

George Hobbs bemerkte den sintflutartigen Wolkenbruch, der über dem Dach seines Büros niederging, kaum, so vertieft war er in das Rätsel, das er in den Spalten seiner Geschäftsbücher entdeckt hatte. Ein einfacher Buchhaltungsfehler hatte ihn veranlasst, sich die Konten anzusehen, die er angelegt hatte, nachdem Captain Duffy das Büro übernommen hatte. Jetzt fuhr er mit dem Finger über eine Reihe von Zahlungen. Seltsamerweise waren große Beträge aufgetaucht, von denen er nie gehört hatte. Die Handschrift glich seiner, aber es war nicht die seine!

Stirnrunzelnd klappte er das schwere Buch zu, um sich den Einband anzusehen. Es sah aus wie eines von seinen, aber die in den Spalten verzeichneten Zahlungen blieben ihm ein Rätsel.

Er rang nach Luft, als ihm der Gedanke kam, dass es sich um eine Fälschung handeln könnte. Jemand hatte seine Bücher so gekonnt manipuliert, dass die Fälschung normalerweise erst aufgefallen wäre, wenn bei einer Buchprüfung die Höhe der Zahlungen aufgefallen wäre!

Er erhob sich von seinem Stuhl und rieb sich konsterniert das Gesicht. Der Regen hämmerte auf das Gebäude ein. Erst als er sich ans Fenster stellte, um die unter ihm vor Anker liegenden Schiffe zu betrachten, bemerkte er den Sturm, der draußen tobte. Hatte Captain Duffy die Bücher fälschen lassen? Die Antwort darauf konnte nur ein klares Nein sein. Warum sollte Captain Duffy auf so auffällige Art einem allgemein bekannten australischen Anhänger der Fenier regelmäßig Summen in dieser Höhe zukommen lassen? Der Fenier war ein Unruhestifter, der sich offen dafür aussprach, in Irland mit Waffengewalt eine blutige Rebellion gegen die Krone anzuzetteln, und seine radikalen Ansichten auch in der Presse der Kolonie äußerte.

Ein winziger Zweifel begann an dem Sekretär zu nagen. Hatte Lady Macintoshs Enkel vor seiner Rückkehr nach Australien nicht lange Zeit in Irland verbracht? Hatte sein irisches Blut die Oberhand gewonnen, und benutzte er jetzt die Finanzmittel der Macintoshs, um Hochverrat zu begehen?

Allein der Gedanke ließ George Hobbs erschauern. Was für ein Skandal eine solche Entdeckung für Lady Macintosh und die ganze Familie bedeuten würde! Doch da er wusste, dass es sich um Fälschungen handelte, musste jeder Versuch, Captain Duffy in Misskredit zu bringen, scheitern. Außerdem hatte Patrick seine Loyalität gegenüber der Königin mit seinen ausgezeichneten Leistungen in der Armee bewiesen.

Hobbs wusste, dass er Captain Duffy so schnell wie möglich informieren musste, um jeden Hauch eines Skandals zu vermeiden. Wer auch immer hinter dieser klug eingefädelten Verschwörung stand, musste aufgehalten werden. Aber wer konnte das sein?

Mister White!

George sank auf seinem Stuhl zusammen. Seine Verzweiflung stand ihm deutlich ins Gesicht geschrieben. Wenn Mister White hinter dem Komplott stand, hatten die Dinge eine gefährliche Wendung genommen. Der Sekretär hatte seinen früheren Arbeitgeber immer gefürchtet. In den Straßen von Sydney flüsterte man sich zu, dass man ihm besser nicht in die Quere komme. George bemerkte, dass seine Hände zitterten, als er versuchte, das große Buch zu öffnen. Was sollte er tun? Er hatte das Gefühl, mit dem Kopf in einer Stahlfalle zu stecken, die jeden Augenblick zuschnappen konnte.

Als er schließlich das Büro absperrte und auf die vom Regen

gepeitschte Straße hinaustrat, war er nicht im Mindesten überrascht, als ihn dort zwei kräftige Männer erwarteten. Zu Recht fürchtete er, dass sein Leben in tödlicher Gefahr war, wenn er nicht genau zuhörte, was sie ihm zu sagen hatten.

Granville hatte bereits vermutet, dass Davids ehemaliger Sekretär misstrauisch geworden war, als die Bücher an ihn zurückgegeben wurden. Er hatte Hobbs und dessen Loyalität zu Lady Enid nie unterschätzt und wollte sich auf jeden Fall absichern, bevor George Hobbs anfing zu reden.

53

Die Polizeitruppe trieb ihre Pferde so an, dass sie den normalerweise einstündigen Ritt in der Hälfte der Zeit zurücklegte. Als sie sich dem letzten bekannten Lagerplatz der Bande näherten, gab Sergeant Johnson ein Zeichen, das Tempo zu verlangsamen. Die Pferde keuchten. Vor ihren Mäulern stand Schaum, und der Schweiß strömte über ihre Flanken. Gordon trieb sein Pferd neben Johnson.

»Direkt vor uns am Wasserlauf, hinter der Baumgruppe da«, erklärte der Sergeant. Dabei deutete er auf ein Wäldchen großer Coolabah-Bäume, hinter denen eine dünne Rauchfahne aufstieg.

»Wenn es die Gesuchten sind«, meinte Gordon, »dann sollten wir sie besser erwischen, bevor sie ihre Pferde satteln können.«

Der Sergeant knurrte zustimmend, und die Polizisten gaben ihren Pferden mit einer letzten verzweifelten Anstrengung die Sporen, bis diese erneut in Galopp fielen. Während sie auf das Lager zurasten, zogen sie ihre Gewehre aus den Halterungen am Sattel.

Calder, der sich den Hut über das Gesicht gezogen hatte und im Schatten eines großen Coolabah-Baums döste, hörte das Dröhnen der Pferdehufe auf der Ebene zuerst. Als er sich aufsetzte und in die Richtung spähte, aus der das Geräusch kam, entdeckte er in der flimmernden Hitze des frühen Nachmittags eine Staubwolke.

Sofort sprang er auf die Beine und griff nach seinem Gewehr. Dabei brüllte er seinen Kumpanen, die weiter unten am Bach an einem der tieferen Wasserlöcher angelten, eine Warnung zu. Sie ließen die Leinen fallen und langten nach ihren Gewehren.

Calder lief zu seinem Pferd, löste in verzweifelter Hast die Beinfesseln und sprang auf den Rücken des Tieres. Sich mit einer Hand an der Mähne fest haltend, trieb er das Tier zum Galopp. Doch es war zu spät, denn die Polizisten überrannten bereits das Lager.

»Sie sind es!«, brüllte Gordon. Er hatte den früheren Polizisten erkannt, der zu fliehen versuchte. »Im Namen der Königin, ergebt euch!« Seine Stimme übertönte das Wiehern der Pferde und die Schreie seiner Männer.

In seiner Nähe fiel ein Schuss. Ein Polizeipferd wieherte noch lauter, als die Kugel ihr Ziel fand. Das Tier stürzte nach vorn, wobei sein Reiter auf den harten Boden geschleudert wurde. Der Kampf hatte begonnen.

Calders Pferd stieg und schleuderte ihn gegen einen Baumstamm, sodass ihm für einen Augenblick die Luft wegblieb. In dem hohen, trockenen Gras gelang es ihm, sich herumzurollen und aufzusetzen. Sein Atem ging in kurzen Stößen. Um ihn herum pflügten die Kugeln der Polizisten, die auf dem Rücken ihrer aufgeregten Pferde keine ruhige Schussposition fanden, die Erde auf. Fluchend versuchten sie, ihre Tiere unter Kontrolle zu bekommen, aber das gequälte Wiehern ihres schwer verletzten Artgenossen versetzte die Pferde in Panik. Den Revolver in der Hand, sprang Gordon ab und huschte geduckt in die Deckung eines Baumes.

Calder war wieder so weit zu Atem gekommen, dass er sein Gewehr heben und sich ein Ziel suchen konnte. Er war fest entschlossen, sich nicht festnehmen zu lassen. Da ihm für seine Verbrechen der Tod durch den Strang gewiss war, hatte er nichts zu verlieren, wenn er sich wehrte.

Für eine Sekunde sah er die geduckte Gestalt von Gordon James, der in den Schutz eines Baumes hechtete. Seine rasch abgefeuerte Kugel riss direkt über Gordons Kopf die Rinde vom Baum. »James, du Mistkerl. Mich kriegst du nicht lebend«, schrie Calder herausfordernd, während er hastig nachlud und sich, ohne die Antwort abzuwarten, auf den Boden fallen ließ. Außer Sicht schlängelte er sich durch das Gras in Richtung Bachbett. Die hohen Ufer des gewundenen Wasserlaufes mit seinen trägen Fluten boten bessere Deckung.

Vorsichtig spähte Gordon hinter seinem Baumstamm hervor, um nach seinen Männern zu sehen. Sie waren ebenfalls abgestiegen und hatten sich in den Schutz der Bäume zurückgezogen. Von dort aus erwiderten sie das Feuer. Er sah ein Rauchwölkchen, als einer der Gesuchten von jenseits des Bachbetts auf sie schoss. Der Mann war ans andere Ufer gewatet und dort zwischen überirdischen Baumwurzeln in Deckung gegangen. Eine Gewehrsalve der Polizisten antwortete. Sie hatten ihn fest im Visier. Seine Situation war aussichtslos, eine Flucht unmöglich.

Sergeant Johnson ließ die Männer unter ständigem Feuer auf den in der Falle Sitzenden vorrücken. Gordon war froh, dass Johnson mit ihnen gekommen war. Im Gefecht ließen sich seine Polizisten häufig hinreißen. Das konnte gefährlich werden, wenn sie nicht von einem erfahrenen Polizeioffizier befehligt wurden, der kühlen Kopf behielt.

Gordon hatte zwar beobachtet, wie das dritte Mitglied der Bande nach dem Schuss, der das Polizeipferd gefällt hatte, entlang des Bachbetts verschwunden war, konnte aber nicht sehen, wohin Calder floh, nachdem er blind in seine Richtung gefeuert hatte.

Er holte tief Atem und bereitete sich darauf vor, zur nächsten Deckung zu rennen. Hoffentlich würde er von dort aus die Gejagten entdecken. Er atmete aus und lief geduckt zu einem großen Baum weiter unten am Wasserlauf. Dabei war ihm bewusst, dass er damit die Entfernung zwischen sich und seiner Truppe vergrößerte.

Nach Luft ringend, warf er sich zu Boden und wartete ins Gras geduckt. Nichts! Vorsicht spähte er über die Halme. Zwischen den dichten Bäumen vor ihm blitzte ein rotes Hemd.

Calder entfernte sich, so schnell er konnte, vom Lager. Gordon sprang auf, wartete, bis sich seine Hand beruhigt hatte, und feuerte dann auf den Fliehenden. Zwei Kugeln pfiffen durch die Bäume. Calder schlug einen Haken und ging zu Boden.

Gordon war sich nicht sicher, ob er getroffen hatte. Die zweite Kugel stammte nicht von ihm. Jemand hatte seitlich von ihm einen Schuss abgegeben, der Gordons Jackenärmel gestreift hatte. Plötzlich wurde ihm klar, dass er dem dritten, bisher unsichtbaren Mann schutzlos preisgegeben war. Als er herumfuhr, sah er aus einer Baumgruppe zu seiner Linken den dünnen Rauch des Mündungsfeuers aufsteigen

»Hast du ihn erwischt, Joe?«, drang Calders gedämpfte Stimme durch die Bäume vor Gordon. Doch der Knall von Gordons Revolver, der in Richtung Rauch feuerte, machte seine Hoffnungen schnell zunichte.

Gordon lag bereits wieder auf dem Bauch und kroch, durch das Gras gedeckt, auf die dicht stehenden Bäume am Ufer zu. Ein weiterer Schuss des dritten Mannes ließ die Erde vor seinem Gesicht aufspritzen. Der Mistkerl wusste, wo er war! Gordon stellte zu seinem Entsetzen fest, dass er ins Kreuzfeuer geraten war. Ihm blieben noch drei Schuss. Seine Waffe zu laden würde wertvolle Zeit in Anspruch nehmen – Zeit, die ihn das Leben kosten konnte. Also durfte er seine drei Kugeln auf keinen Fall verschwenden.

Er spannte die Muskeln an und schnellte wie eine Feder vor. Völlig überrascht feuerte der dritte Mann, traf aber nur die Stelle, wo Gordon eben noch gewesen war. Dem Krachen entnahm Gordon, dass es sich um eine einschüssige Snider handelte. Das verschaffte ihm Gelegenheit, sich Deckung zu suchen, bevor der Mann nachladen konnte.

Mit einem Hechtsprung warf er sich ins Dickicht und kroch auf dem Bauch in den Schutz eines umgestürzten Baumstamms. Obwohl er angespannt lauschte, hörte er weder das verräterische Knacken von Zweigen noch das Rascheln von Grashalmen.

Seine Hände waren feucht, und er zitterte unkontrollierbar, als hätte ihn ein Fieber gepackt. Der Busch um ihn herum schien sich zu einem langen Tunnel verengt haben, und sein Herz hämmerte wild. Vielleicht war es ein tödlicher Fehler gewesen, Calder allein zu verfolgen, dachte er verzweifelt. Dabei hatte er sich zu weit von seiner Truppe entfernt, die immer noch in einen Schusswechsel mit dem Buschläufer verwickelt war, der hartnäckig in den Baumwurzeln verschanzt blieb.

Calder hatte nicht gesehen, wie Gordon in das Dickicht gehechtet war, das an einigen Stellen entlang des Wasserlaufs nahezu undurchdringlich war. Auf dem Bauch glitt der frühere Polizist nun ans Ufer, wo er plötzlich in die Mündung der Waffe seines Stellvertreters blickte.

Joe Heslop traten vor Angst fast die Augen aus dem Kopf. Mit seinen gefletschten, gelbfleckigen Zähne sah er aus wie ein Tier in der Falle. Um ein Haar hätte er auf die herangleitende Gestalt geschossen, doch in letzter Sekunde ließ er das Gewehr sinken. »Jesus, ich dachte, du wärst dieser verdammte Greifer«, zischte er. »Kennst du den Bastard?«

Calder ließ sich neben ihm in die Deckung der Uferböschung fallen. »Der Scheißkerl war mal mein Chef. Inspektor James heißt er.«

»Der Bursche, der die Kalkadoon erledigt hat?«

Calder nickte, während er den Revolver in seinem Gürtel überprüfte. »Wie viel Munition hast du?«, fragte er Heslop.

»Nicht viel. Das ganze Zeug liegt im Lager. Noch drei Schuss fürs Gewehr, ansonsten nur die Kugeln in meinem Revolver. Wie sieht's bei dir aus?«

»Keine Gewehrmunition mehr und für den Revolver nur noch sechs Schuss.«

»Das reicht nicht«, zischte Heslop. »Vielleicht sollten wir aufgeben.«

»Kannst du von mir aus machen, aber ich versuche lieber mein Glück, solange es noch geht.«

Heslop verstummte und spähte über die Grasspitzen hinweg. Inspektor Gordon James war dafür gefürchtet, dass er zu Ende brachte, was er einmal angefangen hatte. Wenn nur die Hälfte von dem, was man sich erzählte, stimmte, waren ihre Chancen davonzukommen gleich null. Vielleicht sollte er sich lieber sofort ergeben. Zumindest würde das sein Leben verlängern, bis er vor dem Henker stand. »Ich geb auf«, sagte er leise. »Bringt doch nichts, hier draußen zu krepieren.«

»Wie du willst, Joe«, zischte Calder. »Aber deine Waffen und Ersatzpatronen bleiben hier.«

Kopfschüttelnd händigte Heslop ihm Revolver und Gewehrmunition aus. »Du kommst hier nicht lebend raus«, meinte er.

Calder warf ihm ein bösartiges, rätselhaftes Lächeln zu. »Ich hab einen Plan. Dafür muss ich Mister James nur für einen Augenblick aus der Deckung locken.«

»Was hast du vor?«, erkundigte Heslop sich stirnrunzelnd.

»Meine Sache.«

Heslop zuckte die Achseln und hob den Kopf. »Ich komm raus, Inspektor«, rief er zaghaft. »Nicht schießen!«

Gordon hörte seine Stimme, wagte sich aber nicht aus der Deckung. Ihm war klar, dass er seine Position hinter dem umgestürzten Baum verraten musste, um die Kapitulation zu akzeptieren. Zumindest war er hinter dem dicken Stamm vor Kugeln sicher, solange er nicht den Kopf hob. Am meisten beunruhigte ihn, dass er keine Ahnung hatte, wo sich Calder aufhielt. »Zeigen Sie sich, und folgen Sie meiner Stimme«, schrie er zurück. Mit äußerster Vorsicht spähte er um das Ende des Baumstamms herum, bis er den Buschläufer am Ufer des Wasserlaufs entdeckte. »Heben Sie die Hände, sodass ich sie sehen kann«, setzte er hinzu. Der Mann gehorchte. »Wo ist Calder?«

Heslop wollte schon antworten, da hörte er, wie der Buschläufer hinter ihm eine Warnung zischte: »Halt die Klappe, Joe, oder ich schick dich zur Hölle.« Heslop war klar, dass sich Calder nicht mit leeren Drohungen aufhielt. Mit aufeinander gepressten Lippen begann er, langsam auf die Stelle zuzugehen, von der die Stimme des Inspektors gekommen war.

Hinter ihm stellte Calder die Kimme auf fünfzig Meter ein – so weit war er seiner Schätzung nach von Gordon James entfernt. Er stützte sich auf die Uferkante und suchte mit den Blicken das zwischen ihm und dem Dickicht liegende Terrain ab. *Wenn sich der Bastard nur eine Sekunde lang zeigte, war er ein toter Mann.*

Gordon beobachtete, wie Heslop mit erhobenen Händen auf ihn zukam, offenbar unbewaffnet, aber er wollte kein Risiko eingehen. Der Mann, der sich ihm da näherte, hatte nichts zu verlieren und mochte daher durchaus versuchen, im letzten Moment eine versteckte Waffe zu ziehen. Aber wo war Calder?

Der Schusswechsel weiter oben am Bach hatte aufgehört. Gordon hörte die triumphierenden Stimmen seiner Männer, die miteinander sprachen. Offenbar hatten sie endlich die Oberhand über den Verbrecher gewonnen.

Er musste sie nur rufen, damit sie ihm dabei halfen, Calder auszuräuchern. Der dritte Mann sollte bleiben, wo er war, bis sie ihn ohne Gefahr in Eisen legen konnten. »Halt! Bleiben Sie, wo Sie sind, und zwar mit erhobenen Händen«, rief er dem Mann zu, der jetzt nur noch zehn Schritte von ihm entfernt war. Heslop gehorchte.

Calder fluchte leise. Der Mistkerl hatte seine Absicht durchschaut. Oder doch nicht? Er hatte gehofft, James würde seine Deckung verlassen, um Heslop zu verhaften. Nun, dramatische Situationen verlangten drastische Lösungen. »Schnapp ihn dir, Joe!«, brüllte er. Der Buschläufer wandte sich halb um. *Was zum Teufel meinte Calder?*

Die schwere Kugel der Snider traf ihn mit einem peitschenden Geräusch zwischen den Schulterblättern in den Rücken. Joe Heslop stürzte vornüber und schlug mit einem donnernden Krachen auf dem Boden auf.

Gordon war angesichts des sinnlosen Mordes wie vor den Kopf geschlagen. Unwillkürlich erhob er sich aus seinem Versteck, als wollte er den in seine Richtung fallenden Mann auffangen. Ohne jede Deckung suchte er mit halb erhobenem Revolver nach Calder.

Triumphierend saugte der Buschläufer die Luft durch die Zähne und warf die leere Messinghülse aus. Sobald er nachgeladen hatte, setzte er den Kolben an die Schulter. Er hatte Gordon jetzt voll im Visier, doch er war so beschäftigt, dass er den dunklen Schatten nicht bemerkte, der sich lautlos aus dem schlammigen Wasser des Baches hinter ihm erhob. Von der

Axt, die in einem tödlichen Bogen auf seinen Hinterkopf niedersauste, ahnte er nichts, bis sich ein blutroter Schleier über das Bild des frei stehenden Inspektors senkte. Calder stöhnte auf, und das Gewehr entglitt seinen gefühllos gewordenen Händen, polterte das Ufer hinunter und versank im Wasser.

Als Gordon sah, wie der riesige Kalkadoon erneut die Axt hob, war ihm sofort klar, was er vorhatte. »Nein!«, brüllte er, und Terituba gehorchte sofort.

Die Sonne glitzerte auf dem Wasser, das von Teritubas muskulösem Körper tropfte. Verwirrt stand der Krieger über dem bewusstlosen Verbrecher. Hatte er etwa nicht das Recht, den Feind, den sie gejagt hatten, zu töten?

»Sergeant Johnson! Hierher!«, rief Gordon, als er die Stimmen der näher kommenden Polizisten hörte, die sich durch Rufe verständigten.

Geduldig stand Terituba über seinem Opfer und beobachtete, wie die Polizisten mit den Waffen im Anschlag aus der Deckung des Buschwerks brachen. Als sie die beiden Verbrecher auf dem Boden liegen sahen, senkten sie ihre Waffen.

Sergeant Johnson steckte die Waffe weg und ging zu Gordon. Er starrte auf den toten Buschläufer, der mit dem Gesicht nach unten im dürren Gras lag. »Den anderen haben wir erwischt«, erklärte er.

»Tot?«, fragte Gordon.

»In kleine Stücke zerlegt«, gab der andere mit ausdrucksloser Stimme zurück. »Haben Sie den hier erschossen?« Gordon schüttelte den Kopf.

»Das war Calder.«

Sergeant Johnson runzelte die Stirn, äußerte sich aber nicht dazu. Wieso sollte jemand den eigenen Spießgesellen erschießen?

Während die beiden Polizisten noch auf Joe Heslops leblosen Körper herabblickten, schleiften die eingeborenen Polizisten den bewusstlosen Calder ohne Rücksicht auf seine Verletzung auf die Uferböschung. Stöhnend kämpfte der Verbrecher darum, das Bewusstsein wiederzuerlangen, was einer der Polizisten mit einem kräftigen Tritt in seine Rippen quittierte. Gordon befahl seinen Männern, den Gefangenen in Ruhe zu lassen. Für den Ritt nach Rockhampton musste der Bursche in einigermaßen guter Verfassung sein.

Sergeant Johnson und Gordon gingen zu der Stelle, wo Calder auf dem Rücken im Gras lag. Aus der tiefen Schnittwunde an seinem Hinterkopf quoll Blut. Als er schließlich die Augen öffnete, war sein Blick glasig. Er fletschte die Zähne. »James ... Sie ... Mörder. Gab keinen Grund ..., den armen alten Joe umzubringen«, seufzte er, bevor ihn erneut gnädige Bewusstlosigkeit umfing.

»Er lügt«, fauchte Gordon. »Er selbst hat Joe getötet. Hat ihn ohne jeden Grund in den Rücken geschossen.« Der Sergeant nickte zustimmend, doch Gordon sah den Zweifel in seinen Augen. »Gibt es in der Stadt einen Arzt?«, fragte er, ohne sich weiter um den Mordvorwurf zu kümmern.

»Nein. Missus Rankin auf Balaclava ist das Beste, was wir in der Hinsicht zu bieten haben. Bevor sie Humphrey geheiratet hat, war sie Krankenschwester.«

»Ich kenne Humphrey«, erwiderte Gordon. »Das ist der Verwalter. Zufällig kenne ich auch die Besitzerin des Anwesens.«

»Sie meinen Missus O'Keefe?«, fragte Johnson.

Gordon nickte. »Sie ist nicht mehr Missus O'Keefe. Hat vor einigen Jahren einen Yankee namens Luke Tracy geheiratet.«

»Letztes Jahr kam die Meldung, wir sollten nach ihm Ausschau halten«, erzählte Johnson. »Der scheint irgendwo oben am Golf verschwunden zu sein. Wenn er bis jetzt nicht wieder aufgetaucht ist, kann ich mir kaum vorstellen, dass er noch lebt.«

»Das denkt Missus Tracy auch. Am besten bringen wir Calder nach Balaclava und sehen, was Missus Rankin für ihn tun kann. Schließlich wollen wir ihn lebend nach Rockhampton schaffen.«

»Reine Zeitverschwendung, wenn Sie mich fragen«, knurrte Johnson. »Nach dem, was der auf dem Kerbholz hat. Der Kerl verursacht doch nur Probleme.«

»Schon, aber je länger er lebt, desto länger kann er sich vor dem Galgen fürchten.«

»Da haben Sie wohl Recht, Sir. Wir wecken ihn auf und setzen ihn auf ein Pferd. Was ist mit dem vierten Mann? Dem wir in Barcaldine nachgeritten sind?«

Gordon runzelte die Stirn. Der arme Willie Harris, dachte er. Wenn Ben erfuhr, dass der Junge in den Mord an Halpin verwickelt war, würde es ihm das Herz brechen. »Wenn ich in Rockhampton bin, schicke ich eine zweite Streife, um nach ihm zu suchen. Aber mit diesem Pferd ist er inzwischen wahrscheinlich schon auf halbem Weg nach Südaustralien.«

Er ließ alle Gegenstände aus dem Lager der Verbrecher einsammeln. Darunter fanden sich auch Hinweise auf den Überfall auf das Haus der Halpins bei Cloncurry. Mit Sergeant Johnson vereinbarte er, dass dieser mit Terituba nach Barcaldine zurückreiten und Heslop dort begraben würde.

Terituba wurde seiner Pflichten entbunden. Der junge Inspektor wies den Sergeant an, dem Kalkadoon ein Pferd und Proviant für den Ritt nach Norden zur Verfügung zu stellen. Dann setzte er eine persönliche Anforderung für die Deckung der Kosten auf und gab sie Johnson mit dem Versprechen, die offiziellen Dokumente nachzureichen. Schließlich ging er zu Terituba, der beobachtete, wie man versuchte, den Buschläufer am Leben zu halten. Besonders sinnvoll kam ihm das alles nicht vor.

Gordon war klar, dass ihm das Eingreifen des Kalkadoon-Fährtenlesers das Leben gerettet hatte. Er reichte ihm die Hand. »Danke, Terituba. Das war sehr tapfer. Du hättest leicht getötet werden können. Dein Verhalten wird in meinem Bericht angemessene Erwähnung finden.« Terituba nahm die ausgestreckte Hand, blickte bei den Lobesworten des Inspektors jedoch scheu zu Boden. »Ich verstehe zwar nicht, warum du das getan hast. Du hast ja weiß Gott nicht den geringsten Grund, dein Leben für mich zu riskieren. Auf jeden Fall bin ich dir auf ewig dankbar.«

Obwohl Teritubas Englischkenntnisse beschränkt waren, verstand er das Gefühl in der Stimme des Offiziers. Warum er sein Leben für den Weißen riskiert hatte, wusste er selbst nicht, nur dass eine Geisterstimme es ihm befohlen hatte.

Und so trennten sie sich. Terituba begleitete Sergeant Johnson nach Barcaldine, während Gordons Ziel Balaclava Station im Osten war. Mit seinem Trupp ritt der verwundete Calder, der, flankiert von zwei Polizisten, benommen auf einem Pferd hing.

Die Ironie, die in Teritubas mutiger Tat lag, entging dem jungen Inspektor nicht. Nur ein Jahr zuvor hatten sie sich im Kampf gegenüber gestanden und versucht, den anderen zu töten. Nun hatte der Mann, dessen Axt Gordon für immer gezeichnet hatte, dieselbe Waffe zu seiner Rettung eingesetzt.

Gordons Patrouille war nicht allein nach Osten unterwegs. Als Willie Harris aus seinem Rausch erwachte, graste sein Pferd in der Nähe. Er zog sich in den Sattel und überlegte dann, wo er vor seinen Verfolgern sicher sein könnte. Er zermarterte sich das vom Rum benebelte Gehirn, bis er sich an Kate Tracys Geschichten von den Bergen auf Glen View erinnerte. Berge, die angeblich verflucht waren und deshalb von nur wenigen Menschen aufgesucht wurden.

So wandte Willie sich nach Osten in Richtung Glen View, wo er sich verborgen halten wollte, bis er einen sicheren Weg nach Sydney fand.

Ihm blieb in seinem Leben nur noch eines zu tun: Er musste den Mann finden, der sein Vater war, und ihn töten. Zu verlieren hatte er nichts mehr. Falls er geschnappt wurde, drohte ihm der Galgen.

54

Hämisch grinsend hielt Granville George Hobbs' Aussage in die Höhe, um die Tinte trocknen zu lassen. »Sie haben die richtige Entscheidung getroffen, Mister Hobbs«, sagte er zu dem verängstigten Mann, der ihm auf der anderen Seite seines Schreibtischs gegenübersaß. »Ich weiß, dass Sie Captain Duffy sehr schätzen, aber hier stehen wichtigere Dinge auf dem Spiel als Ihre wenig angebrachte Loyalität.«

Hobbs antwortete nicht. Lieber wollte er sich im Jenseits für seinen Verrat verantworten, als dass er sich in diesem Leben mit dem Teufel anlegte. Was gingen ihn die Kämpfe der Reichen an? Er war doch ohnehin nur ein Bauer in ihrem Spiel. Zumindest hatte Mister White ihm den Verrat mit einer ansehnlichen Summe versüßt. Er wusste, dass seine Aussage, die Granvilles gefälschte Eintragungen bestätigte, vernichtend war. Im Geiste sah er schon die Schlagzeilen vor sich, wenn die Zeitungen erst herausfanden, dass angeblich Gelder an eine Organisation geflossen waren, die die Regierung als Bedrohung für den Frieden im britischen Empire betrachtete: HELD DES SUDAN VERRÄT DAS EMPIRE …

Doch wahrscheinlich würden die Zeitungen gar nicht von den Einträgen erfahren, tröstete Hobbs sich. Mister White würde sich vermutlich damit begnügen, Captain Duffy mit dem gefälschten Beweismaterial zu konfrontieren. Dieser würde schnell erkennen, welchen entsetzlichen Skandal es für Lady Enid bedeuten würde, wenn die Anschuldigungen an die Öffentlichkeit gelangten. Natürlich würde er wissen, dass die Vorwürfe aus der Luft gegriffen waren, aber er war ein kluger Mann und besaß eine gehörige Portion gesunden Menschenverstand. Mister White hatte sein Wort als Ehrenmann gegeben, dass er von Captain Duffy nur verlangen würde, als Leiter der Transportabteilung zurückzutreten. Dafür sollte er eine Rente erhalten, die es ihm ermöglichte, in die Miliz der Kolonie einzutreten. Nachdem Patrick viel an der Armee lag, hatte Hobbs dem Captain auf lange Sicht mit seiner Aussage wahrscheinlich sogar einen Gefallen getan.

»Sie können jetzt gehen, Mister Hobbs«, sagte Granville, ohne ihn anzusehen. »Vergessen Sie nicht, dass Ihre Unterstützung in dieser Angelegenheit nicht nur für Sie selbst, sondern auch für die Zukunft des Unternehmens wichtig ist. Unter meiner Leitung können Sie natürlich mit einer Beförderung rechnen.«

»Danke, Mister White«, murmelte Hobbs, während er sich erhob und zur Tür ging. Als er sie hinter sich schloss, fiel ihm ein schmaler, nervös wirkender Mann auf, der mit dem Hut in der Hand im Vorzimmer stand.

»Mister Hobbs, nicht wahr?«, begrüßte ihn der Neuankömmling. Nun fiel George auch ein, wer der Mann war. Der Gedanke verursachte ihm Übelkeit. War Mister White in Sydney so mächtig, dass er Lady Enids Zeitung für seine widerliche Verschwörung benutzen konnte, mit der er den Namen eines wirklichen Helden besudeln wollte?

»Mister Larson, setzen Sie sich doch.« Granville erhob sich und deutete auf den Stuhl, auf dem eben noch George Hobbs gesessen hatte. »Ich würde ja gern sagen, es ist mir ein Vergnügen, Sie wiederzusehen, aber ich fürchte, unter den gegebenen Umständen habe ich Ihnen nicht viel Erfreuliches mitzuteilen.« Als Larson Platz nahm, spürte Granville eine bohrende Angst. Er hatte gewusst, dass es einfach sein würde, George Hobbs zur Kooperation zu zwingen. Schließlich kannte er den Mann seit vielen Jahren. Im Grunde war er ein Schwächling, der sich von Mächtigeren leicht beeinflussen ließ. Doch der Redakteur von Enids Zeitung war ein anderer Fall. Mister Larson stand in den späten Vierzigern und war für seine Integrität bekannt – für einen Journalisten höchst ungewöhnlich. Aber es hieß auch, dass er mit Eifer Storys verfolgte, die die oberen Klassen in Misskredit brachten. Genau diese Kombination aus Integrität und Engagement wollte Granville gegen Patrick Duffy einsetzen.

»Ich habe eine Nachricht erhalten, Sie hätten eine Story über Captain Duffy für mich?«, sagte Larson ohne Umschweife. »Ihnen ist klar, dass ich für Lady Macintosh arbeite?«

Granville zwang sich zur Gelassenheit. »Genau deswegen habe ich mich an Sie gewandt. Ich wollte nicht, dass die Geschichte durch einen anderen Journalisten aufgedeckt wird.«

»Wovon reden Sie, Mister White?«

Granville entdeckte die Spur eines Interesses in Larsons Stimme. Offenbar witterte der Journalist plötzlich eine Schlagzeile. Die Anspannung ließ nach. Er wusste schon, wie er diese Begegnung so gestalten würde, dass er Enids Redakteur auf seine Seite zog.

»Ich fürchte, die Sache mit Captain Duffy wird am Ende auf jeden Fall herauskommen, da könnten wir uns noch so sehr bemühen, die Tatsachen zu vertuschen. Deshalb bin ich zu der Ansicht gelangt, dass Sie als Erster davon erfahren sollten, damit Sie die Geschichte so veröffentlichen, dass der Ruf Captain Duffys so wenig Schaden nimmt wie möglich.«

»Wenn Captain Duffys Ruf beschädigt wird, schlägt sich das unweigerlich auch auf Lady Macintosh nieder«, erwiderte Larson stirnrunzelnd. »Meine Position als Chefredakteur der Zeitung wäre dann keinen Pfifferling mehr wert.«

»Das ist mir klar«, sagte Granville. »Aber wenn die Sache mit Captain Duffy erst einmal bekannt ist, wird mir der Vorstand mit Sicherheit die Leitung sämtlicher Unternehmen übertragen. Das beinhaltet auch die Zeitung. Sie können sich vorstellen, was das für Ihre Zukunft bedeutet.«

Offenbar überlegte Larson fieberhaft, war aber noch nicht völlig überzeugt. Es war Zeit, ihm die Geschichte aufzutischen.

»Vor kurzem wurde ich von George Hobbs über einen schwerwiegenden Vorfall informiert. Anscheinend konnte er es nicht mehr ertragen, zum Komplizen von Captain Duffys verräterischen Handlungen zu werden.«

»Bei allem Respekt, Mister White«, meinte Larson sarkastisch, »es ist allgemein bekannt, dass George Hobbs Lady Macintosh treu ergeben ist. Es fällt mir schwer zu glauben, dass er plötzlich aus heiterem Himmel über Dinge plaudert, die sie in größte Schwierigkeiten bringen könnten.«

»Überzeugt Sie das hier?« Granville reichte ihm Hobbs' Aussage, auf der die Tinte inzwischen getrocknet war, über den Schreibtisch, und Larson las das Dokument. Sein Kinn sank herab, und Granville wusste, dass er so gut wie gewonnen hatte. »Hobbs würde diese Worte bestätigen?«, fragte Larson, wobei er das Papier in die Höhe hielt.

»Fragen Sie ihn doch selbst«, erwiderte Granville. »Wenn Sie wollen, lasse ich ihn von einem meiner Männer holen.«

Larson schüttelte den Kopf. »Hobbs nennt John O'Grady als Empfänger der Zahlungen«, sagte er leise. Es klang, als hätte ihn das, was er gelesen hatte, überzeugt. »Woher weiß er von O'Gradys subversiven Aktivitäten gegen die Krone?«

»Wahrscheinlich aus Ihrer Zeitung, Mister Larson«, meinte Granville mit ironischem Lächeln. »Wir haben doch alle von den aufrührerischen Aktivitäten des Feniers in Sydney gelesen, der versucht, hier die finanziellen Mittel für seine verräterischen Spießgesellen in Irland aufzutreiben.«

»Und Hobbs hat die Zahlungen, die Captain Duffy angeblich vorgenommen hat, ordnungsgemäß verbucht?«

»Duffy hat Mister Hobbs' Loyalität gegenüber der Krone unterschätzt«, entgegnete Granville, der in der Miene des cleveren Zeitungsmannes den Schatten eines Zweifels entdeckte. »Er ging davon aus, dass Hobbs seine Treue zur Familie über die Königin stellen würde.«

»Das sind zwar alles nur Indizien«, meinte Larson, der mit dem Hut auf seinem Schoß spielte, »aber es ist meine Pflicht, der Sache nachzugehen und die Wahrheit zu veröffentlichen.«

»Mehr verlange ich nicht, Mister Larson«, erklärte Granville lächelnd. »Über Landesverrat kann man nicht einfach so hinweggehen – ganz gleich, wer darin verwickelt ist.«

»Ich werde mit O'Grady sprechen.« Larson erhob sich. »Wenn er bestätigt, dass er regelmäßig Spenden von einem Wohltäter erhalten hat, deren Höhe den Beträgen in Ihren Büchern entspricht, dann bleibt mir wohl keine Wahl.«

Granville wusste, dass der Fenier Patrick unwissentlich belasten würde, denn die Zahlungen waren tatsächlich erfolgt – allerdings aus Granvilles Mitteln. Der geheimnisvolle Spender hatte sich nur als »Captain« zu erkennen gegeben. Bestimmt würde es dem Redakteur gelingen, das aus dem Iren herauszubekommen. Journalisten waren auf so etwas spezialisiert.

»Sollten meine Nachforschungen ergeben, dass Ihre Anschuldigungen begründet sind«, sagte Larson beim Abschied, »werde ich mit der Veröffentlichung warten, bis Captain Duffy aus Afrika zurückkehrt. Es ist nur fair, dass ich mir seine Version der Geschichte anhöre.«

»Etwas anderes habe ich auch gar nicht von Ihnen erwartet.« Granville versuchte, seine Enttäuschung zu verbergen. »Natürlich wird Captain Duffy seine Rolle bei dieser Affäre leugnen.«

Larson antwortete nicht darauf, sondern schloss wortlos die Tür hinter sich. So sehr er White wegen der zwielichtigen Aktionen, in die er im Laufe der Jahre verwickelt gewesen war, verabscheute, er musste zugeben, dass die Beweise auch vor einem Gericht standhalten würden. Und selbst wenn Duffy freigesprochen würde, etwas von dem Schlamm würde haften bleiben. Die konservativen Vorstände des Macintosh-Imperiums würden darauf bestehen, dass Granville White die Geschäftsführung vollständig übernahm. Damit wäre Duffy draußen. Und Lady Enid lebte nicht ewig.

Larson war nicht nur ein integrer, sondern auch ein praktischer Mensch. Er würde seine Arbeit erledigen und abwarten, was sich aus den Tatsachen ergab. Zumindest würde er Captain Duffy Gelegenheit geben, sich zu verteidigen. Whites Enttäuschung, als er von der Verzögerung erfuhr, war ihm nicht entgangen. Das war dem Journalisten, der seine Chefin, Lady Macintosh, sehr mochte, zumindest eine kleine Befriedigung.

Unterdessen grinste Granville White boshaft in sich hinein.

Wie einfach war es doch, seinen verhassten Feind in Misskredit zu bringen. Wenn Duffy aus dem Unternehmen verbannt war, hatte Enid ihren mächtigsten Verbündeten gegen ihn verloren. Um seine Ziele zu erreichen, brauchte er nur ein wenig Geld – und absolute Rücksichtslosigkeit.

Granvilles höhnisches Grinsen verschwand, als er in seiner Kutsche durch die Straßen zum Haus seiner Schwester ratterte. Trotz seiner klugen Intrige gegen Duffy konnten die Briefe, von denen ihn seine Anwälte an eben diesem Tag unterrichtet hatten, seine Pläne durchkreuzen. Dieses Problem musste er unbedingt lösen, wenn er seinen Anteil an den Macintosh-Unternehmen erhöhen wollte. Nur ein Mensch stand ihm dabei im Weg: die Frau, die ihm einen Sohn und Erben versagt hatte.

Vor dem dunklen Haus kam die Kutsche ratternd zum Stehen. Granville stieg aus und blickte sich nervös um. Obwohl er sich in seinem Klub Mut angetrunken hatte, hatte er Angst, Fiona könnte nicht allein sein. Es bestand die Gefahr, dass seine Schwester Penelope bei ihr war. Granville hatte vor langer Zeit – und aus gutem Grund – gelernt, sie zu fürchten. Um ein gefährlicher Gegner zu sein, benötigte man nicht brutale Kraft, sondern einen fruchtbaren Geist, der stets neue Intrigen und Gegenintrigen ersann. Diese Fähigkeit hatte Penelope ebenso geerbt wie er.

Als er an der Tür klopfte, öffnete ihm ein schläfriges, übellauniges Dienstmädchen im Nachthemd. »Ich bin Mister Granville White«, erklärte er in arrogantem Ton, bevor die Angestellte ihn wegen des unerwarteten Besuchs zu nachtschlafender Zeit schelten konnte. »Ich bin gekommen, um meine Frau zu besuchen. Geh beiseite, Weib, und lass mich durch.«

Das schlaftrunkene Dienstmädchen versuchte, ihm den Weg zu versperren, doch er fegte an ihr vorüber und reichte ihr dabei gleichzeitig Hut und Umhang. Verwirrt nahm sie beides entgegen. Bevor sie reagieren konnte, war er verschwunden. Sie sah aus der Tür, wo der Kutscher geduldig auf dem Bock wartete. »Alles in Ordnung, Süße«, meinte der grinsend. »Mister White ist wirklich mit Missus White verheiratet.«

Sie zuckte die Achseln und schlurfte in ihre Kammer zurück. So, wie der Mann ausgesehen hatte, war er bestimmt kein Straßenräuber, und wenn er seine Frau besuchen wollte, ging sie das nichts an. Missus White war Gast im Hause des Barons, und sie war nur dem Baron und der Baronin Rechenschaft schuldig.

Granville fand seine Frau in ihrem Zimmer. Sie setzte sich im Bett auf, als die Tür aufschwang. Im Licht des Korridors war seine Gestalt unverkennbar, und Fiona zog instinktiv ihre Decke bis unter das Kinn. Er kam herein und ließ sich auf einem Stuhl neben einer Kommode nieder, die in einer Ecke des Raumes stand.

»Was willst du hier, Granville?«, fragte sie mit ängstlicher Stimme.

»Kannst du dir nicht denken, was der Anlass für diesen seltenen Besuch in deinem Schlafgemach ist?«, sagte er mit schwerer Zunge.

Ihr war sofort klar, dass er getrunken hatte. In diesem Zustand war er am gefährlichsten! »Ich will, dass du sofort dieses Zimmer verlässt!«, zischte sie.

Aber Granville kicherte nur und zündete sich einen Zigarillo an. Für einen Augenblick erleuchtete das Licht des Streichholzes in dem dämmrigen Raum sein schweißüberströmtes Gesicht. »Du befindest dich vielleicht unter dem Dach meiner Schwester, liebes Eheweib, aber nach dem Gesetz bin ich dein Ehemann und besitze Rechte, die ich mir jederzeit nehmen kann. Vergiss das nicht.«

Fiona krallte die Hände in ihre Laken. Übelkeit stieg in ihrer Kehle auf. Himmel! Er war gekommen, um ihr seine unerwünschten Aufmerksamkeiten aufzudrängen.

»Ich will wissen, warum sich meine Töchter gegen mich gewandt haben«, sagte er in drohendem Ton, der ihre Panik noch steigerte.

»Ich habe keine Ahnung, was du meinst«, erwiderte Fiona ehrlich. »Wie können sich deine Töchter gegen dich wenden, wenn du sie seit Jahren nicht gesehen hast?«

»Beide weigern sich, mir ihre Anteile an den Macintosh-Unternehmen zu verkaufen. Ich habe heute einen Brief aus Deutschland erhalten.«

Jetzt war Fiona klar, was ihr Ehemann von ihr wollte. »Sie sind alt genug, um selbst zu wissen, was das Beste für sie ist, Granville. Wenn sie ihre Anteile an den Unternehmen behalten wollen, ist das ihr gutes Recht.«

»Du weißt verdammt gut, dass sie sie normalerweise an mich als ihren Vater verkauft hätten. Es sei denn, jemand hätte ihnen davon abgeraten.«

»Ich weiß nicht, was du meinst«, heuchelte Fiona.

»Verlogene Hure«, zischte Granville wutentbrannt. »Dorothy hat mir geschrieben, dass du ihr und Helene geraten hast, nicht an mich zu verkaufen.«

Fiona antwortete nicht darauf. Sie fragte sich, ob er bluffte, damit sie ihre Lüge zugab. Ihren Töchtern hatte sie geraten, nicht zu erwähnen, dass sie ihnen empfohlen hatte, die Anteile zu behalten. Jedes Leugnen musste fruchtlos sein – und Schweigen war weniger belastend.

»Oder hat ihnen deine Mutter geschrieben?«, sinnierte Granville, während er an seinem Zigarillo sog, der das Schlafzimmer mit seinem stechenden Rauch erfüllte. »Das würde ich ihr durchaus zutrauen.«

Er hat also geblufft, dachte Fiona erleichtert. Dorothy hatte ihr Vertrauen nicht enttäuscht.

»Auch egal«, meinte er brütend. »Sobald ich den Verkauf von Glen View organisiert habe, reise ich nach Deutschland und erkläre ihnen meine Argumente.«

»Du kannst Glen View nicht verkaufen!« Fiona war schockiert. »Der Besitz bedeutet meiner Familie sehr viel.«

»Deiner Familie!«, explodierte er. »Ha! Du verachtest deine Mutter und hast immer behauptet, du würdest alles tun, was in deiner Macht steht, um ihr zu schaden.« In diesem Augenblick fiel ihm ein, dass Lady Enid nicht ihre einzige Angehörige war. »Du meinst deinen Bastard, diesen Patrick Duffy, was? Willst du etwa die Anteile meiner Töchter selber kaufen?«

Fiona fühlte erneut, wie ihr die Galle in der Kehle hochstieg. »Ich protestiere dagegen, dass du den Ort verkaufst, an dem mein Vater und mein Bruder begraben liegen, Granville. Das ist alles. Aber du kannst ja nicht verstehen, dass eine Frau in solchen Dingen sentimental ist.«

»Meine Schwester ist da bestimmt viel verständnisvoller«, fauchte er. »Sprecht ihr von Sentimentalität, wenn ihr miteinander im Bett liegt? Oder schreist du vor Lust, wenn sie sich über deinen Körper hermacht?«

Fiona spürte, wie ihr Gesicht brennend rot wurde, als ihr Ehemann plötzlich über die Beziehung herzog, die ihr neben der zu ihren Kindern am wertvollsten war. Niemand außer ihrer zärtlichen und gleichzeitig leidenschaftlichen, langjährigen Geliebten verstand, was sie beide miteinander verband. Aber das erwartete sie auch von niemandem.

»Was treibt ihr denn so im Bett?«, fragte er wütend. »Seid ihr …«

»Halt den Mund, Granville«, fuhr sie ihn an. »Halt deine schmutzige Klappe. Du mit deiner Vorliebe für kleine Mädchen brauchst mir wirklich nichts vorzuwerfen! Ich weiß alles über deine Laster, auch von Jenny Harris, die dir einen Sohn geboren hat, als sie erst dreizehn war.«

Granville wurde leichenblass. Er hatte gedacht, Fiona wüsste nichts davon, und bereute es, sie zu dieser Enthüllung getrieben zu haben. Immer wieder hatte ihn der Gedanke heimgesucht, dass seine Frau in den Armen seiner eigenen Schwester lag, und ihn fast zum Wahnsinn getrieben. »Weiß dein kostbarer Sohn denn, dass seine Mutter eine Hure ist, die mit einer anderen Frau schläft?«, konterte er.

Aber Fiona war entschlossen, sich nicht erpressen zu lassen. »Ich bezweifle, dass du ihm etwas erzählen könntest, was seinen Hass auf mich noch steigern würde«, gab sie zurück. Granville zuckte die Achseln. »Da wir gerade dabei sind, kann ich dir genauso gut gleich sagen, dass ich plane, Ende des Jahres nach Deutschland zu reisen, um dort mit Penelope und meinen Töchtern zu leben. Und wenn du fragst, was Manfred davon hält, kann ich dir versichern, dass er voll und ganz einverstanden ist. Er ist nämlich ein richtiger Mann – wenn du weißt, was ich meine.«

Angesichts dieser Beleidigung seiner Männlichkeit erhob sich Granville von seinem Stuhl und trat auf seine Frau zu. Fiona ergriff nackte Angst angesichts des ungezügelten Hasses, der den Raum erfüllte und sich jeden Augenblick in Gewalt gegen sie entladen konnte. Schon wollte Granville zuschlagen, doch im letzten Augenblick zögerte er. Sein maskenhaftes Lächeln hing drohend über ihr, und sein Gesicht kam ihr wie der Inbegriff von List und Bosheit vor. »Du bist den ganzen Kummer, den du mir verursacht hast, nicht wert«, sagte er mit kontrollierter Stimme. »Ich könnte dir Schmerzen zufügen, die du dir nicht einmal in deinen übelsten Albträumen vorzustellen wagst.«

Damit wandte er sich ab und ging zur offenen Tür. Fiona sah ihm nach, wie er das Zimmer verließ und hinter sich die Tür zuschlug. Versteinert lag sie im Dunkeln und hielt die Decke, die sie immer noch bis unter das Kinn gezogen hatte, umklammert. Sie kannte ihren Ehemann nur allzu gut. Das war keine leere Drohung gewesen. Irgendwie wusste sie, dass seine letzte Bemerkung Patrick gegolten hatte.

In der Great Australian Bight kämpfte die *Lady Jane* gegen riesige schwarze Wellen. Antarktische Strömungen sorgten für eisige Wassertemperaturen. Patrick Duffy stand an Deck wie damals, als er als Kind um das Kap der Guten Hoffnung nach England gesegelt war. Das Knarren der Hanftakelage, die die riesigen quadratischen Segel hielt, rief zahlreiche Erinnerungen in ihm wach.

Der Bug des anmutigen Schiffs glitt auf eine Welle hinauf und stürzte mit furchterregender Geschwindigkeit in das Wellental dahinter hinab. Für einen Augenblick schlingerte die *Lady Jane*, während sie gegen die Sturzseen kämpfte, die über dem Heck zusammenzuschlagen drohten. Das unheimliche Heulen des Windes erinnerte Patrick an Banshee, die Todesfee der alten irischen Sagen. Die tobenden Winde durchnässten ihn mit einem salzigen Nieselregen, doch diese Unbequemlichkeiten bedeuteten Patrick, der die Reling fest umklammert hielt, wenig. Hier, in der einsamen Weite des Ozeans, konnte er über sein Leben nachdenken. In seiner Tasche steckte immer noch Sheela-na-gig, die kleine Steingöttin.

Der Kapitän der *Lady Jane* hatte ihm beim Abendessen mitgeteilt, dass sie innerhalb von vier Wochen in Port Elizabeth Anker werfen würden, wenn es Gottes Wille war und der Wind hielt. Nicht schnell genug für Patrick, der gedacht hatte, er würde niemals nach Afrika zurückkehren. Was würde er tun, wenn er endlich seinem Vater gegenüberstand, der nun sein Rivale um Catherines Liebe war?

Doch in den heulenden Winden des südlichen Meeres fand er keine Antwort, und so wandte er sich von der Reling ab, um vorsichtig über das schwankende Deck des Klippers zu gehen. Er wollte dem Kapitän bei einer Partie Rommee und einer Flasche Whisky Gesellschaft leisten.

55

Gordon war davon überzeugt gewesen, dass er Sarah Duffy niemals wiedersehen würde. Doch nun stand sie auf der Veranda des Verwalterhauses von Balaclava und blickte ihm mit rätselhafter Miene entgegen, als er mit seinen Polizisten und dem Gefangenen im Schlepptau auf den Hof ritt.

Die Verwirrung durchfuhr ihn wie elektrischer Strom. Ihre Augen trafen sich. In Sarahs Blick sah er weder Freude, was er auch kaum erwarten konnte, noch Bitterkeit, was durchaus verständlich gewesen wäre, sondern nichts als eine unergründliche Tiefe, die völlig ausdruckslos blieb.

»Absteigen!«, befahl er. Dankbar glitten die Polizisten aus dem Sattel, um ihre müden Körper in dem staubigen Hof vor dem Haus, das wesentlich repräsentativer als das auf Glen View war, zu strecken und zu dehnen.

Sarah sagte nichts, als die Polizisten grob an dem Weißen zerrten, der noch im Sattel saß. Seine Hände waren in Eisen gelegt, und er sah sehr mitgenommen aus. Unter dem Hut trug er einen Verband um die obere Schädelhälfte.

Calder wehrte sich kaum gegen die ruppige Behandlung. Wegen des Schlages auf den Kopf, den ihm Terituba mit seiner Kriegsaxt versetzt hatte, ging es ihm tatsächlich sehr schlecht. Während des zweitägigen Ritts nach Balaclava hatte Gordon einige Male gedacht, der Tod würde dem Henker seine Beute entreißen.

»Polizisten, Missus Rankin«, rief Sarah ins Haus hinein.

Adele Rankin eilte auf die Veranda, um die Besucher willkommen zu heißen. Wie Sarah trug sie ein Kleid mit enger Taille, das hinten über einer Tournüre gerafft war. Adele Rankin war Ende dreißig, aber die Sonne von Queensland hatte ihre Haut vor der Zeit trocken und faltig werden lassen. Trotzdem war ihr Gesicht angenehm und nicht unattraktiv. »Ich sehe, Sie haben einen Verwundeten bei sich, Inspektor«, rief sie Gordon zu, als sie seinen Rang erkannte. »Bringen Sie ihn zur Küche hinten am Haus.« Verletzte Europäer und Eingeborene waren auf Balaclava ein alltäglicher Anblick, und sie genoss als Krankenschwester in der Gegend einen Ruf, der dem eines Arztes vergleichbar war.

Ein eingeborener Polizist stieß den Gefesselten vor sich her, während Gordon das quietschende Tor öffnete und auf dem schmalen Pfad aus gestampfter Erde voranging. Als er sich dem Haus näherte, wurde ihm bewusst, dass Sarah ihn nicht aus den Augen ließ.

»Der Mann ist offenkundig Ihr Gefangener, Inspektor«, stellte Missus Rankin fest, während sie Wasser in ein Emailbecken am Wassertank hinter dem Haus goss. »Was hat er denn getan?«

»Einige Menschen getötet«, erwiderte Gordon. Die Vergewaltigung erwähnte er nicht. Warum sollte er die freundliche Frau beunruhigen?

Lüstern starrte Calder Sarah an, die sich ihnen ebenfalls angeschlossen hatte. »Glotz sie nicht so an, du Schwein«, knurrte Gordon.

»Sie wollen sich die Schwarze wohl selbst für später aufheben, James, was?«, erwiderte Calder grob.

Gordon fühlte sich sehr versucht, ihm einen Faustschlag ins Gesicht zu verpassen, aber er hielt sich zurück. Er wollte nicht riskieren, Calder noch schlimmer zuzurichten. Je länger er lebte, desto länger konnte er sich vor dem Strang fürchten.

Adele Rankin funkelte Calder wütend an.

»Tut mir Leid, Missus«, sagte dieser, während ein entschuldigendes Grinsen über sein Gesicht huschte.

»Sarah, hol saubere Tücher aus dem Haus und bring mir meinen Verbandskasten«, befahl Adele, während sie den schmutzigen Verband vom Kopf des Verletzten löste, um die Wunde zu untersuchen. Mit äußerster Vorsicht tastete sie das blutverklebte Haar ab. »Schädel scheint intakt, keine Fraktur.«

Calder zuckte fluchend zusammen, als die Wunde unter ihren tastenden Fingern erneut zu bluten begann. »Ich nähe die Wunde, das sollte reichen, um ihn für Ihre Zwecke am Leben zu halten.«

»Mehr braucht er nicht?«, fragte Gordon etwas überrascht. »Nur ein paar Stiche?«

»Mehr kann ich nicht tun«, erwiderte sie, während sie darauf wartete, dass Sarah mit ihrer medizinischen Ausrüstung zurückkehrte. »Übrigens, Inspektor, Sie haben sich nicht vorgestellt«, setzte sie mit einer Offenheit hinzu, die sie die langjährige Arbeit mit Männern gelehrt hatte.

»Entschuldigen Sie, Missus Rankin. Mein Name ist Gordon James.«

»Gordon James«, wiederholte sie. Ihre Miene wurde plötzlich feindselig. »Aus Townsville?«

»Früher ja, jetzt bin ich in Rockhampton stationiert.«

»Dann sind Sie der Mann, der für die Ermordung der armen Schwarzen letztes Jahr oben im Norden verantwortlich ist. Wenn ich mich nicht irre, kennen Sie meine Gouvernante, Miss Sarah Duffy?«

»Ja, stimmt beides«, murmelte er.

»Dann sind Sie hier nicht willkommener als dieser Mann.« Sie deutete auf Calder.

»Wir hatten nicht vor zu bleiben, Missus Rankin«, erwiderte Gordon höflich. »Wir wollten nur Ihre medizinischen Fähigkeiten in Anspruch nehmen. Sobald Sie meinen Gefangenen genäht haben, brechen wir auf.«

Sarah kehrte mit einem kleinen Holzkästchen zurück, vermied es aber, Gordon anzusehen. Adele Rankin begann mit ihrem Werk, indem sie Calder das Haar um die Wunde abschnitt. Dieser beklagte sich bitterlich, aber sie fuhr ihn an, er solle sich wie ein Mann benehmen, und er hielt beschämt den Mund.

Als sie ihre Vorbereitungsarbeiten mit der Schere beendet hatte, holte sie eine gefährlich aussehende Nadel und etwas Baumwollgarn aus dem Kästchen. »Halten Sie ihn fest«, wies sie den eingeborenen Polizisten an, der neben ihnen stand und die Vorgänge neugierig beobachtete. »Was ich jetzt tue, wird ihm nicht gefallen.«

Der Polizist packte Calder an den Armen und zischte ihm eine Drohung ins Ohr. In seinem starken Griff und durch die geflüsterte Warnung eingeschüchtert, leistete der Gefangene keinen Widerstand, und die frühere Krankenschwester nähte die Wunde geschickt. Calder liefen vor Schmerz Tränen über das Gesicht, doch er blieb tapfer und wehrte sich nicht gegen die scharfe Spitze der Nadel.

»So!«, verkündete sie triumphierend, als sie die Naht gesetzt hatte. »Fast fertig. Ich lege nur noch einen sauberen Verband an, dann können Sie aufbrechen, Inspektor.«

»Danke für Ihre Hilfe, Missus Rankin.«

Adele packte ihre Instrumente wieder ein und starrte Gordon an. »Keine Ursache. Ich hätte das sogar für Sie getan, wenn Sie medizinische Behandlung gebraucht hätten«, meinte sie höflich.

Der Wink war überdeutlich. Kate musste Missus Rankin eingehend informiert haben. Kein Wunder, dass sie so feindselig ist, dachte Gordon trübsinnig.

Dann klappte Missus Rankin ihren Verbandskasten zu und marschierte ohne weitere Umschweife auf das Haus zu. Sarah dagegen blieb noch für einen kurzen Augenblick stehen.

»Sarah«, sagte Gordon mit gepresster Stimme. Er wusste, dass es an ihm war, das Schweigen zwischen ihnen beiden zu brechen. »Kann ich einen Augenblick mit dir sprechen?«

»Gordon, ich …«, erwiderte Sarah leise. »Ich glaube nicht, dass wir etwas zu bereden haben.« Sie drehte sich um und blickte zum Haus. »Ich sehe wohl besser nach, ob Adele meine Hilfe braucht.«

»Bitte«, flehte Gordon. Er nahm ihren Arm, wobei er sich der neugierigen Blicke seiner Polizisten bewusst war, die ihren Vorgesetzten und das hübsche Mischlingsmädchen anstarrten. »Gib mir nur ein paar Minuten … aber nicht hier.« Mit dem Kopf wies er auf seine Truppe. Gleichzeitig schob er sie in den Schatten eines großen Gummibaumes am Ende des Gartens.

Sarah wehrte sich nicht. Sie sah ihm in die Augen, ohne den

Blick abzuwenden. »Ich habe die Stellung als Gouvernante bei Missus Rankin angenommen, weil ich weit weg sein wollte von all den bitteren Erinnerungen, für die du verantwortlich bist. Tante Kate hat vorgeschlagen, ich soll hier eine Arbeit annehmen. Sie dachte, mich um andere zu kümmern würde mir helfen, darüber hinwegzukommen, dass du meinen Bruder umgebracht hast.«

»Ich wollte Peter nicht töten, das *musst* du doch wissen«, erwiderte Gordon verzweifelt. »Ich habe ihn geliebt wie meinen eigenen Bruder, aber an jenem Tag sind die Ereignisse außer Kontrolle geraten. Ich schwöre dir, wenn ich die Zeit zurückdrehen könnte, würde ich liebend gern an Peters Stelle sterben.«

Sarah spürte seinen harten Griff um ihren Arm und sah den Schmerz in seinen Augen. »Was soll das heißen? Keiner von euch hätte sterben müssen, wenn du nicht bei der berittenen Eingeborenenpolizei geblieben wärst.«

»Es musste eines Tages geschehen.« Gordons Augen flehten um Verständnis. »Peter hat mir schon vor Jahren erzählt, was die Geister der Vorfahren Wallarie enthüllt hatten. Er und ich konnten in diesem Leben keine Freunde sein, weil sich mein Vater an Wallaries Volk versündigt hat, als wir beide noch gar nicht geboren waren. Es war uns vorherbestimmt, dass einer den anderen töten muss.«

Für einen Augenblick hätte sich Sarah am liebsten losgerissen und verächtlich über diese Erklärung gelacht, doch sie spürte die Intensität seiner Worte. Hatte Tante Kate nicht immer gesagt, jenseits der Welt des Lichtes gebe es Dinge, die für Sterbliche unerklärlich blieben? Die braven Nonnen, die sie im Katechismus unterrichtet hatten, hatten ihr auch von den mystischen Elementen der Religion erzählt. Warum sollte sie die Überzeugungen des Volkes ihrer Mutter nicht ebenso akzeptieren? Waren sie nicht älter als der christliche Glaube der Weißen? »Meinst du das ernst? Glaubst du tatsächlich an die Macht der Geister meiner eingeborenen Vorfahren?«

»Ja, Sarah, das tue ich«, erwiderte Gordon traurig. »Ich weiß nicht, warum, aber ich bin zu dem Schluss gekommen, dass sich dieses Land von allen anderen unterscheidet. Es besitzt eine eigenartige Macht, von der nur die Schwarzen wissen.«

»Und nun hast du sie ebenfalls erfahren.« Tränen stiegen ihr in die Augen. »Ich würde dir so gern vergeben, Gordon James. Es hätte mir gut getan zu wissen, dass du verstehst, dass ich im Land des Volkes meiner Mutter verwurzelt bin. Ich könnte deinen Kummer um die dunklen Dinge in unserem Leben annehmen, wenn du akzeptieren könntest, dass ich zwischen zwei Welten stehe.«

»Sarah, ich habe dich immer geliebt«, erklärte er mit gepresster Stimme. »Aber ich war ein Narr und habe meinen Ehrgeiz über meine Gefühle siegen lassen. Alles, was ich dir an dem Abend, bevor ich auf die Suche nach Peter ging, gesagt habe, war ehrlich gemeint. Was danach geschehen ist, konnte ich nicht mehr verhindern.«

Sarahs tränenüberströmtes Gesicht bekam einen weichen Ausdruck. »Das ist nicht mehr wichtig«, sagte sie bitter. »Du und ich, wir können niemals … selbst wenn wir wollten.«

»Warum können wir nicht zusammen sein?«, fragte Gordon verwirrt. »Ich liebe dich mehr, als ich jemals zuvor geliebt habe.«

»Weil ich mit einem anderen verlobt bin und in einem Monat heirate«, schluchzte sie. Damit riss sie sich los und rannte ins Haus.

Wie vor den Kopf geschlagen, folgte Gordon ihr mit dem Blick. Dass er Peter getötet hatte, war schlimm genug, aber Sarah an einen anderen Mann zu verlieren … das war schlimmer als der Tod.

Sarah verabschiedete sich nicht von Gordon, als er Balaclava mit seinen Männern verließ. Stattdessen saß sie in ihrem Zimmer und starrte auf die holzgetäfelte Wand. Warum war das Leben so grausam? Warum musste sie Gordon wiedersehen, wo sie doch in einem Monat den jungen Verwalter von Penny Downs, den gut aussehenden, gebildeten Engländer Charles Harper, heiraten sollte, der ihr den Hof gemacht hatte und ihre exotische Schönheit schätzte?

Sie hatten sich kennen gelernt, als Sarah Adele Rankin sechs Monate zuvor bei einem Besuch begleitete. Seine Werbung war sanft, und als er ihr seine Liebe erklärte, waren die bitteren, traurigen Erinnerungen an Gordon so gut wie vergessen. Aber nun war Gordon zurückgekehrt, und sie hatte Schmerz und Liebe in seinen Augen gesehen. Wann würde die Verwirrung in ihrem Herzen endlich enden?

Gordon brachte seinen Gefangenen nach Rockhampton. Wie er es versprochen hatte, setzte er am Tag darauf ein Schreiben auf, mit dem er den Dienst quittierte. Er musste sich eingestehen, dass er das abenteuerliche Leben bei der berittenen Eingeborenenpolizei vermissen würde, aber er tröstete sich damit, dass die Frau, die er auf Balaclava Station zurückgelassen hatte, das Opfer wert war.

Als die Tinte auf dem Papier getrocknet war, marschierte er mit flottem Schritt über den staubigen Exerzierplatz zum Büro seines Vorgesetzten. Vor der Tür holte er noch einmal tief Luft, dann klopfte er.

»Herein«, dröhnte es von drinnen. Gordon trat ein und salutierte vor dem sitzenden Offizier. »Inspektor James.« Superintendent Stubbs runzelte die Stirn. »Ich wollte gerade nach Ihnen schicken lassen.«

Als er in das Gesicht seines Vorgesetzten sah, stieg in Gordon eine Spur von Unbehagen auf. Anders als sein Landsmann Gales in Townsville war Stubbs ein ernster Mensch Ende dreißig, der niemals lächelte. Seine finstere Miene verriet mehr Gefühle, als Gordon jemals bei ihm beobachtet hatte.

»Sie wollten mich sprechen, Sir?«

Stubbs erhob sich. Er war ein großer, schlanker Mann, der in der Taille einzuknicken schien. »Dieser Calder, den Sie gestern hergebracht haben«, begann er. »Hat der jemals angedeutet, dass er sich offiziell darüber beschweren wollte, dass Sie seinen Kumpan niedergeschossen haben, als er sich ergeben wollte?«

Jetzt war es an Gordon, eine finstere Miene aufzusetzen. »Nein, Sir.« Er zögerte. Ihm fiel etwas ein, das er damals für unwichtig gehalten hatte. »Nun, er hat irgendwas gebrabbelt, dass ich seinen Freund umgebracht hätte. Aber das war nur die böswillige Verleumdung eines verbitterten Mannes.«

Jetzt wirkte Stubbs' Miene geradezu gequält. Er wandte seinem Untergebenen den Rücken zu und schien tief in Gedanken versunken zu sein, während Gordon steif mit dem Brief in der Hand dastand und wartete.

»Gab es damals Zeugen für diese Anschuldigung?«, fragte Stubbs, ohne sich zu Gordon umzudrehen.

»Den Sergeant aus Barcaldine.«

»War der Sergeant dabei, als Sie Calder und den Toten, Heslop, gefangen genommen haben?«

»Der Sergeant war dabei, als ich Calder gefangen nahm, aber er hat nicht gesehen, wie Calder Heslop erschoss.« Gordon spürte bittere Galle in seiner Kehle aufsteigen. Er war lange genug Polizist, um zu wissen, worauf sein Vorgesetzter hinauswollte. »Ich habe Heslop nicht getötet, Sir. Calder hat ihn erschossen, entweder absichtlich oder aus Versehen.«

Stubbs wandte sich um und sah Gordon direkt in die Augen. »Sie werden von Calder offiziell des Mordes beschuldigt. Ihnen ist doch wohl klar, dass ich deswegen eine eingehende Untersuchung durchführen muss?«

»Sir?«

»Mir behagt diese Aufgabe überhaupt nicht, und ich habe keinen Zweifel daran, dass der Mann lügt«, fuhr Stubbs in beruhigendem Ton fort. »Ich kenne Sie noch nicht lange, aber nach dem, was ich von Ihren Verdiensten weiß, bin ich mir sicher, dass Sie ein guter Polizeioffizier sind. Ich verlange nur, dass Sie auf Ihrem Posten bleiben und den Distrikt Rockhampton nicht verlassen, bis ich meinen Bericht über die Sache abgeschlossen habe.«

»Ich wollte gerade meinen Abschied einreichen.« Gordon hielt dem Superintendent das Schreiben hin. »Ich hatte gehofft, ich könnte aus dem Polizeidienst ausscheiden und nach Townsville zurückkehren.«

Stubbs sah auf den Brief, machte jedoch keine Anstalten, ihn zu nehmen. »Wenn ich Ihre Kündigung zu diesem Zeitpunkt akzeptieren würde, Inspektor James, würde das so aussehen, als wollten Sie sich vor dieser unangenehmen Angelegenheit davonstehlen.«

Gordon zog die Hand zurück. Er wusste, dass sein Vorgesetzter Recht hatte. »Meine Gründe für mein Ausscheiden aus dem Polizeidienst haben nichts mit Calders Anschuldigungen zu tun, sie sind rein persönlicher Natur, Sir.«

»Ihre Gründe sind völlig unerheblich. Wichtig ist nur, dass Sie auf Ihrem Posten bleiben, bis wir einen Richter davon überzeugen können, dass Sie keinen Unbewaffneten erschossen haben, der sich ergeben wollte. Bis dahin bleiben Sie Polizist.«

»Jawohl, Sir«, erwiderte Gordon pflichtschuldig. »Wäre sonst noch etwas, Sir?«

»Nein, Inspektor.« Damit war der junge Polizeioffizier entlassen. »Achten Sie nur darauf, dass Sie nicht auffallen, und erledigen Sie Ihre Arbeit.«

Gordon salutierte und verließ das Büro. Warum hatte Calder seinen Spießgesellen getötet und ihn dann des Verbrechens beschuldigt? Die Antwort war einfach. Calder wollte nicht allein zur Hölle fahren. Manche Leute waren bereit, ihre Seele zu verkaufen, um sich zu rächen. Gordon war bewusst, dass diese Sache leicht zu seinen Ungunsten ausgehen konnte. Wenn das geschah, würde er Calder am Galgen Gesellschaft leisten.

56

Fast ein Vierteljahrhundert war vergangen, seit Kate zum letzten Mal einen Fuß auf die schlammigen Ufer des Fitzroy bei Rockhampton gesetzt hatte. In dieser Zeit hatte sich viel verändert. Die Stadt hatte ihre Atmosphäre des Grenzland-Provisoriums verloren und gab sich nun gesetzt und konservativ. Banken, Geschäfte, Schulen, Kirchen und sogar ein Krankenhaus sorgten für die Bedürfnisse der zweiten Siedlerwelle, die den Planwagen der Pioniere gefolgt war.

Verschwunden waren die aus Eukalyptusplatten errichteten Gasthäuser, in denen sich durstige Schafhirten betranken, um Angst und Einsamkeit zu vergessen, die die Arbeit fernab der Zivilisation mit sich brachte. Ihnen waren die Kennedy-Männer gefolgt, harte, bärtige junge Buschläufer des wilden Grenzlandes, die einst mit ihren je nach Jahreszeit staubigen oder schlammverkrusteten Pferden tollkühn durch die Straßen galoppiert waren. Rockhampton war mittlerweile eine lebendige Handelsstadt und Zentrum der blühenden Rinder- und Schafzucht von Mittel-Queensland.

Kate bemerkte die Veränderungen mit einer Mischung aus Nostalgie und Freude darüber, dass sich die Stadt zu einem Ort gewandelt hatte, der jungen Familien eine dauerhafte Heimat bot. Für sie selbst waren jene tragischen frühen Jahre eine Zeit des Übergangs voller Verluste gewesen. Rockhampton barg für sie zahlreiche Erinnerungen. Hier lag ihr erstes Kind begraben, aber hier war ihr auch der starke und doch sanfte amerikanische Goldsucher Luke Tracy begegnet. Und ihre langjährige Freundschaft mit dem jüdischen Geschäftsinhaber Solomon Cohen und seiner großartigen Frau Judith hatte hier begonnen.

Kate saß im Büro jenes Mannes, der einst ihr Geliebter gewesen war und sie dennoch an den mächtigen Siedler Sir Donald Macintosh verraten hatte. Hugh Darlingtons Büro hatte sich kaum verändert, ganz im Gegensatz zu Hugh selbst. Statt des weltmännischen, gut aussehenden jungen Anwalts saß ihr ein dicker Mann mit beginnender Glatze gegenüber, den sie kaum wiedererkannte. Seine Karriere als Abgeordneter im Parlament von Queensland und der Wohlstand, den er sich durch die Vertretung der Interessen der großen Siedler erworben hatte, sorgten dafür, dass sein Tisch immer reich gedeckt war.

Kate wusste auch, dass er verheiratet war und fünf Kinder hatte. Unwillkürlich verglich sie ihn mit Luke, der bis zum letzten Tag ihres Ehelebens in ausgezeichneter körperlicher Verfassung gewesen war. Wenn sie Hugh Darlington ansah, war sie dankbar dafür, dass sie sich für jenen Mann entschieden hatte, dessen schlanker, muskulöser Körper sie unzählige Male die Höhen sinnlicher Ekstase hatte erklimmen lassen.

Hugh Darlington starrte Kate mit unverhohlener Bewunderung an. Die Jahre hatten ihrer schlanken Taille und ihrem schönen Gesicht nichts anhaben können. Und ihre Augen besaßen immer noch den Zauber, an den er sich nur allzu gut erinnerte. Wenn er doch nur die Zeit zurückdrehen könnte!

»Kate, du hast dich nicht ein bisschen verändert«, meinte er seufzend.

Sie lächelte. »Und du bist charmant wie immer, Hugh«, gab sie diplomatisch zurück.

»Ich bin nur froh, dass du kein Champagnerglas in der Hand hältst«, meinte er grinsend. »Wenn ich mich recht erinnere, übergießt du Leute, die dich ärgern, gern mit gutem Champagner. Wann war das? Vierundsiebzig? Fünfundsiebzig?«

»Ich glaube vierundsiebzig.« Kate rief sich den Vorfall ins Gedächtnis.

Es war die Zeit des Goldrauschs am Palmer gewesen, und sie hatten in einem eleganten Restaurant in Cooktown gesessen. French Charley's hieß das Lokal, und sie hatte soeben erfahren, dass der Mann, den sie für ihren Rechtsvertreter hielt, in Wirklichkeit für ihren Erzfeind Sir Donald Macintosh tätig war. Diese Entdeckung war zu viel für ihr hitziges Temperament gewesen, sodass sie ihre Champagnerflöte mit der kostbaren Flüssigkeit über ihm ausgeleert hatte.

»Es tut mir Leid, dass die Dinge so gelaufen sind«, meinte er ein wenig betrübt. »Ich glaube, meine Machtgier hat mich einen hohen Preis gekostet.«

»Im Lauf der Jahre verpasst jeder von uns große Chancen, Hugh«, sagte sie sanft, »aber die Zeit heilt alte Wunden.«

»Du bist gefährlich nett, Kate«, sagte er neckend, und in seinen Worten und seiner Art zu reden erkannte sie den alten Hugh Darlington wieder. »Bestimmt bist du nicht nur gekommen, um meine Gesellschaft zu genießen.«

Sie lächelte über seinen Scharfsinn. »Ich muss zugeben, ich habe mir den Termin bei dir nicht nur aus reiner Neugier geben lassen. Ich glaube, du vertrittst immer noch die Interessen der Familie Macintosh.«

»Das stimmt.« Die Unternehmen der Macintoshs reichten von Zentral-Queensland, wo Glen View lag, bis nach Mackay an der Küste, wo die Familie Zuckerplantagen und Fleischfabriken besaß. Auch an der Küstenschifffahrt bis zu den Pazifikinseln war sie beteiligt. »Du hast offenkundig gehört, dass Glen View zum Verkauf steht.«

»Ja. Und nachdem du Mister Granville Whites Anwalt bist, dachte ich, ich wende mich an dich und unterbreite dir ein Angebot für den Besitz.«

»Bevor du deine Zeit verschwendest, möchte ich dich darauf hinweisen, dass Sir Donald zu seinen Lebzeiten deutlich erklärt hat, kein Duffy werde jemals sein Land besitzen.«

»Sir Donald ist tot«, hielt sie dagegen. »Und Geschäft ist Geschäft.«

»Ist der Kauf von Glen View für dich denn eine geschäftliche Angelegenheit, Kate?«, wollte er wissen. »Oder stehen dahinter emotionale Gründe, weil dir der Besitz persönlich etwas bedeutet?«

»Den Verkäufer sollten die Motive des Käufers nicht interessieren«, erwiderte sie ausweichend. »Ich dachte eigentlich, jedes großzügige Angebot würde in Erwägung gezogen.«

Der Anwalt schürzte die Lippen und verschränkte die Finger unter dem Kinn. Geschäft war Geschäft, da musste er ihr Recht geben. Vielleicht hegte der neue Besitzer, Mister Granville White, nicht die gleichen Vorurteile wie sein verstorbener Schwiegervater. »Ich kann dir nichts versprechen, Kate, aber ich werde das Angebot zum richtigen Zeitpunkt gegenüber Mister White zur Sprache bringen. Allerdings nicht als dein Vertreter, das musst du verstehen.«

»Das ist mir völlig klar. Ich kann von meinen Anwälten in Townsville ein Angebot aufsetzen lassen und es dir zuschicken.«

»Dann brauchen wir die Angelegenheit ja nicht weiter zu erörtern und können uns angenehmeren Dingen zuwenden.« Er lächelte entspannt.

Kates unerwartetes Erscheinen in seinem Leben hatte ihn in eine Spannung versetzt, die er schon fast vergessen hatte. Er begehrte sie körperlich. Obwohl er verheiratet war und Familie hatte, war er der alte Frauenheld geblieben. Wenn er in Brisbane im Parlament war, gönnte er sich diskrete Affären mit Damen, die sich von seinem wachsenden Ruhm als politische Führungspersönlichkeit betören ließen. Man hielt ihn für den kommenden Premier der Kolonie, und Macht war ein Aphrodisiakum, von dem Frauen etwas verstanden. Aber auf Kate besaßen seine Macht und sein Reichtum wenig Anziehungskraft, denn sie war ihm in dieser Hinsicht ebenbürtig.

»Da fällt mir ein, Kate, du weißt vielleicht noch nicht von der dramatischen Entwicklung, die sich hier ergeben hat. Es geht um einen Vorfall, der sich vor einigen Wochen bei Barcaldine ereignet hat«, meinte Hugh. »Der Sohn deiner Freundin Emma James, Inspektor Gordon James, wird des vorsätzlichen Mordes verdächtigt.«

Kate riss überrascht die Augen auf. *Gordon unter Mordverdacht!* »Wovon redest du da?«, fragte sie schockiert. »Um welchen Mord geht es?«

»Es sieht so aus, als wäre er an einer ziemlich gewalttätigen Aktion beteiligt gewesen. Dabei sollten drei Männer verhaftet werden. Zwei von ihnen wurden erschossen. Der dritte behauptet, Inspektor James habe seinen unbewaffneten Partner kaltblütig ermordet, als dieser sich ergeben wollte. Nicht dass der Mann, der die Vorwürfe erhebt, besonders glaubwürdig wäre. Aber seit dem öffentlichen Rummel um die Wheeler-Affäre hat sich die berittene Eingeborenenpolizei in den Kolonien eine Menge mächtige Feinde gemacht, und zwar nicht nur im Süden, sondern auch hier oben. Viele wohlmeinende, wenn auch irregeleitete Menschen würden sich über eine Verurteilung eines Offiziers dieser Truppe freuen. Es scheint einigen Druck zu geben, damit der junge Mann vor Gericht gestellt wird.«

Kate hatte von Frederick Wheeler gehört, der Offizier der berittenen Eingeborenenpolizei gewesen war. Die Behörden hatten versucht, ihn wegen seiner barbarischen Verbrechen nicht nur an den Aborigine-Stämmen, sondern auch an seinen eigenen eingeborenen Polizisten vor Gericht zu stellen. Der Versuch war fehlgeschlagen, und Wheeler hatte das Land als freier Mann verlassen.

»Man kann James eine Menge vorwerfen«, sagte Kate, »aber ich bezweifle, dass er ein Mörder ist.«

»Nach dem, was ich über seinen tapferen Kampf gegen die Kalkadoon letztes Jahr bei Cloncurry gehörte habe, hast du wohl Recht«, stimmte Hugh ihr zu. »Vermutlich wird das Verfahren gar nicht zugelassen werden. Man wird die Sache als das sehen, was sie ist: die Rache eines Kriminellen gegen einen ausgezeichneten jungen Offizier. Bestimmt wird man die Angelegenheit fallen lassen.«

»Ich wünschte, ich wäre mir da so sicher wie du«, erwiderte Kate zögernd. »Mir kommt es vor, als wäre Gordon verflucht.«

»Ich bezweifle, dass da ein Fluch im Spiel ist«, meinte der Anwalt verächtlich. »Sieht mir mehr danach aus, als würden die Liberalen einen Sündenbock suchen.«

Kate war nicht davon überzeugt. Gordons Leben hatte ihn auf einen Pfad der Zerstörung geführt, und ihr war klar, dass es Mächte gab, von denen die meisten Menschen nichts wissen wollten. Geheimnisvolle Kräfte, die mit rächender Hand jene berührten, welche das zerbrechliche Gleichgewicht des alten Landes störten, das den Ureinwohnern des Kontinents gehörte. Gordons Vater war mitschuldig daran, dass die alten Geister geweckt worden waren, die die heiligen Stätten des Volkes der Darambal hüteten. Nun trat sein Sohn in seine Fußstapfen und jagte ebenfalls Aborigines. Die unerklärlichen Mächte schienen sie alle auf die eine oder andere Art in ihrem Griff zu halten. Alles ging zurück auf die grausame Vertreibung des Nerambura-Clans vor vielen Jahren. Seitdem war ihr Vater ermordet worden, in der Familie Macintosh war es zu zahlreichen Todesfällen gekommen, und viele andere hatten ein vorzeitiges, gewaltsames Ende gefunden. Nein, die Macht der alten Geister war wirklich und hatte sie mit einem allgegenwärtigen Fluch belegt.

»Du solltest nicht verächtlich auf so etwas herabsehen, Hugh«, schalt sie leise. »Es gibt auf dieser Welt Dinge, die sich nicht logisch erklären lassen.«

»Wie die Seele einer Frau«, erwiderte er lächelnd. »Mit eurem Aberglauben und der Faszination am Unbekannten seid ihr wirklich ganz andere Wesen als wir Männer.«

»Wir akzeptieren das Unbekannte so, wie es ist – als Unbekanntes«, antwortete sie ernst. »Aber wir Frauen verlangen gar nicht, dass ihr Männer unsere Überzeugungen als Realität akzeptiert.«

»Schön gesagt. Ich respektiere deine Ansichten, auch wenn sie für einen gebildeten, vernünftigen Mann nicht viel Sinn ergeben.«

»Allerdings ist mir klar, dass Gordon für seine Verteidigung Bildung und Vernunft braucht«, gab Kate zu, während sie überlegte, wie sie am besten in der Welt der Gerichte, Geschworenen und Richter vorgehen sollte. »Wenn Gordon keinen Verteidiger hat, könnte er im Gefängnis landen. Es könnte auch noch schlimmer kommen – wenn die Sache schlecht für ihn ausgeht, endet er am Strang.«

»Du willst also mit weltlicher Logik und Vernunft gegen deinen mystischen Fluch kämpfen«, meinte Hugh mit einem

Hauch von Sarkasmus. »Ein Sterblicher soll Inspektor Gordon retten.«

Sein Zynismus ärgerte sie, aber sie wollte sich nicht reizen lassen. »Ich habe nicht gesagt, dass ich nicht an die Mächte *dieser* Welt glaube, Hugh«, fuhr sie ihn an. »Mir ist klar, dass du als Rechtsexperte der Richtige bist, um Gordon auf die Untersuchung vorzubereiten.«

»Danke, Kate. Dein Vertrauen in meine irdischen Fähigkeiten ehrt mich.«

»Wir beide mögen Meinungsverschiedenheiten gehabt haben, Hugh«, erwiderte sie ruhig. »Aber ich weiß, dass du zu den besten Anwälten der Kolonie zählst. Ansonsten hätte Sir Donald dich nicht zu seinem Interessenvertreter bestellt. Wenn ich auch, davon abgesehen, nicht viel von ihm gehalten habe, Sir Donald war ein sehr kluger Mensch.«

»Dir ist aber klar, dass ich Inspektor James nicht selbst als Mandanten werben kann. Das verstößt gegen ethische Grundsätze.«

»Ich weiß. Ich werde Gordon aufsuchen und vorschlagen, dass er einen Termin mit dir vereinbart. Natürlich nur, wenn er noch keinen anderen Anwalt mit seiner Vertretung beauftragt hat.«

»Da wäre noch die Frage des Honorars.« Hugh hatte nicht die Absicht, seine Fähigkeiten unter Wert zu verkaufen. »In Anbetracht des schwierigen Falls dürfte es ziemlich hoch ausfallen.«

»Ich übernehme sämtliche Kosten. Dafür erwarte ich, dass du alles tust, was in deiner Macht stehst, um die Eröffnung des Verfahrens zu verhindern.«

»Ich kann dir nichts versprechen, aber du bekommst die beste Vertretung, die für Geld zu haben ist.«

Nachdem Kate sich verabschiedet hatte, fragte sie sich, warum sie so bereitwillig dem Mann half, der ihren Neffen getötet hatte. Nun, schließlich war er der Sohn ihrer lieben, verstorbenen Freundin Emma, und da war es nur recht und billig, dass sie ihn unterstützte. Doch die wahre Antwort lag tiefer und war nicht so leicht zu greifen: Sie wusste, dass

Sarah diesen Mann aus unerfindlichen Gründen immer noch liebte.

Kate spannte ihren Schirm auf, um sich gegen die tropische Sonne zu schützen, und ging über die staubige Straße zu ihrem Hotel. Die Männer, die im Schatten der breiten Veranden entlang der Hauptstraße saßen, warfen der Frau mit der Haltung einer Königin bewundernde Blicke zu. Ein paar erkannten sie und flüsterten den anderen zu, das sei Kate O'Keefe, die einst als Barmädchen im Hotel Emperor's Arms gearbeitet habe. Sie hatte einen langen, harten Weg hinter sich. Ihr einziges Kapital waren ihr Traum gewesen und der Mut, es mit der traditionell von Männern beherrschten Geschäftswelt aufzunehmen. Am Ende hatte sie gesiegt.

57

Wenn Gordon James aus dem neu eingebauten Glasfenster in seinem Büro sah, blickte er auf den staubigen Exerzierplatz, auf dem schon sein Vater seine Polizisten gedrillt hatte. Der Polizeisuperintendent des Distrikts hatte es für sinnvoll gehalten, dass James in Rockhampton blieb. Bis die Untersuchung der gegen ihn erhobenen Vorwürfe abgeschlossen war, sollte er seiner Tätigkeit hier nachgehen und dafür auch sein normales Gehalt beziehen.

Der Superintendent war von Inspektor James' Unschuld überzeugt, aber ihm war auch klar, dass der Gerechtigkeit Genüge getan werden musste. Calders Verhaftung hatte zu viel öffentliches Aufsehen erregt. Es war kein Geheimnis, dass die berittene Eingeborenenpolizei mächtige Feinde hatte, die die Truppe nur allzu gern aufgelöst hätten. Schließlich war sie im Lauf der Jahre immer wieder beschuldigt worden, mutwillig Eingeborene getötet zu haben.

Blökende Schafe aus dem Süden, schnaubte er verächtlich. Europäer, die keine Ahnung hatten, wie hinterhältig und bösartig die Schwarzen von Queensland waren. Diese irregeleiteten Schwachköpfe behaupteten, die berittene Eingeborenenpolizei wolle die Ureinwohner systematisch ausrotten. Zum Glück war der Superintendent Liebling einer Hand voll rücksichtsloser, mächtiger Siedler, die ihn als Held feierten, weil er für ihr Recht eintrat, das Land von schwarzem Ungeziefer zu säubern. Daher hatte er seine Polizisten auch immer gegen alle Vorwürfe des wahllosen Mordes verteidigt.

Aber es standen Wahlen an, und nicht alle Siedler unterstützten die Polizei. Einige verrückte Individuen lebten auf ihren Anwesen tatsächlich in Frieden mit den örtlichen Eingeborenen und gingen so weit, der berittenen Eingeborenenpolizei den Zugang zu ihrem Land zu verweigern. Die blökenden Schafe im Süden hörten auf deren Stimme. Dass ausgerechnet Gordon James Gegenstand der Untersuchung war, heizte den Konflikt weiter an. Noch schlimmer war, dass sich die Zeitungen nicht im Geringsten für die beruflichen Verdienste des beschuldigten Polizeiinspektors interessierten.

Gordon war offiziell von den gegen ihn erhobenen Anschuldigungen informiert worden. Gleichzeitig hatte man ihm versichert, dass die Sache im Sande verlaufen werde. Er selbst war sich da nicht so sicher. In seinem Leben schien alles schief zu gehen, obwohl er das unerschütterliche Vertrauen des Superintendent in ihn zu schätzen wusste. Daher hatte er auch akzeptiert, bis zum Abschluss der Untersuchung in Rockhampton zu bleiben.

Während er noch in seinem Büro aus dem Fenster auf den leeren Exerzierplatz starrte und über die Wechselfälle seines Lebens nachdachte, hörte er das Rattern eines leichten Einspänners, der draußen hielt.

Eine Frau sprach mit einem der eingeborenen Polizisten und erkundigte sich nach Gordon. Wenn er es nicht besser gewusst hätte, hätte er geschworen, es wäre Kate Tracy!

Er öffnete die Tür und stellte zu seiner Überraschung fest, dass sie tatsächlich vor ihm stand.

»Gordon«, begrüßte sie ihn steif. »Ich bin hier, um mit dir zu sprechen.«

»Kommen Sie herein, Missus Tracy.« Er hielt ihr die Tür auf, und sie rauschte an ihm vorbei.

Gordon folgte ihr und bot ihr einen Stuhl an. Kate nickte höflich und ließ sich anmutig darauf nieder. Offensichtlich hatte ihr unangekündigter Besuch den jungen Mann in einige Verwirrung gestürzt. Unbehaglich und verlegen stand er hinter seinem Schreibtisch und wusste nicht, was er sagen sollte. »Du könntest uns von einem deiner Männer Tee bringen lassen, Gordon«, sagte sie ruhig. »Ich bin von der Fahrt zur Kaserne ziemlich durstig.«

»Natürlich«, erwiderte er dankbar und rief: »Trooper Alma!«

»Mahmy.« Der Polizist, der die Veranda vor dem Büro gefegt hatte, eilte zur Tür und stand dort stramm, während er auf seine Befehle wartete.

»Besorg mir und Missus Tracy Tee, aber schnell. Verstanden?«

»Ja, Mahmy. Ganz schnell.«

Während der eingeborene Polizist verschwand, um aus der Gemeinschaftsküche der Kaserne einen Teekessel zu holen, setzte Gordon sich. »Ich bin ziemlich überrascht, Sie hier zu sehen, Missus Tracy«, begann er stirnrunzelnd.

»Ich war geschäftlich in Rockhampton«, erwiderte Kate kühl, »als ich von deiner gegenwärtigen Lage gehört habe. Es heißt, man wirft dir vor, bei einer Verhaftung einen Mann getötet zu haben.«

»Ich habe ihn nicht ermordet«, gab er zornig zurück. »Dieser verlogene Calder hat ihn in den Rücken geschossen ...«

»Das habe ich ja auch gar nicht behauptet«, schalt Kate.

»Tut mir Leid, wenn ich wütend geworden bin«, sagte Gordon mit leiser Stimme. »Aber bei mir ist einfach alles schief gegangen – das wissen Sie ja selbst.«

Kate betrachtete den jungen Mann genauer. Seine Uniform war zerknittert, dabei erinnerte sie sich noch gut daran, dass er immer wie aus dem Ei gepellt gewirkt hatte. Er sah müde und erschöpft aus, und sie fühlte fast so etwas wie Mitleid für ihn. »Du fragst dich bestimmt, warum ich den Weg hierher auf mich genommen habe. Eine besondere Zuneigung zu dir ist jedenfalls nicht der Grund für meinen Besuch, das weißt du, nach allem was du mir und Sarah angetan hast.«

»Neugierig bin ich schon«, gestand er mit müder Stimme.

»Ich wollte wissen, ob du schon an einen Rechtsvertreter für die Untersuchung gedacht hast.«

»Nein, ich dachte, das wäre nicht nötig. Ich wollte mich einfach an die Tatsachen halten.«

»Bei deinem Glück solltest du dich wirklich an einen Rechtsanwalt wenden. Ich denke dabei an eine bestimmte Person – einen gewissen Hugh Darlington, der eine Kanzlei in Rockhampton hat.«

»Ich habe von ihm gehört. Er ist der örtliche Abgeordnete im Parlament. Aber ich glaube nicht, dass ich ihn mir leisten könnte.«

»Die Kosten übernehme ich«, sagte Kate.

Gordon sah sie scharf an. Ihre Großzügigkeit und ihre unverlangte Hilfe kamen für ihn völlig unerwartet. »Sie würden mir helfen? Nach allem, was ich Ihnen angetan habe?«

»Es geht nicht um mich«, gab sie leise zurück. »Ich tue es aus Respekt für das Andenken deiner lieben Eltern. Und für Sarah.«

»Sarah?«

»Ja, um Sarahs willen. Für sie wäre es eine Katastrophe, wenn du gehängt würdest. So, wie du den Mund aufreißt, scheint das für dich eine Überraschung zu sein.«

»Ich … ich … ja«, stotterte Gordon, während er versuchte, seine Gedanken und Gefühle so weit zu ordnen, dass er eine vernünftige Antwort geben konnte. »Warum sollte es Sarah interessieren, ob ich lebe oder sterbe? Schließlich ist sie mit einem anderen verlobt.«

»Wahrscheinlich, weil sie nie wirklich aufgehört hat, dich zu lieben, Gordon«, erwiderte Kate seufzend. »Sie hat dich immer geliebt und kann, soweit ich sehe, keinen anderen lieben. Du hast sie furchtbar verletzt, aber ihre Gefühle sind immer noch vorhanden, obwohl sie nie darüber spricht.«

»Woher wollen Sie das dann wissen?«

»Ich weiß es einfach. Ich kenne Sarah fast ihr ganzes Leben lang, und als Frau weiß ich, was eine andere Frau für einen Mann fühlt, selbst wenn es sich um ein wertloses Individuum wie dich handelt. Das ist eine Schwäche, unter der Frauen gelegentlich leiden … irgendwann in ihrem Leben lieben sie einen Taugenichts.«

Gordon starrte auf seinen Schreibtisch herab. Wahrscheinlich bezog sich Kate auf ihre erste Ehe mit Kevin O'Keefe. Er hatte keine Ahnung, dass sie dabei auch an ihre Affäre mit dem Anwalt dachte, den sie ihm empfohlen hatte. Seine Hände zitterten, und Kate wurde schnell klar, dass ihre Enthüllung über Sarahs geheime Gefühle in dem jungen Polizisten Emotionen ausgelöst hatte, die sie nicht erwartet hatte. Sie fragte sich, ob sie ihm jemals vergeben konnte. Doch ihm Grunde waren ihre Gefühle für Gordon James unwichtig, was zählte, war, was Sarah für Gordon empfand … und er für sie.

»Ich verdiene Sarah nicht«, flüsterte er, und Kate sah, wie ihm Tränen in die traurigen Augen stiegen. »Ich habe nicht das Recht, für all das, was ich Ihnen und Sarah angetan habe, um Vergebung zu bitten. Wenn ich mein Leben für Peter geben und Sarahs Liebe behalten könnte, würde ich es tun.«

»Ich glaube, du meinst wirklich, was du sagst, Gordon«, sagte Kate sanft, während sie die Hand ausstreckte und seine gefalteten Hände berührte. »Soweit ich weiß, hast du noch nie gelogen.«

Als er aufsah, wusste sie, dass sie sich nicht getäuscht hatte. In seinen feuchten Augen las sie einen entsetzlichen Schmerz. Gordon erinnerte Kate an seinen Vater vor vielen Jahren. Auch der hünenhafte Polizeisergeant hatte sie damals um Verzeihung gebeten.

Trooper Alma war überrascht, als er in das Büro spähte und den harten jungen Inspektor ohne Scham weinen sah. Angesichts des Kummers seines Mahmy schlich er verlegen mit den beiden Bechern, in denen der Tee dampfte, davon.

Am nächsten Tag saß Gordon in Hugh Darlingtons Büro. Der Anwalt sog die Luft mit einem saugenden Geräusch durch die Lippen, während er auf den Bericht starrte, den der Polizist zu den Umständen von Joe Heslops Tod verfasst hatte.

»Sagen Sie, Inspektor«, meinte er, als er schließlich aufsah und den jungen Mann anblickte, der sehr still auf seinem Stuhl saß. »Wo ist die Kugel in den Körper des Toten eingetreten?«

»Am Rücken«, erklärte Gordon ungeduldig, als ginge das aus seinem Bericht hervor.

»Und welche Waffe trugen Sie, als Mister Heslop erschossen wurde?

»Einen .45er Single-Action-Armeecolt.«

»Und Mister Calder? Was für eine Waffe hatte er bei seiner Verhaftung bei sich?«

»Einen Snider-Karabiner, Kaliber 577.«

»Ist die Kugel aus Mister Heslops Körper wieder ausgetreten?«

»Nein.« Gordon zögerte. »Ich glaube nicht.«

»Wo befindet sich Mister Heslops Leiche im Augenblick?« fragte der Anwalt, als handelte es sich um ein Kreuzverhör vor Gericht.

»Er wurde in Barcaldine begraben.«

Triumphierend lehnte Hugh sich auf seinem Stuhl zurück. »Und welche Kugel würden wir wahrscheinlich bei einer Exhumierung in Joe Heslops Leiche finden?«

»Snider-Munition, Kaliber 577«, erwiderte Gordon ehrfürchtig, als ihm das Offensichtliche schwante. »Eine verdammte Karabinerkugel!«

»Ich glaube, Missus Tracy wird zunächst einmal die Kosten für eine Reise nach Barcaldine zu übernehmen haben. Und die Kosten für den Besuch eines Bekannten von mir, der zufällig früher Stabsarzt bei der Armee war und große Erfahrung mit Kriegsverletzungen und Schusswunden besitzt.«

Zum ersten Mal seit Wochen lächelte Gordon.

58

Vieles von dem, was Patrick Duffy aus dem Fenster des Eisenbahnwagons sah, erinnerte ihn an das Outback seines Landes. Die schweigsamen burischen Farmer glichen den *Rooineks* Australiens – konservative Männer, die nach den erbarmungslosen Regeln der unvorhersehbaren Launen der Natur lebten und in deren bärtigen Gesichtern sich Verachtung für alle Städter verbarg.

Seine Reise hatte ihn von den fruchtbaren Ebenen der Küste über die Bergkette, die sich wie ein zerklüftetes Rückgrat von Kapstadt im Südwesten bis nach Transvaal im Nordosten zog, zum *Veld* geführt, dem Grasland der westlichen Kapkolonie. Immer wieder hatte er sich über die Ähnlichkeiten der beiden Länder gewundert, die sogar die Jahreszeiten gemeinsam hatten. Die weißen Siedler hier erlebten nicht die kalten, verschneiten Festtage ihrer Mutterländer Holland und England, sondern die heiße, trockene Weihnachtszeit, die auch die Australier kannten.

Sogar das Hotel in De Aar, wo Patrick seinen Durst mit einem kühlen Bier löschte, hätte ebenso gut in Bourke oder Walgett stehen können. Allerdings sprachen die weißen Gäste eine gutturale Sprache, die dem Deutschen ähnelte, das Patrick einigermaßen beherrschte. Als einziger Kunde in der Bar, der kein Afrikaans sprach, war er froh, dass zumindest der Wirt Engländer war. Das war ein großer, massiger Mann mit einem fleischigen, roten Gesicht, der aussah, als würde er mit jedem Buren fertig werden, der an seiner Zugehörigkeit zu den vorgeblichen Unterdrückern der energisch auf ihre Unabhängigkeit pochenden Farmer niederländischer Abstammung Anstoß nahm.

Colonel Godfrey hatte Patrick empfohlen, mit der Suche nach seinem Vater in De Aar zu beginnen. In dieser Stadt erstattete Michael Duffy seinem Verbindungsmann zum britischen Außenministerium von Zeit zu Zeit Bericht.

Die Buren betrachteten den jungen *Rooinek*, der sich unter sie gemischt hatte, mit finsterer Miene, und Patrick, der an der Bar stand, konnte ihre abweisenden Blicke in seinem Rücken spüren. Er war von der Bahnstation zum Hotel gegangen, das er als Ausgangsbasis für die Suche nach seinem Vater – und Catherine – benutzen wollte. Allmählich bekam er jedoch den Eindruck, im falschen Haus abgestiegen zu sein. Ab und zu machte einer der anderen Gäste eine abfällige Bemerkung über ihn. Dabei taten sich besonders fünf hoch gewachsene Bartträger hervor, die an einem Tisch in der Ecke der Bar Gin tranken.

»Sie sollten vielleicht besser in den Nebenraum gehen, Kumpel«, riet ihm der massige Wirt unauffällig, als er in seiner Nähe die Theke abwischte. »Die Burschen da trinken seit dem frühen Morgen und sind nicht gerade begeistert, hier einen Engländer zu treffen. Für die ist das ihr Lokal.«

»Ich bin kein Engländer«, erwiderte Patrick so laut, dass ihn auch die burischen Gäste hören mussten. »Ich bin Australier.«

»Das ist dem Mob da drüben egal, Kumpel«, warnte ihn der Wirt. »Wer Englisch spricht, ist Engländer.«

Also folgte Patrick dem weisen Rat und zog sich taktvoll in das angrenzende Nebenzimmer zurück. Kaum hatte er den winzigen Raum betreten, da stach ihm ein großes Gemälde an der Wand ins Auge, das eine schöne Frau darstellte, die nackt auf einer Couch lag. Völlig verblüfft blickte er in das lächelnde Gesicht von Catherine Fitzgerald.

»Wie sind Sie an das Bild gekommen?«, rief er dem Wirt zu.

Der beäugte ihn misstrauisch. »Warum wollen Sie das wissen?«

»Weil ich den Maler gern sprechen würde.«

»Wenn Sie das Gemälde kaufen wollen, können Sie es haben«, meinte der andere geschäftstüchtig. »Der hat sowieso noch eine Rechnung bei mir offen.«

»Wie viel?«

»Zwanzig englische Pfund«, sagte der Wirt hastig. »Ist jeden Penny wert, so schnuckelig, wie die ist.«

»Zwanzig Pfund, und Sie sagen mir, wo ich den Mann finde, der sie gemalt hat.«

Plötzlich gab sich der Wirt ausweichend. Der Australier war bereit, für das Bild doppelt so viel zu bezahlen, wie ihm der hünenhafte Ire schuldete. Und wenn er es sich recht überlegte, sah der Australier dem Mann so ähnlich, als wäre er sein Sohn. »Kennen Sie Michael Duffy denn?«, fragte er so leise, dass es die Gäste in der angrenzenden Bar nicht hören konnten.

»Mein Name ist Patrick Duffy. Ich bin sein Sohn.« Patrick bemühte sich, seine zunehmende Erregung unter Kontrolle zu halten. *Dass er ausgerechnet in diesem Hotel gelandet war …*

»Haben Sie dafür irgendwelche Beweise?«, fragte der massige Mann streitlustig. Patrick war sich nunmehr fast sicher, dass er den Verbindungsmann seines Vaters vor sich hatte. Warum auch nicht? Man machte sich ja wohl kaum verdächtig, wenn man im Herzen des Burenlandes ein Bier trank. Nach dem, was er über seinen Vater gehört hatte, war diese geradezu selbstmörderische Kühnheit typisch für Michael Duffy, der stets auf sein Glück vertraute. »Sehen Sie mich doch mal an«, knurrte er leise. »Angeblich gleiche ich meinem Vater wie ein Ei dem anderen. Ist das nicht Beweis genug?«

Der Mann nickte und grinste. »Ja. Mit Augenklappe und zwanzig Jahre älter könnten Sie als er durchgehen. Wenn Sie Ihren Vater suchen, der lagert wahrscheinlich fünfzehn Kilometer von hier auf dem Weg nach Prieska. Hab gehört, er steht mit seinem Planwagen in der Nähe einer Anhöhe. Genug Vorräte dürfte er wohl dabeihaben. Mehr weiß ich nicht.«

»Hat er eine junge Frau bei sich? Das Mädchen auf dem Bild?«

»Wie gesagt«, wiederholte der Wirt, »mehr weiß ich nicht.«

»Danke. Wo kann ich hier in der Nähe ein Pferd und Proviant bekommen?«, fragte Patrick, während er von einem dicken Bündel Scheine zwanzig englische Pfund abzählte. Der Wirt leckte sich beim Anblick der druckfrischen Noten, die ihm der junge Mann in die Hand drückte, die Lippen. »Was ist mit dem Bild, das Sie mir abgekauft haben?«, rief er ihm nach, als Patrick aufbrach.

»Das nehme ich mit, wenn ich zurückkomme«, erwiderte dieser über die Schulter. »Bewahren Sie es so lange für mich auf.«

Patrick war ein Fehler unterlaufen: Er hatte angenommen, dass der Wirt der Verbindungsmann seines Vaters war. Tatsächlich mochte der Mann den Iren nicht besonders, weil er ihn verdächtigte, den burischen Gästen seines Lokals Waffen zu verkaufen. Nicht dass er Fragen gestellt hätte.

»He, Engländer«, rief der älteste der Männer, die sich feindselig über Patricks Anwesenheit geäußert hatten, dem Wirt zu. »Hat der *Rooinek* Katerina gekauft?«

»Ja, Lucas«, gab dieser zurück. »Damit hat er die Schulden seines Alten beglichen.«

»Duffy ist der Vater von dem *Rooinek*?« Der ältere Afrikaander warf seinen Gefährten einen Blick zu. »Der Engländer, der gerade hier war, riecht nach Soldat«, meinte er dann auf Afrikaans.

Lucas Bronkhorst kannte sich mit englischen Soldaten aus. Fünf Jahre zuvor hatte er am entscheidenden Sturmangriff auf das schottische Bataillon teilgenommen, das die felsigen, baumlosen Höhen von Majuba Hill besetzt hielt. Der Sieg der Afrikaander gegen die Briten an jenem Tag stellte einen überwältigenden Erfolg der taktischen Fähigkeiten der Buren dar.

Seine vier Gefährten nickten zustimmend. Lucas Bronkhorst warf eine Hand voll Münzen für ihre Getränke auf die Bar, und die Männer am Tisch erhoben sich, um sich ihm anzuschließen. Sie würden dem *Rooinek* folgen, um mehr über ihn in Erfahrung zu bringen. Vielleicht verriet ihnen das etwas über den Iren, der ihnen die deutschen Mauser-Gewehre verkauft hatte. *Gewehre, die sich gleich bei der ersten Benutzung als kaputt erwiesen hatten!*

Die Afrikaander vermuteten, dass Duffy mit dem britischen Geheimdienst in der Kapkolonie in Verbindung stand. Das

Auftauchen des jungen *Rooinek* schien Bronkhorsts Verdacht zu bestätigen. Wenn sich der jüngere *Rooinek* mit dem älteren traf, würden sie sich beide vornehmen und sie verhören. Danach mussten sie sie wahrscheinlich umbringen.

Patrick ahnte nichts von dem Interesse, das sein Erscheinen in der Stadt bei den burischen Farmern ausgelöst hatte. Er verließ die Stadt auf einem Pferd von höchst zweifelhafter Qualität und führte ein noch armseligeres Packtier am Zügel. Sein Ritt ging nach Westen durch die ausgetrocknete Grassteppe der weiten Savanne und Hügel mit grünen Weiden. Die einzigen Menschen, denen er auf dem Weg nach Prieska begegnete, waren Eingeborene. Bewundernd betrachtete er die stolzen Gestalten: hoch gewachsene, gut gebaute Männer mit pechschwarzer Haut und auf dem Rücken der Mütter großäugige Kinder, die den Australier, der über ihnen auf seinem Pferd thronte, anstarrten und dabei am Daumen lutschten.

Dieselben Schwarzen betrachteten voll unverhohlener Furcht die Kolonne von fünfzehn schwer bewaffneten Männern, die dem einsamen Reiter mit dem Packtier in gut eineinhalb Kilometer Abstand folgte. Das war nah genug, um Patrick immer wieder auf den Anhöhen auftauchen zu sehen, aber zu weit, als dass er das Burenkommando entdeckt hätte.

Bei Sonnenuntergang ritt Patrick auf eine Anhöhe. Von diesem Aussichtspunkt blickte er auf das schlammige Wasser eines mäandernden Baches herab, der sich wie eine riesige braune Schlange durch die Ebene wand. Im üppigen Gras weideten neben einem Planwagen zwei Ochsen, die aus dieser Entfernung winzig aussahen. In dem steinigen Bachbett kniete ein Mann und spülte Geschirr ab. Er schien allein zu sein. Obwohl Patrick keine Einzelheiten unterscheiden konnte, hatte er das Gefühl, seinen Vater zum zweiten Mal in seinem Leben zu erblicken. Erinnerungen an einen großen einäugigen Amerikaner überschwemmten ihn, der ihm als kleiner Junge in Sydney einen Silberdollar geschenkt hatte. Damals hatte er dem Fremden schwören müssen, seinem Onkel Daniel nichts von ihrer Begegnung zu erzählen.

Mit einem leichten Fersendruck trieb er sein Pferd den sanften Hang hinunter. Der Mann erhob sich und blickte dem Reiter entgegen, der langsam den Hang herunterkam.

Instinktiv legte Michael Duffy die Hand auf den Griff des großen Colt an seiner Hüfte. In seinem Leben waren alle Besucher potenzielle Feinde.

59

Es war ein heißer Tag unter der glühenden Sonne, die auf das Land am Wendekreis des Steinbocks herabbrannte, und Kate hielt ihren Sonnenschirm griffbereit, während ihr Gepäck auf das Dampfschiff verladen wurde. Als sie sich davon überzeugt hatte, dass alles sicher untergebracht war, wandte sie ihre Aufmerksamkeit Gordon James zu. Ihr fiel auf, dass seine Uniform diesmal sauber und ordentlich gebügelt war. Außer ihm hatten sich nur ein paar bärtige Männer mit Planwagen eingefunden, um das Auslaufen des Küstenschiffes nach Townsville zu beobachten.

Auf der Uferböschung hockte eine kleine Gruppe Ureinwohner aus der Fitzroy-Region und bettelte ohne großen Eifer um Tabak und Kleingeld. Mitleidig betrachtete Kate die Menschen vom einst so stolzen Volk der Darambal, die sich nun mit von Europäern abgelegten Lumpen zufrieden geben mussten. Sie fühlte sich ihnen verbunden, weil in ihren Adern Sarahs Blut floss, und fand es entsetzlich, dass sie betteln mussten.

»Sie freuen sich wahrscheinlich darauf, nach Hause zu Ihrem kleinen Matthew zu kommen«, meinte Gordon, der bemerkt hatte, wie sehnsüchtig Kate ein nacktes Aborigine-Kleinkind betrachtete, das im Schlamm des Flussufers spielte.

»Es kommt mir vor, als wäre eine Ewigkeit vergangen, seit ich ihn zum letzten Mal im Arm gehalten habe«, seufzte Kate. »Ich frage mich, ob er seine Mutter überhaupt noch erkennt.«

»Das glaube ich schon«, erwiderte er mit einem freundlichen Lächeln. »Seine Eltern vergisst man nicht.«

»Genauso wenig wie seine Kinder.«

Er verstand die Andeutung und starrte über den Fluss auf einen Schwarm Pelikane, der knapp über dem Wasser dahinflog. Kate sah deutlich, dass er an etwas ganz anderes dachte als an ihre Abreise. Seine nächsten Worte bestätigten das.

»Nach der Exhumierung in Barcaldine reite ich nach Balaclava. Ich kann nur beten, dass Sie Sarahs Gefühle für mich richtig einschätzen.«

»Ich bin mir sicher, dass sie dir vergeben kann, Gordon«, sagte Kate leise und blickte ihm ins Gesicht. »Liebe ist viel mächtiger als Hass. Ich weiß, dass das leicht gesagt ist, aber meine persönliche Erfahrung hat mich gelehrt, dass Liebe die Härten des Lebens überdauert.« Bittersüße Erinnerungen stiegen in ihr auf an die Zeit, als sie von ihrem starken und gleichzeitig sanften Amerikaner getrennt gelebt hatte. Lange Jahre hatte sie verschwendet, weil sie sich ihre Liebe zu ihm nicht eingestanden hatte. Heute bedauerte sie das. »Das Leben ist zu kurz, um sich ständig darum zu sorgen, was alles passieren könnte«, fasste sie ihre einfache Philosophie zusammen.

Gordon ließ den Kopf sinken und blickte von Kate zu den Ureinwohnern am Flussufer. »Was ich Sarah angetan habe, ist entsetzlich«, flüsterte er schließlich. »Ich frage mich, ob sie mir vergeben kann. Es wäre nur verständlich, wenn sie sich einem anderen zuwendet.«

»Sie liebt dich mit ihrem Körper und ihrer Seele«, gab Kate leise zurück. »Wenn du bereit bist, um ihre Liebe zu kämpfen, ist es unwichtig, ob sie mit einem anderen verlobt ist. Ich weiß, dass Sarah dich in ihrem Leben braucht. Bis ich dir vor einer Woche begegnet bin, hätte ich ihre unausgesprochene Liebe für dich wahrscheinlich nicht unterstützt. Aber an deinen Augen habe ich gesehen, wie groß dein Schmerz ist. Du hast dich verändert.«

»Sobald die Untersuchung abgeschlossen ist, quittiere ich den Polizeidienst – so oder so«, sagte er mit bitterer Entschlossenheit.

»Ich glaube nicht, dass du dir um den Ausgang Sorgen machen musst«, beruhigte Kate ihn. »Mister Darlington hat mich über den Tatbestand informiert.«

»Ich schulde Ihnen mehr, als Sie sich vorstellen können, Missus Tracy«, erklärte Gordon mit trauriger, distanzierter Stimme. »Einen Frieden, der nicht mit Geld zu bezahlen ist.«

»Du wirst mir eine Menge Geld schulden, wenn mir Mister Darlington erst sein saftiges Honorar in Rechnung gestellt hat, Gordon James.« Kate lächelte breit. »Und ich erwarte dich bei der ersten Gelegenheit mit Sarah in Townsville, damit du deine Schulden bei mir abarbeiten kannst.«

»Sogar meine Arbeitsstelle werde ich Ihnen verdanken«, sagte er fröhlicher. »Doch diese Schulden zahle ich gern zurück.«

Ein Deckshelfer rief alle Passagiere an Bord und begann, den Landungssteg einzuholen. Kate nahm Gordons Hände in ihre. »Liebe ist die stärkste Kraft dieser Welt«, sagte sie. »Das darfst du nie vergessen. Königreiche kommen und gehen, aber die Liebe bleibt in unserem Leben als eine Macht, die selbst über den Tod hinausreicht.«

Sie ließ seine Hände los. Während er ihr nachsah, als sie an Bord ging, erinnerte er sich an ihre Abschiedsworte. *Die Liebe bleibt in unserem Leben als eine Macht, die selbst über den Tod hinausreicht.* Aus unerklärlichen Gründen hallten die Worte in seinem Geist wieder. *Selbst über den Tod hinaus …*

Gordon blieb am Kai stehen, bis sich das Schiff mitten auf dem Fluss befand, wo die Maschinen für die Fahrt auf das offene Meer hinaus kräftig angeheizt wurden. Kate, die ihren Sonnenschirm geöffnet hatte, winkte ihm vom Deck aus zu, aber bald waren sie und das Schiff außer Sicht.

Während Gordon noch über Kates Abschiedsworte nachdachte, war in Hugh Darlingtons Kanzlei ein Mann eingetroffen, dem selbst der viel beschäftigte Anwalt absolute Priorität einräumte. Granville White saß auf demselben Stuhl wie einige Tage zuvor Kate.

Es war die erste Begegnung zwischen Hugh Darlington und jenem Mann, dessen Schriftverkehr einen Großteil seiner Zeit in Anspruch nahm: Übertragungsurkunden für die zahlreichen Besitzungen entlang der Küste von Queensland, Eintragungen von Unternehmen und Verträge für die Errichtung von Fleischfabriken, Zuckerraffinerien und die Rekrutierung der als Kanaken bekannten Arbeiter aus der Südsee, die auf den Zuckerplantagen wie Leibeigene schufteten.

Als juristischer Vertreter der finanziellen Interessen der Macintoshs in der nördlichen Kolonie war Hugh mit den zahlreichen Transaktionen vertraut, die sich an der Grenze der Legalität bewegten. Aber er war nicht der Mann, solche Praktiken infrage zu stellen, schließlich setzte er selbst ähnliche Taktiken zum Vorteil seiner Kanzlei und seiner politischen Laufbahn ein.

»Ich hoffe, die Reise von Sydney hierher war angenehm, Mister White«, sagte er, bevor sie sich der geschäftlichen Tagesordnung zuwandten, die Granville für ihre Besprechung vorbereitet hatte.

»Allerdings«, erwiderte dieser, »aber hier oben ist es wirklich unerträglich heiß.«

»Man gewöhnt sich daran«, erklärte Hugh sanft. »Ich fürchte, mein Blut ist nach all den Jahren in diesem Klima dünn geworden.«

»Jedem das Seine.«

»Bevor wir uns den Themen zuwenden, die Sie in Ihrem Brief skizziert haben, Mister White«, beendete Hugh das höfliche Geplänkel, »würde ich gern den Verkauf von Glen View ansprechen.«

Granville sah den Anwalt scharf an. »Diese Missus Tracy hat Ihnen ein Angebot für den Besitz unterbreitet, stimmt's?«

»Das wissen Sie?« Hugh war überrascht.

»Ich kann es mir denken. Das war unvermeidlich, sie versucht seit Jahren, Glen View in die Finger zu bekommen.«

»Sie hat mich wissen lassen, dass sie bereit wäre, Ihnen ein großzügiges Angebot zu unterbreiten.«

»Von mir aus kann sie in der Hölle schmoren. Ich werde es nicht zulassen, dass jemand von dieser verdammten Duffy-Familie den Besitz in die Finger bekommt«, knurrte Granville. Der Anwalt war überrascht. Er hatte White als Geschäftsmann eingeschätzt, für den Sentimentalitäten zweitrangig waren. Die Feindschaft zwischen den Macintoshs und den Duffys war ihm bekannt, aber er hatte nicht gewusst, dass das auch für Granville White galt.

Doch Granville White war nicht so sentimental, wie der Anwalt vermutete. Für ihn zählte nur, dass Kate die Schwester jenes Mannes war, den er mehr als jeden anderen hasste und fürchtete. Bei der Veräußerung von Glen View ging es ihm nicht nur um finanzielle Aspekte, er musste Lady Enid zeigen, dass er die Macht besaß, zu zerstören, was ihr wertvoll war. »Ich habe bereits ein anderes großzügiges Angebot für den Besitz erhalten«, setzte Granville in einem Ton hinzu, der jede weitere Diskussion im Keim erstickte.

Hugh akzeptierte diesen Ausgang. Es gab noch genügend andere Punkte zu besprechen.

Als diese abgehakt waren, kam Granville erneut auf den Familienbesitz zu sprechen. Er wollte Glen View persönlich besuchen, bevor das große Anwesen in den Besitz einer englischen Gesellschaft überging, die in die Rinderzucht investieren würde.

Überrascht erklärte Hugh Granville, dass ein Besuch auf Glen View für den Verkauf nicht erforderlich sei. »Ich weiß, dass Sie Recht haben, Mister Darlington«, erwiderte Granville, »aber ich habe persönliche Gründe dafür. Ich habe mich mit einem Agenten verabredet, der verschiedene Farmer geschäftlich berät. Wir reisen morgen gemeinsam von Rockhampton aus dorthin.«

Granville hielt es nicht für nötig, weitere Erklärungen abzugeben. *Wie konnte er jemand anderem auch vermitteln, dass er seit Jahren unter abergläubischen Ängsten litt? Dass er sich vor einer düsteren Macht in seinem Leben fürchtete, die wie ein Fluch auf ihm lag?* Ihm war klar geworden, dass Glen View die Quelle dieses Übels war, gegen das er aus unerklärlichen Gründen nicht einmal im fernen Sydney gefeit war. Kein Mensch bei klarem Verstand würde so etwas äußern.

»Nun, dann ist die Sache ja geregelt«, meinte Hugh. »Wenn Sie wiederkommen, werden die Dokumente zur Unterschrift bereitliegen.«

»Gut«, knurrte Granville. »Allerdings müssen sich die Käufer mit einer Vorbehaltsklausel einverstanden erklären, bevor ich den verdammten Besitz übergebe.«

»Und die wäre?«, wollte Hugh wissen.

»Dass das Anwesen mindestens neunundneunzig Jahre lang an kein Mitglied der Familie Duffy verkauft werden darf.«

Hugh zog ob dieser Forderung die Augenbrauen hoch. »Wird erledigt, Mister White«, gab er zurück. »Mit einer solchen Zusatzvereinbarung dürfte das Anwesen auf alle Zeiten vor der Familie Duffy sicher sein.«

Granville grinste befriedigt. Lady Enid war nicht die Einzige in der Familie, die ihre Feinde ohne Gewalt vernichten konnte. Dieses Spiel beherrschte er auch.

60

Patrick konnte jetzt deutlich erkennen, dass der hünenhafte Mann eine Augenklappe trug. Er suchte die Umgebung mit den Blicken auf Anzeichen ab, dass Catherine bei ihm war, fand aber keine.

Der Gedanke, dass er in wenigen Augenblicken seinem Vater begegnen würde, ließ Panik in ihm aufsteigen. Aus Gründen, die ihm selbst unerklärlich blieben, hätte er am liebsten sein Pferd gewendet und wäre davongeritten. Was würden seine ersten Worte sein? Wie sprach man einen Mann an, den man nur einmal in seinem Leben kurz getroffen hatte? Doch Patrick hätte sich diese Gedanken über die richtige Vorstellung sparen können.

»Gehören die zu Ihnen?«, rief ihm sein Vater vom Fluss aus zu, während er auf die grasbewachsene Anhöhe einen halben Kilometer hinter Patrick starrte.

Verwirrt wandte Patrick sich im Sattel um. Er schnappte nach Luft, als er das Burenkommando auf dem Hügel ausschwärmen sah. Die Männer hielten ihre Gewehre in Hüfthöhe, und dem Manöver nach zu urteilen planten sie einen Angriff. »Nein, die habe ich noch nie gesehen«, rief er zurück.

Sein Vater lief die Uferböschung hinauf und nahm ein Gewehr aus dem Wagen.

»Engländer, was?«, fragte er, während er hinter den dicken Holzbrettern seines Planwagens in Deckung ging.

»Australier«, erwiderte Patrick und saß ab. Diese Antwort erregte Michaels Aufmerksamkeit. Er wandte den Blick von den Buren ab, die in lockerer Formation den Hügel herunterritten, und blickte Patrick prüfend ins Gesicht. Einen endlosen Augenblick lang starrten sie sich an. Keiner sprach ein Wort.

Schließlich brach Michael das Schweigen. »Das ist ein verdammt schlechter Moment, um dich kennen zu lernen, Patrick. Ich hoffe, das, was ich über deinen Ruf als Soldat gehört habe, stimmt. Im Moment kann ich nämlich jede Hilfe brauchen, die ich kriege.«

Die vorrückenden Reiter waren nur noch etwa vierhundert Meter von ihnen entfernt, sodass Patrick die Patronengurte, die sich die Reiter über die Brust geschlungen hatten, und die bärtigen Gesichter unter den weichen Hüten mit der seitlich nach oben geklappten Krempe erkennen konnte. Die Buren waren fast alle groß, und ihre Gesichtshaut war von den langen Jahren unter der Sonne Afrikas kupferrot. Sie ritten, als wären ihre Pferde Teil ihrer selbst. »Was zum Teufel ist da los?«, fragte er verwirrt über das plötzliche Auftauchen des Kommandos. Sie mussten ihm von De Aar aus gefolgt sein. Er verfluchte sich selbst dafür, dass er nicht wachsamer gewesen war. Beim Beruf seines Vaters hätte er damit rechnen müssen, dass dieser Feinde hatte.

»Sieht so aus, als hätte Bronkhorst gemerkt, dass die Mauser-Gewehre, die ich ihm geliefert habe, einen kleinen Fehler haben«, erwiderte Michael gelassen, während er den Lauf seiner Winchester auf die Kante des Wagens stützte. »Und ich glaube nicht, dass er sein Geld zurück will. Schnapp dir eine der Waffen, die unter den Decken im Wagen liegen. Ich nehme an, du kannst mit einem Repetiergewehr umgehen.«

Patrick hatte dieses Winchester-Modell noch nie gesehen, erkannte aber sofort, dass es nicht zu den leichteren Ausführungen gehörte, für die Revolvermunition verwendet wurde. Die Packung schwerer Messingpatronen, die auf der Klappe hinten am Wagen lag, bestätigte seine Beobachtung. Das war ein wesentlich größeres Kaliber. Er zog das schwere Gewehr unter der Decke hervor. »Geladen?«, vergewisserte er sich.

»Geladen«, bestätigte sein Vater. »Ein neues Gewehr von meinen Freunden bei Winchester. Hat ein alter Kumpel von mir, ein gewisser John Browning, erfunden. Er hat mir ein paar davon geschickt, damit ich sie hier bei der Großwildjagd ausprobiere.«

Patrick ging hinter dem Wagen in Stellung und stützte das Gewehr auf das Holz. Beinahe drehte sich ihm der Magen um, als ihm klar wurde, dass sie es mit fünfzehn schwer bewaffneten Reitern zu tun hatten. Die vorrückende Linie konnte sie mit einem einzigen entschlossenen Angriff überrennen.

»Schieß nur auf die Pferde«, sagte sein Vater leise, während er ein Ziel in der Mitte der Linie anvisierte. »Versuch, keinen Reiter zu treffen.«

»Reicht das Gewehr denn so weit?«, fragte Patrick besorgt. Wenn sie eine Attacke dieser Art aufhalten wollten, zählte jeder Schuss. Und vierhundert Meter waren selbst für den besten Schützen eine gewaltige Entfernung.

»Allerdings«, erwiderte sein Vater leise und betätigte den Abzug. Das Echo des Schusses war kaum zwischen den sanften, rollenden Grashügeln verhallt, da hatte er schon eine neue Patrone eingelegt und ein zweites Mal geschossen. Patrick sah, dass zwei Pferde getroffen waren. Eines stieg und schleifte seinen Reiter hinter sich her, während das zweite nach vorn stürzte und zusammenbrach. Der Reiter rettete sich mit einem Sprung, schlug aber schwer auf dem Boden auf.

Michael feuerte schnell und lud nach. Obwohl viele seiner Schüsse ins Leere gingen, gelang es ihm wie erhofft, die Attacke zu stören. Die Linie der Reiter geriet durcheinander. Allgemeine Verwirrung brach aus. Hektisch zerrten die Buren an den Zügeln, um ihre Tiere zu wenden und sie außer Reichweite der tödlichen Salven zu bringen, die die Männer hinter dem massiven Planwagen abgaben. Michael schoss, bis die letzte Patronenhülse aus der Kammer seines Gewehrs ausgeworfen wurde.

Auch Patrick feuerte nun und war begeistert darüber, wie reibungslos der Repetiermechanismus funktionierte. Obwohl er sorgfältig gezielt hatte, sah er zu seinem Entsetzen, dass sein Schuss einen Buren aus dem Sattel riss. Der Mann warf die Arme in die Luft und rutschte vom Pferd. Die zu hoch gezielte Kugel hatte ihn in den Rücken getroffen. Bis Patrick seinen letzten Schuss abgegeben hatte, hatten die von den Pferden geschleuderten Männer geschickt hinter den anderen aufgesessen.

Michael lud nach und feuerte ein paar Mal in die Luft, um die Fliehenden anzuspornen. Bald war die Ebene bis auf die toten und sterbenden Pferde verlassen. Die Ohren der beiden Schützen dröhnten vom Knall der Winchester-Gewehre.

»Was, glaubst du, werden sie als Nächstes tun?«, fragte Patrick mit gedämpfter Stimme. »Wieder zu Pferd angreifen?«

»Unwahrscheinlich«, knurrte sein Vater, während er nachlud. »Ich glaube eher, dass sie bis zur Dunkelheit warten und sich dann zu Fuß heranschleichen. Oder sie kreisen uns ein und greifen uns zu Pferd aus verschiedenen Richtungen an. Auf jeden Fall verstehen diese Burschen was vom Kämpfen und lassen sich nicht von ein paar *Rooineks* abschrecken, die sie auf dem *Veld* festgenagelt haben.«

»Ich glaube, sie werden versuchen, uns zu überrennen«, meinte Patrick. »Schließlich sind sie uns zahlenmäßig weit überlegen.«

Sein Vater schüttelte den Kopf. »Da Bronkhorst das Kommando hat, nehme ich an, dass sie bis zur Dunkelheit warten. Der kennt sich mit Nachtgefechten aus.«

Patrick setzte sich so, dass er sich mit dem Rücken an eines der Wagenräder lehnen konnte, und lud sein Gewehr mit Patronen aus einer Schachtel. Seine Knie waren butterweich, und sein Herz hämmerte in seiner Brust, eine Reaktion auf das Adrenalin, das durch seinen Körper rauschte. Und dabei hatte er sich vor wenigen Minuten noch gefragt, wie er seinen Vater begrüßen sollte.

Als Michael sein Gewehr gegen den Wagen lehnte und sich eine Zigarre anzündete, wunderte sich Patrick darüber, wie ruhig sein Vater blieb. Er schien keine Furcht zu kennen. Auch Patricks Angst ließ nach. Oder fühlte er nur eine Art Trost, weil er bei seinem Vater war? »Wie soll ich dich nennen?«, fragte er mit einem Blick auf das Profil seines Vaters, der seelenruhig vor sich hin paffte, ohne den Horizont hinter dem Hügel vor ihnen aus den Augen zu lassen.

Michael antwortete nicht sofort. Er fühlte sich in dieser Ruhepause nach dem Sturm genauso unbehaglich wie sein Sohn. »Einen gleichgültigen Schuft«, erwiderte er leise, »wenn du dich dann besser fühlst.«

»Vielleicht. Ich habe mich immer gefragt, warum du in all diesen Jahren nie versucht hast, Kontakt zu mir aufzunehmen.«

»Ich hatte meine Gründe, Patrick. Gründe, die ich dir unter den gegebenen Umständen kaum erklären kann.«

»Wahrscheinlich ist es später auch nicht einfacher«, wandte Patrick ein. »Es sieht nämlich so aus, als würden wir aus dieser Situation nicht lebend herauskommen. Vor allem, weil ich einen von denen getötet habe.«

»Ja«, seufzte Michael, »da könntest du Recht haben.«

»Wo ist Catherine?«, fragte Patrick mit einem bitteren Unterton. »Ist sie noch bei dir?«

»Siehst du hier irgendwelche Anzeichen dafür?«, gab Michael wütend zurück. »Und willst du mich als Nächstes fragen, ob sie meine Geliebte war? Das wäre nämlich reine Zeitverschwendung.«

»Ich wüsste es schon gern«, entgegnete sein Sohn ruhig. »Aber irgendwie habe ich geahnt, dass du es mir nicht sagen würdest.«

Michael wandte sich um und blickte seinen Sohn voller Mitleid an. Er sah sich selbst in dem jungen Mann. Die Erkenntnis dessen, was er in seinem Leben verloren hatte, traf ihn wie ein Hammerschlag. Es war offenkundig, dass Patrick eine weite Reise auf sich genommen hatte, um ihn zu finden. Diese Suche hatte ihn in eine gefährliche Lage gebracht, die er selbst, Michael, heraufbeschworen hatte. »Vielleicht ist jetzt nicht die Zeit für Spielchen«, sagte er sanft. »Ich werde versuchen, deine Fragen, so gut es geht, zu beantworten … Sohn.«

Patrick sah ihn an. Er war so verbittert, dass ihm das Wort »Vater« nicht über die Lippen kam.

Michael richtete seine Aufmerksamkeit auf den fernen Horizont, wo nur Kopf und Schultern eines Mannes zu sehen waren, der offenbar ihre Position ausspähte, um seine Strategie danach auszurichten. »Was Catherine angeht«, fuhr er fort,

»so habe ich sie seit Griechenland nicht gesehen. Sie interessiert sich für Archäologie. Als ich nach Südafrika aufgebrochen bin, wollte sie nach Konstantinopel, um sich dort Ruinen anzusehen. Ich habe keine Ahnung, wo sie jetzt ist.«

»Ich habe in De Aar ein Bild von ihr gesehen.«

»Ah … ja. ›Katerina‹ habe ich das Gemälde genannt«, erwiderte Michael in liebevoller Erinnerung. »Ich hab's aus dem Gedächtnis gemalt.«

»Sie war nackt!«

»Die meisten Modelle posieren irgendwann nackt«, erwiderte Michael. »Das heißt nicht, dass sie meine Geliebte war.«

»Aber sie hat zugelassen, dass du sie nackt siehst«, meinte Patrick beharrlich. »Da zieht man unweigerlich seine Schlüsse.«

»Du klingst wie ein eifersüchtiger Schuljunge, Patrick«, wies ihn sein Vater zurecht. »Du wirst im Leben noch lernen, dass Frauen ihre eigenen Herrinnen sind. Selbst wenn wir ein Liebespaar gewesen wären, ginge das nur Catherine und mich etwas an, niemand sonst.«

»Dann gibst du es also zu«, bohrte Patrick nach.

In Michaels Ohren klang die Stimme seines Sohnes geradezu weinerlich. »Das größte Problem im Leben ist, dass man sich seinen Vater nicht aussuchen kann. Nun, du hast mich erwischt. Dagegen kannst du nicht viel tun, und am besten merkst du dir, dass ich nicht viel Geduld mit Männern habe, die sich wie kleine Jungen aufführen. Also hör jetzt mit diesem unerträglichen Gejammer auf und nimm die Dinge, wie sie sind. Sie ist nicht mehr bei mir. Wir haben andere Themen, über die wir reden müssen, als die Frage, ob Miss Catherine Fitzgerald und ich ein Verhältnis hatten. Sind wir uns da einig?«

Patrick funkelte seinen Vater verächtlich an. »Du bist wirklich ein Schuft der schlimmsten Sorte. Zuzulassen, dass sich dir eine Frau, die so jung und unschuldig ist wie Miss Fitzgerald, an den Hals wirft. Sie …«

»Herrgott noch mal!«, explodierte Michael. »Woher hast du diese Idee, dass Frauen der Inbegriff der Unschuld sind? Wahrscheinlich aus Eton, wo sich alle kleinen Jungen ihr beschränktes Gehirn mit romantischen Ideen aus irgendwelchen Büchern voll stopfen. Was das angeht, war Catherine kein Kind mehr. Vielleicht war sie jung genug, um meine Tochter zu sein, was du bestimmt als Nächstes erwähnt hättest, aber wenn es darum ging, ihre Bedürfnisse zu befriedigen, war sie ganz Frau. Das kannst du mir glauben, Sohn.«

»Du Mistkerl!«, zischte Patrick und erhob sich. Michael nahm eine abwehrende Haltung ein.

»Hab mir doch gedacht, das dir früher oder später ein Name für mich einfällt! Mir war klar, dass du mich nicht ›Vater‹ nennen würdest«, meinte er mit einem kalten Lächeln. Patrick baute sich direkt vor ihm auf, und die beiden Männer beäugten sich wie ein Paar Kampfhunde. »Du kannst versuchen, mich zu schlagen«, stellte Michael in aller Ruhe fest, »aber ich verspreche dir, ich schlage sofort zurück.« Plötzlich wurde Patrick klar, dass er die Fäuste geballt hatte und sie fast erhoben hätte. »Ich hab gehört, du bist ein Meister im Ring. Der alte Max war ein guter Lehrer«, setzte Michael hinzu, »aber vergiss nicht, dass er mich auch unterrichtet hat.«

Patrick ließ die Fäuste sinken und wandte sich ab, um sich wieder auf den Boden zu setzen, den Rücken an das Wagenrad gelehnt. »So habe ich mir das nicht vorgestellt«, sagte er traurig. »Fast hätten wir uns geprügelt.« Er gab ein kurzes, bitteres Lachen von sich. »Da sitzen wir nun .... Endlich sind wir uns begegnet. Ich habe mir das Gehirn zermartert, was ich zu dir sagen soll. Im Augenblick stecken wir gewaltig in der Tinte, und mich interessiert nur, ob du ein Verhältnis mit Miss Fitzgerald gehabt hast. Das ist wohl mein Stolz.«

»Da ist nichts Schlechtes dran, mein Sohn«, sagte Michael sanft. »Ich habe von eurer Beziehung erst in Griechenland erfahren.«

Patrick sah zu seinem Vater auf. »Hast du dich deswegen von ihr getrennt? Meinetwegen?«

Sein Vater lächelte geheimnisvoll. »Möglicherweise.«

Diese schlichte Antwort, dieses Lächeln ließen Michael in einem neuen Licht erscheinen. Vielleicht, dachte Patrick, war er doch nicht der Lump, für den er ihn gehalten hatte.

»Auf jeden Fall …« Michael brach abrupt ab, als ihm Holzsplitter vom Wagen ins Gesicht flogen. Er warf sich auf den Boden und griff dabei nach dem Gewehr, das er an das Wagenrad gelehnt hatte. Das hohle, rollende Echo eines Schusses hallte durch die Luft.

Patrick kroch hastig unter dem Planwagen in Deckung. Die Kugel des Scharfschützen war ein solcher Schock für ihn gewesen, dass sein Herz wie wild hämmerte. »Wo ist die denn hergekommen?«, zischte er seinem Vater zu.

»Von der Anhöhe.« Michael hob den Kopf, um den Horizont abzusuchen. Ein leichtes Rauchwölkchen markierte den Standort des Schützen. »Etwa fünfhundert Meter von hier. Verdammt guter Schuss auf diese Entfernung«, setzte er voller Bewunderung für den unsichtbaren Gegner hinzu.

»Glaubst du, die wollen uns von ihren Scharfschützen erledigen lassen?«, fragte Patrick.

»Nein, die Entfernung ist zu groß. Die werden uns bis Sonnenuntergang immer wieder beschießen, um uns hier festzuhalten.«

»Was sollen wir deiner Ansicht nach tun?«

»Bis zum Einbruch der Dunkelheit warten«, erwiderte Michael, während er sich auf den Rücken rollte, um nach der Zigarre zu suchen, die er hatte fallen lassen. »Dann haut einer von uns ab, während der andere so tut, als wären wir beide noch hier. Ein Trick, den dein Onkel Tom vor einigen Jährchen in Queensland benutzt hat, als ihn die Greifer eingeschlossen hatten. Er und sein schwarzer Freund Wallarie saßen damals in den Hügeln im Land am Golf in der Falle. Bei Tom hat es geklappt. Allerdings nur, bis sie ihn erschossen haben.«

»Ich bleibe«, erbot sich Patrick freiwillig. »Du kennst das Land besser als ich.«

»Schon, aber ich glaube, du bist noch nicht am Ziel deiner Suche«, erwiderte sein Vater sanft. »Also verschwindest du am besten, während ich sie aufhalte. Ich bin nicht zum ersten Mal in einer solchen Situation. Man könnte sagen, ich habe viel mehr Erfahrung damit als du.«

»Wenn du meine Suche nach Catherine meinst«, wandte

Patrick ein, »dann täuschst du dich. Ich habe alles herausgefunden, was ich wissen muss.«

Michael paffte an seinem Zigarrenstummel. »Nein, ich meine die Suche nach dir selbst. Die dauert ein Leben lang. Glaub mir, ich kenne mich da aus.«

In den Worten seines Vaters lag eine merkwürdige Wärme. Woher kannte dieser Mann seine intimsten, beunruhigendsten Gedanken, von denen niemand sonst etwas ahnte?

»Vater?« Michael hörte auf, an seiner Zigarre zu ziehen. »Erzähl mir von meiner Mutter. Glaubst du, sie hat mich wirklich weggegeben, wie Lady Enid behauptet?«

Der große einäugige Ire fühlte einen seltsamen Frieden in sich. »Falls wir beide hier heil herauskommen, werde ich dir ausführlicher erzählen, wie sehr deine Mutter dich liebt. Vergiss das niemals, Sohn.« Er wandte sich ab, damit sein Sohn die Tränen nicht sah, die ihm in das gesunde Auge stiegen.

Hinter dem Kamm des grasbewachsenen Hügels bereitete sich das Burenkommando auf die Nacht vor. Der Ire mit seinem merkwürdigen Gewehr mochte ein hervorragender Schütze sein, aber in der Dunkelheit sah auch er nichts. Lucas Bronkhorst hatte einen seiner Männer verloren, und diese Schuld konnte nur mit Blut beglichen werden.

Der Beschuss von der Anhöhe hielt bis zum Abend an, und kostete Patricks Pferde das Leben. Nur Michaels Ochsen grasten noch im üppigen Grün.

Am Horizont bildeten sich dicke Wolkentürme. Über dem afrikanischen *Veld* braute sich ein Sturm zusammen.

61

Einen Toten zu exhumieren war keine angenehme Aufgabe. Der widerlich süße Fäulnisgeruch fing sich in dem Segeltuch, das der Sergeant als Sonnenschutz zwischen zwei Bäume gespannt hatte, und wurde so noch unerträglicher.

Joe Heslops Leiche war aus seinem Grab auf dem winzigen Friedhof von Barcaldine geholt worden, und Sergeant Johnson wohnte als unabhängiger Zeuge der Autopsie bei, die Doktor Harry Blayney, ehemals Stabsarzt in der britischen Armee, schnell und fachmännisch durchführte.

Gordon und die beiden eingeborenen Polizisten, die ihn begleitet hatten, beobachteten die schaurige Szene aus einiger Entfernung. Der Tote lag auf dem Rücken am Rand des geöffneten Grabes. Seitlich daneben stand der Totengräber, der dem Doktor neugierig bei der Autopsie zusah.

Der Arzt, der sich ein in billiges Parfüm getauchtes Tuch vor das Gesicht gebunden hatte, stocherte mit einer Zange in der Leiche herum, bis er die Kugel fand. Er ließ das ungereinigte Bleiprojektil in eine leere Tabakdose fallen. Dann übergab er diese Sergeant Johnson, der pflichtgemäß notierte, dass er die Kugel aus dem Körper von Joe Heslop erhalten hatte. Obwohl sie auf Anhieb als Kaliber 577 zu erkennen war, untersuchte Doktor Blayney die inneren Organe des Toten gründlich auf eine eventuelle andere Todesursache.

Für den jungen Inspektor war die Bleikugel kostbarer als ein Goldnugget. Sie bestätigte seine Version vom Mord an dem Verbrecher.

Nachdem er sich davon überzeugt hatte, dass eine andere Todesursache ausgeschlossen war, erhob sich der Doktor, der neben der Leiche gekniet hatte, und gab die Erlaubnis, den Toten wieder zu begraben. Ohne viel Federlesens stieß der Totengräber die Überreste mit der Schaufel in die Erde zurück. Den billigen Holzsarg würde er den Freunden eines Viehhirten verkaufen, der nach einer ausgedehnten Sauftour in der Stadt Selbstmord begangen hatte. Schließlich war er nur einmal benutzt worden.

Der Doktor, Gordon James und Sergeant Johnson suchten ein Gasthaus auf, um die Entdeckung des entscheidenden Beweisstücks zu feiern. Unterdessen würde Sergeant Johnson mit der Tabaksdose, in der sich die Kugel befand, nach Rockhampton reiten und so sicherstellen, dass das Beweisstück direkt von der Leiche in die Hände des Coroners gelangte, der die Untersuchung leitete.

Am nächsten Tag verließ Gordon gemeinsam mit dem Arzt und den beiden Polizisten, die ihn begleiteten, die Stadt. Zwei Tage später ließ er die drei in der Nähe von Balaclava Station in dem Lager zurück, das sie für die Nacht aufgeschlagen hatten. Seine Seele litt unter einem Schmerz, den nur die Vergebung der Frau, die er über alles liebte, lindern konnte.

Obwohl die Pisten, die von Rockhampton nach Westen ins Innere der Kolonie Queensland führten, deutlicher markiert waren als in den Tagen der Pioniere, die das Gebiet als Weideland erschlossen hatten, war die Reise nicht weniger mühsam als damals. Viele Male bedauerte der Städter Granville White seinen Entschluss, die Stätte seiner Albträume aufzusuchen. Immer wieder war er auf der zweiwöchigen Reise nach Glen View, die er in Gesellschaft des Agenten angetreten hatte, versucht gewesen umzukehren.

Einen Tag nach seiner Ankunft auf Glen View stand Granville mit seiner Kutsche auf dem Hof vor dem Herrenhaus. »Ich denke, Sie sollten Ihre Fahrt zu den Bergen verschieben, Mister White«, riet der Verwalter. »Sieht so aus, als würde sich über der Ebene heute Nachmittag ein Sturm zusammenbrauen. Das gefällt mir gar nicht, es ist nicht die richtige Jahreszeit für Stürme.«

Aber Granville hatte die weite Reise nicht auf sich genommen, um nun den letzten Abschnitt vor sich herzuschieben. »Ich muss spätestens morgen nach Rockhampton aufbrechen, Mister Cameron«, erwiderte er vom Bock seines Einspänners herab. Neben ihm saß der eingeborene Viehhirte, den Cameron abgestellt hatte, damit er Granville zu den heiligen Hügeln der Nerambura führte. »Außerdem haben Sie doch gesagt, es sei nur ein paar Stunden von hier.«

Cameron zuckte die Achseln. Es war nicht seine Aufgabe, dem Besitzer des Anwesens zu erklären, was er tun durfte und was nicht.

Mary Cameron hatte ihren Mann während des Gesprächs mit Granville White beobachtet. Als sie sich nun umwandte, merkte sie, dass Matilda mit ihrer Tochter auf dem Arm schüchtern in der Tür stand und die beiden ebenfalls nicht aus den Augen ließ. Mary fiel Matildas finsteres Gesicht auf. »Was ist denn mit dir los, Mädchen?«, fragte sie gereizt.

Matilda blickte sie an. »Nichts, Missus«, murmelte sie.

Mary bedauerte, dass sie Matilda angefahren hatte, aber sie war wütend, weil Granville White ihren Ehemann als Verwalter entlassen hatte. Der Städter hatte ihn wissen lassen, dass er sich woanders nach Arbeit umsehen müsse. Die Farm sollte in Kürze verkauft werden, und die neuen Besitzer brachten ihren eigenen Verwalter mit. Sie warf dem unwillkommenen Gast ebenfalls einen finsteren Blick zu und rauschte dann an dem Mädchen vorbei. »Ich weiß, Matilda, der Mann ist *baal.*«

»Ja, Mister White ist wirklich *baal*«, erwiderte Matilda, während sie Mary in das Zimmer folgte, in dem deren Sohn in seiner Wiege lag. »Vertreibt Sie und Mister Cameron aus Glen View.«

»Leider, Matilda«, sagte Mary. »Wahrscheinlich noch diesen Monat.«

Sie hob ihr Kind aus der Wiege und gab ihn Matilda zum Stillen in den Arm. Diese öffnete die Knöpfe ihres Baumwollkleids und legte das hungrige Baby an die geschwollene Brustwarze.

Müde setzte Mary sich auf einen Stuhl, während das Mädchen ihrem Kind die Brust gab, und dachte über die auf exotische Weise schöne, junge Frau nach, die vor Peter Duffys Tod für kurze Zeit seine Geliebte gewesen war. Matilda entsprach Inspektor James' Beschreibung in jeder Hinsicht. Sie war hochintelligent, gab sich große Mühe, und seit der Geburt der beiden Babys war sie auch die Amme von Marys Kind. In der Zeit ihres Zusammenlebens waren sich die beiden Frauen nahe gekommen. Sie hatten sich gegenseitig bei der Entbindung geholfen, und das war ein starkes Band zwischen ihnen.

»Warum will Mister White zu den Hügeln, Missus?«, fragte Matilda. »Dieser Ort ist *baal*.«

»Ich weiß nicht genau, warum«, erwiderte Mary seufzend. Das Wetter war so drückend, dass ihr unter ihren schweren Kleidern der Schweiß über den Körper lief. Sie beneidete Matilda, die nur ein sauberes Baumwollkleid trug. Aber für sie als Weiße ziemte sich das nicht, während das Eingeborenenmädchen nur darauf achten musste, ihre weiblichen Reize ausreichend vor den Augen der männlichen Farmarbeiter zu verbergen. »Vermutlich will er den Ort persönlich sehen«, meinte Mary nach einiger Überlegung. »Es hat was mit der Familie seiner Frau zu tun.«

»Da draußen sind nur böse Geister.« Matilda stöhnte auf, als das Baby mit seinen zahnlosen Kiefern zubiss. »Die heiligen Hügel gehören den *baal* Nerambura-Geistern.«

»Dein Sohn hat doch auch Nerambura-Blut«, erinnerte Mary ihre Amme. »Wie kannst du da so was sagen?«

»Die Geister sind *baal*, Missus«, wiederholte Matilda hartnäckig. »Mister White macht die Hügelgeister wütend, wenn er dort hingeht. Der Sturmgeist wird zornig werden.«

»Nein, Matilda, das ist ein ganz gewöhnlicher Sturm, nicht mehr«, sagte Mary mit einem schwachen, erschöpften Lächeln. »Und wage es bloß nicht, meinen Sohn mit Legenden über böse Geister zu erschrecken, wenn er älter wird«, schalt sie sanft.

»Das sind keine Legenden«, erklärte Matilda unbeeindruckt. »Es ist alles wahr.«

Am blauen Himmel über der ausgedörrten Ebene türmten

sich die Gewitterwolken zu riesigen Gebilden auf. Mit großen, verschreckten Augen starrten die Tiere des Brigalow-Buschlands auf den Horizont. Angstvolles Schweigen senkte sich über alles Leben. Dieser Sturm barg eine Zerstörungskraft, wie sie das Land lange nicht erlebt hatte.

Der eingeborene Viehhirte hatte Mister White nicht zu den Hügeln bringen wollen. Wie alle Arbeiter auf Glen View hielt er sich von dem kleinen Massiv aus uraltem Vulkangestein fern. Weiße und Aborigines waren gleichermaßen davon überzeugt, dass es in der Gegend spukte. Die Geister der Hügel, die in Felsen, Bäumen und Wasserlöchern des Gebiets lebten, bestraften jeden, der dumm genug war, sie herauszufordern. Häufig wurden Rinder, die sich dorthin verirrt hatten, ohne erkennbaren Grund tot aufgefunden. Es war ein Ort, den man unter allen Umständen meiden musste.

Aber wenn der Boss ihm befahl, den Besitzer der Farm dorthin zu bringen, dann gehorchte er, auch wenn der Platz *baal* war. Nach zwei Stunden hatten sie den Fuß der Hügel erreicht. Der Viehhirte blieb neben dem Einspänner stehen, während Granville White in einiger Entfernung davon auf den höchsten Gipfel der Bergreihe blickte. »Ist die Höhle dort oben?«, rief er dem Eingeborenen zu.

»Ja, Boss.«

»Und wo hat die Vertreibung der Schwarzen stattgefunden, die früher hier gelebt haben?«, fragte Granville White, während er zur Kutsche zurückging.

»Weiß nicht, Boss«, log der Viehhirte, der fürchtete, der Weiße wollte sich von ihm zum Ort des Massakers führen lassen. Vorsichtshalber hatte er dafür gesorgt, dass sie sich dem Massiv von der anderen Seite her näherten. Die von Geistern heimgesuchten Wasserlöcher lagen jenseits des Hügels.

Dem Eingeborenen war nicht klar, wieso Granville so triumphierend grinste. Er hatte die Quelle seiner Albträume aufgesucht und nur einen Haufen zerklüfteter Hügel voller Gestrüpp gefunden. Endlich hatte er die Geister der Vergangenheit vertrieben. »Wir können zum Haus zurückfahren«, sagte er zu dem Hirten, der erleichtert seufzte und auf den Kutschbock sprang. Je eher sie diesen Ort hinter sich ließen, desto besser. Außerdem grollte das Gewitter so unheimlich über der Ebene, dass den Eingeborenen eine Gänsehaut überlief.

Die Fahrt zurück zum Herrenhaus ging viel schneller als die Hinfahrt, und mehr als einmal musste Granville den Aborigine schelten, weil er das Pferd so rücksichtslos durch den Busch jagte.

Wallarie wusste nicht genau, wo er war, aber wenn er in Richtung der untergehenden Sonne marschierte, musste er irgendwann die Missionsstation erreichen. Dort war er in Sicherheit. Dem weißen Ehepaar, dem er vor Jahren das Leben gerettet hatte, konnte er vertrauen.

Hinter ihm lag der Ort, den die Weißen Glen View nannten, wo der Geist von Peter Duffy umging, und im Westen hatten sich Wolkentürme gebildet, die nun nach Osten rasten. Grinsend rasselte Wallarie mit seinen Speeren. Die Geister seiner Ahnen hatten den Sturm nach Glen View gerufen, damit er in seinem Zorn alle vernichtete, die den Tod verdienten.

Eine Windböe wirbelte die rote Erde um ihn herum auf, und er fühlte sich an getrocknetes Blut erinnert. Die Geister seiner Vorfahren waren bei ihm. Er konnte ihre Stimmen in dem unheimlichen Kreischen und Flüstern des gewaltigen Unwetters hören, das sich mit Blitz und Donner über dem Land entlud.

Plötzlich bekam er Lust, den Corroboree zu tanzen, den sein weißer Bruder Tom Duffy als irischen Jig bezeichnet hatte. Als er es tat, glaubte er für einen Augenblick, Tom mit den Geistern seiner Ahnen lachen zu hören.

62

Das sporadische Feuer der Scharfschützen hielt Michael und Patrick während der restlichen Stunden des Tages unter dem Planwagen fest. Es wurde früh dunkel, weil graue Regenwolken den Himmel verdüsterten. Doch der wilde Sturm, der sich zusammenbrauen zu schien, löste sich zu ihrer Überraschung in einem stetigen Nieselregen auf. Er brachte eine feuchte Kälte mit sich, die den Männern unter dem Wagen in die Knochen kroch.

Wasser tropfte durch die Spalten zwischen den Bodenbrettern. Schließlich wurden sie völlig durchnässt, weil Windböen den Regen seitlich vor sich hertrieben. Ihr einziger Trost war, dass es ihren Feinden bei diesem Wetter nicht besser ging als ihnen.

Die gelegentlich in ihre Richtung abgegebenen Schüsse erinnerten sie daran, dass das Burenkommando nicht aufgegeben hatte. Immerhin waren die Gegner so weit entfernt, dass sie im Schutz des Wagens vor den Kugeln sicher waren.

Michael nutzte die Zeit, um mit seinem Sohn zu sprechen. Er erzählte ihm viel über sein Leben, auch über seine Arbeit für Horace Brown, den Agenten des britischen Außenministeriums. Er sprach von den Kämpfen, die er ausgefochten hatte, und von den Orten, an denen er in den vergangenen zwanzig Jahren gewesen war.

Auch Patrick berichtete so viel wie möglich aus seinem Leben, von den ersten Jahren seiner Kindheit, die er bei Michaels Familie in Sydney verbracht hatte, und von der Zeit in Lady Enid Macintoshs Obhut in England. Verwundert stellten die beiden fest, dass es zahlreiche Parallelen zwischen ihnen gab, obwohl sie völlig unabhängig voneinander gelebt hatten. Patrick war ganz und gar der Sohn seines starken und gleichzeitig sanften Vaters.

»Bald wird es dunkel«, seufzte Michael, als der Hügelkamm vor ihnen anfing, mit dem Horizont zu verschmelzen. »Dann werden sie uns mit geballter Kraft angreifen.« Er überprüfte den großen Colt, den er zusätzlich zu der Winchester bereitgelegt hatte. Die Waffe war geladen und jederzeit einsatzbereit, falls sich ein Feind an ihn heranwagte.

»Wann soll ich aufbrechen?«, fragte Patrick widerwillig. Er fand es nicht richtig, dass sein Vater es allein mit dem Burenkommando aufnehmen wollte. Aber Michael hatte die besseren Argumente gehabt. Er hatte ihn daran erinnert, dass er als Soldat wissen musste, wie wichtig logisches Denken in solchen Situationen war. Mit Gefühlsduselei kam er bei seinem Vater nicht weiter; so etwas machte ihn nur wütend.

»Ziemlich bald«, erwiderte Michael, während er auf die Ebene am Fuß des Hügels hinausspähte. »Sobald die Sichtweite unter zwanzig Meter sinkt, wird Bronkhorst bei diesem Wetter nicht lange fackeln.«

»Das dürfte in etwa zehn Minuten sein«, meinte Patrick mit einem Blick zum Himmel.

»Hast du alles?«, fragte Michael, als würde sein Sohn seinen Schulranzen packen und nicht versuchen, einen Belagerungsring zu durchbrechen. »Du hast dir gemerkt, was ich dir über den Kraal unten am Fluss erzählt hab?«

Patrick klopfte mit der Hand auf ein in Segeltuch gewickeltes Paket. Es enthielt eine Sammlung von Gegenständen, die ihm bei seinem Fluchtversuch als eine Art Schwimmweste dienen sollten. »Ja, ich soll mich bis zum Kraal durchschlagen und dort nach Mbulazi fragen«, erwiderte Patrick.

Sein Vater grunzte zustimmend. »Mbulazi ist ein alter Zulukrieger und hat nicht viel für die Buren übrig. Er wird von dem britischen Posten in De Aar Hilfe holen. Aber lass dich bloß nicht auf ein Saufgelage mit dem alten Gauner ein. Seine Leute brauen ein Maisbier, das haut den stärksten Mann um. Ich weiß das aus eigener Erfahrung.«

»Du könntest mitkommen«, schlug Patrick hoffnungsvoll vor. »Bis die hier sind, sind wir beide weg.«

»Das ist aussichtslos, Patrick«, erwiderte sein Vater betrübt. »Dieser Bure ist ein erstklassiger Kämpfer. Dem ist absolut klar, dass wir versuchen werden, in der Dunkelheit zu entkommen. Solange sie wissen, dass ich noch da bin, werden sie sich darauf konzentrieren, mich in der Dunkelheit zu überrennen. Ich bin der Mann, den sie suchen. Du bist nur eine Dreingabe.«

»Du musst unbedingt durchhalten! Ich verspreche dir, dass ich Unterstützung hole und zurückkomme, so wahr mir Gott helfe! Sonst will ich nicht mehr Duffy heißen.«

Michael lachte leise über Patricks finstere Entschlossenheit. Es wurde allmählich dunkel, und er konnte das Gesicht seines Sohnes kaum noch erkennen. Genauso gut hätte er der kleine Junge sein können, dem er einst bei Frasers Paddock in Redfern begegnet war. »Weißt du, Patrick«, sagte er liebevoll, »vor langer Zeit in Cooktown dachte ich einmal, ich müsste sterben. Damals hat mir deine Tante Kate von dir erzählt, und ich habe es geschafft, dem Sensenmann von der Schippe zu springen. Jetzt bist du bei mir, und weißt du was? Wenn du sagst, dass du Hilfe holst, dann weiß ich, dass das stimmt.«

Nach diesen vertrauensvollen Worten gelang es Patrick nur mühsam, die Tränen zu unterdrücken. Kein besonders gelungener Abschied, wenn ein Sohn vor seinem Vater heulte! »Wir haben noch viel miteinander zu besprechen«, sagte er mit erstickter Stimme. Er bemühte sich, normal zu sprechen, damit sein Vater nicht merkte, dass er gegen die Tränen kämpfte. »Wenn das hier vorbei ist.«

»Das werden wir auch tun, Patrick«, gab Michael leise zurück. »Aber jetzt verschwindest du besser. Ich habe das Gefühl, die kommen bald.«

Patrick kroch zu seinem Vater und nahm dessen Hand in seine. Er drückte sie kräftig. Dann erhob er sich, und sein Vater schloss ihn kurz, aber fest in die Arme.

»Sag deiner Mutter, dass du sie liebst, Sohn«, flüsterte Michael. »Frauen ist so was wichtig, und das gilt besonders für Mütter.«

»Werde ich. Und im ersten Gasthaus, das uns unterkommt, gebe ich dir eine Runde aus.«

»Guter Junge«, knurrte Michael schroff. »Mit deinem Macintosh-Vermögen kannst du mich für den Rest meines Lebens frei halten.«

Ohne ein weiteres Wort drehte Patrick sich um und eilte geduckt auf den Fluss zu. Michael sah ihm nach, bis er in der Dunkelheit des *Veld* verschwunden war. Dann wandte er sich mit Tränen in seinem gesunden Auge ab.

Er stemmte die Winchester gegen die Schulter und gab zwei Schüsse ab, um dem sich sammelnden Burenkommando zu zeigen, dass er sich noch am Wagen aufhielt. Das Feuer wurde nicht erwidert. Wahrscheinlich schlichen die Buren bereits heran. »Kommt schon, ihr dreckigen Holländer«, brüllte er herausfordernd in die alles verhüllende Dunkelheit, die wegen des Nieselregens ungewöhnlich früh hereingebrochen war. Er betätigte den Hebel unter dem Lauf, um eine dritte Kugel einzulegen, und wartete. »Kommt her und seht euch an, wie ein Ire zu sterben versteht. Darin sind wir Meister!«

Als Patrick, die Stiefel um den Hals gebunden, in das kalte Wasser stieg, hörte er das Echo der Schüsse in der Dunkelheit und vernahm die trotzigen Worte seines Vaters, mit denen er das Burenkommando herausforderte. Er watete bis an eine Stelle hinaus, wo die Strömung so stark war, dass er umgerissen wurde. Das Wasser spritzte auf, als er abgetrieben wurde, doch das Segeltuchpaket schwamm auf dem Wasser, und Patrick klammerte sich mit beiden Armen daran, um den Kopf über den kalten, schlammigen Fluten zu halten. Jetzt musste er sich nur noch so lange mit der Strömung treiben lassen, bis er den Ring der Buren hinter sich gelassen hatte. Dann würde er sich mit ein paar kräftigen Stößen ans Ufer retten. Es würde eine lange Nacht werden. Patrick versuchte, nicht an seinen Vater zu denken, sonst wäre er vor Kummer wahnsinnig geworden.

63

Als Gordon das Herrenhaus auf Balaclava erreichte, war er über den unfreundlichen Empfang, den ihm der Verwalter bereitete, nicht überrascht. »Ich will nur kurz mit Miss Duffy sprechen, Mister Rankin«, sagte er leise. »Dann verschwinde ich wieder, das verspreche ich Ihnen.«

»Ich weiß über Sie Bescheid, Inspektor«, grollte Rankin. »Meine Frau hat mir erzählt, was Sie Sarahs Bruder letztes Jahr angetan haben.«

»Das leugne ich ja auch gar nicht.« Gordon gab nicht auf. »Ich bitte nur um fünf Minuten von Miss Duffys Zeit.«

Der Verwalter blickte den jungen Mann, der am Fuß der Treppe stand, prüfend an. In seiner Miene lag so viel Traurigkeit, dass er unwillkürlich Mitleid mit ihm empfand. Fragend sah er seine Frau an. Diese nickte. »Ich werde mit Sarah sprechen.« Mit diesen Worten verschwand sie im Haus. Kurz darauf kehrte sie mit Sarah zurück. Taktvoll ließen Adele und ihr Ehemann die beiden allein.

Gordon stand verloren in der glühenden Sonne am Fuß der Stufen, die Polizeimütze in der Hand. »Sarah, ich liebe dich«, sagte er mit erstickter Stimme. »Das war immer so, und es wird auch immer so bleiben. Ich muss dir das einfach sagen.«

»Ich weiß«, flüsterte sie kaum hörbar. »Ich wünschte, ich könnte aufhören, dich zu lieben, Gordon, aber das ist mir unmöglich.«

Mit tränenfeuchten Augen blickte er zu ihr auf. Er suchte nach den richtigen Worten, um seinen komplizierten Gefühlen Ausdruck zu verleihen. »Ich habe in meinem Leben viel Schlechtes getan. Das einzig Gute, das ich je fertig gebracht habe, war, dich zu lieben. Ich bin gekommen, um dich erneut um Vergebung zu bitten.«

»Ich kann dir verzeihen, was du mir angetan hast, aber ich kann dir nicht im Namen meines Bruders vergeben. Das musst du mit ihm selbst klären.«

»Peter ist tot, Sarah«, erwiderte er. »Ich kann einen Toten nicht um Vergebung bitten. Wenn das doch nur möglich wäre!«

»Du musst deinen eigenen Weg finden, mit meinem Bruder Frieden zu schließen«, sagte sie mit der Weisheit einer Seele, die zwischen zwei Welten lebte. »Das ist wichtig für unsere Zukunft.«

Schweigen senkte sich über sie. Ihre Abstammung und die Geister, die keinen Frieden finden konnten, standen zwischen ihnen. Würde ihre Liebe stark genug sein, die Kluft zu überwinden?

»Wir lagern nördlich von hier an einem Wasserloch, und ich muss dorthin zurück«, sagte Gordon. »Dann habe ich in Rockhampton noch einiges zu erledigen. Sobald ich den Dienst quittiert habe, komme ich zurück nach Balaclava, um dich zu holen. Wirst du auf mich warten?«

»Ja, Gordon«, erwiderte sie. »Ich habe immer darauf gewartet, dass du zu mir zurückkehrst.«

Da wusste er, dass sie ihm vergeben hatte. »Kate hat mir Arbeit versprochen, wenn ich aus dem Polizeidienst ausscheide. Das wäre zumindest ein Anfang, und wir könnten zusammen sein.«

Als sie mit tränenüberströmtem Gesicht nickte, trat er mit zögernden Schritten auf sie zu. Beide weinten, als sie sich endlich in die Arme schließen konnten.

»Ich liebe dich so sehr, Sarah, dass ich lieber sterben würde, als dir noch einmal weh zu tun«, sagte er, während er die Tränen von ihren Augen küsste. »Du bist für mich das Wichtigste im Leben.«

Er wollte sie für immer in seinen Armen halten. Endlich konnten sie ihrer Liebe, die sie so lange unterdrückt hatten, freien Lauf lassen. Doch er wusste, dass er vor Einbruch der Dunkelheit im Lager sein musste. Widerstrebend löste er sich sanft von ihr und hielt sie auf Armeslänge von sich. Er fühlte den zarten Schmerz grenzenloser Liebe. Diese schöne, intelligente Frau liebte ihn – trotz der Tragödie, die ihrer beider Leben überschattete.

Vom Fenster aus beobachteten die Rankins die rührende Szene. Humphrey Rankin, dem es ein Rätsel war, warum das junge Mädchen plötzlich die Meinung geändert hatte, warf seiner Frau einen fragenden Blick zu, doch diese setzte nur eine zufriedene Miene auf. Männer verstanden eben nichts von Frauen! Adele Rankin hatte immer schon vermutet, dass Sarah den Inspektor trotz allem, was er ihr angetan hatte, liebte. Im Leben zählten nicht Prinzipien, sondern die Entscheidungen des Herzens.

Als er aufbrach, winkten ihm alle drei nach. Sarah hatte Adele schüchtern mitgeteilt, dass sie und Gordon ihren Zwist beigelegt hatten. Sie würde ihrem Verehrer mitteilen müssen, dass sie ihn nicht heiraten konnte, sondern stattdessen Gordon ehelichen würde, wenn er nach Abschluss der gerichtlichen Untersuchung aus Rockhampton zurückkehrte.

Für den davonreitenden Gordon besaß das Leben plötzlich eine Bedeutung, die er niemals zuvor so wahrgenommen hatte. Als er eine Stunde später im Lager eintraf, strahlte er über das ganze Gesicht. Wenn der Fluch wirklich existierte, dann hatte Sarah diesen bösen Geist aus seinem Leben verjagt, indem sie ihm ihre Liebe gestand. Kate hatte Recht gehabt. *Die Liebe überwand alle Hindernisse!*

Als Gordon und sein Trupp am nächsten Morgen das Lager abbrachen, um nach Rockhampton zu reiten, erschien Humphrey Rankin in vollem Galopp am Wasserloch. Verwirrt blickte Gordon in das starre Gesicht des Verwalters, der sein Pferd neben ihnen zügelte.

»Satteln Sie so schnell wie möglich Ihr Pferd, Inspektor James«, begann er, ohne sich mit Höflichkeitsfloskeln aufzuhalten. »Sarah ist sehr krank und hat hohes Fieber. Möglicherweise stirbt sie.«

Gordon war wie vor den Kopf geschlagen. Mit offenem Mund starrte er Rankin verständnislos an. »Aber als ich mich gestern von ihr verabschiedet habe, war sie doch vollkommen gesund! Wie ist das möglich?«

»Wenn Sie mich fragen, hat das was mit Schwarzenzauber zu tun«, erwiderte der Verwalter betrübt. »Es sind dieselben Symptome, die ich bei den schwarzen Arbeitern auf Balaclava gesehen habe, wenn sie denken, jemand hat mit einem Knochen auf sie gezeigt.«

»Ich bin Arzt und komme mit«, erklärte Blayney, während er in aller Eile sein Bündel schnürte. »Solch einen Blödsinn habe ich noch nie gehört.«

Humphrey Rankin warf ihm einen mitleidigen Blick zu und schüttelte den Kopf. »Dann sind Sie wohl noch nicht lange im Land, Doktor.«

»Wenn das Mädchen am Fieber erkrankt ist, Sir, hat das mit Sicherheit nichts mit dem abergläubischen Geschwafel der Eingeborenen zu tun.«

Doktor Harry Blayney stand neben Sarahs Bett und blickte kopfschüttelnd auf sie herab. Das Mädchen war sehr krank. Sie lag in dem winzigen Raum, dessen Vorhänge zugezogen waren, um das Licht abzuhalten, in einer Art Koma. Die sonst so sauberen, gestärkten Laken waren vom Schweiß durchnässt. Von Zeit zu Zeit redete sie unzusammenhängendes Zeug, nur um dann wieder in Bewusstlosigkeit zu versinken. Ihr Puls raste zuerst und wurde dann schwach, und ihre Temperatur war einmal zu hoch und dann wieder zu niedrig.

Als ausgebildetem Mediziner war Blayney klar, dass es eine logische Ursache für die Krankheit geben musste, aber mit den beschränkten Mitteln, die ihm zur Verfügung standen, konnte er nicht feststellen, was es war. Er hielt nichts von Missus Rankins Diagnose, die davon überzeugt war, dass ein alberner Eingeborenenzauber an allem schuld sei. Die Frau war ehemalige Krankenschwester und hätte es wirklich besser wissen müssen, als die Erkrankung irgendeinem abergläubischen Unsinn zuzuschreiben. »Ich fürchte, wir können nicht viel mehr tun, als dafür zu sorgen, dass sie nicht zu viel Flüssigkeit verliert, Missus Rankin«, meinte er seufzend. »Ich muss zugeben, dass ich die Ursache des Fiebers nicht feststellen kann.«

»Ich habe größten Respekt vor Ihrer Qualifikation, Doktor Blayney«, sagte Adele, während sie Sarahs vom Fieber glühende Stirn abtupfte, »aber Sie müssen mir glauben, dass ich hier draußen viele Dinge gesehen habe, die mit unserer wissenschaftlichen Sichtweise der Welt nicht vereinbar sind.«

Der Arzt wusch sich in einer Emailschüssel neben dem Bett die Hände. »Warum sind Sie so sicher, dass es sich um einen Eingeborenenzauber handelt, wenn ich fragen darf, Missus Rankin?«, erkundigte er sich, während er sich die Hände an einem sauberen Tuch abtrocknete.

»Weil sie sich am Abend, bevor sie sich für die Nacht zurückzog, noch bester Gesundheit erfreute«, erwiderte Adele. »Aber später hörte ich sie laut rufen, als würde sie mit jemandem in ihrem Zimmer streiten. Natürlich machte ich mir Sorgen, weil ich dachte, einer der Viehhirten wäre vielleicht ins Haus eingedrungen. Als ich ins Zimmer kam …« Sie zögerte und nahm das Tuch von Sarahs Stirn, um dem Mädchen ins Gesicht zu blicken. »Ich weiß, dass das, was ich Ihnen jetzt erzählen werde, für Sie wie das Gerede einer dummen Frau klingen wird, Doktor, aber ich sage es Ihnen trotzdem.«

»Ich glaube kaum, dass ich Sie jemals für dumm und oberflächlich halten würde, Missus Rankin«, erwiderte er mit aufrichtigem Respekt, denn er hatte davon gehört, wie sie den Kranken und Verwundeten der Gegend unter schwierigsten Bedingungen praktischen Beistand leistete.

»Nun, als ich in Sarahs Zimmer kam, hätte ich schwören können, dass sich dort ein« – sie suchte nach den richtigen Worten – »ein Wesen … ein Geist oder ein Gespenst aufhielt. Ich glaube, es war ihr toter Bruder. Das Mädchen befand sich in einem tranceähnlichen Zustand und diskutierte mit ihrem Bruder, als wäre er so real wie Sie und ich.«

»Worüber stritten sie sich?«, wollte der Doktor wissen. Er musste zugeben, dass er bei ihrer Schilderung ebenfalls den Hauch einer primitiven Furcht spürte.

»Sie stritten sich nicht richtig, sie schien ihn eher um Vergebung anzuflehen. Vermutlich dafür, dass sie ihre Liebe zu Inspektor James eingestanden hat.«

»Aber warum sollte ihr Bruder ihr deswegen verzeihen müssen?«, fragte der Arzt, der diese unerklärlichen Vorgänge höchst verwirrend fand.

»Inspektor James hat ihren Bruder letztes Jahr auf Glen View getötet. Damals verfolgte er ihn und einen alten Ureinwohner namens Wallarie.«

»Es gibt eine Theorie, dass der Geist ebenso unter Krankheiten leiden kann wie der Körper«, räsonierte der Doktor. »Ich vermute, dass Miss Duffy unter entsetzlichen Schuldgefühlen leidet und dass das auf eine uns bisher unverständliche Weise ihre Krankheit ausgelöst hat. Meine Hypothese ist ein wenig dürftig, aber im Moment fällt mir keine andere rationale Erklärung ein.«

»Sie mögen Recht haben, Doktor Blayney«, erwiderte Adele, doch in ihrer Stimme lag der Hauch eines Zweifels. »Aber das Mädchen ist halb Darambal, und ihr Volk hat seine eigenen Erklärungen dafür, warum Menschen krank werden. Wer sagt, dass sie sich täuschen?«

»Das Mädchen ist auch halb weiß«, wandte er sanft ein. »Ich kann mir kaum vorstellen, dass dieser Aberglauben sie so im Griff hält. Soviel ich weiß, hat sie eine ausgezeichnete europäische Erziehung genossen. Das sollte Grund genug sein, um nicht auf diesen Eingeborenen-Blödsinn hereinzufallen.«

»Das kommt darauf an, wohin ihre Seele gehört«, sagte Adele leise, während sie mit den Fingern sanft über Sarahs langes, dunkles Haar strich. »Zu uns oder zum Volk der Darambal.«

Doktor Blayney sammelte seine medizinischen Gerätschaften aus Europa ein und verstaute sie in der kleinen Tasche, die er mit sich trug. Ganz offensichtlich halfen sie in der gegenwärtigen Situation nicht. Er wusste, wann der Tod im Raum war.

Er überließ es Adele, sich um das kranke Mädchen zu kümmern, und ging zu Gordon und Humphrey Rankin, die besorgt im Nebenzimmer warteten. Beide blickten ihm hoffnungsvoll entgegen. Doch er runzelte die Stirn und schüttelte als Antwort auf ihre unausgesprochene Frage den Kopf. »Ich fürchte, wir können nur abwarten«, sagte er, während er mit einem Seufzer das Glas Branntwein nahm, das ihm der Verwalter reichte. »Ich halte nicht viel von diesem Eingeborenenzeug, an das Sie anscheinend glauben, meine Herren. Aber wenn Ihnen irgendein Mittel einfällt, dann würde ich vorschlagen, dass Sie es ausprobieren, und sei es nur, weil ich mit meinem Latein am Ende bin.«

Gordon entschuldigte sich und stürmte an dem Arzt vorbei in Sarahs Zimmer.

Er kniete sich neben ihr Bett und streichelte ihr Gesicht, doch sie schien ihn nicht zu bemerken, sondern starrte nur mit leerem Blick an die dunkle Decke. Endlose Minuten lang liebkoste Gordon ihr Gesicht und hielt ihre Hand. Dann stand er auf, verließ wortlos das Haus und ging zu seinem Pferd, das noch gesattelt draußen stand. Kurz darauf hörten die Rankins und Blayney, wie er davongaloppierte.

64

Die Sonne verbarg sich hinter einem blauschwarzen Horizont, an dem drohende Wolken brodelten. Wilde Blitze zuckten über den Abendhimmel, und der Donner grollte Unheil verkündend, als Gordon abstieg und sein Pferd festband. Über ihm erhob sich der Berg, in dessen Höhle er letztes Jahr Peter gefunden hatte. Als er zum Gipfel aufblickte, über dem der Himmel ein dunkles Lila angenommen hatte, fühlte er sich so allein wie noch nie in seinem Leben.

Er wusste nicht, was von ihm verlangt wurde, aber ihm war klar, dass er sich der unsichtbaren, unerklärlichen Macht stellen musste, die im Herzen der heiligen Höhle der Nerambura hauste, wenn er Sarah retten wollte. Nicht dass er besonders gläubig gewesen wäre, aber er erkannte ihren Einfluss auf sein Leben und auf das der anderen an.

Noch während er nach oben blickte, hörte er, wie das Buschwerk sanft im Wind raschelte. Dann verwandelte sich das Geräusch in ein leises Stöhnen, und der Sturm fegte heran, der die heraufziehende Gewitterfront ankündigte.

Dicke Regentropfen fielen vom Himmel, die vom ausgedörrten, heißen Boden sofort aufgesaugt wurden. Der angenehme Geruch nasser Erde stieg ihm in die Nase, als der Sturm den Brigalow-Busch erreichte und mit faustgroßen Hagelkörnern über das Land herfiel.

Gordon warf die Arme hoch, um sich vor den Eisbrocken zu schützen, die ihm ins Gesicht schlugen. Sein Pferd stieg in Panik und riss sich von dem Busch los, an dem er es festgebunden hatte. In wildem Galopp versuchte es vergeblich, den niederprasselnden Hagelkörnern zu entgehen.

Jetzt war Gordon vollkommen allein. Dem Sturm zu Fuß und unter freiem Himmel ausgesetzt, beschloss er instinktiv, sich in den Schutz der Höhle über ihm zu flüchten. Mit gesenktem Kopf rannte er zum Fuß des Hügels, um den Pfad zu suchen, der zur Höhle führte.

Willie Harris hockte in der Höhle am Feuer, das er dort angezündet hatte, und horchte eingeschüchtert auf das Brüllen des Sturms, das immer wieder von gewaltigen weißblauen Blitzen durchbrochen wurde, denen unmittelbar ein ohrenbetäubender Donner folgte. Ein merkwürdiger Geruch erfüllte die Luft um ihn herum, und im Licht der Blitze erwachten die gemalten Nerambura-Gestalten an der Rückwand der Höhle als grelle, furchteinflößende Gespenster zum Leben.

Willie wandte den Blick ab. Einen Sturm von solcher Heftigkeit hatte er noch nie erlebt, und er war froh, dass er sich entschieden hatte, noch einen Tag zu warten, bevor er nach Süden aufbrach. Zwar schwanden seine Vorräte dahin, und die Jagd auf Wallaby und Känguru wurde immer unergiebiger, aber noch war er einigermaßen bei Kräften. Wenn er länger blieb, würde er irgendwann ein Gehöft überfallen müssen, um an Geld und Proviant zu kommen – es sei denn, er stellte sich der Polizei.

Er wollte weder das Eine noch das Andere. Stattdessen würde er nach Süden reiten, in der Hoffnung, mehr Wild zu finden, von dem er sich ernähren konnte, bis er Sydney erreichte. Dort würde er seinen Vater, Granville White, suchen.

In der Hocke beobachtete er mit hungrigen Blicken, wie der knochige Ameisenbär in den Flammen brutzelte. Als er in der Glut stocherte, um den winzige Kadaver zu wenden, glaubte er für einen Augenblick, den Schmerzensschrei eines Menschen zu hören, der unmittelbar auf einen gewaltigen Blitzschlag ganz in der Nähe folgte.

Willie spürte ein nervöses Kribbeln und griff vorsichtig nach seinem Snider-Gewehr, das er gegen den Sattel gelehnt hatte. Einen flüchtigen Augenblick lang fragte er sich, wie es wohl seinem Pferd ging, für das er am Fuß des Hügels aus Baumstämmen eine Koppel errichtet hatte. Die Stute war bestimmt außer sich vor Angst.

Das Gewehr im Anschlag duckte er sich und lauschte angespannt. Hatte er den menschenähnlichen Schrei wirklich gehört? Oder war er nur ein Produkt seiner überreizten Fantasie? Ertrug er die unheimliche Atmosphäre in der Höhle nicht, die durch das Unwetter noch entsetzlicher wirkte? Doch die Worte, die nun ein qualvolles Stöhnen vor der Höhle begleiteten, stammten eindeutig aus dem Mund eines Menschen – eines Europäers.

Willie nahm ein brennendes Holzscheit aus dem Feuer und stand auf. Vorsichtig ging er zum Haupteingang der Höhle und streckte den Kopf heraus. Der heulende Sturm blies seine Fackel aus, aber die brauchte er auch nicht, um die Gestalt zu sehen, die auf dem Weg zur Höhle lag. Gewaltige Blitze tauchten die Landschaft in ein grelles, elektrisches Licht.

Gordon hatte das Licht der brennenden Fackel gesehen, bevor der Sturm die Flamme ausblies. »Gott helfe mir!«, drang seine Stimme durch den prasselnden Regen. »Hilfe!«

Da erschien neben ihm eine Gestalt. »Mister James, sind Sie das?«, fragte jemand.

»Willie!« Gordon rang überrascht nach Luft, als er die Stimme des jungen Mannes in der Dunkelheit erkannte. »Ich glaube, der Blitz hat mich erwischt. Ich kann nicht aufstehen ... Mein Bein.«

Willie legte sein Gewehr auf den nassen Boden, ergriff Gordon unter den Schultern und schleppte ihn mit letzter Kraft in den Schutz der Höhle.

Stöhnend blieb Gordon auf dem Rücken liegen. Der Schmerz schien seinen ganzen Körper im Griff zu halten. Dann hörte er Willie nach Atem ringen und wusste, dass etwas Entsetzliches passiert war. Der junge Mann schüttelte bedächtig den Kopf. »Der Blitz hat Sie unter dem Knie ins Bein getroffen, Mister James. Ihr Fuß ist weg. Einfach abgerissen.«

Doch Gordon hörte die Worte nur noch aus weiter Ferne. Er stürzte in einen tiefen Strudel, in dem Geister aus anderen Zeiten und von anderen Orten seines Lebens hausten.

Willie war froh, dass Gordon James das Bewusstsein verloren hatte. So empfand er zumindest keine Schmerzen. Der Blitz hatte den Stumpf, wo eigentlich der Fuß hätte sitzen sollen, ausgebrannt, doch das restliche Bein unterhalb des Knies sah schlimm aus. Willie wusste, dass der Polizeiinspektor dringend einen Arzt benötigte.

Verzweifelt stöhnte er auf, als ihm klar wurde, dass ihm keine Wahl blieb. Er würde sein Pferd satteln und nach Glen View Station reiten müssen. Das hieß, dass er sich nicht nur dem entsetzlichen Unwetter aussetzen musste, das draußen tobte, sondern auch riskierte, erkannt und verhaftet zu werden. Warum musste der verdammte Inspektor ein Freund der Familie sein? Was wollte er überhaupt auf dem Berg?

Er legte Holz nach, bevor er Gordon allein in der Höhle zurückließ. Dann kämpfte er sich mit dem Sattel auf der Schulter durch den Sturm, um sein Pferd zu holen, und verfluchte dabei Gordon James, der zur falschen Zeit am falschen Ort aufgetaucht war.

Allein in der Höhle, begegnete Gordon Peter Duffy. In der unbewussten Welt der Sterbenden und Toten trafen sie aufeinander, um ihren Kampf um Sarahs Seele auszufechten. Aus diesem Grund hatte Gordon die Höhle ein weiteres Mal aufsuchen müssen.

65

Am Himmel tobte das Gewitter mit Sturm, Donner und Blitz, und der Regen prasselte mit beständigem Getöse auf das Wellblechdach herab. Doch für jene, die wussten, welche Saat unter dem Staub verborgen lag, barg das raue Land in diesem Augenblick die Verheißung der Schönheit. Nach dem entsetzlichen Unwetter würde die Ebene explosionsartig zu neuem Leben erwachen.

»Sie haben Glück gehabt, dass Sie das Haus noch vor diesem entsetzlichen Sturm erreicht haben«, sagte Mary Cameron laut, während sie in ihrem Fleisch herumstocherte.

Obwohl Matilda für Granvilles letzten Abend auf Glen View einen köstlichen Rinderbraten zubereitet hatte, hatte Mary keinen Appetit. Der Gedanke, dass sie den Mann bewirten musste, der so herzlos beschlossen hatte, die Farm zu verkaufen, ohne auch nur einen einzigen Gedanken an die Zukunft ihres Ehemanns zu verschwenden, verleidete ihr das Mahl. Mister White hatte Duncan exzellente Zeugnisse für seine Tätigkeit als Verwalter des Macintosh-Besitzes versprochen, doch das war nicht genug. Glen View war für Mary zur Heimat geworden. Als sie über den Tisch den Mann ansah, der ihr Essen genoss, ohne sich um den Kummer zu scheren, den er über sie gebracht hatte, fühlte sie eine Wut in sich aufsteigen, die an nackten Hass grenzte.

Auch Granville aß nur wenig, obwohl der Rinderbraten wirklich ausgezeichnet war. Er verschwendete keinen Gedanken daran, ob sich seine Gastgeber in seiner Gegenwart unbehaglich fühlten oder nicht. Jegliche Moral war ihm fremd.

»Mein Kompliment zu diesem Abendessen, Missus Cameron«, meinte er, während er an dem roten Bordeaux nippte, der zum Essen serviert wurde. »Ihre Eingeborenen-Köchin macht wirklich einen hervorragenden Rinderbraten.«

»Matilda wäre sicher sehr geschmeichelt zu hören, dass Sie ihre Küche zu schätzen wissen, Mister White«, erwiderte Mary mit einer Prise Sarkasmus. Schließlich wusste sie, dass Matilda Granville White mit einer Leidenschaft hasste, die nicht einmal sie selbst erklären konnte. Jedes Kompliment von ihm wäre reine Verschwendung gewesen. Mary hatte selbst keine Lust, zu Granville höflich zu sein. »Ich war ziemlich überrascht, dass Sie die Nerambura-Hügel tatsächlich besucht haben«, sagte sie, nachdem sie dem Wein kräftig zugesprochen hatte. Ihr Mann hatte sie noch nie so viel trinken sehen.

»Und warum das, Missus Cameron?«, fragte Granville in mildem Tonfall.

»Ich muss gestehen, dass ich von dem Fluch weiß, der auf Ihrer Familie liegt. Als Mister Cameron und ich nach Glen View kamen, habe ich Sir Donalds Tagebuch gefunden und gelesen. Ich wollte nicht seine privaten Gedanken ausspionieren, sondern mehr über Glen View erfahren. Ich bin überrascht, dass Sie es riskiert haben, den Zorn der Geister der Ureinwohner zu erregen, die in diesen Hügeln umgehen.«

An ihrer streitlustigen Miene sah Granville, dass sie ihn provozieren wollte. Die Zunge einer Frau ist wirklich schärfer als ein Schwert, dachte er bei sich, während er Messer und Gabel zu beiden Seiten seines Tellers ablegte. »Ich muss Sie enttäuschen, Missus Cameron, aber Dinge wie Flüche existieren nicht. Spricht er in seinem Tagebuch tatsächlich von einem Fluch der Wilden?«

»Nicht direkt«, gab sie widerwillig zu. »Aber irgendein Übel scheint jeden zu befallen, der mit der Familie Macintosh in Berührung kommt. Und Sie sind schließlich mit Sir Donalds Tochter verheiratet.«

»Ich glaube, wir sollten aufhören, uns über Gespenster zu unterhalten, Mary«, mischte sich ihr Ehemann ein. »Als Tischgespräch ist das nicht geeignet.«

»Ich finde, es ist ein ausgezeichnetes Thema für ein Tischgespräch, Duncan«, erwiderte sie entschieden. »Offenbar ist es im Augenblick in den besten Häusern Englands die letzte Mode. Spiritismus nennt man das, glaube ich.«

»Das mag schon sein, Mary, aber ich denke kaum, das sich das auf den Aberglauben der Schwarzen bezieht«, hielt Duncan dagegen. »Ich bin überzeugt davon, dass Mister White nicht mehr von der Magie der Ureinwohner hält als ich.«

»Die Vorstellung, dass nur Europäer an Geister glauben können, ist absurd«, schnaubte sie verächtlich, wobei sie einen kräftigen Schluck Rotwein nahm. »Die Aborigines sind diesem Land mehr verbunden, als wir jemals verstehen können.«

Mary war eine intelligente und sehr belesene Frau. Die Spiritismuswelle, die über das viktorianische England schwappte, faszinierte sie. Sie hatte in den Zeitungen darüber gelesen, und als Keltin fühlte sie sich von dem Thema angesprochen. In ihrer schottischen Heimat glaubte man bereitwillig an eine Welt jenseits alles Irdischen.

Granville lächelte sie herablassend an. »Ich muss zugeben, dass ich Ihre Überzeugung bis vor kurzem vielleicht noch geteilt hätte, Missus Cameron. Aber heute habe ich die Quelle meiner Ängste aufgesucht und dort nichts als einen Hügel gefunden, und zwar keinen besonders eindrucksvollen. Meine Konfrontation mit dem Unbekannten hat mir gezeigt, dass abergläubische Furcht das Produkt von Unwissenheit ist. Ich stand dort völlig schutzlos allen Dämonen preisgegeben, die sich in den Hügeln herumtreiben mögen. Kein überirdisches Wesen hat sich auf mich gestürzt, mir ist absolut nichts geschehen. Jetzt weiß ich, dass wir nur unsere Fantasie zu fürchten haben, die sich an Dingen entzündet, denen wir uns nicht stellen. Wie Sie sehen, bergen die Hügel für mich keinen Schrecken, sonst würde ich hier nicht gesund und munter diesen exzellenten Rinderbraten genießen.«

»Nicht alle Flüche besitzen eine sofortige und spektakuläre Wirkung, Mister White«, warnte Mary. »Manchmal wirken sie weniger direkt, aber ebenso gefährlich.«

»Wenn ein Blitz in diesem Augenblick durch das Hausdach

fährt und mich niederstreckt, dann will ich Ihnen glauben«, sagte er lachend.

»Wie Sie meinen, Mister White«, gab sie unwillig zurück. Schon wollte sie das Streitgespräch unter einem anderen Gesichtspunkt fortführen, als Matilda in der Tür des Esszimmers erschien und Duncans Blick einfing. Er entschuldigte sich und erhob sich.

»Was ist los, Mädchen?«, fragte er Matilda, die ziemlich aufgeregt wirkte.

»Ein Mann ist an der Tür und sagt, er muss mit dem Boss sprechen.«

»Was für ein Mann?«

»Ein junger Mann. Er sagt, ein Inspektor James ist schwer verletzt.«

»Ich werde mit ihm reden«, knurrte Duncan. Als er zur Tür eilte, sah er Willie Harris auf der Veranda stehen.

»Sind Sie hier der Boss?«, fragte Willie.

»Das bin ich.« Abschätzend blickte Duncan den Jungen an, der bis auf die Haut durchnässt war und vor Kälte zitterte. Seine Haut war bleich und aufgequollen, als hätte er zu lange im Wasser gelegen. »Mein Name ist Duncan Cameron.«

»Oben in der großen Höhle in den Hügeln liegt ein Verwundeter – Inspektor James. Wenn Sie schnell reiten, können Sie in etwa einer Stunde dort sein. Er ist ziemlich schwer verletzt. Der Blitz hat ihm einen Fuß abgerissen, und er braucht einen Arzt.«

»Woher weißt du das?«, fragte Cameron misstrauisch. »Hast du draußen in den Hügeln kampiert?«

Willie senkte den Blick. »Das ist jetzt nicht wichtig, Mister Cameron«, murmelte er. »Inspektor James braucht dringend Hilfe.«

»Matilda!«, brüllte Duncan ins Haus. »Lauf zu den Quartieren der Viehhirten und sag ihnen, sie sollen einen Trupp für den Ritt in die Nerambura-Hügel zusammenstellen, und zwar sofort. Sie sollen den Einspänner nehmen. Danach besorgst du dem jungen Mann hier was zu essen und jede Menge heißen Tee.«

Duncans eindringlicher Ruf drang auch bis zu Mary und Granville, die noch am Tisch saßen. Als er zurückkam, um sich für die Unterbrechung zu entschuldigen, erklärte Granville, er habe volles Verständnis. Das Abendessen war vergessen, als das Haus zum Leben erwachte, um die Rettungsaktion vorzubereiten. Die Viehhirten sattelten in aller Eile ihre Pferde. Der Einspänner wurde ebenfalls vorbereitet. Mittlerweile hatte der Regen bis auf vereinzelte Schauer aufgehört. Gelegentlich brachen sogar die Wolken auf, und die Sterne blitzten hervor.

Einer der Hirten hatte gehört, dass ein Arzt die Nacht in Balaclava verbrachte. Als Duncan davon erfuhr, schickte er sofort seinen besten Reiter hinüber, um ihn zu holen.

Matilda führte Willie in die Küche und forderte ihn auf, sich an den Tisch zu setzen. Dabei spürte sie sein Unbehagen. Er sah aus, als würde er beim geringsten Alarmzeichen aufspringen und davonrennen. Bestimmt wurde er von der Polizei gesucht.

Sie goss ihm eine Tasse dampfenden süßen Schwarztee ein und schnitt ihm Scheiben vom Rinderbraten ab. Der Junge schlang das Fleisch hinunter und spülte mit dem Tee nach, ohne sich um die Temperatur der heißen Flüssigkeit zu scheren.

Nachdem Duncan sich davon überzeugt hatte, dass seine Männer zum Aufbruch bereit waren, trat er in die Küche, wo sich Willie mit Brot und Bratensoße voll stopfte. »Kommst du mit?«, fragte er. Willie hörte auf zu essen und blickte zu dem vor ihm stehenden Verwalter auf.

»Sie wissen ja, wo die Höhle ist, Mister Cameron«, erwiderte er. »Da brauchen Sie mich nicht, um Ihnen den Weg zu zeigen.«

»Du bist Willie Harris, stimmt's?«, stellte Duncan in aller Ruhe fest. »Ich habe gehört, dass du dich vielleicht hier draußen versteckt hältst. Einer meiner Schwarzen hat deine Spuren in der Nähe der Hügel gesehen. Deswegen weißt du auch über die Höhle Bescheid.«

»Und wenn ich Willie Harris wäre?«, fragte der junge Mann leise. »Würden Sie mich dann den Greifern ausliefern?«

Der Verwalter blickte den Jungen unverwandt an. »Das würde davon abhängen, ob ich dich festhalten kann«, sagte er. »Nicht wahr?« Willie verstand, was er meinte, und zog einen kleinen Revolver unter seiner Jacke hervor.

»Tut mir Leid, dass ich Ihnen das antun muss, Mister Cameron«, sagte er, während er den mehrläufigen Derringer auf Duncan richtete. »Aber ich habe für Mister James getan, was ich konnte. Jetzt muss ich mich um mich selber kümmern.«

»Du solltest das Fleisch mitnehmen. Und vielleicht etwas Tee und Zucker.« Um Duncans Mundwinkel spielte die Andeutung eines Lächelns.

Willie blinzelte verwirrt, doch dann begriff er. Dankbar erwiderte er das Lächeln.

»Hol einen Sack, damit der junge Mann ein paar Sachen einpacken kann, Matilda«, sagte Cameron beiläufig zu der jungen Frau, die mit offenem Mund auf die Waffe starrte. »Vielleicht entschließt er sich ja, auch ein wenig Mehl mitzunehmen.«

»Ich weiß nicht, warum Sie das tun, Mister Cameron«, sagte Willie, während Matilda in der Speisekammer nach den gewünschten Dingen suchte.

»Sagen wir, du hast einiges wieder gutgemacht, indem du hergekommen bist, um Inspektor James das Leben zu retten. Ich glaube nicht, dass du so ein übler Kerl bist wie die anderen, die die Polizei oben in Barcaldine erwischt hat.«

»Ich war dabei, Mister Cameron. Es stimmt, ich bin in schlechte Gesellschaft geraten. Aber ich habe Mister und Missus Halpin in Cloncurry nicht diese entsetzlichen Dinge angetan. Wenn ich gewusst hätte, was die vorhatten, hätte ich die Kerle abgeknallt, das schwöre ich beim Grab meiner Mutter.«

Duncan nickte. Willies leidenschaftliche Verteidigungsrede und das Risiko, das er mit seinem Ritt nach Glen View eingegangen war, bewiesen, dass er keinen schlechten Charakter hatte. Auch wenn er mit dem Gesetz in Konflikt gekommen war, hätte jeder Vater auf einen solchen Sohn stolz sein können.

Als Matilda einen leeren Mehlsack mit dem Proviant gefüllt hatte, der Willie zumindest den Anfang seiner Reise erleichtern würde, bedankte der Junge sich, wandte sich ab und ging auf die Küchentür zu. Plötzlich schien der Raum zu explodieren, als hätte der Blitz eingeschlagen.

Willie wurde nach vorn geschleudert. Der Sack mit dem Proviant fiel zu Boden, als er stöhnend auf dem Küchenboden zusammenbrach. Der stechende Gestank von Schießpulver erfüllte den Raum. Matildas Schrei übertönte Duncans wütenden Fluch.

Granville hielt den ausgestreckten Arm noch auf den schwer verletzten jungen Mann gerichtet. Aus seiner doppelläufigen Duellpistole stieg Rauch auf. Der schwere Bleischrot hatte Willies Rücken durchsiebt, und blutige Flecken zeichneten sich auf seiner Jacke ab.

»Ich hab den Gauner erwischt!«, triumphierte Granville. »Das wird ihm eine Lehre sein! Der raubt keine Häuser mehr aus.«

Als er Duncan Cameron ansah, wunderte er sich, warum der Verwalter vor Wut zu kochen schien. Auch egal! Nun hatte er eine Geschichte, mit der er im Klub angeben konnte, wenn er erst wieder in Sydney war. Wer einem Mann das Leben nahm, war allmächtig. Er war so erregt, als würde er eines der jungen Mädchen in seinen Bordellen besteigen.

Mit einem höhnischen Grinsen sah er auf den jungen Mann hinunter, der in einer schnell größer werdenden Blutlache zu seinen Füßen lag. Wer auch immer den Kerl in die Welt gesetzt hatte, dachte er mit grimmiger Befriedigung, würde den Namen Granville White nie vergessen.

66

Kurz vor Tagesanbruch kehrten die Viehhirten mit Gordon James zurück. Sein Zustand war kritisch, und Doktor Blayney brauchte keine lange Untersuchung, um festzustellen, dass er das rechte Bein des Inspektors unterhalb des Knies würde amputieren müssen. Die gewaltige Elektrizität, die sich entladen hatte, als ihn der Blitz traf, hatte die Nerven zerstört. Von dem Fuß war kaum mehr als ein verkohlter Stumpf erhalten. Mary Cameron stand dem Arzt als Assistentin zur Seite.

Vorsichtig legten sie Gordon rücklings auf den leer geräumten Küchentisch. Er war nur halb bei Bewusstsein und versank immer wieder in einer Welt, in der die unerträglichen Schmerzen wie rote Wellen über ihn hinwegliefen. Doktor Blayney wunderte sich über die Selbstbeherrschung des mutigen jungen Mannes. Als Stabsarzt bei der britischen Armee hatte er Verwundete mit leichteren Verletzungen vor Schmerzen schreien hören, aber dieser hier biss die Zähne zusammen, obwohl ihm die Tränen in die Augen traten.

Unterdessen verblutete Willie Harris in einem Gästezimmer des Hauses. Doktor Blayney hatte ihn untersucht, während er darauf wartete, dass die Arbeiter von Glen View den Inspektor aus den Hügeln brachte. Für Willie konnte man nichts mehr tun, außer an seinem Bett zu sitzen und ihm die Hand zu halten. Der Bleischrot war in die Lungen eingedrungen, und er ertrank allmählich in seinem eigenen Blut.

Matilda hatte sich erboten, Willie in seinen letzten Stunden Trost zu spenden. Mit sanfter Hand streichelte sie dem jungen Mann die Stirn und sprach beruhigende Worte für seine Seele. Willie rannen Tränen über das Gesicht, während er verzweifelt versuchte zu sprechen. Doch er fühlte kein Selbstmitleid, sondern nur Frustration, weil es ihm in seinem kurzen Leben nicht gelungen war, seine Aufgabe zu erfüllen. Bevor er starb, wollte er von dem entsetzlichen Unrecht erzählen, damit es von den Lebenden nicht vergessen wurde. Als Matilda seine Geschichte hörte, weiteten sich ihre Augen vor Entsetzen. Seine Worte bestätigten für sie die grausame, ehrfurchtgebietende Macht der Traumzeit. *Eine andere Erklärung konnte es nicht geben!*

In der Küche rief der Doktor die beiden eingeborenen Polizisten, die ihn begleitet hatten, zu sich und erklärte ihnen, dass sie ihren Vorgesetzten fest halten mussten, wenn er zu schneiden begann. Er hatte keinerlei Betäubungsmittel zur Verfügung und musste mit seiner chirurgischen Säge lebende Nerven durchtrennen.

Die Männer nickten und packten den Inspektor mit festem Griff, während Mary dafür sorgte, dass genügend heißes Wasser zur Hand war. Sie war daran gewöhnt, beim Schlachten von Tieren zuzusehen, und zerlegte diese häufig selbst, aber beim Anblick des Arztes, der Skalpelle und Säge hervorzog, wurden ihr die Knie weich. Hier sollte an einem Menschen geschnitten werden, und der Schmerz würde unerträglich sein.

»Wir brauchen etwas, auf das der Inspektor beißen kann, Missus Cameron«, sagte Doktor Blayney leise. »Ein kleiner, aber fester Stock oder etwas Ähnliches würde genügen.«

»Der Stiel eines Holzlöffel, Doktor?«

»Ich hoffe, der reicht«, erwiderte er, als Mary aus einem Küchenschrank einen großen Holzlöffel holte. Sie reichte ihn dem Arzt, der sich über Gordon beugte. »Klemmen Sie sich das hier zwischen die Zähne, Junge. Sie wissen schon, warum.«

Gordon nickte zum Zeichen, dass er verstanden hatte. Seine Augen waren vor Angst weit aufgerissen, doch der Schmerz hatte einen Schleier über sie gelegt. Er wollte die Amputation hinter sich bringen.

»Sarah?«, fragte er.

»Ihr geht es den Umständen entsprechend gut«, erwiderte

der Arzt. »Seit ich sie vor ein paar Stunden zum letzten Mal untersucht habe, ist ihr Zustand stabil geblieben.«

Blayney schob Gordon den Stiel zwischen die Zähne und richtete seinen Rücken gerade aus. Dann überprüfte er, ob die beiden Polizisten den Patienten sicher im Griff hatten und warf Mary Cameron einen fragenden Blick zu. Sie nickte. »Ich bleibe, Doktor«, sagte sie leise. »Vielleicht brauchen Sie mich ja.«

»Es wird kein besonders schöner Anblick werden, Missus Cameron«, warnte er. »Ihre Anwesenheit bei der Operation ist nicht unbedingt erforderlich.«

»Danke für Ihre Rücksichtnahme, Doktor, aber ich habe mich auf das Schlimmste eingestellt.«

»Gut.« Damit wählte er ein Skalpell aus der Sammlung chirurgischer Instrumente, die auf einem sauberen Baumwolltuch auf einer Anrichte ausgebreitet lag.

Beim ersten Schnitt biss Gordon den Löffelstiel durch, als wäre er ein Streichholz. Sein lang gezogener Schmerzensschrei war noch in den Unterkünften der Viehhirten zu hören.

Mary schwankte für einen kurzen Augenblick, fasste sich jedoch schnell wieder, als das Blut in einem roten Schwall aus der durchtrennten Arterie spritzte. Mit geschickter Hand verschloss Doktor Blayney, der auf den Schlachtfeldern der Kolonialkriege Englands seine Erfahrungen gesammelt hatte, die Ader mit einer Klemme. Der ehemalige Stabsarzt der viktorianischen Armee hatte zahllose Amputationen durchgeführt. Gordon konnte froh sein, dass ein Mann mit seiner Erfahrung die Operation übernahm. Er hatte sozusagen Glück im Unglück, schien das aber nicht recht zu schätzen zu wissen, als der Doktor begann, Knochen, Knorpel und Nervenenden durchzusägen.

Granville White, der auf der Veranda des Hauses eine Zigarre rauchte, hörte den Schrei ebenfalls. Der Regen hatte aufgehört, und ein perfekter Morgen war angebrochen. Im Busch feierten die Würgervögel mit süßem Zwitschern die Schönheit des Landes, das bald mit Blumen und grünem Gras bedeckt sein würde, und eine Elster trällerte im goldenen Morgenlicht ihr Lied.

Der Schrei brachte die Buschvögel für einen Augenblick zum Schweigen, doch sie erholten sich schnell von ihrem Schrecken. Selbst Granville war zusammengefahren. Wenn er doch endlich von diesem verdammten Ort verschwinden könnte! Der Agent, der ihn nach Glen View begleitet hatte, sollte ihn in einer Stunde abholen. Hoffentlich kam er früher.

Dieser verdammte Verwalter hatte höchst merkwürdig darauf reagiert, dass er den jungen Gauner erschossen hatte. Dabei hatte er inzwischen erfahren, dass der verhinderte Räuber auch noch gesucht wurde, weil er in einer Mordsache befragt werden sollte! Da durfte man ja wohl ein wenig Dankbarkeit erwarten. Aber Cameron hatte ihn wütend beschimpft, anstatt sich zu freuen, dass er den Raubüberfall bemerkt und den Buschläufer ausgeschaltet hatte. Als Verwalter in der Kolonie war der Mann auf jeden Fall erledigt; Granville hatte nicht die Absicht, seine Unfreundlichkeit mit Empfehlungen oder Referenzen zu belohnen. Sollte er doch zum Teufel gehen, wenn er meinte, er könnte seinen Arbeitgeber so unverschämt beschimpfen. Und seine Nervensäge von Frau konnte er gleich mitnehmen!

Das amputierte Bein fiel vom Tisch und schlug mit einem dumpfen Geräusch auf dem Küchenboden auf. Gordon keuchte wie eine Frau in den Wehen. Während der gesamten Operation war er bei Bewusstsein geblieben, weil er fürchtete, sich erneut Peter Duffy stellen zu müssen, wenn er in Ohnmacht fiel.

»Es ist vorbei«, flüsterte Mary ihm ins Ohr, während sie seine Stirn mit einem feuchten Tuch abtupfte. »Der Doktor hat ausgezeichnete Arbeit geleistet.«

»Bitte«, flüsterte er mit heiserer Stimme, »lassen Sie das Bein neben Peter Duffys Grab da draußen in die Erde legen.«

Sie nickte. Für sie klang die Bitte nicht merkwürdig. »Einer meiner Männer wird das für Sie erledigen«, sagte sie sanft, während sie ihm weiter die Stirn abwischte. Der Doktor vernähte nun die Wunde.

Die scharfen Nadelstiche spürte Gordon nach den entsetzlichen Schmerzen der Amputation kaum noch. Unterdessen hielten die beiden eingeborenen Polizisten möglichst viel Abstand von dem Tisch und warfen sich nervöse Blicke zu. Dass der Inspektor das Bein neben Peter Duffy begraben lassen wollte ...

»Sie sollten ein wenig frische Luft schnappen, Missus Cameron«, empfahl der Arzt. »Ich bin hier so gut wie fertig.«

»Dann werde ich nach Matilda und dem Jungen sehen«, erwiderte sie. »Eines der Hausmädchen soll Tee für uns kochen. Wir können Mister James in das Zimmer legen, in dem Mister White untergebracht war.«

»Gute Idee«, lobte der Doktor, der seine Säge eben in einer Emailschüssel wusch. »Die nächsten Tage werden für den Inspektor entscheidend sein. Wenn die Wunde sauber bleibt, überlebt er. Vor meiner Rückkehr nach Balaclava werde ich nach dem anderen jungen Mann sehen. Wenn ich noch länger im Land bleibe, werde ich mein Pensionistendasein wohl aufgeben müssen. Die Zahl der Patienten scheint von Minute zu Minute zuzunehmen.«

Mary fand Matilda auf einem Stuhl neben Willies Bett. Die Vorhänge waren zugezogen, und der Raum lag in düsterem Dämmerlicht. Es war offenkundig, dass Matildas Aufgabe als Krankenschwester zu Ende war. Der Doktor würde nicht mehr nach seinem Patienten sehen müssen.

»Sein Geist findet keine Ruhe«, sagte Matilda leise. Sie blickte zu der neben ihr stehenden Mary auf. »Seine Seele sucht nach einem Mann. Einem bösen Mann.«

Dann berichtete sie Mary alles, was Willie ihr vor seinem letzten Atemzug erzählt hatte. Gebannt lauschte Mary der unglaublichen Geschichte.

Granville beobachtete, wie sich der Einspänner des Agenten dem Haus näherte. Der Mann winkte ihm gut gelaunt zu, und Granville war nur allzu froh, ihn zu sehen. Endlich konnte er diesen schrecklichen Ort verlassen!

Im Bewusstsein, dass er binnen weniger Minuten nach Rockhampton unterwegs sein würde, erhob er sich aus seinem Sessel auf der breiten Veranda. Von dort aus würde er auf dem Seeweg nach Sydney reisen. Er bezweifelte, dass er jemals wieder nach Queensland kommen würde. Für seinen Geschmack war es hier ohnehin viel zu heiß! Die Haustür öffnete sich, und Missus Cameron erschien mit einem seltsamen Gesichtsausdruck auf der Veranda.

»Sie brauchen mich nicht zu verabschieden, Missus Cameron«, sagte Granville, der sich ihrer Abneigung vollauf bewusst war, steif. »Eine solche Geste der Höflichkeit könnte sich für uns beide als lästig erweisen.«

»Deswegen bin ich nicht hier, Mister White«, erwiderte sie. »Ich wollte nur fragen, ob Sie dem jungen Mann, den Sie getötet haben, nicht die Ehre erweisen wollen, bevor Sie Glen View verlassen.«

»Das dürfte nicht erforderlich sein«, schnaubte Granville verächtlich. »Der Kerl ist tot, und seine kriminellen Aktivitäten verdienen wohl kaum Respekt.«

»Matilda glaubt, dass sein Geist umgehen wird, bis er einen bestimmten Menschen findet«, sagte Mary, wobei sie den Mann, den sie aus tiefstem Herzen verabscheute, mit einem abschätzenden Blick bedachte. »Aus diesem Grund würde ich Ihnen gern eine Frage stellen, bevor Sie Glen View verlassen.«

»Fragen Sie, aber dann gehe ich.«

Mary blickte ihm direkt in die Augen. »Sind Sie vor langer Zeit einem Mädchen namens Jennifer Harris begegnet?« Eine Sekunde lang tat sich nichts, doch dann trat ein Ausdruck schmerzlicher Erinnerung in die Augen Granville Whites.

»Vielleicht«, meinte er, doch sein Ton verriet Mary, dass er Jennifer Harris sehr wohl gekannt hatte. »Wie kommen Sie auf diesen Namen?«

»Durch den Jungen. Vor seinem Tod hat er Matilda erzählt, dass sie seine Mutter war und dass er es bedauerte, sterben zu müssen, bevor er seinen Vater in Sydney gefunden hatte. Sein Vater heißt Granville White. Obwohl es ein unglaublicher Zufall wäre, hatte ich das Gefühl, das könnten Sie sein. Falls es so ist, haben Sie soeben Ihren eigenen Sohn getötet. Unter diesen Umständen möchten Sie dem Jungen vielleicht doch die letzte Ehre erweisen.«

Marys Worte beschworen eine Armee von Gespenstern herauf, Geister der Vergangenheit, die mit tödlicher Hand nach Granvilles Herz griffen. Ein Schraubstock schien sich um seine Brust zu schließen.

»Mister White!«

Er hörte Mary Camerons alarmierten Ruf, als er auf die Knie brach. Der Schmerz, der seine Brust zusammenpresste, breitete sich rasch auf Arme, Kehle und Rücken aus.

»Doktor Blayney«, rief sie ins Haus hinein. »Bitte kommen Sie schnell.«

Granville versuchte, sich auf den Knien aufzurichten, stürzte jedoch nach vorn auf die Holzdielen der Veranda. Dort blieb er in klammen, kalten Schweiß gebadet liegen.

Zuerst kam die Bewusstlosigkeit, die ihn in seine Vergangenheit zurückführte. Dort begegnete er den Menschen, die ihm zum Opfer gefallen waren. Er sah David Macintosh, blutend und zerschlagen, wo die Pfeile der Insulaner seinen Körper durchbohrt und ihre Steinäxte seine Haut zerfetzt hatten. Dann stand da ein großer, breitschultriger Mann, der voll grimmiger Zufriedenheit lächelte. War es Michael Duffy? Oder Duffys Sohn? Am Ende seiner Reise traf er auf Willie Harris, der ein kleines Mädchen an der Hand hielt, in dem Granville Jenny, die Mutter des Jungen, erkannte. Dann versank alles um ihn herum für immer in tiefer Dunkelheit.

»Ich fürchte, Mister White ist tot«, sagte Doktor Blayney, als er sich über den Körper beugte. »Soweit ich sehen kann, hat er einen Herzanfall erlitten.«

»Der Blitz hat ihn gefällt«, sagte Mary ehrfürchtig.

»Entschuldigen Sie, Missus Cameron, ich habe nicht gehört, was Sie gesagt haben.«

»Ich habe mich nur an ein Gespräch erinnert, das ich gestern Abend mit Mister White geführt habe. An etwas, das er gesagt hat.«

»Wir schaffen ihn besser von der Veranda herunter«, sagte Blayney und stand auf. »Sir, helfen Sie mir, Mister White ins

Haus zu tragen«, bat er den Agenten, der mit offenem Mund wie angewurzelt auf dem staubigen Hof vor dem Haus stand. Eben noch hatte Mister White ihm zugewunken, und nun war er tot! »Helfen Sie mir bitte?«

Der Mann erwachte aus seiner Erstarrung und griff nach den Armen des Toten, während der Arzt die Beine übernahm. Gemeinsam trugen sie die Leiche in den Raum, in dem Willie lag, und platzierten Granville auf dem Boden neben seinem Sohn.

Verwirrt starrte der Agent auf den jungen Toten auf dem Bett. »Großer Gott!«, stieß er hervor. »Was ist denn hier passiert?«

»Das weiß ich auch nicht so genau«, erwiderte der Doktor nicht weniger verwirrt. »Wenn ich kein Naturwissenschaftler wäre, würde ich sagen, ein Fluch der Eingeborenen hat sein schreckliches Werk getan.«

Der Agent warf dem Arzt einen fragenden Blick zu. Er hatte Gerüchte darüber gehört, dass auf dem Besitz ein Fluch lag, hatte diese jedoch als Mär der Buschleute abgetan, die damit Städter erschrecken wollten. Nun war er sich nicht mehr so sicher.

Ganz im Gegensatz zu Mary Cameron.

Gordon James hatte die Berge des vor vielen Jahren vertriebenen Nerambura-Clans aufgesucht und Granville White auch. Von diesen Hügeln hatte eine fremde, unerklärliche Macht ihre Hand ausgestreckt, um alle zu vernichten, die mit ihrem ungebetenen Besuch die alten Geister störten. Selbst der arme Willie Harris, der sich in der heiligen Höhle versteckt gehalten hatte, lag nun tot im Haus.

Mary schauderte, und Matilda warf ihr einen wissenden Blick zu.

Auf Balaclava Station saß Adele Rankin im Wohnzimmer des Herrenhauses und stopfte die Socken ihres Ehemannes. Sie war allein, blickte jedoch auf, weil sie dachte, jemand hätte den Raum betreten. Niemand war zu sehen, aber sie wurde das unheimliche Gefühl nicht los, dass jemand im Zimmer war.

Sie stand auf und ging zum Fenster, um auf das ebene Brigalow-Buschland hinauszublicken. Es war ein schöner, sonniger Tag. Die Viehhirten kämpften auf den Koppeln mit den Rindern, die gebrandmarkt werden sollten. An das Brüllen der Tiere, die von dem glühend heißen Eisen versengt wurden, hatte sie sich gewöhnt wie an so vieles andere: das gewehrähnliche Knallen der Peitschen, wenn die Männer das Vieh zusammentrieben, das Trillern der schwarzweißen Elstern am frühen Morgen, das schrille Zwitschern der Apostelvögel, die sich ohne jede Furcht dem Haus näherten, um Küchenabfälle zu ergattern.

Doch das waren nicht alle Geräusch. Die Laute des weißen Mannes füllten das weite Buschland und verdrängten die sanfteren Töne der ursprünglichen Bewohner: das Lachen der Kinder am Lagerfeuer, die melodischen Stimmen der kokettierenden jungen Leute, das Schwatzen der Alten, die im Schatten der Bäume an den Wasserläufen miteinander plauderten.

Doch die Weißen hatten das alte Volk nicht völlig vertrieben, dachte sie. Sein Geist lebte fort in den glänzenden schwarzen Gesichtern der eingeborenen Viehhirten und ihrer Familien, die auf Balaclava Station lebten und arbeiteten. Die unsichtbaren spirituellen Kräfte des Landes existierten neben den Häusern, Scheunen und Koppeln der Weißen weiter.

Und so war Adele Rankin nicht überrascht, als Sarah Duffy in ihrem verschwitzten Nachthemd in der Tür des Wohnzimmers erschien. Sie wirkte verhärmt und eingefallen. Adele ließ ihr Nähzeug fallen und eilte zu ihr.

»Mein Bruder war hier.« Sarahs erste Worte waren nicht mehr als ein heiseres Flüstern. »Aber jetzt ist er fort.«

»Ich weiß«, sagte Adele Rankin sanft, während sie Sarah in ihr Zimmer zurückführte und ins Bett brachte. Es war deutlich zu sehen, dass sich das Mädchen erholen würde.

67

Auf dem Schreibtisch, der zwischen den beiden Frauen in der Bibliothek stand, lag ein Stapel ordentlich mit einem roten Band verschnürter Briefe.

»Das sind die Briefe meines Enkels, die Sie nie bekommen haben«, verkündete Enid. »Und ich frage mich, ob Sie sie jetzt noch verdient haben.«

Catherine Fitzgerald hatte nicht die Absicht, sich von der gefürchteten Lady Enid Macintosh einschüchtern zu lassen, und erwiderte den stählernen Blick. »Hätte ich die Briefe bekommen, als Patrick auf dem Sudan-Feldzug war, dann wäre ich vielleicht schon längst mit ihm vereint, Lady Macintosh«, erwiderte sie mit kühler, gelassener Stimme. »Es ist Patrick und mir vom Schicksal vorherbestimmt, zusammen zu sein, und Ihr Eingreifen ist Teil dieses Schicksals.«

Enid zog eine Augenbraue hoch, während sie die junge Frau, die ihr in der Bibliothek gegenübersaß, eingehend betrachtete. Mit den roten Flechten und der milchweißen Haut war sie sicherlich eine aufsehenerregende Schönheit, aber am meisten beeindruckten Enid ihre Augen. Sie waren smaragdgrün und erinnerten sie sehr an ihre eigene Familie. In Catherines Augen las sie, dass sie es mit einer hochintelligenten, aber schwer zu durchschauenden Frau zu tun hatte. Sie ist stark, dachte Enid. Kein Wunder, dass ihr Enkel ihr hoffnungslos verfallen war.

»Mein Eingreifen hatte mehr mit Patricks Vater zu tun«, erwiderte sie, wobei sie die junge Frau unverwandt anblickte. »Ein Brief, den er mir letztes Jahr aus Griechenland schickte, hat mich zu diesem Schritt bewogen, nicht das Schicksal, Miss

Fitzgerald.« Als sie Michael Duffy erwähnte, hätte Catherine um ein Haar die Fassung verloren. Sie hat also doch eine schwache Stelle, sinnierte Enid. Das war auch gut so, denn bei diesem Spiel ging es um Einsätze, deren Höhe Catherines Vorstellungsvermögen übersteigen würde. »Sollte mein Enkel jemals vom Inhalt dieses Schreibens erfahren, dürfte er seine Liebe zu Ihnen in einem anderen Licht sehen.«

Catherine hatte sich wieder gefasst. Michael hatte Recht gehabt: Lady Macintosh kannte keinerlei Rücksicht, wenn es um Namen und Vermögen ihrer Familie ging. Aber hätte Michael jemals ihre kurze, doch leidenschaftliche Affäre erwähnt? Das war höchst unwahrscheinlich; zu dieser Sorte Mann gehörte er nicht. Lady Macintosh bluffte. Plötzlich wurde Catherine klar, dass sie an einem Spiel beteiligt war, über dessen Preis noch nicht entschieden war. »Dürfte ich vielleicht Mister Duffys Brief lesen?«, erkundigte sie sich, obwohl sie die Antwort bereits kannte.

»Ich fürchte, der Inhalt von Mister Duffys Schreiben ist privat.« Das bestätigte ihre Vermutung. »Ich würde das Schreiben lieber vernichten, als es Patrick sehen zu lassen.«

»In diesem Fall«, konterte Catherine, »bleibt mir nichts anderes übrig, als Patrick meine Affäre mit seinem Vater zu gestehen und zu hoffen, dass er mir verzeihen kann.«

Einen flüchtigen Augenblick lang blickte Enid schockiert drein, doch sie fasste sich schnell und parierte den geschickt geführten Schlag. Die junge Frau war wesentlich klüger, als sie vermutet hatte. Prinzipiell war das ein gutes Zeichen. »Ich bezweifle, dass das nötig sein wird, Miss Fitzgerald. Ich habe keinerlei Absicht, meinen Enkel von Ihrer Untreue zu berichten.«

»Ich möchte nicht unhöflich scheinen, Lady Macintosh, aber Untreue kann es nur in einer Ehe geben«, unterbrach Catherine sie mit der Andeutung eines gewinnenden Lächelns. »Patrick und ich sind noch nicht verheiratet, doch das werden wir hoffentlich nach seiner Rückkehr aus Afrika nachholen.«

Das verflixte Mädchen war gut. Sie erinnerte Enid an sich selbst in diesem Alter. Eine starke Frau, die für Patrick zum

Leitstern werden konnte. Dazu brauchten sie nur eine stillschweigende Vereinbarung, dass ihre zukünftige Schwiegertochter ihre große Vision für das zwanzigste Jahrhundert unterstützte. Das könnte die Richtige sein, dachte sie. Immer weniger bedauerte sie, dass sie Michael Duffys Rat gefolgt war, Kontakt mit Catherine aufzunehmen und sie nach Sydney einzuladen. Sein Brief war im Übrigen eher eine Bitte gewesen, vergangenes Unrecht wieder gutzumachen und den beiden jungen Leuten ein glückliches Leben zu ermöglichen. Mit keinem Wort war von einer Affäre die Rede.

Deswegen hatte Enid ein Telegramm nach Griechenland geschickt, in dem sie die völlig verwirrte Catherine einlud. Irgendwie hatte diese gewusst, dass eine Verbindung zu Michaels plötzlichem Verschwinden bestand, aber erst jetzt hatte sie erfahren, dass Patrick ihr nach Irland geschrieben und ihr Großvater die gesamte Post abgefangen hatte. Die Zeit war gekommen, dem Schicksal zu gehorchen, nach dem es Morrigan bestimmt war, ihren Cuchulainn zu heiraten. Doch dazu musste sie die furchteinflößende Frau für sich gewinnen.

»Lady Macintosh«, sagte sie daher leise mit geheuchelter Bescheidenheit, »mir ist klar, dass Sie mich vielleicht nicht für die richtige Frau für Patrick halten, aber Sie sollen wissen, dass uns ein grausames Schicksal getrennt hat und dass wir trotzdem nahe daran sind, uns wiederzufinden. Doch wenn ich das Gefühl hätte, dass meine Anwesenheit Zwist zwischen Ihnen und Ihrem Enkel säen würde, würde ich Ihr Haus sofort verlassen. Ich liebe Patrick von ganzem Herzen und weiß, dass ich an seiner Seite und mit Ihrer Hilfe zum Ruhm des Namens Macintosh beitragen könnte. Doch diese Entscheidung überlasse ich in aller Demut Ihnen.«

»Besuchen Sie regelmäßig eine protestantische Kirche?«, wollte Enid wissen.

»Ich gehöre der Kirche von Irland an«, erwiderte Catherine und war etwas verwirrt, als Enid lächelte.

»Die Anglikaner sind kaum besser als die Papisten«, meinte sie. »Und ich fürchte, falls Sie und Patrick eine Tochter haben, könnte sie eine ebenso gute Schauspielerin werden wie ihre

Mutter.« Catherine wollte protestieren, aber Enid schnitt ihr das Wort ab. »Keine Angst, ich will nicht, dass Sie gehen. Offensichtlich überrascht Sie das. Meine Entscheidung hat viel mit vergangenem Unrecht zu tun. Ich glaube, Sie und ich haben gemeinsame Interessen, die uns am Herzen liegen. Mittlerweile bin ich davon überzeugt, dass mein Enkel eine kluge Wahl getroffen hat.« Sie legte eine Pause ein und griff nach den Briefen auf dem Schreibtisch. »Vielleicht wollen Sie sie lesen, wenn Sie aus dem Hotel in mein Haus gezogen sind, um auf Patricks Rückkehr zu warten. Ihre Anwesenheit ist sicher das schönste Geschenk, das ich meinem Enkel machen kann, wenn er zurückgekehrt ist.«

Catherine wusste nicht, ob sie lachen oder weinen sollte. Irgendwie hatte sie das Gefühl, überlistet worden zu sein, aber sie war sich nicht sicher. Ein Geschenk … die Worte hatten einen besitzergreifenden Beigeschmack, doch im Augenblick war das unwichtig. Sie würde Patrick wiedersehen, und sie wusste, dass sie seine Frau werden würde.

Als sie die Briefe nahm, die Enid ihr reichte, hatte sie für einen flüchtigen Augenblick das Gefühl, ihre Gastgeberin würde gleichzeitig ihre beste Freundin und ihre schlimmste Feindin werden.

68

Der Planwagen war bis auf die Achsen abgebrannt. Patrick stand an dem Ort, an dem sich sein Vater dem Burenkommando zur letzten Schlacht entgegengestellt hatte. Hie und da glitzerte im langen Gras eine verbrauchte Winchester-Patronenhülse in der Sonne. Jetzt, wo die Sonne auf das wogende Grasmeer des afrikanischen *Veld* schien, wirkte alles so unwirklich. So friedlich, als wäre nichts geschehen.

Neugierig sahen sich die zehn berittenen britischen Soldaten hinter ihm auf der Ebene um. Der Truppenkommandeur des Außenpostens De Aar, Lieutenant Croft, hatte ihnen die Situation geschildert: ein einzelner Mann gegen einen Trupp schwer bewaffneter Niederländer. Der Ausgang war unvermeidlich, wenn man bedachte, wie lange der junge Australier gebraucht hatte, um vom Kraal des Zuluhäuptlings Mbulazi aus den Außenposten der britischen Armee zu benachrichtigen.

»Es sieht so aus, als wären wir zu spät gekommen, Captain Duffy«, sagte der junge Lieutenant mitfühlend. »Ich habe Ihren Vater persönlich gekannt und sehr geschätzt.«

Patrick antwortete nicht, sondern starrte nur auf den Wagen. Es waren keine Leichen zu sehen und, abgesehen von den verbrauchten Patronenhülsen, kaum Anzeichen für einen erbitterten Kampf. Als er den Bereich absuchte, in dem die meisten Patronenhülsen lagen, fand er kein Blut. Allerdings war das nicht weiter überraschend, nachdem er drei Tage gebraucht hatte, um die britische Militärpatrouille in der Stadt zu alarmieren und herzuführen.

»Wir werden natürlich Untersuchungen anstellen«, erklärte

der Lieutenant, »aber diese verdammten aufrührerischen Niederländer werden behaupten, sie hätten ihre Farmen niemals verlassen. Das ist ein unfreundliches Volk.«

»Vielleicht sollten Sie auch Erkundigungen einziehen, ob jemand meinen Vater gesehen hat, Mister Croft«, antwortete Patrick, der in die Sonne am fernen Horizont starrte. »Ich bezweifle, dass er tot ist.«

Der Offizier nickte, aber er war nicht überzeugt. Hier war wohl der Wunsch der Vater des Gedanken. »Das werde ich tun, Sir, aber in der Zwischenzeit bringt es nicht viel, wenn wir hier bleiben.«

Patrick ging zu dem Pferd zurück, das ihm die Armee zur Verfügung gestellt hatte. Nachdem er sich in den Sattel geschwungen hatte, gab der Lieutenant Befehl, nach De Aar zurückzukehren. Er konnte nicht viel mehr tun, als über den Vorfall Bericht zu erstatten und der örtlichen Polizei die Ermittlungen zu überlassen. Vielleicht gelang es dieser zumindest, über ihre Informanten in Erfahrung bringen, wo der Ire begraben lag. Denn der junge englische Offizier war davon überzeugt, dass niemand, so gut er auch sein mochte, den Angriff eines zu allem entschlossenen Burenkommandos überlebte.

Sag deiner Mutter, dass du sie liebst … In Gedanken hörte Patrick auf dem Ritt nach De Aar immer wieder die Worte seines Vaters. Warum hatte er Michael nicht gefragt, ob er seine Mutter geliebt hatte? Aber er hatte viele Fragen nicht gestellt. Vielleicht war es angesichts der feindlichen Übermacht dumm, dass er den Tod seines Vaters nicht akzeptieren wollte. Warum hatte er sich beim Aufbruch nicht eingestehen wollen, wie unwahrscheinlich es war, dass er seinen Vater lebend wiedersah? Ihre tapferen, optimistischen Worte beim Abschied hatten keinen der beiden getäuscht. Tief im Inneren hatten sie gewusst, dass sie einander in dieser Welt voll Licht und Schatten vermutlich nie mehr begegnen würden. Fühlte er sich schuldig, weil er überlebt hatte und sein Vater nicht? Wollte er deshalb nicht zugeben, dass sein Vater tot war? Hatte er nicht in der Ferne wildes Gewehrfeuer aus der Richtung des

Planwagens gehört, als er in der Dunkelheit im Fluss trieb? Dann hatte sich eine entsetzliche Stille über das *Veld* gesenkt.

Vielleicht war sein Vater tot – aber die Erinnerung an den großen, starken Mann mit der Augenklappe würde weiterleben. Solange er ihn nicht vergaß, würde er immer bei ihm sein, dachte Patrick, auch wenn er nicht untröstlich vor Kummer war. Dazu hatte er Michael zu wenig gekannt. Alles, was er über seinen Vater wusste, hatte er in den kurzen, traumatischen Stunden unter dem Beschuss der Niederländer erfahren.

Er würde so rasch wie möglich über Griechenland nach Sydney zurückkehren. Catherine lebte irgendwo, und wo auch immer das sein mochte, er würde sie finden.

69

Nur wenige Trauergäste nahmen an der Beerdigung von Granville White in Sydney teil. Fiona hatte angeordnet, seine Leiche von Queensland zu überführen. Sie wollte nicht, dass er in derselben Erde begraben wurde wie ihr Vater und ihr Bruder. Das hätte sie als Beleidigung des Andenkens ihres Vaters empfunden, der hart für seinen geliebten Besitz gearbeitet hatte, den Granville verkaufen wollte.

Nur eine Hand voll Geschäftsfreunde standen in der warmen Frühlingssonne und lauschten dem Prediger, der sich in Lobpreisungen der wirtschaftlichen Leistungen des Toten erging. Viel anderes fiel ihm zu Granville nicht ein, schließlich wollte er nicht seine eigene Seele in Gefahr bringen, indem er gute Werke erfand.

Fiona war pflichtbewusst als trauernde Witwe aufgetreten. Sie trug Schwarz, und ein Schleier schützte ihr Gesicht vor den summenden Fliegen. Ein paar der männlichen Trauergäste erlaubten sich einen nachdenklichen und in höchstem Maße respektlosen Seitenblick auf sie. Sie war immer noch eine schöne Frau und würde jedem Mann, der glücklich genug war, ihre Hand zu gewinnen, eine beträchtliche Mitgift bringen.

Doch Fiona verschwendete nicht einen Gedanken daran, ihr Leben wieder mit einem Mann zu teilen. Vor dem plötzlichen Tod ihres Gatten hatte sie bereits ihre Reise nach Deutschland vorbereitet, wo sie mit Penelope leben wollte. Dort würde sie in der Nähe ihrer Töchter sein, die zu zwei schönen jungen Frauen herangewachsen waren und die charmante Aufmerksamkeit der jungen Männer der europäischen Höfe aus vollem Herzen genossen.

Für Fiona war der Tod ihres Mannes eine Gottesgabe, die es ihr erlaubte, jede Verbindung nach Sydney abzubrechen. Dieses Kapitel ihres Lebens war endgültig abgeschlossen! Sie hatte keinerlei schlechtes Gewissen, weil sie bei der Nachricht von Granvilles Tod nichts als Erleichterung empfunden hatte. Er war von Grund auf böse und zerstörerisch gewesen. Wahrscheinlich war er auch für die Ermordung ihres geliebten Bruders David vor vielen Jahren verantwortlich. Sein einziges Verdienst war, dass er finanziell gut für sie gesorgt und ihr damit einen eleganten Lebensstil ermöglicht hatte. Durch sein Testament, das noch aus besseren Tagen ihrer Ehe stammte, fiel der dritte Teil der Macintosh-Unternehmen an sie zurück – jenes Drittel, das sie ihm überschrieben hatte, um ihren Sohn Patrick davor zu schützen, dass Granville seinen Namen in den Schmutz zog.

Fiona war erleichtert, als der Prediger endlich die traditionellen letzten Worte sprach, mit denen Granvilles Körper der Erde überantwortet wurde. Die wenigen Trauergäste drückten ihr Beileid aus und kehrten dann zu den vor dem Friedhof wartenden Kutschen zurück. Auch Fiona hielt sich nicht länger am Grab auf, sondern ging langsam zu ihrer Kutsche.

»Fiona!«

Die Stimme, die aus einer der vor dem Friedhof stehenden Kutschen nach ihr rief, hätte sie hier niemals erwartet. Sie blieb stehen und blickte überrascht auf das vornehme Gefährt ihrer Mutter, das durch das Gespann der Vollblut-Grauschimmel unverwechselbar war.

»Mutter …« Unwillkürlich kam das Wort über ihre Lippen. Enid stieg aus und kam auf Fiona zu, die sich fragte, was ihre Mutter hier verloren hatte. Ihr Gesicht hatte die harte Entschlossenheit verloren, an die Fiona sich von ihrer letzten Begegnung in der Bibliothek noch allzu gut erinnerte. Stattdessen entdeckte sie weiche Züge, die ihr fast unbekannt waren. »Dich hatte ich hier nicht erwartet«, sagte Fiona, als ihre Mutter sie erreicht hatte. »Schließlich weiß ich, was du von Granville gehalten hast.«

»Ich bin auch nicht hier, um diesem Verbrecher die letzte Ehre zu erweisen«, erwiderte Enid. »Gott ist jetzt sein Richter, nicht ich. Ich wollte dich sehen.«

»Mich!«, erwiderte ihre Tochter mit ungläubigem Staunen. Ihre Stimme war voller Bitterkeit. »Warum solltest du mich sehen wollen?«

»Meinst du, wir können ein Stück zusammen gehen? Hier starren uns die Leute nur neugierig an.« Enid deutete auf die wenigen Trauergäste, die sie erkannt hatten. »Unsere Begegnung wird die Gerüchteküche ohnehin zum Brodeln bringen.«

»Ich wüsste nicht, was dagegen spräche«, erwiderte Fiona.

Die beiden Frauen schlenderten auf die Grabreihen zu, wo nur die Toten ihre Worte hören konnten. Als sie sich ein wenig vom Eingang des Friedhofs entfernt hatten, brach Enid das Schweigen. »Fiona, meine Tochter, ich habe dir über die Jahre hinweg großes Unrecht getan. Ich habe mich der Sünde des Stolzes schuldig gemacht. Es war ein falscher Stolz, weil er dir so viel Kummer bereitet hat. Wir beide haben deswegen sehr gelitten, und ich möchte dich heute um Vergebung bitten.«

Fiona wandte sich um und blickte ihrer Mutter ins Gesicht. Hatte sie ihr wirklich die Hand gereicht, sich tatsächlich für zwei Jahrzehnte voller Feindseligkeit entschuldigt, die sie einander entfremdet hatten? Sie suchte in den Augen ihrer Mutter nach Anzeichen dafür, dass es sich um ein Täuschungsmanöver handelte. Vergeblich. Ihre Gefühle kamen ihr wie Blätter vor, die der Wind durcheinander wirbelte. In der Hitze des frühen Sydneyer Sommertages fühlte sie sich selbst wie ein solches trockenes Blatt, so hilflos war sie. Die Miene ihrer Mutter war die eines gequälten Menschen, der die Geister der Vergangenheit bannen wollte. Den Geist einer verlorenen Liebe zwischen Mutter und Tochter, die trotz allem nicht völlig vergessen war.

»Du weißt, dass ich eine Schiffspassage nach Deutschland gebucht habe«, erwiderte Fiona, »und dir ist bestimmt klar, warum.«

»Ich weiß, dass du zu Penelope gehst«, sagte ihre Mutter ruhig. »Ich kann nicht sagen, dass ich verstehe, was zwischen dir und ihr vorgeht, aber ich weiß, was ich empfinde. Ich war selbstsüchtig und habe großes Unrecht getan, als ich Patrick nicht von deiner Liebe erzählte.« Sie zögerte und warf einen Blick auf einen einsamen Totengräber, der im Schweiße seines Angesichts an einem Grab arbeitete. Dann wandte sie sich erneut ihrer Tochter zu. »Patrick hat mir aus Südafrika telegrafiert, dass er nach Sydney zurückkommt. Wahrscheinlich wird er erst nach deiner Abreise nach Europa hier eintreffen. Du sollst nur wissen, dass ich ihm bei seiner Rückkehr sagen will, dass du ihn liebst – und dass ich jahrelang die Wahrheit vor ihm geheim gehalten habe.«

»Das würdest du tun?«, fragte Fiona leise. »Du würdest riskieren, ihn zu verlieren, indem du ihm die Wahrheit sagst?«

»Ich bin seinem Vater nur ein einziges Mal begegnet«, sagte Enid mit einer Demut, die ihre Tochter in all den Jahren noch nie bei ihr gehört hatte. »Er besitzt Stärke und Charakter, wie ich sie bei keinem anderen Menschen gesehen habe. Aber in den Augen seines Sohnes habe ich sie gefunden. Der Junge ist der Sohn seines Vaters und deshalb zu Großem fähig. Ich vertraue darauf, dass er mir das Unrecht vergeben kann, das ich euch beiden angetan habe. Wäre Michael Duffy kein Papist gewesen, wäre er trotz seines niedrigen Standes der richtige Ehemann für dich gewesen.«

Fiona nahm die Hände ihrer Mutter in die ihren. Sie fühlten sich so zerbrechlich an, dass es ihr fast das Herz zerriss. Tiefes Mitgefühl mit Enid trieb ihr die Tränen in die Augen. Einen kostbaren Augenblick lang war diese Frau vor ihr nicht die starke, strenge Lady Enid, die rücksichtslos über ihr Finanzimperium herrschte, sondern eine gebrechliche, alte Frau: ihre Mutter.

»Du weißt gar nicht, was mir diese Worte bedeuten, Mama«, sagte sie mit tränenüberströmtem Gesicht. »Was auch immer von jetzt an in unserem Leben geschieht, sie sind für mich ein Schatz, den ich bewahren will, als wäre nie etwas Wertvolleres gesagt worden.«

Plötzlich machte Fiona eine seltsame Entdeckung. Etwas Unerhörtes ereignete sich: Ihre Mutter weinte.

»Ich weiß, dass er über das Meer reisen wird, um dich zu sehen«, stieß Enid schluchzend hervor. »Mein Enkel wird die Frau treffen wollen, deren Blut in seinen Adern fließt, so wie er seinen Vater kennen lernen wollte.«

Sie hielten einander in einer Umarmung, die all die Jahre der Verbitterung auslöschte, als hätte es sie nie gegeben. Mutter und Tochter versöhnten sich in Sichtweite von Granville Whites Grab.

Sanft löste sich Enid aus der Umarmung, ohne jedoch die Hände ihrer Tochter loszulassen. »Wirst du heute Abend mit mir essen?«

»Ja, Mama, das will ich gern.«

»Ich muss dir so viel über deinen Sohn erzählen, und uns bleibt wenig Zeit bis zu deiner Abreise.«

»Wir haben alle Zeit der Welt«, widersprach ihre Tochter sanft. »Auch wenn ich am liebsten zu meinem Sohn reisen würde, weiß ich doch, dass er mich aufsuchen wird, wenn die Zeit für uns beide gekommen ist.«

»Ich wünschte, wir hätten Zeit«, sagte Enid, während sie sich mit einem kleinen Baumwolltaschentuch die Tränen abwischte, »aber ich fürchte, meine Tage in dieser Welt sind gezählt. Wenn ich nicht mehr bin, wird Patrick die lenkende Hand seiner Mutter brauchen, um unseren Namen in das nächste Jahrhundert zu führen.«

Unseren Namen!, dachte Fiona aufgewühlt. *Den Namen Macintosh!*

»Unseren Namen«, wiederholte sie. »Vater wäre stolz auf Patrick gewesen. Wenn er ihn doch nur so gekannt hätte wie du, Mama!«

Der Totengräber legte eine Pause ein, um seinem schwitzenden Körper einen Augenblick Ruhe zu gönnen. Auf seine Schaufel gestützt, betrachtete er mit müßiger Neugier die beiden elegant gekleideten Frauen, die ganz in seiner Nähe gleichzeitig lachten und weinten. Bestimmt Irinnen, dachte er. Nur die Iren fanden den Tod spaßig. Sicher gingen sie nach der Beerdigung zu einem Leichenschmaus. Die hatten es gut! Dann schaufelte er weiter Erde in das offene Grab, während die beiden Frauen Hand in Hand langsam davongingen.

70

Eingeschüchtert von der düsteren Atmosphäre, verharrte Patrick im kühlen Zwielicht der heiligen Höhle der Nerambura und starrte auf die uralten Ockerzeichnungen.

»Es ist genau, wie ich es mir vorgestellt habe«, sagte Catherine, die neben ihrem Ehemann stand, leise. »Ein Ort von unendlicher Traurigkeit und doch eine wunderbare Erinnerung an ein untergegangenes Volk.«

»Nicht ganz«, meinte Patrick. Aus Respekt vor dem heiligen Ort sprach er im Flüsterton. »Ich habe gehört, dass es noch einen Menschen gibt, der sich an die Riten erinnert, die die Nerambura hier vor den Zeiten meines Großvaters praktizierten. Einen alten Krieger namens Wallarie.«

»Wo ist er jetzt?«, fragte Catherine, die sich als Amateurarchäologin für jede greifbare Verbindung mit der Vergangenheit interessierte.

»Das scheint niemand zu wissen. Immer wieder hört man von den Schwarzen Gerüchte, dass er auf seinen Wanderungen durch das Land gesehen wurde, doch dann verschwindet er spurlos.«

»Das ist traurig«, seufzte seine Frau, »der Letzte seines Stammes zu sein und ganz allein in unserer Welt zu leben.«

»Ich glaube, er ist nicht allein«, erwiderte Patrick ruhig. »Ich bin sicher, er lebt mit den Geistern seines Volkes.«

»Aha!«, meinte sie spitzbübisch. »Sollte etwa der sonst so praktisch gesinnte Erbe des Macintosh-Vermögens ebenso an Geister glauben wie ich?«

Er wandte sich zu seiner Frau um und lächelte sie an. Als sie seinen Blick erwiderte, lag in ihren Augen der Anflug eines provozierenden Lachens. Wie schön sie doch ist, dachte er, von seiner Liebe zu ihr überwältigt. Doch ihre Schönheit war nicht rein körperlich, sondern besaß einen spirituellen Charakter, den er bis zu seinem Tod lieben würde.

Als er vor einem Jahr zurückgekehrt war, hatte er Catherine zu seiner Überraschung als Gast im Hause seiner Großmutter vorgefunden. Seitdem waren sie einander nicht mehr von der Seite gewichen. Auch Lady Enid Macintosh hatte nichts gegen eine gute Protestantin einzuwenden gehabt, die der Kirche von Irland angehörte. Der Stammbaum des Mädchens schien einwandfrei zu sein, obwohl sie Irin war.

Wie sie es ihrer Tochter versprochen hatte, hatte Enid Patrick erzählt, dass sie all die Jahre die Wahrheit vor ihm geheim gehalten hatte. Er hatte ihr Geständnis ohne Zorn angenommen, ganz wie sie es gehofft hatte. In seinem eigenen Leben war zu viel geschehen, als dass er sich als Richter hätte aufspielen wollen.

Eines Tages wollte er nach Deutschland reisen, wo er seine Mutter um Vergebung dafür bitten wollte, dass er in seiner Verblendung die Liebe, die sie stets für ihn empfunden hatte, in Abrede gestellt hatte. Eine Liebe, nach der er sich verzweifelt sehnte, so wie er sich nach der Liebe der schönen Irin gesehnt hatte, die er schon verloren geglaubt hatte. Über die Beziehung zwischen Catherine und seinem Vater hatten sie nie gesprochen.

»Ich glaube, manchmal verstehe ich, wie sich der alte Krieger fühlen muss«, sagte Patrick ernst. »Als ich im Sudan von der Armee abgeschnitten war und in der Wildnis herumirrte, erging es mir ganz ähnlich. Es ist schwer zu erklären.«

»Du brauchst mir nichts zu erklären«, entgegnete Catherine sanft. »Manche Dinge lassen sich nicht in irdische Worte fassen. Doch für den Augenblick sollten wir den Schlaf der Geister, die hier zu Hause sind, nicht weiter stören, Liebster. Ich schlage vor, wir kehren zum Haus zurück und genießen die wunderbare Gastfreundschaft der Camerons.«

»Da hast du Recht. Aber vorher müssen wir noch etwas erledigen.«

Catherine nickte. Sie hielt Patricks Hand, als er sich vorbeugte und das winzige steinerne Götterbild in einen Spalt der Höhle legte. Dann traten sie zurück. Catherine lächelte.

»Sie gehört hierher«, sagte sie. »Diese Höhle und der Grabhügel der alten keltischen Könige haben viel gemeinsam, auch wenn Zeitalter und Welten zwischen ihnen liegen. Es sind Stätten der Erinnerung, über denen ein eigener Zauber liegt.«

Patrick zog Catherine in seine Arme und küsste sie leidenschaftlich. Sie wehrte sich nicht gegen seine Umarmung, sondern erwiderte seine Liebkosungen mit zunehmender Erregung. Er entkleidete sie, bis sie nackt im kühlen Dämmerlicht der Höhle stand. Dann riss er sich selbst die Kleider vom Leib, und sie liebten sich auf dem modrigen Boden.

Zuerst stillten sie ihr Verlangen schnell und voller Leidenschaft wie zwei junge Tiere. Danach liebten sie sich langsamer und zärtlicher, bis Schatten auf die Spalten und Risse der uralten Hügel fielen und ein goldener Glanz in die Höhle kroch.

Während Catherine schläfrig in Patricks Armen auf dem feuchten Boden lag, erinnerte sie sich an einen anderen Ort und eine andere Zeit – an einen keltischen Hügel am anderen Ende der Welt und an einen älteren Mann, der mit Pinsel und Leinwand in ihr Dorf gekommen war. Sein Körper war von den Narben vieler Schlachten gezeichnet gewesen, und in seinen Armen hatte sie sowohl Schmerz als auch Lust erlebt.

Merkwürdig, dachte sie, als sie auf das von den goldenen Sonnenstrahlen erleuchtete Aborigine-Gemälde an der Felswand blickte. Sie war die Verbindung zwischen Vater und Sohn gewesen, und nun hatte sie beide an den heiligen Stätten ihres Landes geliebt. Michael Duffy war in Sichtweite des uralten keltischen Grabhügels zur Welt gekommen, und Patrick war ein Kind Australiens. Auf ihre Art liebte sie beide Männer, obwohl der eine nur noch Erinnerung, während der andere Teil ihres Lebens war. War es möglich, dass eine Frau zwei Männer gleichermaßen, aber auf unterschiedliche Weise liebte? Eine Frage, die sie Patrick nicht stellen konnte, das war ihr klar.

Nachdem Patrick erwacht war, kleideten sie sich an und traten Hand in Hand aus der Höhle auf den Hang hinaus. Von dort blickten sie auf die weite, von Brigalow-Akazien bestandene Ebene, die im Licht der untergehenden Sonne vor ihnen lag.

Glen View würde immer den Macintoshs gehören, dachte Patrick, während er die raue Schönheit des Landes in sich aufnahm. Das hatte er seiner Großmutter geschworen. Seine Tante Kate würde sich damit abfinden müssen, dass sie Glen View niemals besitzen würde. Das Anwesen bedeutete den Macintoshs ebenso viel wie den Duffys, und sie würde akzeptieren müssen, dass er das Glied war, das beide Familien trotz aller Feindschaft miteinander verband. *Die Zeiten hatten sich geändert, die Vergangenheit war tot – und das galt bestimmt auch für den Fluch.*

Sie gingen den alten Pfad hinunter, den tausende nackte Füße und schließlich die Stiefel der Neuankömmlinge ausgetreten hatten. In den Hügeln hinter ihnen erhob sich ein sanftes Seufzen: Eine Brise spielte in dem zähen Gestrüpp, das sich an die Felsen klammerte. Doch das Herz des alten Vulkans schlug immer noch im steinernen Kern des Berges und flüsterte Patrick eine Warnung zu.

Aber dieser hörte die Stimmen der Geister der Ahnen nicht. Nur Wallarie hätte ihre uralten Worte verstehen können.

EPILOG

»All das geschah vor langer Zeit, als ich jung war. Jetzt wisst ihr, wie viele Weiße ich getötet haben.« (Wallarie kichert.)

»Aber was kann die Polizei schon gegen einen alten Schwarzen unternehmen? Die berittene Eingeborenenpolizei gibt es nicht mehr. Die Regierung hat die Mistkerle abgeschafft, als ihr die Föderation bekommen habt … Oder vielleicht, als euer zwanzigstes Jahrhundert angefangen hat.

Ihr wollt wissen, wieso ich unter diesem Bumbil-Baum auf Glen View sitze und euch noch mehr über die beiden weißen Familien erzähle? Vor ein paar Jahren haben ein paar weiße Landvermesser oben im Land am Golf Luke Tracys Knochen gefunden. Sie haben Missus Tracy ein Buch gegeben, in das er ein paar Worte geschrieben hatte. Das hat sie jeden Tag gelesen und jeden Buchstaben mit dem Finger verfolgt.

Was mit dem Pastor ist, den ich kenne? Nun, der alte Pastor Werner und seine Frau ließen mich auf ihrer Missionsstation oben im Norden wohnen. Das muss wohl um die Zeit gewesen sein, als Cousin Peter Duffy getötet wurde. Ich weiß nicht mehr genau, wann das war. Aber es ist lange her, noch bevor ihr Weißen euren großen Stammeskrieg in einem Land namens Europa hattet.« (Der blinde alte Krieger schweigt und hängt seinen traurigen Gedanken nach.)

»Der Pastor und seine Frau sind jetzt in ihrer Traumzeit. Sie wurden krank, als nach dem Krieg der Weißen das große Fieber kam. Das waren gute Leute, und ich glaube nicht, dass der Pastor diesen Deutschen, diesen Hitler, gemocht hätte, von dem ihr Weißen immer redet.

Wie ich nach Glen View gekommen bin? Das ist eine lange Geschichte, und die Sonne auf meinem Gesicht sagt mir, dass es Zeit ist, schlafen zu gehen.

Wenn die Sonne untergeht, muss sich der alte Wallarie ans Feuer legen. Aber wenn ihr morgen mit ein bisschen Tabak für meine Pfeife wiederkommt, erzähle ich euch vielleicht, was mit den Duffys und den Macintoshs passiert ist.« (Wallarie kichert erneut und starrt mit seinen blinden Augen in die untergehende Sonne.)

»Vor langer Zeit haben sie gedacht, der Fluch der Schwarzen hätte seine Macht verloren.

Aber das war ein Irrtum.«

ANMERKUNG DES VERFASSERS

Die drei zentralen Themen, die in diesem Roman behandelt werden, basieren auf historischen Tatsachen.

Bei der Militärexpedition des Kontingents aus Neusüdwales im Suakin-Feldzug vertraten gut organisierte Truppeneinheiten die Kolonie Australien in einem der vielen Kolonialkriege, die Großbritannien im neunzehnten Jahrhundert führte. Ich habe versucht, die Ereignisse um den Vormarsch der *Tommy Cornstalks*, der »australischen Maisstängel«, auf das sudanesische Dorf Tamai aus K. S. Inglis' umfassendem Bericht *The Rehearsal* zu rekonstruieren. Selbstverständlich sind Captain Patrick Duffys Abenteuer auf ebendiesem Feldzug reine Erfindung.

Der Guerillakrieg der Kalkadoon, die im Cloncurry-Distrikt im mittleren Nord-Queensland lebten, war einer der wenig bekannten, heroischen Versuche eines Aborigine-Stammes, den Vormarsch der weißen Siedler aufzuhalten. Die Kalkadoon waren nicht allein. Viele benachbarte Stämme dieser Region wehrten sich ebenfalls tapfer gegen die Annexion ihres Landes. Ich habe mir die schriftstellerische Freiheit genommen, den Krieg von Anfang der Achtzigerjahres des neunzehnten Jahrhunderts in die Mitte dieses Jahrzehnts zu verlegen, weil die beiden Kolonialkriege aus Gründen der Dramaturgie gleichzeitig stattfinden sollten.

Anzumerken wäre noch, dass es widersprüchliche Berichte darüber gibt, ob sich die Kalkadoon zu einer letzten Schlacht sammelten oder ob sie nach und nach im Verlauf des Feldzugs vertrieben wurden. Ich habe mich für eine Art Mittelweg zwischen den Berichten entschieden.

Interessant ist auch, dass sich die Taktik der Krieger des mittleren Nord-Queensland im Kampf um das Grenzland deutlich von der anderer australischer Stämme unterschied. Leser, die sich für ihre Kultur interessieren, finden Informationen in Bibliotheken unter den Stichworten Australische Ureinwohner / Aborigines / Kalkadoon.

Der Gordon James in meiner Geschichte ist reine Erfindung und besitzt keinerlei Ähnlichkeit mit dem historischen Kommandeur der Strafexpedition, Lieutenant Urqhart von der berittenen Eingeborenenpolizei (der *Native Mounted Police*).

Die verdeckte Operation der Deutschen zur Annexion der Nordhälfte von Nordguinea und der umgebenden Inseln ereignete sich tatsächlich zu der im Roman beschriebenen Zeit in Sydney. Eine gute Informationsquelle zu diesem Thema ist Stewart Firths Buch *New Guinea Under the Germans*. Ich habe mir die Freiheit genommen, den furchtlosen englischen Agenten Horace Brown und seinen Verbündeten wider Willen, den irischen Söldner Michael Duffy, ins Zentrum der Ereignisse zu stellen. Natürlich ist auch die Gestalt des Barons Manfred von Fellmann reine Fiktion. Tatsächlich endete die reale verdeckte Operation, die von Sydney aus begann, mit einem deutschen Erfolg. Ihre Auswirkungen sollten knapp dreißig Jahre später spürbar werden, denn die ersten australischen Soldaten, die im Ersten Weltkrieg ums Leben kamen, starben im Kampf gegen deutsche Truppen auf den von Deutschland besetzten Pazifikinseln und nicht bei Gallipoli, wie viele Australier glauben.

Was Lokalkolorit und Geschichten aus dem Grenzgebiet von Queensland angeht, bedanke ich mich einmal mehr bei Glenville Pike und Hector Holthouse, deren Bücher ich allen Lesern empfehle, die sich für die australische Nordgrenze im zwanzigsten Jahrhundert interessieren.

Dem unerschrockenen Touristen kann ich versichern, dass Wallaries Geist immer noch über die Brigalow-Ebenen wandert und an den von Seerosen überwucherten Billabongs im Outback von Queensland sein Lager aufschlägt.

Danksagung

Ein ganz besonderes Dankeschön geht an meine wunderbare Mutter und meine ebenso wunderbaren Tanten Joan Payne und Marjorie Leigh. Ohne ihre anfängliche Unterstützung wäre dieses Projekt niemals zustande gekommen.

Im Verlagswesen möchte ich mich besonders bei James Fraser von Pan Macmillan bedanken. Wie immer danke ich Cate Paterson, deren Überarbeitung der Geschichte Glanz verleiht, auch wenn ihr bedauerlicherweise ein paar »Männerdinge« zum Opfer fielen. Ich glaube, der Lektor ist außer dem Autor der einzige Mensch, der wirklich von Zweifeln geplagt wird, ob ein Roman zur Veröffentlichung bereit ist. Mit Sicherheit verdankt Cate mir einige schlaflose Nächte. Danke auch Elspeth Menzies, die das Manuskript ebenfalls eingehend studiert hat. Mein Dank geht an Jane Novak, meine Verlegerin, die wohl ebenfalls unter Schlaflosigkeit leidet, wenn meine Bücher herauskommen.

An meinen Agenten Tony Williams und alle, die für ihn arbeiten. Ihre Freundschaft ist mir so wichtig wie ihre professionelle Unterstützung.

Mein besonderer Dank gilt Brian Cook, dessen erste Bewertung des Manuskripts von *Weit wie der Horizont* der Katalysator für die Veröffentlichung war. Ich habe dich nicht vergessen und kann dich allen angehenden Schriftstellern für die Beurteilung ihrer Manuskripte nur empfehlen.

Meine Liebe gilt wie immer Naomi Howard-Smith, die bereit ist, sich mit dem unsicheren Schriftstellerdasein abzufinden, und der es gelungen ist, Stabilität in mein chaotisches Leben zu bringen.

Schließlich einen ganz besonderen Dank an den größten Schriftsteller seiner Art, Wilbur Smith, der mir den Weg gewiesen hat.